眩暈
（めまい）

エリアス・カネッティ
池内紀 訳

法政大学出版局

Elias Canetti
DIE BLENDUNG

第一部　世界なき頭脳

第二部 頭脳なき世界 169

第一部　世界なき頭脳

散歩

「君、なにをしてる？」

「なんにも」

「じゃあ、どうしてそこに立ってるの？」

「見てるだけ」

「字が読める？」

「読めるとも」

「いくつだ？」

「もう、九歳《ここのつ》」

「チョコレートと本とどちらが好きかね？」

「本」

「ほんと？　そりゃあいい。だもんでそこに立っているのだな」

「うん」

「どうしてすぐにそう言わなかったのかね？」

「父さんが怒るもの」

「ふーん。父さん、なんて名前？」

「フランツ・メッツガー」

「よその国に行きたいかね？」

「うん、インド。虎がいるもの」

「ほかには？」

「中国。すごい長城があるんだ」

「そいつによじ登りたいんだろう？」

「幅がうんと広いんだ。それに高すぎる。だれもよじ登れやしないんだ。だからこそ築いたんだもの」

「物知り博士だな！　きっとたくさんの本を読んだね」

「ぼく、いつも読んでるよ。でも、父さんが本をとりあげてしまうんだ。ぼくはね、中国の学校に行きたいんだ。四万語もことばをおそわる。とても本一冊には入りきらないね」

「君がそう思ってるだけじゃないかな」

「ぼく、数えたもの」

「だけどもそうじゃない。陳列窓の本などに目をくれちゃ駄目さ。屑本ばかりだね。おじさんの鞄にいいものが入っているんだがな。ようし、見せてあげよう。これはなんていう文字だか分るかね？」

「中国語だ！　中国語だ！」

「君はなかなか目の聡い子なんだな。以前《まえ》に中国の本を見たことがあるのかね？」

「ううん、だけど言いあてたよ」

「いいかね、この二つの文字はだね、孟《モン》・子《ツェ》と読む。哲学者の孟《モン》だ。中国の偉い人だ。生きていたのは二二五〇年も前だけど、いまでも読まれている。これを書きつけておくかい？」

「うん。でも、もう学校に行かなきゃあ」

「なるほど。さては学校の途中に本屋をのぞき回っていたわけだね。名前は？」

「フランツ・メッツガー。父さんと同じ名前」

「住居は？」

「エーアリッヒ・シュトラーセ二十四番地」

「じゃあおじさんと同じところじゃないか。しかし君は見覚えがないな」

「だれかが階段に出てくるとおじさんはいつもわきみしてしまうもの。ぼくはずっと以前からおじさんを知ってたさ。おじさんはキーン教授《せんせい》でしょう。だけども学校の先生じゃない。母さんは教授じゃないって言ってるけど、でもぼくは教授だと思ってる。ものすごい図書室をお持ちだから。もう大変な数の本だってマリーが言ってた。ぼくとこの女中のマリーさ。ぼく、大人になったら図書室を持つんだ。そして本をみんな集める。どんな言葉の本もね。中国の本もだよ。ぼく、もう走って行かなきゃあ」

「これはだれの本だったかな、憶えているかね？」

「孟子《モンツェ》さ。哲学者の孟《モン》。二二五〇年前の人」

「よろしい！　君はおじさんの図書室にきてもいい。おじさんが許してくれたと家政婦のおばさんに言えばいい。インドや中国の絵を見せてあげよう」

「すごいや！　ぼく、行きます！　今日の午後にも！」

「そんなにすぐとにじゃない。おじさんには仕事があるからね。早くとも一週間後だな」

ペーター・キーン。長身痩軀。学者。専攻中国学。彼は本を、小脇に抱えた脹れあがった鞄にもどし、慎重に錠をおろしてから、利発げな少年の後姿が見えなくなるまで見送っていた。緘黙《かんもく》で、生来、きむずかし屋の彼は、とりたてた理由もなしに始めた会話を思ってみずからを非難した。

七時から八時までの朝の散歩の途次、通りすがりのどの書店の陳列窓にも一瞥をやること、これがキーンの習慣《ならわし》であった。粗悪本、ぞっき本がとめどなく野放図にのさばっているさまを、むしろ心好く確認する。キーン自身、この大都市一の個人蔵書を有しており、そのささやかなかたわれを常に身に携えていた。刻苦勉励を旨とする生活に、唯一、みずから許した書物に対する彼の情熱、その果てにやむなく注意事項を定めることとなった。というのも粗悪本といえど彼に購買欲を起こさせることはたやすいのだから。さいわい、大方の書店はようやく八時以後に店を開けた。ときには主人のお眼鏡にかなうことを期待し、店員見習は定刻以前に姿を見せ、一番手の店員の出勤を待機する。その手からうきうきと鍵をもぎとり、「七時に参りましてね！」と叫んだ。あるいは「店に入れないんです！」と。このような熱心がキーン如き男の好みにあわぬはずがない。即座に後に続いて入らないためには多大の克己心を必要とした。小さな書店《みせ》の店主のなかには、七時半には戸を明け放ち、営業にとりかかる早起きの者も少なくない。誘惑にうちかつためにキーンは自分の張りきった鞄を覗く。それをしっかと抱えこむ。しかもみずからの発明に係わる特異な方法で抱えこむ。身体と鞄との接触をできるだけ多くすること。薄い安物の上着を通して肋骨が鞄を感じとる。上膊は鞄を挟んで鋭角に。グイと圧する。下膊は下からの支えだ。指は飢え、押び広がって鞄の面上にはりつく。過ぎるばかりの慎重さは、中身の価値に免じて許されよう。たまたま鞄を地上に手落とすとき、錠が外れた。毎朝、散歩に出る前に確かめたものだのに。貴重本が中にあるとき、きまってこの危険な瞬間が訪れた。汚れた書物ほどにキーンが忌み嫌うものはない。

今日、散歩の帰途、陳列窓に面して足をとどめていたとき、一人の少年がやにわにキーンの前に割りこんだ。無作法きわまる、とキーンは感じた。とまれたしかに割りこむ余地はあった。彼は常々、一メートルの距離をおいて立つことにしていた。この隔たりにもかかわらず、陳列本の文字をらくらくと読めた。眼は意のままであった。終日、書物と文書にかかりきりの男にとってはこれは願ってもない僥倖であろう。毎朝毎朝、眼の感度を検証する。眼は彼を裏切らない。低劣な大衆本から隔たりをとり、威風堂々とし、傲然としたおのれの蔵書に対比させつつ、キーンは侮蔑のまなざしを投げかける。並外れて長身の彼の眼の下に少年はいた。これを見過ごすことは簡単至極のことであった。しかし少年こそこちらに気を配って当然ではないか。無作法を咎める前に、歩を寄せてキーンは少年を観察した。書物の標題を凝視しつつ少年はゆっくりと、ひそかに、唇を動かす。一冊一冊、視線を辷らせていた。数分ごとに首をよじった。街路真向いの時計商の店先の上。巨大な時計が掲げてあった。七時四十分。あきらかに少年は時《と》間《き》の経過を惧れていた。背後の男にはさらに注意を払わなかった。読む練習をしているのか。さぞかし標題を暗記しているのであろう。少年はどの本にも同様に公正な視線をやった。だが、関心の差異はそこにも正確に見てとれた。

　キーンはくやしかった。これら愚劣な本により、少年はその新鮮な、読書の飢えを知りそめた精神をだいなしにする。惨憺たる代物を、後年、ただその標題を知っているとの理由から読むのであろう。ういういしい年頃の感受性をいかに護るか？　子供が歩き始め、文字を解し始めるや、デコボコ道の通《みち》ぞいに、ただなにとはなしに店をひろげて書物を商う商人の触手がのびる。幼なき者こそ意味深長な個人蔵書の森の中で育つべきではないか。けだし日々、第一級の精神と対峙する。知恵に充ち、暗く、奥深い雰囲気。整然とした秩序との健やかな交わり。時と場所とを問わず——あの脆い生物《いきもの》たちにその青春をとどこおりなく通過さすべきこれ以上の環境があるであろうか？　この街唯一の、文字通りその名に価する個人蔵書の持主とは、キーンその人であった。キーン個人が子供をひきとるなどはできぬ相談であろう。仕事は子供を許容しない。子供は騒々しい代物だ。手を貸し、構ってやらねばならぬ。それに母親が要る。食事なら家政婦でことは足りよう。だが子供のためには母親をあてがわねばなるまい。母親がただ母親であってくれたら。だがおのが本来の役割だけで満足する女がどこにいよう？　母親はなべてまず女であり、ひとかどの学者が夢にだに思い得ない要求を呈するものだ。キーンは女を拒否する。これまでと同じく、これからも女とはキーンにとって、対岸の火事にとどまるであろう。眼を凝らし、首を傾《かし》げた少年は、所詮、彼には無縁であった。

　つい同情の念から、およそ習慣に反することながらキーンは少年に話しかけた。チョコレート一つを方便にして、教育的な思いやりからていよく身をかわすこともできたはずだ。ところでここにチョコレートよりも一冊の本をよしとする九歳の少年がいた。さらに判明したことは、一層の驚きであった。少年は中国にひかれている。父親に逆らってまでも読むことに努めている。中国文字修得は至難との噂にもたじろぐことなく、むしろ敢然としており、ひと目で少年は未知の文字を識別した。知能検査に優等で合格した。示された本に触れようとしなかった。みずからの汚い指を恥じてか？　キーンは目を凝らした。指は清潔であった。なみの子供は汚い指でも容赦なく手をのばす。少年は急いでいた。学校は八時に始まるのだから。だが、少年は最後の一刻までとどまっていた。招待には飢えた獣さながらに跳びついてきた。さぞかし父親は少年を苛めているのであろう。今日の午後にも少年は来たがっていた。キーンにとっては専心仕事中の時間だというのに。同番地、同じ建物に住まっていた。

先刻の会話は許す。この例外はその労に価するのだから。既に姿を深した少年のうちに来るべき中国学者を想像して、キーンは軽く会釈した。浮世に遠いこの学問に、一体だれが興味を抱くというのか。子供は蹴球に、大人は商《あき》売《ない》に忙がしく、余暇は恋愛沙汰で埒もない。八時間眠り、八時間徒費するために、残りの八時間を忌まわしい労働に明け暮れる。かれらは腹のみならず肉体全体をおのが神に供じ果てた。中国の天神はさらに厳しく、さらに威信を孕むものだ。もしや万一、少年が来週になっても来ないことがあろうとも、名前を一つ脳裏に刻んだ。忘じ難い名前、哲学者、孟《モン》。思わぬときに受けた、たまたまの弾《はず》みが、転がる先を決定する。

微笑を浮かべ、キーンは帰路の歩みを続けた。彼が微笑《ほほえ》むのはたまさかだ。図書室を持つことが最大の願いなどの人間はいるものでない。九歳のとき、キーンは書店に焦がれていた。店主として店の中をあちこち歩き回る。想像裡に彼は陶酔した。本屋とは王様の謂だ。王様は本屋ではないけれど。店員などはささやかすぎる。使い走りに追い立てられよう。荷物として腕にかかえるだけならば、本を持っていようとどうあろう？　彼は惑いあぐねた。ある日、学校がひけても帰らなかった。街で一等大きな書店に入った。書物にみちみちた六脚の陳列ケース。彼は大声で泣き出し、わめいた。「おしっこがでそう！　もうでる！」場所を教えられた。もっとも、とっくに自分で知っていたのだけれど。戻ってきて礼を述べ、何か手伝いたいと申し出た。その晴れやかな顔を店員たちは興がった。つい最前は漏らす漏らすと言いたてて、顔を歪めていたではないか。声がかかった。本のことには利発であると。齢のわりにはいやに詳しい。一決した。夕方、重い荷を預り、使いに出された。電車で往復した。ひそかに節約しておいた金をあてた。暮れかかった店仕舞の直前に戻った。報告し、領収書を帳場においた。褒美にすっぱいボンボンをもらった。店員たちが外套を着始めている間に、キーンはそっと店の裏に回り、つい先刻、慣れそめた場所に入りこみ、中から錠を下ろす。だれにも気づかれなかった。だれもが自分の自由な夕《ゆうべ》のことを思っていた。彼は永いこと待機した。何時間か後の夜ふけ、ようやく出た。店は闇に沈んでいた。電燈のスウィッチを捜した。これは昼間、およそ思い至らなかったことであった。スウィッチを探りあて、手を添えながら躊躇した。通りからだれかが彼を認めて、家に連れ帰るかもしれぬ。

眼はおのずと闇に慣れた。ただ読むには暗すぎる。悲しかった。一冊、また一冊と本を下ろしては頁を繰った。事実、幾冊かの標題は解読した。やがては梯子をあちこちと押しやってよじ登った。上の棚には秘密があろうにと。墜落して、彼は言った。痛くなんかあるものか！　床は固い。しかし本は柔らかい。本屋では本の上に落下する。目の前に塔をこしらえることさえできたろう。でも乱雑は卑しいことだと彼は思った。一冊とり出すたびに別の一冊を補った。背中が痛む。ただの疲労だ。普通ならとっくに眠っている頃であった。眠くない。ここでは興奮で眼が冴えた。にもかかわらず彼の眼球はとびきり大文字の標題さえもはや識別しなかった。自分が腹立たしかった。通りに出ることもなく、あの愚かしい学校に通うこともなく、ひたすら読んで幾年分の書物があるのだろう。彼は数えた。どうして人はいつもここにいないのか！　空《す》き間に小さなベッド一つ、それで足りる。母は心配していた。彼も同様。でもほんの少しだけ。こんなにも静かだから。往来のガス・ランプが消えた。影があたりを這い回る。ともあれ幽霊はいた。夜、幽霊はこぞってこちらに飛んできて、書物の上にうずくまる。そこで読書する。幽霊は明りを必要としない。大きな眼玉を持っているのだから。彼はもはや、上段の棚のいかなる本にも触れまい。下の棚の本にもだ。彼は帳場の下にもぐりこみ、ガチガチと歯を鳴らした。本一万冊、そのどの上にも幽霊一匹。かがんでいた。だからこそこんなにも静かなのだ。彼は幽霊が頁を繰るのを耳にした。彼と同じほど早く読む。幽霊に慣れてもよかった。しかし一万匹もいるのだもの。なかには噛みつくやつもいよう。幽霊は触れられると立腹する。嘲笑されたと思いこむのだ。キーンは小さく身を屈していた。幽霊は彼の頭上を飛び越していった。幾夜経て、やっと朝がめぐってきた。このとき彼は眠りについた。店の扉が開かれたとき、なにひとつ気づかなかった。帳場の下で揺り起こされた。最初まだ眠っているふりをした。次に泣きわめいた。昨夜《きのう》、閉じこめられた！　母が恐い。きっと四方八方、探しまわったにちがいない。店主が彼を質《ただ》した。名前を知るや、店員一人を供につけて家に送った。申し訳ないことですが、ついうっかり、お宅のお子様を忘れて店を閉じまして。しかし、お元気な様子、御心配なきようにと。母親は得心してホッとした。いまやかつての小さな嘘つきは壮大な個人蔵書を有している。また、名声をも。

キーンは嘘を憎悪する。幼時から正直を誇ってきた。思い出せるかぎり唯一の嘘は右のそれに尽きた。これとても意識の外に追いやられていたものだ。そのかみの彼さながらの少年と交した会話が、はたと呼び返した。だが、思い出はよそう。八時がくる。八時きっかり、仕事が始まる。けだし、真実への奉仕が。学問と真実とは、キーンにとって同一の概念であった。人間《ひと》から遠ざかるほどに真実に接近する。日常とは虚偽を浮動させるさざ波だ。通行人とて同様、嘘つきどもの波にすぎぬ。故にキーンは通行人には一顧だに払わなかった。群衆をなすこの拙劣な役者の中で、だれが彼の注視をひくような面貌をしていよう？　かれらは一刻ごとに顔を変化させる。一日とて同じ役割にとどまろうとしない。キーンは知っていた。ここに経験は要しない。彼は変らぬ。一カ月にとどまらず、一カ年にとどまらず、生涯を通じて、彼は変らない。また、人は個性を持つならば、その個性は容姿をも規定する。記憶するかぎり、キーンは背が高く痩せていた。おのが顔はめったに見ない。書店の陳列窓に映るその顔しか。自宅《いえ》に鏡はなかった。書物の山だ、どこに置こう。自分が痩せており、ノッポで骨ばっていることは知っていた。それで充分であった。

人間に興味はなかった。それで視線はおのずと地に向くか、高く空に走った。本屋のありかはいわずもがな、正確に感覚した。本能にゆだねてあやまたなかった。厩舎に戻ると馬が馬そのものになることわりが彼にあった。未見の書物の空気を吸うために散歩に出た。それらは彼に嫌悪の念を催させ、その結果は少々の爽快を覚えた。蔵書の中ではすべてが整然と過ぎた。朝七時から八時まで、みずからにささやかな自由を許そう。他の人々にとっては全生活の意味に等しい自由とやらを。

この時間《とき》をキーンは満喫しながらも秩序は乱さなかった。繁華な通りを横切る前、足をとどめた。悠然とした歩みを好む。急ぐ要のない瞬間を見はからった。声高に叫びかける者がいた。「ここからムート・シュトラーセへはどう行けばよろしいのですかね?」　返答《こたえ》はなかった。キーンはいぶかしく思った。この騒雑の大通りに、彼以外に沈黙のひとがいる。視線《め》を上げず、耳を澄ませた。沈黙に対してどのような反応があろうか?　鄭重の度が増した。「おそれいりますがムート・シュトラーセへはどう行けばよろしいのでしょう?」　成功はおぼつかない。依然として沈黙があった。「どうもお聞きとれになっていないようですが、実はあなた様におたずねしているのですよ。ムート・シュトラーセへの道筋をですね。教えていただけませんでしょうかね?」　キーンの好奇心が目覚めた。野次馬の性《さが》なら持ちあわせていないのだが。沈黙家を眺めようと思い定めた。キーン自身もまた沈黙に終始することを前提としてである。沈黙家はさぞかし思念の最中なのであろう。邪魔を避けたがっているのであろう。なお無言であった。キーンはこの無言のひとを賞讃した。群衆の中に、偶然に抗する個性が一つある。「あなた、唖ですかね?」　声は荒《すさ》んだ。いまこそ応えは返るであろう。キーンはこう思い、かねての好意を感じ始めた。傷つけられてもなおよく唇を噤んでいられる者がいるだろうか?　通りに対した。渡る瞬間《とき》はいまである。だが自若とした沈黙に身はとどまった。なおも無言だ。さらに度を増す怒りの発露が予測された。キーンはいささかいを願望した。泰然とし、キーンが予期した、まさにそのままの黙想の人。これこそ散策中の比類ない個性だ。もはや視線を上げるべきではないかとキーンは考えた。事件は鼻の先だ。声が焦《じ》れた。「こんなことってありますかね!　わたしは礼を尽くしておたずねしましたぞ!　一体全体、なに様《さま》のつもりなんです!　へっ、無作法な!　それとも唖なんですかい?」　応答はない。「あなた、ひとことぐらいおっしゃったらどうなんです!　いや、もう道筋のことなど問題じゃない。あなたでなきゃ、ならんわけでもなし、ものを言ったからって口が減るとでもお思いですかね。聞こえとるのでしょうがね!」　聞いていなかった。それに応じて耳を傾けた者の敬意が増した。「警察にしょっぴきますぜ!　見損ってもらいますまい！　こら、痩せっぽち、お高くとまるない！　なんだ、その風態《なり》は！　質流れの一張羅ってとこ、まったくてきな伊達《だて》姿だぜ！　腕にかかえたのがお守りってわけですかい、ちぇ、首でもくくりやがれ！　やい、でくのぼう！」

キーンは邪険に突きとばされ、鞄がひったくられた。自分でもおよそ不思議の力をふりしぼって、猛然とキーンは鞄を奪い返し、すばやく右手に身体を転じた。鞄の安否をたしかめること。だが視線は肥った短軀の上に落ちた。デブは身振り激しくキーンに向かって叫んでいた。「やい、田吾作！　田舎者！　礼儀知らず！」　沈黙のひと、頑強に口を噤み続けた個性の持主とは当のキーンであった。彼はおもむろに、全身たけりたった痴れ者に背を向けた。鋭い刃で饒舌をまっぷたつ、切り裂いた。この肥っちょの小男、その礼儀とやらを瞬時のうちに卑劣に変じていささかも恥じぬ男はなにほどもキーンを傷つけることはできない。委細構わず、しかし思わず知らず足早にキーンは通りを横切った。書物を身に携えているときは摑み合いを避けねばならぬ。ところで彼は常に身に書物を携えていた。

所詮、通行人だれかれの愚行に手を染める義務はないのだから。話しているうちにわれを忘れることは、学者一般、厳に慎しむ要があろう。大いなる危険である。キーンは口舌の徒というよりもむしろ文章の人だ。十数カ国の東洋語をよくし、西洋語とて二、三、意のままにすることは言うまでもない。文学全般、なべてに親しい。引用において考え、推敲を経た文を記した。その統一を彼に負うテキストは数知れない。中国やインドや日本の古文書の、破損個所や欠落部分を鮮やかに補綴した。それが妬みを買いもした。キーンはむしろ意想の過多を警戒しなくてはならなかった。細心緻密に数カ月熟考し、嘔吐をもよおさせるほど慎重に、厳しく恣意を禁じながら、一語、一文字、あるいは一行に関する断を下した。それもその無疵に確信を抱いたとき、ようやくに。数量は数えるほどながら、各々が同学の者の百の論の基礎となったキーンのこれまでの論文が、当代最高の中国学者との名声を確立した。同学の専門家はキーン論文のどれをも正確に、まずは暗記するまでに知っていた。キーンがひとたびペンをとるとき、それは決定し宰領するものであった。論争のあげくは彼に決がゆだねられた。関連学問の最高の権威でさえも同断であった。キーンが手簡を恵むのは少数の人に限られていた。彼の目にかなった人、その者はただ一通の便りに随喜し、数カ年の仕事の契機を得た。それとてもキーンがとうに予知していたところのものであった。個の交際は無であった。招待は否んだ。東洋諸学の講座に欠員が生じるとき、まずキーンに白羽の矢が立った。そのたびに慇懃無礼に辞退した。

生来、キーンは弁ずる人ではなかった。弁才はむしろ仕事を損うものだ。彼のささやかな意見によれば、現今、中等教育担当中のあの非生産的な啓蒙家たちこそ高等教育講座につくべきであり、本来の、現実の、創造的な研究者は、もっぱらおのれの仕事に没頭できなくてはならぬ。中庸の頭脳に不足しない。キーンがなすような講義は、聴講者に高度の知的要求を呈する故に、ほとんど理解の途を見つけ得まいし、試験に合格しよう者などあるべくもない。彼は若い未熟な連中が三十歳に達するまで、また退屈からにせよ、おくればせの真面目の情からにせよ、なにがしかを、たとえ一時的には少々のことであろうとも学ぶまで、競って落第させ続けるであろう。慎重な吟味の上に聴講を許可された記憶力抜群の少数者でさえも、キーンは怪しみ、ついには役立たずとみなすであろう。難解づくめの予備試験十回のあげく選ばれた学生は、その限りでは、最大多数のやくざなノラクラ学生の中に混じっているよりも多くの業績をあげ得よう。すなわち、キーンの位置は正当な、それだけ原理的な場に係わり、場の提供の鄭重な申し出を鄭重に固辞するのを常とした。

饒舌のうちに終始する学会において、キーンはその名のもっとも多く口にされる人間であった。生涯の大半をおとなしく臆病な近視の鼠と化している人々が、数年ごとに一度、変貌した。目ざとく互いに挨拶し、不格好な頭をつき合わせ、無意味にこぜわしく囁き合い、懇親パーティに馳せて不器用にグラスを打ち合わせる。感激にふるえ、満面に嬉色を湛えてみずからの旗を、みずからの栄誉のしるしを、高々と掲げるのであった。種々さまざまの言葉でもって幾度となく同じものを賞讃する。言葉は異にしても内容は分ち難かった。休憩時間に賭をした。このたびキーンは来るであろうかと。高名並びなき者を押しのけてキーンの名前はさらに多く口にされ、その言動は好奇をそそった。彼が名声を購わなかったこと、意に反して若年の彼のために催された賞讃と祝賀の会を十年以上もかたくなに拒み続けてきたこと、つねづね学会発表に重要な講演を予告しながら、そのつど代読させてきたこと。これらすべてを同僚たちは、日延べされた出現の兆と解読した。一度は、おそらくはこのたび、不意に現われるであろう。永らく期待を裏切り、それだけ熱烈な拍手をおうように受けとる。そしてまっしぐら、学会理事長の地位に収まる。これこそキーンに正当な地位だ。欠席しつつも黙契的に享受している地位。期待は空しかった。キーンは現われない。多数が賭に敗けた。

キーンは最後の瞬間にことわった。原稿を、目をかけた一人に送ることは皮肉な効果をもたらすのだ。ふんだんな座興的プログラムに挟まれ、和気あいあいとした安楽の空気に、まったくといっていいほど適合しない仕事が突如出現するならば、この些事は、二年間の探求のこの結果は、学会を顚倒させずには措かない。キーンはおのが研究の意想外の成果を、こういう瞬間までとっておくことにしていた。その効果、ここに発生する議論を遠くから意地悪く、また真剣に、さながらテキスト批判におけると同じ目で見守った。学会は彼の軽侮をもろに受けた。学会は一致してキーンの長寿を祈願した。彼の死を耳にすれば、死ぬばかりに驚愕する者は数知れまい。

若年のキーンを個人的に知るわずかの者ももはや彼の顔を記憶していなかった。彼の写真を求める便は幾度となく来た。一枚の写真も所有せず、今後もまた所有しないであろうと返事した。ともに事実通りであった。譲りようがないではないか。通常の遺言云々とは委細かかわらないことながら、三十歳のとき、おのが頭蓋骨を脳髄もろとも脳研究のため研究所に寄託した。理由。まこと画期的な自分の記憶力を特殊な脳構造、たとえば脳髄の比類なき重量より解明されたい。さらに続けて研究所長宛の書簡にキーンはこう書いた。天才とは記憶力である、との近時しばしば世人が好んで口にする言及を自分は信じない。自分もまた天才ではあり得ない。しかし自分の所持している驚異的な記憶力、その効用、自分の学問上の大いなる武器を否定することはすなわち学問的ではない。自分はいわば第二の図書室を脳中に蔵している。仄聞するところによれば、世評かしましい現実の蔵書同様に多岐にわたり、確固たるそれを。自分は書卓に向かい、草稿を練る。脳中の蔵書以外、あれこれの書をひもとくこともなしに、詳細をきわめた細部にまで論及する。なるほど、後刻、引用並びに参考文献を実物によって確認する。それとてもひとえに良心に添わんがためである。いままで一度として記憶力の齟齬をきたしたためしはなく、脳裏にとどめる夢でさえ、形なく色なく、模糊《もこ》としたイメージによるものは一つもない。夜なお、自分の脳は冴える。耳にする音は正常な原因を持ち、交す会話は理性に従う。なべて意味本来にのっとるのである。自分の正確無比の記憶力と、明白にして明瞭な夢の間に、なんらかの関連がなされるものや否や。この解明は自分の専門ではない。ただここに指摘するにとどめ、当書簡におき、敢えて記した個人的データを傲慢不遜の言となさざらんことをキーンは懇請して文を閉じた。

彼の生活はみずからの言辞に即した。その二、三の例は、虚栄とはおよそ無縁の、隠遁的な、沈黙のうちにすぎる彼の本質を明らかにするものであった。とまれ、道筋をたずね、しかるのち口汚なく罵った卑劣漢への怒りが歩みとともに高まった。ここにいたればもはやあれしかない。キーンはとある戸口の下に寄り、見回した。――どの目も彼にとまらぬ――ポケットから細長いノートをとり出した。表紙には背の高い角ばった筆跡で《愚劣》とあった。この文字にまず目をやった。やおら頁を繰る。既に半分以上に記載があった。忘れたいことがらは何事もここに書きこんだ。日付、時間、場所で始まる。次に人間の愚劣を露呈する事象を記す。さらに引用の利用。常に新たな引用が締めくくった。ここに蒐集した愚劣をキーンは決して再読しない。表紙を一瞥するだけで事は足りる。後年、これを『中国学者の散歩』と題して出版することを彼は考えていた。

鋭く尖らせた鉛筆をとり出した。空白の最初の頁。《九月二十三日、七時四十五分。むーと・しゅとらーせニテ、トアル男、むーと・しゅとらーせへノ道ヲ尋ネリ。余ハ彼ヲ恥ジラワシメンガタメ、沈黙ス。男、厚顔ニモ数度問ヲ繰リ返ス。態度ハ礼ニ叶エリ。突如、男ノ視線ハ道路標識ニ落チタリ。直チニオノガ愚ヲサトレリ。余ガ彼ノ立場ニアレバ、イチハヤクソノ場ヲ立チ去リシモノヲ、男、ミズカラノ怒リニ身ヲユダネ、余ヲ罵リタリ。余ガ彼ヲ庇イシザラマシカバ、カカル惨タル情景ハナカリシナラン。愚者ハ誰ゾ？》

最後の一行でキーンは自分自身をも容赦しないことを示した。彼はだれに対しても仮借なかった。ホッとしてノートを収め、男は忘れた。この間に小脇の鞄がかしいだ。持ち直す。次の四辻で猛犬を怖れた。犬はいきりたち、まっしぐらに進んでくる。張りきった紐を盲人が握っていた。盲目であることは犬を見落としても右手にある白い杖で知られた。盲人には用なしの足早の通行人も、犬には驚きの目をみはった。それは鼻をグンと突き出し、雑踏を縫って進む。見事な猛犬。ひとは心好く道をあけた。盲人は決然と帽子をとり、杖とともに胸より突き出して一声あげた。「この犬の食事《くいぶち》のおめぐみを！」　小銭の雨が降った。道路の真中に人々はつめ、通行は頓挫した。さいわいにもこれを制する警官が四辻にいるわけでない。キーンはまじかに乞食を眺めた。全身が貧を暗示する。だが面貌には知的な面影があった。眼孔の回りの絶え間ない筋肉運動――瞬きし、眉をつり上げ、額に皺を寄せること――その故にキーンは不信を抱いた。詐欺師だ、これは。このとき、ほぼ十二歳の少年が近寄り、思うさま犬を押しのけ、帽子の中に厚っぽいボタンを投げた。盲人は凝視する。一段と情をこめ、感謝した。ボタンは落下し、金貨同様に響いた。キーンはギクッとした。少年の頭髪《かみ》をひっつかみ、鞄で脳天を殴りつけた。「なんてことを！」キーンは叫んだ。「盲《めく》人《ら》を欺すなんて！」直後、鞄の中身を思い出した。書物だ。愕然とした。なんという犠牲を払ったことか。少年は泣きわめきながら逃げた。通常の、しかし並みより熾烈な同情の念に戻るために、持ちあわせの小銭全部を帽子に入れた。周りより賛同の声が上がった。そのひまにそっと身をかがめてキーンは抜け出た。犬は再び紐を引く。警官の姿とともに、引くものと引かれる者とは元の歩みに戻っていた。

　キーンは盲目の兆を知るならば、自殺することを心に決めていた。盲人に出会うたびに、痛切な不安が巡ってきた。唖ならば愛した。聾、半身不随、その他の不具、それが何あろう。盲人はキーンを不安にした。何故に自殺しないのか。たとえば点字を修得しても読書の範囲は限られている。アレクサンドリアの偉大な司書、世紀前三世紀の大知識人、五十万の書巻を治めていたあのエラトステネスは八十歳にして怖るべき発見をした。視力が彼を見捨て始めた。まだ見えた。だがもはや読もうとはしなかった。余人ならば視力喪失をただ待っていたであろう。エラトステネスは書物からの別離を盲目と見なしてはばからなかった。弟子や友人たちの懇請を謝絶し、さりげなく微笑みつつ、ひとり、数日にして餓死し果てた。

　大エラトステネスの先例を、二万五千巻の蔵書の持主たる小キーンごときが、時いたれば真似るのに、なんの苦も要らぬというもの。

家路の残りを彼は足早に終えた。既に八時。八時きっかり、仕事が始まる。遅延はいやしむところであった。そっと視線をあたりにやった。見える。眼は曇りなく心好い。

エーアリッヒ・シュトラーセ二十四番地の建物の最上四階にキーンの図書室はあった。扉は三重の複雑な鍵によって保護されていた。キーンは鍵をあけ、衣桁がひとつあるだけの玄関口を通り書斎に入った。おずおずと鞄を肱掛椅子におき、次に、図書室を形成している広大な、天井の高い通しの四部屋を検分する。壁全面は天井まで書巻で覆われていた。丹念に目をさらす。天窓がある。ここより入る明りはキーンの誇りであった。側面の窓は、数年前、家主とひと悶着起こしたあげく埋めこませた。その結果、どの部屋にも四番目の壁が書棚用に獲得された。上からの照明がくまなく棚を舐め、書巻をほどよくまさぐる。往来の雑踏を眺めるという欲望は――人が生まれながらに所持している暇つぶしのあの悪徳は――側面の窓の喪失とともに失われた。書卓に向かう前に、毎日、キーンは創案と徹底とを希求した。これを待って、始めて自分の願いが叶うもの。すなわち、豊潤な蔵書、整然と完結した蔵書、その中には余計な家具一つだになく、余計なひと一人だにいず、ひたむきな思考に専心専念できるもの、これを持つことであった。

第一の部屋は書斎にあてられていた。頑丈な古い書卓、その前に肱掛椅子。それと向かいの隅の安楽椅子がこの部屋の家具のすべてであった。いや、さらに一つ、細い寝椅子があった。これはただ眠るためだけのものなのだから、キーンは好んで見すごした。壁には移動自由の梯子が懸る。寝椅子よりも重要だ。日によれば部屋から部屋へ忙がしく駆けめぐる。残りの三部屋にはここの往来の邪魔となる椅子一つとしてなかった。机も箪笥も暖炉もない。書棚の端麗な単調を乱すものはことごとく追放されていた。床一面に厚い見事な絨毯が走り、四部屋全部に開け放たれたドアを通して、これを広やかな単一の空間にとり結ぶそっけない薄明を暖ためていた。

キーンの歩みは固く、重い。なかんずく強く絨毯を踏みしめる。微かな反響さえもない。ここでは象さえなお足音をたてないのだ。だからこそキーンは高く絨毯を評価した。すべての書物が一時間前、ここを去ったときと同じ秩序にあることを確認した。キーンは鞄を開け、なかの書物をとり出した。部屋に帰るや、鞄は書卓の前の肱掛椅子におく。さもなくば忘れるであろう。整理することを忘れ、直ちに仕事を始めるであろう。八時定刻、キーンの位置は書卓にある。梯子に上がり、書物をその当然の場所に収めた。細心の注意にもかかわらず最後の一冊が——これが最後と思い、ついこぜわしくしたばかりに——梯子を必要とさえしない三段目から落下した。かの愛してやまない孟子であった。「馬鹿め！」とおのれを罵った。「野蛮人！文盲めが！」そっと持ち上げ、ドアに急いだ。とたんに大事を思い出した。向かいの壁にあった梯子を押して、ひそやかに、不祥事の現場にやった。孟子を両の掌でかい抱き、梯子の足許の絨毯の上に寝かせた。戸口にすっとび、ドアを開いて叫んだ。

「一番よい布巾を、早く！」

　続いて家政婦が、たてかけただけの扉をノックする。キーンは応えない。家政婦は首を入れ、尋ねた。

「どうかしました？」

「いいから、寄こしなさい！」

　彼の声には否応なしの嘆きがあった。これで退くには家政婦の好奇心は強すぎる。「でも、先生、そうおっしゃっても！」批難がましく言って足を踏み入れた。ひと目で事故の意味をさとった。彼女はすり寄る。床にとどく青い、強《こわ》い外套の下に足は見えない。首はかしいでいた。両耳は大きく、薄く、突っ立っていた。右の耳が肩に触れ、一部隠されていたので、左耳はなおのこと大きく見えた。歩くときにも話すときにも首を振った。それに両肩が合《あい》の手を入れる。彼女はかがみこみ、孟子をとり上げ、布巾で十幾度、丹念に拭った。キーンはことさら阻止しない。それが礼儀ではないか。傍に立ち、仕事振りいかんを検分した。

「梯子に登っているとき、よくあることですとも」

　家政婦は拭いたての皿の如くに孟子をキーンに手渡した。これを契機になんとか会話を続けたかった。だがおぼつかない。キーンは「どうも」とひとこと。背を向けた。家政婦は察して、去った。扉の把手を手に、やおら振り返り、背一杯の親愛をこめて尋ねた。

「これまで、こういうことはよくありましたの？」

　キーンをまじまじと見た。心中、おだやかでない。「でも、先生、そうなんでしょう！」このひとことはなめらかな彼女のことばに刺《とげ》立った。すてぜりふか。キーンはなだめた。

「これらの図書にどれほどの値打があるか、御存知でしょうが！」

これほど好意的な返答を家政婦は予期していなかった。十全に了解し、安んじて部屋を出た。キーンはおのれをなじる。書巻について、さながらげすっぽい商人然と語るとは。ああいった人種に、書物を丁重に扱わせるのに他のどういった手があろうか？　正当な価値は解さない。自分が書物を投資代りにしていると思いこんだに相違ない。これが人間だ！　これが人間どもだ！

日本の古文書に、深々とした辞儀を払ったのち、ようやくキーンは書卓についた。

秘密

八年前、キーンは次のような広告を新聞に載せた。《責任感アル家政婦求ム。当方、学者。多量ノ蔵書ヲ有ス。個性豊カナ婦女子歓迎。素見オ断ワリ。俸給ハ第二義ノコトナラン》
テレーゼ・クルンプホルツは、当時、自分でも満足のいく、安定した勤め先にいた。毎朝、御主人様に朝食を用意する前、『タークブラット』紙をすみからすみまで読んでいたのも、世間の動きを知るためであった。自分の生涯を、このような世間並の家庭で終えようとは思っていなかった。まだ若いのだもの。四十八歳にもなっていないのだから。独身の男性の許で働きたかった。わりふりが自由だし、主婦と角突きあうこともない。しかし職探しは気取られないよう用心しなくては。これはといったのが見つかるまでは、いまのところにとどまる。テレーゼは新聞のホラ話を知っていた。淑女の前に黄金《かね》の山が築かれる。一歩、家に入るやいなや、まってましたと強姦される。一人立ちしてから三十三年間、まだ強姦されたことはない。されませんとも、警戒おさおさ怠りないのだから。

このたびの広告文は眼に焼きついた。《俸給ハ第二義ノコトナラン》これだ。一様の厚文字で印刷されたその文を、数度、尻上がりに読んでみた。この調子、これは男の文章だ。個性豊かな婦人とは自分のこと。嬉しかった。素《ひや》見《かし》の女たちが追い出されるさまが目に見えた。それはまったく嬉しいことであった。自分はそうじゃない。決してそうじゃないわ。

翌朝七時、彼女はキーンの前に立っていた。玄関口に招じ入れられ、すぐとに彼の宣言を聞いた。

「わたしは他人がわたしの住居に入ることを許していません。図書の世話ができますか！」

キーンは鋭く、意地悪く、上から下までテレーゼを見た。返答を聞くまでは、彼女についての感想は口にしないけしきであった。なんてこと、一体あたしを何だと思ってるのかしら？

彼のぶしつけさにいきどおりながら、申し分のない答えを返した。

「どうしてわたしが先の家政婦を去らせたか申しましょう」彼は語った。「わたしの蔵書の一冊がなくなりました。あますところなく探させたのです。しかし遂に現われなかった。やむなくその場で解雇しました」昂《たかぶ》りをおさえて中断した。そして「お分りでしょう」とつけたした。まるで彼女の知性を信頼しきったように。

「秩序がなくてはなりませんわ」テレーゼは即座に声を入れた。キーンの警戒は解けた。おうように図書室への入室を肯《こう》じた。テレーゼはおずおずと第一の部屋に進み、待った。

「あなたの仕事は」とキーンは厳としてそっけなく口を切った。「毎日一部屋ずつすみからすみまで掃除することです。四日目に四部屋全部が終る。五日目には再び最初の部屋に戻っていただきたい。できますか？」

「できますとも」

再度、部屋を出た。キーンは戸口を開けた。

「さようなら。採用します」

テレーゼは既に階段にいた。なお躊躇した。俸給について話がなかった。いまの勤めを捨てる前に質《ただ》さなくては。いや、むしろ、よそう。くどい。それに黙っている方が、あの主人、たくさん出すのではあるまいか。用心と欲と、この二つの力に、第三の力が競って勝った。好奇の念が。「ところで給金はいかほどいただけます？」とっさにとんだ失敗かと思い、《すみませんが》を言い忘れた。「お好きなだけ」キーンは言い放って、扉を閉じた。

主人家の者たち、このありふれた人々は一様にテレーゼを——もう十二年以上も備わっていたなじみのこの古い家具を——信頼していた。かれらの仰天したことには、テレーゼは述べたてた。もう我慢できないと。こんな家政、こんなことなら往来でパンのおもらいに出た方がずっとましだ。考え直す余地などない。いますぐ出て行きます。十二年も勤めたからには、こういうだしぬけの暇乞いだって許されていいはずだ。愚鈍な家族は二十日までの俸給節約の機会にとびついた。予告期間を守らないからには払う義務など認めない。あの人が払ってくれるわ、とテレーゼは思った。そして、出た。

テレーゼは申し分なく書物を世話した。背後でキーンは彼女の労を多とする旨を口にしていた。あからさまの賞讃は必要であろうか。食事は定刻きっかりに用意された。料理の上手下手をキーンは判定できぬ。それにどうでもよいことであった。書卓で食事をすませる間にも心はそこにはなかった。口に入れたそれが何であるかさえ言えなかったであろう。意識は思想のためにある。意識が思想を養育する。意識なくして思想はあり得ない。咀嚼と消化は自明の理ではないか。

テレーゼはキーンの仕事に一種の敬意を払っていた。きちんきちんと高額の給金がいただけたから。それにだれにもそっけなく、自分ともひとことも口をきかないから。子供のときから、テレーゼは母親の持っていた交際好きの性分を軽蔑していた。仕事には厳密をモットーとした。贈物はいただかない。そしてここには当初から秘密があった。テレーゼは秘密を好む。

正六時、寝椅子から教授は起き上がる。着衣と洗面の時間は短い。夜、テレーゼは床につく前に、寝椅子を整え、車輪つきの洗面台を書斎中央に運んでおく。夜じゅう、このままにあってよろしい。異国文字が飾装用に描きこまれた衝立《ついたて》で隠すこと。キーンは家具が我慢できない。《洗面車》と呼ばれるそれはキーン自身の発明に係わる。用が終ればこのおぞましい道具はさっさと放逐できるのである。六時十五分、彼は扉を開き、《車》を猛然と突き放つ。長い通路をその勢いのまま転って、台所傍の壁にドンとぶつかる。テレーゼは台所で待機する。彼女の小部屋は台所の隣りにあった。ドアを開いて、叫ぶ。「もうお起き？」返事はない。キーンは再び扉を閉ざす。七時までの沈黙。七時までの永い間、一体全体、彼は何をしているのであろう。だれも知らない。通常、常には書卓に向かい、書いている。

陰鬱な重々しい大机は、はち切れんばかりに文書を孕み、無数の書巻を背なっていた。引出しは引かれる度にとっぴょうしもない金切声をあげた。雑音を忌み嫌っていたにもかかわらず、キーンがこの装置を古机にとりつけさせたのは、不在中、家政婦に闖入者の存在を気づかせるためであった。かれら滑稽なこそ泥どもは書物の背後を探って金をたずねたがる。キーンは家政婦に、この三段式の貴重な机の構造を、手ぎわよく意を尽くして説明した。金切声をとめることは彼にもまたできないと、いわくありげにつけたした。昼間、キーンが文書をとり出すとき、その音は聞こえた。奇体なこと、あんな音が平気だなんて。夜、キーンはすべての文書を元に戻した。朝八時まで、机もひとしく沈黙した。掃除のときには書物と黄ばんだ書類のみ。キーン自筆の新しい紙片を見かけたことはついぞない。六時十五分から七時までの四十五分間、彼がまず仕事をしていないことだけはたしかであった。

お祈りをしている？　そんなはずはない。だれが祈ったりするというのだろう？　テレーゼはお祈りを知らない。教会へ行かない。教会へ駆けつける衆愚《ばか》を見るだけで充分。あそこにはお行儀のよい種族がより添って坐っているだけ。ひたすら乞い願うなんてどおいうことかしら。献金しなくてはならないし。みんなが手もとを眺めているのだから。あのお金がどう使われているものやら。家でお祈り——なんのために？　時間がもったいないわ。ちゃんとした人間なら不必要。あたしはちゃんとした人間だし。他人様もただ祈るだけ。ともかくもあの四十五分間、部屋で何をしているのやら、テレーゼは知りたかった。彼女は知りたがり屋ではなかった。だれにもそんなことは言わせないわ。他人の事柄を嗅ぎ回ったりもしない。いまどきの女はみんなそうだけど。何事にも鼻を突っこむ。あたしは仕事で手一杯。毎日毎日、値が上がる。じゃがいもはもう二倍からしてる。値段を見て卒倒しなければ大したものだわ。あのひと、四つのドア全部を閉じている。でなければ、せめては隣室からでも窺えるのだけど。いつもは時間の鬼みたいで、一分間も無駄にしない男だのに！

キーンの散歩中、テレーゼは自分にゆだねられた部屋を捜索した。惨事を予測していた。どういう種類のものであるかは定かでない。まずトランク詰めの女の死体が目に浮かんだ。しかし絨毯の下とても隠し場がない。無残なバラバラ死体はあきらめた。箪笥一つない。テレーゼはどんなにか箪笥が欲しいことか。四面の壁に一つずつ。とすると犯罪は書物の背後を場とするはずだ。そこ以外、どこに？義務心ならば布巾で背をかすめるだけで充ち足りよう。やましい秘密を嗅ぎ出したからには、見なくては。のぞかなくては。一冊一冊とり出して、叩いた。——空洞かもしれないもの。——不格好なガサガサの指を木枠までのばし、撫で、首をかしげてしぶしぶ引いた。気ははやっても約定ずみの時間をこえてはならない。キーンが戸口に戻る五分前には台所に戻っていた。急がず、焦らず、一部屋、また一部屋ととりかかった。見つけ出す希望はなくさない。

たゆまない探索の数カ月間、テレーゼは給金の銀行預金を中止した。手をつけなかった。どんな金だか知れたものじゃない。渡されるやいなや、紙幣は便箋を入れた奇麗な封筒に収めた。ともに二十年前に買い、新品そのままに触れなかったもの。さんざ考えあぐねたすえに、トランクにしまった。この数十年、高額をはたいて買い求めた、とびきりの選り抜き品ぞろいの嫁入支度を入れたトランクに。

たやすくはシッポを摑めないことをテレーゼは次第に了解した。かまうものか、時間はあるのだから。待てる。それに悪くはない。たとえ何かが明るみに出ようと——自分の罪ではない。図書室のしみはどれほど小さなものも拭きとった。警察に知り合いがいたら、それが頼りがいのあるちゃんとした人で、自分の、このわりのいい勤め口にも気を配ってくれる人なら、そっと耳うちしてあげるのに。証拠はいくらもありますとも。でも、うしろだてがいなくちゃあ。今日この頃の人気って何かしら？ダンスね、それに水浴、それに雑談。だれもかれも真剣なことはいやがる。働くことはいやがる。この家の主、あの真面目そうな人間でさえ、やましいことが一杯。やっと十二時に床につく。最良の眠りは真夜中前だわ。ちゃんとしたひとなら九時に床につく。寝る時間に特別なんてない。

犯罪は秘密に凝縮し、隠蔽された惨事に厚い冷たい軽蔑がつもる。テレーゼは好奇の目を光らせていた。六時十五分から七時まで、いつでも跳びこめる用意のこと。たまさかだろうと人間だもの、きっとあるその機会を計算に入れていた。突然の胃痙攣で彼が部屋中を転げ回る。テレーゼは駆け入って、どうかしたかと尋ねよう。痙攣はそうたやすくは終らない。数分あればこちらの用は足りるのだもの。だがキーンの整然とした生活は健康保持にこの上ない。テレーゼがここに来てから既に八年、キーンは一度として胃痙攣に悩まなかった。

犬と盲人に遭遇した日の午前に、キーンはかつての論文数篇を至急必要とした。引出しをあわただしく掻き回した。紙の山ができた。草稿、訂正文、写しその他仕事に関連したものを慎重に選った。紙束を見つけた。その内容は後学の面々に凌駕され、反論されつくしたもの。ここには学生時代まで溯る研究の形見がある。暗記しているにもかかわらず、ただただ確認のためのほんの些細な事柄に数時間を徒費する。三十枚の紙片を読む。そのうちの一行を必要としてだ。役立たずの、とっくに用ずみの紙片が手に入りこむ。一体、何用だ。腹立たしかった。印刷にせよ手書きにせよ、キーンの眼は文字に出会う限り見過ごしにしない。だれがこれほどの忍耐を持とうか。最初の一語から最後の一語まで、彼は耐える。インキはうすれていた。弱い筆跡を追うのは辛い。街路の盲人を思い出した。あそこで眼を遊興に供じた。まるで永劫不滅のものであるかのごとくに。いたわるかわりに、月ごとに働きの場を広げる。紙一枚はいくばくかの視力の犠牲になりたっていた。犬の生命は短く、犬はまた読書しない。かわりにその眼で盲人を助ける。眼を徒費する者は、すなわち盲導犬にしかすぎない。

卓上の役立たずは遠去けよう。明日、起床直後に。いまは仕事を始めねばならぬ。

翌朝、定刻六時、まどろみから跳ね起き、厳然とした書卓に駆け寄って、引出し全部を引いた。金切声が湧き立った。図書室を縫って流れ、それは膨脹する。引出しのどれもが咽喉を得て、競いあって救けを求める。盗まれる、苦しい、殺されると。どこのだれだ、こんなことをするのは。声の主《ぬし》に眼はなかった。咽喉があるばかり。キーンは紙片に眼を通す。時間《とき》を要した。声にたじろがない。始めたことはやり終える。細い腕に紙屑の山をかかえて、四番目の部屋へよろめきながら急いだ。そこ、金切声から遠のいて、呪咀まじりに一枚ずつ紙片を裂いた。ノックの音。

キーンは歯噛みした。さらにノックの音。キーンはじだんだ踏んだ。ノックは乱打に変わった。「うるさい！」キーンは声を放って、呪った。自分に係わる騒ぎなら許す。だがこれは原稿に係わる。ただ怒りだけがこれを捨てる勇気を与えた。キーンは立ち上がった。彼は脚の長い、孤独なコンドルだ。引き裂いた紙の山の只中に立つ。血を流した生きものであるかにおどおどといとおしく、涙とともに手にかけたものの只中に。それらを不必要に傷つけないよう、しのびやかに足を伸ばした。それら死体の山を背にして、ホッとひと息ついた。ドアを開けると家政婦がいた。キーンはだるく紙の山を指した。「かたづけなさい！」金切声は止んでいた。彼は書卓に戻り、引出しを押した。どれもこれもぐったりと疲れはてていた。キーンはあまりに烈しく開けすぎた。装置が毀れていた。

テレーゼは音を聞きつけたとき、洗面をすませ、強《こわ》い外套を着こむところ、いましも身もだえの最中であった。仰天した。ともかくも外套の前を固くおさえ、書斎の戸口に駆けつけた。「ま、大変！」引出しの笛の音。「何事かしら？」初めはおずおずと、次第に力をこめてノックした。応じる声がない。ドアにとりついた。開かない。ありたけの戸口に回った。最後の部屋からキーンの怒声が洩れる。思うさまノックした。「うるさい！」と罵声が返った。かつてない罵声が。半ば昂り、半ばしおしおと、テレーゼはごつい手をごつい外套に落とし、木像然と立ちつくした。「なんてことかしら！」つぶやいた。「なんてことかしら！」そしてキーンがドアを開いたときも、むしろ習慣から、待っていた。

生来の緩慢な知慮にもかかわらず、この場の出来事は即座に察知した。ようやく、「はい、ただいま」と声を上げ、台所に向かった。敷居に至って、思った。「なんてことかしら、すぐに閉ざすなんて。習慣って恐いものだわ！　きっと何かあったのだわ、もうひと息だったのに！　なんて運がないのかしら！　なんて運がないことかしら！」このことばは初めて口にした。日頃自分はわりのいい仕事についた幸運な人間だと思っていたのだから。不安から烈しく首を振った。もう一度、廊下にすべり出た。上半身を深く倒そう。足がおくれ、もつれた。外套の裾がまといつく。足音をしのばせる方が目的に叶っていただろう。でも平凡すぎる。待望の機会には待望の歩みをしなくては。部屋は見通しだわ。真中に紙屑の山がある。ドアと敷居の隙に厚ぼったい絨毯を嚙ませた。風に押されて音高く閉じないように。台所に戻って、右手に箒と塵とりを持ち、洗面車がおなじみ通り転がり出てくるのを待った。あれをとりにどんなにか部屋に入って行きたかっただろう。今日はずいぶん間があるわ。やっと壁にぶつかったとき、ついうっかり、「もうお起き？」と声を発した。台所に押し入れて、普段より腰をかがめて図書室に這いこんだ。箒と塵とりを床におく。そっと部屋部屋を抜け、書斎の口に進む。一歩ごとに立ちどまり、首をかしげた。右耳の方がずっと聡いのだから。三十メートルのへだたりに十分要した。テレーゼは果敢に前進する。期待に応じて不安が増した。目的を達した喜びの姿勢なら、もう千度となく思い描いてきた。ひたとドア枠に身を寄せた。こわばった外套に気がついたがもう遅い。片眼はのぞくため。もう一方の眼が背後を見張っている限り、安全だわ。見られてはならない。でも見落としてもならない。支えにした右腕がついつい折れそうになる。強《し》いておさえた。

　キーンは書物の前を悠然と往来《いきき》する。わけのわからぬ声を上げる。小脇に空の鞄をかかえていた。歩をとどめ、一瞬考えこみ、梯子を移してよじ登った。最上段から一冊を引き出し、頁を繰ってから鞄に入れた。梯子を下りて再びあちこちと歩く。立ちどまった。一冊、抜き出そうとする。出ない。額に皺を寄せ、ようやくのことで手にするや、バンと強く打った。鞄に入れる。五冊、選り出した。うち小型本四冊、大冊一巻。突如、だっとの如くに重たげな鞄をかかえ梯子をよじて最上段に至り、最初の一冊を元に返した。長い脚がゆらぐ。キーンはあやうく落ちかかる。

　彼が落ちてくれたら、それで怪我かなにかしてくれたら、苦労はこれで終る。テレーゼは腕を戻した。それは麻痺していた。耳をつまみ、思うさまひっぱった。両眼をカッと開いて宙に浮いた彼を見た。その足が絨毯を踏んだとき、吐息をついた。書物、あれはまやかしものだ。裏がある。テレーゼは図書室を知りつくしている。苦労は発明の母だわ。秘密の品は麻薬かしら？　モルヒネ？　それともコカイン？　知れたものじゃない。ごまかされやしませんとも。本の背後《うしろ》だわ。たとえばの話だけれど、どうしてあのひと、部屋を横切らないのかしら？　梯子の傍にいて、向かいの書棚に用がある。まっすぐ行けばいいものを、壁ぞいに添って行く。小脇に鞄をかかいこんで、ずっと大回り。きっと本の背後だわ。隠してある。殺人者は殺人現場にわれ知らず魅了されるもの。鞄は一杯、もう何も入らない。テレーゼは鞄をよく知っていた。毎日はたきをかけるのだから。いまにきっと何かが起こる。もう七時じゃないかしら？　七時だと出て行く。七時にどこへ？　七時なんかはきっと方便《だし》だわ。

テレーゼは思いきり上半身を前に突き出し、両腕で支え、薄い耳をそば立たせた。細い眼をギラつかせた。キーンは両手で鞄をささげ持って絨毯におもむろに置く。その誇らかな顔。身をかがめ、かがんだままでいた。テレーゼは汗みずく。全身がわなないた。涙が出る。そうなんだ、分った、絨毯の下だ。いま頃やっと気がつくなんて。なんてお馬鹿さん。キーンは立ち上がり、骨を鳴らした。唾を吐く。いやいや、《これでよし》と言っただけ？　鞄をとり、一冊とり出し、ゆっくりと元の所に戻す。これが繰返された。

テレーゼは気を悪くした。へっ、なんてことなの、御苦労さまね！　もう見るものなんてありはしない。生真面目な御仁ってわけ、笑いもせず、語りもしない！　あたしだって生真面目だわ、それに働き者。でもあんなことをするかしら？　手を切りとられた方がましなくらい。自分の家政婦を目の前にしてあんなにも愚かしい。それでいて金持なんだ！　大金持！　パトロン持ちかしら。なんてお金の使いよう！　だれかほかのひとが、この頃の若者みたいな結構な人種がこの家《や》にいたら。あのひとかしら、最後の一枚の敷布さえ剝ぎとりかねないのは。でもこの家《うち》にはベッドもないわ。沢山の本で何をしているのかしら？　全部なんて読めっこない。ああいうのをあたしは馬鹿って呼ぶ。無駄使いさせないわ。お金をとりあげて、追い出す。どんなちゃんとしたひとがこの家に仕《つか》えているか、分らせてあげる。自分以外は馬鹿ぞろいと思いこんでいるのだから。あたしは馬鹿じゃないわ。これまでの八年間はあるいは馬鹿だったかもしれない。もう駄目、もうあたしは馬鹿じゃない！

キーンが散歩用の書物の選択第二回目を終えたとき、テレーゼの初めの怒りは消えていた。おもむろに姿勢を正し、普段のしっかとした歩調で紙片の山に進み寄り、威儀を正して塵とりをザックと入れた。塵とりはいまや意味深く、不思議のものであった。

いやいや、テレーゼは心に誓った。この勤め口をはなすまい。彼の狂気の現場をおさえた。これが経験というもの。見たものを使うすべなら知っている。彼女は通常ほとんど見ない。郊外へ出たことはない。ハイキングに行かない。お金が惜しいもの。水浴なんてちゃんとしたひとのすることじゃない。旅行なんていやだ。知らないところで何をするの。買物に行く要さえなければ、ずっと家にいたいほどだ。ひとに会えば騙かされるのが関の山だわ。ものは年々高くなるし。以前《むかし》はこうではなかったわ。

仲人・孔子

次の日曜日、キーンは上機嫌で散歩から戻ってきた。日曜の早朝だ、街路に人影はない。人々はめぐってきた自由の日を眠りで始める。それからとっておきの服を着こむ。眠りのあとの冴えた時間は鏡の前の思案ですぎる。ほかの日なら、他人に渋面をつきつけて悦しむところであるが。自分で自分に大満足でありながら、それを納得するために同輩たちの許に出掛けて行かねばならない。週日はパンのために、週末は無益な饒舌のために額に汗し、口に泡する。安息日は本来、沈黙の日であった。人々が追われ、また追うものをキーンは侮蔑をこめて見た。安息日とは意味がない。日々沈黙し、終日仕事についているのだから。

戸口に家政婦がいた。明らかに永いこと待っていたらしい。

「二階のメッツガーの息子が来ました。先生が何かお約束なさったとかで。お帰りになってるはずだと頑張るのです。だれか大人が階段を上がっていくのを、あの家の女中が見たとか言って。半時間したらまた来ると申していました。お邪魔はしない、本のことだとかでした」

　キーンは聞いていなかった。《本》の一語でハッとした。ようやくに了解した。

「嘘だ、約束したおぼえはない。インドや中国の写真を見せると言っただけだ。それも暇があったらの条件つきだ。暇などない。来たら帰すこと！」

「だれもがすぐとにつけあがりますの、なんてことかしら、あの厚かましい連中ったら。父親はありきたりの労働者です。どうやって稼いでいるのだか知れたものじゃありませんとも。なんでも子供のためとかがこの頃の風潮ですわ。しつけなどどこにもない。子供のずうずうしいことといったら、あいた口がふさがらない。学校では四六時中、遊び暮らして、先生と散歩したりしてますもの。なんてこと。以前《むかし》はこうではありませんでした！　子供に勉強心がなければ、両親は学校からひきとって徒弟に出したものです。それもたたきこむのが上手な、なるたけ厳しい親方のところに。今日この頃は大違い。働こうなんて殊勝なひとがいるかしら？　身のほどを知るなんてこともありませんわ。日曜日、散歩している若い人々を一度まあ御覧下さい。見習娘さえ新しいブラウスを欲しがって。なんてことかしら、どうしてそんなに高いものを買わなくてはならないのかしら？　みんな水浴に行くのです。そこで裸体《はだか》になります。男と一緒ですわ。以前、こんなことってあったかしら？　もっと働くべきです、その方がずっと身のためですわ。どこからああいう遊興費《おかね》を手に入れるのか、分りませんわ。毎日毎日、値が上がるというのに。じゃがいもはもう二倍からしています。子供がずうずうしくなっても不思議じゃありませんわ。両親《おや》のせいですとも。以前ならピシャッと叩いたものですよ、右と左にひとつずつ。しつけをそうして教えたものです。一体、世の中はどうなっているのかしら。小さいときには何一つ学ばず、大きくなって働こうとしない」

　キーンは初め、家政婦の長ったらしいお喋りに気を悪くした。しかしまもなくあらためて耳を澄ました。この無学な女はこんなにも学ぶことを尊《たっと》んでいる。よき種を宿していると言ってよい。おそらくは、毎日自分の書物の世話をしてきたからだ。この種の女は書物にはなんら係わらない。この女は感覚がいい。教養に憧れているのであろう。

「その通りです」とキーンは答えた。「あなたの判断に共鳴します。学ぶのは大切なことです」

その間に二人は戸口を踏んでいた。「お待ちなさい！」とキーンは命じて図書室に入り、左手に小型の一冊を持ち戻って来た。頁を繰りながら、薄っぺらなきつい唇を突き出した。「いいですね！」と号令し、ややうしろに退かせた。大事にはそれに応じた空間が要る。書の文《ふみ》の簡明とは奇妙な対照をなす情熱をこめて、キーンは朗読した。

「ワガ師ハ昼ニ三千、夕ニ千ノ文字ヲ筆写スベシト命ジラレタリ。冬ノ短日、ハヤ陽ハ没シ、ワレ未ダ課題ヲ了セズ。西方ニ面スル縁台ニ小板ヲ渡ビ、書キ継イダリ。深夜、筆写セルモノヲ読ミ返スウチ、睡魔ニ襲ワレタリ。カクテ背ニ二個ノ水桶ヲ用意シ、眠気堪エ難キトキ、衣服ヲ脱ギ、一桶ノ水ヲ浴ビタリ。イマ一度睡魔襲イクルトキ、サラニ一桶ノ水ヲ浴ブ。二桶ノ加護ニテ常ニ課題ヲ終了スルコトヲ得タリ。ソノ冬、余ハ九歳ニ達セリ」

興奮し、感激にふるえながらキーンは勢いよく書を閉じた。「以前《むかし》はこのようにして学んだのです。日本の学者、新井白石の手になる少年期の回想の一節です」

朗読の間に、テレーゼは身をすり寄せ、一句ごとに大きく首肯した。彼女の細長い左耳は、キーンがなめらかに日本語から訳し進めることばに向かい、おのずから広がっていた。彼はなにげなく本を斜めにかまえていた。奇異な文字が見える。テレーゼは流暢な朗読に感歎した。とてものことで異国語に対しているとは思えない。「なんてことかしら！」嘆声を発した。朗読は終了した。彼女は大きく呼吸をした。彼女の驚嘆振りをキーンは好感をもって眺めた。もはや遅すぎるはずであるが、一体、齢はいくつであろう？　いやいや、学ぶのに遅すぎるということはない。単純な小説本から始めてはどうか。

このとき烈しくベルが鳴った。テレーゼがドアを開く。と、メッツガー少年が顔を入れた。「ぼく、入っていいんだ！」少年は大声で叫んだ。「教授《せんせい》にお許しをもらったんだ！」「本なんてありません！」テレーゼは叫び返してドアを閉めた。外で少年はたけりたった。わめきちらした。激昂のあまり、何を言っているのか分らない。「教授《せんせい》は怒るぞ。殴りとばすぞ。ぼく、階段でバター・パンを食べてるぞ」

キーンは書斎の戸口にいた。少年には気づかれなかった。家政婦に微笑を送った。だれであれ、自分の書物の庇護者を目にするのは心好い。返礼をしなくては。「何かお読みになりたければ、遠慮なく相談に来られてよろしいです」

「お願いしますわ。以前からそう思ってましたの」

書物に係わるとこんなにも主張する！　普段はこうではない。なににつけても目立たなかった。本を貸そうなんぞは考えてもいないのに。余裕をおくためにキーンは答えた。

「では、明日にでも何かあなた用のを探しておきましょう」

キーンは仕事についた。約束が気になった。たしか家政婦は毎日蔵書の世話をして、これまでも一冊だに傷つけなかった。だが、掃除と読書とは別物である。女の指は太く、がさついている。やわらかな紙にはやわらかな指が必要だ。堅牢な装幀がもろい紙をようやく守っている。それにあの女は読むことができるのか？　五十はとっくに越えていよう。時間《とき》は充分すごした。プラトンは勉学の老人を好敵手アンティステネスと呼んだ。いまや勉学の老女が出現した。知恵の渇きを豊饒の泉で慰《い》やそうとする。それともおのが無知を恥じているのか？　善行は結構だ。しかし何故他者に犠牲を強いる？　書物にまで債務を荷わすのか？　わたしは高い俸給を払っている。また、払ってもよろしい。わたしの金なのだから。本を貸すなど卑劣きわまる。無学者に書物など何用あろう。傍で読まれては堪らない。

夜、男がひとり、四方から繋がれ、棒一本を手に寺院の高台で、二匹のたけりたった豹と闘う。二匹は左右から猛猛しく襲いかかる。ともに多彩な色あいの奇妙なリボンに飾りたてられ、牙を鳴らし、息を吐きかけ、カッと眼を開いていた。それに見すえられればだれの背にも冷水が走るであろう。空は暗く、狭く、星を隠していた。捕囚の目から眼球がこぼれ、こなごなに砕けた。闘いはいつ果てるともしれず、ひとはこの陰惨事に慣れて欠伸《あくび》をした。偶然、視線が豹の足に落ちた。それは人間の足であった。おやおや、見物者に混じっていた長身の知識人は思いついた、これはメキシコの犠牲司祭だ。神聖喜劇を演じている。犠牲の者は自分が死ぬ定めにあることを承知している。豹は司祭の変装だ。わたしならお見通しだが。

このとき右の豹が犠牲者の胸板めがけて石鉾を突き立てた。胸は切り裂けた。キーンは眩暈《めまい》して眼を閉じる。血がとび散るさまを想像して、この中世的な蛮行を非難した。血が流れきるまで待とう。そして目を開けた。なんとしたことであろう、切り裂けた胸から本がとび出す。二冊目が。さらに三冊、四冊と。果てしなく地に落ちる。炎が立った。血が棒に火を点じた。本が燃える。「胸を閉じよ！」捕虜に向かって叫んだ。「胸を閉じるのだ！」キーンは身振りで示した。こう閉じる、こう！　捕囚は真似する。力強くひとゆすりして鎖を外し、両の手で胸をわしずかみする。キーンは安堵した。

いや、胸をおし広げる。広く広くおし開く。本だ、書物が転げ出る。何十冊、何百冊と。限りなく出る。炎が這い寄った。紙を舐める。どの書も救けを求め、一勢に金切声をあげる。キーンは両腕を差しのべた。赫々と燃える書物めがけて。祭壇は思ったよりはるか遠い。キーンが二、三歩跳び進んでも近づかない。駆け出そう。彼は駆け、突進した。忌まわしい息切れ。肉体をないがしろにするとき、喘《あえ》ぎが見舞う。みずからを切りさいなみたい。役立たずめ。肝心のときに無能を暴露する。この哀れな肉体め！　人間の犠牲なら承知の上だ。しかし書物は、書物はならない！祭壇の直前に来た。火炎が髪を焼き、眉を焦がす。棒は巨大な丸太であった。遠くからでは小さく見えたのに。火の真中に立つ。あの中へ、卑怯者よ、ホラ吹きめが！　跳べ、哀れな悪党よ！

どうしておのれを罵るのか？　既に渦中にいるではないか。きみたち、書物はどこだ？　どこにいる？　火が眩暈をもよおす。どうした、ああ、なんとした、手で摑めば金切声をあげる人間だ。むしゃぶりついてくる。投げ落としても投げ落としても、また来る。這い上がり、キーンの膝に摑みかかる。上からは燃えさかる炬火《きよか》が降る。彼は視線を上げない。しかしはっきりと見る。炬火は彼の耳を、髪を、肩を燃やす。火責めだ。火責めにする。盛《さか》る火炎の音。「はなせ！」キーンは怒鳴る。「はなせ！　はなしてくれ！　書物を救うのだ！」

だれかがキーンの口にとびかかり、一文字の唇をさらにふさぐ。声を出したい。しかし口は開かない。必死の思いで念じた。あれら書物が滅びる！　滅亡する！　泣きたかった。しかし涙はどこだ。眼はかたく合わさり、眼にも人がしがみつく。足を踏み鳴らしたい。右足を高くもたげた。無駄だ。ただ落ちる。鉛を負うた火をあげる人間もろともに。キーンはこれらを嫌悪する。貪欲な生物《やつ》め、欲にくらんだ者たちめ。彼は憎悪する。傷つけ、苦しめ、罵倒したい。だが、できない、できないのだ！　一瞬といえども、自分がここに来た理由を忘れない。眼は暴力《ちから》でふさがれている。しかし精神は凶悪な顔を持つのだ。キーンは一冊の本を見た。四隅からそれは広がる。膨脹する。天と地を隠し、地平線までの空間を充たす。紅《くれない》の炎が端から侵す。静かに、音もなく燃え進む。書物が粛然と苦難の死を堪える。人間は泣き叫ぶ。しかし書物は無言のうちに焼ける。殉教者は叫ばない。聖者は叫喚しない。

　このとき声がした。すべてを知る声が。神の声がした。「ココニ書物ハナイ。スベテハ虚妄ダ」その声は真実の声と、キーンは直ちに了解した。炎をあげる群衆を軽やかにふり払い、キーンは火から跳んだ。助かった。苦痛はあったか？　猛烈な苦痛が、と彼は応える。だが、思われているほどではない。あの声に感謝しよう。祭壇から跳びすさるおのれが見えた。へだたりをおいて振り返る。虚妄の火を嘲《わら》ってやる。

　キーンは立っている。ローマを深く省察して。わななく四肢を見る。あたり一面、焦げた肉の悪臭が漂う。人間とはなんと愚かだ。怒りを忘れた。ひとっ跳び。それで助かるというのに。

　どうしてだか分らない。突如、人間《ひと》が書物に変貌した。キーンは叫んで、夢中に火の方《かた》に突進する。走り、喘ぎ、罵り、跳ぶ。そして哀訴する肉体の群につながれる。不安がめぐる。神の声に救われ、遁れ、元の位置から燃えさかる同じ光景を省察する。これが四度くり返された。速度は一度から一度とともに高まる。全身は汗にまみれていた。ひそかに小休止を願った。興奮と興奮のはざまに許されていよう。四度目の休息中に最後の審判が見舞った。その高さが家や山や空に見まがう荷車が、四方八方蝟集して、口を開けた祭壇に近づく。強く一つ、声が嘲る。「今度は書《ほ》物《ん》だ！」キーンはうめいた。そして目覚めた。

　思い出せる限りもっとも陰惨なこの夢に圧倒されて、醒めてから半時間後もキーンはまだ呆然としていた。彼の散歩中に不注意なマッチ一本から——全蔵書が焼失した！いくつもの保険をかけていた。しかし二万五千の書巻を喪ってなお生き続ける力があるであろうか？　保険金の獲得などなにあろう。蔑視しつつキーンは契約をむすんだ。のちにそれを恥じた。解約したかった。ただ、書物と生物《いきもの》とが同一の協定で保証されるその事務所に二度と再び足を踏み入れたくないために、また、来訪する代理人から免れるために、そのときどきの掛金を払いこんでいた。

　夢はその要因に引き戻すとき、力を失う。一昨日、キーンはメキシコの絵文書を見た。その一枚には二匹の豹に仮装した司祭によってとり行なわれる人身御供の祭儀のさまが描かれていた。また盲人との出会いから、アレクサンドリアの老司書、エラトステネスを思い出したのは、つい先日のことであった。アレクサンドリアの名前はまずあの有名な図書館焼失につながる。それに幼稚さを常に笑ったものだが、中世の木版画には、火刑に処せられながらも凝然としてなお薪の山の上で祈りのことばを叫び続けている数十人のユダヤ人が描かれていたものだ。キーンはまたミケランジェロを愛していた。その《最後の審判》は最高の芸術であった。そこでは冷酷無慙な悪魔たちが罪人を黄泉路《よみじ》へ引き連れて行く。呪われた者たちのひとりが、卑劣な愚人の前で手をもんでいる不安と苦悩の図があった。愚人の足許には悪魔が控えていた。愚人は悲惨を知らぬ。みずからに係わるそれさえも。上天にキリストがいた。およそキリストらしからぬキリストが。そして剛い、太い腕をあげて裁いていた。これからキーンの夢は生れ出た。

　キーンが洗面車を押し出したとき、常になくかん高く「もうお起き？」の声を耳にした。このような早朝に奇声をはりあげる必要がどこにある。醒めきっていないとでもいうのか？　いやいや、そうだ、本を約束した。小説本がお目当てか。小説が人を養ったためしはない。それは与えるよりも奪うものだ。最良の個性さえも損う。他人に同化することを学び、心を移ろわせる趣味を得る。気に入りの人物に身をまかすのだ。見地を問わず、縁もゆかりもない目的に追従して、あげくおのが眼の的を見失う。小説は楔《くさび》だ。ペンを持った演技者が、おのが読者の閉ざされた我の中に打ちこむ楔だ。楔と抵抗との計量が精妙であればあるほど個人の我はひび割れていく。国益よりして小説は禁止さるべきではないのか。

　七時。キーンは再びドアを開けた。テレーゼは待っていた。常のごとくゆったりと、またひかえめに。耳をややそばだたせて。

「お願いしますわ」卑劣にも思い出せた。

　キーンの頭に少々の血がのぼった。醜悪な外套をひきずって、ひとがついなんの気なしに言ったことに注意を喚起する。「本でしょうが！」キーンの声はふるえていた。

「結構ですとも！」

ドアを女の鼻先でピシャッと閉め、第三の部屋によろけながら急いだ。指一本を当て、『ブレドフ氏のズボン』を抜いた。これは大昔、小学校の時代《とき》から持っていた。当時、クラスの全員に貸し、その結果、惨憺たる外貌を呈してこれ以上傷めつけようのない代物となった。シミだらけの装幀とよれよれの頁は、キーンに意地悪い喜びを与えた。悠然と家政婦の許に戻り、眼前に突き出した。

「念のためですわ」とテレーゼは言い、小脇から厚い紙の束をとり出した。気づかなかった。いつ用意したのであろう。あれこれと選んでようやく一枚をとり、子供に服を着せかけるように本にかぶせた。さらに二枚目の包み紙を手にして言った。「二重の方が保《も》ちがいいですわ」しっくりと収まらないので破りすて、三枚目で合わそうとする。

キーンは動きを目で追った。生涯に初めてテレーゼを見たかのように。見まちがっていた。女は自分よりも丁重に本を扱う。彼にとっては憎悪の対象でしかない古本に二重の表紙をかぶせた。指貫《ゆびぬき》の指は表紙からはなしていた。指先だけで作業する。指はとりたてて太いわけではない。キーンはおのれを恥じた。嬉々として彼女を見た。別の本を持ってくるべきではなかったか？　これほど汚ならしい本には相当しない。しかしそのうち二冊目を願うであろう。家政婦は図書室を見ていなかった。既に八年間も。そして自分はそれに気づいていなかった。

「明日、わたしは旅立つのです」突如としてキーンは告げた。テレーゼは表紙を指で撫で、皺をのばしていた。「数ヵ月、留守にします」

「ちゃんと本のお世話をしておきます。一時間で充分ですわ」

「もし火事になればどうしますか？」

テレーゼは仰天した。紙束を床に落とした。本は握っていた。「なんてことを！　救わなくては！」

「旅になど出ません。冗談ですよ」キーンは笑みを浮かべた。自分が旅立って書物だけを残したあとの満幅《まんぷく》の信頼。これを想ってテレーゼに近づき、骨張った指で肩を叩いた。そしてほとんど友情をこめて言った。「あなたは親切な人です」

「どんな本を選んでくださったのか、一度のぞいて見なくてはなりませんわ」テレーゼは言った。その口は耳にまでとどくほど大きく割れた。本を開き、声を出した。「……のズボン」口ごもった。赤面はしなかった。顔にうっすら汗がにじんだ。

「でも、先生！」ひと声叫んで意気揚々と台所に駆けこんだ。

それに続く数日、キーンは常に集中状態に戻ることに努めた。彼とても文字に係わる作業に疲れ、自分の個性が許すよりもなお永く人と交わっていたいというひそかな欲望を感じる瞬間《とき》があった。この欲望ともろにぶつかるならば、さらに多くの時間を失う。抑えればなおのこと強く跳ねるのが常ではないか。キーンは狡猾な方法を案出した。すなわち彼はだまくらかす。頭脳を書卓からへだて、徒らな願望に身をゆだねない。外出せず、愚者と無意味な会話を交すことをしない。逆だ、選り抜きの友で書斎を活気づける。古代中国人をもっとも好んだ。それらが位置する壁と書棚から出ることを命じ、招き寄せ、椅子をすすめる。挨拶し、場合によれば脅し、かれらにその本来のことばを語らせ、かれらが口を噤むまでおのが意見を主張した。元来、文字による論争が、かくして予想外の精彩を獲得する。キーンは中国語の会話練習に励むかたわら、警句をさかんに口にする。苦もなく口をつき、意のままに流れ出る。もし劇場に行くとすれば、愚劣きわまるセリフを聞くであろう。教える代りに興がらせ、興がらせるつもりで退屈させる代物だ。二時間、三時間と、貴重な時間を徒費したあげく、不興げに床につく羽目に陥る。わたし自身の会話は短い。だがなんと滋味豊かなものであろう。キーンはこう思い、おのが無邪気な遊興を弁護する。余人には奇態と映じずにはいないであろうから。

通りや書店で、キーンはしばしば野蛮の民に遭遇した。かれらはなまなましくみずからを表現して、キーンを驚愕させるのであった。彼の大衆蔑視の信念に逆らうような印象には、少々の計算術を適用すれば足りる。この男は一日にどれほどの語を話すであろう？　最少一万語。そのうち三語が意味のあることばだ。たまたま自分はその三語を耳にした。一日にこの男の脳髄を駆けめぐる十万語、意識にあっても口をつかないそれ、無意味に次ぐ無意味のそれは面貌より明瞭に見てとれる。耳にしないのはなんというさいわいか。

家政婦はほとんど喋らない。常にひとりだから。突如として彼との間に共通のものが生じた。キーンはこれを考えずにはいられない。家政婦を見る。直ちに丁寧な包装を得た『ブレドフ氏のズボン』が目に浮かぶ。何十年、ブレドフ氏は蔵書の山の中でたえだえに息ついていた。その前を通りすぎるたびに、あらわなその背にキーンは痛みをおぼえながら放置していた。装幀しなおして何になろう？　てまひまかけてどうなろう？　このとき愚直な家政婦が来て、なすべきことを彼に教えた。

それともあれはほんの喜劇だったか？　お追従のひとつをやってのけただけかもしれぬ。キーンの蔵書の盛名はとどろいていた。稀覯本を求めて古書商人がひきもきらず来訪した。家政婦は大がかりな窃盗を意図しているのではあるまいか。掃除の名目でひとりきりで図書室にいるとき、一体何をしていることやら。

ある日、キーンはだしぬけに台所を訪れた。不信の念に苦しんだ。はっきりしたい。正体をつかめば即座に解雇する。水を、と呼んだのに聞きすごしたか。家政婦がそそくさと立った間に、彼女が向かっていた机を検分した。小さな、刺繡入りのクッションの上にブレドフ氏が置かれていた。二十頁目。大して読み進んでいない。盆にのせてテレーゼはコップを持参した。手に白い革手袋。キーンはコップを支えることを忘れた。床に落ちる。受皿が続いて落ちた。この邪魔。これにかかずらうことはむしろさいわいだった。さもなければひとこととして口にできなかったであろう。五歳のときから三十五年間、キーンは読書してきた。しかしその際に手袋をつけたことはついぞない。なんという狼狽か。おのずから滑稽であった。気をとりなおしてそっけなく尋ねた。

「まだあまり進んでいませんね？」

「一頁を何度も繰り返しますの。でないとなんにもなりませんから」

「気に入りましたか？」無理にも何か尋ねなくてはならぬ。卒倒しそうだ。

「本はどれもすばらしいものですわ。理解しなくてはなりません。この本には油のシミがいっぱいありますの。いろいろやってみましたが消えません。どうしたらいいでしょう？」

「以前からそうなんです」

「なんてことかしら、惜しいですわ。大切な本ですのに！」

家政婦は《高い本》とは言わなかった。《大切な本》と言った。値段ではない、内容の価値を言った。だのに、蔵書にこめられた投資の金額《たか》をほのめかしたのはキーン自身であった。自分は軽蔑されているにちがいない。これは偉大な魂の持主なのだ。夜ふけ、古いシミを消そうと苦労していた。寝もやらずに。彼は使いふるしのみじめな屑本を与えた。それも腹立ちまぎれに。彼女はそれを重宝する。いつくしむ。人間に対してならとりたててどうのことではない。書物に対してだ。弱いもの、虐待されたものを迎え入れる。神が与え給うた地上に棄てられ、途方に暮れた最後のものを抱擁した。

キーンは感動にふるえながら台所をあとにした。聖女にかけることばがなかった。廊下に残った彼のつぶやき。テレーゼはそれを耳聡く聞いた。何に係わっているか知っていた。

天井の高い図書室をキーンは行きつ戻りつする。孔子《コンフツィ》の名を呼んだ。それは真向かいの壁から悠然と見下ろしていた。ゆったりと近づいて来る——生ききった者の威厳。キーンは大股で走り寄る。当然払うべき礼を忘れた。その動転振りが賢者の姿勢をきわだたせた。

「わたしは教養に欠けてはいない！」五歩離れてキーンは叫んだ。「わたしはまた良識も備えている。教養と良識とはあいともに行くもので、一方がなければ他方も欠けると聞かされてきた。だれに？　おまえにだ！」キーンは孔子をおまえ呼ばわりしてはばからない。「しかし教養のかけらもないのに、わたしやおまえやおまえの弟子の全学者をあわせたよりもはるかに多くの、良識といつくしみと威厳と人間味をかね備えた者がいる！」

孔子はうろたえない。話しかけられる前に整然と一礼することを忘れない。罵詈《ばり》雑言《ぞうごん》にも太い眉ひとつ動かさない。猿の眼のように知恵深く、古色に沈んだ黒い眼《まなこ》が光る。間をおいて口をきった。

「十五ニシテ学ビ、三十ニシテ立チ、四十ニシテ惑ワズ——六十ニシテヨウヤク耳ヲ得タリ」

キーン熟知のくだりであった。不快だ、これが自分の詰責に対する返答か。とり急ぎ数字を比較してみた。十五歳のとき、母の意に逆らってひそかに、昼は学校で、夜はふとんの下で盗み読みした。おぼつかない懐中電燈を唯一の明りにして、一冊一冊と。弟のゲオルクは母から監視を命じられている。夜、たまたま目覚めると、きまってそっと掛布を上げてみた。それに続く数夜は、本と懐中電燈とをいかにすばやく身体の下に匿すかに、読書の成否がかかっていた。三十にしてキーンは学問において自立した。教職は蔑《べつ》して拒んだ。父の遺産の利子で適度な生活ならば生涯にわたって送れたであろう。好んで書物に代えた。このままでは三年も経てばすべてなくなる。窮乏の未来は夢にさえ見ない。すなわち虞れていなかった。いまや彼は四十であった。惑わぬ。ブレドフ氏のズボンから逃れてはいなかったが。まだ六十ではない。六十ならば耳を得ていたはずではないか。しかし一体、だれのための耳を？

孔子はこの疑問を察知したかのごとく一歩近寄った。キーンの背は、はるか抜きんでていたけれども、彼に向かって親しく一礼し、奉ずべき道を教えた。

「人間のアリヨウヲ観察セヨ。行為ノ動因ヲ見テ、何事ニ満足スルヤヲ知レ。自ラヲ隠ススベガアルデアロウカ！　ソモアリエヨウヤ！」

キーンは深い悲しみを思った。これらのことばを暗記していてどうあろう？　利用せず、試みず、確かめずしてどうあろう。八年間、ある人間《ひと》が自分の傍にいた。ありようは知っていた。しかし行為の動因を思ったことがない。いかに書物に対しているか知っていた。日々、眼前でなされているのだから。俸給のためと思っていた。が、何に満足を見出すのかを知って以来、動因をさとった。休息と睡眠とを犠牲にして、哀れをきわめ、だれひとり見むきもしない屑本のシミを消そうとしていた。自分が卑しい不信の念から、不意に台所を襲わなかったならば、あの行為は明るみに出なかった。隠れたままであっただろう。預けられたブレドフ氏のためにクッションに刺繍し、やわらかな敷台とした。八年間、一度として手袋をはめなかった。だのに、一冊の本を、あの本を開くとなってから出かけ、僅少な俸給をさいて手袋を購った。あれは愚者ではない。実利はわきまえていようものを。手袋の代金で新本のブレドフ氏三冊を買えることを知っている。なんというあやまちをしていたことか。八年間、盲目でいたとは。

孔子は直ちにことばを添える。「自ラ直サザルアヤマチコソ、アヤマチナリ。アヤマチタレバ直スコトヲ恥ジズアレ」

直すとも。キーンは叫んだ。彼女に八年の失われた時間《とき》を償うとも。あれを娶《めと》るのだ！　最良の蔵書守《も》りではないか。火事にも鮮やかに対処するであろう。うってつけの世話方ではないか。資質はよい。生まれながらの家政婦だ。澄んでいる。無学の輩のあの雑念がない。恋人を、パン屋か肉屋か仕立屋かそういった野蛮の輩、愚者のひとりを持とうとすれば持てた。だが持たない。ただただ書物に心を奪われている。妻とするほど簡明なすべがあろうか？

もはや孔子は要しない。たまたま眼がその方に走った。既に消えていた。わずかに弱い、しかしながら明瞭な声があった。「善ヲ見テコレヲナサザルハ勇気ノ欠如ナリ」

キーンにはこの最後の励ましに感謝する暇《いとま》がなかった。台所に突進し、猛然とドアにとりつく。把手がもげた。テレーゼはクッションを前にして読書の体であった。キーンを背後に感じ、身を起こして頁に視線を投げかけた。さきほどのセリフはまだ記憶にある。第三頁、これでよい。キーンは躊躇する。ことばを知らない。そこでおのが手を見る。もげた把手を握っていた。床に叩きつけた。強《こわ》ばってテレーゼの前にひざまずき、言った。「お手をください！」テレーゼは喘いだ。「でも、なんてことを！」手を彼に差し出した。いま誘惑が始まる。これからだわ。全身が汗ばんできた。「その手じゃない」とキーンは言った。その手のことではない。「あなたを娶ります！」性急なこの決定は予想外であった。首をゆすりながら、大きくかしげ、誇らかに、もつれる舌をおさえながら答えた。「遠慮いたしませんわ！」

貝

ひっそりした結婚式であった。介添として老い耄《ぼ》れた下男がひとり、耄碌した身体をようよう支えてつとめ、それに好色の靴屋が立ち合った。この男、自分の数度の結婚式には巧妙に姿をくらまし、おのが泥酔生活を他人事と見なすのを得意としていた。金持客と見れば娘や息子の結婚相手をたのみ回った。早婚の価値を力説する。「餓鬼どもが枕をかわしゃ、孫どもとび出しまさあ。ようがすね。その孫どもがこうつるんで曾孫でさあ」しめくくりに身につけた上等の服を指さした。これで箔がつかあな。上等の結婚式には外に出してアイロンを当てさせる。並みの場合は自《い》宅《え》で自分でアイロンを当てる。仕上り時間厳守の点で、客には一つ注文をつける。永いこと姿を見せていなかったら、元来は仕事が遅い性質ではあるが、即時修理、お代無料という。この点では、常日頃まったくあてにならない靴屋であったにもかかわらず、約束を守った。事実、お代はさまでとらなかった。両親の意志に逆らって結婚するほど道に外れていながら、結婚を諦めるほど十分には外れていない者たち、おおむねは娘たちを、彼はしばらく隠まうことにしていた。お喋りだが、ことこれに関しては口が固かった。何も知らぬ母親たちにお宅の恩知らずの娘などとあしざまにべらべら喋っていても、ほんの少しの暗示さえ与えなかった。自称《理想》に挺身する前には、仕事場の戸口に巨大な標識を掲げていた。そこには石炭がらののたくり字で記されていた。《只今小用中。戻ルコト、マズハ請ケ合イ。ふーべると・べれでぃんがー拝》

彼はテレーゼから婚姻について聞かされた最初の男であった。だが真《ま》に受けなかった。業をにやしたテレーゼに婚姻登記所へ証人として招待されるまで、本当とは思わなかった。当日、二人の証人は新夫婦につき従って通りへ出てきた。老下男はペコペコ背をかがめて礼金を受けとり、めでたいめでたいとつぶやきながら去った。「……また御入用の節には……いつでも……」とキーンの耳に聞こえた。十歩離れてもなお口に一杯、熱意をこめていた。フーベルト・ベレディンガーはいたく失望した。前代未聞の結婚式ではないか。わざわざ出してアイロンを当てさせた服を着てきたのに、花婿ときたら、普段の服装でやって来た。靴の踵は斜めにすりへり、服はすりきれ、愛情のかけらも示さず、花嫁に代って婚姻書類を仔細げに眺めているとは。誓いの応答はそっけない。どうも、とうなずく調子ではないか。老いた花嫁に腕をさし出さず、肝心の接吻を、この一週間、靴屋にとって夢にまで見た接吻を——他人の接吻拝見は自分のやつより二十倍だか甘いものだが——その接吻を、彼の励みの種である接吻を、《小用》のことばに代えてしろしめした接吻を、お役人臨席に係わる世間公認の接吻を、名誉の接吻を、永遠の接吻を、その接吻を省略した。別れぎわ、握手の手をたじろがせた。不快顔は憎らしげな笑いでごまかした。「いま少しの御辛抱を」と写真師のような声をかけ、クスッと笑い声を立てた。キーン夫婦は歩をとどめた。靴屋は突如、空に描いた女の前で深々と辞儀をする。顎を愛撫し、「グーグー」と音をまね、ポッテリとした肢体を鼻を鳴らして検討する。彼の丸顔はますます丸味をおび、尻が張りきり、二重顎がだぶついて、目の周りに小さな細い皺が走った。彼の手が女の肢体を描く。女は徐々にふくらんだ。これを眼で追いながら、一方で新婚夫婦に流し目をくれ、煽りたてる。ぐっと女を抱きしめて、左手で、こう、乳房をわしづかみ。

たしかに架空の女であった。しかしキーンはこの猥雑な演技の意味を理解した。テレーゼは眺めていた。やおら身を引きはなした。

「昼の日中に酔っぱらって！」とテレーゼは言い、夫の腕にしがみついた。彼女もまた立腹していた。

近くの停留所で二人は電車を待った。今日もまた普段の日となんら変らないことを強調するため、キーンは自動車に乗らない。電車が来る。まず跳び乗った。乗車口に立ってから、妻に先をゆずることを思いついた。あとずさりして歩道に降り、テレーゼを烈しく突いた。車掌は邪険に発車を合図し、電車は二人を残して発車した。「なんなのよ？」テレーゼは刺すように見て尋ねた。突くなんて。背中が痛い。「乗せようと思って——あなたを先に——いや、きみをだ、失礼」「そうなの」テレーゼはつけたした。「どうも御親切さま」

次の電車に座席を見つけて、キーンは二人分を支払った。さきほどの醜態の償いだ。車掌は切符をテレーゼに手渡す。テレーゼは無言で唇を引きゆがめ笑った。隣りの夫を肩でつついた。「え？」キーンが聞く。「あれで案外、さとりがいいのね」と嘲けって、無骨な車掌の背でこれみよがしに切符を振った。嘲笑か。キーンは黙した。

彼は不快を覚え始めた。電車《くるま》が混む。真向かいに子供を四人連れた女が坐った。二人を膝にのせ、二人は立たせていた。テレーゼの右隣の男が降りる。「それ、そこそこ！」女は子供に指図した。二人、としはもいかない少年と少女が、押しあって座席をめざした。一方からは年配の紳士が近づく。テレーゼは空席を手で覆った。子供二人は潜行し、座席の直前《まえ》で浮上した。テレーゼは埃のようにそれを払った。「あたしの子よ」女が叫んだ。「何をすんの！」「なんてことかしら」テレーゼは夫に添って意味ありげに目配せした。「子供はあとからってことを知らないのかしら」紳士がたどりつき、礼を述べて坐った。

キーンは妻の視線を受けた。弟のゲオルクがいてくれたら。ゲオルクは婦人科医であった。パリに病院《みせ》を持ち、三十五歳にもならないのに、名医の名をとどろかせていた。書物よりも女を扱って巧みであった。学業を経て二年とせぬうちに、良家の婦女子が門前に列をなした。病気とあれば、そしてまたこの種の女たちは常に病気であったが、ひきもきらず彼の許に駆けつけた。この世間的な成功は既に兄の軽蔑を買うものであった。ゲオルクの美貌なら容赦できる。生来のものだ。彼に咎はない。だが美貌に纏綿《てんめん》する醜悪事を個性で抑えないことはどうか。ゲオルクの個性は弱い。それは一度選んだ専門を捨て、いそいそと精神病理学に移ったことからも知られる。そこでなにがしかの業績をあげた。本心は婦人科医にあった。不倫の好みはその血に流れていた。ペーターがゲオルクの不行跡を怒り交信を絶ってからほぼ八年になる。切々の情のこめられた多くの来信を破棄した。破棄したものにはすなわち返信しない。

　このたびの結婚は交信を再開するのに絶好の機会と言えただろう。弟が医学に踏み出したのは兄のすすめによった。兄が弟にその本来の、自然の専門に係わって知恵を借りても恥辱ではあるまい。隣席に坐ったこの臆病な内気な女性はどう扱えばよいのか？　これはもはや若くはない。生真面目そのものである。真向かいの女ははるか若い。しかし四人の子持ちだ。妻は無論、未だ子なしだ。《子供はあとから。》奇妙にはっきり聞こえた。なんのつもりか？　どういう意味をこめたのか？　子供を欲しがってはいないであろう。自分もまた好まない。子供を思ったこととてない。何故ああ言ったのか。身持ちのよくない男とでも考えているのであろうか。こちらの生活は承知の上だ。ひたすら慣れてきたではないか。自分が個性の持主だということも知っていよう。夜、外出したことがあろうか。女が自分を訪ねて来たことがあろうか。たとえ十五分間でも、女を招じ入れたことがあろうか。雇用の際、伝えた。男女を問わず、赤子から老人まで、一切の訪問を受けつけないと。だれであろうと追い帰すこと。《面会時間ハ皆無デアル！》をモットーとした。どうしたのだ、一体何を考えついたのだ？　あの破廉恥な靴屋のせいだ。妻は純朴な、無邪気な人間である。そうでなくてこの無学にもかかわらず、書物に対してあれほどの愛情を抱けようはずはない。あの穢ならしい男は恬然として演じたてた。あの動作身振りが何を意味したか、明瞭だ。子供でさえ、女に係わることであると察したであろう。往来にいてさえ自制力を失いがちなあの種の人間をどうして病院に送らないのか。生真面目な者に卑しい考えを植えつけるではないか。テレーゼは生真面目だ。靴屋がこれに火をつけた。そうでなくてどうして子供のことなど思いつこう。耳にしたことがこれまでも一度としてなかったとは無論言えぬ。女とはお喋りなものだ。あるいは以前の勤め先で出産の場を目にしたのか。

なにもかも知っているならばどうか。あらためて解明する手間が省ける。なんと淫らな視線をくれたことか。齢を思うと、むしろ滑稽だ。

妻に醜行を要求するなど論外ではないか。まず暇がない。睡眠に六時間。夜十二時までは仕事だ。朝は六時に起きなくてはならぬ。犬とか犬同様の畜生なら昼間でもなお辞さないであろう。妻はそれを婚姻に期待しているのか。馬鹿な。子供はあとからくる、か。愚かにも、なんでも知っているとの意をこめたのか。連環《くさり》があってその端には子供がつながれているのですわ。なかなか巧みに言ったものだ。ちょっとした冒険、すると子供が押しかけてくる。もうひと息だ。視線はわたしを目《もく》していた。告白に代るもの。なるほど。この種の告白は苦痛だ。わたしは書物のために結婚した。子供はあとから。意味があろうはずはない。せんだっては、近頃の子供が何一つ学ぼうとしないことを怒っていた。そこで新井白石の手になる一節を朗読してやった。喜びのあまり、女は我を忘れ、そのとき初めておのが姿を示した。初めて彼女の書物への愛情を知った。あのとき二人は近づいた。よもや忘れてはいまい。以来、変化はない。子供がそもそもどうあろう。友を共にし、敵を共通にする。さりげないことばに甚大な意味を賦与してどうなる。無知なのだ。注意しなくてはならぬ。さぞや驚くであろう。慎重を旨とすること。どう言うべきか。話すのは辛い。あれを叙した書物を持っていない。買うか。店員がどう思うであろう。卑劣は許されぬ。買いに行かせるか。しかし、だれを？　妻――なんとなんと――おのれの妻を！　許されぬ。わたしが行く。わたし自身が。妻がいやがるならばだ。叫ぶかもしれない。隣り近所に――玄関番が駆けつけて――警察沙汰か――野次馬が集まる。どうあろう。わたしの妻だ。正当な権利ではないか。不快だ。何を思っているのか。靴屋が火をつけたのはこのわたしにだ。妻にではない。恥知らずめ。四十にもなって。だのに突然に。わたしは妻を労《いたわ》るであろう。子供はあとから。何を言うつもりだったのか。それさえ分れば。ああ、スフィンクス。

真向かいの女が立ち上がった。「こけては駄目よ！」と子供に号令をかけ、左へ押した。右の方《かた》、テレーゼの傍で立ちどまる。さながら直立した士官であった。キーンの予期に反して会釈し、丁寧な声をかけた。「御結構ですわ。さぞかしまだお独身《ひとり》なんでしょう！」そして笑った。去りぎわに金歯が光った。女が降りてから、テレーゼはすっくと仁王立ちして声をふり絞った。「いいえ、結婚してますとも、夫がいますとも！　子供なんてまっぴらだわ！　あなた、そうなんでしょう！」キーンを見つめ、彼の腕を引っぱった。鎮めなくてはとキーンは思った。騒動は困る。救けてやらなくてはならぬ。妻は叫んでいる。叫んでいる。キーンは立って、乗客を前にした。「妻の言う通りです」妻は侮辱された。自分を守らなくてはならなかった。防御の方法は攻撃同様に不様《ぶざま》であったとしても罪は彼女にない。テレーゼは腰を戻した。だれひとり、座席をとってもらった隣りの男でさえ、彼女の味方とはならない。世間は子供に甘いのだから。さらに三つ目の停留所で二人は降りた。出口に向かうテレーゼをうしろから追いながら、キーンは背後に聞いた。「とりえと言えば外套くらいかね」「重装備ってとこだぜ」「哀れなのは御亭主様さ」「婆さん夜叉面《やしゃづら》、旦那はお供か」あちこちに笑い声が起きた。降車口にいたテレーゼと車掌だけが知らなかった。だが車掌は笑っていた。テレーゼはにこやかに夫を迎えて言った。「あの車掌ったら、上機嫌ね！」走り出した電車から車掌は身を乗り出し、口に手を添えて、どなっていた。意味は聞きとれない。大笑いして身体をゆすった。テレーゼは手を振る。いぶかしげなキーンの視線に会って謝った。

「あのひと、落ちやしないかしら」

キーンは盗み見した。テレーゼの外套を見る。並外れて青く、強《こわ》い。貝殻が貝に対するごとくに彼女の身を包んでいた。閉じた貝殻を開けようなどとだれがしようか。巨大な貝だ。外套同様に大きい。踏み潰すすべがあるか。少年時に海岸でしたようにだ。貝はびくともしなかった。彼はかつて貝の裸身を見たことがない。他のどのような生物がかくもかたくなな殻をつけていよう。知りたかった。厳として閉鎖した貝をとり、指と爪で懸命にこじた。貝は抗《あらが》う。ゆずるまでは一歩もこの場を離れない。彼は誓った。貝はその逆を誓った。見られることを拒む。どうして恥じるのか。放ってやるのに。閉じてまた放ってやるのに。害をしない。約束する。聞く耳がないのなら、代えて神に誓う。数時間。彼のことばは指同様に弱い。迂路は願わない。まっすぐ目的に達したかった。夕方、沖を巨船が通過した。舷側の力強い黒文字に目をやった。《アレクサンダー号》。激怒のさなかに声をたてて笑った。すばやく靴をはき、力一杯、貝を地面にたたきつけ、その上でゴルディオスの歓喜の踊りを躍った。殻がなんの役に立とう。靴が踏み砕く。貝は裸身をさらしていた。もっこりとしたごみと粘液、生物《いきもの》ではなかった。

殻なしのテレーゼか――これは外套なしには存在しない。強固な殻だ。いや、装幀か。青い布地装幀だ。強靭きわまる。何故に皺を寄せつけない。丹念にアイロンをかけている。あるいは同じ外套を二着持つのか。区別できない。巧妙だ。外套をおし潰してはならない。苦痛のあまり気を失うであろう。突然気を失ったら、どうすべきか？ 前もって謝罪を乞うておくこと。あとですぐさまアイロンをかけられる。その間に部屋を移ろう。何故直ちにいま一着と着かえない？ やっかいだ。これは家政婦であった。わたしは妻とした。もっと外套を購い、もっとしばしば着換えるべきではないか。そうすればこれほどまでに強張《こわ》らせずにすむ。強すぎるのは滑稽だ。電車の乗客のことばは的を得ていた。

階段を登る足は重い。われ知らずキーンは歩みを緩めた。二階に来て既におのが戸口に達したかに思い、たじろいだ。メッツガー少年が歌いながら走って来る。キーンを目にするやいなや、テレーゼを指さして訴えた。「ぼくを入れてくれないんです！ ドアを閉めてしまうんです！ せんせい、叱ってください！」

「どういうことだ？」キーンは威した。突如とびこんできた身代りだ。ありがたい。

「お許しをいただいてるって、ぼく、ちゃんとこのひとに言ったんです」

「このひと？」

「このひとです」

「このひと？」

「ええ。このひとはそんなに威張る権利はないってぼくの母は言ってました。ただの家政婦だって」

「あくたれ小僧！」キーンは叫んで、したたかに平手打を喰らわせた。少年はよろめき、倒れかかり、テレーゼの外套にしがみついて、ようやく、階段を転げ落ちるのを免れた。外套がほころびる音がした。

「そうら！」キーンは大声をあげた。「まだ懲りんとみえる！」少年が叫びを応酬する。怒りのなかに我を忘れ、キーンは二度三度足を上げた。喘いだ。少年の髪をとって引き上げ、二、三発喰らわせる。そして突き放った。少年は泣きながら階段を駆け上がった。「母さんに言いつけてやる！　母さんに言いつけてやる！」上の階段でドアがひとつ開き、次いで閉じた。女の罵声が始まった。

「大切な外套《ふく》だのに。なんてことをするのかしら」テレーゼは夫の働きに感謝して立ちどまり、思いをこめて彼を見た。いまだ、暗示を与える機会《おり》は。何か言わなくてはならない。キーンもまた立ちどまった。

「とてもいい外套です。保《も》ちはいいでしょう？」美しい古詩になぞらえよう。素晴らしい思いつきだ。いずれにせよ思いつくべきことではあったろうが。詩を借りればすべては巧みに言える。どのような情況にも詩は合致するのだから。詩はもっとも婉曲的に述べてなお誤解させない。歩き出し、振り返った。

「美しい詩でしょう？」

「ええ、詩はどれも美しいですわ。詩は理解しなくてはなりませんわ」

「何事も理解しなくてはなりません」キーンはゆっくりと、力をこめて語った。そして赤面した。

テレーゼは肘を夫の肋骨に突いた。右肩を振り、常とは逆の側に首をかしげて鋭く、強く答えた。

「分りますわ。静かな水は深いもの」

自分のことだ、とキーンは思った。しかし正当な理解ではない。みずからの淫らな暗示を悔いた。軽蔑的な妻の返答に直面して、勇気を失いつくした。

「そういうつもりは——そんなつもりは——なかったのですが」キーンは口ごもった。

戸口に来て、狼狽から救われた。ポケットを探って鍵を求めることができる。ホッとした。少なくともこれにより視線を落としても気づかれまい。鍵はなかった。

「どうやら鍵を忘れたらしい」彼は言った。昔、貝に対してしたように、いまやドアを蹴破らなくてはならない。難儀の山だ。何一つうまくいかない。あらゆるポケットを探った。ない。どこにもない。鍵穴に物音を聞いた。闖入者だ！　めまいがした。鍵穴に当てられたテレーゼの手に気がついた。

「あたしのがありますわ」誇らかな声であった。

《救けてくれ》と叫ばなかったとは、せめてもの幸運だ。咽喉元まで出かかっていた。生涯、妻の前で恥じなくてはならなかったであろう。自分は少年のごとくに振舞った。鍵を忘れて出たなどは、ついぞなかったことだ。

二人は部屋に入った。テレーゼは書斎のドアを開き、彼を中に招じ入れた。「すぐに来ますわ」と言い残して、夫をひとりにした。

そうとも、ここは自分の里だ。ここでは何事も起こらない。一体、何が起こり得よう。キーンは微笑んだ。ベッド用の寝椅子を見るのを避けていた。だれもがおのれの里を必要とする。故里、それは愚直な愛国者が呼号するそれではない。信仰でもない。彼岸における浄土の地上的な一変種でもない。故里、それは確かな大地だ。労働であり友であり慰安であり、自然で整然とした全体図における精神の統一の場、けだし小宇宙だ。故里の最良の定義を問えば図書室とおく。すべからく女はここより遠去けよ。もしや娶るとするならば、女を完膚なきまでに屈服させてからのこと。ちょうど自分がしたようにだ。八年間、それは永く、静かな、それでいて烈しい時間の連続であったが、その間に彼に代って書物が女を屈服させた。彼は指一本動かさなかった。彼の友人たちが彼の名代で女を征した。女一般、あれこれあげつらうことは構わぬ。だが、見習期間をおかずに結婚に踏み切るのはその当人が馬鹿だと知れ。わたしはかくも賢明であった。四十歳になるまで待ったのだから。八年間の試験期間とは、まさしく他人の模範となるべきものであろう。来《きた》るものを徐々にとらえる。運命をおのが手で操ることができるのは人間のみだ。わたしは厳密に考えた。そして未だ妻を欠いていると知った。そうなのだ。自分は享楽児ではない。――《享楽児》、この語彙はゲオルクを思い出させる。あの婦人科医を。――自分はなんであろうとも享楽児では決してない。この日頃の重苦しい幻想の数々は、あまりに厳しく生活を律しすぎたせいではないのか。いまや転機の訪れるべきときだ。

これ以上現実から逃れることは滑稽だ。わたしは男である。何が起こるか？　起こる？　言いすぎだ。まず、第一点としていつ起こるかを定めなくてはならぬ。妻は断乎として抵抗するであろう。気を悪くする必要はない。女が最後のものを守ろうとして抗《あらが》うのは当然だ。起こってしまえば、直ちに自分を嘆美しよう。ああ、男だと。女とはそういうものだ。いまこそ起こるべきときだ。定まった。これは動かせぬ。

第二点。どこで起こるべきか？　醜悪な問だ。寝椅子が眼の前にあった。いっかな離れようとしない。視線を書棚に沿わせる。すると寝椅子もついて来た。上にはかのときの海岸の貝が鎮座する。巨大な青貝。眼をやればいたるところに貝はいた。うやうやしく、また油ぎって。書棚の重量をその身に荷っているかに見えた。キーンが近寄れば、頭《かしら》をかしげて逃れた。決断したいまという瞬間《とき》が彼を刺す。なんとまた永い時間か。ついつい習慣から目をしばたいた。そしてようやく定まった。寝椅子、それはありのまま、四つん這いだ。からっぽ。その上には何もない。ならば載せてはどうか？　豊麗な書物の山を築くならば？　書物で隠したならばどうであろう？

キーンはこの独創的な着想に従った。あまたの書巻を運びこみ、寝椅子の上に積む。選り抜きの書物に限りたかった。しかしその時間はない。妻は言った、すぐに来ますと。あきらめよう。梯子の力は借りず、下段の書物で我慢した。四、五冊の大型本を重ね、大急ぎで撫でた。粗本は避けなくてはならぬ。妻は気を悪くしよう。たしかに書物については無知とはいえ、あの洞察とあの手ぎわこそ畏れるべきだ。直ちにここに来る。本の山を見るならば、あの通り秩序を好む性《さが》からして、一体全体、どこの書物をとり出したかと詰問するであろう。もうしめたもの、見事な罠を伏せた。書物の名前から始めて会話を導くことはたやすい。歩一歩先行して、こちらが手綱をとる。いま妻の前にあるものは、女一生の最大の事件だ。驚かせたくない。猪突猛進は好まぬ。書物こそさいわいなるかな。妻が叫びを上げないでくれたら。

先刻から微かな音を耳にしていた。四番目の部屋のドアが開いたかのようだ。構うまい。なすべき大事がある。キーンは書卓より山なす書巻を荷った寝椅子を眺める。その効果を検分する。慈愛と恍惚を満喫する。背後で声がした。

「お待ちどおさま」

キーンは振り向いた。敷居にテレーゼが立っていた。まっ白の下着が眩暈《めまい》を呼んだ。広やかな襞を持つ。青を、あの危険を待っていたではないか。愕然として姿態に眼をやった。妻はブラウスをつけていた。

ありがたい。外套はない。皺にする恐れはなくなった。もっけのさいわいとは、このことではないのか。好運だ。恥じ入る羽目におちいりかねなかった。そうではないか。自分は言ったであろう、外套をおぬぎと。いや、言えやしなかったか。当然至極という風に妻はここに立っている。われわれは永の知己ではないのか。無論、妻だ。婚姻によるところの妻だ。理の当然だ。当然の場所にいる。夫婦だ。虚心に眺める。獣のごとくに。おのずから正確に見る。彼女の眼中に書物はない。

　テレーゼは腰を波打たせて近づく。歩まない。すり寄る。歩みはただあの強《こわ》い外套のせいであった。にこやかに言う。「ねえ、どうしたの？　男の方ったら！」小指を曲げて、威し、寝椅子を指した。寄らなくては、とキーンは思う。だが、どう寄るのか知らぬ。突っ立っていた。何をすればよいのか――書物の山に横たわる？　不安のあまりふるえた。書物に、最後の砦に祈る。テレーゼは彼の視線を捉えた。身をかがめ、左手をたけだけしく振った。書巻が音高く落下する。とび散った書物に面して、キーンは絶望の手をあげた。叫びたい。だが驚愕が咽喉をふたぐ。唾を呑んだ。声は出ない。怒りがこみ上げる。書物を！　なんてことを！

　テレーゼは下着をとった。丁寧に折りたたみ、床に散る書物に投げかけた。寝椅子にゆったりと横たわり、小指を示してニヤリと笑った。「さあ！」と。

　キーンは大股で部屋をとび出し、便所に、この家《や》で唯一の書物なき空間にとじこもる。そしてその場所での習慣のまま、無意識にズボンをずり下ろし、便器に腰をかけ、赤子さながらに泣いた。

家　具

「あたし、台所でひとり食事をとるなんてまっぴらだわ。まるで女中じゃないかしら。主婦は食卓で食べるものよ」

「食卓などないね」

「だから食卓を買わなきゃあ。いつも言ってるでしょう、書卓《つくえ》で食事するなんてちゃんとした家庭とは言えないわ。この八年間、ずっとそう思ってた。もう充分だわ」

　食卓が入った。胡桃《くるみ》材の床つきの食堂に。大工が四番目の部屋を改造した。そこは書斎から一番遠い。ふたりはともに、まずはおし黙って、新しい食卓に向かい昼食と夕食をとった。一週間とたたないうちにテレーゼは言った。

「お願いがあります、四部屋もあるのよ。夫婦は同権じゃないかしら、今日からこうしましょう。つまりめいめいが二部屋ずつ持つの。それぞれ適わしい方をですわ。食堂と隣りの部屋はあたしがいただく。あなたには立派な書斎とその隣りの大きな部屋があるわ。これが一番いい分け方よ。

部屋はいまのまま、手をつけない方がいい。ゴタゴタしなくてすみますからね。お分り？　こうすると時間の無駄が省けるわ。双方に便利でしょう。夫は書斎、妻は家政ってわけよ」

「すると本はどうする？」

キーンは邪推する。騙されてはならない。ことばを口にしなくてはならぬ嫌悪はおし殺しても、穿鑿する。

「このままだとあたしの部屋じゅう、本で身動きとれなくなるわ」

「ではこちらに引きとろう！」

なんて陰険な声かしら。このひと、何一つ手ばなそうとはしないのね。とられると思ってもう目くじら立てている。

「どうしてなの？　動かしまわるのは本のためにもよくないわ。そうじゃないかしら。本はあのままにしときましょう。あたし、指一本触れない。その代り、二番目の部屋も使わせていただくわ。これでおあいっこね。あの部屋、もともと空っぽ同然ですもの。立派な書斎は好きなようになされればいいわ」

「食事中、喋らんでいてくれないかね！」

家具など、どうでもよい。これを高く売りつけよう。食事の際、どうかすると喋り出すのだから。

「いいわ、黙っているのは好きなんだから」

「よし、それを契約してもらおう！」

キーンのあとを追ってテレーゼはいそいそと書斎に入った。作成された契約書に署名したとき、そのインキはまだ充分乾いていなかった。

「署名にどのような意味があるか、承知の上だね！」キーンは文書を高く掲げ、念のため、声高に読んで聞かせた。

「ワタクシコトてれーぜノ所有ニ属スル三部屋内ニ現存スル全書物ハ夫ぺーたーノ所有ニ係ワリ、当所有関係ニ如何ナル変更モ生ジシメヌコトヲ、ココニ確約シマス。ナオ三部屋ノ所有権譲渡ニ対シ、共同ノ食事中、終始沈黙ヲ守ルコトヲ誓イマス。てれーぜ・きーん」

両名ともに満足し、結婚式以来始めて握手した。

これまでは習慣上から沈黙していたテレーゼは、自分の沈黙が夫にとっていかなる意味あいのものであるかを理解した。取得物が懸っている条件を辛うじて守った。食卓では黙々と食事を配った。料理とはいかに大変な仕事であるかを縷々として説くという、永年あたためてきた願いはやむなくあきらめた。契約書の文言は正確に頭に入れた。黙っていなくてはならないことは、黙っていることと比べてどうしてこうも辛いのか。

ある朝、散歩の準備をととのえてキーンが書斎から出てきたとき、前に立ちはだかった。

「食事中じゃなし、いまは話していいはずだわ。寝椅子なんて、あたしだと眠れやしない。あれは書斎ともつりあわないわ。あんなに値打のある卓とあんなにみすぼらしい寝椅子とを並べておくなんて、ちゃんとした家庭のすることじゃない。ちゃんとした家《うち》にはちゃんとしたベッドがあるものよ。他人《ひと》が来たらどう思うかしら。あたし、気になっていたの。昨日にも言うつもりだった。でも我慢した。ちゃんとした家庭の主婦はうしろ指をさされたくないものよ。あんな寝椅子なんてひどすぎるわ！ あんなの、どこにあるかしら。堅いところで寝るのはよくないわ。あたし、無法じゃない、そんなことはだれにも言わせないわ。人間は眠れなくちゃならないのよ。ちゃんとした時刻にベッドにつくのよ、そうよ、それもあんな堅いベッドにじゃなしに！」

キーンは阻止しない。うかつであった。契約は粗雑すぎた。食事中の沈黙と限ったとは、愚かな。これを契約違反とは言えない。この種の女は抜け目なく隙を逃さない。この次にはもっと巧みに立ち回らねばならぬ。口をきくな。さらに話す契機を与えよう。唖に対すること。聾となること。キーンは道をあけ、出て行った。

テレーゼは折れなかった。朝ごとにドアの前に待機し、日々ますます大仰に述べたてた。お喋りは日ごとに長くなり、キーンの気分は悪化した。彼は眉一つ動かさない。だが正確を期して終りまで聞いた。寝椅子については、みずから永年そこに眠ったことがあるごとくことこまかに語っている。判断の仮借ないことはどうだ。キーンは感慨をもよおした。寝椅子は堅いとは言えぬ。むしろ軟かいと称すべきだ。少々ことばを挿んで、性急な判断の愚を露呈させたく思った。この厚顔無恥がどこまで一貫したものか、確認のためにいささか狡猾な実験を試みる。

その朝、またしても寝椅子の堅いことを繰り返し繰り返し言いたてるテレーゼを、まじかくキーンは蔑視した。肥満した両の頰と黒い口。そっけなく返した。

「あの上で眠るのはこのわたしだがね！」

「でもあれが堅いってことは知ってますとも」

「ほほう、それはまたどうしてかね？」

テレーゼはニヤリと笑った。「それは申しません。まさかお忘れではありますまいに」

不意に記憶が甦った。女と、あのニヤリ笑いとが。襞つきの白い下着が立ち現われ、ふとい腕が書物を打ち落とす。書物は死人に似て、絨毯の上に転がった。裸体で、下着を折りたたみ、死装束さながらに散った死体に投げかけた。

この日、キーンの仕事は難渋した。思惟は乱れた。食事の前に嘔吐を感じた。一度、忘却に成功したばかりに、それだけ鮮明に思い出した。夜、眼を開いていた。寝椅子は呪われたかに、汚染されたかに思われた。これが堅いとは！　汚ならしい情景が粘着していた。二度三度起き上がり、突き放った。だが女体は重く、微動だにしなかった。寝椅子から落とす。しかし横になるやいなや傍にいた。憎悪に猛って眠らなかった。自分は六時間の睡眠を必要とする。明日の仕事が懸っている。すべて忌まわしい想念が寝椅子にきざしていることに気がついた。早朝四時近く、妙案に思いいたった。寝椅子を捨てる。

息せききって台所隣りのテレーゼの寝室に駆けつけ、ドアを叩き続けた。テレーゼはとび起きた。寝てはいなかった。結婚以来、あまり眠らない。いまなお毎夜、ひそかに、大いなる出来事を待っていた。ようやくいま、その瞬間《とき》がきた。納得するまでに数分を要した。そっと立ち、襞つきの下着と着かえた。毎夜、トランクからとり出して、ベッドの足許の椅子にかけている。いつ入用になるか、分ったものじゃないのだから。肩に幅広の、飾りのついたショールを巻いた。とっておきの嫁入支度の一つ、でも、二番目の品だった。この前はブラウスで失敗したわ。巨大な平べったい足を真紅のスリッパにすべりこませた。ドアの前で息をつめ、ささやいた。

「ね、開けなきゃいけない？」実のところは、《どうしたの？》と聞きたかった。

「開けなくて結構。いや、開けてはならん！」妻の見せかけの熟睡ぶりにカッとして、キーンは叫んだ。

テレーゼは不手ぎわを察知した。だが夫の命令口調になお一縷の希望をつないだ。

「明日、わたし用のベッドを買う！」彼は怒鳴った。返答《こたえ》はない。

「聞こえたのか？」

テレーゼはありたけの技巧を凝らしてドアごしに吐息をついた。「聞こえたわ」

夫は去った。書斎のドアを音高く閉め、直ちに寝入った。

テレーゼはショールをもぎとった。撫でつけてから椅子に置き、重くたわわな乳房をベッドに投げた。

こんなことってあるかしら？　これが紳士のすることかしら？　あたしが何かあてにして起き上ったとでも思いかねない。男なんてなんでも想像するのだから！　あれが男かしら？　あたし、レースつきのパンツをはいてるわ。とっても値のはったレースだことよ。だのに手も触れない。あんなの、男じゃない。男であるはずがないわ。男なんて掃いて捨てるほどいますとも。以前の勤め先には堂々とした男がいた。そうそ、いつも訪ねて来たものだわ！　玄関口であたしの顎をくすぐって、「毎日毎日、若返る一方じゃないか！」　あれが男だわ。大きくて、たくましい。それに空想家。ここのような、あんな骸骨じゃなかった。それに目つきったら！　あたし、《ムー》って言うだけでよかった。あのひとが来ているとき、居間に入って尋ねた。「明日のお食事、何か御注文はございますかしら？　キャベツにフライつきの牛肉にいたしましょうか、それともキャベツにお団子つきの燻製肉はいかがでしょう？」

年寄り夫婦はいつも意見が別れていた。旦那様がお団子だと奥様はフライ。そこであたしは足を運んで尋ねる。

「甥御様が判官様よ！」

いまも目の前に見るようだわ。あたしがこう立っていると、あのひとは、油断ならないあのひとはピョンと跳び上がって、両手を――力強い両の手を！――あたしの肩に置く。

「キャベツと団子つきの牛肉だ！」

笑わずにはおれなかったわ。お団子つきの牛肉！　どこにそんなものがあるかしら？　ありませんとも！

「御冗談ばっかし、いやな方ね！」あたしこう言ったわ。

あのひと、クビになった銀行員だった。失業中。結構な御身分だからあのひとはあれでいいけど、だれもがああできるわけじゃない。あたしは年金つきの真面目なひとの方がいい。またはちゃんとした職業《しごと》を持った気の好い主人ね。高望みはしないわ。恋愛沙汰でしくじるのは馬鹿ね。見きわめが肝心。いつまでも若くないもの。ちゃんとした生活を送れば齢をとるのは当然じゃないかしら？　ちゃんとした時刻に床に入って、外に出ないでいたら溜まるものだわ。母、あの自堕落女は七十四歳でやっとこさ、死んだ。死んだってものじゃない、餓死ね、のたれ死だわ。無一文、死ぬ前にはなんにも口に入れてなかった。浪費したのだわ。冬がくればいつも新しいブラウスを買いこんでいた。夫を亡くして六年足らずで、若い男とくっついた。下《げ》種《す》の男。肉屋だった。女房を殴りとばしておちゃっぴいの尻を追いかけ回していた。あたし、あの顔をひっかいてやった。あたしを欲しがっていたけど、あたしの方は大嫌い。あたしが承知したのも母を怒らせたかっただけでだわ。なんでもかでも子供のためとか言いっぱりで。あの眼ったらなかった。仕事からお帰り、すると亭主と自分の娘とがくっついていたんだもの！　いや、そうじゃない、肉屋はちょうど跳び下りるところだった。あたしがしっかりつかまえたのだわ、放さなかった、婆さんがあたしたちを見つけるまでわね。叫びをあげた。拳をかざして部屋中、男を追いかけ回した。あたしを抱いて大声をあげて、あたしにキスしようとした。そんなことはさせないわ。ひっかいてやった。「継母《ままはは》よ、あんたなんか！」こう言ってやった。母は死ぬまで、あのときあたしが生娘でなくなったと思いこんでいた。嘘。あたし、ちゃんとした人間だもの、抜かりないわ。まだあのことは知らない。一度知ると、見さかいがなくなる。そんなことしないわ。毎日毎日、ものの値が上がるんだから。じゃがいもはもう二倍からしてる。この先どうなるのかしら。あたし、しっかりしていなくては。もう結婚したんだし、孤独な老年は目前なのだから。……

　テレーゼは唯一の勉強の場、新聞広告からいろいろ気の利いた言い回しを学んでいた。それを気分に応じて思い出し、使い分けた。それは彼女を落ち着かせる。もう一度、繰り返そう。孤独な老年は目前なのだから。そして寝入った。

　翌日、キーンがようやく調子をとり戻して仕事の最中、二人の男がベッドを運びこんできた。寝椅子は消えた。と、ともに、それにまつわる忌まわしい記憶も。代ってベッドが同じ場を占めた。去りぎわ、男たちはドアを閉め忘れた。やにわに洗面台を押しこんだ。「どこに置きます？」ひとりが尋ねた。

「要らん！」キーンは抗議した。「注文したおぼえはない」

「金はいただいてますがね」小男の方が答えた。「それに夜用のこいつもね」もう一方がつけ加えて、大急ぎで木製の箱を持ちこんだ。

テレーゼが戸口に来た。買物から戻ったばかり。開いたままのドアをおもむろにノックした。「入っていいかしら？」

「どうぞお入り！」キーンに代って運送屋二人が叫んで、ともに笑った。

「あら、もうとどきましたの？」テレーゼはいそいそと夫に近づき、年来のむつまじい同士であるかのように肩と頭をすり寄せた。

「ね、あなた、大手柄でしょう、ベッドのお代でこの三つ全部買いましたの！」

「ベッドだけで充分だ」

「どうしてかしら。顔は洗うものですわ」

男二人は身をよじった。御亭主はこれまで洗面したことがないのか、とでも言うぐあいに。テレーゼの策略だ。笑いものになりたいとはつゆ思わぬ。《洗面車》のことを語ろうものなら、この男たちがどう考え出すか。むしろ洗面台には目をつむろう。冷やかな滑石《なめいし》タイルだ。ベッドのうしろに半ば方は隠せよう。この不快な家具をなるたけ早く収めるために、キーンみずから手を貸した。

「これは余計だ」細身の、背の低い箱を指さした。天井の高い書斎の中央にあって――文字通り――きわだって奇妙な代物。

「じゃあ尿瓶《しびん》はどこに入れればよろしいの？」

「しびん？」蔵書の中に尿瓶。この想像に仰天した。

「ベッドの下がいいかしら？」

「馬鹿な！」

「他人様の前で妻を赤面させたいの？」

テレーゼはただお喋りがねらいなのだ。お喋り、お喋り。お喋りを意図している。このために運送屋を悪用した。この手にのってはならない。逆らえば尿瓶を書物と言いくるめよう。

「そこに置くんだ、ベッドの傍に！」キーンは荒々しく命令した。「もう帰ってくれ」

テレーゼは運送屋を送って出た。とびきり親切で、あろうことか常に反してチップを渡す。夫の財布からとり出して。彼女が戻って来たとき、キーンは椅子に坐り、背を向けた。もはや何一つ係わらない。視線さえ交えぬ。書卓に邪魔されてテレーゼは近づけなかった。仏頂面を眺めるだけでとどめた。弁解しなくては。洗面車の苦情を述べたてた。

「日に二度も手間をかけなくちゃならないのよ。朝に一度と夜に一度と。お分りかしら？　妻の苦労も少しは考えていただくなくちゃ。女中だったら……」

キーンは跳び上がり、振り向かず、そのままの姿勢で命令した。

「黙れ！　黙ってくれ！　家具は我慢しよう。お喋りは余計だ。いいか、今後、ドアには鍵をかける。わたしがここにいる限り、書斎に入ってはならん。用があれば自分で出向く。食事はきっかり一時と七時だ。こちらから行く。わたしは時計が読めるんだから、声をかける必要はない。くちばしは入れさせせん。わたしの時間は貴重だ。もう出て行ってくれ！」

キーンは両の掌をからませて指を鳴らした。的確なことばをものした。明確に事に即して、そっけないことばを。グウの音も出まい。あの貧弱な語彙の持主だ、応えるすべを知るまい。テレーゼは出た。ドアが閉まる。策略には策謀を宛てる。契約を無視するならば威厳をもって知らしめる。少々の犠牲はやむを得ない。書物に満ちた壁はさらに暗くさえぎられ、書斎の統一は攪乱された。だが得たものははるか多い。仕事を継続する可能性。並びにその最大条件たる平安を得た。キーンは人が空気を求めるように、沈黙を求めて喘いでいた。

まずなすべきは新たな秩序に順応することであった。数週間、空間の欠乏に苦しんだ。かつての四分の一に縮小していた。キーンは囚人の悲哀を――それを以前、世間の常識に抗して高らかに賞讃したものであった――解し始めた。学ぶべき絶好の機会ではないか。自由の中で学び得ることは限られていようものだ。だが、想念を追ってあちこちと歩き回ることはもはやできなかった。部屋ごとのすべてのドアが開いていたときには、蔵書をぬってほどよく風が流れた。天窓は空気と思想とを招来した。精神が躍るとき、全四十メートルを往来した。長さに応じて高さがあった。天窓ごしに上空のさまざまの変化を見た。晴れと曇りを。澄み返った蒼空は太陽の光輝を告げた。しかしそのままここには至らない。一面の灰色は告げた、雨の到来を。だがここは護られてある。微かな音が雨を知らせた。はるかかなたにそれは聞こえた。ここまでは降りこまない。ただ知っていた。太陽は照り、雲が流れ、雨は降ると。何者かが地上に対してバリケードを築いたごとくであった。天界と地上に抗して築かれた小部屋と言おう。それはことさらなにものも願わない。ただ孕む。地上にあって地上以上のもの、塵以上のものを。人生をくまなく魅惑し、それなくして人生のあり得ないものを。未知への旅の途上にあっては旅の不安はない。観察の窓を通して、二、三の自然法則のなお存続していることを納得すればよいだけだ。昼夜の交代を。絶え間なく気まぐれな天候の変化を。そして時《と》間《き》の流れを。旅はおのずから進む。

いまやその空間が矮小化した。キーンが書卓から目を上げると、視線は愚鈍なドアに衝突する。たしかにそのかなたには蔵書の四分の三があり、彼はドアを通してもなおありありとその存在を感じる。百のドアを通してもこの感度が鈍るとは思えない。だがかつては手で触れたものを、いまはただ感じるだけだとは。辛かった。幾度となくおのれを責めた。統一ある生物を、手飼いのそれをおのが手で切断したのだから。なるほど、書物には流れる血はない。感情も持たぬ。苦痛もあるまい。動物や、またおそらくは植物が堪えるような苦痛を知るまい。だが、これまでにだれが無機体の無感覚を証明したというのか？　書物はひとを恋う。永らく共寝をした者の添寝を待望する。ただその方法が未知なだけだ。気づかれないだけだ。すべて思考する生物体には、有機体との間に学問が引いた境界線が、人間に係わるあらゆる区別と同様に、人工的でかつ時代遅れと思えるような瞬間《とき》が訪れる。ここに抱懐されたひそかな矛盾は《死物《しぶつ》》なる表現にあますところがない。死んだとは、生きていた証拠でないか。生きたものではないと言うからには、死を認め、すなわち生を認めることではないか。書物の生命について、動物のそれほどにも考えないとは奇怪ではないか。目的を、換言すれば生存自体を決定する最大のものが、あの無力な、屠殺用の獣ほどにも生に係わっていないというのか。これこそキーンの疑問であった。しかし世の常識に従っていた。学者の強みとはあらゆる懐疑をおのが専門領域に限定することにある。ここにこそ絶えまなく懐疑の火を放て。ここに係わらぬものならば、そのときどきに支配的なものにゆだねること。キーンが哲学者列子《リエッ》の生存に疑問を抱くのは正当な根拠に基づく。地球が太陽の周りを、月が地球の周りを回ることについて、ことさらに異をたてない。

キーンにはまた、思考かたがた克服の要のある大事があった。家具が敵意を呼び醒ます。邪魔をした。それは存在を主張する。彼の論文に鼻をつっこむ。それが占める場は、それが持つ意味の僅少に比して大きすぎる。キーンは家具にさらされていた。眠るにも洗うにも家具があった。粗野なこの木材の塊が自分といかなる関係を持つというのか。やがては人間の絶対多数に対してそうであるように、食事中にも語り始めるだろう。人間、これは欠ければ欠けているだけ、それだけ烈しくその家具を愛惜してやまないもの。

キーンはあるテキストの校訂にかかずらう。語は軋んだ。狩人さながらランランと目を輝かせ、躍る心を抑えながら冷静に、一行から一行へと渉猟する。このとき、とある書を必要とした。立ち上がる。忌まわしいベッドが眼についた。脳裏に侵入した。それは緊張を途断する。獲物から何マイルも遠ざける。洗面台が足跡を消した。光の中で彼の眼は既に先を見ない。椅子に戻って、初めから始め直さなくてはならぬ。狙いを探り、窺いを改める。なんのための時間の無駄か？　エネルギーと集中力のこの徒費であろうか？

この四つ足のベッドにキーンは次第に憎悪を抱いてきた。寝椅子と代えてどうあろう。これはさらに悪辣だ。遠ざけようにも他の部屋はすべて妻の所有にあった。あれは、ひとたび手に入れたものを手ばなすことはないだろう。聞くまでもない。取引をしようとは思わなかった。現存のこちらの優位をゆるがせにすることはないのだから。この数週間、二人の間にはひとことも交されていない。沈黙を破らないよう、キーンは細心の注意を払っていた。いささかの契機も与えてはならぬ。むしろベッドと洗面台と尿瓶を我慢した。現状に変化を及ぼさないがため、書斎以外は避けた。必要のある書物は昼食後、また夕食後に持ちきたった。食事は宣言通り定刻に食堂でとっていたから。食事中には目をそらし、警戒した。妻がいつなんどき喋り出すかもしれないという不安は常にあった。とまれ、いかに妻が不快な人物とはいえ、ひとつことは認めよう。これは契約を字義通り遵法していると。

洗面の際、キーンは目を閉じる。以前からの習慣であった。必要以上にしっかりと瞼を閉鎖し、水の侵入を拒む。眼に対しては注意を払いすぎるということはないのだから。いまや新奇の洗面台に対峙して、旧の習慣が相貌を新たにする。家具から解放されるために、これほどの妙案があるであろうか？　台に身をかがめ、この邪悪な物件を見ない。（仕事から逸脱させるものはすべて邪悪であった。）顔を水面に浸したまま、キーンは多くかつての日々を夢みた。ひそやかな、静寂の空白があった。恍惚の思いがとびかい、なにものにも阻まれない。寝椅子などなきに等しい。幻影であった。地平線に現われては直ちに再び消える。

眼を閉じる。恍惚が訪れた。洗面を終えてもキーンは眼を開かない。しばらくにせよ、消失した家具という幻想にとどまっていた。洗面台に寄るまえ既に、ベッドから下りるやいなや眼を閉じていた。やがて訪れるであろう愉悦を予感しながら。おのが弱点と闘い、弁明と美化とに邁進する者たちのひとりとして、キーンは眼の反応を弱点としてではなく、むしろ長所として分類した。育成すべきものではないか。むら気の結果を恐れてはならぬ。だれに見とがめられるというのか。自分はひとりで生きている。学問に役立つものは何事にも先行するというではないか。テレーゼに知られることはあるまい。夫の命令を無視してここに入りこむなど、どうしてあり得よう？

まず、盲目の状態を着衣の時刻にまで延長した。次に眼を閉じたまま書卓に歩み寄ることを修得した。仕事中は背後にあるものを忘れる。見なければ忘れるなどたやすいわざだ。書卓の前で、眼に自由を与えた。それは解放の喜びに、ひときわ敏捷に走った。おそらくは十分な休憩により力を得たのであろう。災厄からは保護し、価値あるもののみに解き放った。すなわち、読書と執筆の際のみに。必要な書物は眼を閉じたままとってきた。初めはおのが奇行に笑った。いかにしばしば書をとりちがえ、また、それと知らずに運びこんだことであろう。書卓に戻ってようやく、三冊分右すぎたとか、一冊分左すぎたとか、あるいは上下の段をちがえたとかに気がついた。くじけなかった。彼は充分辛抱強い。やり直す。標題を盗み見したり、背後を振り返りたい欲望を抱くことも珍しくなかった。瞬きをし、ときにはすばやく左右に視線をやった。だがおおむねは堅くみずからを持《じ》して、そろそろと書卓にたどりついた。そこのみ、いかな眼の危険もないおのが書卓に。

眼を閉じて歩く達人が生まれた。三、四週間を経て希望のものを手に入れるのに策略も欺瞞も必要としなくなった。いとも簡単に眼を閉じたまま獲得した。目かくしをされようと、たとえ本物の盲目になろうと、これほど見ないことに徹しきれはしないであろう。梯子の上にあっても、本能の命ずるままに自由であった。ここと思うまさにその個所に手をのべた。長い、強い指で両側から摑み、眼を閉じたまま段を登る。左右自在に平衡を保持する。眼を開いていた頃、気にしなかっただけに多々あった困難をいまや見事に排除した。盲目を得て初めておのが足の習性に慣れた。足は以前、行動ごとに自分の邪魔をしたというのに。高みに上がるとふるえた。いまは頑健だ。どっしりと歩む。筋肉と脂肪とをようやく得たかのごとくであった。キーンは足に身をまかす。足は彼を護った。足は眼に代って見ることをする。そして彼は、かつていたいけなくあったものを、新たな、よりよい足で助ける。

新奇の眼の訓練中、二、三の慣習を放棄した。朝の散歩の際、もはや本一杯の鞄は携えなかった。選択に一時間も書棚の前を往来するならば、すべもなく三種の悪に、みずから名づけたそれら家具に目が落ちる。全力をつくして意識の外に放逐しているというのに。のちには好手を編み出した。狡猾に、かつがむしゃらに鞄につめる。不意に不適と気がつくや、空《から》にしてまたつめ直す。さながらすべてが——おのれが、蔵書が、未来が、それに時間の正確な、実用的な割り振りが——以前の通りであるかのように。

ともかくも書斎はキーンの権限下にあった。学問は隆盛の一途をたどり、論文は茸のごとくに書卓から頭をもたげた。かつてキーンは盲人と、盲いてもなお失わない生存欲とを嘲弄し軽蔑していた。だが、眼をすてて盲目を見る眼を得るや直ちに、これに応じた哲学はおのずから生まれてきた。

盲目とは時間並びに空間に対する武器である。生存自体が唯一の途方もない蒙昧ではないか。例外を除いてだ。例外、これをわれわれは微弱な——実体及び現象からして微弱と言うしかない——感覚を通して窺い知る。宇宙の支配的な原則とは盲目に他ならない。盲目があって初めて、もし互いに見交わすならば不可能なものが並び存在できるのである。盲目を待ってようやく、元来なし得ないはずの時間切断の壮挙が可能になる。例えば、持続の空隙と称されるものをおく。すなわち人生の切片であり、盲目に充満するものだ。連綿と持続する時間から逃れるためには盲目あるのみだ。時間を見ないことにより、それは断片化しよう。断片を手に、かくして時間の実体を知ろう。

自分は盲目を発明したわけではない。活用したまでだ。当然の権利だ。これにより見者《けんじゃ》は生きる。今日、ありとあるエネルギーが利用されていながら、なお汲みつくされていない可能性が残ってはいなかったか？　電気とか複雑怪奇な原子にとりくむ馬鹿もいる。盲目の刻印を受けた形象がこの書斎を充たすのだ。明晰に、配合よく印刷されたこれらの頁は、実際には厖大な電子の集合体であり、これに意識をやれば、文字は眼の前で躍り出すに相違ない。この悪意のある動きのたびに、指先は針の痛みを感じよう。昼間、おぼつかなく一行をやっと終える。それ以上は駄目だ。この感覚の過敏から庇護するものが盲目を措いてないのであれば、全力をつくして生活にとりこむことは当然の権利ではないか。家具は所詮、自分のうちにも周りにも一隊の原子ほどにも存しない。エッセ・ペルチピ、すなわち、存在とは認識されたものの謂だ。わたしが認識しないものは存在しない。見る、そして見ることを避け得ない者こそ哀れなるかな！

論理は首尾一貫を失わず、キーンはいささかもおのれを欺いてはいなかった。

奥様

この数週間にテレーゼの位置もまた安定した。三部屋のうち家具があるのは食堂だけで、残りの二部屋は残念ながらまだ空《から》であった。家具を傷《いた》めないよう、彼女は空《あき》部屋にいた。大抵は書斎隣りの部屋に。そして耳を澄ましていた。数時間、あるいは半日、眼はドアの隙間に、何も見えないけれどおし当てていた。肘をつっぱり、もたれかかる椅子一つなく、凝然として立っていた。そして待った。何を待っているのか、自分でもはっきりとは知らなかった。決して疲れなかった。キーンが突如、ひとりごとにせよ口にするや、それをひっとらえる。だが彼は正当な罰を下すかに、妻よりもむしろ空気と語る。昼食と夕食の前、テレーゼは台所に退いた。

キーンは仕事中、テレーゼから離れている限り満足を感じ、気持よかった。まずは二歩以内に彼女を近づけたことがない。

たしかに、ときには妻が、何かよからぬことを企んでいるのではないかと考えることがあった。だが沈黙があった。妻は沈黙を守っていた。キーンは月に一度、ドア向こうの蔵書を検分することにした。本盗人には油断ならない。

ある日、午前十時、テレーゼが耳を澄ましているさなか、彼は探偵欲をたぎらせてドアを引き開いた。彼女はとびすさった。あやうくもんどり打って倒れこむところであった。

「無法だわ!」動転のあまり、テレーゼは叫んだ。「入る前にはノックするものよ。これじゃまるであたしが盗み聞きしてたみたいじゃないの。こちらはあたしの部屋よ、盗み聞きしてどうなるの? 結婚したからってどんなことをしてもいいのかしら。へっだわ、なんて礼儀知らずかしら、へっだわ!」

なんだ、自分の書物をとりに行くのにノックしなくてはならないだと? 恥しらずめ! 滑稽だ! グロテスクだ! 身のほどを知れ。むしろ平手打を喰らわすべきか。そうすれば我に帰ろうもの。

キーンは彼女のボッテリした頰に走ったみみずばれを思い描いた。片方の頰に限定するのは不当であろう。両方を同時に叩かなくてはならぬ。均等な打擲であること。さもないと一方は他方より目立って赤く腫れ上がるであろう。これは醜悪だ。彼は永年、中国芸術にたずさわるうちに、シンメトリィに対する微妙な感覚を修得していた。

テレーゼは自分の頰を凝視した夫の眼に気がついた。ノックのことを忘れ、身をそらして、招くように言った。「あなた、いけませんわ」かくしてキーンは平手打なくして勝利を収めた。同時に頰に対する興味も失せた。意気揚揚と書棚に向かう。テレーゼは待っていた。どうしてひとことも言わないのかしら? 眇《すがめ》して夫の顔の変化を見定めた。台所に戻る方がいいわ。テレーゼは台所で不可解事を解明することにした。

どうして妻はあんなことばを口にした? 既に欲望は消えている。妻は端正すぎる。直情を知らなすぎる。他の女であれば夫の首にかじりついてきただろう。わたしはしかけない。彼女とて同様だ。もしもっと年老いていたならば、直ちに立腹していたろうに。でもあれが男かしら? 男でもなんでもないのかもしれない。男みたいで男でない人っているものだわ。ズボンをはいているからって、男だとは限らない。ズボンはなんのたしにもならないわ。はいてるだけなんだから。でもだからって女でもない。そんな人間がいるもんだわ。このつぎいつ欲しがるか、知れたものじゃない。あの手の人間は、何年に一度っていうんだから。あたし、まだまだ若いわ。といっても娘って齢じゃない。そんなことは言われなくても分っている。三十くらいに見える。だけどどう見ても二十には見えないわ。往来に出ると男たちはみんなあたしを振り返る。家具屋の店員があたしに言ったわ。「三十歳、まったく御結婚には程よいお年頃ですよ」あたし、常々自分では四十くらいに見えやしないかと思っていたのに。――五十六歳だからって恥じることなんかないわ。あの店員が、あの若い男が、ああもはっきり言うからには。確信があるにちがいない。「あらま、なんでもお見通しね！」あたし、こう答えた。興味ある男《ひと》だわ、あのひとは。結婚を見通したからには、年齢だって正確に見抜いたはずだわ。だのにあたしはこんな老耄《おいぼれ》と暮らさなくてはならないのだわ。ひとがどう思うかしら。政略結婚だなんて思われかねない。

《愛する》や《愛情》に関するさまざまの表現をテレーゼは広告欄から学んだ。母の許にいた頃は、もっとズバリ的《まと》を得たことばに慣れていたものであった。家政婦に出て、その他もろもろの事柄とともに《愛》の語幹を知ってからも、それは彼女にとっては摩訶不思議な外来語にとどまった。自分ではこの神聖な慰藉の語を口にしたことがない。しかし機会は逃がさなかった。《愛》の単語を見つけるたびに、じっくりと徹底的に前後左右を読みこんだ。ときにはとびきりの求人広告に眼がちらついた。《高給》の文字に腕を差しのべ、受けとる姿勢《なり》でほくほくと手をわななかせた。やがて視線は二、三欄隣りの《愛》に移る。まばたき一つせずに読んだ。無論、先刻の《高給》は忘れない。握りしめて返さない。ほんの少々の間、《愛》の布巾で拭っただけだ。

テレーゼは繰り返し声を出した。「夫はあたしを愛し《リーベ》ていないのだわ」肝心のことばは《唇《リッペ》》に似て発音した。そして唇にキスを感じ、気持がなごんだ。眼を閉じる。皮をむいたじゃがいもを脇に押しやり、エプロンで手を拭って、寝室へのドアを開けた。火花が眼を襲う。突如、熱くなった。火の玉が宙に躍った。火虫だわ。赤くて小さい。床が割れて足が落ちこむ。霧、霧だ、変てこな霧だわ、それとも煙かしら。辺り一面、空っぽ、何もない、緊張した

全身に悪寒が走った。そう、トランクだわ、嫁入支度の品
品だわ、盗られた、ああ、泥棒！

　我に返るとベッドに横になった。清潔な、整然とした寝室が戻る。トランクも元のところにあった。不安になった。まず寝室は空っぽであった。それから一杯になった。どういうことかしら？　あたし、あそこにいられない。熱いわ、ムッとする。小さすぎるのだ。貧弱すぎるのだ。やおらテレーゼは思いに沈んだ。

　立ち上がり、服をはたいて図書室に急いだ。

「あたし、死にそうだったわ」あっさりと言った。「気を失ったの。動悸がしたわ。仕事しすぎよ、それに寝室もよくない。このままだと死んでしまうわ！」

「ここを出て行ってすぐに気持が悪くなったと言うのかね？」

「それどころじゃないわ、気を失ったのよ」

「だいぶ前のことだ。わたしはもう一時間から書棚の傍にいたのだから」

「ま、大変、そんなに永く？」テレーゼは唾を呑んだ。かつて一度も病気になったことなどないのに。

「医者を呼ぶかね？」

「結構よ、むしろ着換えるわ。眠れないのがよくないの。ぐっすり眠らなくてはならないんだわ。台所隣りの寝室はここじゃ一番悪い部屋よ。あれは女中部屋だわ。もし女中がいたら、あそこで寝るはずよ。あんなところじゃ眠れたものじゃないわ。あなたは一番よい部屋で寝てらっしゃるんだから、あたし、二番目によい部屋をもらってもいいはずだわ。お隣りの部屋ね。夫だけぐっすり眠ればいいってものじゃない。あたし、病気になるわ、あなたはここでのうのうとしてらっしゃるけど、女中一人傭うとどれだけ要るかお分りかしら！」

　一体、どうしたいというのだ？　自分の部屋をどう使おうと勝手であろうに。眠りたいところで眠ればよいではないか。気を失ったからといって、わたしとどんな係わりがある。めったに起こらないのがさいわいだ。同情――それも自分で言うならば偽りのそれ――からキーンは自制して耳を貸した。

「苦労しているのはだれかしら？　みんな自分の部屋を持つものよ。それが普通だわ。あたしだけ例外ってわけかしら。他の女のひとだったら、どんな騒ぎを起こすかしら。世間に出したら赤面ものよ。あたしだけどうして我慢しな

きゃならないの？　新しい家具が必要なんだわ！　大きな部屋よ、場所がないなんか言わせないわ。あたしを乞食女とでも思ってるの？」

ははん、読めたぞ、またしても家具か。さきほどは鼻先でピシャッとドアを閉めてやったが、こんどは病気攻勢でやってきた。ドアを不意に引き開けるべきではないようだ。あのショックを妻は一身に背負ったと思われる。自分もまた仰天したのだが、咎はすべてこちらにあるというわけだ。代償に家具を許し与えてもよいかもしれぬ。

「なるほど」キーンは答えた。「買い給え、但し寝室家具一人用だ」

食後、テレーゼは通りをさんざ往来して、ようやく最高級の家具商を見つけ出した。品物の値を挙げさせた。どれもかしこも目の玉がとび出るほど高い。店主である肥っちょの兄弟が相談し合い、ようやく最終の値をつけたときもテレーゼは首をたてに振らなかった。まともな人間が手を打つ値じゃないんだから。猛然とドアに戻って、きめつけた。

「お宅では盗み金でも持ってこなきゃ、間に合いませんわ！」

ものも言わず店を出て、真一文字に帰宅して書斎に入った。

「何事だ？」キーンはカッとなった。午後四時、書斎に踏みこむとは。

「値段のこと、覚悟していただかなくてはなりませんわ。妻が突然、大金を要求するなどしたら、夫にどう思われるかしら。いまどきは寝具一つあつらえるのも、それはそれは大変、あたしもこの眼でたしかめるまでは信じられなかった！　特別の店じゃなくて、ほんと、並の店、どこも値段は変わりないわ」

うやうやしく総額を告げた。正午とっくにケリのついていたことを、むし返す気持はキーンにはさらになかった。言われたままの金額をそそくさと小切手に書き、それを替えるべき銀行の名前をまず指示してから、次に戸口を指さした。

外に出てようやく、この途方もない金額が事実小切手に記されていることをテレーゼは納得した。大金を思うと胸が痛んだ。とびきりの寝具なんて要らないわ。これまでちゃんと質素に生きてきた。結婚したからといって急に豪奢な寝室で眠らなくてはならないだろうか。贅沢は卑しいもの。この半額のもので十分だわ。半分は貯金する。貯金しとけばいつかは役に立つんだから。一体、これだけの大金を手に入れるには、どれだけ永いこと働かなくてはならないだろう！　気が遠くなる。あたしはこのさき、夫のためにうんざりするほど働かされるんだわ。お返しが何かあるのかしら？　とんでもない！　妻って、なんて割が悪いんだろう。女中の方がずっとましだ。絶えず目を光らせていなくちゃならない。でないと何も手に入らない。あたし、馬鹿だったわ、結婚式のとき、とりきめをしとくべきだった。結婚後も以前通り俸給支払いのことって。以前通り働かされているんだし、食堂ができて、書斎の家具もふえたし、仕事はむしろ多くなったわ。掃除だけでも大仕事。どうなっているのかしら、俸給を余計にもらっても当然なのに。不正だわ、これこそ無法だわ。

怒りのあまり、手に持った小切手がふるえた。

夕食のとき、テレーゼは意地の悪い微笑を浮かべていた。唇の端が耳近く達し、目はつり上がって、細い隙間から刺すように青くのぞいていた。

「明日の食事はありませんよ。料理の暇なんてないわ。一度にあれもこれもどうしてできたりするかしら」効果やいかにと見守った。悪辣には悪辣で対抗しなくちゃあ。食事中沈黙のことなんて愚にもつかない。「昼食のために大事なことをなおざりにしていいかしら？　昼食は毎日のこと、家具を買うのは一度きりだわ。明日食事はありません。石橋を叩いて渡れって言わないかしら。いいわね！」

「本気かね？」畏るべき思考がキーンの脳裏をかすめ、不便と日常当然の権利とを呑みこんだ。「本気なんだね？」その声は笑っているかに聞こえた。

「笑いごとじゃないわ！」テレーゼは息まいた。「仕事仕事で何一つできやしない。あたしは一体、妻なのかしら、それとも女中？」

キーンは上機嫌で口を挾んだ。

「用心するんだ、いいね、できるだけ沢山の店を回ってみる。これと決める前に値段を比較検討しなくちゃならない！　商人なんて生まれながらの詐欺師ばかりだ。客が女と見れば二倍はふっかける。お昼はレストランでとればよろしい。おまえの身体の調子はよくないんだからね。充分な食事を注文したまえ。家には戻ってこないこと！　この頃は随分あたたかい。緊張は身体に毒だ。昼食後、気が向けばさらに店を回る。せっかちに決めるのはよくない。夕食の心配は無用だ。明日一日、店が締まるまで外出していることを薦めるね」

妻が既に品物の見当をつけてきて、それ相当の金額を持っていったということを、キーンは無理にも忘れた。

「夕食はできあいのものですませられるわ」テレーゼは言いながら、思った。また罠にかけようというのだわ。気がとがめているってことはお見通しよ。妻をさんざこき使っているんだもの！　女中ならどう使おうとそれは勝手、賃金を払っての上なんだから。でも妻にはそうはいかない。妻の役目は別ですとも。

翌日、家を出たとき、テレーゼは決心した。自分の正確な齢と既婚であることを見抜けるような興味ある男のいる店で買うことにしよう。

銀行で小切手を替え、その場で半分は貯金した。値段を知るためにさまざまの店を訪れた。午前中は執拗な値切りの口説に費した。もっと節約できることが分った。貯金用にもっとひねり出せる。九番目の家具店、それは昨日値段の点で言い争いをした店であった。店員は直ちにテレーゼを思い出した。首のかしげ方と切り口上のものの言い方とは、初対面の者にも消し難い印象を与える。昨日の経験から、今日は安物家具の陳列場に案内した。テレーゼはベッドを仔細に眺める。木組を叩き、背の板に耳をおし当てた。虫食い材ではないかしら。夜具箱をどれこれとなく開けてみて、身をかがめて鼻をつっこむ。どこかで御用を勤めてきた代物だか分りゃしない。鏡に息を吐きかけ店主から強引に拝借したタオルで二度三度拭ってみた。どの戸棚も気に入らなかった。

「これじゃ何も入れられないわ。この頃の戸棚って、まあ、なんてことかしら！　これは貧乏人用よ、どうせなんにも持ってないひとたちのためね、物持ちには使いものにならないわ」

テレーゼの粗末な服装《みなり》にもかかわらず、店の扱いは丁寧だった。店主である兄弟二人は彼女を馬鹿女と思っていた。馬鹿女は何一つ買わないくせにそれをむやみと恥ずかしがる。兄弟の客あしらい心理学応用範囲は狭かった。若夫婦向きに限られていた。相手次第で、邪険とも親密とも、どちらともとれる言い回しでおだて上げる。しかしこの中年女には、ともに中年すぎた男二人はなんともコツが分らなかった。約半時間、お世辞をたらたら述べたあげく途方に暮れた。これこそ侮辱だわ、テレーゼはこの瞬間を待っていた。小脇にかかえた不恰好なハンドバックを開け、厚ぼったい札束を引き出して、とげとげしく言った。「どうかしら、足りるといいんだけれど」

色黒の、肥っちょ兄弟の啞然とした視線を尻目に、札束をゆっくりと数える。《大変だ、この婆さん、やけに金を持ってやがる！》うろたえて、次に兄弟は歓喜した。これを摑まにゃ。これこそ腕の見せどころ。二人が体勢を立直した頃あいを見はからい、テレーゼは丁寧にバックに収め、かかえ直してドアに向かった。戸口で振りむいて叫んだ。「お二人のその眼はどれも節穴かしら。客を見ることひとつできないのね！」

興味ある男のいる店を探さなくては。一時に近かった。昼の休憩時間前に入るために歩を速めた。往来の注視をかきたてた。短い上着の通行人のなかで、地面を這うばかりに長い外套、それも青く強《こわ》い外套が急ぐ。この中で一体、足はどう動いているのであろう。でんぐり返るぜ、とみんなが思った。どうかね、そうとばかりはかぎらんさ。テレーゼは熱い視線を感じた。三十歳、これがみんなの見当ね。喜びのあまり、それに急いでいたせいもあって汗をかき出した。首をスクッとさせておくのはなかなか骨がおれた。満面に笑みを浮かべた。両の翼といった左右の耳が風をはらんで、眼は空を飛び、やがて安っぽい寝室の只中にまい降りる。その中でテレーゼは、極上品に憑れたこの天使は、ホッと一息、安堵して翼を休める。突然、みおぼえのある店の前に立ったとき、彼女はとりたてて雲間から落ちたわけでもない。誇らかな微笑が嬉しげなニヤリ笑いに変貌した。店の戸を押して若い男に近づいた。その際、あまり激しく腰を波打たせたので、腰幅に強く張っていた外套に皺が生じた。

「また参りましたの！」しおらしく言った。

「これはこれは奥様、嬉しゅうございますですよ！　はなはだぶしつけでございますが、奥様、このたびはまたいかなる家具《しな》を？」

「寝室のためですの。御存知のくせに」

「奥様、ちょうどてまえもそうではないかと思っておりましたところでして。やはりなんでしょうな、お宅のお二方用でございましょうな。いや、これはとんだ失礼を」

「どういたしまして。なんでも御遠慮なしにね」店員は憂わしげに首を振った。

「いやいや、奥様、とんでもございません。どうせ、てまえなどには目もくれていただけない、いや、そうですとも、しがない店員ふぜいにはでございます」

「どうしてですの、そうとはかぎりませんわ、店員さんも人間《ひと》ですわ。あたし、高慢ちきではありませんのよ」

「おやさしいそのお心ばせ、奥様の旦那様こそ三国一の果報者でいらっしゃる」

「ま、お口のお上手な！　いまどきの男の方ったら！」

「奥様、なんでございましょう、まさか……」店員はたまげたという工合に眉を合わせてつり上げた。その両眼は湿った犬の眼であった。テレーゼの顔近く寄せた。

「いまどきの殿方は、女と見ればみんな女中とおぼしめしよ。だのに鐚一文もお出しにならない。女中は給金をもらえるというのに」

「その代り奥様には結構な寝具がお手に入るということでして、図星でございますな！　とびきりの極上品、ございますとも、奥様がてまえどもの店にお戻りくださるとかたく信じておりましたですよ。早々と二、三見つくろって予約済にしておりまして、もう六人から御所望がございましたが、おことわりしたわけでして。いえ、ほんと、まったくのところがです！　旦那様は大喜びなさいましょうな。奥様はお帰りになる。や、お帰り、いとしき妻よ、とこう旦那様のお声がかかる。はい、只今、あなた、奥様の御返事でございますな、あたしたちの寝具をあつらえて参りましたの。――ズバリでございましょう、奥様、いえ、もう疑いなし。次に奥様は旦那様のお膝の上に、いや、どうも失礼、奥様、てまえは自分の信じるところを申しておりまして。しかしなんぴとといえどもこれを否定できますまい。否定できる者なぞこの世にはおりませんですよ。たとえ奥様の旦那様といえどもですよ。もしてまえが結婚しておりましたら、いえいえ、奥様、あなた様とではございません、めっそうな、てまえごときしがない店員の輩《やから》がでございます、どうしてそんなことを望めましょう、別の女、はい、年寄り女でございますな、四十歳くらいの――奥様にはとてもとても御想像になれますまいが」

「どういたしまして、あたくし、もう若くはありませんわ」

「奥様、まさかちがうとは申させませんですよ、よろしいですな、奥様が三十歳をようやくお越えになったであろうことはてまえといえど認めます、しかしそれ以上ではありますまい。てまえの口癖でありますが、女性であらせられては腰がですな、もっとも重要な個所でありまして、腰アレカシ、サラバソヲ見ンでございますな。腰があってなおかつ、てまえがそれを見ないなんてことがありましょうか――まったく、なんともお見事な……」

テレーゼは叫び出したかった。陶酔の中で声にならない。男はやや躊躇してからつけたした。「…お道具で！」

エレーゼはまだいささかも家具を見ていなかった。店員のことばのままに興奮の中を漂っていた。店員はテレーゼの波打つ腰の真近まで手をのべた。そして直ちに実用向きのけばけばしいベッドに移動させた。彼が、このしがない店員が、高嶺の花の腰から去りがたく手を離したその動きにテレーゼはなおのこと感動した。今日は汗のかき通しだわ。彼女は魅せられたように、男の唇と手のままに動いていた。いつもは意地悪くさまざまに変色する眼が、いまはおだやかに、しとしとと青味がかって《お道具類》を舐めていた。たしかに見事な品物ばかり。興味ある男はなんでも知っている。大の家具通なんだわ！　模範的な店員だことね。こちらで品定めしなくてすむなんてありがたいわ。だってあたし、家具のことはなにも知らないんだもの。他の店ではだれもこのことに気づいてくれやしなかった。どうしてだかというと、みんなお馬鹿さんばかりだったからね。興味ある男はすぐに分ってくれた。あたし、喋らなくていいなんて素敵だわ。このひとの声、まるで溶けたバターみたい。

「よろしゅうございますか、奥様、ポイントでございます、ポイントをお忘れになりませんように。旦那様がいかにお休みになるか、すぐに響いてきますですよ。旦那様にベッドがぴったりだと、奥様は旦那様となんでもお好きなことがおできになる。まったくですよ、奥様、御夫婦和合の秘訣はです、胃の好し悪しによるばかりでなく、また家具次第、特に寝室の家具次第、さらに申せばです、ベッド次第と申せましょうな。いわゆるダブル・ベッド次第であると、こう申せましょう。御承知の通り旦那様と言えども人間であらせられる。結構な奥様にかしずかれていらっしゃる。それも花でいえば咲き盛りの奥様に。ところでお眠りが悪いとどういうことになりましょう。お眠りが悪ければ御機嫌も悪い。お眠りが健やかであれば、いそいそと奥様のお身近くにお寄りになるという寸法でして、お分りでございましょう、奥様、御伝授いたしますですが、てまえはこの商売《みち》に入りまして支店に十二年、ここに八年と勤めて参りました。この経験から申しましてもです、ベッド悪ければそのお身の腰がなんの役に立ちましょうか？　とびきりふっくらした脚にもソッポを向かれるのが関の山、お相手が旦那様の場合でもなおしかり。たとえ奥様がです、東洋風の腹踊りがおできになり、さらにその美貌に念入りなお化粧をほどこされ、身につけられたものをお脱ぎになって、つまりなんです、まっぱだかでお寄りになっても——一体、なんの役に立ちましょう！　旦那様の御機嫌斜めである限りです。たとえ奥様といえどもいかんともしがたいところですよ。万が一、奥様が——つまりベッドのことですが——古物で、しまりがないと仮定しますとです、旦那様は外に駆け出して、もっとできのよいベッドをお探しになる。さあて、どんなベッドでしょうか？　無論、わが店特製のベッドですよ。これまでお使いいただいた方の御感激のお手紙をお見せいたしてもよろしいのですが、奥様同様の良家の御婦人の手になるものでして、御夫婦お睦まじいことばの数々が書きつらねてございましてね。保証つき、わが店のベッドがあるところ離婚沙汰など皆無でございます、考えられませんな。てまえどもはひたすら世のため、世の御夫婦のため挺身しておりまして、心からこの家具一式をお薦めいたしますよ。無論、奥様とっくに御承知の通り、どれでもみな一流中の一流品、なかんずくです、なかんずくこの家具一式、この一揃えはですね、この特製品は特に奥様に選び抜いておいたものですよ、はい！」

　テレーゼは家具に近寄った。それもただただ男の意向に添うために。満足しきっていた。彼を失いやしないかと不安だった。薦められた一式の家具を見た。どんな型のものであるかも分らない。一心不乱にバター声に耳を傾け、どうすればさらに聞き続けられるか思案した。《結構ですわ》と言い、支払って出て行けばそれで終りだ。大金を払うのだもの、もっと何かあっていいはずだわ。あたしのおかげでこの店は儲けるのだから、もっと話を聞いていたって当然じゃないかしら。見るだけ見て、買わずに帰るひとだっているんだから。それでも大きな顔をして出て行くわ。あたしはそんな厚顔じゃない。そんなことはしないわ。その代り、暇をかけてもいいはずね。

　でもどう言い出せばいいのか、皆目分らない。「ま、お口のお上手な方ね！」

「奥様、抵抗は無駄ですぞ。てまえのことばにはひとことの嘘もありません。奥様の胸に訴えておりまして、てまえをどうか御信頼ください。奥様、お得意の皆様の御信用に照らしましてもです、なんならそのしるしを御覧に入れてもよろしゅうございますよ。これはどうも、主任様!」

　主任グロース氏。おしひしゃげた顔にキョトキョト落ち着きのない眼をした小男が、奥仕切りの事務室の戸口に現われ、その短軀をさらに小さく折り曲げた。

「なんだね?」と尋ね、おびえた若者といった風にテレーゼのずんどうの外套ににじり寄った。

「主任様、いかがでございましょう、一体これまでにお客様でわたくしを信用なさらなかった方がいらっしゃいましたでしょうか?」

　主任は答えなかった。嘘をつくとおふくろが怖ろしい。殴られかねない。彼の舌の上で商売欲と正直欲とが争った。テレーゼはこれに気づいて誤解した。主任と店員とを比較した。何と言おうと主任のことばなんか信じないわ。興味ある男の勝利を高揚するために急いで助けに赴いた。

「あら、ま、他人様の証言が必要かしら。だれでもこの方の声を聞くだけで信じますわ。あたし、全部信じています。それに、どうして嘘つくことがあるのかしら? そちらの方がどうおっしゃろうと、あたし全然信じませんわ」

　主任はあわてて事務室にひっこんだ。いつもこうだ。ひとことも言ったわけじゃないのに、だのに早速、嘘をつくなとおふくろは言う。女相手だといつもこの災難だ。子供のときはおふくろで、それからお次は女店員あがりの女房ときた。速記係の女がなにやかや苦情を言うたびに、《おふくろさん》と呼びならわしてなだめたことが、結婚する羽目に陥ったなれそめであった。以来、女店員はひとりとして傭うわけにいかなくなった。絶えず《おふくろたち》が商売に口を挿む。正確に言えば一方の《おふくろ》だけだ。結局、自分は私的な事務室を設けさせた。是非とも必要なときだけ顔を覗かせればよいのだ。あとはグロープの責任だろう。あの男、自分がおふくろに対するとき、主任も何もあったものでないことを知っている。あの抜目のない店員は共同経営者に成り上がりたくてたまらないのだ。これを安値で手に入れるために、客さえくれば自分を笑いものにする機会《おり》に利用する。なにを隠そう、自分、グロース氏こそグロース&ムッター家具商店の主任ではないか。本物のおふくろはまだぴんしゃん生きていて商売を離さない。週に二度、火曜と金曜に帳簿検査にやって来て、従業員にガナリちらす。検査はすこぶる厳格で、ごまかすのはひと苦労だが、ともかくなんとかごまかしている。ごまかしがなくては生きているかいがないではないか。なんとしても主任の威厳を守り通さなくてはならぬ。おふくろのガナリが店員どもに多大の効果を持っているからにはなおさらだ。おふくろが来る前日、すなわち月曜と木曜の両日こそ、好きなだけ怒鳴り、号令できる日ではないか。従わせ、駆けずり回らせる。背《そむ》いた奴らは翌日おふくろに報告といく。火曜日と金曜日、おふくろはまずもって店につめきりだ。店全体が静まり返る。口を開く者などいようものか。自分もまたしかり。とまれ結構、その日が過ぎればまたぞろ厚かましくなるんだから。ところで今日は雷鳴一過の水曜日だ。

　グロース氏は帳場の椅子に坐って耳をそばだてている。グロープの奴、またまた口に泡してやがる。あれはなんとも大した男だ。だが共同経営者にはしない。なんだ、昼食につきあってくれだ？　婆さんの御所望か？

「奥様、お供したいのはやまやまですが、主任がです、主任が決して許してくれんのです」

「あら、ま、でも例外ってこともありますわ。それにお代はあたしが払いますもの」

「おやさしいお心ばせは感激の至りでございますが、駄目なんですよ。とうてい許してはくれません。主任はこの点、実に厳格でありまして」

「あのひと、どうしてそんなにわからずや《グロープ》なのかしら？」

「てまえの名前を御承知とは畏れ入りました。お笑いになりましょうが、グロープとはてまえの名前でございまして」

「笑いませんとも。立派なお名前ですわ。それに粗野《グロープ》な方ではありませんもの」

「痛み入ります、奥様、かたじけない話でございまして。もしもっとお近づきになれました暁には素のままの甘いお手にキスさせていただきたいところでございますよ」

「あら、ま、こんなことをだれかに聞かれたりしたら大変ですわ」

「構いませんとも、奥様、いささかも構うことはございません。なんでございますよ、そのような見事なお腰の、いえ、失礼、お手のと申し上げるつもりでしたが、そんなお方がでございます、どうしてまた昼食へなどと申されますな？　ここにこうしているだけで充分では？」

「でもお代はあたしが払いますわ」

「嬉しいかぎりのおことばで感謝感激、しかしなんとも残念ながら御辞退させていただかなくてはなりませんで、しがない店員といたしましては、主任に……」

「とやかくは言わしませんわ」

「それがそうではございませんで、主任の御母堂様というのが主任に輪をかけて厳しい方でございましてね。主任とてただ者ではございませんですよ」

「それが男ですの？　男なんかじゃありませんわ、自宅《たく》のあたくしの主人がこれを聞いたらどう言いますかしら。やっぱりあたしではいやだということですのね」

「奥様、なんてことを！　奥様がいやだなんて男がこの世におりましょうか！　賭けてもよろしいですよ、そんな男の面《つら》が見たいものでして。奥様、てまえは自分の不運がうらめしいですよ。主任はそれはそれは頑固なひとでございまして、なんだと、とこう主任は申しますな、お客様と連れ立って食事に行くだと？　突然、当のお客様の御主人様がお出でになる。御主人様はカンカンに立腹なさる。スキャンダルだ。なるほど、店員のおまえは戻って来よう。しかしお客様は二度とはお出でにならん。その損失はだれにくる？　主任のこのわしにだ！　なんて高価なお楽しみをしてくれたことだ、とこう主任は申しましょうな。立場上からもです。奥様、可哀そうなジゴロ、いなせなジゴロの歌を御存知でしょうか？《タトエ胸裂ケルトモ、……》あれです、あれにとどめておきましょう！　奥様、どうかベッドだけで御得心ください」

「あら、ま、それじゃおいやですのね。お代はあたしが払いますのに」

「今夜なら、今夜、奥様がお暇でしたら。しかし、てまえ思いますのに、この点、旦那様は厳格でございましょうな。分りますとも、美貌この上ない妻を持たれる旦那様といたしますれば——これはとても叶わない冒険の夢でございますよ。《タトエ胸裂ケルトモ、ワレハ許サジ》あとの方はてまえの自作でありましてね、いかがでしょう、奥様、作詩でもって代えさせていただくわけには。奥様がベッドに横たわっておられるお姿をテーマにしてでありまして、パジャマひとつで、そのお見事な……いや、失礼、これでとどめておきましょう。いかがでございましょう、そろそろ勘定場の方へ参りますのは？」

「まず昼食をして、それからですわ」

グロース氏はワクワク興奮しながら聞いていた。どうしてグロープの奴、ああ何度もこの自分を引き合いに出す？婆さんが昼食代を払ってくれるというのを喜べばいいのに。ここの奴らはだれといわず瘋癲ぞろいだ。あいつを毎夜、ちがった女が誘いに来る。それも小娘ばかり。当人の娘といった年頃のおちゃっぴいばかりだ。あの婆《ばばぁ》、結局は何一つ買わずにすますだろう。えたいの知れない誇りの持主なんだから、断られれば頭にくるってやつだ、グロープはやりすぎだ。店をどうしようというのかね。今日は水曜日、主任の威厳を示さねばならん。

聞き耳をたてている間に怒りがこみ上げてきた。店員といちゃつき喧嘩中の婆さんに助けられているように思えた。自分、このグロース氏についてあの女はちょうどおふくろ同様の話し方をした。グロープにどういう工合に言ってやろう？　こちらが喋りすぎると奴はさぞかし傍若無人の返答をするだろう。水曜日というわけでな。かくして間抜け客をとり失う結果だ。さりとて言いようが足りないと、奴にはなんのことやら分るまい。簡明な職務命令とするるか。その際、婆さんの顔を覗きこむ？　いいや、背中を向けている方がよほどましだ。ともかくとも奴をへこますことだ。

二人の間に合意が成り立たないと分るまでなお暫く待ってから、足音をしのばせて椅子から降りて、ガラス戸に向かって二歩、ありたけの歩幅で進み、不意に押し開け、彼の身体の一等大きな部分である顔面を突き出してキンキン声を張り上げた。「グロープ君、お供しなさい！」《はい、主任様》は、常に等しく、出ずじまいであった。

テレーゼは首をかしげて息せき切った。「ほら、言わないことじゃないわ！」昼食へと出発する前に、感謝の視線を主任様に投げかけたかった。だがそれは既に事務室に消えていた。

グロープの眼は悪意をおびた。蔑視を含んでずんどきりの外套にとまった。顔を正視しないように注意を払っていた。彼の声である溶けたバターが焦げついた。自分でも察知した。それで口をきかない。戸口でテレーゼに先をゆずったとき、つい習慣的に口が開いた。腕を大仰に広げて言った。「毎度どうも、はい、奥様！」

総動員

永年エーアリッヒ・シュトラーセ二十四番地の建物に乞食並びに物売りは寄りつかない。玄関番が玄関隣りの小部屋から、日々毎日、窺っていて、見知らぬ人物と知れば容赦なくひっとらえた。この建物に同情をあてにして踏みこむ者は、《玄関番》の標識のすぐ上、眼の高さに位置した楕円形の覗き穴におぞましい不安を感じた。さながらお慈悲に与《あずかっ》たときのごとくに身をかがめ、頭を垂れて足早に通過する。だがこのような偽装がなんの役に立とう。そこの覗き穴に玄関番はいささかの注意も払わない。ひそかな足音を聞きつければそれで充分、とっくにお見通しであった。我流の、首尾上々の手段があった。退職官史、警官あがりの彼は狡猾で抜かりない。なるほど、覗き穴から虎視眈々と窺っていた。しかし通常の穴ではない。

床上五十センチ、小部屋の壁を抜いて第二の覗き穴が設けられており、だれ一人予想だにしないその穴の前にひざまずき、彼は外を窺っていた。彼にとって世界とはズボンと外套を意味する。建物の住人の衣服一式は承知ずみであった。それ以外は一切、型と品質と値打ちから判定した。この点では以前、逮捕に赴いたときと同様、万が一にもまちがえない。正確この上なかった。侵入者を発見するや、ひざまずいたまま骨太の短い腕をのばして蝶番にとびついた。それとても彼の発明で逆さまにとりつけてあり、立ち上がる勢いでドアは開いた。仁王立ちして怒鳴りつけ、次には半殺しまでに殴りつける。ここに入った最初の月にはだれかれとなく自由に通らせた。噂が伝わるとともに乞食の群が殺到した。翌月、翌々月の遅参者たちのなかにはときにはすべりこむ者もいた。四カ月以降には新米が運を試すばかりであった。

キーンが玄関番と親交を結んだのはささやかな偶然による。ある夕、非常の散歩から戻ったとき、玄関口は既に闇に沈んでいた。突如、わめき声がした。

「やい、こそ泥、糞ったれ！　格子の向こうへしょっぴくぜ！」

玄関番がとび上がり、キーンの咽喉を目指した。だが、キーンの長身にはとどきかねた。そこで初めてどえらい失敗に気がついた。赤面ものだ。ズボン鑑定眼に傷がついた。なれなれしくキーンを小部屋に引っぱりこみ、秘密の発明の数々を語って、四羽のカナリヤに歌うことを命じた。カナリヤはこぞってそっぽを向いた。キーンは自分の静謐がだれのおかげであるかを了解し始めた。(乞食どもが呼鈴をおさなくなって、これでもう数年になる。)頑健な、熊さながらの玄関番は狭い部屋の中でキーンに寄り添うように立っていた。おのれの流儀で勤勉な彼に、キーンは毎月の《謝金》を約束した。その額は、住人全部のチップを合わせたよりも多かった。熊男は歓喜のあまり、小部屋の壁を赤毛の拳で砕きかねなかった。かくのごとくに報恩の情を表現した。ともあれ、ようやくのことで腕を抑えて、まずはうなることで我慢した。「頼りになさってよろしいですぜ、教授《せんせい》!」そして廊下への戸口をドンと押し開けた。

以来、住人はだれもがキーンを教授と呼んだ。無論、彼は教授ではなかったのだが。新参たちは、その居住許可の最大の条件であるこの呼称の慣習を、玄関番の監視の下に呑みこんだ。

テレーゼが終日の外出に出るやいなや、キーンは施錠して今日は何日であったかと自問した。八日だ。一日以後は乞食来訪の虞れはない。本日は通常よりなお深い静謐が必要だ。祝祭が待っているのだから。そのために妻を家から遠ざけた。時間《ひま》は少ない。閉店六時、その頃には帰って来るであろう。準備だけでも時間がかかる。手間も要る。それとともに祝辞の大綱を草案する。格調高きものでなくてはならぬ。無味乾燥ないし俗調は忌むところである。現今の事象への言及を含み、豊かな人生体験の総括と言えるもの。四十歳にしてようやくなし得るところであろう。本日、キーンはみずからの旧弊を脱するのだから。

上着とチョッキを脱ぎ、椅子にかけ、そそくさとワイシャツの袖をたくし上げた。元来、衣服は軽蔑していた。だが家具と対しているところでは防御用に常に身につけていた。やおらベッドに突進して、笑い、歯を剝き出した。夜ごと、その中で眠っていたにもかかわらず、見知らぬものに思えた。想像の中で不気味に脹れ上がっていた。視野から放逐して既に久しい。

「おい、調子はどうだね?」キーンは叫んだ。「充分休養しただろうな!」昨日来、彼はすこぶる上機嫌であった。「もうそろそろ出て行く頃だろうぜ! とっとと失せな！」ベッドの頭部を両手で摑んで、突いた。怪物は身じろぎひとつしない。猛然と肩で押した。よもやこれには堪まるまいな。微かにきしむ音がしたのみ。キーンを愚弄しかけていることに疑問の余地はなかった。キーンは喘ぎ、うめいた。足の膝で突いた。力が足りぬ。緊張のあまりに瘧《おこり》がきた。怒りがこみ上げる。だがむしろ手なずけるか。「そうビクビクしなさんな！」となだめた。「今日だけのこと、戻ってこられるとも。今日、わたしは暇だし、妻は外出中でね。恐がることなどないでしょうが。別に盗まれたりはしませんとも！」

家具にことばを費すなどのことはキーンにとって莫大な犠牲を意味した。だがそれを忘れていた。ベッドに対し、なかながと弁説をふるった。腕を垂れていた。腕は痛んだ。キーンはベッドに説きたてた。決して悪いようにはしないのだと。ただ只今はいてもらう必要がない。これを呑みこんでもらわなくては困るじゃないか。購入の口切りはだれがしたかね？　わたしだ。そして費用を出したのは？　わたしだ。しかも即座にだ。これまで細心ずくめでおまえを扱ってこなかったか？　たしかにときには眼をそらしていた。しかしそれとて思いやりあまってのことなのだ。四六時中、親切親切と見せつけるのは、むしろあやしいことだと思わんかね？　嗜みがなかろうってものじゃないか。根《ね》に持つことはなかろう。時間《とき》は傷を慰やすのだから。ひとことの厭味でも言ったことがあるだろうか？　それに元来、どう思おうと個人の勝手のはずだ。きっと戻すとも、約束する、元のところに帰すとも、保証する、誓約する！

最後にはベッドもおれるはずだ。キーンはさらに力をことばに注いだ。腕に力はなかったから。いささかの力も残っていなかったから。ベッドは傲然と沈黙して身じろぎひとつしない。憤りがこみあげてきた。「無礼な木片めが！」キーンは叫んだ。「一体、自分を何様だと思っている？」こいつを動かしたい。したたかとっちめてやりたいのだ。キーンはそれを熱望した。

このとき、かの力強い友が脳裏をかすめた。とぶようにして部屋を出て、真一文字に階段を駆け下りた。そしておのが代理となるはずの隆々とした筋肉にとりついた。「たのむ、来てくれ！」この口調とその体軀から、玄関番はトローンボーンを思い出した。もっとも彼はトランペットの方がむしろ好きだったが。自分でも一つ、持っていたから。だが、なんといっても一番好きなのは打楽器だった。彼はわめいた。「ようがしょ、さては女房だな！」そしてキーンの後に続いた。教授《せんせい》の女房に係わることと確信していた。ただ予期に反してガッカリしないように、あれは既に戻ったのだと自分に言い聞かせた。外出するところは覗き穴から見ていたのだから。たかだか家政婦あがりのくせに。いまは教授夫人となったことによって、玄関番はテレーゼを憎んでいた。かつての官吏として、彼は肩書に関しては厳格この上なかった。キーンを教授と呼び、一切をここから結論づけた。肺結核の娘を死なせて以来、彼には殴る女がいなかった。一人で生きていた。警官職の激務にまぎれて、女にあてる暇がなく、女をモノにすることも不可能であった。下女などを摑まえて、裾から手を入れ、太股をくすぐるなんてはたしかにできた。だが彼は大まじめにくすぐったので、それでなくても僅少なチャンスをすっかり駄目にしてしまった。殴りつけるまでに至らなかった。なんとかいま一度、したたか女の肉体《からだ》を殴りつけたくて、悶々の日々を過ごしていた。彼はキーンを追い抜いて急いだ。かわるがわる拳を代えて、壁と階段の手すりとを殴りとばした。腕が鈍ったとは言わせない。この物音に住人たちはドアを開け、顔を覗かせて、この奇妙な不揃いの二人《コンビ》を眺めた。拳を固めた玄関番と腕まくりした教授とを。だれもあえて声をかけない。見送ってから意味ありげな視線を交した。玄関番がいきり立つ日、住人たちはだれひとり口を開かず、針一本落としても愕然として辺りを窺うのを常とした。

「どこですな、女は？」戸口に到着して玄関番は親しげにわめいた。「早速、とりかかりましょうかい！」

教授のあとから書斎に入った。教授は敷居から憎々しげに人指ゆびでベッドを指して、号令を下した。「こいつを外へ！」玄関番は二度三度両肩で押して、相手の手応えを探ってみた。大した代物じゃない。ペッと手に唾をして、ポケットに入れた。手を使うまでもない。頭をベッドに当てて、いっきかせいに押し出した。「脳天突きというやつでね！」と戦術を解明した。五分後、四部屋全部の家具が廊下に並んだ。「大した本をお持ちですな、こりゃどうも」頑健な頭蓋骨の持主は口ごもった。ちょいとひと息入れたかった。間《あい》のことばというやつだ。こいつは並みの声でよい。そして出て行った。階段のところで呼吸を整えたのち、大声を発した。「な、せんせい、またのときにも頼りにしてくだせえよ！」

キーンには返答の暇がない。鎖錠を下ろすのさえ忘れた。薄暗い廊下に雑然と並んだ家具には一瞥をくれたのみ。要するにだらしなく酩酊した連中だ。どれがだれやらさえ分っていない。答をひとつくれてやったら、ハッと正気に戻るであろう。そして互いに爪先立って、ラッカー塗りの頭を掻きむしり合うであろう。

記念すべき祝祭を不粋な物音で汚さないよう、慎重を期して書斎のドアを閉じた。そっと書棚にしのび寄り、書巻の背をやさしく撫でる。眼をカッと開いた。習慣上の瞬きひとつ許さない。眩暈がきた。歓喜《よろこび》の眩暈が。ようやく手に入れた合体の喜びが。

恍惚のなかで予期しなかった、また意味も定かではないことばが口をついた。おまえたちの忠誠を信じると。ここはおまえたちの城だ。おまえたちはなべて個性の持主だ。わたしはいとおしむ。わたしの意向に背いてくれるな。これは侮蔑ではない。たとえ荒々しくおまえたちの背を摑むとも、それはこの実在を確認するためなのだ。余事に眼を徒費することとなって以来、眼だけを信頼するのはやめた。これはおまえたちだけへの告白だ。すべてをありのまま述べよう。口をきかないでくれ。わたしは眼を疑う。いや、数多《あまた》のことを疑う。この疑いを知ればわたしの敵は小躍りするであろう。わたしには多くの敵がある。名は挙げない。今日は大いなる祝祭の日だ。赦すべき日だ。本来のわたしに戻り、断罪することをしない。

キーンは視察の歩を運び、書巻が堂々と囲繞して尖立するのを目にするうちに、敵がなおのこと、滑稽に思えてきた。ドアを通してこちらの身体ひとつ、生命《いのち》ひとつ、やつは損い得るというのか。どうあろう、うしろ手に縛られて、何週間絶えまなく苛め抜かれていたとしても、事実、ビクともしていないのだ。いまや合体し、ひとつの身体になった四肢を、心好く風が通過する。あいともに合体を歓喜し、こぞって深々と息をつく。

ただ部屋ごとのドアだけが蝶番のままに揺れて、この喜悦の雰囲気を掻き乱した。それは視野に割りこんでくる。風が侵入する。キーンは眼を上げた。天窓が開いていた。キーンは初めのドアにとりついて、もたげ、蝶番から——なんとまた、蒼惶のうちに力量は増大したことであろう！——外し、廊下まで運送し、ベッドの上に投げつけた。他のドアにも同様の手続きをほどこした。書卓と切っても切れない品物《しな》であるのに、玄関番があやまって運び出したものか椅子の背に上衣とチョッキが揺れていた。なんとしたこと、腕まくりのまま祝祭の聖事を始めていたとは。どぎまぎしつつ衣服を正し、悠然と図書室に戻った。

小声で、先刻の不作法を詫びた。つい喜びのあまり、プログラムの進行を怠っていた。恋人に狎《な》れる者こそ哀れなるかな。無論、気どりとて不要だ。自明の理を確約するども愚の骨頂といえる。恋人を救けようともそれを鼻にかけてはならない。聖なる瞬間《とき》にこそ抱擁せよ。陶酔におけるそれは忌むべきもの、愛の告白は祭壇の前のみと知れ。

まさしくその告白をキーンはいまやなそうとしていた。慣れ親しんだ梯子をほどよき個所に押して、背中合わせに登る。背は書棚に、頭は天井に、足は――梯子を得てなお長くのびた足は――床にやる。いまや単一化した四部屋の空間を眺め、しかるのち、恋人に説きかけた。

「暫時前から、正確に言えばわれわれの生活に異分子が侵入して以来のことであるが、われわれの関係を確固とした地盤の上に築き直すことをわたしは念じていたのである。たしか、おまえたちの存在はなお堪え得る程度には保証されているであろう。しかしながら改ためて思んみよ、危機に対して徒らに眼をふさぐなどは、はたして賢者のなすべきことと言えるであろうか？　おまえたちはあの法的にも当を得た契約書のあるにもかかわらず、大いなる危機の只中にいるのである。

おまえたちに、旧のあの誇らかな受難の歴史をことこまかに想起されよと注意する必要はあるまい。愛と憎悪がいかに近しいものか、ただ一例を挙げ、もって適切な範としよう。われわれがともどもに敬いたてまつる国、幾重もの注視と幾層もの愛と、またおまえたちに適わしい神に通じる拝礼を献げる国、その国の歴史のなかに恐怖すべき事件が、むしろ神話的な拡がりを持つ大犯罪と呼ぶべきものがあった。すなわち、権力に憑かれた悪魔が、悪魔よりもさらに悪魔的なものの囁きに乗り、おまえたちになした犯罪である。紀元前二一三年、秦の始皇帝《シン・ホアン・テイ》、この凶悪なる王権簒奪者はけだしみずからを《第一の高貴なる現人神《あらひとがみ》》と呼称した者であるが、命を発して、全国土の書巻をことごとく焚に処すべしとした。この獰猛なる迷信家は、おのが帝位のよって立つ書物の意味を正当に評価するにさえ無学に過ぎたのであるが、宰相李斯《リシ》なる者、おのれは書巻の子でありながら、卑しむべき変節を嫌わず、巧妙に帝をそそのかし、かかる前代未聞の愚行に駆り立てたのである。古来の歌の本や祖先の古典的な歴史書について語るにも刑死があった。口誦の伝聞さえ記述の伝統同様に廃滅に帰されるはずであった。押収を免れたものは僅少の書に限られていた。いかなるものであるかは容易に想像がつくであろう。医学、調剤、予言、農業、林業に係わるもの――けだし実用的な愚本のみ。

　わたしは告白しよう。とつ昔の書を焼く悪臭がいまもなおわたしの鼻を刺す。焚書後三年にして暴君にはそれに適わしい運命が見舞ったこととて何になろう。愚帝は死んだ。だが死んだ書巻は蘇生せぬ。火と化し、煙と消えた。つけ加える。帝王の死後、変節漢李斯《リシ》に何が襲ったか。この邪悪な性《さが》を見抜いた後継者は、三十年間保持してきた帝国宰相の地位から追い、縛して牢獄に投げこんで千回の棒打ち刑に処した。ひと打ちといえど容赦させない。拷問の結果、元宰相はおのが犯罪を白状した。書の殺戮以外にも数多の忌まわしい罪を犯していたのである。後日、ひとたび白状したところを、糊塗せんとした策謀は失敗に帰し、咸陽《ヒイエンヤン》の広場で、刑を施行された。ゆっくりと、さながらにゆっくりと、念入りにその身体を二つに裂かれたのである。この血に飢えた野獣の最後の脳裏には、なお狩りの思いがかすめたという。彼はまた泣きわめくことも恥じなかった。その一族は息子から生後七日の孫に至るまで、男女を問わずなべて殺された。焚刑こそ当然であったが一等減じられ斬首刑にてとり行われた。国土と家族と祖先とを尊崇する念と、個人尊重の原則が並び立つこの国において、李斯《リシ》の名は記憶から消されていた。だが歴史は、歴史のみは忘却しなかった。かの暴虐者が抹殺を図った歴史のみは。

　中国の歴史家の手になる焚書の歴史を読むたびに、わたしはあの李斯《リシ》の最期を述した個所を読むのを怠らない。さいわいにもそれは数多の資料に繰り返し記されている。股を裂かれた元宰相の姿が彷彿とするまでは安眠が得られないのである。

　われわれの尊崇おくあたわざる国、かの中国で何故にまたあのような暴挙が起こり得たのかと、万感の思いとともにわたしはしばしば自問する。黙示として中国をことあげするとき、敵は抜目なく紀元前二一三年のかの事件を挙げるのを常とする。われわれはただ、大衆に比すれば、かの地でもまた知識人の数は寥々たるものであったと応えるしかない。無学文盲の徒が集まって、焚書し坑儒を意に介さ

ない。この自然現象より地上のいかなる国が免れていると
いうのか？　何故また不可能事のみをかの国より求めようとするのか？

　わたしは無数の他の迫害と同様に、かの日々の恐怖がおまえたちの血の中に含まれていることを知る者である。いまさらおまえたちに赫々たる過去にこびりついた血潮について語るのも、鈍感によるわけでもなく、不感のせいでもない。わたしはおまえたちを鼓舞したいのだ。そして、われわれを窺っている危機に対し心されたいと告げるばかりなのである。

　もしわたしが裏切者なら、美辞麗句を弄して迫り来る不幸からむしろおまえたちを誑かすであろう。ともあれ現今の窮状に対する咎はわたしにある。これを公然と告白せしむる個性ならわたしの身に備わるところだ。これほどの情況に至るまで、みずからを忘れ得たとはどういうことかと問われるならば――おまえたちにはこれを問う権利がある――恥を述べねばならぬ。わたしは我を忘れた。それというのもわれわれの偉大なる師、孟《モン》を忘れたからである。かのひとはこう言われてはいなかったか。《かの者たちは行為しつつおのが行為の何たるかを知らぬ。習慣を続けながらその習慣を知らず、生涯、さまよいながらその道を知らぬ。しかるが故に群衆たるかれらは遂に群衆にとどまる》

　すなわち師は常に、しかり常に群衆にとどまる者たちには注意せよと警告された。教養、つまりは知性を持たないがためにかれらは危険なのだと。師のことば以上におまえたちの手厚い世話と親身の管理とを上位におくということが、唯一度生じた。わたしのこの近視的思考は手酷くわたしに復讐した。人間をつくるのは個性である。塵拭いの布ではないのである。

　しかしである、しかし、塵拭いの布は皆無でよしと、はたして言い得るであろうか？　これまでとて一文字といえど汚すことを許さなかった。おまえたちへの世話がなおざりにされていると非を鳴らす者が、おまえたちのなかにいるであろうか？　いるなら進み出て告げられたい」

　キーンは口を閉ざして、たけだけしく周りを睨《ね》めつけた。書物もまた沈黙した。進み出るものはなかった。やおらキーンは熟慮ずみのことばを続けた。

「わたしはおまえたちの沈黙を予期していた。わたしにおまえたちが依然として忠実であることを確認したいま、敵の思惑《おもわく》の二、三を告げる。おまえたちには知る権利があ

るのだから。まず最初に、重要にしてかつはなはだ興味ある報告をする。先刻の検閲によりわたしは、敵の占拠に係わる当図書室の一角において、ひとことの断りもなしに、部署の移動がなされていることを発見したのである。おまえたちをことさら混乱に陥らせないために、わたしは警報をさし控えた。あり得べき風聞には断乎として対処しよう。すなわち、わが方の損失は皆無であることをここに明言するのである。全体にわたる陣容、勢力ともにいささかの変化をこうむっていない。整然たる無敵の隊列を組み、全員が一員のために、また一員が全員のために奮闘すべき情況にあるのである。油断は禁物であろう、明日にもわれらの戦列に欠けるものが出るやもしれぬ。

移動によって敵ははたして何を意図したか？　われわれの隊伍の秩序を攪乱せんとしたのである。おのが占領地帯をもはや奪われることがないと信じており、われわれが情況を把握していないと無邪気にも思いこみ、宣戦布告に先立ってひそかなる誘拐を図っておる。われわれのうちの最優秀なものから手をつけるであろうことは確実であろう。ひとかどわかしの後に身代金をふっかけてくるであろう。ひとえに金が目的であり、金以外のものは考えていないのである。敵もさるものだ、実戦の奥義を心得ており、現今の契約は敵にとっては一枚の紙切れにしかすぎないのである。それ以上にみなそうとはしないのである。

おまえたちのうちにこの故里を出でて世界への遁走を願うものがいるならば――それも奴隷としてだ、値ぶみされ、打診され、買いとられ、話しかけられることもなく、耳を傾けられることもなく、物体として所有されても愛されることはなく、朽ちるがままに放置されるか、さらに他へ転売され、利用されても理解されることのない奴隷としてだ――そのものたちはすべからく手を膝に揃え、敵に追従をなせ！　しかしなお、はやり立つ肉体と、剛毅の魂と、高邁なる精神を持つならば、わたしとともに聖戦の隊列に馳せ参じよ！

諸君、敵の力を恐れるなかれ！　おまえたちの文字に挾んで敵めを圧し潰せ。おまえたちの行は敵の頭上に落ちる棍棒である。おまえたちの綴りは敵の足にまといつく鉛の足枷だ。おまえたちの表紙は敵の前に仁王立つ戦車である！　策略をもて敵をおびき寄せよ。綱もて敵をからめとれ。電光をもて敵を打ち倒せ。諸君よ、何世紀もの力であり、偉大にして叡智たるもの、諸君よ！」

キーンは息をついだ。疲労と陶酔のあまり梯子上で膝を折った。足がふらつく——いやいや、これは梯子であったか？　彼の眼前で叱咤激励された隊列が戦争踊りを始め、足踏みをする。血が流れた。それが書物の血であったので、キーンは嘔吐を感じた。気を失ってはならない。意識を失ってはならない！　このとき万嵐の拍手が起こった。嵐が森の木の葉をふるわすように、四方八方から歓声が起こった。そのうちの二、三の声はそのことばからだれであるかをさとることができた。あのことば、あの調子、そうとも、わたしの友であり、臣下であり、聖戦につき従ってくれる者たちだ！　やおらキーンは身をもたげた。数度、深々と礼をして、左手を——興奮のあまりうろたえていた——胸の右方、心臓の端座しない側におもむろにおいた。拍手は鳴りやもうとしない。拍手の大波をさながらキーンは眼と耳と鼻と舌と、さらに汗をおび立ち騒ぐ皮膚全体とで呑みつくすごとくであった。これほどの示威演説が自分にできようとは思ってもみなかった。演説の直前《まえ》の一瞬ひるみを思い出し——あの躊躇はひるみ以外のなにものでもないはずだ——そして微笑した。

万雷の拍手にその目標《まと》を設定するため、キーンは梯子を下りた。絨毯上に戻ってから血のしたたりを認め、あわてておのが顔に手をやった。ヌルリと手に心好いものは血であった。ようやく思い出した。床に落ち、気を失っていたことを。響きわたった歓声に意識を回復して、再び梯子に登ったのであった。台所に走った——なにをおいても図書室から出ること。いつなんどき、書物に血がとび散らないとも限らないではないか——やがてまだらの血をことごとく拭いとった。書巻はなべて安全であり、わが身にふりかかっただけであるとは、はるかに堪えやすいことではないか。心身は爽快を覚え、新たな戦闘心に燃え立って、彼は戦場に引っ返した。拍手は鳴りやんでいた。風だけは天窓からもの憂く吹きこんでいた。歎きの歌の暇はない。バビロンの海辺で哀歌する羽目に陥りかねぬ。脱兎のごとくに梯子にとりつき、顔を厳しくひきしめて、司令を発した。窓枠が不安げにカタカタと鳴る。

「おまえたちがしかるべき冷静に立ち戻ったことこそ、わたしの欣快とするところである。熱狂にのみ走っては戦闘をなし得ないであろう。只今の賛同こそ、不肖わたしの指揮下における戦闘への参加意志の表明とわたしは考えたいのである。

心に深く銘記せられたい。すなわち――
一、現今は、戦時下である。
二、裏切者は報復を受けるであろう。
三、司令部は一つである。わたしこそ総司令官であり、唯一の指揮者であり、かつまた唯一の将校である。
四、戦闘参加者の特性、すなわち経歴、名声、価値、価格等々はすべて止揚される。われらの隊伍の民主化は、今日以後、例外なく背を壁に向けるという形態において顕示されるであろう。当規制はわれわれの団結心を高揚するものであり、同時に強欲かつ無学な敵の眼をくらますものである。
五、われわれの合言葉を公《コン》と定める」

キーンは簡明な布告を終えた。その効果については注意を払わなかった。先になした戦陣訓以来、手中の権威を確信していた。輩下の思いが一致して自分にあることを知る。ことばはもはや充分である。いまや行為のときだ。

キーンは書物を抜き出し、背を壁に向けて入れ直す。旧来の友人たちを――無論、作業の合間にあわただしくであるが――手の中に抱くとき、戦闘状態の軍隊という無名性の中に落とさなくてはならないことに痛みをおぼえた。このようなおぞましい行為をしなくてはならぬと、だれがかつて予想したであろうか。とまれこうまれ戦争は戦争と気負いながらも、キーンは溜息をついた。

あの慈悲のひと、ゴータマ・ブッダが戦争拒否をおだやかなことばで説いて迫ってきた。キーンは嘲笑し、「やれるものならやってみろ！」と叫んだ。だがこの叫びほどに心中が確固としているとは言い難かった。ブッダの説教は数十巻を満たしている。押し合って並んでいた。パーリー語、サンスクリット、中国語、日本語、チベット語、英語、ドイツ語、フランス語、イタリア語と版を異にしながら一分隊を形成していた。威風堂々たる分隊である。かれらが進み出るのをキーンはまったくの諂《へつら》いととった。


「何故もっと早く申し出なかったのか？」

「あなたの意向に賛同したわけではありませんでしたから」

「野次ぐらいとばせたろうにさ」

「われわれは沈黙していました」

「さもありなんというところだぜ！」とキーンは対話を打ち切った。だが沈黙の重みが身に応えた。既に数十年も前になる、沈黙を生活の規範と決断したのはだれか？　キーン自身だ。だれに沈黙の価値を学び、決断の契機をだれから得たか？　ブッダだ、あの涅槃《ねはん》に達したひとだ。かのひとはおおむね沈黙していた。かくまで沈黙し得たということにかのひとの名声は負うのではないのか。知には大して関心を払わなかった。問には黙するか、もしくは返答に労する価値のないことを知らしめた。答を知らないのではないかと怪しませるふしがあった。因果応報といった素朴な論理に常に立ち戻った。あの口から比喩をとり去るならば何が残ろう？　けだし因果律のみ、貧弱きわまる精神だ！　ひとえに拘泥することによって肥った精神にすぎぬ。それにまたブッダの名を聞くだけで、どうしようもなく肥満体を連想しないか？　無言と沈黙とは別物だ。

ブッダは前代未聞の侮蔑に対して復讐した。すなわち、直ちに沈黙した。キーンはこの反道徳的かつ敗北主義的領域から脱するために作業の手を急がせた。

困難な課題にとりくもう。戦闘の決断を下すのはたやすい。だがそれは個人をことごとく一つの旗の色に染めることか。確固とした戦争反対論者は所詮、少数派であった。さきほど力説したうちの第四項、軍団の民主化に係わる項目に批判が集中した。虚栄心を傷つけるというわけだ！　この痴れ者たちはおのが名声を捨てるよりも、おのれを盗まれる方をよしとする。まずショーペンハウアーが生の意志を表明した。ありとある悪徳中の最たるこの意志に執拗に舌なめずりした。そしてともかくもヘーゲルと肩を組んで闘うなどは御免だと言い放った。シェリングも非を鳴らして、ヘーゲルの学説は自分のそれの剽窃であると主張した。フィヒテは高らかに叫んだ。「ワレハココニアリ！」するとカントが生前よりもなお従容と、永遠の平和のために進み出た。ニーチェはといえばディオニソス、アンチ・ワーグナー、アンチ・キリストと呼ばわって、自分はこの三者をかねた者であると宣言した。さらには次々にここに割りこみ、われ勝ちにけたたましく、みずからこうむった誤解、無理解を反駁し、ながながと喋りたてた。遂にキーンはドイツ哲学の幻想地獄に背を向けた。

壮大さにおいて劣るとも、明晰さでもって埋め合わせをするはずのフランス哲学に移ったとき、悪意の刺で迎えられた。容赦ない嘲弄が待っていた。おのれの肉体では対処できないばかりに戦争をしかけるのだろう。小心者のおのれを高めるために、われらを貶めるのか。愛に盲《めし》いた者の常套手段だ。凱歌をあげるために抵抗をだまくらかそうというのだな。聖戦の掛声の背後にあるのは、たかだか女一人、無学な元家政婦だ。役立たずで、厚顔無恥な婆さんだ。キーンは怒り心頭に発した。「恩知らずめ！」そしてわめいた。「どうなと勝手になりやがれ！」

「どうかね、むしろイギリス野郎にたのみこんだら！」とフランス連中は異口同音に言い出した。おのが個人の精神に忙がしく、キーンとともに統一戦線を張ろうなどとは毛頭考えていないのだ。ともあれ、この忠告は傾聴に価する。

イギリス人こそ正にキーンが必要とした人種であった。かれらの強靭な現実感覚。冷静な熟慮のあげくに投げかけるかれらの示唆は的確で実用に即していた。だが一つ、しめくくりに重要な非難をした。何故に黄色人などからことばの秘密を知ろうとしたのかと。これを聞き、キーンは憤然としてイギリス人たちを口汚なく罵った。

失望に次ぐ失望だ。キーンは運命を呪う。戦士より荷役人の方がはるかましだ。数千の兵卒に沈黙を命じた。数時間、全員の背を壁に向け入れることに没頭した。少々の配置替えもすればできた。だが新体制の秩序いかんが心もとなかった。だれにも気を悪くさせたくない。疲労困憊し、信念というよりむしろ個性のせいで意気を消沈させていた。このものたちに信仰を砕かれていたのだから。書棚によろよろととりつき、梯子を這い登った。梯子もまた不機嫌で悪意を抱いていた。幾度も鉤から外れ、これみよがしに絨毯上に倒れこんだ。キーンはかぼそい、たどたどしい腕でそのたびごとに立て直したが、梯子は次第に重くなっていった。当然浴びせるべき罵詈雑言を口にする誇りもなかった。上がるときには段々を慎重に踏みしめた。いつなんどきからかい気分から外れかかるかもしれぬ。単なる加勢《すけっと》にすぎない梯子の御機嫌をもうかがわなくてはならないとは。食堂分の書巻を終えて作業結果を検分した。休憩三分。キーンは絨毯に倒れ、喘ぎつつ手に時計を握りしめて過ごした。それから隣室にとりかかった。

死

帰途、テレーゼは興奮を冷ました。

食事に招待されたお返しに男は厚かましくなった。あたしが何かを期待しているとでも思ったのかしら？　どうしてあたしが男の尻を追いかけまわさなくてはならないの？　あたし、主婦よ、男とみれば目の色を変える女中などではないわ。

レストランで男はメニューを開き、注文の品を尋ねた。なんて馬鹿だったのかしら、《お代はあたしが払いますわ》と答えたなんて。するとなんて沢山注文したことかしら。まったく恥ずかしい程だった。あのひと、言ったわ。自分は見かけとはちがうと。別にしがない店員になるために生まれてきたわけじゃないと。テレーゼは慰めた。すると、自分は女運には恵まれていると言った。それはどういうこと？　資金が欲しいんですよ、大金とは言わない、身分相応ということもありますからな。女は資金とは縁なし、せいぜい節約のあげくの貯金ってところ、それも小銭でね。そんなもので商売は始められませんや。他人ならいざしらず、わたしは駄目、完全主義者ですからな。なんでもとびきりが好きでして。

カツレツの二皿目を食べ始める前にテレーゼの手を握った。「このお手ですよ、これにわたしの将来の幸福がかかっているのです」

その際、くすぐった。こんなに上手にくすぐるひとなんていない。幸福があたし次第なんて言ってくれたひともいないわ。わたしの商売に片肌脱いでいただけませんかね？

費用をどこから用意なさるおつもり？

男は笑ってから言った。恋人が資金を出してくれますとも。

テレーゼは憤激のあまり顔が紅潮するのを感じた。どうして恋人が出てくるの。あたしがいるのに。あたしだって女よ！

恋人はおいくつ？　テレーゼは尋ねた。

三十歳、と男は答えた。

美しい方？

絶世の美人ですよ。

お写真でも見せていただきたいわ。

「はい、只今、御要望によりまして」と、男はやおらテレーゼの口に指をさし入れた。なんて奇麗な太い指だったことかしら。そして言った。「恋人はここに！」

テレーゼが答えないのを見て、次には彼女の顎を撫でる。なんて大胆なのかしら、食卓の下で足を使う。踏んだり、なにかしたりして、そしてあたしの唇を眺めていたわ。そして言った。もうとても我慢できない。恋にうなされるとはこのことです。そのお見事な腰、それをいつ試させていただけますな。なあに、御心配は要りませんよ、わたしは慎重ですからな。悪いようにはいたしません。

テレーゼは答えた。自分は真実を何よりも愛している。だからいま告白しておかなければならない。あたしは資金なしの妻。夫は愛情からあたしと結婚したのですわ。あたし、あなた同様のしがない店員でした。お申し出はおことわりいたしません。近況を見て試していただきたい。あたしも大好き、女ってそんなものよ。あたし、いつもこうでないのですけど。例外ということもありますわ。でもあなたじゃなくては、ということではありません。通りを歩くと男はみんなあたしを振り返りますわ。あたし、それが嬉しい。十二時きっかりに夫は床につきます。すぐに寝入りますわ。それはそれは大したきっかり屋ですの。あたしの寝室は別です。以前、家政婦が使っていた部屋。家政婦はもういません。あたし、共寝がいやですの。ひとりでゆっくり休みたいものですから。夫はとっても烈しいですわ、男ってものじゃないわ。だから別室に避けてますの。いいですわね、以前、家政婦が使っていた部屋、十二時十五分に建物の玄関の鍵を持って出るわ。そして入れてあげる。心配は要りません。玄関番は眠りこけてますわ。昼間の仕事で疲れ切ってるから。あたし、ひとりで寝ますの。寝室にはあたしだけ。住居の色どりってものですわ。あたし、暇なら十分あります。毎晩あなたが来られるようにしておきますわ。妻だって人生を悦しまなくちゃあ。気がついたら四十歳、すると人生なんて終りだわ。

分りました、と男は言った。わたしもハーレム通いはよしましょう。愛するのなら、ひとりの女性に制限するのがわたしの流儀でしてね。ま、それ相応のお返しはお願いしますよ。御主人に資金のことをたのんでいただく。あなただけから頂くことにします。他の女など問題にならん。今夜こそ最高の夜、愛の夕というわけですよ。

あたしは真実を何よりも愛しています、とテレーゼは注意した。だから言っておかなくてはならない。夫は吝《しわ》ん坊で、だれにも何も与えない。何一つ手ばなさない。本一冊さえもよ。あたしが資金を持っていたら、即座に御商売にお入れします。あなたなら信用しますわ。あなたを信用しない女なんていませんわ。だけど来てください。お待ちしていますわ。あたしの小娘時代に素適な言い回しがありましたわ。《時トトモニ皺ガ増ス》と。そうですわ、だれもが一度死ぬのです。人間ってそんなものよ。毎晩十二時十五分に来てください。資金はいつかきっと用意しておきますわ。あたしが老耄《おいぼれ》の夫と結婚したのは、愛情のせいではありませんわ。もうそろそろ将来のことを考えておかなくては。

男は食卓の下の片足を遠去けて尋ねた。「そうですとも、奥様、ところで御主人はおいくつです?」

もう四十ですわ。

男はいま一方の足を除《の》けて、立ち上がった。「それじゃ、あなた、まだまだ見込みなしじゃないですか!」

どうぞお坐りくださいな。テレーゼはたのんだ。どうしようがありまして? でも主人は骸骨そっくりに痩せていますの。健康でないことは確かですわ。あたし、毎朝床を離れるとき思いますの、今日こそ死んでいてくれないかしらって。だけど朝食を持って行くとまだ生きてますの。あたしの母がそうでしたわ、三十のときから病気だったのに、死んだのはやっと七十四のとき。そのときでも食欲だけは旺盛でした。あんな身体でどうして食べられるのかしらと思うくらい。このとき男はナイフとフォークをおいて、言った。もう食べたくない、どうも心配だと。

初めはどうしてだか言おうとしない。やがて口を開いた。毒を盛るのは簡単至極だ! ここでわれわれは和気あいあいと食事をしている。食べながら夜の悦しみを味わっているわけです。ところが料理番か給仕がまったくのねたみから、薬をそっとふりかけたとすると、どうなります、たちまちわれわれは冷い墓の下ですよ。すなわち恍惚の夜を知らずにです、愛は夢と消えますな。だが、ま、やつらは危険は冒しますまい。ここはおおやけのレストランですから。しかしわたしが結婚していれば、始終不安で堪まらんですよ。ほかの女は信用してます、自分の財布よりわけ知りですからな。裏も表もね、腰や肩に限りませんや。そりゃあ、腰や肩とくれば、扱い方さえわきまえておればとびきりの個所ですがね。女というものは抜け目ありませんよ、まず待ちますな、遺言書がたしかなものと分るまではですな。それから旦那と好きなことをして、ほやほやの死体ごしに愛人に婚約用の手をさし出す。これはです、因果はめぐるなんとかというやつで、別にとりたててどうのと言うほどのことでもありませんな。

テレーゼは直ちに答を返した。あたし、そんなことはしない。あたしはちゃんとした妻なんだから。表沙汰にならないとも限らないわ。すると逮捕される。逮捕されるなんてちゃんとした妻にふさわしくない。逮捕されない方が、なんと言ってもずっといいんだから。じたばたしても駄目、何一つ証拠がなくても警察が来て逮捕するわ。家庭の主婦に、逮捕されるなんて堪えられないってことを警察は考えてくれないわ。なんでもかでも疑ぐるのが商売よ。妻と夫が一緒にいることが警察とどんな係わりがあるかしら？　妻はなんでも辛抱しなくちゃいけないのかしら？　妻は人間ではないのかしら？　夫は全然役立たずというのに。あれが男といえるかしら？　男じゃない。あんな男なんか惜しくないわ。一番いいのは恋人が斧を持ってきて、眠っている夫の頭に打ち下ろしてくれることだけど、夫はいつもドアに鍵をかけている。恐がっているのよ。恋人は自分で手をかけてくれなくてはならない。一度やればそれで終り。あたしはしないわ、あたし、ちゃんとした妻ですもの。

このとき男が口を挿んだ。そんなに大声でわめかなくともよろしいですよ。誤解があったらしい。あやまります。わたしが毒殺をすすめたなどとお思いじゃないでしょうな。わたしは元来、血を見るのが嫌いなたちでして、ハエ一匹もどうにもできんのです。そのせいでしょうかね、女たちに人気があるのは。

「女は何がいいかを知ってますわ！」とテレーゼは言った。

「わたしもね」と男は答えた。彼は不意に立ち上がり、衣服掛けからテレーゼの外套をとって、まるで寒いでしょうと言うぐあいに着せかけた。実際はテレーゼの首に唇をおしつけるためであった。男の唇は声と同じく甘い。

「美しい首すじを見ると我慢できませんでね。先程のこと、ようくお考えくださいよ！」

腰を下ろして笑い出した。「どうでしたか、どんな味がしましたね？　どうです、御感想は？　そろそろ出ましょうか」

テレーゼは勘定を支払った。なんて馬鹿だったのかしら。でもとても素晴らしかった。だけど通りで災難が始まった。男はずっと口をつぐんでいた。テレーゼはどう言い出せばよいのか途方に暮れた。家具店にいるかのように、男は尋ねた。

「いかがでしょう、お気に召しましたでしょうか？」

「勿論ですわ、十二時十五分きっかり！」

「いや、なんです、資金のことですよ！」

テレーゼはそれと知らずに適切な返答をした。「時トトモニ皺ガ増スですわ」

家具店に戻るや、男は奥に消えた。不意に主任が代りに出てきて尋ねた。

「お食事はいかがでございました？ 御注文の家具は明朝にも早速おとどけいたしますが、よろしゅうございましょうか？」

「結構ですとも！」テレーゼは勢いずいた。「支払いは今日すませておきますわ」

主任が代金を受取り、領収書を切ると同時に、興味ある男が奥から現われ、あたりに委細かまわず大声をあげた。

「どうぞ奥様、他の男性《かた》にお当りくださいませ。なんとおっしゃられようとも、てまえにはこれと決った女性《もの》がおりまして。はい、奥様、まことにどうも！」

テレーゼは店から走り出た。あわただしくドアを閉め、通りに出て、しゃくりあげて泣き出した。

あたしが何かを期待していたとでもいうのかしら？ あんまりだわ。食事の代金を払ったのはあたしだのに、だのにあんに厚かましくなるなんて。あたし、妻よ。男の尻を追いかけ回す必要があるかしら？ 男と見ると目の色を変える女中などじゃない。あたし、男にはこまらない。通りでは男はみんなあたしを振り返る。どうしてこんな目に会うのかしら？ 一体、だれが悪いの？ 夫だわ！ あたし、町中を駆けずり回って夫のために買物をしている。家具だってちゃんとしたのを見つけてきた。そのお返しに侮辱されてきたわ。夫は自分で買物に行けばいい。なんの役にも立たないんだから。住居はたしか夫のものだわ。本にはどんな家具が適わしいか、知ってても当然じゃないかしら。あたしだけがどうしてこんなに苦労しなきゃならないの？ あんなひと、踏み殺されてもだれも何も言わないはずだ。あたしが何もかもしなくてはならず、その上、侮辱まで堪え忍んでいる。あたしは興味ある男の妻となるべきなんだわ。あのひと、独身《ひとり》だそうだけど、どうしてかしら？　男だからね、男らしい男は妻など持たないものだわ！　男らしい男はものが分るまでは結婚しない。夫は何か分るかしら？　からっきしだわ！　ただの骸骨！　死んだも同然だわ。なんのために生きているのか皆目分らない。だのに生きている。なんの値打もない。他人の金をしぼりとるだけ。

テレーゼは戻って来た。玄関番が自分の小部屋から顔を覗かせて怒鳴った。

「今日、ひと騒動がありましたぜ、教授夫人！」

「それはそれは御丁寧に！」テレーゼはいまいましげに背を向けた。

ドアを開けたが物音ひとつしない。廊下に全部の部屋の家具がゴタゴタと積み上げてある。足音をしのばせて食堂へ入って胆をつぶした。壁が一変していた。今朝まで褐色だったのにいまはまっ白。何かが起こったのだ。でも、何が？　隣りの部屋にも同様の変化があった。寝室となるべきはずの三番目の部屋で合点がいった。夫は本を逆さまに入れ直した！

本はその背が触れられるように置かれるもの。埃を払うためにも、そうでなくてはならない。でなくてはどうやってとり出す？　言うまでもないことだ。埃払いの作業はもううんざりだ。どうしてそのために女を傭わない？　金は充分持っているのだから。家具にもあんな大金が出せるんだから。節約ってことを知らないんだわ。妻のことなど考えていないんだわ。

テレーゼは夫を探した。妻のことを考えさせなくてはならない。夫は書斎にいた。床に仰向けにのびていた。身体の上に梯子がのっていた。梯子は彼より頭一つ分だけ背が高い。見事な絨毯に血がとび散っていた。

血の染《し》みはとてもじゃないが落ちないのに。一体、どうしろというの？　ちっとはこちらの身になってくれたらどうかしら！　梯子もろとも倒れたのだわ。言った通り、夫は健康じゃない。興味ある男がひと目これを見てくれれば納得してもらえる。だからってあたし、嬉しがったりしない。あたし、そんな妻じゃないわ。死んだのかしら？　残念な気もする。あたしは梯子に上がって墜落死などしたくない。大体、こんな不注意ってあるかしら？　自業自得だわ。八年間もあたしは梯子に登って埃を払ってきた。でも一度も落ちたりしなかった。ちゃんとした人間ならしっかりつかまっているものだわ。なんてとんまかしら。もう本全部あたしのもの。書斎の分は半分方、逆さまにしてあるわ。これは大変な財産なんだとこのひとは言った。値段を知っているにちがいない。自分で買ってきたのだから当然だわ。あたし、死体には触れない。重い梯子をどけなくてはならないし、警察がどう言い出すかも分らない。このまましといた方がいい。血が流れているからじゃないわ。血なんてへいちゃら。それにこれは血かしら？　男の血でもなんでもないわ。せいぜい、染みを残すくらいね。絨毯がもったいない。住居全部があたしのもの、かなりの値打だわ。本はすぐに売ろう。昨日、こんなことが考えられたかしら？　人間ってこんなものだわ、さんざ妻を苦しめといて、それから頓死する。あたし、いつも言ってたわ、きっとよい死に処《どころ》を見つけないって。でも言わなかった方がよかったかしら。こんな男は自分が世界の主《あるじ》だと思いこんでいる。十二時に床について、妻をゆっくり休ませてくれない。こんなことってあるかしら？　ちゃんとしたひとなら九時に床に入って妻をいたわるものよ。

乱雑な書卓を見とがめて、テレーゼはそっと近寄った。卓上ランプをつけ、書類に手をのばし、遺言書を探した。墜落の前に、一番上にきっちりと置かれたことだろうと仮定した。自分が唯一の遺産相続人とされているであろうことを、つゆ疑わなかった。親類や縁者のことなど聞いたことがない。研究草稿にくまなく目を通したが、財産のことは何一つ記されていない。奇妙な異国文字が書かれている書類は丁寧に選り分けた。こういうものは高く売れるものだわ。いつか、書卓ごしに夫が言った。自分の書きものは計りしれない値打があると、しかし金がめあてではないと。

整理しつつ慎重に目を通して一時間、テレーゼは落胆した。遺言書はない。何一つ準備していなかったんだわ。死ぬまで変らなかった。考えるのはただ自分のことばかし、妻のことなど一切頓着なしだった。溜息が出た。そうだ、引出し、引出し全部を順ぐりに探そう。ま、なんてことかしら、鍵がかかっている。鍵をあのひと、いつもズボンのポケットに入れていた。テレーゼは立ちつくした。おめでたいわ、引出し一つ開けられないなんて。血があたしの身体についたりしたら、警察はまた、何をかんぐり出すかもしれやしない。死体に近づいて身をかがめた。ポケットはどこ？　ひざまずくのは躊躇した。何か大事なことをする前に外套を脱ぐことにしていた。手早く折りたたみ、部屋の隅に置いた。死体の一歩前でひざまずき、姿勢を保つために頭を梯子で支え、左手の人指しゆびをゆっくり夫のポケットにしのびこませた。深くは入らない。夫の姿勢は不都合だわ。ポケットの奥に何か硬いものを感触した。仰天して気がついた。梯子にも血がついていてやしないかしら？急いで立ち上がり、額に手を当てた。血の跡はない。だが、勇気が消えた。「でも、なんとかしなくちゃあ」と声を出した。「このまま寝かしておくわけにいかないわ！」再び外套を身につけて、玄関番を連れてきた。

「なんだなんだ？」彼はわめいた。通常《なみ》の人間の指図を好まなかった。それにテレーゼの言うことが分らない。死体をどうとかこうとかと、だれの死体だ？

「夫よ！　夫は死んだわ！」

このたびは分った。かつての職業が甦った。だが、退職以来、時間《とき》が経過しすぎていた。勘が戻らない。徐々に、素適な犯行があったはずだと思えてくるに従い、ワクワクしてきた。それにつれて態度が変った。以前、警官時代に凶悪犯を押さえるときと同様に、弱気になり、おじけづいた。身体が急に痩せ細った。わめき声は咽喉に消えた。相手をいたけだかに眺め慣れた眼球がちぢこまり、窺うようにキョロキョロとする。無理にも口は微笑をつくろおうとする。しかし、撫でつけられた、固く濃い髭によって妨げられた。彼は二本の指を添えて、唇の端を微笑の形に直した。

犯人はしょげ返っていて生気がない。お定めの服を着て、裁判官の前に進み、犯行動機を語る。自分こそ、この世人注視の的である殺人事件の証人である。検事にとってこの証言が唯一のたよりだ。犯人は一転して犯行を否認したのである。

「諸君！」彼は嗄れた声でおもむろに口をきる。新聞記者のペンが一勢に走り出した。「考えてもみられよ、犯人とて人間であります。私は退職以後すでに久しいのであるが、暇あるごとに当犯人の言動を研究しておった。すなわちその魂をである。当犯人をもっと手厚く扱うならば、すみやかに犯行を自供するであろう。しかし諸君、扱い方が悪いとなれば、当犯人、つまりこの殺人女はつむじを曲げ、法廷は証拠の究明に苦労しなくてはならないでありましょう。この特異な殺人事件にあたっては、不肖私を信頼していただきたい。私は有罪を証言する証人であります。諸君、お分りかな、いかほどの証人がおりましょうや？　けだし私一人である！　御注意いただきたい、これは簡単な事件ではありませんぞ。まずある女に嫌疑がかかった。だが女は否認する。虚心に女を眺められたい」傍聴席でざわめきが起こる。

「人殺しに似合いの面《つら》だ」

玄関番にしげしげと見つめられて、テレーゼは恐れおののいた。彼の変化が理解できない。元通り、わめいてもらいたかった。どうして常のように足音荒く先に進まない？

しおしおとテレーゼの横を歩いていた。そして彼が自分を勇気づけるように、「似合いの面か？」と尋ねたときも、なんのことだか分らなかった。いつもは分りやすい男だのに。御機嫌を直してもらうために、「そうよ」と答えた。

玄関番はテレーゼを突いた。目をずるそうにさし向けたまま、全身で身体を守る姿態をしてみせた。「そうなのよ」

「なるほど」

「すると、どうしてもどうかなるわ」

「なるほど」

「あっさり死んだわ」

「ほほう」

「すこしやっかいごとがあるの」

「やっかいごとね」

「悪いのは夫だわ」

「そうだろうさ」

「遺言書のこと、忘れたまんま」

「その方がよかろうぜ」

「生きていくには何か必要だわ」

「生きていくにはな」

「毒薬《くすり》なしにすんだわ」

テレーゼはその瞬間《とき》、まさにそのことを思っていた。口をつぐんだ。興味ある男が薦めたが、自分は従わなかったことを告げたかった。玄関番が警察あがりであることを思い出した。きっと知っているはず、すぐに言うにちがいない。毒殺はヤバイぜと。動機は何だねと訊くわ。もう口をきくまい。みんなあの興味ある男のせいだわ。グロープ氏、グロース＆ムッター家具商店のしがない店員。十二時十五分きっかりにやって来て、あたしをゆっくり休ませてくれない予定だった。

それから紐で睡眠中の夫をしめ殺すと言った。あたし、全然無関係よ、毒殺だって断った。だのにやっかいごとがもち上がった。夫が死ぬのにどうしようがあって？　遺言書を残して当然じゃないかしら？　みんなあたしのもの。昼も夜も我慢していた。ずっと夫に仕えていた。女中同然にこき使われていたわ。夫は自分では何一つできないひとだった。夫の寝室家具を買出しにさえ、あたし、行ったわ。家具のことなどからきし分らないひとなんだから。梯子に登って、落ちて死んだ。そりゃあ、悲しいですとも。妻が相続するのは当り前じゃなくて？

階段を上がるに従って勇気をとり戻した。自分の無罪を確信した。警察なんか、来るなら来いだわ。ドアを開ける。その中のすべて価値あるものの主《あるじ》にふさわしく、悠然と。玄関番は犯人が突如とり戻した軽快な身振りを横眼で見た。芝居がしたければ勝手にするがいい。どうせこちらはお見通しだ。こいつは告白したんだからな。犯人と死体とを対決させるのが嬉しかった。テレーゼが先をゆずった。なあに、騙かされるもんか。眼をはなすまい。裏をかこうたってそうはさせん。

情況はひと目で見てとれた。彼は書斎の戸口にいた。なるほど、あとから梯子を死体にのっけたってわけ。下手なやりくちだ。あんな風に置くもんじゃない。どうせこちらはお見通しだ。

「諸君、私は犯行現場に駆けつけました。犯人にこう命じました。《梯子をどけろ！　手伝ってくれ給え！》お分りでしょう。梯子はひとりでは持ち上げられなかったのであります。私はそのとき、犯人の顔を凝視しました。いかなる顔つきをするか、確認せんとしたのであります。顔がすべての眼目なのであります。顔を見れば人間が分るのであります！」

この演説の間に梯子が動いていることに気がついた。ギヨッとした。教授はまだ生きていると思うと残念でならなかった。証人としての自分の栄光はどうなる？　無駄骨になりかねない。検事然とした足どりで梯子に近寄り、持ち上げた。

キーンはこのとき意識をとり戻した。苦痛のあまり身体を反転させ、立ち上がろうとしたが、再び崩れた。「生きてますぜ！」玄関番はわめいた。以前《もと》の声を回復していた。キーンに手を添えた。

テレーゼはまだ信じなかった。夫がようやくぐったりと、だが手を借りた男より抜きんでて高く立ち、細い声で「梯子めが！」とうなるのを耳にして初めて、生きていることに気がついた。

「卑怯だわ！」金切声を上げた。「こんなことってあるかしら！　ちゃんとした人間《ひと》ならこんなことしない！　まあ、なんてこと、生き返るなんて！」

「婆《ばばあ》、黙れ！」玄関番が烈しくなじった。「医者を呼んで来い！　教授《せんせい》は引き受けたぜ！」

瘦身の教授を背負って廊下に出て、家具に埋もれた寝台を引き出し、寝かせた。衣服を脱がせてもらう間に、キーンは繰り返し弁明した。「意識は常にあった。意識をなくしたわけじゃない」だが暫しの時間、意識がなかったことは否定し得ない事実であった。「さあさ、元気元気、元気を出してもらわにゃ」玄関番はなだめつつ首を振った。哀れな、骨ずくめの身体にほだされて、おのが誇らかな法廷の夢は忘れた。

テレーゼは医者を呼びに出た。通りで次第に落ち着いてきた。どうせ三つの部屋は自分のもの。文書でちゃんと押さえてあるわ。だが、思い出したようにせきあげた。そして小声で言いたした。

「こんなことをしなくちゃならないのも、生き返ったせいだわ。死んでさえいてくれたら、せずにすむのに」

病床

事故のあと、まるまる六週間、キーンは床に臥せていた。あるとき、通いの医者は診察を終えてからテレーゼを脇に呼び、言い聞かせた。

「御主人のおいのちはあなたの看護次第と言えますな。いずれにしても、はっきりしたところを申し上げる状態ではありませんがね。ともかく、こういう不思議な事故がどういうぐあいに起こったのか、私には呑みこめませんよ。事故直後に、どうしてわたしを呼びに来られなかったのです？　何を措いてもです、一刻も早くですな！」

「でもそんなこと無理ですわ」テレーゼは反論した。「主人に何か起ころうなんて、そんなこと、とても思えませんわ。八年間も一緒に暮らしてきたのですもの。病人がいないのにどうしてお医者さんを呼ばなくてはならないのかしら！」

この返答に医者は満足した。病人はしっかりした人に看取られている。

キーンはベッドのなかで寸時も落ち着かない。忌まわしいことにどのドアも閉め切ったままであった。いまやテレーゼの寝室となった、隣りの部屋へのドアだけは、四六時中、開かれていた。図書室が一体どうなっているのか知りたかった。初めは身を起こす力もなかった。のちほどようやく、激痛をこらえながら上半身をもたげ、隣室の真向かいの壁を窺った。そこはまず安泰らしい。一度、ベッドから這い出して、よろめきながら敷居までたどりついた。覗きこむ寸前につい喜びに燃え立って、頭をしたたかドアの枠に打ちつけ、崩れ落ち、気を失った。テレーゼはまもなく夫を見つけたが、その我儘を罰するために、二時間そのままに放っておいた。それからベッドまで引きずって行き、持ち上げて、寝かせ、頑丈な綱で両足を縛りつけた。

テレーゼはこの意のままの生活にすこぶる満ち足りた思いがした。新しい寝室は快適であった。興味ある男のことを思い出すたびにある種の恍惚を覚え、陶然として身をまかせた。奥の二部屋は閉め切って、鍵はこの目的のために外套に縫いつけた秘密のポケットに収めていた。財産は肌身離さず持ち歩くに限るのだから。気が向けば夫の傍に寄る。看病しなくてはならないのだもの。これはあたしの権利だわ。事実、テレーゼは看病した。あの頭のいい、頼りがいのあるお医者さんの処方通りに目を光らせる。看病のあいまに書卓の引き出しを掻き回した。遺言書はどこにも見つからない。熱に浮かされた夫の口から、その弟のことを耳にした。弟のことについてこれまで一度も聞かされたことがなかったので、それだけしっかとこの怪しげな人物の存在を信じこんだ。弟がいる。生きている。それも、まもなく天下晴れて妻の手に入るはずの財産を、横からさっと巻き上げるために。熱のため、ついつい夫は告白した。テレーゼはまた、夫が事実上は死んだも同然のくせに、さらに厚かましく生き続けるであろうことを忘れなかった。でも、これは許してやらなくちゃあ。そのお返しにおそまきながらでも遺言書を書かせるんだから。書斎にいなくても彼女はキーンの傍にいた。すなわち、終日、大声で喋りたてて、片時も夫の耳を休ませない。夫は衰弱しきっているのだもの、お医者さんのおっしゃった通り、ものを言ったりしてはいけないわ。あたしが何を言おうと、口を挟まないでいてもらいたい。テレーゼは二、三週間のうちに話術を完成した。思いつくすべてを口にする。以前は思うだけでとても口には出せなかった表現で自分の語彙を豊富にした。ただ夫の死に係わることには触れなかったが、夫の悪業については漠然とこのようにあてこすった。

「妻が身を犠牲にして看病しなくてはならないなんてどういうことかしら？　妻が夫の犠牲になっているのに、夫は妻のために何一つしない。そんな我儘が通るものかしら？　妻は自分を守らなくてはならない。夫は夫で自分の義務を思い出さなくてはならない。過ちは償えるわ。ないものは生まれるものよ。登記所で夫も妻も遺言書を届けておくものだわ。どちらが死んでも、残された者が餓死しないようにだわ。人間はいつかは死ぬ。人間ってそういうものよ。あたしの場合、はっきりしているわ。子供がいない。その代りあたしがいる。あたしだって人間よ。愛情だけでは生きていけない。夫婦は一心同体だからって、この話は別ね。でも妻は夫を恨んだりしない。いっときもホッとする暇がない。始終、夫に気を配ってなくてはならないんだわ。夫はいつなんどき、意識をなくすかもしれないのだし、あたし、それが心配でたまらない」

話し終わるとまた最初《はじめ》から始めた。一日に数十回、繰り返した。キーンは一字一句、暗記した。呼吸《いき》をつぐ間《ま》のたびに、妻がどのような言い替えをするかも予知できた。朗誦は耳から入ってキーンの頭を空《から》にする。当初、彼は耳を手で栓することに努力した。だがそれは発作的に腕が上下にわななくにとどまった。ぐったりとのびた肉体の傍で手は耳にまでとどかない。ある夜、耳にまぶたが生《は》えた。眼のそれのごとく、開閉自在であった。キーンは幾度も開け閉め試みてから、笑った。耳が閉じる。ぴったり閉じる。合わさって微動だにしない。喜びのあまり身をよじった。このとき、目覚めた。耳のまぶたはありきたりの耳朶に戻っていた。夢だとはなんと不当な、とキーンは思った。口なら意のまま気のままに閉じることができる。それはいかなる用を果たしているか？ こんなにも厳重に守護されていながら、単なる咀嚼のためにある。耳は無限の雑音にさらされているというのに！

　テレーゼがベッドに近づくとき、キーンは寝たふりをする。彼女は上機嫌であれば、小声で「ま、寝ているわ」と言う。不機嫌のときには、大声で「厚かましいったらありゃあしない！」と叫ぶ。テレーゼ自身、機嫌の点ではどうしようもないのである。それは、間断なく喋り続ける独白のどの個所にさしかかっているかによって左右された。全身で独白に没入していた。「過ちは償えるわ」と言ってニヤッと笑う。過ちを償うべき夫が眠りこけているならば——看病する。ないものは生まれるのだから。死ぬのはそのあとね。夫が我儘を通せるものだと思っているなら、あたし、容赦しない。いっときも眠らせない。あたしも人間だってことを思い出させる。「厚かましいったらありゃあしない！」のひと声で充分だわ。テレーゼは一時間ごとにキーンの銀行債券の額《たか》を聞き糺し、全額が同じ銀行に預けてあるのかどうか問い詰めた。全部が同じ銀行なんて利口じゃないわ。せめて二つに分けていなくては。

　あの事故の当日に考えたこと、つまり、妻が蔵書を狙っている、との邪推は、キーンの脳裏から大巾に後退した。狙いが何かはもはや分明、遺言書だ。それも金の配分を記したやつだ。それ故になおのこと、テレーゼのことなら一から十まで知りつくしているはずのキーンには、彼女が摑めない。あれは自分より十六歳年上だ。どちらが先に死ぬか、このことからでも一目瞭然ではないか。おのが手に入らない金になんの価値がある？ むしろ書物に食指を動かした方が、たとえ舌では味わわぬとも、むしろ確実におのれのものとできように。あの熱烈な、金に対する永遠の関心は謎である。金とは個性を持たぬもの。この世でもっともしがないもの、とりとめのないものではないか。ひとえになんということもなしに、唯々諾々としてわたしが相続した代物だ！

ときにはテレーゼの足音を耳にし、つい好奇心に駆られて閉じていた眼を開くことがあった。キーンは妻におけるなんらかの変化を望んでいた。なにか未知の動作、目に新たな視線、あるいは本音《ほんね》の声。それは何故こうも、口を酸っぱくしてまでも、遺言書と金のことばかり語るのか教えてくれるものだ。自分のこれほどの理性と教養にもかかわらず説明がつかない事柄があり、その事柄がしっくり納まるところにテレーゼを位置させるとき、キーンはもっとも心好かった。狂気については漠として大まかな心像を抱いていた。行動は矛盾ずくめでありながら、それを述べるのに同じことばしか知らない人間、これを狂人と定義する。この定義によれば、テレーゼは自分とはまさしく逆に――完全に狂っていた。

教授《せんせい》を毎日訪ねてくる玄関番は意見を異にした。彼は女に何一つ期待しない。むしろ月々の教授からの特別の謝金のことが心配でたまらなかった。教授が生きている限り、たんまりありつけるとみなしてよい。だが、女だけとなるとはたしてどうであろう？　彼はお定めの日常規約を敢然と変更し、毎午前、たっぷり一時間、教授のベッドの傍に侍して見張りを怠らなかった。

テレーゼは玄関番には口をきかない。むっつりと招じ入れ、直ちに部屋を去る。下賤者と見なしていた。玄関番は腰を下ろす前に、嘲りの眼でしげしげと椅子を眺める。次には「俺様と椅子野郎か！」と言うか、もしくは椅子の背をいとおしげに軽く打つ。彼が坐っている限り、椅子は沈みゆく船さながらにきしみ、悲鳴を上げた。玄関番は腰掛けることを忘れ果てていた。覗き穴の前で、終日、ひざまずいているのだから。ノックがあれば立ち、眠るときには横臥する。坐る時間《とき》はなかった。たまたま椅子に腰を乗せてひと息入れるとき、不安になった。膝に憂わしげな視線をやった。なあに、こいつはまだまだ強いとも。そのうち、目にもの見せてくれる機会《おり》もあらあな。思いきりひっぱたいて、話を続けた。

「女房《おんな》なんぞはしこたま殴りつけることですぜ。どいつもこいつもですな。女とくればまかせてもらいましょうやね。只今のところ五十九ですが、二十三で結婚しましたな。もうとっくにあのときの二倍の齢ですわ。女房だねに不自由したことはありませんな。そっくり味わい済《ずみ》、どいつもこいつも女となれば一癖ありますぜ。まあ、教授《せんせい》、毒殺事件を数えてみなされ。本はたんとお持ちでしょうが。なら話は簡単だ。女ってやつは卑怯この上ない代物ですぜ。こちらは一切お見通しでさあ。ひとことでもぬかしやがれ、一撥喰らわせますな。生意気に口を出すない、糞ったれのしょぼくれめ、とね。もっと喰らいてえか、とね。この手でいくことですぜ。女はとびすさりますな。拳にかけてです、この拳ね、これが見えるでしょうが。ちょっとしたものですぜ。女には思うさま言うてやりますな。むこうは身動きひとつしませんぜ。何故か？ 恐いからですわ！ どうして恐いか？ それというのも卑怯だからですわ。わしは女を殴りまさあ。まったくお見せしたかった、女房の青痣をね。娘の方は男知らず、わしの贔屓のやつでしてな。いわゆる子娘《あまっこ》のときから仕込みましたわ。こら、と女房に言いましてな――娘に手をかけるたびに、あいつは金切声を上げたもんですわ――いずれこいつも男とくっつく。そのとき、すたこら逃げ出したりせんように、教えとくのに、どこが悪い。殴らんような男に娘はやれん。そんなのは男じゃねえや。なんと言っても男はこれよ、この拳を使わにゃ、とね。どうです、お分りでしょう、拳を存分に使うこってすぜ。簡単ですわ！ 女房は娘を庇いだてしましてな。だもんで二人一緒に束にして殴りましたわ。つべこべ言わさん、言わさんともとね！ まったくお聞かせしたかった、あのときの悲鳴をですな。近所そこいらの連中がやって来て耳を澄ましていましたわ。親しき仲にも礼儀あり、でしてな、声を出すのを止すなら殴るのも中止してやると言ってやりましたぜ。そのときは身動きひとつしやがらねえ。ひと声でも出してみろい、只ではすまさんの意気込みでね、咳ひとつさせませんや。右手でちょいとやりました。一度にやめたりしませんぜ。そんなことをする日には腕が鈍りまさあ。殴るのは芸ですからな。練習が要りますぜ。同僚《なかま》に何かというと腹に打ちこみたがるやつがいましてね。殴られた方は二つ折れで、ポーとしちまいますな。すりゃあ、思うさま殴れると同僚《なかま》は言いますがね。ま、どんなもんですかな、意識のないやつを殴るのはです、好きませんな。相手は何も感じてやしませんからな。痛がってませんからな。生涯、そんなものは殴りとうないですわ。よろしいな、殴り方、殴り方ってやつを知っとかなきゃなりませんぜ。殴り倒して失神さすなんて下《げ》の下《げ》ですわ。そんなものは殴ったうちに入りませんや。殴り殺すなんては青二才でもできまさあ。こいつは芸じゃない。たとえば拳をこうやるとしますぜ。すると教授《せんせい》の頭蓋骨はふっとびますな。お分りでしょうが？　しかしこいつは赤面ものですわ。だれにでもできる。よろしいな、教授《せんせい》にもできますわ。ま、いまは無理でしょうがね、死にぎわではどうも……」

拳が偉業を誇って脹れ上がるのをキーンは見た。それはその持主よりも大きく、やがて部屋全体を満たす。拳に応じて密生した赤毛がのびて蔵書をかすめた。隣室に入りこみ、やおらベッドに横臥したテレーゼをおさえつける。どこやらで外套を叩き、大音響を残して粉々にした。生きているとはこいつは素適だ！　キーンは声をふり絞った。自分はこんなにも痩身で、力ない。恐れるものはなにもない。要心のために一層身を縮めた。敷布同然に痩せさらばえているではないか。この世のどんな拳でも空《くう》を切る。

この忠実な、姿よき生物《いきもの》は手っとりばやく義務を果たした。まず十五分間ここに徘徊するだけで、テレーゼはもはや存在しない。この威力を前にしてはなにものも存続し得ないのだ。ただこれは出て行くことを忘れ、さらに四十五分間、これといった目的《あて》もなしにここに居坐る。書物には手を触れない。だがキーンの鼻についてきた。拳はこんなに喋るべきではないのだ。喋ることが何もないと、すぐに知れてしまうではないか。拳は殴るだけでよい。殴ったなら出て行くか、もしくは黙すべきだ。だがこの拳は病人の神経にも、またその願いにも頓着しない。委細構わず獲物目がけて膨脹する。初めはたしか、少しばかり遠慮した。キーンを思んぱかって悪業の民、女ばかりを目の敵とした。南無参、女が一切かたづくと戻って来た。すなわち、拳自身に。なるほど、とっ昔の全盛時同様にたくましい。しかしながら、とつこうつ回想にふける齢に達している。キーンにも栄光赫々たる往時を語って飽きぬ。眼を閉じるわけにはいかない。粉々に打ち砕かれかねないではないか。耳のまぶたとて役立つまい。これほどのガナリ声にはいかな蓋とて用をなさない。

訪問時間が半ばがた過ぎた頃、キーンはとうの昔の、既に忘れていたはずの苦痛にうめいた。子供の頃から、既に足が弱かった。まともに歩いたためしがない。体操の時間には、きまって鉄棒から落ちた。長い脚にもかかわらず競走となればビリであった。教師たちはキーンの体操の無能を訝しがった。記憶力は抜群で、学科では常に最優秀だというのに。だがそれがなんの役に立とう？　滑稽な姿態は嘲《わら》いの対象にすぎず、だれにも認められていなかった。幾度となく足をひっかけられ、彼はあおむけにすっころんだ。冬には雪だるまの代用となる。雪の中に転がされ、普《な》通《み》の身体に肥るまで雪をかぶった。これとても冷たくはあれ、もっともおだやかな災難にすぎぬ。はだら模様の記憶にとどめたそれだ。生涯、災難の鎖は切れようとしない。なるほど、キーンは災難を利用した。私的な苦痛などどうあろう？　だが、普段は固くひそめて洩らさない、いま一つの記憶の列が散乱を始めるとき、心は重くふさいだ。絶望が来た。その列とは、彼が思わず知らずとり落とした罪なき書物のそれだ。これこそキーンの罪状一覧をなすものであり、正確に記録された報告書か。そこには書物落下の日と時間とが記入されている。キーンが最後の審判開廷を告げる喇叭手を見るのもそこだ。玄関番そっくりの男たちが十二名。脹らんだ頬と隆々と盛り上がった腕。喇叭からとり落とされた書物の名前が朗々と告げ知らされる。不安のさなかにも、ミケランジェロの描いた貧弱きわまる喇叭手へキーンは微笑を投げかけた。かれらは片隅にうずくまり、喇叭を背後に隠していた。玄関番さながらの男たちと対峙して、おどおどと長い武器を差し出すしか知らない。

とり落とされた書物一覧のなか、第三十九番目、《農奴の武装並びに戦術》に関する浩瀚な稀覯本一巻があった。キーンが梯子をきしませながらようやく登りつめたとき、喇叭を吹き鳴らしていた玄関番たちは農奴に変貌していた。キーンは感激にふるえた。玄関番とは農奴にほかならぬ。農奴以外の何者であり得よう？　短軀、怒声、金欲、厚顔、女性蔑視、かてて加えて威張り屋の冷血漢——生粋の農奴ではないか！

もはや拳は恐怖を与えない。目の前にいるのは古馴染の歴史上の一典型にすぎない。それが何をして何をしないか、キーンはとっくに承知している。おぞけをふるうていの愚劣とて自明の理と言えよう。農奴の身にそなわった当然のこと、これは二十世紀に農奴として哀れにも遅れて来た男だ。終日、自分の暗い穴にうずくまり、一冊の書物もなしにいる。まったくの一人っきり。おのが時代《とき》から押し出され、およそそぐわない時代に突き入れられた！　十六世紀初頭のそのかみの安穏のなかにこの男は溶解する。威張りたいなら好きなだけ威張るがよい。歴史へと入れこむだけで意のままになる。

十一時きっかり、農奴は立ち上がる。時間厳守の点から言えば教授《せんせい》と一心同体と言えた。腰掛けるときと同じ動作をいま一度繰り返す。椅子をしげしげと眺めたのち、「椅子野郎め！」とひと声発して、いたわりの情を吐露する。さらに右手で椅子の尻を一撥殴りつけ、親愛のほどを示してから、「弁償なんぞしませんぜ！」とつけたした。椅子を坐りつぶして、弁償を教授から請求されたと、これは想像。その想像で大笑いした。

「教授《せんせい》、ともかく拳を大事にするこってすぜ！　手助けしたいがこちらの方も手一杯でしてな。お達者で！　女房は放っとくことですわ。婆さんってやつは、わしの好みじゃありませんでね」隣りの部屋にテレーゼがいないことを知りながら、いたけだかに眼をむいた。「なんと言っても若いのに限りますぜ。ま、娘を一度とっぷりと見てやってほしかった。うってつけの上玉でしてな！　それというのもわしの娘だからですわな。若い上に裏も表もとびきりの女ときた。好きなことはなんでも娘相手にできましたわ。何故か？　親父ですからな。ま、あいつもとっくにあの世とやらへ行きましたが、こちらの厳《いか》つい皺くちゃはまだ生きてますな」

首を振りながら玄関番はここを出る。世界秩序に狂いがあると彼は思う。不正があると。教授のもと以外ではついぞ思わぬことであった。自分のあの小部屋では省察の暇がなかった。あの穴倉から、天井の高い教授の部屋に来るやいなや、死についての想いが湧いた。娘を思い出すではないか。瀕死の教授が目の前にいる。拳が手持ちぶさたであった。自分が充分に恐れられていないように感じた。

別れぎわ、キーンには玄関番が滑稽至極に思えてならない。なるほど衣服は今様に着こんではいるが、中身は時代遅れそのものと言えよう。歴史のなかに位置づける方法がいつもいつも利用できないとは残念だ。キーンが知悉している限りの文化と野蛮の歴史を探っても、テレーゼを落ち着ける場所がない。

日々毎日、教授訪問式典は同じ手順で進行した。キーンは賢明である。式典時間を短縮しない。テレーゼを殴打するはずの拳が、整然また執拗にその対象をつけ狙っている限り、自分にとって拳の恐怖などどうあろう？　あの秘密の罪状に思いを駆るまでに拳が脹れ上がらないとすれば、農奴への変貌とて要らぬ作業だ。玄関番はその限りなにものでもないではないか。午前十時、玄関番が現われるとき、キーンは嬉々として独白する。危険な奴だ、妻を粉砕しかねんぞ。そして彼はテレーゼの霧散を愛《め》でた。かつて親しかった生活を脳裏に描いて賞讃した。もっとも、ことさら賞讃の契機があるわけではなかったが。キーンは最後の審判を避けぬ。喇叭手のかいま見せる嘲弄も拒まない。注意深く記帳して、毎日、日課として処理する。このうとましく、息苦しく、硬直した永い週日を、妻の強圧を受けながら堪え得たのも、おそらくは日々の発見の努力から力と勇気とを汲みとったからにほかならない。学者の生活にあっては発見こそ大いなる支柱となるものだ。いまや横臥の姿勢を強いられ、仕事は手より離れた。だからこそみずからを励まして発見に努めたのである。玄関番とはすなわち農奴であった。ささやかな日々のパンよりも、この発見は貴重であると言えよう。噛みしめるべき精神の糧である。

面会時間の間、テレーゼは忙がしかった。一度話を盗み聞きして、内容の低俗にあきれはてたがさつ者を部屋に入れるのも、ただただ時間が欲しいからのことであった。テレーゼは蔵書目録をとり上げる。夫は既に一度、書物を逆に置き直そうとしたではないか。それに弟とやらがいる。いつなんどき現われて、高価な本ばかり選りすぐり、さらって行かないとも限らない。欺かれてはならない。一体全体、どんな書物があるのか、それを知らねば。玄関番が病人に顔を寄せて女一般を罵っている間に、食堂で大事の仕事にとりかかった。

古新聞から端の白い部分を細長く切りとり、それを手に書棚に向かう。一冊を抜き出す。標題を読む。声を出して読み、紙片に書きとめる。一語書いては標題全部を繰り返した。こうすれば忘れない。標題が長くなり、朗誦の回数が増すほどに、独特の調子をおびた。標題冒頭のやわらかな子音、BやDやGは次第に固くなった。あたしは固い方が好きなんだから。鉛筆は書きずらい。紙片を切らないようにしなくてはならない。骨太い指では大文字でしか書けなかった。長ったらしい、学問的な標題には腹が立った。書き切れないのだから。一冊に一行。これ以上は駄目。あとで合計しやすいし、この方が奇麗に見える。途中で紙片が終るときには標題を中断し、必要ではない残りは捨てた。

一等好きな文字はO《オー》であった。Oの書き方を勉強した。まだ忘れていない。（Oはしっかりと閉じるまで書かなくてはなりませんよ。そう、テレーゼのようにね。あの女の先生はいつもこう言っていた。テレーゼはもっとも奇麗なOを書いた。三度落第したけれど、あたしが悪かったわけじゃない。妬ましくてあたしを落としたんだわ。先生なんて、自分より上手にOを書く生徒が我慢できないのだ。あたしのOは大評判だった。先生のOなんかだれも見向きもしなかった。）テレーゼはOなら好きなだけ小さく書くことができる。きちんとしたOが隣りの三倍は大きい綴りの間に沈んでいた。Oのある長い標題に出くわすと、まずOの数を数えた。いくつ、と大急ぎで行の終りに書きとめ、残りの空白に、適当にはしょった標題を記載した。

紙片が終るたびに冊数を数え、暗記して——数に対する記憶力は抜群であった——しかるのち記入した。それも三度数えて三度とも数が一致したとき、ようやく。

週ごとに綴りは小さくなり、Oもまた小さくなった。十本の紙片の帯ができたとき、上端を縫いとめた。額に汗して手に入れたもの、この六〇三冊の財産目録を秘密のポケットに鍵と並べて収めた。

三週間後、ブッダにたどりついた。このひとの本は限りない。やわらかな響きが気に入った。あの興味ある男の本当の名前はこれだ。グロープなんてじゃない。梯子の上で目を閉じ、声をひそめて「プダさん」と囁きかけた。あたし、知ってる。実はプダじゃなくてプタが本名。だからプタさんて言うべきだけど、プダさんの方がずっといい。とっくに見知ったひとに思え、このひとの本がこんなにも多いのに鼻を高くした。話すのも上手だけど、書く方もなかなかのもんだわ。みんな一度読んであげたいけど、あたしにそんな暇があるかしら？

プダさんの存在に励まされた。それに、これまでの進みぶりは遅すぎる。一日に一時間だなんて、とても間に合わない。テレーゼは眠りを犠牲にすることにした。梯子の上で夜を徹した。読み、書くことに精出した。ちゃんとした人間なら九時に床に入ることを忘れた。四週間後には食堂分を終えた。夜の生活がまんざらでもないことを知った。電気代がかさむことも気にならない。キーンに対しても自信を増した。堂々と向かいあう。言い古したセリフに新たな口調をつけた。以前よりもむしろ悠長に話す。だがめりはりに威厳が加わった。あのとき夫は三部屋を明け渡しただけかもしれない。なかの本を、あたし、汗みずくになってあたしのものにしたわ。

寝室の書物にとりかかったとき、もはや不安のかけらもなかった。昼の日中——隣り部屋では夫が目を光らせていたのだが——梯子に登り、紙の帯をとり出して、財産目録を作成した。物音をたてないよう、歯を嚙みしめていた。声高に読み上げられないので、頭を緊張させていなくてはならない。うっかりすると何が何だか分らなくなり、一等初めからやり直さなくてはならない。あの大切な遺言書のことを忘れたわけではなかった。精一杯、夫を看病した。玄関番がいるときには、作業を中断して台所に籠った。がさつ男は何かと邪魔だてするにちがいない。

六週間目の、病床にあった最後の週に入って、キーンの呼吸はやや楽になった。意想外のことであった、妻は呪文を途中ではたと止め、沈黙する。時間を統計すると、せいぜい半日しか喋っていない。文句は依然として変りなかったが、キーンは仰天し、胸をとどろかせながら大いなる出来事を待った。テレーゼが黙るや、とたんに安堵して眼を閉じ、やおら眠りこけた。

初恋

「明日には床を離れても結構！」と医者に言われた瞬間《とき》、キーンは五体に健康を感じた。だがすぐにはベッドを出なかった。夜ではないか。健康な生活は従前通り朝六時起床から始めたかった。

翌朝、開始した。数年来、これほどの若さと力の充実を知らなかった。洗顔中、筋肉の蠕動するさまが脳裏をかすめた。強いられた安静こそさいわいなるかな。隣室とのドアを閉ざし、背をピンと垂直にのばして書卓に向かった。書類が投げ出されている。いわば秩序ある乱雑と言えよう。整理しなくてはならないとはむしろ喜びであった。原稿の感触は心好い。厖大な仕事が待機している。あの事故の直後、熱に意識が溶解したあと、妻はここに遺言書を探し求めたであろう。病床にあって気分が変動を繰り返していた間にもひとつの鉄則は守り通した。遺言書は作成しないこと。妻が欲するならばよけいのことだ。対面のときが訪れ次第、厳として対処すること。ほぞを固めた。なさけ容赦なく妻本来の巣穴に追い返すこと。

テレーゼは朝食を運んできた。「ドアは開けたままね」と言おうとした。しかし遺言書獲得のために微笑戦術を考えていたし、夫が床を離れていかなる気分でいるのかも知らなかったので、早まって刺激しないようこころした。身を屈めてドアに棒切れを挟んだ。こうすれば閉まらない。おだやかにいかなくてはならない。たとえ回り道しても思いは遂げなくては。キーンは跳ね上がった。テレーゼの顔をまじまじと見て、やおら鋭く言い放った。

「原稿の類は混乱の極にある。わたしはまた、鍵が不当な者の手に渡ったことを訝っているのだ。ズボンの左ポケットに発見したが、残念至極にも一度とり出されたことは否定できない。不正にも使用され、しかるのち返されたことを認めざるを得ないのだ」

「よかったわね」

「最初かつ最後の詰問である。わたしの書卓を掻き回したのはだれか?」

「分るでしょうに!」

「わたしは知りたい!」

「あたしが盗んだとでも?」

「釈明を求める!」

「釈明ならだれにでもできるわ」

「それはどういうことか?」

「人間なんてそんなものよ」

「具体的に言えば?」

「急がば廻れだわ」

「書卓は……」

「あたし、いつも言ってないかしら」

「何をだ?」

「自分になぞらえて他人を見るってこと」

「本題に戻れ」

「ベッドは上等だって、あのひとが言ったわ」

「どのベッドか?」

「夫婦用のダブルベッドよ」

「ダブルベッド!」

「人間ってそういうものよ」

「夫婦用などわたしには用なしだ!」

「あたし、愛情から結婚したのじゃなかったかしら?」

「構わないでくれ!」

「ちゃんとした人間なら九時には床に……」

「今後、ドアには鍵を下ろす」

「人事を尽くして天命を待てね」

「全六週間、病気のために徒費した」

「妻は昼も夜もよ」

「そうはさせん」

「夫は妻に何をしてくれるかしら？」

「わたしの時間は貴重だ」

「登記所で双方が……」

「遺言書は作らん！」

「毒殺を思ってるのはだれかしら？」

「男は四十にもなれば……」

「妻は三十同然だわ」

「いや、五十七歳だ」

「あたしにそんなこと言うひと、ひとりもいないわ」

「戸籍謄本に出ていたではないか」

「出すなんてだれにでもできるわ」

「そうかね！」

「妻の方がずっと割《わり》が悪いわ。そうじゃないかしら？　三部屋は妻のもの。夫の部屋はひとつだけよ。契約書にちゃんと書いてあるわ。それも妻が許したからできたのよ。なんて寛大な妻だこと！　契約書が一番いいわ。口でならなんとでも言える。突然、夫が倒れるわ。妻はどの銀行に行けばよいのか分らない。妻は取引銀行を知ってるものよ。銀行なしではどこでも相手にしてもらえない。妻の言い分は正しくなくて？　銀行を教えない夫なんて夫と言えるかしら？　夫じゃないわ。夫は銀行を教えるものよ！」

「出て行け！」

「出て行けなんてだれでも言えるわ。妻には無関係よ。夫は遺言書を作るものよ。妻に知らせるものだわ。夫は夫だけでこの世にいるわけじゃないわ。妻もいるわ。通りに出るとどの男も妻を振り返る。素適な腰のせいだわ。出て行くことなんかない。ドアは開けたままだわ。あたし、鍵を持ってるわ。まず夫が持つべきなのに。そしたら錠を下ろせるわ。永いことかけて探すことね。鍵はここにあるわ！」と、テレーゼは外套を叩いた。「ここまで夫は入れないわ。入りたいでしょうけど、入れてあげない！」

「出て行け！」

「夫のいのちを救けたのはだれかしら？　だのに、追い出される。夫は死んでいたわ。玄関番を呼んできたのはどこのだれ？　夫だったかしら？　たしか、梯子の下でのびていたわ。自分で玄関番を呼んできたとでも言うのかしら？　身動きひとつしなかったわ。自分は死んで、妻に何もわたさない。弟がいてもどうしようもないわ。銀行の方から伝えてくるわ。妻は再婚するものよ。あたし、夫から何かいただいたかしら？　気がついたら四十歳だわ。そのときにはもうどの男もあたしを振り返って見ないわ。妻だって人間だわ。そうよ、妻にも魂があるわ！」

罵りが泣きじゃくりに変った。妻にもあるその魂が口中で破れたかのごとくに聞こえた。テレーゼはドアの枠にもたれていた。常には首をかしげるそのままに、身体全体をかしげていた。よるべない視線をやった。この場から一歩も退くまいと決心して、反撃を待った。防御の姿勢で左手を外套に置く。そこは鍵と図書目録のおかげで、強《こわ》い生地にもかかわらず盛り上がっていた。財産のありかを確かめてから繰り返した。「妻にも魂があるわ！　魂よ！」そして、この珍しやかな、麗しいことばに打たれて、ふたたび泣きじゃくった。

キーンの眼から遺言書という醜悪な鱗《うろこ》が落ちた。すると哀れな妻がいた。愛情に飢えた女がいた。自分を誘惑したがっている。初めて見た姿であった。蔵書のためにキーンは結婚した。だが彼女は愛していたのだ。泣きじゃくるとは。不安を覚えた。ひとりっきりにした方がよい、と彼は思った。ひとりにすれば落ち着くであろう。大急ぎで部屋を出た。家を、住居を捨てた。

あのとき、ブレドフ氏のズボンへの手厚い扱いは自分を目指したものであった。あの本のためではない。寝椅子に身を横たえたときも、テレーゼの眼はだれを熾烈に求めていたか。女は恋人の気分を精妙に把握するもの。夫の当惑を見通していた。登記所から妻と共に出て来たときの夫の思いをその額から、さながら開かれた本同様に読みとっていた。だからこそ先手を打った。ためらう夫に手を貸そうとした。愛情に溺れると女は個性を失うものだ。さあ、抱いて！　と、さぞかし言いたかったことであろう。しかし、羞じらった。要求に代えて書物を床に払い落とした。あの行為をことばに反訳すれば、こうであろう。いま、あなたに心が一杯なの、本に気を配る暇《いとま》がないわ。愛情告白の象徴的な身振りにほかならぬ。以来、妻は絶え間なく夫を求めてきた。食事を共にすることを、また夫の家具を揃えることを言い張ったではないか。すきを狙って固い外套をすり寄せてきた。寝椅子に代わるベッドを買い入れることになったのも、因《もと》はと言えば、ベッドについて話す機会を鵜の目鷹の目で彼女が待ち構えていたからだ。次にはおのが寝室を移して、夫婦用のベッドを購入した。自分が病床にある間、あれほど口喧しく遺言書のことを言いたてたのも、所詮は夫と話がしたかったからだ。そのための口実にすぎぬ。常々なんと言っていたか？ そう、ないものは生まれると。惑乱にさまよう哀れな生物！ 結婚以来、数カ月が過ぎ去った。なお夫の愛を求めている。自分より十六歳も年上だ。当然、先に死ぬことを承知している。双方が遺言書を作成すべきだと頑張るとは、とりも直さず、なにがしかの小金を溜めているのであろう。死後、夫に遺そうという肚《はら》だ。夫が受け取りを拒みはしないかとおそれ、そのために、形ばかしにせよ夫からのお返しを望んでいる。先に死ぬ身にとって夫の遺言書がどうあろう？ 自分にとって妻の遺言に価値あることは明白だ。妻は愛情をおのれの金で証明しようとする。生活を切りつめ、何十年とかかって溜めこんだことごとくを、ひとりの男に贈ろうとする老女がいるものだ。かくまで崇高な精神を身につけたのは何故か？ 無学な者のあいだでは金がすべてを決めるというのに。友情や資質や教養や権力や愛情をこえたあかしであるというのに。女の場合には単純な原理が女本来の弱さの故に複雑化する。自分の貯蓄を夫に遺したいばかりに、六週間というもの、のべつ同じことを言いたてて夫を苦しめた。面と向かって単刀直入、あなたが大好き、あたしのお金はみんなあなたのもの、とこう言うことをしない。ドアの鍵を隠している。つまりは夫を閉じこめて、夫と同じ部屋の空気を吸うこと。夫がそれ以上を厭うならば、ただそれだけで満足しようとする。自分はしかり世事にうとい。取引銀行が安全なものかどうか確かめようとさえしていなかった。夫が一夜にして一文なしになりはしないかと妻は恐れおののいている。いくら切りつめて小金を溜めていたとしても、夫の破滅を救うには足りない。あれほど銀行に拘泥するのも、あり得べき破産から夫を守りたいからだ。女というものは愛人の将来をあれこれ考えあぐねるもの。妻には将来が限られている。晩年の全力を投入して夫の未来の安定を図《はか》っている。夫が病いに倒れていた間、絶望のあまり書卓を掻き回した。確固とした証拠を得たかったのだ。夫にいらぬ心配をさせないために、書卓の鍵は戻しておいた。隠さなかった。教養に欠ける者としては、夫の秩序好きと記憶力の精密について、知るところが少ないとしても当然ではないか。たしかに教養のなさは著しい。ことばづかいを思い出すだけで嘔吐をもよおさせる。だがどうしようがあろう？　ひとが生存するのは愛するためではないのだから。自分は愛情から結婚したわけではない。書物のためであった。そしてあれは最適の女と思えたからだ。

キーンは生まれて初めて通りに出たような思いがした。通行人のうち、男と女とを区別した。なるほど、例によって通りがかりの書店の前で足をとどめたが、かつては一顧だに払わなかった陳列窓がむしろ彼をひきつけた。数多《あまた》の猥雑な書物をも気にとめない。標題を平然と読みくだし、首を振ることもなしに離れた。歩道を犬が走る。同類を見つけると鼻をすり寄せ、嬉しげに嗅ぎあっていた。キーンは歩調をゆるめ、眼を輝かせてそれを眺めた。すぐ傍に小さな紙包が落ちてきた。若者が跳びつき、拾い上げた。その拍子にキーンに突き当ったが会釈さえしない。紙包を開く指をキーンは見つめた。鍵がひとつ、現われた。折りたたまれた紙片に走り書きがあった。若者はニヤリと笑い、視線を上げる。四階の窓から娘がひとり身を乗り出して、陽に乾したマットごしにあわただしく手を振った。そして若者のポケットに鍵が消えるのと同じ迅速さで身を引いた。《鍵をどうするのか？　あきすねらいだ。鍵を投げ与えた女中がその恋人だ》。次の四つ辻に大きな書店があったが、キーンはやり過ごした。向かいの角で警官が熱心に女に説きたてていた。眺めやりながらキーンは二人の会話が気になった。聞きたいと思った。彼が近寄ると、二人は左右に別れた。「お達者で！」と警官はしわがれ声を発した。その赤ら顔は明るい陽射しを受けて輝いた。「ごきげんよう、検視官様、ごきげんよう！」女の返事がほとばしった。肥大漢と骨太の女、キーンの脳裏に二人の姿が焼きついた。教会の傍にさしかかったとき、やわらかい、奇妙な声が耳を打った。気分と同様、自分の咽喉が意のままになるものならば、なぞって歌い出したいような声。不意に汚物が降ってきた。ハッとして支柱壁にそって眼を上げた。鳩が嘴を交し、鳴いていた。鳩に汚物の罪はない。散歩途上に毎日ここを通りながら、二十年間、この鳴声を知らなかった。とまれ、鳩の鳴声は書物から熟知のものである。「なるほど、記載通りに鳴く！」と小声で言った。そして現実が、印刷された原型に一致するとき、常にするように、うなずいた。今日のこの素朴な確認に喜びを感じなかった。苦痛に顔をゆがめ、病み衰えて台座から生《お》い出たキリスト像の頭上に、ただ一羽、鳩がいた。それは孤独を楽しまない。いま一羽がこれに気づいて、傍に並んだ。このキリストは、その苦痛をあろうことか歯痛のせいとみなしがちな民衆のために苦しんでいた。鳩に頭を足蹴にされて堪えている。鳩はおそらくは終日、傍若無人だ。キリストはおのが孤独を思っていよう。だがこの想像を逞めてはならぬ。ここからは何も生まれない。もしキリストが十字架上で自分の孤独を思ったとすれば、一体だれのために死んだのか？――事実、彼は孤独であった。弟はもはや手紙を寄こさない。数年前、パリからの手紙に返事をやらなかった。知ればそれだけ余りにも愚かしい。応じて弟も便りを絶った。ユピテルに許されることは《クオド・リセト・ヨヴィ・ノン》、牛には許されぬ《リセト・ボヴィ》。ゲオルクは女に明け暮れし始めてから、自分をユピテルと考えていた。弟は女なしにはおれない質《たち》の人間だ。孤独を知らぬ。また孤独を堪え得ない。女に囲まれていなくてはならなかった。そんな彼をある女が愛した。彼女の許にとどまる代りに逃げ出して孤独を気に病むとは、愚かなこと。キーンはすっくと踵を返し、ゆったりと、希望に満ちた足どりで来た道をとって返して、わが家に向かった。

憐憫の情にせき立てられて、むやみやたらに歩調を速めた。自分はあるひとつの人生をこの手に握っている。愛情に沈み、ひたすら夫にすがっている哀れな女の晩年を苦くするのも甘くするのもこのわたしではないか。中庸の解決策がないであろうか？　妻の希望を叶えるわけにいかない。どうして自分が生活者になり得よう。弟は充分多くの子供をこの世に遺《や》るであろう。キーン家の子孫について心配は無用だ。女とは識別を知らないものだ。その通り、だれと係わりあうべきなのかを承知しない。八年以上、テレーゼは自分とひとつ屋根で生活を共にしてきた。誘惑という点ならば、わたしよりキリストの方が容易にことが運んだであろう。鳩は生活目的を見せつけていささかも恥じない。それは持たないに等しいものなのだから。厖大な仕事の上に、かてて加えて女にかかずらうとは――学問に対する冒瀆だ。妻の貞淑は評価する。おのが領分をまっとうしている。キーンは盗みと横領を憎んだ。財産とは欲望の所産ではなく秩序の結果である。妻の利に係わるものを瞞着しようとはつゆ思わぬ。八年間、女としてあり得べからざるしとやかさでテレーゼは自分を愛してきた。ほんのいささかも気どらせなかった。結婚以来、やっとその口はほぐれた。その愛に酬いるためには、自分に要求されるなにごとをもなすであろう。取引銀行の倒産を恐れているのか？ならば、銀行の名を教えよう。もっとも、とっくに知っていように。既に一度、小切手を換えたところではないか。経営状態が健全かどうか、みずから調べるのもよいであろう。おのが貯金を夫に贈りたいのか？　よし、このささやかな愉悦を許す。遺言書にしたためておく口実を与えるために、わたしとて吝《やぶさ》かでない、早速、返しのそれを作成するであろう。しあわせとはなんと身近な手続きですむことか！　この決断とともに、あからさまな、過大な妻からの愛情という重荷を降ろした。

しかしながら、今日という日に限らなくてはならないであろうか？　キーンはひそかに失敗を願った。まことの愛は収まることがないであろう。次から次へとことを生み出す。キーンはかつて愛したことがなかった。何一つ知らず、いままさに知る直前《さえ》にいて、知らないことにも知ることにも、同じ根深い不安を抱く少年さながらおびえていた。頭脳は混乱を来たした。女そっくりに空想裡でお喋りしていた。思いつきに跳びつき、手を染め、やがて別の、ともにとりとめのない事柄に気をとられて、中途で放り出した。二つの心象に追われていた。愛に濡れ、身を献げている妻のそれと、仕事意欲に燃え立った書物のそれ。自宅に近づくに従がい、心象は交互に速度を増して交代した。理性は問題の所存を見据え、羞じていた。愛をひっとらえ、難詰する。遂には醜悪な武器をつかんだ。テレーゼの外套を槍玉に上げた。女の無知に、声に、齢に、ことばに、耳に言及する。だが外套がすべてを決した。キーンが戸口に至ったとき、外套は書物の下に自堕落にのびていた。

「どうであったか？」キーンはひとりごちた。「孤独だ？わたしが孤独だと？　ならば書物はどうか？」階を上がるにつれて書物に近づく。ドアを開け、書斎めがけて声をふりしぼった。「国立銀行だ！」テレーゼは書卓の前に立っていた。「遺言書を作成する！」とキーンは命じて、つい思わず、意図していたよりも烈しく妻をおしのけた。夫の留守中にテレーゼは《遺言書》と上書きした三枚の書類を用意していた。これを指さして、ニヤリと笑おうとした。しかし弱い微笑が浮かんだだけであった。言いたかった。「予想通り、ぴったりだわ！」だが、声にならない。意識をなくしかけたが、興味ある男が腕に抱きかかえてくれたので、我《われ》に帰った。

ユダと救世主

夫の背後から記入されていく遺言書を眺めながら、テレーゼはまず書き誤りだと思い、次には悪い洒落だと、最後には罠だと思った。夫が銀行にとどめた額は、ようよう二年の家計維持に足るだけであった。

数字をまじまじと見て、すぐに気がついた。ゼロの数が一つ少ない。書き間違いは不思議ではない。よくあることだわ。数字をあらためてキーンが確認している間に、テレーゼは繰り返し計算し直し、手痛い失望を味わった。一体どこに財産があると言うの？　興味ある男に街一番の家具商を開かせたい。ここにある数字ではせいぜいグロース&ムッター家具商店に見合う程度じゃないかしら。家具商《あきな》いに関しては見積りに困らない。この数週間、寝入る前にきまって家具の買入れ価格を計算してきたのだから。自営の会社は諦めた。なんと言っても素人だし、横から口出しする方がずっと楽しい。ところがこれはどういうこと、脳天をひと打ちされたのも同然だわ。グロープ&フラオ社が――どうあってもこの名前でいくことに決めていた――グロース&ムッター家具商店より大規模に始めるわけにいかないなんて。もっとも興味ある男はグロース&ムッター家具商店の大黒柱だもの、それをこちらにとりこむならば、万万歳ね、利益のほとんどを注ぎこめる。あたしたち、お金は要らない。その代り愛し合っているのだもの。数年後にはグロース&ムッター家具商店では閑古鳥が鳴いてるはずね。小柄の主任が奥の帳場で溜息をつき、禿頭を掻きむしり、新進の高級家具店グロープ&フラオ社に顧客を奪われてしまったと歎くさまを想像した。このとき、キーンが言った。

「この通りだ。二十年前にはもうひとつゼロがあったのだが」

テレーゼは夫を信じない。半ばおどけて言った。

「そのゼロとやら、一体どこにいったのかしら?」

キーンは黙って書物を指した。生活に費やした金額は伏せた。事実、それは少額にすぎず、キーンはまたそれを羞じていた。

テレーゼはもはやおどける気にもならなかった。断乎として言い放った。「これを弟に送るつもりね。九割方は弟用で、自分は死んでも妻に残すのはたった一割というわけだわ」

肚の底はお見すかしだわ。相手が恥じるのを待った。手遅れにならないうちに、問題のゼロを夫があわてて書き加えることを期待した。目腐れ金なんてまっぴら。ありたけでなくては。自分が興味ある男の代理人であるような気がした。そこで男の口振りを思い出し、真似た。

キーンはテレーゼのことばをまともに聞いていなかった。なおも視線を蔵書にやっていたのだから。眺め終えてから無理にも書類に一瞥をくれ、締めくくった。「明日にも早速、公証人のところへ持参しよう!」

テレーゼは場を離れた。罵ってはならないときだわ。夫に頭を冷やす時間を与えよう。こんな卑劣は許されないことに気づかせること。添ってきた妻は遠くの新できの弟などより近しいものではないのかしら。書物に費やされた金額については考えなかった。いずれにしても四分の三は自分のものなんだから。書物以外の財産が問題だわ。公証人の許へ出掛けるのはずっと先の方がいい。遺言書がこれでまとまれば、それっきり。ちゃんとした人間は何度も何度も遺言書を変えたりしないものよ。公証人がどう思うかしら。まず、ちゃんとしたのを一枚作ることだわ。そうすれば二枚目なんて要らないものよ。

キーンは書類を即座に片づけておきたかった。だが今日はテレーゼに一種の尊敬を感じていた。妻は自分を愛しているのだから。公式の書類を作成するなど、無学な者には大変なことであると言えよう。時間を与えてやらねばならぬ。手を貸すことはむしろ侮辱に相当する。愛情に報いることになるまい。妻の想いを見通していると告げてやらないことこそ、せめてもの思いやりだ。妻の胸中にある貯金遺贈の目論見に触れでもすれば、泣き出すのではあるまいか。かくしてキーンは仕事にとりかかった。遺言書及び遺言書にまつわるすべての思いを脇におしやり、テレーゼの寝室を限るドアを開けておいた。意志の集中を図り、手をつけたままの論文、《日本セキタイ・ブヅク形式に及ぼしたるパリカノンの影響について》にとりくんだ。

昼食の際、夫婦は互いを凝視し合ったがともに沈黙を守った。妻は夫に遺言書の訂正を期待した。夫は妻の上書きの正書法的誤謬を検討し、書き直し、もしくは訂正のいずれを採るか決めかねていた。ともかくも、なんらかの手段を講じる必要は避け得ない。短時間にせよ仕事のせいでキーンの慈愛は著しく鈍くなっていた。しかしながら決定を翌日にのばすだけの配慮はした。

夜中、テレーゼは家具商売をあれこれ思い眠れなかった。十二時まで夫が仕事をしていることを思い出すたびに電気代に思いを馳せ、締めつけられるように胸が痛んだ。望みが叶う直前となって一文の出費もかつての倍の苦痛を伴った。ゆったりと、だが注意深く横たわる。いずれはおのがベッドを新品として店に出す肚づもりであった。これまでも疵ひとつつけていない。ラッカーだけは塗り直さなくてはなるまいと思うと残念で堪まらなかった。ベッドを傷《いた》めやしないかと案じてますます目が冴えてきた。夫が寝入り、未来の予想収支の計算がぴったり合ったあとも目覚めていた。もう考えることがなかった。退屈した。明日にはもはや退屈しないだろうけれど。

その夜の残りの時間、テレーゼは相続するはずの総額に得意のO《オー》をひとつ、つけ加えてはどうかと一心に考えた。競争相手の女たちはもはや顔色《がんしょく》がない。到底、太刀打ちならないのに鼻を突き出す女もいた。だれひとり、あたしのほど強《こわ》い外套を持っていない。ひとりとして三十としか見えない女もいなかった。一等ましな女でも四十すぎ。しかもろくろく0《オー》だって書けやしない。興味ある男は直ちに撥ねつけた。通りで振り返る男なんていない。おまえさん、どうなんだい、どうせからっけつなんだろう、とテレーゼはおひきずりに嘲った。どうして外套をしゃんとできない？　ぐうたらのくせに貰うとなると目がないんだから。そうはとんやがおろさないわ。そして興味ある男に向き直り、礼を言った。彼の本名である奇麗な名前を口にしたかった。グロープなんてまるで似合わない。だけど思い出せなかった。テレーゼは立ち上がり、夜机の上の明りをつけ、秘密のポケットから図書目録をとり出した。あの名前を見つけるためには電気代も惜しくはない。心が躍って、つい大声で《プダさん》と叫ぶところであった。この名前はそっと囁くべきなのに。明りを消して、どっしりと寝そべった。ベッドへの細心の注意を度忘れしていた。繰り返し《プダさん》と言ってみた。このひとは頭がいい。興味ある男だし、仕事となると鬼みたい。女たちを順々に検分する。大抵は0《ゼロ》の数だけぺこぺこと頭を下げる素振りをした。「あなた、いいわね」と、テレーゼは注意を喚起した。「あれは齢の数よ。0《ゼロ》なんかじゃないわ！」あたし、何よりも真実を愛するのだもの。プダさんはまっ白な、つるつるの紙を前に置き、上手に0《ゼロ》を書きこんだ。このひと、なんでもできるんだわ。やがて彼は紙ごしに愛情のこもった眼をやって、言った。「まことに残念ですが、奥様、御希望には添いかねまして！」あたし、あわてて外に出たわ。なんてこと、あたしが何かをあてにしてたとでも言うのかしら！　この頃の女なんてどう？　一文なしのくせにとびきりの男は自分のものと一人決めしている。あたしの持参金が一番だとプダさんが言ってくれたら、どんなに嬉しいだろう。それからあのひとは言う。「奥様、どうかまずお坐りくださいまし！」齢なんてすぐに分るものだわ。でも、あたしは坐る。プダさんは間髪を入れず、「おお、わが麗しのひとよ！」と叫ぶにちがいない。あたし、少しは驚くわ。だけどこのことばが合図ね、すっと前に進み出て、列に入る。右手には、よく尖らせた鉛筆一本。そして「少少、御辛抱くださいな！」ってひとこと言うだけ。持参金額のおしりに奇麗な0《ゼロ》をひとつ、書き加えるわ。あたしのが一番上にある。だれもあたしにかなわない。あたし、何か言ってもよかったけれど、しとやかに後退して、黙ったままね。代りにプダさんが言う。「奥様、まことに残念でございますが、お申し出には添いかねまして！」すると老《ふ》け女たちはワッと泣き出すのだわ。もう一歩で幸運を逃がすなんて、嬉しいことじゃない。プダさんは涙なんかに頓着せずに言う。「何をおいても三十同然に見えること。ならば、泣くのもまた結構」と。それがだれのことだか、あたしには分る。大威張りだわ。みんな八年間も学校に通ったくせに、何一つ学んでいない。どうしてO《オー》の書き方を学ばなかったのかしら？ どんなに大切なことだか、あとでやっと気づくのだわ。

明け方、気が急いてテレーゼはもはやベッドに寝ていられなかった。六時にキーンが目覚めたとき、用意万端ととのっていた。夫の着替え、洗顔に耳を澄まし、図書に触れる音を聞きとめた。テレーゼの耳は、孤立した生活と、足音を忍ばせる夫の歩き振りとのおかげで、特定の音に対して敏感この上ない。厚い絨毯と吹けば飛ぶようなキーンの体重にもかかわらず、どの方向に夫が動いているか、正確に判定した。移動に関して夫は前後左右と変化極まりなかったが、書卓となるとまるで余裕を失う。七時にやっとこれと対面して、しばらくそこにとどまるのだ。やがて、ペンのきしる音を耳にした。不器用ったらありゃしない、とテレーゼは考える。きしらせないではろくにO《オー》ひとつだって書けないのだわ。テレーゼはペンの第二のきしりを待った。夜中考えた結論として、どうしても0《ゼロ》が二つ追加になるはずであった。それでもずっと足りない気がした。「現実となるとつまらないものだわ」とつぶやいた。

いまや夫は立ち上がった。椅子を退ける音。あれで終りなんだわ。ペンは二度ときしらなかった。テレーゼは突進した。敷居の上で二人は衝突した。キーンは「片づいたか？」と問い、テレーゼは「もう終ったの？」と尋ねた。キーンの胸からいつくしみの情は消え去っていた。愚かな女の世迷いごとに興味なかった。原稿の間から覗いている紙切れを見咎めて、はじめて遺言書のことを思い出した。いやいやながら目を通してみて、不可解な誤りに気がついた。銀行預金額の数字の最後より二つ目、5とあるべきが7となっているではないか。しぶしぶ訂正しながら、どうして5と7とをとり違えたりしたのかと自問した。おそらくはともに単純明快な数字であるからであろう。この的確な解答以外にこれを解く理論はあり得ないはずだ。5と7とには、他に如何な共通点があるというのか？ ここまで考えつめてキーンは安堵して「このよき日だ！」と、つぶやいた。「仕事で利用しつくさねば！」だがその前に妻の遺言書のかたをつけておきたかった。仕事中に邪魔をされたくないのだから。衝突したからとて、妻に苦痛を与えたわけではない。外套で武装しているではないか。自分は実際、痛かった。

キーンはテレーゼの返答を待ち、テレーゼはキーンの返事を待った。答がないので、テレーゼは夫を押しのけ、書卓にすり寄った。たしかに遺言書は置かれていた。最後から二つ目の数字が7から5に直されている。しかし0《ゼロ》の追加はなかった。きっと何か魂胆づくにちがいない。そういうひとなんだから。吝嗇漢《しぶりや》。ここにある小銭でも二十シリング。これに0《ゼロ》ひとつ加えると、どうなる？ そう、二百シリング。もうひとつ0《ゼロ》をつけると二千シリングになる。二千シリング騙かされる手はないわ。興味ある男がこのことを知ったら、どう言うかしら？「つまりなんですよ、奥様、それがそのまままわれわれ二人の損失というわけでして！」あたし、要心しなくてはならないわ。でないと、あの男《ひと》に愛想をつかされることになる。ちゃんとした妻でなくては。だらしない女は役立たずというものよ。

テレーゼは振り向いて、すぐ背後にいたキーンに言った。「5がなんのたしになるの！」

キーンは無視して「きみの遺言書を出し給え」と、ぶっきらぼうに命じた。

テレーゼははっきりと聞きとった。昨日以来、警戒を怠らなかった。夫のどれほどささやかな心の動きも見逃さない。この数時間ほど精神を集中し、感覚を研ぎ澄ましたことはかつてないのだから。自分に遺言書が要求されていることを理解した。この数週間、言いづめであった理論、《登記所ニテ双方トモガ交換スル》の応用ではないかしら。一刻の猶予も与えず反撃した。

「あら、ま、ここは登記所かしら？」

そして夫の思いつきに腹を立て、部屋を出て行った。

キーンは妻の簡明な返答に拘泥しない。妻がまだ自分の書類を渡したくないことを確認した。お蔭で公証人の許に出向くという、やっかいな仕事が免れた。結構なこと、キーンは安んじて腰を下ろし、馴染の論文に目を据えた。

二人の無言の抗争はなお数日継続した。テレーゼの沈黙により、キーンが次第次第に落ち着いていったのに反し——殆ど元通りの彼に戻っていた——テレーゼの昂りは時間刻みに亢進した。食事の際、彼女は沈黙を守るために、自分で自分の身体を痛めつけた。夫の前では一口も食事をとらない。それもつい唇からことばがこぼれはしないかとの不安からであった。虞れとともに食欲も増大した。そこで夫と向き合って食卓につく前に、ひとり台所でたらふく食べてきた。キーンの顔面のちょっとした動きにもテレーゼは慄えた。それはどうかしたはずみで《公証人》の一語を発しないとも限らない。ときにはキーンの唇からたまさかのことばが洩れた。テレーゼはそれを死刑宣告さながらに恐れていた。もしさらに彼が語っていたならば、彼女は身を裂かれる思いがしたことであろう。さいわいにも彼はまずもって唖同様であったからには、テレーゼはようようのことで持ちこたえた。「今日にも……」と彼が言い出すや、そそくさと切口上であとを続けた。「公証人なんていやしないわ！」そしておよそ不似合いのせわしない言い方で繰り返した。身体中が、それに顔までも汗にまみれた。自分でもそれが分った。ああ、こんなことで感づかれでもしたら！　食堂をとび出して、皿を一枚持ってきた。夫の顔に、元来ありもしない要求を読みとった。いまやキーンは喋りさえしなければ、テレーゼを意のままにできた。0《ゼロ》の増加を思って、矢も楯もたまらず、彼女は奉仕意欲に燃えていた。好都合なことではないか。ひとり恐ろしい不運を予感しておびえている。料理に手を尽くし、舌に合うかしら、と思案しては泣いた。できることなら馳走攻めにしたかった。0《ゼロ》増加のための力を植えつけること。あるいは単に奉仕振りを見せつけて、その報酬として当然の0《ゼロ》の増加を期待していたのかもしれぬ。

深刻であった。四日目の夜、興味ある男のことを思い出した。あたしの罪だわ。テレーゼはもはや男を呼ばなかった。男が顔を覗かせると、意地悪く睨みつけ、言った。「急がば廻れって言わないかしら」そして念のために足で突き放った。商売は万事不調であった。儲けがなくてなんの商《あきな》いかしら。唯一の避難所である台所でだけは、以前通り、落ち着けた。そこではまずもって、自分が一家の主婦であることを忘れることができた。周りに高価な家具は一つとしてなかったから。ただ一冊の住所録が気になった。役立たずだけどあたしの財産《もの》。公証人の頁を念入りに剝ぎとってから屑と一緒に捨てた。

これら全てのことにキーンはいささかも気づいていなかった。妻が黙っていればそれで事は足りた。中国から日本に移る段階で、一度、ほくそ笑んだ。賢明な作戦が成功したと。妻からお喋りのための口実すべてを奪取した。愛情に固有の棘を引き抜いた。この数日、キーンには多くの推論が成った。収拾をつけかねていた個所を三時間で補綴しペンを縦横に走らせた。三日目には論文として送付し終え、新たな二論文に手をつけた。旧の生活様式が息をふきかえし、それにつれて妻のそれは忘れていった。次第に結婚前の時期《とき》をとり戻した。ときにテレーゼの外套は存在を主張したが、その強《こわ》さ並びにその厳しさを多分になくしていた。なるほど、それはかつてより敏速に動いていたが、しなだれ、張りを持たなかった。キーンは現状を確認しつつも、その根拠の何であるかに頭を悩ませなかった。妻の寝室へのドアを開放していてどうして悪いことがあるのか？　テレーゼは彼の入室を阻止しない。むしろ彼の邪魔となることにおののいているではないか。食卓をともにしてやると安堵する。ともに食事をとることを放棄する旨の脅しがなおよく利いているのだ。あのしおらしさを見よ。いま少々、家事に当って楽を考えてくれたらありがたい。当人も気楽に慣れればよかろう。皿をあれほど多く使うこともあるまいに。一枚一枚と、とりに行くのを見るたびに、思考が乱れるではないか。

四日目、朝七時にキーンが恒例の散歩に出たあと、テレーゼは——よそめには慎重この上なく——書卓にすり寄った。まずは畏れた。数回、遠廻りに書卓の周りをうろうろと歩き回って、あてもなしに手にとどくかぎりのものを整頓した。まだ願いが叶うところまでは遠いと感じた。失望はなるたけ遅い方がいい。不意に、犯人割り出しには指紋が用いられることに気がついた。急いでトランクから奇麗な手袋をとり出してきた。それでもって男ひとりを捉えたのと同じ手袋。手にはめて、注意深く——手袋を汚さないために——遺言書を抜きとった。依然として0《ゼロ》は増加していない。事実は書き加えてあるのだが、あまりにインキが薄すぎてだれの眼にも見えないのではないかと心配になった。些細に眺めて空《から》心配であると知った。キーンが戻るずっと前に、両者は、すなわちテレーゼと書斎とは、素知らぬ振りをして背を向け合う姿勢に帰っていた。テレーゼは台所に消え、七時にひとたび中止した煩悶を再開した。

五日目、前日と同じ工程があった。ただ、遺言書に係わる時間がやや長く、手袋は省略された。

六日目、日曜日であった。テレーゼはふしょうぶしょう立ち上がり、夫の散歩を待ったのち、日課通り、遺言書の意地悪い数字を睨んだ。12,650の数字並びに数字の形がテレーゼに血肉をおびて迫ってきた。新聞の切れ端を持ってきて、遺言書にある通りの総額を書き移した。キーンの筆跡をそっくり真似た。いかなる筆跡鑑定師でも区別がつくまい。切れ端の長さ一杯使って0《ゼロ》を書き加えていった。十二桁増して、その結果に眼を輝かせた。ごつい指先で何度も紙片を撫でさすり、「まあこの程度ね！」と言った。

やおらキーンのペンをとり、遺言書に身を屈め、12,650を1,265,000に変えた。

先刻の鉛筆におけるときと同様、ペンにおいても結果は上々であった。二つ目の0《ゼロ》をつけたとき、背を伸ばしたくなかった。ペンは書類にねばりつき、いま一つの0《ゼロ》へと首をもたげた。余白がないので、その0《ゼロ》は小さくへしゃがって目立つにちがいない。テレーゼは大いなる危険の只中にいることに気がついた。もうひとつを加えると、既成の秩序すべてが崩れるのだろう。注意をひくに相違ない。全部を駄目にしかねない。ふんだんに0《ゼロ》を並べた切れ端が傍にあった。ひと息入れるために遺言書から眼を離したとき、視線がこれにとまった。これほど財力のある家具商人が世界にまたといるだろうか。ひと思いにこの身分になりたかった。こうと初めに知っていれば、先のふたつの0《ゼロ》をもっと小さく書いたのに。なんて馬鹿だったのかしら。まるでひと足ちがい。

テレーゼはなお書きたがる手と苦闘した。欲望と憤りと疲労のあまり咳込んだ。腕がわなわなと慄え、ペンのインキが書面に散りそうになった。仰天して身を退けた。胸を開いて喘いでいることに気がついた。やがて——動悸がやや収まってから——溜息まじりに「人間って欲のないものね」と、ひとこと。失われた大金に思いを馳せながら、ほぼ三分間、じっとそのまま坐っていた。それからインキの乾き工合を確かめてから、遺言書を折りたたみ、元のところに戻した。荘重な切れ端はポケットに納めた。満足はさらになかった。願いはこんなものじゃなかった。手に入るべきもののほんの一部がわがものとなっただけ。このとき、気分が変わった。やにわに自分が詐欺をはたらいたと思えてならない。教会に行こうと決心した。とまれ、日曜日であった。戸口に紙を貼っておいた。《教会ニイマス。てれーぜ》と。さながらそこが数年来の馴染の場所であり、当然いるべきところであるかのように。

街一番の大きな教会、ドームに限った。群小の教会は自分には格不足ということを思い出させるだけだから。階段を下りながら、適わしく身なりを整えていないと気づいて、打ちのめされた思いがこみ上げた。とって返して、第一の青い外套を第二の同じ代物と替えた。通りで男たちがこぞって振り返るのに気づくのを、ついうっかり忘れていた。ドームの中で赤面した。みんながテレーゼを嘲笑する。教会で笑うなんて礼儀に叶ったことかしら？　でも気を悪くしたりしない。あたしはちゃんとした主婦だもの。力をこめてちゃんとした主婦だものと、想像裡に声を出し、繰り返した。そしてドームの静かな一隅に遁れた。

そこに最後の晩餐の絵が掲げてあった。油絵。値が張るものだ。額縁は金箔塗り。絵に描かれた卓布は気に入らなかった。あんなに汚れていて平気だなんて、清潔ってことを知らないのかしら。財布が手のとどくところにあった。見えないけれど三十枚のピカピカの銀貨が入っているはず。まるで本物そっくりの財布だわ。ユダが握っている。だれにも渡そうとしない。けちなんだから。しみったれ。まるで夫そっくりだわ。だから救世主を騙したのね。夫は痩せっぽち。ユダは肥っちょよ。それに赤髭を生やしている。真中に興味ある男が坐っている。美男子だわ。色白で、眼なんてそっくり。見通しなんだわ。興味ある男《ひと》、そのうえ利巧だし、財布をじっと見つめている。なかにいくら入っているか知りたいのね。きっとそう。他の男だったら一度数えても、また数え直したりするのだけど、あの男《ひと》はそんなことをしない。外から見ただけで分る。夫ときたら一体何をしたかしら？　二十シリングごまかした。先には7だったのに、あわてて5に変えたりして。騙そうってそうはさせない。あれはもう、二千シリングよ。興味ある男は怒るだろうけど、あたしにどうしようがあって？あたし、白鳩みたい。ちょうどいま救世主の頭の上を舞っている。まっ白に輝いているのは汚れがないからなんだわ。この画家もそう考えたのにちがいない。そのはずだわ。だって商売なんだもの、眼が利《き》く。あたしは白鳩。ユダが何をしようと悪あがきね。摑まえられやしない。好きなところに飛んで行ける。興味ある男のところへ飛ぶわ。当然ね。ユダには一言もない。首を吊るしかないわ。財布も役立たない。さっさと戻すことね。なかの銀貨はあたしのもの。白鳩だもの。ユダにはこれが分らない。自分の財布のことしか考えていないのだから。救世主にキスだかをして、騙かすのだわ。早速兵士がやって来る。兵士は救世主を摑まえるつもりなんだわ。やってみるがい。あたしは進み出て、言う。「これは救世主じゃない。これはグロープさんよ。グロース&ムッター家具商店のしがない店員よ。手を触れては駄目。そうはさせません。あたしが妻よ。ユダは騙そうとしているの。そんなこと、あたし、させないわ?」手を触れさせないとも。ユダは首を吊ればいいんだわ。あたしは白い鳩ね。

テレーゼは絵の前にひざまずき、祈った。依然として白鳩だった。あたしは白い鳩と、肺を絞って叫んだ。視線は落としたまま。興味ある男の許へ飛んで行った。あたしをやさしく愛撫してくれる。あたしが守り神だからね。鳩は愛撫するものよ。

立ち上がったとき、まざまざと膝を意識した。一瞬、自分でそれと信じられず、思わず手で確かめた。教会をあとにしながら、みんなを嘲笑してやった。でも笑ったりしない。笑わないで嘲《わら》う、あたしのやり方。あのひとたち、すましているけど、本当は赤面している。なんて顔かしら。悪人ばっかし! みんながどうして教会に通うのか、知ってますとも。あたし、お布施を上手にやりすごしたわ。教会正面に沢山の鳩がいた。しかし白鳩はいなかった。手ぶらで来て、心残り。家には石みたいに固くなったパンがいくらもある。黴も生えているのに。ドームの背面の彫像に正真正銘の白鳩が一匹、とまっていた。テレーゼは眺めやった。歯痛のキリストの像ね。興味ある男があんな顔じゃなくてよかった。とんだしかめっつら。恥ずかしくないのかしら。

帰路、不意に楽音が聞こえてきた。軍楽隊が勇壮な行進曲を演奏する。これはいいわ。軍楽は大好き。テレーゼは向きを変え、タクトに合わせて楽隊に従った。軍楽長さん、じっとあたしを見つめている。兵隊さんもみんなそう。心ここにあらずだわ。あたしも見返してあげる。音楽のお礼よ。女たちがやってくる——でも、あたしが一等の美人だわ。軍楽長さんの思ってることなんかお見通し。これこそ男ね。それになんて上手な指揮ぶりかしら! 兵隊さんも指揮棒次第。指揮棒なしにはだれも身動きひとつしない。ときどき指揮がとまる。でもあたしがふり仰ぐと、軍楽長さん、ニッと笑って新しい曲を始める。沢山の子供だこと、何用のつもりかしら。あたしの前をさえぎったりして。こういう音楽、毎日聞くべきものだわ。トランペット吹きが一番奇麗。みんなとても奇麗に見える。あたしが中にいるからだわ。まもなくきっと大変なひとだかりね。でも構わない。あたしの場所は空けてある。ひと目でもいい、みんなあたしを見たがるのだわ。タクトに合わせてテレーゼは口ずさんだ。三十歳としか見えないあたし、三十歳としか見えないあたし、と。

遺産相続

キーンは戸口にメモを見つけ、読んだ。それというのもすべてを読むことにしていたから。しかし、書卓に向かうやいなや、忘れた。突然、背後に声がした。「さ、戻ったわ！」テレーゼが立っていた。そしてことばを浴びせかけた。

「ほんと、大した遺産だわ！　三軒向こうに公証人の事《み》務所《せ》があるわ。遺産を放っておいていいものかしら？　遺言書は汚なくなるわ。今日は日曜日、明日は月曜よ。公証人に少しは心付けをやらなくちゃあ。でないとしくじるかもしれない。少しでいいわ。お金は大切にしなくてはね。固いパンがいくらもある。それに黴も生えてるわ。鳩はいきものよ。食物なしでいられない。軍楽隊が素適な行進曲を演奏していた。行進しながら、じっと見ていた。特別のひとがいたからよ。軍隊長さん、だれに見とれていたかしら？　あたし、みさかいなしに打ち明けたりしないわ。みんながみんな、センスがあると限らない。百二十六万五千シリングよ。グロープさんはきっと眼を丸くするわ。もともとあのひとの眼は大きいもの。ああいう眼、女ならみんな夢中になる。あたしだって女よ。お化粧ならだれでもできる。資金を持った女はあたしが一番……」

勝利の快感と軍楽に酔い、軍楽長さんとの出合いに陶然となり、テレーゼは書斎に踏みこんだ。今日、すべてが素適だった。毎日がこうでなくてはならない。お喋りしたかった。1,265,000の数字を壁に描いて、胸のポケットの図書目録をポンと叩いた。どれほどの値打ちがあるものかしら。現金の二倍はありそう。鍵束が鳴った。喋りながら頰をプッとふくらませた。ことばが堰を切ったみたい。一週間、ずっと黙っていたのだから。陶酔のなかで秘密を、それもなかんずくの秘密を口にした。手に入るかぎりのものは手に入れたという確信があった。この手の中にだわ。一時間たっぷり、眼の前の男に喋りつづけた。それが一体だれであったか、忘れていた。この数日、このひとの一挙一動におびえていたことを忘れた。ともかくも人間だわ。なんでも喋っていいはず。いま、お喋りの相手が要るのだから。今日、目にしたもののすべてを、それに頭に浮かんだなにごとも、次から次へ喋り続けた。

キーンは不意をつかれた思いがした。並外れたことが起こった。この一週間、平隠に過ぎた。だのにいま、このように粗野な手ぎわで邪魔をしかけてくるからには、何やら特殊な根拠があるのであろう。ことばは支離滅裂、意味を通さない。だが充実感に満ちた顔つき。理解に努めた。ようやく分った。

だれか或る興味ある男が妻に多額の遺産を贈与してくれた。明らかに縁者のひとり。金満家であったにもかかわらず、軍楽長の職にあった。だからこそ興味ある男と形容すべきなのだ。いずれにしてもテレーゼに目をかけていた人物である。そうでなくては相続人に指定しよう理由《いわれ》がない。妻は遺産を利用して家具商を営みたがっている。本日、幸運の知らせがとどいたに相違ない。教会に出向き、感謝の祈りを献げてきたのだ。祭壇画のひとつ、救世主の姿にみまかりし遺産贈与者の面影を認めたらしい。(錯乱原因としての喜悦過多！）教会で鳩に充分な餌《え》をやり続けるという誓いをたてた。固い、黴の生えたパンを餌として施す一般のありように反対している。鳩もいきもの、人間と異らないというのだ。(同感同感！）明日を待って夫と連れ立って、遺言書の確認に公証人を訪れたいとか。多額につけこんで公証人が過大な謝金を要求するのではないかと不安がっている。それ故にまず謝金の高《たか》を夫と打ち合わせておきたいというのだ。——大遺産あってもなお質素倹約の徳を忘れない！

　遺産はいくらにのぼると言った？　百二十六万五千シリング——ということは？　書物を尺度に計るに限る！　現存の全図書は六十万クローネを要したにすぎない。父の遺産を注ぎこんだ。残るところは少額ながら、まだある。ところで妻は不意の遺産でもって何をしたいと言うのか？　家具商？　愚劣極まる！　図書を買い増しできるではないか。隣接の住居を借り上げて、壁を抜く。たちどころに図書室用の新たな四部屋の空間が得られる。窓を埋め、書斎同様、天窓から明りをとる。八部屋総計で、ゆうに六万冊を収め得よう。シルツィンガー蔵書が競売に出たとか耳にした。値は大して上がっていまい。二万二千冊に及ぶものだ。わたしの現蔵書とはおよそ比較にもならないが、少々の貴重本が混じっていることは認める。百万シリングを書物に当てよう。残額は妻の管理にまかせる。家具店を開くにはそれで充分足りるはずだ。どうせこちらとは無縁の世界だ。意に介さない。金《かね》と商売に手を汚したくない。シルツィンガー蔵書が高騰したかどうか、調査の必要があろう。思えばあやうくとり逃がすところであった。学問に没頭しすぎていたきらいを否定できぬ。研究に不可欠の資料蒐集を怠っていた。書籍市場に目を光らせることは、投機家が相場に注意を欠かさないと同様、学者の職分と言えように。

　四部屋から八部屋に図書室を拡大する。なすべきことであった。常に発展を目指していなければならぬ。停滞は卑しむところだ。四十歳はまだまだ若い。四十歳で隠遁などあり得ないではないか。最後の大がかりな買入れは二年前のことであった。以後、つい萎《な》えていた。世になお蔵書は数多ある。自足してはならない。貧窮は忌まわしい。妻がかほどまで愛情を寄せてくれている幸運。わたしをグロープさんと愛称する。妻に対してすげない《グローブ》からだ。わたしの眼にひかれているらしい。どの女にもわたしが愛されるものと思いこんでいる。すげなくしすぎたのではあるまいか。もしわたしへの愛がなかったら、遺産を一人占めしようと図っていたはずだ。女に扶養される男がいる。なんという下劣か。わたしなら、それよりもむしろ死を選ぶ。妻は書物に対して自由なのだ。書物が衣食の資になるというのか？　あり得ないことだ。住居はわたしがまかなう。扶養するとは食と住とを提供することであろう。隣家用の家賃は無論こちらから出す。なるほど妻は愚かで無知蒙昧の女であった。しかし金満家の親族に列《つら》なっていた。非礼だと？　また何故に？　わたしはみまかりしひとを知らない。にもかかわらず、その死を哀惜したとすれば、まったくの偽りと言うほかあるまい。そのひとの死は不幸ではない。深遠な意義をおびえていた。たとえ意図なしとはいえ、各人が果たすところを無に帰せしめることはない。この場合、その人のはたらきは死であった。かの人はいまや死んだ。いささかの情も動かされぬ。奇異な偶然にしかすぎない！　遺産相続人はわたしの家へ、見事、家政婦として住みこんでいた。八年間、静謐のうちに義務《つとめ》をまっとうし、突如、大相続人となったとき、いちはやくわたしの妻であった。その愛情のよるところが分明となったとき、時《と》期《き》を合わせて富豪の軍楽長が死んだとは！　おあつらえの運命というか、やみくもに転がりこんだ。ついては、先般のわたしの病気こそ、生涯を区切る里程標であった。閉鎖からの解放を示し、狭く苦しい図書室からの別れをしろしめすものであった。

人がその生誕を、月に享《う》けるか地球に享けるかは、大いなる相違を惹起すると言えまいか？　月の面積が地球の半分にすぎないならば——質よりも量によって個々の相違もまた規定されることに疑問の余地はない。新たに書物三万冊！　各一冊が新たなる思索と新たなる仕事の契機となる！　突破口を得て知識は奔流を始めよう！

この瞬間、キーンなる一個の人物はこれまでの遵奉に係わる生成理論の保守形態を一蹴して、羽音高く革命陣営に飛び移った。なべて進歩は突然変異に胚胎する。生成論者の体系にくらまされ、無花果《いちじく》の葉に隠されていたその証明の数々がキーンの胸裏をかすめて過ぎた。知識人は必要なすべてを時に叶って手に入れる。知識人の魂は備え豊かな武器庫に他ならぬ。所有者が——まさに教養の庇護により——扉の開放を堪えないばかりに、人の目に触れないだけだ。

テレーゼが情熱をこめ、嬉々として口にしたひとことが、キーンを現実の場に引き戻した。《資金》と聞き、感謝をこめて受納した。この歴史的な一瞬に彼が必要としたことごとくは、おのずから馳せ参じる。彼の一族のなかで連綿として引き継がれ、維持されてきたいわば資本主義魂が猛然と目覚めた。さながら二十五年間にわたる闘いにも、いささかも勢いを損じていなかったごとくに。テレーゼの愛情、それは来たるべき天国の支柱となるもの。資金はその礎石に相当しよう。撥ねつけないことこそわたしの権利である。死の床にあった縁者の存在などつゆ知らなかった貧しい乙女、それをわたしは妻とした。この事実が明瞭に利害を超越した真情を証明する。新たな蔵書を呑みこんだ八部屋を、ときどき、――しかり、ほんのときどき――そそくさと通過することは、妻の気晴らしともなるのであろう。おのが血縁の者が壮大な蔵書の実現に寄与したという感情は、家具商断念の思いを慰めて余りあるにちがいない。

　軌道に集った革命の前途を遠望し、喜びのあまりキーンはその長い指をすり合わせた。阻止する壁一つない。隣家との境の、現実の壁そのものも、もはや抜かれたも同然。早速、折衝を開始する。壁塗り職人プッツに連絡のこと。明日にもとりかかる。遺言書を直ちに検分するのは上策か。ことによれば今日にも公証人を摑まえられるかもしれぬ。シルツィンガー蔵書の売立ての一件、忘却すべからず！　ひとっ走り、玄関番を走らせるか。

　キーンは一歩進み出て、命じた。「玄関番を呼べ！」

　テレーゼはいましも黴の生えたパンと飢えた鳩のくだりに戻っていた。経済感覚を焦らだたしく刺激するこの不合理を糾弾し、わだかまりを一気に吐き出した。「こんなことってあるかしら！」

　キーンは抗弁を容赦しない。「玄関番を呼んでこい！　活動開始だ！」

　テレーゼは、夫が何やら叫んでいることに気がついた。なに言うことがあるの？　むしろちゃんと聞くべきだのに。繰り返した。「こんなことってあるかしら？」

「あるとも！　玄関番を呼べ！」

　あの鼻持ちならない男。鵜の目鷹の目で小銭を欲しがる。テレーゼは堪忍ならなかった。

「何用なの？　鐚一文やらないから！」

「用はわたしが決める。わたしが主人だ」必要であるからと言うよりも、むしろ、自分の不退転の決意を感じさせるのに有効と判断して、キーンは応酬した。

「お金はあたしのものよ」

　キーンはこの返答を予期していた。妻の無知蒙昧は依然として変らぬ。威厳を失しないよう、慎重にそらした。

「金には不足しない。玄関番の手が要るのだ。少々駆け回ってもらう」

「お金の無駄使いだわ。お礼にうんとこさ、ふっかけるのに決まっている」

「それがどうだと言うのだ！　はした銭に困りはせん！」

テレーゼに不信の念が芽をふいた。きっとまた何か企んでいる。二千シリングすりかえたあまつに。

「二十六万五千シリングのこと？」数字を区切りながら、目を据えて言った。

いまや急遽、完膚なきまでに征するときだ。「二十六万五千シリングはそっくりおまえのものだとも」骨張った顔におうような最屓筋の笑みを浮かべた。これごとき返しに吝《やぶさ》かではない。受けとるものは遠慮なく充分に受けとったのだから。

テレーゼは汗ばみ始めた。「みんなあたしのものよ！」

どうして飽きもせず繰り返すのか？　キーンは焦ら立ちを荘重なことばに包んだ。「おまえの要求をなんぴとと言えども否定できぬことは、既に一度ならず確認したところである。いまそのことで論じているのではない」

「そんなこと、あたし知ってる。当り前だわ」

「遺産相続の件をともに検討しなくてはならない」

「ともにってだれとかしら？」

「いかなる援助も惜しまないつもりだ」

「下手《したて》に出るなんてだれもがすることだわ。初めはすりかえて、次には揉み手だなんて、礼に叶ったことかしら！」

「おまえを欺こうとしている者がいるのではないかと、わたしは心配なのだ」

「それは一体だれのこと？」

「多額の遺産相続の場合には、どこからともなく親族と名乗る奴が出てくるものだ」

「そんなのが一人いるわ」

「妻なし？　子もなしだな？」

「冗談？　なんのつもり？」

「二度とない幸運だ！」

幸運？　テレーゼはまたもトボッとした。生前に夫は全財産を遺贈する。どこに幸運があると言うの？　キーンが口をきいてから、自分を騙そうとしていると思えてならなかった。百頭《かしら》の地獄の犬さながら耳をそばだて、聞いた。単刀直入、ズバリ答えなくてはならない。珍しくものを言うのも、囮《おとり》の罠を仕掛けるためにちがいない。さぞかし夫はみんな読んだのだ。敵であって同時に敵方の弁護士なんだわ。ありたけの力をふり絞って、いまひと息の財産の確保に頑張らなくては。テレーゼはとっさに敵の心理を忖度《そんたく》したいと思った。遺言書が幸運だなんてあり得ないこと。背後に冷い罠が光っている。ともかく、何か隠している。何だろう？　そう財産だ。全部吐き出したわけじゃないのにちがいない。とり逃がした第三の0《ゼロ》が手の中で疼いた。火の粉を摑んだかのように振り上げた。もしいま遺言書を引っぱり出すことができ、問題の0《ゼロ》をその個所にハッシと打ちつけられるものならば、何をおいても書卓にとびついていったはずだ。だけどそれは愚かな手。強いて力を矯《た》めた。みんなあたしがしおらしすぎたせいだわ。なんてこと、しおらしいのは馬鹿のしるし。だけどもう馬鹿ではない。いまからでも遅くないわ。残りを夫はどこに隠しているのかしら？　さとられないようにして探らなくては。テレーゼは大仰で意地悪い、常の笑いを頰に浮かべた。

「残りをどうするの？」　狡智ってこういう尋ね方を言うのだわ。残り分の所在など問わない。どうせ答えやしないはずね。神妙に吐き出せばそれでいいのに。


　感謝と慈愛をこめてキーンはテレーゼを見つめた。いまにして知る、先刻の妻の抗弁は単なるみせかけであった。無論、わたしは見抜いていた。百万もの大金を《残り》と名づける心情こそ、やさしさ以外のなにものでもない。はなはだしい粗野から、こまやかな愛情に飛躍するのは妻ごとき種類の人間に特徴的なところである。まずもって妻の内心を思んみよ。献身の宣言が咽喉元にこみ上げてくるのに堪えながら、ひとえに表現の際の効果を高めるために、実行を先にのばしている。なるほど、愚かではある。だが純なる魂とはこのことだ。妻への理解を一段と深めた。齢をとりすぎているのがやや残念である。この種の人間の変革を図るには遅すぎる。しかしながら現状の継続は黙過すべきではない。人間教育とはかくのごとくに始まると言えよう。キーンは妻への感謝と、新たな書物への愛情の、顔面に浮かび出るのを殺した。傷つけられたていで厳としてつぶやいた。

「残りで蔵書を購《あがな》う」

　予期していた通りね。しかし驚きはあった。罠を見つけたわ。蔵書だなんて！　みんなここに収っているのに、とポケットをおさえた。ほんとに隠し金があったのだ。当人が告白したわ。防衛策をいかに講ずべきか、当惑した。ポケットにおいた手を合図にして言い放った。

「本はあたしのものだわ！」

「と言うと？」

「三部屋はあたしのもの。夫に一部屋だけ」

「いまはもう八部屋だ。新たに四部屋増加する――隣家《となり》の分がだ。シルツインガー蔵書のための場所が要る。二万二千冊に達するものだ」

「費用はどこから出るというの？」

またしても。暗示風の言いまわしはもううんざりだ。

「おまえの遺産から。もはや議論の余地はない」

「そんなもの、ないわ」

「何がない？」

「遺産はあたしのものだわ」

「だがわたしにも権利はある」

「死んだときにだわ。そのときにはものを言うものよ」

「どういうことだ？」

「すり替えさせたりしないわ！」

一体全体、どういうことだ？　そもそも何がどうしたと言うのか？　厳しく対決すべきだろうか？　八部屋続きの空間を脳裏に浮かべて、やっとの思いの忍耐を通した。

「われわれ二人の利益に係わっている」

「隠し金を含めてのことだわ！」

「おまえには分るだろうが……」

「どこに隠したの？」

「妻は夫に……」

「夫は妻に隠しだてするなんて」

「シルツインガー蔵書の購入に百万が必要だ」

「必要なのはだれもだわ。あたしにもよ。あたしにも残りが必要だわ！」

「あたしだって主婦よ！」

「主人《あるじ》はわたしだ！」

「二度とは言わぬ。なんとしても百万を……」

「残りをさっさと出すことだわ！」

「三秒以内に返答せよ。数えるぞ……」

「数えるぐらいはだれでもできる。あたしだって数えるわ！」

激昂のあまり、ともに泣き出しそうになった。唇を噛み、順次に甲高く、「いち！　に!!　さん!!!」と叫んだ。同時に、二重爆発が起こった。テレーゼには隠し金と合算して達するはずの総計数百万を意味し、キーンには新たな八部屋の空間を指していた。テレーゼは永遠に数えることも辞さなかった。キーンは三を過ぎ四まで数えた。四でとめた。張りつめた緊張のなかで、さらに身体をこわばらせ、テレーゼの真近に寄って――玄関番の口調を思い起こしながら――怒鳴った。「遺言書を出せ！」右手の指が拳に固まり、空を切り裂いた。妻は数えることを中断する。妻を粉々に粉砕した。事実、テレーゼは息をつめ、壮絶な争いを待っていた。むしろ許す、とキーンは不意に決めた。妻は《残り》に憑かれている。我《われ》を忘れているのだ。偽りがないと知れば、おのずから怒りも鎮まろう。猛《たけ》るばかりが能ではない。夫を巡ってテレーゼは書卓に寄った。キーンは身を避けた。追いつめられた者は殴りかかりかねない。拳の利《き》き目はどうであったか？　妻は平然と卓上の書類を掴む。なんとしたこと、無雑作にばらまいて、やがて一枚を引き抜いた。

《原稿のなかに……どうして他人の遺言書が……入りこむ？》　キーンはこのやや長いセリフを怒鳴ろうとした。三分割が適当である。それ故に三度息を継いだ。言い切らぬ前にテレーゼは答えた。「どうして他人なの？」遺言書を開いて、卓上で皺をのばした。ペンとインキを準備する。それに少々の猶予も。キーンはなお落ち着きをとり戻していない。だが近づいて、まず数字に視線を落とした。馴染の数字である。とまれ肝心なことは、数字が事実に合致していることであろう。いさかいの最中、無知蒙昧な女の愚劣に触発されて、一抹の不安が頭をもたげ始めていた。あるいは数字を読みまちがえているのではなかろうかと。まずは安堵しつつ腰を下ろして詳細に検査することにした。

それはまさしくキーン自身の遺言書であった。

「書き直す方がずっといいわ」テレーゼは言った。書き加えた0《ゼロ》のことは忘れていた。キーンが妻の愛情に対すると同じ確信を、0《ゼロ》追加分に抱いていた。「これはわたしの……」　キーンは絶句した。妻は微笑を浮かべていた。「そのことは、あたし、何度も……」とっさにキーンは立ち上がった。「男は二言《にごん》なしだわ」妻の咽喉首に掴みかかる寸前に了解した。テレーゼはペンを差し出し、用紙を数えた。キーンは肥大漢さながらに音高く椅子に崩れおれた。テレーゼは結果いかんと覗きこむ。

続く一瞬、ふたりはともに初めて、十全に理解し合った。

笞

キーンがさまざまの書類を掻き集め、意地悪く、事実を証拠づけようとしたお蔭で、テレーゼは最悪の事態を免れ出た。彼がじりじりと挑発する憎悪の支えがなかったならば、彼女はその身体の主要構成部分、すなわち、外套と汗と耳とに溶解し、パタリと床に落ちていたはずだ。元来、いかほど相続したかからキーンは説いた。あてもなしに引出しに投げ入れていた領収書を全部、おおむね図書購入に係わるものをとり出した。日頃は荷やっかいな、こまごまとした事柄に対する正確な記憶力が、いまはむしろ役立った。もはや無用の遺言書の裏面に、一切合財書き連ねた。テレーゼは悄然として合算し、なお幾度も検算した。一体どれほど残額があるのか知りたかった。百万シリング以上が書物に費やされたことが判明した。この驚くべき結果にキーンは慰められはしない。新たな四部屋の損失をつゆほども償わないではないか。ひたすら詐術に対する復讐を念願した。長々しい作業中、ひとことたりとも余計なことばは口にしなかった。そしてまた、いささか得意としたことであるが、ひとことたりとも舌足らずのことばも口にしなかった。誤解が入りこむ余地はない。総計を終え、キッパリと声高に言いたした。「この残りが個々の書物と生計に消費したものだ」

　この瞬間、テレーゼは溶け、奔流となってドアから流れ出る。廊下を過ぎて台所に注いだ。そして床《とこ》に就くときまで泣き続けた。あらためて強《こわ》い外套を脱ぎ、椅子にかけ、竈の前にしゃがんでさらに泣いた。八年間、家政婦として寝起きしていた隣室の小部屋が、眠りをさそいかけた。しかし、あまり早く悲哀を切り上げるのは品位に悖《もと》る気がしてて、その場を離れなかった。

　翌日の午前、テレーゼは哀しみのなかで下した決意の実行を開始した。おのが三部屋を鍵で閉鎖し、書斎から遮断した。災難の始まり。人間にはよくあることだわ。でも、ともかく、三部屋はあたしのものだし、なかの図書だってそうだ。家具は夫が死ぬまで使いたくない。大事にしなくてはならない。

　日曜日の残り時間、キーンは書卓に向かって過ごした。

みずからを励まして仕事に駆り立てた。ようやく難問を片づけたのだから。だが新たな蔵書に対する渇仰に苦しめられた。欲望は芽をふき、間断なくうごめいて、その結果、書棚と書物ごと書斎は色褪せ、みじめなものに思えてきた。繰り返し卓上の日本の手記本に手を差しのべた。そのたびに手は背いて、直ちに遁走する。なんとしたこと。これはどういうことか？　十五年来、親しく馴染んできたものであるのに。昼夜とわず食欲を忘れた。終日、書卓を離れなかった。書きさしの原稿に、およそ習慣に反して、無意味な図絵を描いていた。朝六時前後、ガックリと首を落とした。日頃の起床の時刻に巨大な図書館を夢に見た。ヴェスヴィアスの噴火口の傍に、火山観測所に代えて建てられていた。おびえながらキーンは火口に入り、あちこち徘徊しながら、八分後にあるはずの火山の噴火を待った。不安は果てしなく、応じてキーンの歩みにも終りはなかった。破滅までの八分間はそのまま時刻の幅を縮めなかった。目覚めたとき、隣室へのドアは閉ざされていた。凝然と見た。書斎は以前と変らない。ドアが何あろう。すべてはもとのままであった。ドアも部屋も書物も原稿も自分自身の学問も生活も。

空腹のあまり、ややよろめいて立ち上がり、廊下に出るドアを開けようとして、錠が下りていることを発見した。何か食物をとりに行こうとした意図に気がついて、衰弱していたにもかかわらず、羞恥を覚えた。人間行為の階梯において食べることは最下位に位置している。食事につきものの儀式とても、所詮は現実の哀れむべき実体を糊塗するものにすぎない。ところで自分のこの行為には契機があったことを思い出した。ドアをゆさぶる当然の権利があろうと判断した。空っぽの胃と肉体の緊張に誘発され、昨日、いち、に、と数えた際と同様に、泣きださんばかりの情況に近づいていた。だが今日は、泣くにさえ力足りない。ただ哀れっぽく金切声をあげた。「食べたくなんぞない。食べたくなんぞない！」

テレーゼは言った。「あたし、聞いたわ」既に暫く前からドア越しに待機して、一切の夫の行動に聴耳をたてていた。食物がもらえるなどと思ってもらいますまい。家に一文の金も入れないひとに食べる権利があるかしら？　これをはっきり言ってやらなくては。夫が食事を忘れてやしないかと心配になっていたところ。当人が拒否したわ。テレーゼはドアを開け、決定事項を伝達した。あたしの住居を汚されたくないの。あたしの部屋の前の通路はあたしの所《も》有《の》じゃなくて？　裁判にかけてもいいわ。街中の通り抜け禁止路地を知らないの？　こまかく折りたたんで握りしめていた紙片を開き、皺をのばして読みくだした。「許可ナキ者ノ通行ヲ禁ズ」

テレーゼは往来《そと》に出て、仏頂面の肉屋と野菜売りの女から、食料一人分を買ってきた。それは高くついた。その代り、数日分に引きのばせる。不審顔には意気揚々と言い放った。「今日から夫には食事なしですの！」　肉屋も野菜売り女も客も店員も目を丸くした。次に、通り抜け禁止路地の注意書きを鉛筆で写しとった。ためつすがめつ書く間、買物袋は汚ない路地にじかに置いた。

戻ったとき、夫はまだ眠っていた。ドアに錠を下ろして待ち構えた。いまやこうなったからには、すべてを言い立てる。あらがいは無駄。台所と便所への通路は使ってもらいますまい。少しでも汚したら、そのたびに自分で掃除すること。あたし、女中じゃないわ。裁判にかけてもいい。外出には、あとをきちんとしてから出て行ってもらいたい。きちんとする仕方なら、あたしが教える。

キーンの抗弁を待つことなく、テレーゼは壁に身体を貼りつけて戸口にすり寄った。外套がこすれた。廊下のうち、自分の所属に入る部分をこすらなかったことは確かであった。台所にすべりこみ、小学校以来の白墨をとり出して、通路に太い線を引いた。「これは臨時のもの」と念をおした。「あとでペンキを引くわ」

空腹に起因する頭脳の混乱の結果、一体何がどうなのやらキーンには摑めなかった。妻の行動は無意味極まる。ここはヴェスヴィアスの傍か？　いやいや、ヴェスヴィアスの傍では八分後の不安があったが、妻などはいなかった。ヴェスヴィアスはさほど悪くない。難儀《ノート》と言えば噴火のことだけ。その間に自分の便意《ノート》は高まった。堪え切れず、キーンは白線を無視して踏み出した。大股で目的の場所に至った。テレーゼは追いすがる。その激昂はキーンの便意に等しく高揚していた。摑みかかった。キーンは跳躍し、世の習慣通り、固くドアを閉じた。そこへはなんぴとの手もとどかない。テレーゼはドアをゆさぶる。繰り返し、金切声をふり絞った。「裁判にかけるわ！　裁判にかけるわ！」

無駄だと気づいて、台所に退いた。竈の前で――ここに坐ると、いつも名案が浮かぶ――冷静に返った。いいわ、通行を許してやろう。やはり夫にだって行かなくてはならないところがある。でも、代償は何？　何が得られるかしら？　何一つ与えようとはしない。何もかも、汗みずくになって稼がなくてはならない。通行を許すからには、書斎の一部を返礼にしても当然。あたし、自分の部屋は後生大事にしなくてはならない。だけど寝室はどうする？　三部屋には鍵をかけた。旧の小部屋も閉ざすわ。あそこにはだれも入れない。残るのは一部屋だけ。書斎しかないわ。ほんと、他にあるかしら？　あたし、ピカピカの通路を犠牲にした。夫は当然、書斎の一部を出すべきだわ。以前、家政婦が使っていた小部屋からベッドを移す。その代り、夫が便所に行きたければいつでも行かせる。

往来に駆け出て、走り使いを一人連れてきた。玄関番は夫に小銭をつかまされているので信用ならなかった。

妻の罵声が止むやいなや、疲労困憊のあまりキーンはそのまま眠りこけた。やがて目覚めたとき、五体に新鮮な力を感じた。台所に赴き、平然としてバター・パンを食べた。ようやく書斎に戻ったとき、そこは半分方、縮小していた。中央、はすかいに移動式の衝立《ついたて》が立てかけてあった。その背後、旧の家具一式にとり囲まれてテレーゼがいた。配置し終って満足げに検分していた。走り使いが出て行ったところ。法外な礼金をふっかけたけれど、半分渡したきり、追い出した。いい調子、ただ衝立が気に入らない。まるで滑稽だわ。片側《かたがわ》はまっ白の無地、他の側には曲がった鉤がぶらさがっているきり。夕焼けのまっかなお陽さまの方が、ずっとましじゃないかしら。上端の笠を指して言った。「こんなもの要らない。あたしなら、もぎとるわ」キーンは黙していた。のろのろと書卓まで歩き、その前の椅子に、かすかにうめきながら崩れた。

数分後、跳ね起きた。図書室の書物に異状がないであろうか。確認したかった。それは愛情からと言うより、むしろ旧来の義務心に発した配慮であった。もはや昨日以来、所有の叶わぬものと分った書物群に対してしか、やさしみを覚えなかった。ドアに達する直前にテレーゼが立ちふさがった。衝立ごしに、いかにしてこちらの動きを察知したのであろう？　わたしの脚に勝って敏速に外套は妻を前進させるのであろうか？　ドアにも外套にも手を出すことを差し控えた。決断がことばに結晶するよりも早く、妻は既にわめき始めていた。

「こんなことってあるかしら？　あたしがちょっとやさしくして通行を許してあげたら、部屋まで自由だと思いこむなんて。契約書があるわ。明々白々よ。ドアの把手に手なんか触れてもらいますまい。入れてなどあげないわ。鍵はあたしが持ってる。貸さないわ。把手はドアの一部、ドアは部屋の一部、部屋はあたしのものだわ。指一本、触れさせないわ！」

キーンは狡猾な腕の動きで妻のことばを薙ぎ払う。その際、偶然、外套に触れた。テレーゼは、さながら救助を求める者のごとくに、こん限り咽喉を絞って叫喚した。

「外套に触ってもらいますまい！ 外套はあたしのものよ！ だれが外套を買ったのかしら？ あたしだわ！ 裏打ちしてアイロンがけしたのはだれ？ あたしだわ！ ドアの鍵はどこへ行ったのかしら？ 外套の中に入りこんだのかしら？ 鍵自身はそんなこと、知らないわ。あたし、鍵を出さない。夫が外套を引き破って、秘密のポケットを探しても無駄よ。そんなもの、ないわ。鍵はそんなとこに入れてないわ！ 妻は夫のために、身を粉にして働いているのに。外套にさわらせないわ！ 外套にさわらせないわ！」

キーンは頭をかかえた。「ここは瘋癲院か！」と小声で抗議した。テレーゼには聞こえなかった。蔵書を瞥見すれば事はすむ。ドアを目指した目的を思い出した。いま敢えてなすことはない。いかにして境界を越すか？ 妻の死体を踏んで越えてまでも？ 死体としても、鍵なくしてなんの甲斐があろう！ 鍵を隠匿するとは狡知極まる。鍵さえあれば苦もなく開け放つであろう。妻に不安などさらさら抱かぬ。まず鍵を与えよ、さらば一撃のもと、床に殴り倒してくれよう。

ここで争ってみてもいささかの展望も開けぬと知り、キーンは書卓に戻った。さらに十五分間、テレーゼはドアの前で見張っていた。依然、金切声をあげていた。書卓に退却するという、意想外の穏和な戦術にも惑わされない。声が嗄れ始めてようやく諦め、しずしずと衝立の背後に退いた。

夕方までそこから出なかった。ときおり、きれぎれの声をたてた。それは夢の破片にさも似ていた。そのあと、沈黙があった。キーンは安堵した。だがそれもほんのつかの間。ういういしい空虚《うつろ》と静寂《しじま》のなかに、突如、割りこんで響いた。「ペテン師には縛り首だわ。まず言い寄って、遺言書を渡さない。でも、ほら、プダさん、急がば廻れって言わないかしら？ 遺産がないふりをするなんてペテンだわ」妻の声ではない、とキーンは考えた。過敏な聴覚の起こす幻聴、俗に言う空耳《そらみみ》である。声が止み、推測が確認された。これでようやく目の前の文書を繰ることができよう。最初の一行を読んだとき、再度幻聴が始まった。「あたしが何か悪いことをしたかしら？　ユダは悪党だわ。本だって売れればなかなかの値になるはず。世の中は悪くなる一方だわ。甥御さん、上機嫌だった。老耄女は乞食そっくり。急《せ》いてはことを仕損じるって言わないかしら。鍵はあたしのもの。人間ってそういうものよ。あたしに鍵をくれたひとがいるのかしら。たのむだけならだれでもできる。大金をかけてもみんな無駄だわ。腕力を振るうなんてだれでもできる。外套にさわらせないわ」

まさしくこの最後のことば、つい最前までかん高く耳を刺したこのことばによって、幻聴ではなかったことに気がついた。記憶が甦る。生々しく、満ち足りた思いを揺曳させて戻って来た。病み、六週間というもの、妻の朗誦に苦しんだ。あのとき、セリフは一字一句変らぬ永遠の繰り返しであった。そっくり暗記した。正確に言えば、暗記することにより妻を完全に支配した。次にどのことば、どの語が来るか、苦もなく察知した。日々玄関番が来訪して、妻をしたたか殴りつけた。指を折って数えた。素晴らしい時期であった。大昔のことに思える。なんと、ほんの一週間前のこと。いまのこの灰色のときを、あの黄金の時期と分つ奈落は何故に生じたのか。おそらく究明を進めたならば、原因を把握し得たであろう。だがこのとき、またもや朗誦が始まった。無意味なことばの羅列にしかすぎないが、なんという暴力的な支配力か。これは暗記させせない。呪縛されながら、それが何によるのかキーンは知らなかった。

夕刻、飢えが彼を解放した。何か食物があるかどうかをテレーゼに尋ねることはよしにした。こっそりと、みずから判断したところ足音ひとつ立てず、書斎を抜け出した。料理店に来て、ようやく視線を周りにやった。無論、いない。見事に妻を撒《ま》いた！　婚姻の仲ではない男女二人連れと合席で、そそくさと座を占めた。せめて晩年には特別室で食事したいもの。溜息が出た。奇妙ではないか。食卓になく、シャンパンはなく、前の二人はふとどきな姿態をとることなく、ただ黙々とカツレツとコテレットをむさぼり食っているとは。世の男たちはなべて女にかかずらうことしか知らないはずである。前の男はひたすら食欲のままに溺れ、生来の意欲を忘れている。おそらくは空腹のせいだ。キーンは給仕がメニューを持参し、その当人、けだしこの道の専門家が確信もって是とするものをもたらすことを期待した。専門家は瞬時にみすぼらしい服装の客を見定め、痩身の紳士のうちに潜んだ大の食通を識別し、直ちにとびきり値の高い料理をもたらした。このとき店内のすべて愛し合う男女二人の視線はキーンの食事に集中した。注視の中で紳士は、料理の味はまたとないものであったが、いかにもいやいやながらという風に口に運んだ。キーンにとって《食事をとる》とか《口に運ぶ》などのことは、もっとも無意味な作業にほかならず、そのため、冷淡そのものの表現しかこれに当てなかった。食物なる物体に対して蔑視をもってし、この理論を次第に充実感を覚えつつある精神を馳せて壮大に展開した。満腹とともに自負心が回復した。うれしく、おのれのうちにひろやかな性格を確認し、妻はむしろ同情にあたいすると、みずから言い聞かせた。

　同情心のあるところをテレーゼに知らしむることと、帰路、考えた。戸口のドアを音高く開けた。書斎に明りがないことは廊下からも知れる。テレーゼは既に眠っていると思っただけで歓喜にうちふるえた。そろそろと、注意深く、骨張った指が掛金に触れて音を立てはしないかと恐れながら、書斎のドアを開けた。妻に応分の同情を寄せるという意図を、もっともまやかし多き瞬間に思い出した。実践あるのみ、と考えた。同情より妻の眠りを覚ますまい。なお暫くは性格を保持し得た。明りをつけず、爪先立ってベッドに向かった。脱衣しながら、上衣の下にチョッキを、チョッキの下になおシャツをつける人間社会の習慣が腹立たしかった。これら衣服はそれぞれ特有の音を立てる。常にあるベッドの傍の椅子がない。探すのはやめ、衣服はじかに床《ゆか》に置いた。妻のすこやかな眠りを守るためならば、ベッドの下に這いこむのも厭わなかった。いかにすればもっともすみやかに床《とこ》に就かれるか思案した。頭が肝要の部分であり、足は頭からもっとも遠いからには、このなかんずく軽量の部分をまずやることと思い定めた。一方の足は既にベッドの端にあった。軽快なひとっ跳び、他方の足がこれに続くはずである。頭と上半身が、瞬時、空《くう》に漂い、やがて堪まらず、枕の位置する方角めがけて落下した。キーンはそこに何か奇妙にやわらかいものを感触した。とっさに《押し込み！》と考えて、即座に眼を閉じた。

押し込みの上に乗っていたにもかかわらず、キーンは身体を動かさなかった。不安に慄え、おののきながらも、押し込みが女性であると察知した。この異性と、このいまの時刻とが、夜に深く沈んでいることに、あわただしく、まだおぼろげな安心を得た。殺人者のたむろする洞窟さながらの、心のはるか内奥で、身を守れ、と声がする。だがキーンは拒否した。見かけ通りに押し込みが眠りこけているならば、慎重に身体を離し、衣服を拾い上げ、ここを出よう。玄関番のもとで着衣すればよい。彼を伴い、直ちに戻ることは見合わせる。永く永く待とう。しのび出る足音を聞いてから、跳びこむ。その間に押し込みはテレーゼを殺しているだろう。テレーゼは身を守ろうとする。抵抗なしには奪わせはしない。それが故に殺される。いや、既に殺されている。衝立の背後で血に染んで横たわっている。押し込みが失敗しないでいてくれたら。警察が来る頃、あるいはまだ死にきっていないかもしれない。そして罪を夫に転嫁する。念のため、もう一撃を加えるべきではないか。いやいや、無用だ。疲れはて、押し込みはうたた寝している。押し込みはそうやすやすと疲れないはずである。すなわち、壮絶な争いがあったのだ。押し込み、それは強靭な人だ。敬意にあたいする人。自分には叶わぬところである。あるいは相手が異なればわたしを上着でくるみこみ、窒息死させようと図っていたかもしれぬ。想像しただけでキーンはあえいだ。そうとも、これは女の企みだ。わたしを殺そうと企んでいた。妻はみな夫を殺したがる。妻は遺言書を欲しがっていた。もしや手渡していれば、ここに死体となっていたのは自分の身体であるはずだ。人間とは邪悪な獣ではないか。いや、女とはと言い直す。真理を逸脱してはならぬ。自分はいまなお妻を憎んでいる。離婚する。たとえ妻が死んでいようともだ。わたしの姓で埋葬させるわけにいかない。断じて拒否する。結婚していたことを人に知られてはならぬ。玄関番には口止め料をつかませよう。この結婚はわたしの名声を傷つけるものにほかならない。まことの学者がかような愚を犯すであろうか。甘言に乗せられたことは事実だ。妻はみな夫を欺く。死者については《デ・モルトゥイス》、善く言うにあらざれば何も語るな《ニル・ニシ・ベネ》。ただ死んでさえいてくれたら！　それ以上は願わぬ！　確認しなくてはならない。仮死ということもある。殺人者の腕が拙い場合、よくあることだ。史上、数多くある。不運とはこのことであろう。キーンは不安になった。もしまだ生きているならば殴り殺そう。当然の権利だ。妻はシルツィンガー蔵書をはかない夢と化した。こちらが復讐する番である。だれが押し込み、殺害するとしても、最初の一撃はわたしの権利であったはずだ。その権利が無視されたのならば、最後の一撃を下すであろう。殴るのだ。殴れ！

激怒に慄え、身を起こした。その瞬間《とき》、したたかな平手打を喰らった。キーンはあやうく殺人者に《シー！》と注意するところであった。押し込みは猛り立った。妻の声に酷似していた。みことめに疑問は氷解した。殺人者と死体とは同一の人物であった。非をさとり、キーンは沈黙した。そしてむやみやたらに殴られるがままになっていた。

キーンが出て行った直後、テレーゼはベッドを交換し、衝立を遠去け、残りの家具類すべてを逆さまにした。見事やり終えたこの作業の間じゅう、絶えずつぶやいていた。思い知らせてやる！　思い知らせてやる！　九時になっても夫は帰って来なかったので、ちゃんとした人間の習慣通り、床についた。夫が明りをともす瞬間、その不在中に溜めこんだ罵倒語すべてを口にしよう。明りをともさず、ベッドに入りこんできたならば、あのことが終るまで罵倒を控えるわ。テレーゼはちゃんとした女であったので、あとの方はまずあり得ないと予想した。傍で騒々しく夫が衣服を脱ぎ出したとき、息がつまった。罵倒を忘れないために、《これが男かしら？　男じゃないわ！》と無理にも考え続けた。突如、夫の身体がかぶさってきたとき、声をあげなかった。跳びのきかねないと恐れたから。かぶさっていたのはほんの暫くであったにもかかわらず、数日間のことに思えた。夫は身体を動かさない。それは羽根のように軽かった。テレーゼはほとんど呼吸をとめた。期待が刻一刻と怒りに変わった。夫が身を起こしたとき、手から飛び去って行く身体を感じた。憑かれたごとくにむしゃぶりついて、あらん限りの大声で罵りかけた。

殴打とは乱行に我《われ》を忘れかけた倫理性へのバルサムである。痛みが過重とならない限り、わが身は妻の手のおもむくままにゆだねよう。キーンは与えられるべき名称を待った。正確を旨として命名せよ。自分は何者であったか？　しかり、死体冒瀆者。浴びせかけられることばのおだやかなことに一驚を喫した。意想外である。当然の名称が出て来ない。妻の思いやりか？　最後の一語にとってあるのか？　これでは応じるべき行動がとれないではないか。《死体冒瀆者》とひとこと言ってくれれば、直ちに首肯し、告白もておのが罪を償うであろう。知識人にとって告白は殴打よりはるか意味深い。

打擲は終了する気配がない。多すぎると思い始めた。骨が疼く。ひたすら凡庸で、ただただ汚ならしいのがとりえのことばに夢中になって、妻は《死体冒瀆者》の一語を見出せないでいるらしい。身を立て直し、拳と肱とをかわるがわる突き出して殴りかかる。強壮な女である。数分後、テレーゼは腕に疲労を覚えた。名詞群から成り立っていた罵倒語を《こんなことってあるかしら！》の完結した句に代えて、それをしおに夫をベッドから突き落とした。その際にも逃亡を阻むために頭髪をしっかり握っていた。ベッドの端に腰を据え、暫時、思うさま床上の身体を踏みつけた。そのうちに腕の疲労が回復した。夫の腹に仁王立ちして、このたびは「まだまだ！　もっとよ！」と声をかけ、左右の足を交代させせつつ蹴りとばした。キーンの意識は次第に失せていった。まず妻への当然の贖いを忘れた。長身であることを残念に思った。小さく痩せろ、とつぶやいた。小さく痩せろ。そのときにはたいして殴る場所がないだろう。彼は折れ、崩れた。傍に妻がいる。まだ罵っているのだろうか？　床を踏み鳴らし、ベッドを叩く。その堅い音を耳にした。テレーゼには夫が目に入らない。こんなにもちっぽけだ。「傴僂《せむし》！」と罵った。もっけのさいわいではないか。あわただしくキーンは身体を丸めた。粛々と縮む。もはや妻の目にとまらない。こんなにも小さいのだから。キーンはおのれを消失させた。

テレーゼは強く正確に殴り続けた。やがて息を切らせながら、「小休止だわ」と言った。そしてベッドに腰かけて、足の作業にまかせた。これでは利き目がやや弱いのだけれど。次第にテンポを落とし、遂には中止した。と同時に、罵倒語も尽きた。沈黙した。夫は身動きひとつしない。打ちのめされた思いがした。夫の静まりの背後に悪辣な企みを感じた。攻勢から身を守るために脅しつけた。「あたし、告訴する。裁判にかけるわ。夫は襲いかかったりしないものだわ。あたし、ちゃんとした主婦よ。襲うと十年の刑だわ。拘引って新聞では書かれているわ。あたしには証人がいる。裁判記事だってよく読んでるわ。動いたら承知しない。へたばった真似ならだれにもできるわ。何をしているつもり？　ひとことでも口をきいたら、玄関番を連れて来るわ。わたしの味方だわ。妻はひとりぼっちよ。暴力を振るうなんてだれにもできる。あたし、離婚するわ。この住居はあたしのものよ。罪人は何ももらえないわ。怒ってみても始まらないわ。あたしが一体、何をくれって言ったのかしら？　あたしから何もかもとりあげる。これが男のすることかしら？　ベッドで妻を驚かすなんて。あたし、もう少しで死ぬところだったわ。あたしが死ぬと面倒なことになるわ。夜着さえ持ってないのね。あたしには関係ないわ。夜着もつけずに寝ている。見れば分るわ。みんな、あたしの言うことを信じるわ。あたし、摑まったりしない。あたしにはプダさんがついているわ。プダさんには太刀打ちできない。だれもプダさんにはかなわないわ。あたし、プダさんに言いつけてやる。プダさんはあたしのものよ」

夫は頑固に黙り続けていた。「やっと死んだ」とテレーゼは言った。これを口にしたとき、いかに自分が夫を愛していたかに気がついた。傍にひざまずき、乱打と足蹴りの跡を探した。暗すぎるので明りをつけた。三歩離れたところからでも見てとれた。夫の身体はしどけなく乱れていた。「なんてこと、恥ずかしくないのかしら」と詰問した。だが声に慈悲をこめた。ベッドから敷布をとり——思わずおのが下着をとってかけてやろうとしたほどであった——丁寧に夫をくるんだ。「これでいやらしく見えない」と言い、やさしく、子供に対しているふうに、キーンを抱き上げた。ベッドに運び入れ、暖かく寝かしつけた。「風邪をひいては駄目」とおのが敷布も惜しまなかった。傍にいて看病したかったが、夫の眠りがあまりにも安らかなので、諦めた。明りを消して眠りについた。敷布がないことをうらみがましく思わなかった。

硬直

沈黙と、半ば麻痺したなかで二日過ぎた。我《われ》に帰るやいなや、キーンはひそかに、おのが不運のいかほどであるかに思いを馳せた。あまりに数多く殴られすぎたと言えるであろう。その結果、精神が屈伏した。せめて十分間、殴られた時間が少なかったならば、自分はかならずや反撃に転じていたはずだ。おそらくテレーゼ自身もこれを察し、だからこそ執拗に殴り続けた。衰弱のなかでキーンは何も願わなかった。ただ一つ、さらなる殴打を恐れていた。妻がベッドに近ずくや、懲らしめにあった犬さながらに痙攣を起こした。

妻はベッドの傍の椅子に盛り切りの皿を置き、身を翻して去った。キーンは再び食事が与えられるとは思ってもみなかった。夫が病むとなると、妻はこんなにも愚かなのだ。這い寄って、妻の心づくしの授けものをむしゃぼり食った。夫の飢えた口の舌づつみを耳にして、テレーゼは「お味はどう?」と尋ねたい欲望に駆られた。だがこの喜びはとっておき、その代り、十四年前に少々のものを施してやった乞食のことを考えた。あの乞食には手もなく、足もなかった。あれでも人間だなんて。まるで甥御さんそっくりだった。もともとテレーゼは他人《ひと》には何も与えない主義だった。他人はみんなペテン師ばかり。こちらでは片輪者。でも家に帰ればぴんしゃんしている。そのとき乞食は言った。「旦那様の御機嫌はいかがですかな?」名言だわ! 十シリングだって惜しくない。手ずから帽子の中に入れてやった。ほんとの貧乏人。だけど、施すのは好きじゃないわ。普段はしない。例外よ。このたびの夫の食事も同じこと、例外だわ。

キーン、この乞食は激痛に見舞われていた。しかし、辛うじてうめきを上げるのをこらえていた。首をねじってテレーゼを凝視し、その一挙一動をうろんげに眼で追った。鈍重な身体であるにもかかわらず、妻は足音を立てず、敏捷である。あるいはかくも突然に現われて、同じく突然姿を消すのは、書斎に対して何か思惑があるからではなかろうか? なんという邪悪な目つきであることか。まさしく猫の目だ。何か言いたげにして口ごもるとき、猫のミャオミヤオさながらに響くではないか。

血に飢えた虎が、若い娘の肌と衣服をひっかぶり、獲物を物色中。すなわち街路に立ってシクシクと泣いていた。ひとりの学者が娘の美貌にひかれ近寄った。娘の巧みな詐術のままに学者は同情を注ぎ、おのが多くの女房の一人として家に引きとった。剛胆な学者は、平然として娘の傍でぐっすりと眠った。ある夜、娘は虎に戻り、娘の肌を投げ棄てた。そして学者の胸を引き裂いた。心臓を抉《えぐ》って咬い窓を出て、姿を消した。床につややかな肌が残されていた。女房の一人がこれを見つけ、咽喉が破裂するほどの叫びをあげた。やがて女はへめぐったのち、地方一の力持ち、町の広場の屑溜めに住む狂人の手に落ちた。その足元で小半日、身もだえをする。公衆の面前で狂人は女の掌に唾を吐きかけ、女はそれをひと息に呑みこまなくてはならなかった。何日も涙して悲しんだ。心臓を欠いていようと、なお学者を愛していたのだから。その者のために呑みこんだ汚穢を種として、女の暖かい胸からいまひとつの心臓が生え出た。これを学者に与えたとき、彼は再び女のもとに戻った。

中国には愛し続ける女がいる。キーンのところには虎がいるだけだ。この虎は若くもなく、美しくもなく、つややかな肌の代りに強い外套を身につけて、学者の心臓よりも、むしろその骨に関心を持っている。もっとも悪辣な中国の精霊でさえ血肉あるテレーゼよりも振舞いが優雅と言える。ああ、もし妻が精霊であるならば！ そのときには、もはやわたしを殴ることができぬ。おのれの肌を投げ棄てたい。喜んで妻に与えよう。心ゆくままにそれを殴るがよい。わたしの骨には休息が必要だ。回復の時間を与えねばならない。骨なくしては学問研究も適《かな》わない。妻はついむこうの自分のベッドをわたしのこれと同じようにしつらえているのであろうか？ あの拳を受けても床は崩れなかった。この建物は風雪を経てきた。古い。そしてすべて古いものが常にそうであるように、頑丈そのものである。例えばの話、妻こそこの建物にうってつけの人間だ。虚心に観察せよ。妻は虎であるからには、その能力はいかな女のそれをも凌駕する。玄関番の仕事をもなし得るであろう。

ときに夢のなかで、キーンは執拗にテレーゼの外套をつつき、落とした。妻の足には委細構わず引きずり上げる。突如、手には鋏がある。外套を縦横に切り裂いた。入念に鋏を動かす。外套が千々《ちぢ》の布切れになった。だがなお、その一つ一つは大きすぎる。妻はおそらく縫い合わすのであろう。キーンは目を伏せたまま、さらに作業に没頭した。布切れすべてを四分の一に切る。そしてでき上がった袋一杯の小さな青い切れ端をテレーゼに浴びせかけた。いつ、どうして袋の中に収まったのか？　風がきて切れ端は舞い、キーンの身体に散りかかった。彼は感じた。青い瘤、と。身体一面に青い瘤。キーンは烈しくうめいた。

テレーゼはすり寄って問うた。「どうしたっていうの？　うめくことないわ」　妻は青ずくめに着こんでいる。瘤が妻にも移り、ふくれ出たのか？　奇妙だ、とキーンは考えた。瘤は全部、わたしの身体にあるはずなのに。もはや彼はうめかなかった。とまれテレーゼは満足した。思わず知らず、おびえた犬を思い出した。叱咤を受ける前に、はやばやと這いつくばっていた。あたりまえだわ。

数日たつかたたぬうちに、瘤だらけの身体に疼く苦痛と同じく、三食ともに一皿盛り切りの食事がキーンにはわずらわしくなってきた。ベッドに近づいてくるときの刺すような妻の眼を感じた。はや四日目に、テレーゼは食物を与える気持をなくしていた。寝ているだけならだれにもできる。手順を省いて毛布ごしに夫の身体を検査して、全快は目前と診断した。身体を折り曲げないではないか。痛みがないしるし。もう起き上がってもいい頃だわ。食事の世話など要らない。「お立ち！」と号令をかけたかった。しかし、すると夫がガバッと起き、毛布と敷布を剝ぎとって、身体中の青痣を見せつけはしないかというおぼろげな不安があった。まるでみんなあたしのせいみたいに。そのために黙っていた。翌日、食事を半分に減らし、さらにわざとまずく料理した。キーンは食事の変化には気がつかなかったが、妻の変化には気がついた。さぐるような妻の視線を誤解して、またしても殴られるものと恐れた。ベッドでは身体を守るすべがない。横たわったままだ。上下とも拳がくれば命中する。左右ならば打ち損じがあるかもしれぬ。だがこれとて、しかとは言い切れない。

さらに二昼夜を経て、不安は凝縮して立ち上がるべき意志と化した。キーンの時間の感覚は萎《な》えていなかった。いつなんどきでも何時であるか承知していた。一挙に秩序を回復する用意があった。その朝、六時きっかり、ベッドを離れた。頭骨《ずこつ》の中で、乾いた木材に罅が走るのに似た音がする。骨は番目《つがいめ》を失っていた。足はすこぶる心もとない。

左右によろめき、ようやくのことで転倒だけは免れた。ベッドの下から引き出して、一つ一つ、衣服を身につけた。全身が被覆を喜び迎えた。これぞ甲冑。拳からの大事な保護壁だ。身体の均衡の維持に努める両脚の動きは、意味深い舞踏に似ていた。苦痛という名の小悪魔に追われながらも、大悪魔たる死神の手は逃れ、キーンは舞い踊りつつ書卓に近寄った。興奮のあまり、少々の眩暈《めまい》を覚えながら腰を据えたが、なお暫く、手足が落ち着きの場を見つけ、その本来の機能に復すまで時間《とき》を待った。

テレーゼは仕事がなくなって以後、九時まで眠った。主婦だもの。世の中にはもっともっと寝坊する主婦だっている。六時に起き出すのは女中だわ。しかし目が醒めるのは早かった。それにひとたび目覚めると、財産のことを思って焦ら立った。どっしりした鍵束の重量を胸に感じるためには、外套を着なくてはならない。殴打騒ぎのあの夜以来、適当な解決策を見出した。夜九時、ベッドにつくや、鍵は乳房の間に挾む。二時までは眠りこまないように気を配って、二時きっかりに起き上がり、鍵を再び外套に収めた。だれも知らないところ。それから寝入る。永らく気を張っていた疲労のせいで、朝九時まで熟睡できた。ちゃんとした家庭《うち》ではみんなこうだわ。こまごまと用がある。あと仕末は女中の仕事。

この結果、キーンはテレーゼに気づかれずに床離れに成功した。書卓から妻のベッドを監視する。妻の眠りこそ、彼にとって貴重この上ない財宝であり、その三時間、幾度となく肝を冷やしてはおののいた。テレーゼは夢遊という得難い機能に恵まれていた。夢の中で何か美食を口にすると、ゲップを出し、吐息をついた。そして「こんなことってあるかしら?」とことばを添える。それはテレーゼだけが知ることに係わっていた。だがキーンはわがことと判断した。テレーゼは体験のなかを前後左右に駆けめぐる。そのたびにベッドがきしみ、キーンはうめいた。テレーゼが目を閉じたままニヤリと笑うとき、彼はあやうく泣きださんばかり。にやにやが高まると、それはわめく顔に見えた。すると笑いたくなる。もし慎重でなくてよいなら、事実、笑ったはずだ。驚いたことに、妻がブッダに呼びかけるのを耳にした。われとわが耳を疑った。繰り返し、聞いた。「プダさん! プダさん!」泣声が混入した。プダさんがだれのことかをキーンはようやく理解した。

毛布から手が突き出るたびに、キーンは痙攣した。だが妻は殴らない。ただ拳をつくるだけ。どうしてだ、一体自分が何をした、とキーンは自問する。みずから答を返した。妻の既に知るところ、と。妻の精妙な感覚を畏怖した。自分の犯罪は手ひどく罰せられた。過分の贖いはなされた。しかし犯罪が忘れられてはいない。テレーゼは常に鍵が収まっているはずの個所を摑んでいた。外套に代る毛布をおさえ、——実際、そこにはなかったが——鍵を見つけた。重々しく掌をその上に置き、撫でさすり、弄び、指を代えて挾みこみ、歓喜して、しとどに汗をたぎらせる。理由なくキーンは赤面した。テレーゼの太い腕は夜着の袖ぴったりにむっちりと張っていた。袖飾りは同じ部屋に眠る夫のためにあった。それはおしひしがれているようにキーンには思えた。小声で気がかりなこのことばを口にした。《おしひしがれて》と耳にした。話したのはだれか？　あわてて首をもたげ、眼を妻にやった。自分がいかにおしひしがれているか、他にだれが知ろう？　妻は眠っている。その閉ざされた眼を怪しんだ。息をつめ、次のことばを待った。《これほどの厚顔があろうか？》と考えた。《覚めた女の顔をまじまじと凝視するとは！》危機の接近を予知する唯一の手段であるが、キーンはみずからこれを禁じ、恥じらった少年さながら視線を落とした。精一杯に耳を開いて——と、思われたのだが——容赦ない罵倒を覚悟した。ただ安らかな寝息を聞いた。妻は再び眠りこんだのだ。十五分後、逃げ出す用意は怠りなく、おずおずとキーンの眼玉はテレーゼにすり寄っていく。独創的な接近法だと考えて、おのずから誇らかな思いがした。わたしはダヴィデだ。眠りこけたゴリアテを見張っている。所詮、敵は愚鈍の者だ。最初の闘いにおき、なるほどダヴィデはおくれを取った。しかしながらゴリアテの腕《かいな》さえ逃れたならば、未来の勝利ははたしてどちらに輝くか？

未来、未来か。だがいかにして未来へと飛躍するのか？　現在を疾走せしめよ。過ぎ果てたとき、すなわちそのとき、現在はもはや無にひとしい。ああ、現在を一挙に追いやることさえできたら！　われわれはあまりにも未来に生きようとしない。世界の不幸はけだしここに起因する。今日殴られることは、百年後、いかなる意味を持ち得るであろう？　現在をすみやかに過去と化せ。瘤は苦痛を失うであろう。苦悩は現在の咎による。わたしは未来を待望する。それはより多くの過去を孕むであろうからだ。過去はよい。だれをも苦しめない。二十年間、自由きままに過去のなかで生きてきた。しあわせであった。現在のなかではだれがしあわせを感じようか？　もしわれわれが感覚を持たないならば、現在をもまた堪え得るであろう。そして記憶を通し——つまり過去のなかで——生きる。初メニ言葉アリキ。過去形《アリキ》である。ことばの前に過去が伏在した。わたしは過去の全能に叩頭しよう。カトリックの偉大を否定しない。しかしあまりにも過去が少ないではないか。たかだか二千年。しかもそのうち、仮構された年月を含んでだ。その二倍、あるいは三倍の過去を誇る伝統と較べれば、何ほどのものであろう？　カトリックの司教はエジプトのミイラに劣る。ミイラは死んでいるからこそいきいきと過去への崇高な思念に耽る。ピラミッドが聖ペテロ教会よりもなお完全に死んでいると言えるであろうか？いや、逆だ。なおも見事に生きている。一層老齢であるが故に。過去はスプーンで呑みこんでしまったとローマ人は信じていた。かれらは父祖たちに畏怖献納を拒んだ。まさしく神への冒瀆である。神とは過去の謂だ。わたしは神を信じる。いつのときか、ひとは感覚を記憶に溶き、なべての時間を過去に解体するであろう。そのときもはや唯一の過去しかなく、それは人すべてを繋ぎ、そしてだれもが信じるであろう——過去を。

　想像のなかでキーンはひざまずき、苦悩を秘めて未来の神、すなわち、過去に祈る。祈りのことばはとっくに忘れ果てていたのだが、神に直面して思い出した。祈りの最後に、現実にはひざまずいていないおのが無礼に赦免を乞うた。神こそ御存知のはず。いまは戦時であり、戦時には《ア・ラ・ゲル・コム・》戦時体制《ア・ラ・ゲル》の要ることを。かくのごときことばは、神にはくどい。繰り返すことはないのだ。すべてを直ちに理解する。これぞ神の特性であり、また特技でもある。聖書の神は、まことは哀れな文盲にすぎない。中国の穏和な神々は、はるか博覧強記である。もし必要なら、十戒について論じもしよう。聖書学者が髪を逆立てなければさいわいだ。いずれにしてもわたしはすべてに精通している。ドイツ人がこしらえあげた滑稽なあの女性観を覆すのも意のままだ。この世にある最高のもの、すなわち抽象思想に、ドイツ人が女性名詞を宛てたことは、不可解極まる愚挙と言うしかなく、その結果、おのが思考の功績をみずからの手で破壊した。未来においてわたしなら、わたしに係わるすべてを男性名詞でもって神聖化する。神にとって中性名詞はあまりにもたわいない。この正論がいかな反撥を呼ぶであろうかは、言語学者としてわたしが充分知るところである。だが、所詮、ことばは人間のためにあるのであって、人間がことばのためにいるわけではない。だからこそ、男神たる過去に、この変更承認を乞い願うのだ。

神と取引をすませ、キーンの眼は次第に監視体勢に戻った。テレーゼを忘れていたわけではない。祈りの最中にも強い呪縛を感じていた。断続的に歯ぎしりが聞こえる。それがキーンの祈りのリズムを決めた。寝返りの振幅が次第次第に高まって、間近に迫った目覚めを疑う余地はない。キーンは妻を神と比較して、劣性を見出した。妻には過去が欠けている。だれの後裔であるわけでなく、みずからもそのことを知らない。神を知らぬ哀れな肌よ！　ベッドに戻っている方がよくはないかと思案した。そうすれば、おそらく妻は自分の目覚めを待つであろうし、勝手に起き出し、書卓についたと猛りたつこともあるまい。

このときテレーゼは猛然とひとっ跳び、床に下り立った。素足の高い音がした。キーンは骨張った全身をわななかせる。どこへ行くのであろう？　わたしを見た！　やって来る！　殺される！　キーンはあわただしく隠れ場を求めた。何千年の過去を駆けめぐる。最強の砦といえど、大砲に対し万全であるとは言えぬ。騎士ならば？　馬鹿な——スイスの朝星——英軍の砲弾はわれらの兜と頭蓋骨をまっぷたつにするだろう。スイス軍はマリニャーノの戦闘で壊滅的な敗北を喫した。農奴のみは一人として——傭兵のみは一人として——狂信家の一隊が来襲する——グスタフ・アドルフ——クロムウェル——われらをことごとく虐殺する。近世は役立たぬ——中世も駄目だ——古代にこそ——無敵のローマ軍団は——インドの象部隊は——火箭ならば——こぞって恐怖する——どこへ——船上へ——ギリシャの火炎戦法は——アメリカへ——メキシコへ——モンゴルへ——髑髏の山だ。過去の蓄積は瞬時に尽きた。救いはどこにもない。逃れるところに滅亡が追いかけて来る。敵の手が追いすがる。空中楼閣なりしや。蛮民の盗賊の手にかかり、頑迷な痴れ者の手にかかり、いとしの文明が崩壊する。

この瞬間、キーンは硬直した。ひからびた脚をそろえて突っぱり、右手は拳に固めて膝に置く。腕と腿とは凝結してとどまった。左手で胸を抱き、軽く首をもたげ、視線は遠くにやった。眼を閉じようと試みた。頑強な拒否にあって、ようやく、自分がエジプトの司祭石像であると知った。硬直し、立像と化した。過去は自分を見捨てなかった。安全な隠れ場は古代エジプトに存していた。過去の庇護のある限り、殺されることはない。

妻はわたしを空気さながらに取り扱う。いや、石さながらに、とキーンは訂正した。恐怖はやがて安堵に変じた。石に対してであれば、妻は慎重を期すであろう。石を殴って手を傷める馬鹿がいようか？　キーンはおのが身体の鋭角を思った。石はよい。角張った石はなおよい。遠方を凝視したふりをしながら、眼を走らせ、自分の容姿を詳細に検分した。わが身を知らなすぎたことが口惜しかった。わたしがおのが肉体について知る限りでは瘦軀であった。卓上に一つ、鏡が欲しい。衣服の下に、いかな肢体があったのか。好奇心に溺れてよいものならば、全裸となって、厳密な検査を施したであろう。骨ひとつ余《あま》さずとり出して吟味する。さまざまの秘密めいた突起を、角を、尖りをキーンは予感した！　瘤が鏡の代用をする。この女は学者を敬わない。並みの人間であるかのごとく、遠慮会釈なく手出しした。みずから石と化して女を懲らせ。悪辣な企みをしたたかに撥ね返せ。

いまや同じ場景が、日々、繰り返された。妻の拳のもとに砕け、妻の、またキーンみずからの所有欲を通して新旧蔵書から解き放たれて、彼の生活は真実の使命を獲得した。毎朝三時間早く起床する。この静謐の時間《とき》を仕事にあてることもできた。事実、仕事した。しかし、かつて《仕事》の名のもとに理解していたところは大幅にとり払い、よき未来のために除いていた。彼は全力を傾倒して芸道に励んだ。刻苦なしに芸術はない。だが目覚めた直後に傑作の成ることは稀《まれ》と言えよう。まず柔軟ならしめること。自由に、とらわれることなく創造に向かうこと。かくしてほぼ三時間、キーンは書卓の前で気楽にすごした。さまざまのことが胸裏をかすめた。だがそれにより、対象を視野の外に逸らすなどしないよう注意した。脳髄中の指針（時間に、彼は硬直を開始する。冷気が体内に拡がるのを感じ、教示網の最後の残骸）が定刻を告げるや、すなわち九時くまなき浸透をいとおしんだ。右半身よりも一足早く、左半身が冷却しきる日があった。驚愕してあわて、「右、右へ！」と命じ、冷気の流通を匡正した。日ごとに硬直の過程は洗練され、完成した。石化状態が終了するや、腿を軽く椅子の底部におしつけて硬度を確認する。硬度検査は数分以内に抑えた。さらにおしつけ続ければ椅子は崩壊するであろうから。後日、椅子の悲運に配慮して、椅子もまた石に変えた。昼間、妻の面前で椅子をおし潰すなどしようものなら、硬直は滑稽に堕し、それに臀部の痛みも予想されるのだ。石は重いものと知れ。とまれ硬度検査もやがては次第に不要のものとなった。

午前九時より夜七時まで、キーンは硬直を継続する。卓上には一冊の書が開かれていた。常に同一の書が。彼は一瞥だにしない。眼は遠方に据えられていた。妻は狡知におくれをとらぬ。自分の硬直の間は邪魔一つしない。ただ忙《せわ》しなげに、書斎中を駆け回る。家事が習い性となっているのが見てとれた。微笑はそぐわぬ故に、無理にもさし控えた。古代エジプトの立像をテレーゼは迂回する。罵倒も、そして食事も出さない。キーンは飢餓と肉体の苦痛の吐露をみずからに禁じた。夜七時、熱と呼吸を吹き入れる。石像は甦る。まず妻が部屋の一番の隅に行くのを待った。接近は堪え難い。やがて跳び立ち、足早に家を出る。料理店で日に一度の食事を口に運んでいる間にも、ややもすれば疲労のあまり眠りこんだ。過ぎた一日の苦心に思いを馳せ、また、翌日のための妙案が浮かぶとき、大きくうなずいた。石像化の妙技を競いたい者は名乗り出よ。人を問わず相手となるであろう。だれ一人として名乗り出る者はない。九時きっかり、就床。そして、眠った。

テレーゼもまた、次第に情況に慣れてきた。書斎ではだれの邪魔をするでなく自由きままに振舞った。毎朝、靴下と靴を履く前に、いとしげに素足で絨毯を踏みしめて歩き回る。わが家のなかで絨毯が一等素晴らしい。血の痕跡《あとかた》も消えた。足の胼胝《たこ》は絨毯に触れるとほんと、気持がいい。触れ合っている限り、素敵な思いが駆けめぐる。だけどやがて夫に気がついていやぁな気がする。けちん坊の朴念仁。

キーンの硬直術は完成の極に達し、椅子でさえ――古ぼけて身勝手な椅子でさえ――息を殺して身動きひとつしない。だが一日に三度か四度、静謐に堪え切れずという風に、吐息をついた。キーンは辛かった。疲労の兆候にほかならず、だからこそ故意に聞き過ごした。

テレーゼは椅子のきしみに危険を嗅ぎとり、陶酔を中断し、靴と靴下のもとに急いで、身につけ、おのが一人の黙劇を続ける。心配で心配で胸が痛んだ。夫をいまも家においてやっているというのも理由はひとつだけ、同情からだわ。夫のベッドは大して場所をとらないし、それに、あたし、書卓の鍵が要る。引出しに夫は小型の預金通帳を隠している。隠し金のこともあるわ。よこさない間はもう二、三日、追い出さない。夫は自分で気がついて、恥じてさっさと出て行くのが当然だのに。キーンの身の周りに変化があると、もう手に入れたも同様に思っていた預金通帳が遠去かるような気がした。大抵は細いまるたんぼうさながらの夫から、抵抗があろうなどとは思わなかった。恐いのは生身《なまみ》の人間、あたしの通帳だって盗まれかねない。

夕方、二人の間には緊張が沸騰した。キーンはあらん限りの力を絞り、あまりに早く冷気を去らしめないように頑張った。夫がまたしても料理店に出かけて行くと思うだけで、テレーゼの眼は怒りに燃え立っていた。自分だけ好きなだけ飲み喰らう。それでもって、ただでさえ少なくなったお金を、そっくりあたしのものであるお金を、ばらまいてくる。まだどれだけこのひとは生きる気かしら？　無一文になるまでと言うつもり？

人間には魂ってものがある。それとも、あたし、石かしら？　かわいそうな遺産を救け出してやらなくてはならない。悪党なんてお金となるとまるで禿鷹、餌をめがけて一目散に舞い下りて来る。恥なんてこれっぽちも知らない。あたしはひとりぽっちの妻。夫は妻なんて眼中になく、好きなだけ飲み喰らっているのだわ。一銭だって稼ごうとしない。以前はたくさんの紙に何か書き散らしていた。あれだって大変な無駄使いだった。いまはもう無為徒食一点ばり。ここは貧民救済所かしら？　どこか拾ってくれるところに行くべきだわ。あたし、役立たずの大飯喰らいなんて要らない。あたしを乞食にするつもりなのだろうけど、そんなことさせないわ。自分こそおもらいに行けばいい。あたしはごめんだわ。夫はうってつけだわ、哀れっぽく見える。でも上手におもらいができるかしら？　おもらいさえするつもりがないのなら、飲んだり食べたりしてもらいますまい。一文無しになるなんて、まっぴら。あたしの母も餓死した。あたし、いまに夫のおかげで餓死するわ！

怒りは日一日と積み上がった。テレーゼはそれを計って、決断にまで充分の量かどうか思案する。まだ少し足りない。怒りもさることながら実行には慎重がなにより。自分に言いきかせた。これでは不足だわ。(今日はまだとりかかるまい。)そして、明日のために今日の怒りは中断した。

夕刻のこと、テレーゼは炎《ほむら》にいましも鉄をさし入れたばかり。たいして熱されてもいなかった。このとき夫の椅子が三度きしんだ。これほどの破廉恥はこれまでになかったことだ。夫を――この長細いまるたんぼうを――似合いの椅子もろとも火に投げこんだ。パチパチとはぜり、勢いよく燃え立って鉄を包んだ。それをテレーゼは手でとり出した。灼熱を恐れない。むしろこれを待っていた。一つ一つ、乞食、飲助、悪党と、とり出しては名を確かめた。そして夫に向かった。でもなお、取引の用意はあった。自分から通帳をさし出すならば、追放はのちほどにゆずる。無言には沈黙で応えよう。決定が下るまでは家にとどまってよい。こちらに探させるなんてしようものなら、けりをつける。

石像の精妙な感覚でもって、椅子が三度きしむやいなや、キーンはおのが芸術が危急存亡の秋《とき》にあることを覚った。妻の接近を耳にした。ひそかな胎動を抑えた。これは冷気を攪乱する。三週間、習練を重ねてきた。ときはいまである。おのれの完成度を証すであろう。いずれの芸術家にもおくれをとらぬ。キーンは念のため、さらなる冷気を送りこみ、床の踵に力をこめた。硬質、硬度10、ダイヤモンド級、鋭角性突起多数あり。殴打を受けるよりはるか先に、舌にヒリリと痛みを感じた。妻用にとっくに準備ずみの痛みを。

テレーゼは椅子もろともにかかえ、脇に押しのけるや目もくれず、書卓にとりつき、引出しを開けた。入念に探したが見当らない。二番目、三番目、四番目と探したが通帳はなかった。キーンは察知した。これぞまさしく詭計である、と。妻は実のところ、何を探しているわけでもないのだ。そうではないか、原稿は妻には無縁のものである。ただの紙なら第一の引出しに見つけたはずだ。何あろう、夫の好奇心を探っているのだ。何をしているのか、とわたしが尋ねるのがつけこむところ。口をきくならば、もはやそれは石ではない。すなわち妻は殴りかかるであろう。石像を生身に返そうと図っているのだ。書卓への乱暴狼藉とは笑止ではないか。この手に乗るまい。ひたすら硬直を維持し、呼吸を減らさぬこと。

妻は原稿を掻き出してくる。整理しようとはせず、おおざっぱに卓上に積み上げるだけ。多くが床に散るではないか。内容なら熟知するところだ。味噌も糞もいっしょとはこのことか。さながら紙屑同様に原稿を扱っている。その太い指、まさしく指相撲に最適だ。これら原稿には永年の労働と忍耐がこもっているというのに。

テレーゼの不遜の仕業がキーンを刺激した。原稿をそのように扱ってはならぬ。もはや詭計がどうあろう？ 覚書は、のちのちの仕事のために必要なのだ。仕事は一刻たりともおろそかにできない。いま直ちに始めることができるなら！ 自分は生来の芸術家ではない。むしろ刻一刻の努力のひとだ。学者である。よき未来はいつ来るのか？ 既に、いかほどこの芸術にたずさわってきたか？ 二十週。いや、十週。いや、五週か？ しかと言えない。時間《とき》の歩みは混乱した。妻はいまや最後の論文に手をつける。かならずや復讐をするであろう。だが我を忘れてはならぬ。妻は既に大きく首を打ち振っている。残忍な視線を投げかける。わたしの冷静を憎んでいるのだ。しかしわたしは冷静ではない。もはや堪え得ない。平和が欲しい。休戦を申し出たいのだ。指を離せ。原稿からその指を離せ。それはわたしの眼であり、頭脳だ。引出しを閉じよ。書卓から退け。そこはわたしの場所だ。我慢ならぬ。知れ、おまえを圧し殺すであろう。ああ、口がきけたら。だが、石は唖だ。

テレーゼは身体ごと空《から》の引出しを突き戻し、床に散った原稿を踏みつけた。一面に唾を吐きつける。やがて最後の引出しの中身をとって、荒々しく引き裂いた。無力に裂ける紙の音がキーンの五体に滲みた。内奥に熱が燃え立つ。わたし、この冷やかな石は立つであろう。そして妻を圧し潰す。断片とし、さらにそれを塵と化すであろう。全重量をかけて礫《ひ》き殺す。残忍なエジプトの刑に処す。十戒の石板を摑み、民を撃つ。わが民は神の戒めを忘れた。神は偉大なり。モーゼが懲戒の腕を振る。神の厳しさを持つ者はだれか？ 神の冷酷を荷う者はだれか？

やおらキーンは立ち上がり、どっとテレーゼに落ちかかる。黙したまま。歯で唇を嚙みしめる。裂けても開かぬ。もしや口をきくならば、もはや石ではない。舌にとどくまで唇を嚙む。「通帳はどこ？」妻が叫ぶ。死の瀬戸際の叫びがたかだかこれか。「通帳をどこに隠した？ 飲助――悪党――盗人《ぬすっと》！」さては通帳を探していたのであるか。キーンは妻の最後のことばを微笑とともに聞きとった。

いいや、これは最後ではない。テレーゼは彼の頭を摑み、書卓に打ちつける。肋骨を肱で殴り、声をあげた。「あたしの家《うち》から出てお行き！」唾を吐く。顔めがけて唾を吐きかけた。キーンは感覚した。激痛が走った。ああ、石ではない。石ではなかった。崩壊したのは妻ではなく、わたしの芸術であった。すべては偽りであった。信仰などはない。神などいない。わたしは退却する。身を守らねばならぬ。殴り返そう。さぞや命中するであろう。わたしの骨は鋭い。「あたし、告訴する！　盗人は牢獄行きよ！　警察はなにもかも見通しだわ！　盗人は牢獄行きよ！　あたしの家から出てお行き！」妻は足を踏ん張る。わたしを転倒させるためだ。わたしが床に倒れれば妻の有利だ。先般、既に試しずみである。なに、そうはさせぬ。わたしは強い。このときテレーゼはキーンの襟首をとり、部屋から引きずり出した。音高くドアを閉じる。同時にキーンは床に崩れた。疲労――疲労のせいである。再びドアが開き、外套と帽子と鞄とが投げ出された。「いくらたのんでも無駄よ！」と叫んで、テレーゼはドアを閉じた。鞄は与えたわ。だって、空《から》だもの。本はみんなあたしのもの。

キーンは通帳をポケットに持っていた。そして通帳にすぎないにもかかわらず、嬉々としていとおしげに手でおさえた。乞食するのはだれのことか、妻はつゆ知らぬ。一体、おのがものを盗む盗人がどこにいよう？　え、どこにいよう？

第二部　頭脳なき世界

理想の天国

住居から追い出されて以来、キーンの生活は多忙を極めた。終日、荘重に、また力強く、街中を駆けめぐる。早朝既に、その大股の歩みを始め、お昼にも、昼食並びに休憩をとらない。体力の節約を図るために、行動範囲を区分《くわけ》して、厳格にこれを遵奉した。鞄に巨大な市街地図を入れ、常にこれを携帯する。縮尺度五千分の一。それには書店の所在地が親しみのある赤チョークで記されていた。

キーンは書店に入るや、店主の応接を希望する。旅行中か、もしくは食事で不在の場合には番頭で我慢した。「学問上の仕事のため、至急、以下列挙の書物を必要としておる」と声をかけ、架空の紙片を手にかざし、順に書名を読み上げる。聞き間違いのないように、著者の名前はやや誇張にすぎるほど明瞭に、またゆっくりと発音した。特殊な書物ばかりであり、この種の著者の特異な教養に疑問を挾む余地はないのである。キーンは紙片を読み上げているにもかかわらず、奇体な横目を執拗に、聴き惚れた者に据えていた。次の書名に進む前に、ほんのわずかの間しかとらない。難解な書物の及ぼす衝撃から立ち直る暇《いとま》を与えず、直ちにいま一つと、相手の頭脳にぶつけることは、キーンが楽しみとしたところであった。唖然とした顔を見るのは心好い。大抵は「少々！　少々お待ちを！」とうろたえた。額に手を置き、こめかみを撫でさする者もいた。キーンはいささかも頓着しない。紙片一枚は二、三十巻の書目を載せているはずであった。それらすべてを彼は自宅に所有していた。だがここでさらに手に入れよう。二冊目は、のちのち、他の書物と交換するか、売り払うかすればよい。ところで彼の新たなる行動は一文の費用も要さなかった。通りに出るたびに書目リストを整理して、書店ごとに別の紙片を読み上げた。読み終えるやいなや、そそくさと折りたたみ、他の紙片に挾んで財布に収め、しみじみとした軽蔑をこめて一礼し、店を出る。返答は待たない。このような馬鹿者ぞろいに、一体、どのような返答ができるというのか？　希望の書物について議論を始めなどすればまたしても時間を喰われよう。硬直と石化の状態で書卓に端座して、既に三週間から徒費したというのに。失われた時間をとり戻すためにも、暇を惜しんで間断なく、がむしゃらに、それでいて効果を慎重に考慮して足どりを固めること。その結果は自惚の眼鏡を借らずとも満足できるていのものであり、事実、彼は満足した。

キーンが遭遇した人々はその気分と気性によってさまざまに反応した。返答が許されないばかりに侮蔑を感じたのは少数者に限られていた。大多数の者は拝聴の機会を得て有頂天であった。彼の該博な知識にただただ陶然と聴き惚れる。彼のことばのほんのひとふしでさえ、書物に充満した書棚数脚分の内容を孕んでいた。だが彼の真価を十全に認めた考は皆無に近かった。おおむねは仕事を中断することを知らず、彼をしっかと囲繞して耳を傾け、鼓膜が破裂するまでに聴覚を緊張させることをしなかった。哀れな愚者たちめ。これほどの博覧強記の人が、きみたちごとき輩に面接の好誼を与えたことがこれまでにあったか？　通常はただ一人の店員が、彼のことばを耳にする機会を捉えたにすぎなかった。偉大なるひとが常にそうであるように、彼は畏怖されていた。店員の知能とはあまりにも異質であり、へだたっているのである。キーンはかれらのとまどいを無視しながらも、それは骨身にこたえた。自分が背を向けて退出するやいなや、ひとしきりこのひとについて噂され、その口から出た書目に関する議論によって日が暮れる。正確に言えば、店主及び店員は彼個人の傭人にほかならないのである。彼はおのが生涯を包括的に語り聞かせた。ひっきょう、かれらの態度振舞は悪くはなく、彼を驚嘆の目で眺め、必要な措置は施してくれる。彼が一体だれであるか、うすうす感じており、彼の前ではそれを口にしないだけの、少なくともそれだけの精神力は持っていた。それを思んぱかって、キーンは同じ書店《みせ》に二度と足を運ばなかった。あるとき、間違って二度目の訪問をなしたとき、連中は彼を放り出した。自分はかれらには偉大すぎる。彼の出現に堪えるすべを知らないのだ。その劣等意識は了解しよう。以来、市街図を買いもとめ、赤チョークでしるしを入れた。訪問ののち、その書店にはさらに小さな十字を付した。キーンにとってこれは死亡ずみを意味する。

ところで彼が多忙を極めたのも、焦眉の目的があってのことだ。路上に放擲と決まった瞬間《とき》から、自宅に残した数篇の論文にのみひたすら関心を寄せていた。中途のそれらを完成しなくてはならぬ。図書なくしてそれは不可能であり、熟考のあげく、必須の文献を選り出した。おのずから書目は成った。思いつきや気まぐれは彼の忌み嫌うところであり、目下の仕事に不可欠のもののみを精選購入のこと。諸般の事情によって、自宅の図書室は一時的に閉鎖を余儀なくされた。運命には従順を装いながら、巧妙に詭計を廻らした。すなわち、学問の前線から一歩といえど退却しない。必要なものは買い集める。二、三週間後には再び仕事を続けているであろう。壮大な闘争を維持しつつ諸般の事情に堪え、毅然として知恵の羽根を打ち振ろう。晴朗な日々の数とともに成長し、その間に数千冊の蔵書を擁した小図書室を構え得るとすれば、努力は充分報われたと言ってよい。むしろ報われすぎではないかと恐れさえした。毎夜、ホテルを替えて泊っていた。この、徐々に増加していく図書の山をいかにして移動させればよいのか？　キーンは比類ない記憶力に恵まれていたので、新蔵書はすべて諳《そら》んじて、頭脳の力で移動させた。鞄は空《から》のままだった。

夜、閉店後、疲労を覚え、最後の店を出るやいなや、ごく近くのホテルを探した。手荷物一つなく粗末な彼の服装では、帳場の者たちの不信を買った。かれらはいずれも、つっけんどんに拒絶するのを楽しみにして、二、三の彼の注文を聞いた。キーンは閑静な大部屋を希望し、なおそれが婦女子もしくは庶民の宿りの近くに位置するならば、この場でその旨を告げて欲しい、と述べた。もしそうならば即座に部屋は断る。《庶民》の一語で帳場はやや警戒を解いた。部屋を指示される前にキーンは財布をとり出し、前払いを申し出た。彼は預金全額を下ろしていたので、財布は大金で脹らんでいた。それを目にして、これまで旅行途上の閣下とかアメリカ人に応接した経験のない帳場方は一挙に平伏した。キーンは宿帳に背が高く、角張って、くっきりとした書体で記入し、職業欄には《図書所有者》の名を入れた。続柄の個所は無視した。独身でも既婚者でも離婚者でもないではないか。斜線ですませた。帳場には法外なチップをはずんだ。部屋代の半額相当。紙幣をとり出し、数えるたびに、通帳をテレーゼの手から守ったことにたまらない喜びを味わった。帳場方は一勢に叩頭してお礼を浴びせかける。キーンは貴族さながら傲然とこれを受けた。

習慣に反して——常々、彼は技術による便利を憎んでいた——エレヴェーターを利用した。夜、疲労困憊の際には、脳中の図書がすこぶる重いのである。食事は部屋まで運ばせた。日に一度の、唯一の食事であった。少々の休憩をとるために、周囲に充分の場所があるかどうか確かめてから、図書を下ろした。

当初、彼がまだ自由になりたての頃、ホテルの部屋の大小になんら特別の意味はなかった。寝るだけの広さがあれば結構、書物はソファーの上に置けばことは足りた。まもなく書棚が必要となり、やがて一つのそれでは収まらなくなった。汚ない絨毯敷きの床を利用するため、呼鈴をおして小間使いを呼び、荷造用の丈夫な紙、それも真新しいのを十枚、持ってこさせ、それを部屋じゅう、絨毯一杯に広げた。あまった分でソファーを覆い、戸棚にかぶせる。かくして暫くは、食事と合わせて荷造り紙を注文するのが彼の日課となった。朝ごと、紙は敷きっぱなしでホテルを去った。書物は次第にその山を高めていった。しかしたとえ崩れても、汚れない仕掛けになっていた。夜ふけ、ときにキーンがうなされて目覚めるとき、落下する書物さながらの音をきまって耳にするのであった。

ある夜、ついに書物の山は彼の背を越えた。既に驚くばかりに多量の書物を新しく買いこんでいた。そこで梯子を注文した。何用、との質問には断乎として答を返した。「あなたには関係ない！」小間使いは少々気弱な娘であった。つい最近あった押込み強盗の一件で、あやうく首にされかかった。帳場に走り、三十九号室の客の奇妙な注文を伝えた。帳場係は性格に通じ、人間の鑑定眼に勝れている。首尾よく懐中《ふところ》に収めたチップに応じた返答をした。「心配しなくともよし」そして娘にニヤリ笑いの顔を向け、「おチビさんや、強盗は俺が引受ける！」

娘はその場を動かなかった。「あのひと、気味が悪いわ」と怯えて言った。「ポプラの木みたい。まず荷造り紙、それから梯子の注文。部屋じゅうに紙を敷いてたわ」

「荷造り紙？」男は問い返した。この報告は意味深い。高貴のお方は清潔となると、まるで極端に走るもの。

「ほかに何だと思ったの！」娘は生意気に言った。帳場係はその顔を覗きこんだ。

「あの紳士がどういうお方か知っているのか？」と問いつめた。普段はだれはばからず、客を目して《あの奴》、《この奴》で通していた。このたびは《紳士》と呼んだ。

「宮廷図書館の館主様だぞ！」この畏れ多き職業名を、信仰箇条の一節のように重々しく発音した。娘にぐうの音も出させないために、《宮廷》の一語をわざとひねってつけたした。《宮廷》を故意に省かれたとは、あの紳士はなんと繊細なのかと、いまさらに感嘆した。

「宮廷なんかもうないわ」

「しかし宮廷図書館はある！　なんて物知らずだ！　本までみんな追っぱらわれちまったとでも思ってるのかね!?」

娘は黙った。男を怒らせるのが大好きだった。この男《ひと》は強いのだもの。腹が立ったときだけ、あたしを見てくれる。ほんのちょっとしたことでも、どうしたらいいか尋ねにいく。すると暫くは相手になってくれるわ。でも怒っているときには気をつけた方がいい。男の立腹に娘は勇気づいた。嬉々としてキーンに梯子を持っていった。下男に頼んでもよかったのだが、自分で運んだ。帳場係の意に添いたかった。宮廷図書館の館主様にお手伝いを申し出た。

「直ちに部屋から出て行ってもらえれば用は足ります！」とキーンは答えた。ドアに鍵をかけた。厚かましい人種は信用ならない。鍵穴に紙を詰め、塞いだ。そして書物の山の狭間に用心しいしい梯子を立てかけて登った。包にまとめてひとつひとつ系統立てて脳中からとり出して、やがて部屋じゅう一杯、天井まで積み上げた。壮大な重量を荷っていたにもかかわらず、梯子の上で平衡を失しない。自分が曲芸師さながらに思えた。キーンは自由の身となって以来、いかなる困難をも苦もなく克服してのけた。ちょうど作業を終えたとき、如才ないノックの音を耳にした。この邪魔にキーンは立腹した。テレーゼとの貴重な体験以来、おのが書物に投げかけられる素人の視線はおよそおぞましかった。ドアの前に小間使いの娘がいた。（なおも帳場係に恭順の意を表しつつ）しとやかに梯子の返却を申し立てた。

「宮廷図書館の館主様が梯子と一緒にお休みになるなんて！」眼に熱意をこめ、真剣そのもの。ポプラ男をしげしげと、いとしげに、また羨ましげに凝視した。そして、帳場係がこんなふうにあたしを見つめてくれたら、と思った。

キーンは娘の声にテレーゼを思い出した。もし事実、テレーゼであったなら、一目散に逃れたろう。だがこれは、ただテレーゼを思い出させただけではないか。そこで怒鳴った。「梯子はここにとどめる！　梯子と一緒に休むとも！」

おやおや、これが高貴なお方の言いぐさかしら、と娘はいぶかしみ、あわてて身を引いた。ことばをかけてはならないほどの、それほどの高貴なお方だとは考えていなかった。

この経験より、キーンは当然の結論を引き出した。家政婦、主婦、小間使いを問わず、女とあればいかなることがあろうとも避け通せ。以来、たとえ部屋に梯子があっても、その存在が無意味で、ものの数にも入らないほどのとびきりの大部屋を注文し、荷造り紙は鞄に入れて持ち運んだ。食事を持ってきたのは、それ以後はさいわい、男ばかりであった。

　脳髄がすうっと軽くなった感じがするや、ベッドについた。寝入る前に以前の状態と現況とを比較する。とまれ夜ともなれば思いはしばしば嬉々としてテレーゼに飛んだ。それというのも、おのれ一人の勇気でもって守り抜いた金を、すべて支出に宛てること、このことの喜びのせいだ。金に係わるとなると直ちにテレーゼの面影が浮上する。昼間、金は必要なかった。昼食のみならず市電も忌避した。それも正当な理由があってのことだ。目下の大事をテレーゼごとき輩に汚されたくないではないか。テレーゼは手に握る小銭にすぎぬ。テレーゼは無学文盲の徒が口にすることばにすぎぬ。テレーゼは人間精神の痼《しこり》にすぎぬ。テレーゼは血肉ある狂気にすぎぬ。

　数カ月、狂人と一つ屋根をともにして、ついにその悪辣な影響を防ぎ得ず、感染した。極端なまでの物欲が、一部彼の身についた。新たな蔵書に対する烈しい欲望が、いわば異化作用を起こし、彼本来の姿を変えたのである。妻に隠匿金百万シリングを推測し、これで欲望の充足をまかなおうとした。かくも狂人と身近に接し、彼の個性は金に喰われる危険に陥っていた。無論、喰われはしなかった。肉体はおのずから反応し、逃れた。さらになお、あの住居にとどまっていたならば、もはや回復のすべがないまでに狂気に犯されていたであろう。だからこそ石像化というあの悪戯を仕掛けたわけだ。実際に石と化すなどできようはずがないではないか。妻がこちらを石と見ればそれで充分、石を恐れたからこそ、迂回していたではないか。何週間も硬直のまま椅子に坐《ざ》すという芸当を見せつけられて、妻は狂乱の極に達した。元来の狂気が度を増した。精妙なトリックに操られ、夫が一体何者であるのか分らなくなったのだ。妻からわが身を解放する機会なら、ありあまるほどあった。次第に癒えていたのだから。狂気はついに征服に失敗した。おのが力に確信を得たとき、逃走計画を練り上げた。自分は逃れる。だが妻は監禁状態に残しておくこと。こうでなくてはならぬ。自分こそ夫を追い出したのだと無邪気にも思いこませること、ここに逃走成功の秘訣があった。その間に預金通帳を隠した。何週間もちまなこになって妻は通帳を捜していたのであろう。金狂《かねぐる》いがあれの病いであった。通帳はどこにも見つからない。思いあまって書卓に手をつけた。そのとき彼と衝突した。妻の失望は錯乱と化し、自分はそれを煽り立てた。我を忘れてわたしを住居から追い出すようにしむけたのである。まんまと罠にかかった。解放され、既にしてわたしは路上にいた。妻は勝利に酔っていよう。自分こそ閉じこめられたことに気づかずに。脱出の道はない。そしてわたしは殴打から限りなく安全な場所にいる。たしかに住居は犠牲にしたが、何あろう。おのがいのちが学問に仕えているとき、そのいのちを救うためには、いかなる犠牲をも厭わぬはずではないか。

キーンは毛布にもぐりこみ、なるたけ敷布に身体をすりつけた。書物の山が崩れざらんことを祈念した。わたしは疲れているのだから。いまようやく、つかのまの憩いにつくのだから。半ば眠りこけながら、おやすみ、とつぶやいた。

三週間、新鮮な自由を享楽し、ひたすらこれを勤勉に活用した。その日々が終り、同時に市中すべての書店が尽きていた。ある午後、もはやどこに行くべきあてがなかった。あらためて最初の書店から繰り返す。それも同じ順序で？　侮蔑はむしろ避けるにこしたがよい。ひと目で強烈な印象を与えてやまないとしても、それがはたしてわたしの顔の咎であろうか？　道すがら、キーンは理髪店の鏡に近寄り、おのれの面貌を見た。まっさおな眼とこけはてた頰。もはやそれは頰とは言えぬ。額は引き裂かれた岩壁であった。鼻、この細い稜線は尖立し、垂直に落下する。その奈落にひっそりと寄りそって小さな黒虫が二匹。これが鼻の穴とはなんぴとも気づくまい。口はロボットのそれに似る。深い皺が二本、傷痕さながら左右こめかみから顎めがけて走り、顎で合する。この皺と鼻により、細長い顔面は、不気味なまでに狭小に、だが対照をいささかもゆるがせにせず、五等分に細分化され、ただそれっきり。キーンはあわてて眼をそむけた。常のならわしに反し自分の顔を見たせつな、深刻な孤独を覚えた。人々のなかに入るに如《し》くはない。おのが顔がいかに孤高に泣くものかを、おそらくは忘れることができるであろう。そしてまた、今後の足どりをいかにすべきか、思いつくであろう。

キーンは辺りの看板に眼をやった。常ならばおよそ無縁の一角、そこに《理想の天国》の文字を見た。いそいそと入って行った。どっしりとした垂れ幕を払いのける。鼻をつく煙に息がつまった。みじろぎして、つい二歩進んだ。涙がその痩身がナイフのごとくに沈澱した空気を切った。涙が出る。眼をことさらに開けてこらえた。さらに涙がせきを切り、何も見えない。黒づくりの者が案内の手をとって小卓に導き、座をとるように命令する。キーンは盲従した。彼に代って案内者はモッカを注文し、薄闇のなかに消えた。この未知の世界の只中でキーンは導者の声にすがりつく。かの者は男であるが、それもおぼろげで、だからこそ忌まわしいと断定した。次には自分が人間一般について考えている通り、人間とはかくも定かならざるものと思い至り、むしろこの確認を喜んだ。太い掌がモッカを押しつける。キーンは丁重に礼を述べた。掌は一瞬、驚愕してとどまり、やがて卓上に平たく這って、五本の指が伸びた。何をこの掌は笑っているのか、とキーンは自問し、警戒心を掻き立てた。

掌がその持主たる人物もろとも退いたとき、キーンの眼は正常に復していた。薄闇は裾を開いた。キーンは彼同様、長身痩軀の影を猜疑の視線で執拗に追った。それはビュッフェの前で停止し、振り返り、腕を突き出して客を指す。二、三、意味不明のことばを口にして、身体をゆすって大笑いした。だれに話しかけているのであろう？ ビュッフェの近辺にはひと一人いないではないか。店内一面、自堕落で汚ならしい。調理台ごしに山をなした色さまざまの布切れが見てとれる。店員は怠惰をきめこみ、戸棚を開こうともしない。何もかも、食器棚と鏡との隙間に投げこんで、客の視線にも恬然《てんぜん》としていささかも恥じないのだ！これにもまたキーンは興味をひかれ始めた。どの小卓にも猿面で毛むくじゃらの若者が座を占めており、不愛想にこちらを眺めている。その背後では奇妙な小娘たちが金切声をあげていた。《理想の天国》の天井は低く、汚れはて、灰褐色の雲が一面に垂れていた。ときおり、星の残光が陰鬱な空をかすめる。かつて空は降るような星に輝いていた。おおむねは煙霧に追われ、消滅した。辛うじて残った星も病み衰え、輝きを忘れた。この空の下の世界は矮小を極め、ホテルの一室にもそっくり収まっていどのものであった。闇がやや晴れるとき、歪んだ顔を覗かせるにすぎなかった。大理石造りの小卓一つ一つが特異な遊星圏を構成する。どれこれとなく猛烈な悪臭を放っていた。そしてだれもが煙草を吹かし、黙るか、もしくは拳で固い小卓を叩いていた。壁のわずかな窪みから救けを求める声がする。突如、ピアノが響きわたった。キーンは捜したが見つからなかった。一体全体、どこに隠しているのであろう？　襤褸をまとい、縁なし帽を頭に乗せた老人が数名、ものうげにドアの垂れ幕を押し開き、遊星の間を鈍重に這い回り、こちらで会釈し、あちらで威嚇したあげく、もっとも邪険な応待を受けたところで腰を下ろした。瞬時にして店内は変貌した。身動き一つならなくなった。隣人の足を踏みつける勇気がだれにあろう？　キーンのみ、一つテーブルに一人坐っていた。立ち上がるのが怖ろしく、ためにとどまっていた。小卓同士で罵倒語が飛びかった。音楽が闘争心と精力を煽り立てた。ピアノがやむと同時に人々はにわかに孤独に沈みこんだ。キーンは頭をかかえた。これらは一体、なんとした生物《いきもの》だ？

このとき、侏儒の傴僂《せむし》男がすり寄って来て、合席をお許しいただけるかと尋ねた。キーンは懸命に見下ろした。声の出所はどこなのか？　とみるまに一寸法師は傍の椅子に跳び上がった。見事座席に落ちこんで、やおらその二つの大きな、悲しげな眼をキーンに向けた。いたけだかな鷲鼻の先端が顎まで深々とのめりこみ、口はその肉体同様に小さく、まずは見定め難い。額なく耳なく首なく胴もなく——この男は瘤一つから成り立っていた。それに鷲鼻と、二つの黒々と冷ややかな眼とからのみ。長らく黙したままでいた。おのが容姿の及ぼす効果をおし計っていた。キーンはやがてこれに慣れた。不意に、しゃがれ声が卓の下から問いかけた。

「御商売はいかがです？」

キーンは足元を見た。声はうわずって続いた。「わたしゃ犬ころってわけですかい？」ようやく傴僂が話していることに気がついた。商売がどのような意味合いのものを指すのか分らなかった。一寸法師の巨大な鼻を些細に眺め、疑惑を抱いた。商売人ではないので軽く肩をすくめた。キーンの無関心が強い印象を与えたらしい。

「フィッシェルレ！　わたしの名前ですよ！」鼻がピクピクとうごめいた。キーンにはその結構な名前がいたましかった。嫌悪とも歓迎とも二様にとれる儀式ばった辞儀をした。侏儒はこれを歓迎と断定し、両腕を——こればかりは手長猿さながらに長い——さし出し、キーンの鞄を摑んだ。中身を知って笑い出した。鼻の左右を皺が走って、ようやく口のありかを確定した。

「紙商売ですな。ずばりでしょうが？」キンキン声を張り上げて、折りたたまれた荷造り紙を高くかざした。これを合図に、四辺の《理想の天国》は一斉に嘶《いなな》いた。その紙の荷う重要な効能を承知しているキーンは、思わず知らず《無礼な！》と叫びたく、傴僂の手からもぎとりたかった。だが、それほど大胆不敵な行動は、願うだに途方もない犯罪と思え、直ちに贖いとして、不幸な、思案げな顔をした。

フィッシェルルレはなお仮借ない。「新客ですぞ、諸君、新客様の御到来！　紙問屋の代理人様、しかも大しただんまり屋！」ひき歪んだ指で紙をわしづかみにして振り回した。少なくとも二十個所に皺がよった。キーンは辛かった。図書の清潔を保証するものではないか。救い出す方法はないものか？　フィッシェルルレは椅子の上に立ち上がり――それでようやく、腰かけたキーンの高さに等しかった――しゃがれ声で歌った。「ワタシャ漁師《フィッシャー》デ――ヤツハ魚《フィッシュ》！」歌いながら《ワタシャ》で手の紙束を瘤に打ちつけ、《ヤツ》ときて、キーンの耳をピシャリ叩いた。キーンはじっと我慢した。この凶暴な傴僂が自分を打ち殺さないだけでも幸運ではないか。しかしながら、取扱い方に苦痛を覚えてきた。これは即書物に通じること。ここでは商売なくしては塵同然であることを理解した。《ワタシャ》と《ヤツ》のまのびした合図を利用して立ち上がり、深々とお辞儀して、決然と言い放った。「キーンでございます。書物商売《あきない》」

フィッシェルルレは次の《ヤツ》の前で中断し、再び尻を椅子に戻した。結果に満悦のていであった。元通り、ひと塊りの瘤に返ってうやうやしげに質問した。「チェスはおやりになりますかね？」キーンは無調法を詫びた。

「チェスができない人間は人間ではありませんぜ。チェスこそ知性のしるしと言いたいですな。たとえ身丈《みのたけ》が四メートルもあろうとも、チェスがやれなきゃ頓馬ですわ。お尋ねしますがね、いいですか、答えたければ答えてください。答えたくなければ答えないでくださいよ。人間はなんのために頭《おつむ》を持っているか？　むしろわたしが答えますな。でないとあなたの頭は割れちまいましょうからな。そうなると困るでしょうが。つまりです、チェスをせんがためですぞ。分りますかね、分ると言っていただきたい。なればすべて結構ですからな。もし分らんとおっしゃるようなら、繰り返しますとも。これはあなたのおためになりますぞ。書物商売にわたしゃ、理解《わかり》がよい方でしてね。なんですよ、独学ですよ。別に本から学んだわけじゃない。ここではだれが大将だとお思いです？　こいつばかりは賭けてもいい、お分りにはなりますまい。さあて、その名は？　何故何を隠そう、フィッシェルレ様、合席のお方ですぜ。何故にまたここに坐ったか？　あなたが哀れなおひとだからで。と、こう言えばです、哀れなおひとと見れば飛んでくるフィッシェルレ様とお思いになるかもしれん。どういたしまして。とんでもない！　ところでわたしの女房ですが、とびきりの美女、二人といない代物でしてね！　あなたにお尋ねしますが、だれがはたして知性を持っているか？哀れなおひとのみですよ、知性の持主はですな。粋《いき》な奴に知性など必要ですかね？　女が代りに稼いでくれますよ、チェスはやりたがりませんな。背中を、こう、屈めなくてはなりませんからな。粋な姿勢とは申せませんぜ、粋な男が粋でなくなりゃ、え、どうなります？　哀れなおひとって奴が知性を一人占めでね、たとえばチェスの名人たちですが——どいつもこいつも哀れなおひとですぜ。わたしが絵入り新聞で名士のお姿を拝見するとしますな、粋なお方をですよ、するとフィッシェルレ様は、御自分にこう申されますな、フィッシェルレよ、こいつはどうも怪しいぞよ、とね。まことの姿なんてものじゃありませんぜ。お姿は無闇やたらとあって、かてて加えてだれもが名士になりたがる。新聞なんて、どこでどうして出来上がるのか知れたもんじゃありませんわ。絵入りだって人間同様。しかしなんですよ、なんと言っても不思議千万なことは、あなたがチェスをおやりにならんということですよ。書物の商売《あきない》には欠かせませんぞ。とっておきの芸じゃありませんか。入門書を一冊とり出して、定石を暗記すれば既に一人前ですぜ。だからといって、このフィッシェルレ様の手も足も出ないなんてことがありましたかね？　書物商売の面面には一人だにいませんや、相討ちになる種のおひとがですよ！」

ここではキーンにとっては従う《ゲホルヒエン》ことと聞く《ホルヒエン》こととがともに等しく、傴僂はチェスについてお喋りを始めて以来、この世でもっとも無害のユダヤ人と言えた。間断なく喋り続けて、その詰問も修辞的な表現にすぎず、当人みずからが返答した。《チェス》という語は彼の口から命令さながらに発せられ、《王手！》の声を、ただただお慈悲からさし控えていると言わんばかりであった。最初は苛立ちの原因であったキーンの沈黙を、やがては静聴のしるしと判断して悦に入った。

チェスの間じゅう、フィッシェルルレの相手はみんな、待ったをかけて彼の機嫌を損ってはならないと怯えている。彼の復讐は仮借なく、相手の駒さばきの不器用をさんざっぱら嘲笑の的にするからである。チェスの合間の休憩時には——半生をチェス盤上で過ごした彼であるが——その身体相応の扱いを受けた。フィッシェルルレは、できることなら四六時中、チェスを指し続けていたかった。相手が次の指し手を考える間に食事と睡眠をすませるような生活を夢みた。六時間というもの勝ち続けて、さらにたまたま次の相手の敗色が濃いと見ると、女房が割りこんで中止を命じた。さもないと彼はなおのこと女房に対して厚かましくなるのだから。女房には石塊《いしくれ》同然に目もくれない。養ってくれるからしがみついているだけだ。だが勝利の糸を切られるとなると、怒り狂って女房の周りを足踏みして跳ね回り、その鈍重な身体の、二、三の敏感な個所を殴りつけた。女房はそしらぬ顔で侏儒のなすがままになっていた。これこそ夫が与えてくれる唯一の、夫婦の情のこもったやさしさなのだから。すなわち、女房は夫を愛していた。あたしの子供。商売柄、このひと以外では駄目なんだもの。それというのも、みじめったらしく安っぽい女たちの中でただ一人、この八年間、毎月曜日に休みなく通ってくる中老の旦那を持っていたから。ここからの定収入のため、彼女は《理想の天国》の崇敬をその一身に集めていた。彼女は《年金女》の名で呼ばれていた。フィッシェルルレとの大立回りに店員が一勢に喝采した。だが彼女の命令に逆らって、ひと勝負申し出る剛の者は一人としていなかった。フィッシェルルレもまたそれを承知の上で殴る手をとどめない。チェス熱に浸り切っていない限りは、女房のお客をことのほか、いとおしく思った。客を喰わえて女房が出て行くやいなや、盤をかかえて勝負と出た。《理想の天国》の偶然の飛込み客には対局の優先権を与えた。だれかれなしに好敵手を嗅ぎつけて、お相手を願い出た。にもかかわらず、したたか打ち敗かすことを当然のこととしていた。新手を思いつくたびに、相手に女房をあてがった。その干渉を免れるためである。彼はいかなる商売にも敬意を払うことにしていたので、相手の耳近く口を寄せ、小声で、数時間、女房と上でくつろがれてはどうかと誘いかけた。女房はありきたりの女ではない。人を見る眼は持ってましてね。だがどうか夫の面《かお》をつぶすようなことは慎しんでいただきたい。商売は商売としても、元手はちゃんとしておきたいものでして。

かつて、女房がまだ年金女ではなく、夫をカフェに通わすために、あまたの借金をかかえていた頃、客を自分の小部屋に引っぱりこむや、フィッシェルレは背の瘤をものともせずにベッドの下に這いこんだ。そこで耳をそば立てて客のことばを——女房のセリフはどうでもよかった——聞きとった。そして客がはたしてチェスを指す種の男かどうか判別した。確信を抱くと、終了の頃合いをいまや遅しと待ちかまえ、大忙ぎで這い出して——このとき瘤は大いに痛かった——唖然とした男に、一勝負と声をかけた。賭となると乗ってくる男がいるものである。やや強迫まがいに女に捲き上げられた金を、みすぼらしいユダヤの侏儒からとり戻そうと考える。このたびはあれこれと値段の交渉をせずにすむのでむしろ有利だと考える。そして、またしてもむざむざと捲き上げられる羽目に陥るのであった。大方の者はフィッシェルレの熟考に会って疲れ、猜疑してあげくに興奮した。どこでどんな手を打つのやら、皆目見当がつかないのである。年ごとにフィッシェルレの情熱は高まった。即座に申しこみのできないことが堪え難く、いま上に名人クラスがおしのびでおられるなどの想念に苦しめられた。終了のときを待ち切れずベッドの下から這い出してきて、客の肩を指または鼻で執拗に——客が虫かと思って顔をもたげ、あにはからんや傴僂を認めたのち、その申し出を聞きとるまでは——つつき続けた。客にとっては馬鹿馬鹿しい限りであり、金をとり戻す機会を利用しない者はいなかった。これが幾度も繰り返され——一度はいきり立った家畜商人が警察に駆けこんだが——遂に女房は断乎として、もうもう我慢できない、あんたなんかお払い箱だと言い立てた。フィッシェルレは是非もなくカフェに追いやられ、早朝四時迄は戻ることがかなわなかった。その後まもなしに月曜日の紳士のお通いが始まって、苦難の時代は過ぎ去った。月曜日、紳士は終夜いた。フィッシェルレが戻って来る時刻にもとどまっていて、きまって「おほっ、名人様のお帰りだ！」とひと声かける。結構な洒落にはちがいなかったが——この間に八年経って——フィッシェルレは侮辱と感じるようになった。だれも紳士の名前を知らず、また当人も巧みに匿していたが、この男、ことのほか満悦させられた夜には、同情から傴僂に一勝負挑んで、そそくさと敗けてやった。彼はなにであれ、どうでもよいことはまとめて一度に処理するのが好きな人種の一人であった。小部屋から一歩出れば、愛情と同情を向こう一週間うっちゃった。フィッシェルルレに敗けてやって彼が失うものは、どうやら稼ぎのもとであるらしい商売で、通常、乞食への施し用に用意している小銭であった。自宅の戸口には標識を掲げていた。《乞食・物貰イ、オ断リ》。

フィッシェルルレがこの世でいたく憎悪する連中がいる。すなわち、チェスの名人たちだ。新聞や雑誌に掲載される名棋譜は、あまさず一種いきどおりの念で検討する。かつて自分が打った名手は末永く脳裏に収めていた。地方大会の名人連の拙手を仲間に証明するなどは朝飯前のことであった。彼の記憶力に満幅の信頼を置く仲間たちに、そここの勝負手を一手一手再現する。まことに忌まわしい限りであるが、駒運びへの賞讃が徐々に高まり、やがて絶頂に達した頃を見計り、実の所はありもしなかった抜かりの手を挟みこむ。なにげなく駒を進めて、次に一挙に破局の終盤に誘導する。拙手の主がだれであるか、言わずとも知れた。しかしここでも名前は禁句であった。たとえフィッシェルルレでも手があるまい、との声が高まる。奥の一手はだれも気づかない。このとき彼は、差しのべた腕がようやく駒に触れるほどまで、おもむろに椅子を引く。軽蔑を表わすとっておきの動作であった。他人なら口で用をすませよう。だがフィッシェルルレのそれは鼻の下に沈みこみ、役立たない。やっとのことでしゃがれ声を放った。「ハンカチをよこしなよ、盲でも詰めらあな！」女房が傍にいれば、自分の汚ないハンカチを渡した。数カ月に一度あるかないかの大会をあてにするわけにいかない。そんなこと、分りきったことだわ。彼女が店にいないときには、女のだれかれが掌でフィッシェルルレの眼を覆った。間をおかず、しかし確実に、彼は一手一手駒を元に戻した。ぬかり手があったところで休止する。それは同時に、彼の瞞着が始まったところでもあった。そこに妙手を一手挟んでやにわに局面を逆転させる。あとの駒運びは息一つつかせない。見物の全員が驚きの目を見張った。女たちはフィッシェルルレの瘤を叩いて、その鼻にキスをする。若い連中のうちの美男子たちは殆んど、もしくは皆目、チェスを知っていなかったが、拳で卓を殴りつけ、フィッシェルルレを名人にしないとは不当極まると興奮しきって宣言した。そのいたけだかの声に女たちはまたあらためて惚れ直した。フィッシェルレは冷静を失わない。拍手には一切目もくれぬふりをして、さりげなく注釈する。「なにはともあれ、あたしゃ哀れな野郎でさ。おひとりにでも今日こうと保証をいただければ、明日からは名人ってわけ！」皆がわれがちに「今日からさ！」と叫びたて、それで興奮は鎮まった。

フィッシェルレは知られざるチェスの天才としての特性と年金女の女房の通いの旦那様のおかげで、《理想の天国》では法外な特権を享受していた。彼は新聞や雑誌の棋譜を自由気ままに切りとることができた。もっともそれらは、とっくに客の手垢にまみれており、数カ月後にはなおのこと汚ならしい居酒屋に払い下げられる代物であった。フィッシェルレは切抜きを身につけたりはしない。ちりぢりに引き裂き、嫌悪の念とともに便所に投げ捨てる。だれかが棋譜をお見せと言い出しはしないかと、始終びくついていた。自分の実力にはさらに確信がなかった。みずから考えて打った手は、思うたびに、彼のお粗末な頭にとっても頭痛の種であった。だからこそ世の名人たちをペストの如くに忌み嫌った。

「どうでしょう、わたしが奨学金を受けるとなるとですな」とキーンに話しかけた。「奨学金なしの人間なんて片輪者ですぜ。二十年間、ずっと奨学金を待ち続けてきましたよ。女房をあてにしているとでもお考えですかね？　とんでもない、わたしの欲しいのは平安でしてな、放っておいてもらうこと、それと奨学金とですよ。あたいのところへおいで、なんぞと女房は言いましたな。わたしがまだ餓鬼の頃の話。そのときわたしは問い返してやりました、フィッシェルレ様に女房がなんの役に立つとね。するとです、何が欲しいの、ときましたぜ。あれは平安を与えてくれん、放っといてくれんのです。欲しいのは奨学金、知れたことですわ。何もなくては何も生まれてこんでしょうが。あなたにしても元手なしに商売を始められたわけじゃありますまい。チェスにしてもこれも商売、商売でないなんて言えますかね？　商売でないものなど、この世のどこにありますな？　いいわ、とこう女房は言いましたぜ、あたしんとこへくれば奨学金をあげるとね。いいですか、あなた、こんな言い草がありましょうかね、奨学金とは一体そもそもいかなるものか？　御存知ならば結構、御存知なくてもそれもまた結構。ショーガクキンとはなんとも響きよい見事なことばじゃありませんかね。もともとはフランス語でしてね、ユダヤ人の資本と同じ意味ですぜ！」

キーンは唾を呑んだ。語源学が出てこようとは。なんという店であろう！　唾を呑み、沈黙した。この魔窟において最善の術策であろう。フィッシェルレは《ユダヤ人》の一語が相手に与えた効果を知るために、ほんの少々間をとった。まったくのところ、世界は反ユダヤ主義者で満ち満ちている。ユダヤ人は四六時中、宿敵への警戒を怠ってはならないのだ。傴僂の一寸法師で、それでもなお情夫《いろ》にまで登りつめた者には、なかんずく鋭い眼が必要だ。唾を呑みこんだのをしかと認めた。それを当惑の結果と解釈し、この瞬間にキーンを——まさしく事実通りの——ユダヤ人と判別した。

「結構な商売には利用すべきでしょうがね」とフィッシェルレは落ち着きはらってことばを継いだ。彼は奨学金のことを言っていた。「女房の約束をうのみにして、わたしゃあいつのもとに移りましたな。いつのことだと思われますね？　あなたにはお教えしますよ、われわれは友人ですからな。いいですか、二十年前のこと。まったく二十年間ってもの、女房は節約一点張り、なんにも出しゃあしません、わたしにも何一つ出しませなんだ。修道僧ってものがどんなものか御存知ですかな？　御存知ありますまい、あなたはユダヤ人ですからな、いいですか、ユダヤ人の社会には修道僧なんていませんからな。われわれは修道僧みたいに生きてきましたね。実はもっと結構な名前を知っておりましてな。ま、お察しになれましょうな、もの知らずに限ってこういうことには詳しいもので。つまり尼僧ですわ。われわれは尼僧みたいに生きてきましたぜ。尼僧とは何か？　尼僧とは修道僧の女房でしてね。修道僧はみんな女房持ちで、女房がすなわち尼僧ですよ。しかしです、連中は上手に離れて生活してますぜ！　ああいうのはだれもが見習わなくちゃならんことですぜ、ユダヤ人とてもです、むしろ率先してですな。ところで奨学金の方は一向に溜まらない。まあ、計算してみてくださいよ、計算ぐらいはおできになりましょうな！　あなたがポイと二十シリングをお出しになる。だれもがそう気前よく出してくれるとは限りませんや。まったく、気高い人間が少なくなりましたからな。金のこととなるとわれがちに尻ごみしますからな。あなたこそわたしの友人、なればです、なればあなたのような善人ならきっとこうお考えになりましょうな、フィッシェルレに奨学金を与えるべし、さもないとフィッシェルレは破滅する、とね。フィッシェルレが破滅していいものですかね。残念至極、いやはや、あってはならんことですわ。さて次にわたしがどうすると思われますな？　その二十シリングを女にくれてやります。女はわたしのお相手をしてくれます。するとわたしの方も大喜び。友人のためなら労を惜しみませんぜ。なんなら証明してお見せしますぜ。あなたも女房をここへお連れになりませんかね。それはまあ、わたしが奨学金を手に入れる前にしていただきましょう。つまりです、誓ってもよろしいが、わたしゃ、女房なんて恐がっちゃあいませんぜ。恐がっているとでもお思いですかね？　とんでもない！　女房ごときに何ができるというのです？　あなたは女房持ちですかね？」

これはフィッシェルレが返答を期待した最初の質問であった。相手が女房持ちであることは、自分の背中に鎮座した瘤同様に確信しながらも、しかし形勢の変化を待望していた。既に三時間から相手はひたすら窺っているだけではないか。もはや我慢ならなかった。そろそろ勝負が決まってもよい頃だ。キーンは黙していた。一体、何を言うべきであろう？　女房についてはデリケート極まる。どうあっても真実を述べるわけにはいかない問題である。既婚者でもなく、離婚者でもなく、独身でもないというのにどう答えられようか。「女房持ちですかね？」フィッシェルレは再び尋ねた。このたびはややいたけだかの調子をおびていた。キーンは真理の前で煩悶した。つい最前の商売に係わるときと同じ原理が通用するではないか。せっぱつまれば悪魔とて偽りを吐くであろう。「独身ですよ！」と、微笑みつつ言い放った。一挙に面貌のこわばりが消えた。虚偽とても、ひとたび終ればまるで他愛ない。「ならばおあつらえむき、わたしの女房をさしあげますぜ！」フィッシェルレは怒鳴った。女房持ちであると知れば、提案はまた別のものであったはずだ。「気晴らしにうってつけでしてな！」そして奥めがけて金切声をふり絞った。「こら、出てこい、聞こえんのか？」

女房が来た。大兵肥満で丸まっこい。半世紀の齢を経ていた。名乗りあげ、肩でフィッシェルレを指して、驕りの気配はいささかもなしにつけたした。「主人ですの」キーンは起立して、深々と一礼した。おびえていた。なかんずく、これからどうなることやらと思えば、ひとしお心細かった。「これはこれは」と声高に答え、かすかな、まことにかすかな声で「淫売様！」と添えた。フィッシェルレの

「まあ、坐りな！」の声に従って、女は腰を下ろした。その乳房の直前《まえ》にフィッシェルルレの鼻があった。ともども卓上に突き出ていた。やにわにフィッシェルルレは頭をもたげて、重大ニュースを告げるかのようにそわそわとうなった。「こちら、書籍商さんだ」

キーンは再び黙りこんだ。なんていやな男《ひと》、と女は考えた。男の骸骨じみた身体と夫の瘤とを比較して、瘤を数段美しいと思った。あたしの小人ちゃんはいつも話題に困らなかった。だのに口をきかない。以前にはいろいろ話してくれたのに。あたしが年上すぎるのだわ。この点では夫の言う通り。でもこのひと、よその女には目もくれない。こころのやさしい子供みたい。あたしたちが夜々何かしてるってみんな思っているわ。女たちは鵜の目鷹の目であたしの夫を狙ってる。みんな猫かぶりなんだわ。でもあたしは猫かぶりじゃない。男もみんな猫かぶりね。あたしのフィッシェルルレは猫かぶりじゃない。よその女と何かするときには、きっと先にそのことを教えてくれる。ほんとうはしたくないんだけどと言ってくれる。あたし、反対なんかしない。反対する必要なんかないんだもの。だけどほかのひとには言って欲しくないわ。夫はほんと、おとなしい。あれが欲しいこれが欲しいなんて言わない。でも、もう少し服装に気をつけてくれたら！　ごみためから這い出してきたみたいなんて言われた。フェルトルはミッツルに愛想づかしするようだわ。一年ごし、オートバイを待っていたのに、ミッツルったら、まだ買ってやらない。年内に買えないとフェルトルはおさらばするにちがいない。ミッツルも可哀そうね、また別の男を探さなくてはならない。いま血まなこで節約している。だけどオートバイとなるとそりゃあ大変だわ！　あたしの小人ちゃんはオートバイなんか欲しがらない。ほんと、素敵な眼！　これが瘤の代償っていうのかしら？

フィッシェルルレがお客を世話するときはいつも、夫が自分から離れたがってると感じた。夫の愛情を嬉しいと思ったが、あとになるとまた、夫は高慢すぎると思った。常々、不満など持たなかった。夫の醜悪な生活ぶりにもかかわらず、憎しみはほんの少しだけ。そのわずかの憎悪はチェスの勝負に係わっていた。ほかの女たちはお馬鹿さんのくせに駒をどう動かせばよいのかちゃんと知っている。あたしにはあっちの駒がどうしてこっちにいくのか分ったためしがない。王様が危くなると腹が立った。いっそのこと女王とかのイヤな女にくれてやったら！　女王の方はなんでもできるのに、どうして王様だけボッとしてなきゃあならないの？　しばしば、身動き一つせず眺めている。人はなかなかのチェスの理解者と見たかもしれない。ほんとうは、女王が詰めになるのをひたすら待っていた。詰められると気分爽快になって盤を離れた。相手の女王に寄せる憎悪を夫と分ち持ち、自分の女王に寄せる夫の情愛に嫉妬した。他の女たちはもっと冷静で、飛車角を贔屓にし、女王を淫売と言い、王様を情夫《ひも》と呼んでいたのに、彼女だけはすべて位階を厳密に尊び、通いの旦那のおかげで最下段にしろしかと場を占めていた。普段は間の抜けた冗談にも一緒に笑いころげていたけれども、王様へのあてこすりだけは許さなかった。女王に《淫売》の名をやるなんて上等すぎると思った。香車や桂馬は気に入った。本物そっくりなんだから。フィッシェルルレの桂馬が盤を狭しと駆け回るとき、のんびりした太い声でゲラゲラと大笑いした。フィッシェルレがチェス駒と一緒に自分のところに入りこんできてから既に二十五年も経ったのに、しばしば他愛なく、勝負の初めに並べた通りに、どうして香車をそのまま両端にとめ置かないのかと尋ねた。その方がずっときれいに見えるのに。フィッシェルルレは女の知恵の浅はかに唾するだけで答えなかった。女房の質問がわずらわしくなると――彼女はフィッシェルルレの声が聞きたかっただけなのだ。素敵なかすれ声。だれだってこんなカラスみたいな声を出せやしない――難題を持ち出して口をふさいだ。「俺は瘤持ちかな、それとも瘤なしかな？　瘤持ちだとも！　こいつに乗るとすっころぶぜ！　そうすりゃあ、少しはまともになろうってものよ！」瘤を言い出されるのは辛かった。できたら瘤のことにはひとことも触れずにいたかった。自分の子供の一番の傷が、自分のせいでできたように思えた。フィッシェルレは女房のそんな滑稽な反応に気づいて以来、ことあるごとに強迫に利用した。瘤は彼にとって唯一有効なゆすりの道具であった。

まさしくいま、女房は夫をいとおしげに眺めた。瘤は大したもの、こんな骸骨がなによ。夫がテーブルに呼んでくれたことが嬉しかった。骸骨なんかに手はかからないわ。三人とも黙りこくっていた数分後に、彼女がまず口をきった。「それでどうなのよ？　あんた、どれくらいの値段でいきたいの？」キーンは赤面した。フィッシェルルレが嚙みついた。「こら、口をつつしめ！　友人を侮蔑すると許さんぞ！　この方は知識人だ。値段のことなどそうやすやすと口になさらん。ひとことひとこと、何百回と熟考なさるんだ。あげく口になさったらそいつがことばだ。将学金に興味を持たれてだ、率先して二十シリングの寄附をなさってくださったのだ」「将学金？　何よ、それは？」フィッシェルルレは激怒した。「ショーガクキンとは見事なことばだぞ！　元々はフランス語だ、ユダヤ人の資本《もとで》と同じだ！」「資本？　そんなもの、どこにあるの？」——女房はフィッシェルルレの策略を分っていなかった。どうしてフランス語などで言わなくちゃならないのかしら？　フィッシェルレは扱いに苦慮した。まじまじと女房に眼を据え、鼻でキーンを指し示してから晴れやかに宣言した。「何事も御承知のお方だ」「何事もって何をよ？」「俺たちがチェスのために節約しとることなどだ」「どうしてさ！　どこの世界の話なのよ！　第一、あたしの稼ぎだって少ないのに。あたし、ミッツルじゃないわ。あんただってフェルトルじゃないはずよ。あんたが何をくれたって言うの？　鐚一文よこしたこともないくせに。自分を何様と思っているの？　瘤つきよ！　片輪者よ！　喧嘩一つ、ろくすっぽできやしない！」非を鳴らし、不当の証人としてキーンを引きこんだ。「このひと、ずるいのよ！　ほんと、想像もつかないくらい、片輪者のくせにさ！　へっ、いいきみだわ！」

フィッシェルルレはなおのこと小さくなった。勝負を落としたのだ。哀れっぽくキーンに向かった。「女房持ちでないなんて、まったくあなたは運がいいや。二十年間、爪に火をともすみたいにして溜めこんできたというのに、こいつときたら、将学金全部をお馴染につぎこんじまった」この厚かましい嘘つきぶりに女房は呆然自失した。「誓ってもいいわ」ようやく思いなおして、息まいた。「ほんと、二十年間、あんた以外に男なんか知らないわ！」フィッシェルレは匙を投げたという風にキーンに掌をつき出した。「男を知らない淫売ですわ！」この《淫売》の語を発するときに、思うさま眉をつり上げた。女房はあまりの侮辱にワッと声をあげて泣き出した。涙にくれてことばは定かに分らなかった。ただ年金がどうとかと聞きとれた。「お分りでしょうがようやく自分でも認めましたぜ」フィッシェルルレは元気をとり房した。「一体、だれに年金女とかにしてもらっているわけでしょうかね？　月曜ごとにお出でくださる紳士にですわ。しかもわたしの住居へですぜ。女房の誓いは偽りなりけり。何故に偽りなりけるや？　女房自身が偽りですからな！　どうです、あなた、あなたは偽りを誓えますかね？　わたしは偽りを誓えますかね？　誓えやしませんとも！　断じて不可能！　何故か？　われわれ両名が知識人であるからですわ。偽りの誓いをたてる知識人を御覧になったことがありますかね？　まったくのところ、前代未聞！」女房はなおのこと泣声を上げた。

キーンは衷心より侏儒の意見に賛成しつつ、不安のあまり、さしあたっては当意見の真偽のほどの穿鑿はやめにした。女が同席となってから、いかなるものであろうと女への敵意はなべてみな救いであった。値段云々のことばによって、これがいかなる種類の女であるかを承知した。すなわち第二のテレーゼである。なるほど、自分はこのような店の慣習には疎《うと》い。しかしこのことははっきりしている。けだしここに悲惨な肉体に宿る純なる魂があり、二十年間というもの、汚濁の世界から抜け出ようとあがいてきたのだ。テレーゼはそれを許さなかった。純なる魂の持主は崇高な知性の目指すところを見失わないために、限りない不便を忍ばなくてはならなかった。その彼をテレーゼが頑なに汚濁のなかに引き戻す。彼は倹約してきた。吝嗇からではない。このひとの本性は寛やかなのだから。妻がすべてを浪費する。夫を自分につなぎとめておくためである。彼は精神界の危い一角に手をかけて、あらん限りの力で取り縋っているというのにだ。チェスが彼の図書室だ。のべつ商売《あきない》について口にするというのも、他のことばをことごとく禁じられているからにほかならない。しかしながら書物商売をかくも高く評価することからでも本心が知れるではないか。生活に打ちのめされた男、その住居においていかなる闘いをなしていることか。彼は秘かに読むために本を一冊、おのが住居へ持ち帰った。妻がそれを引き裂き、粉々にしてまき散らす。のみならず、否も応も言わせずに途轍もない目的のために住居を利用しているのだ。おそらくは召使女をスパイ用に傭っているのであろう。自分の留守中に書物などを持ちこまないよう監視させるためだ。書物は禁止して、みずからは勝手気ままに愉悦のなかに耽溺している。永年の熾烈な闘争ののち、彼はチェス盤だけは自宅に持ちこみ得た。だが住居の狭い隅におしつめられた。その一角に坐り、長い夜々、駒を握りしめつつ人間の尊厳について思念した。妻に客の訪れがあるときにも拘束は解けなかった。その時間、妻にとって彼は空気にすぎなかった。虐待の手が殺《そ》がれるだけだ。その際でも彼は聴耳をたて神経を休めない。銘酊した妻が自分を襲わないか。妻は酒をあおり、煙草を好む。ドアを押し開けて突進し、その不恰好な足でチェス盤を踏み倒す。フィッシェルレは子供のように泣きじゃくる。いましもいわば自分の《書物》の山場にさしかかっていたところだのに。とび散った駒を拾い集め、泣顔を見られないように顔をそむける。彼は小さな英雄だ。個性を持つ。幾度かその唇に《淫売!》の一語が浮かんだ。だがおし殺す。口に出さない。妻は理解しないだろうから。とっくの昔に夫を住居から追い出していたはずであるが、ただただ自分に好都合な遺言書をあてにするために見逃していた。おそらく彼の財産は僅少だ。にもかかわらずそれをそっくり捲き上げるのが妻の方の思惑だ。だが彼はこればかりはおさえている。身を挺して防いでいる。そしてようやく、追い出されることを免れている。彼自身、なおよく住居にとどまるのが遺言書のせいと見極めていさえすれば! だが彼にこれを知らしてやることはできないのだ。彼に衝撃を与えてならない。彼は脆弱な人間だ。瘤を負ったこの矮小な肢体は……

キーンがだれかにこれほど深い思いを馳せたことは絶えてないことであった。彼自身は辛うじてテレーゼを制し得た。相手の武器を逆手にとり、策を弄して閉じこめてきた。いまや主《あるじ》の卓に坐り、以前と同じく言いたてて、以前と同じく罵り、その本性に適わしく振舞っているこのテレーゼは、その害毒を自分に及ばさない。意に介していない。そのお目当ては隣りの傴僂だ。自然が悲愴な語源学を通して片輪者に仕立て上げた代物だ。キーンはこの小男に対しておのれの罪を痛感した。何かをなしてやらなければ。自分は彼を尊敬する。かくも高潔な魂の持主でないならば、金銭の援助を申し出ていたはずである。彼を傷つけてはならぬ。それはまたみずからを傷つけることになるではないか。とはいえ、最前の話題に戻るのはいかがであろう? このテレーゼの、その厚顔無恥によって中断された当の話題に戻るのは?

キーンは高額の紙幣で膨んだ財布をとり出した。およそないことであったが、手のなかで悠然と握りしめてから、やおら紙幣全部を引き出して、落ち着き払って数え始めた。これにより申し出の額が自分にとっては何ほどの犠牲でもないことをフィッシェルレ氏は納得するであろう。百シリング紙幣三十枚目で視線を落として侏儒を見た。贈物を悪くとらないだけの度量は持ってくれるのではないか。

金を数えて嬉しい者などいるであろうか？　フィッシェルレ氏は小忙しく辺りにそっと目をやっていた。ただこちらの指先に対してだけは無頓着に思われた。言うまでもなくその繊細な神経と、低俗な金銭に対する嫌悪の故にだ。キーンは弱気を励まして数え続けた。このたびは声を出して。それも澄んだ、高らかな声を出して。心のなかでこの厚顔ぶりを小人に陳謝した。これがいかにその耳には苦痛であるか気づいていた。高潔の士は椅子の上で尻をもぞもぞ動かし始めた。顔を卓上にすりつけた。おかげで片耳がふさがった。なんという敏感な、感じやすい心情であろう。次に妻の胸を突いた。その身体を横幅一杯、広げさせた。元来の肥満体とあいまって、キーンの姿を前方の視野から遮った。女房は命じられるままになっていた。いまや声をたてない。無言で数を合唱していた。なに、そうはさせぬ。テレーゼには鐚一文だに渡さない。四十五枚目で小人の苦悶は絶頂に達した。「シー！　シー！」と祈るが如くに警告した。キーンはついくじけそうになった。おだやかに贈ることはかなわずとも、強引に押しつけることは許されまいか。いつかはきっと真意を汲みとってもらえよう。喜んでもらえよう。テレーゼからみずからを解放するようすがともなるであろう。五十三枚目で至純のひとは妻の顔を両手で摑み、憑かれた者さながらにことばを吐きかけた。「じっとしたらどうなんだ、え、少しはじっとできんのか？　淫売！　売女《ばいた》！　駒運びさえ分らんくせに！　照り焼の雌牛めが！　食っちまうぞ、こら！……」数が増すごとに新たな一語を加えていった。女房はとり乱し、小用に立ちたがった。これは不都合である。この場にいて、夫に贈物がされるのを目にしなくてはならぬ。そして自分には何ももらえないことに立腹しなくてはならぬ。さもないと意味がないではないか。金をもらうことだけで喜ぶ者などいないではないか。早急に渡さなくてはなるまい。

キーンは区切りの数——やがて六十枚——に至るまで待って、中断した。立ち上がり、百シリング紙幣一枚を握りしめた。できることなら数枚にしたかったのであるが、あまりの高額は、その逆と同じく、純なる魂を傷つけるであろう。一瞬、身を持《じ》して、壮挙の雰囲気を盛り上げるために沈黙した。やがてかつてなかった丁重なことばで語りかけた。

「わが敬愛のひと、フィッシェルレ殿！　わたくしは貴兄に対するひとつの懇請を黙し難いのであります。貴兄の奨学金の一助として、ささやかなこの紙幣を収めていただけないものでありましょうか？」

傴僂は《どうも》の代りに「シー！　もういい、もういい！」と囁いて、さらに女房を罵り続けた。明らかに知性が混乱をきたしていた。怒りのこもった視線を落とし、罵倒のことばを投げかけていた。卓上の紙幣には一瞥だにくれなかった。しかしながら、キーンの心底をおもんぱかってか、腕をのばし金を摑んだ。一枚の代りに札束全部をわし摑みにしていた。だが気づいていなかった。それほどまでに興奮しているのであった。キーンは微笑した。この人間はゆかしさのあまり、強欲な盗人同様の動作を起こした。自分でそれに気づいたら、死ぬばかりに恥じ入ることだろう。恥辱の場を与えないために、札束を紙幣一枚ととり代えた。指は固く純感であった。当人の意志におかまいなく、札束に執拗にからみついていた。指一本づつもぎはなしても、なお気づいていなかった。ようやく縒れて紙幣に移り、機械的にそれを握りしめた。長年のチェスの結果、かくも頑強な指先となったのであろう。このひとは指を握ることばかりやってきたのだ。それが生涯に獲得した唯一のことなのだ。キーンは腰を下ろした。善行に心がなごんだ。罵倒をしたたかに浴び、顔面をほてらせてテレーゼは突っ立ち、このたびは実際に卓を離れた。もはや用なしだ。行ってよし。期待は裏切られたであろう。この夫に凱歌をあげさせること、それがキーンのつとめであった。ものの見事に成功した。

体内を駆けめぐる満悦の情に浸って、キーンは周囲の変化を見過ごしていた。突然、肩に強烈な打撃を受けた。驚愕して見上げたそこには掌が広がっており、声がわめいた。「俺にもくれい！」数人が真近に迫っていた。いつ来たのか？　先刻は気づかなかった。拳が山と重なって卓上に並んだ。さらに人員が増し、背後から突き、前で押し合い、女の声がひときわ高く「前に出してよ！　見えないじゃないの！」と叫んだ。そしてまたひとつ、金切声がした。「フェルトル、オートバイは鼻の先よ！」だれかが鞄を両手で掲げ、探ってみたが落胆し、「くそっ、こんなボロ紙なんぞ消えちまえ！」と怒鳴りたてた。人垣で四囲がふさがれ、フィッシェルレがうめいたが、だれも注意を払わなかった。女房が駆けつけて悲鳴をあげた。別の、さらに肥っちょの女は左右を殴りとばし、搔き分けて突進しながらわめきたてた。「あたしにも！　あたしにも！」それは先程、カウンターの向こうに見かけた襤褸切れをまとった女であった。《理想の天国》の空が揺れ、椅子が倒れ、天使たちの嬌声が響いた。キーンがようやく情況を把握したとき、鞄は耳朶に懸っていた。何も目にせず、何も聞かなかった。ただ自分が床に転がされ、全身のポケットや袖口や、そして縫目までもが、大きな力強い手で探られているのを感じた。戦慄した。肉体のためではなく、頭脳のために。かれらは自分の図書を無茶苦茶に混乱させかねない。殺されようとも書物のことは口にすまい。さぞや本を出せ、と命ずるであろう。書物はどこだ、と。渡すものか。決して、断じて渡さない。自分は殉教の徒だ。書物のために死ぬであろう。唇がふるえる。おのが決心のほどを語りたがる。だが声は発しない。発するかの如くに動くだけだ。

　しかしながらだれ一人尋ねようとはしなかった。むしろ手で確かめようというのであろうか。キーンの身体は二度三度と床を転げ回る。やがては全裸にひんむくのであろう。どう転がし、どうひんむこうとも、何一つ見つけまい。不意に孤独を感じた。すべての手が消えた。そっと手を頭にやった。次の攻撃に備えるため、そのままの位置にとどめた。無防備な図書を掴みとるために、敵は一瞬を狙っている。注意せよ！　注意を怠るな！　いや、危機は過ぎた。幸運だ。いまやわたしは立ち上がる。連中はどこへ行ったのか？　むしろ見ない方がよい。気づかれずにすむ。用心から店の逆方向にやった視線が、ナイフと拳で競い合った人々の上に落ちた。叫喚が聞こえる。分りたくない。こちらが分れば向こうも分ろう。長い足で爪先立って、こっそり外に出る。だれかが背を捉えた。息を殺し、そっと振り返る。手は頭脳に防御の体制。なに、ただ戸口のカーテンにすぎなかった。通りに出て深呼吸。ドアを音高く閉じられないとは残念であった。図書は安泰だ。

　数軒先で、傴僂がキーンを待ち受けていた。鞄を差し出し、「紙束もそのままですぜ」そして「どうです、頼りにしてもらわなくちゃあ！」キーンは苦境のなかでフィッシエルレなる人物が地上に存在していたことを失念していた。それ故になおのこと、この限りないやさしさが身に浸みた。「紙さえもそっくり」彼は吃った。「なんとお礼を申し述べてよろしいやら……」この眼で見定めたところに狂いなく、やはり高潔の士であった。「大したことでもありませんや！」小人は応えた。「ともかくどうです、ここの戸口でひと息入れなさったら！」キーンはその命に従った。感動のあまり、抱擁の衝動に駆られた。「拾い主への礼金はいくらだか御存知でしょうな？」通行人の視線から隠れるや、フィッシェルレは尋ねた。「御承知の通り一割が相場ですぜ。なかの連中は取っ組合いの最中ですがね、お目当ての品はここにござるというわけで！」キーンの財布を引っぱり出し、たいそうな献上物とでもいう風にキーンに差し出した。「こいつのために殴り合うトンマに不足はしませんがね！」キーンは図書が危機に瀕して以来、財布のことは忘れていた。傴僂の良心の程度に軽快に笑い、財布を受けとった。帰ってきた金のためでは毛頭ない。純なる魂との遭遇の喜びからだ。「なんとお礼を申し上げてよいのやら！」と繰り返した。「一割ですぜ」と傴僂は注意した。キーンは札束を摑み、そのかなりを抜いて差し出した。「まず数えてもらわにゃ！」フィッシェルレは叫んだ。「商売商売、あとで抜きとりがあったと言われては立つ瀬がありませんや！」キーンは数えた。だが元来、いくら入っていたかを知っていたのか？　フィッシェルレはいくら抜きとったかを知っていた。数えろとの要請は拾い主の報酬に係わっていた。キーンは相手を喜ばしたい一念で数え直した。二度目、六十枚に達したとき、またもやフィッシェルレの苦悶が始まった。これを逃れるために――そのためにも、前もって報酬の金額を抜きとっておいたのであるが――急いでとりまとめた。「どうです、かっきりでしょうが！」「もちろんだとも！」とキーンは答え、これ以上数えなくてもよいことを嬉しく思った。「じゃあ礼金の方を数えていただきましょう。それですみですわ」キーンは数えたて、九まできた。さらにさらに数え続けたかった。このときフィッシェルレが口を挟んだ。「そこまで！ちょうど一割だ！」財布の全額を承知していた。キーンを待つ間、戸口に隠れてそそくさと、しかし正確に検査したから。

取引の終了とともにキーンに手を差しつけ、哀れっぽく視線を上げて言った。「こちらが払った犠牲も知っていただきたいものですぜ！　これで《理想の天国》ともおさらばですわ。またぞろあそこへ戻れるなどとお思いですかね？　連中はこの金を見つけてわれ勝ちに殴りますな。野郎、どこでこいつを手に入れた、とこうきますな。正直に言えますかね？　あの書籍商からとでも言おうものなら、めった打ち、ひっ転がして捲き上げますぜ。何も言わなければ言わないで、吸いついて離れませんや。お分りでしょうが。生きておればそれで生きる屍、殺されればそれで死んだことってわけでしてね。これが友情の結果ですぜ！」フィッシェルレはなお飲み代《しろ》を欲しがっていた。

キーンはおのが義務を了解した。この人間、生涯にまみえた最初の人間に、新たな、適当した生存形態を与えること。まず告白した。「まこと、わたしは商人ではありません。学者です。図書所有者です」そして身を寄せて侏儒に叩頭した。「わたしの助手になってください。あなたをお世話いたしましょう」

「父親の如くに」と一寸法師はつけたした。「思った通りだ。早速、出発としましょうぜ！」彼はすっかり元気づいていた。キーンはふらつきながら背後《しりえ》についた。そして新たな助手のための仕事を思案した。正当に交わることこそ友情のあかしであろう。夜、書物の整理整頓に助けを借りるとしよう。

瘤

助手就任後数時間にして、フィッシェルレは主人の意向と特性とを完全に呑みこんでいた。夜、宿泊の際、キーンは《友人兼協力者》として傴僂を帳場に招介した。さいわいにも帳場は一度泊ったことのある気前のいいこの蔵書家を憶えていた。さもなくては主人と言えども助手もろともに放り出されたはずだ。キーンが宿帳に記入する内容を覗きこもうとフィッシェルレは頑張った。しかし、どうにも背が低すぎる。身分・職業欄に鼻を突っこむことさえかなわなかった。帳場が二人分の用紙を準備したことに、なおのこと不安が増した。しかしながらキーンは、これまでの生涯にわたって打ち捨ててきた思いやりの感情を一日にして回復しており、文字を書くことが小人にとっていかな苦痛を伴うものかを感得していた。そこで自分の用紙に《同伴一名》と書きこんだ。そして「これは不要だ」と述べて二枚目を帳場に返した。かくしていとも手際よく、書くことと、またそれ以上に深刻なことと思えた一件、助手身分の屈辱感とを純なる魂から隔て、免れさせたのである。

部屋に入るやいなや、キーンは荷造り紙をとり出して皺をのばし始める。「なるほど皺だらけだが」と口を切って「しかし予備がなくてね」フィッシェルレはおのが力量を示す機会にとびついた。主人が広げた一枚一枚を追いかけて撫でさする。「こうなったのも、もとはと言えばあの殴り合い、わたしのせいでして」と言い張った。指は自在に這いずって皺は見るまに消失する。やがて二部屋の床一面に荷造り紙が敷きつめられた。フィッシェルレはあちこち跳び回って腹這いになり、短軀の瘤つき爬虫類さながら、隈から隈へと蠕動した。「簡単簡単！　いま少々の御辛抱！」と叫びたて、あえいでいた。キーンは微笑した。人間と瘤の蠕動に不慣れではあったが、傴僂の親身あふれた敬意を受けて満足した。ただ目前に迫った宣言を思うと少しばかり不安になった。小人の知性を過大評価しているのではなかろうか？　自分とまず同年令だ。多年、書物《ほん》なしに、追いつめられて生きてきた。課せられる使命を誤解しかねない。尋ねるかもしれぬ。《一体全体、どこに書物があるのです？》と。終日、どこに保管されているかを知ろうともせずにだ。もう少々、床を這い回っていてくれることを。その間に、脆弱な頭脳にもなお理解させ得るていのイメージを思いつくであろう。侏儒の指の動きが、もう一つ、不安の種であった。断えず動いている。皺をのばすには念入りすぎると言えまいか。指は飢えているのだ。飢えた指は食物を欲しがる。これまでだれにも触れさせたことのない書物に食指を動かすだろう。それにまた、小人の知識欲も無視できぬ。いざこざを引き起こすのではあるまいか。みかけだけで遠慮会釈なく、書物の並びが乱雑すぎると非難しはしまいか。いかに弁明すればよいであろう？　およそ十人の賢者の思いつきだにしないことを一人の愚者は考えるもの。まさしくその種の愚者が目の前にいる。そして「只今終了！」と叫んだ。

「では書物の荷解きを手伝ってくれ給え！」キーンはずばり命じた。おのが直截にみずから驚嘆した。やっかいな問を遮るために、そそくさと頭脳より一荷とり出し、一寸法師の鼻先に突きつけた。小人は両腕を差し出し、器用に抱きとめてから言った。「こんなに沢山！　一体、どこに置けばいいのですかね？」「沢山だって？」キーンは気を悪くした。「ほんの千分の一だというのにだ！」

「分ってますとも、御主人様、ところでこんな恰好でここにずっと立っていなくちゃならんのですかね？ うっ、重い、こいつは堪まりませんや、どこかに下ろさせてもらわなきゃあ！」「紙の上にだ。そこの隈から並べ始めてくれ給え。あとあと、けつまずくといけないからね！」

フィッシェルレは慎重に歩を運んだ。腕の荷を落としかねない烈しい動きは一切とどめた。隈にたどりついて膝を折り、そっと荷を床に置き、背並びをそろえた。ようやくこれで、見ても心好い。キーンが背後に続いていた。既に次の荷を用意していた。小人の動作に猜疑の眼を光らせた。あやうく愚弄されていると思うところであった。フィッシェルレの手のもとに作業は順調に進んでいった。一荷一荷と受けとっては並べる。慣れとともに敏捷さが増した。積み上げたひと山ごとに、数センチの間隔をおき、指を出し入れするための余地を残した。彼は深慮そのものであった。翌朝、部屋を去らねばならないことまでも含んでいた。ひと山の高さを適度に制限し、鼻をめどにして、その先端が山の頂きとこすれる辺りでとめた。この計尺法に夢中になってはいたが、一つ終えるごとに「この御無礼を御勘弁！」と声をあげた。鼻を越えて積み上げることはついぞなかった。キーンは心配になった。このように高さを制限すれば空間に不足してくるのではあるまいか。脳中に蔵書を半分方かかえたまま眠りにつかねばならぬ羽目に陥ろう。ただ当分は注意を控えて、侏儒の働きぶりを見守った。次第次第に魅惑され、引きこまれるのを感じた。先程の「こんなに沢山！」の叫びにあった過小評価は許す。キーンは二部屋の空間が使い切られる瞬間を待望した。そのときには、しげしげと小人を見下ろし、少々の皮肉をこめて問いかけよう。「さあ、どうするね？」

一時間後、フィッシェルレは瘤のお陰で最大の苦境に直面した。反転するのも退くのもままならない。四方四面が書物の山だ。一方の部屋のベッドから他方の部屋のベッドまでの、ひと一人通れるだけのわずかな余地を残して、目のとどく限り書物に埋めつくされていた。フィッシェルレは汗をかき、鼻先で高さを計るなどはもはや放棄した。瘤をなんとか縮めようと図ったが、無論のこと、不可能であった。肉体労働は酷く応《こた》えた。疲労のままに書物の山に転がりこんで、直ちに眠りこけたいところであった。だが頑張った。血まなこになって探しても遊びの空間のないことを確かめてから、くんにゃりその場に崩れ折れた。「これほど沢山の書物をこれまで一度も見たことがありません」と呟いた。キーンは破顔一笑し、「なんのなんの、これでまだ半分！」と言い放った。まさしくこれはフィッシェルレの意表をついた。「明日でしょう、それは。残りの半分がとどくのは」と背一杯反論した。キーンはしてやられた思いがした。彼は法螺を吹いたのだから。実際は既に書物全部の三分の二以上の荷解きが終っていた。いまさらこのことが判明すればなんと思われることか！　正確好きの人間は嘘つきなどと呼ばれるのを好まないものである。明日の宿りはもっと小さな部屋のホテルとしなくてはならぬ。手渡す荷も、もっと小さくすることだ。荷二つでひと山となる程度のもの。そしてフィッシェルレが鼻先をすりつけるようなら、断乎としてこう言おう。《知識人はそうそう鼻を掲げてふらふらさせないものだ。まず手始めにそのことを学び給え》と。疲労困憊の小人はこれ以上見るに堪えない。休憩を与えよう。それだけの働きはしたのだから。「貴君の疲労を尊びたい」キーンは言った。「書物に対する処し方は満点と言える。床《とこ》に就き給え。残りは明日だ」すこぶる慈悲深い、しかしあくまで主人《あるじ》としての配慮であった。労をかんがみて敢えて許容したのである。

フィッシェルレはベッドに横たわり、暫く呼吸を整えたのち、キーンに呼びかけた。「こりゃあ、ひどいベッドですぜ！」彼はすこぶる快適であった。生涯にこれほどふんわりと柔かいベッドに寝たことがなかった。ならばひとこと、感想が必要ではないか。

夜ごとの例に同じく、寝入る前のキーンは中国にいた。今日一日の特異な経験の結果、おのずから心像の数々も変化していた。おのが学問が普遍化したことを知り、直ちにはこれを拒まなかった。侏儒のうちに理解者を感じた。相《あい》似《に》た本性のあることを認めよう。その者に少々の教養といくばくかの人間性を賦与することに成功するならば、これもまた実績であろう。なべて始まりは困難を伴うものだ。無知の結果の自由気ままをことさら拘束してはなるまい。日々毎日、大いなる教養の人と交わるうちに、小人の知識欲もまた日を追って増大するであろう。かかる雰囲気のうちにはたと一冊の書物に手を伸ばし、読解の試みをなさんとするその一瞬を捉えるのはどうか。いやいや愚策だ、これはなすべきではない。小人にもまた自尊心があろう。気を悪くするではないか。いかほどの教養が適当であろう？口答で除々に誘導することだ。個人教授法は時機尚早か。

中国語の完了までに数年は必要であろう。とはいえ、中国文化圏の思想並びに思想家と親しむだけならば、さほどの時を要すまい。興味を喚起するために、日常の卑近な例にからませること。《孟子とわれわれ》のテーマでもって、一篇の講話をなし得よう。いかに反応するであろうか？　このときキーンは、先刻小人が何やら叫んだことに思い到った。何を論旨としたのかは記憶していない。とまれ相手がまだ眠りこんでいないことだけは確かである。

「われわれにとって孟子とは何か？」声高く叫び返した。この題目の方が数等よい。孟子が個々の人間に係わることが、これだけでも分明でないか。論は適格をもって尊しとする。もっともである。

「まったくひどいベッドでしょうが！」フィッシェルレは負けず劣らず大声で叫び返した。

「ベッド！」

「それに蚤も！」

「冗談はやめにして速やかに眠り給え！　貴君には明日もまた多く学ばねばならぬ事柄がある」

「しかし今日もう充分に学びましたがね」

「自分でそう思ってるだけだね。さ、おとなしく眠ること。一、二、三と数えるからね、その間に、おやすみ」

「はっ、おやすみだ！　熟睡中、そっくり本が盗まれまさあ。すなわちわれわれは空手《からて》の乞食。そいつは危険すぎますぜ。だれが眼を閉じていられますかね？　あなたにはそりゃあできましょう、大金持ですからな。わたしにはとてもとても！」

　事実、フィッシェルレは眠入ることを恐れていた。彼は習慣に生きる男である。睡眠中にキーンの金全部を盗むなんて造作もない。夢を見ているときには、自分で何をしているのかさっぱり分らないのだから。刺激を受けたものの夢を見る。どんなにか札束の山にもぐりこみたいことか。およそ飽き飽きするまでもぐりこんだあげく、抜目ない朋輩のだれ一人として真近にうろついていないと確信できたら、どっかと札束に腰を据え、チェスの勝負を始めよう。もっけの場所ではないか。同時に睨みをきかせられる。盗みにくる奴を見張るのと、盤の駒に気を配るのと。これこそ大人《たいじん》の作法であろう。右手で駒を動かし、左手で指の汚れをお札《さつ》で拭うのだ。まったくのところ、うんざりするほどだ。目分量でも数百万。こいつを一体どう使うか？　少少を分配しても悪くはなかろう。だが奴らはまたどんな憶測をやらかすことか。一寸法師がどうかして手に入れたと思うだけ。やくざ者めが、早速、寄ってたかってさらいにくる。小人が大人《たいじん》になってはならんというわけだ。資本を持つのを許さんというわけだ。腰に据えたのは何か、と言いたてる。あの使い道はただ一つ、手術がもっとも賢明だとくるだろう。有名な外科医の鼻先に百万を積み上げて、先生、どうかこの瘤を切り落としてください。ならば百万差し上げます。百万となれば、メスさばきも格別のものだ。瘤がすっぽりと落ちれば、先生、百万は嘘でして、二、三千がた欠けていまして。有名人ともなれば度量が違う。おうようだ。瘤は燃《も》された。背は針金のようにまっすぐ伸びよう。しかしながら、利巧者は頭のできが異るものだ。百万をとり、その紙幣をくるくると巻いて背に負って、人工の瘤とする。だれにも気取られない。自分は背筋をしっかと伸ばしている。だのに連中は依然として傴僂だと思いこむお目出たさ。自分は百万長者だ。にもかかわらず、連中は相変らず哀れな素寒貧と考える間抜けさ加減。眠るときには、瘤を腹に回せばよいではないか。ああ、神様、生涯にせめて一度は背中を背にして眠りたい。

　つい思わず、フィッシェルレは瘤の上に寝そべった。疼《とう》痛《つう》にうたた寝から引き戻されて、うれしく目覚めた。こいつは我慢ならん、と一人ごちた。不意に岩盤に圧しひしがれる夢を見るとは。撥ねのけて、あげく泣きっ面だ。ともかくにも全部が自分のものではないか。警察は余計だ。介入は御免こうむる。大働きしたのは一体だれだ？　あちらに瘋癲がおり、こちらには知恵者がいるではないか。せんずるところ、あの金はどちらのものだ？

　自分を言いくるめるなどのことは、フィッシェルレにとっては子供騙しであった。盗みには経験を誇る。ここ暫く、盗みに縁遠かったというのも、周りに盗むべきものが何一つなかったからだ。はるばると遠征しようとは思わなかった。警察に目星をつけられていたのだから。彼の肉体には特長がありすぎる。まったくの妬みから、警察ときたら執念深いことこの上ない。真夜中すぎてもなおフィッシェルレは目覚めていた。眼はピクついた。両手を複雑怪奇に交叉させていた。金袋を遠去けてみた。その代りに留置場でいやというほどいただかされた胴突きの味やら、罵倒のことばを思い返した。どうしてあれが必要なのだ？　どうせ何もかも剝ぎとってしまうというのに。返却されたためしがない。そうとも、盗みであろうはずがない！　罵倒が痛くも痒くもなくなって、警察が脳裏から薄れ、腕がベッドからしなだれた頃、チェスの勝負手を思案していた。これを思えばベッドにとどまるだけの値打はあろう。ところで腕は外に出て跳躍の用意を整えていた。普段よりか格別に用心深い。滑稽なまでに慎重だ。相手として名人を想定していた。フィッシェルルレは誇らかに次の手を口述する。従順さに一驚しつつも、名人に代わる名人を据えて、完敗の苦汁を思うさま味わわせた。フィッシェルルレは厳密に言うならば一人二役を演じていた。フィッシェルルレに命じられた以上の手を相手が考えつくなどあり得ない。唯々諾々と従って、結果、拙手の連続だ。やがてフィッシェルルレは匙を投げた。「こんな馬鹿は相手にならん！」そして、やおら足を毛布から突き出して「名人だと？　へっ、どこにまた名人様とやらがいらっしゃる？　どこにお隠れだとおっしゃるね！」

念のために立ち上がり、部屋中を探してみた。名人の肩書持ちだと知ると、人々はやたらに隠したがるものなのだから。どこにもいない。ベッドに坐りこんで、自分と一勝負やらかしているのではないかと想像した。もっともなことだ。あるいは隣室に這いこんだのか？　そうはさせぬ。フィッシェルルレ様が見つけて進ぜようとも。悠然と探し続けた。見当らぬ。戸棚を開き、手を差し入れた。逃げようなんて、そうは問屋がおろしませんぜ。物音の一つだになし。さもありなんか。背高ノッポの先生が眠りを邪魔されたなどの苦情を言う筋合もなかろうというもの。目指すのはたかだか敵の一匹だ。いやいや、こんなところにのほほんとしていまい。これはうかつだ。これはちと呑気がすぎる。フィッシェルルレはベッドの下を嗅ぎ回った。しかし永くはいなかった。家にあるときと同じように、早々に這い出してきた。その節、視線はふと椅子に掛けてある上着にとまった。名人野郎がいかに金に汚いかを思い出した。名人位を授けていただくためには、どれほど金の要することか。テーブルに山と積まねばならない。奴が金の臭いを嗅ぎつけて、ここいらで財布を前に舌なめずりをしていることは明らかだ。まだ手に入れてはいまい。財布を守らなければならない。手遅れとなる前にだ。明日ともなれば財布は影も形もなく、さぞかしノッポの先生はフィッシェルルレが盗んだと思うだろう。甘い汁を吸われてはなるまいぞ。長い腕をにゅうと伸ばして財布を狙い、抜き出してベッドの下に身を竦《すく》めた。無論、這い出してもよかったのだが、しかしなんのためだ？　名人って奴は図体《ずうたい》ばかり頑健で、かならずや椅子の背後に潜んでいて、ランランと眼を光らせ、一足早く殴りかかってくるはずだ。敵の不意を突くのが知恵者の策だ。抜作はいつまでも見張っておれ。御用ずみだぜ。君子は危きに近寄らずだな。そろそろ逐電をきめこんではどうかね。えっ、無駄骨の折り屋殿？

やがてフィッシェルレは名人の存在を忘れた。ベッドの下の奥の隅でこっそりと、切れるような紙幣を数え直した。まあ、それも手すさびのためと言えよう。そもそも幾枚あるかはとっくに知っていたのだから。数え終るとまた改めて数えた。遙かな国アメリカへと、いまやフィッシェルレは船出していた。かの地の名人カパブランカを訪ね、そして言う。「さあ、お手合わせを願いやしょう！」賭金を積み上げ、カパブランカが破産の憂き目を見るまでは勝負をやめない。翌朝、どの新聞もフィッシェルレの写真づくめだ。無料《ただ》で載せさせるようなへまはしない。こちらの《理想の天国》の連中は眼を剝き、女房は――あの淫売は――わめきたてることだろう。こうと知っていたら、好き放題に指させてやったのに、と。半狂乱で手がつけられぬ。女たちが寄ってたかって二、三撥殴りつけた。そいつは素敵な音をたてた。チェスが分らぬ報いとはこういうこと。女はいずれ男を破滅させるだけではないか。女のもとにとどまっていて、一体何ができたというのだ。駆け出さなくてはならない。それが男の芸術だ。卑怯者は名人になれない。ユダヤ人は卑怯者だと言う奴は消えてなくなれ。新聞記者たちが質問を浴びせかける。一体全体、どなたですかと。だれも何一つ知らない。およそアメリカ人とは見えないのだから。ユダヤ人なら、世界中どこにでもいる。しかしカパブランカをたて続けに打ち敗かしたこのユダヤ人はどこから来たのか？　初日は苛つかせるだけにとどめよう。読者はやんやと攻めたてる。だが新聞社は思案投げ首、こぞって《新名人の秘密》と大見出しでお茶を濁すしかない。警察は、無論、介入しよう。またしても拘引したがる。いやいや、諸君、このたびはそいつはなかなか難かしいですぜ。鼻薬をちょいと利かせよう。三拝九拝したあげく放免となりますな。二日目には大雑把に見積っても百人からの記者連中がつめかける。情報ひとつに現金渡しで千ドルの声が出る。フィッシェルレ様は依然沈黙だ。新聞は出鱈目を載せ始める。窮余の一策というわけだ。読者の方は喧々囂々。新名人は超豪華ホテルに宿泊中。豪華船そっくりの豪華バーつき、給仕は無理やりにもとびきりの美人を侍《はべ》らせたがる。淫売なんかではない。そろって大金持の女ばかりだ。名人のことが知りたくて大焦り。まあ、あとで、と受け流そう。とてもじゃないがいまは暇がない、と。どうして暇がないか？ 新聞に載った出鱈目を一つ残らず読まねばならん。これだけで終日かかる。しかし終日これにかけられるか？ またしても訪問客だ。写真師たちがどやどやと入りこんで、どうか一枚と頼みこむ。「しかしだ、諸君、瘤つきだぜ！」「どういたしまして、フィッシェルレ様、名人位と瘤とは全然関係ありませんよ」右から一枚、左から一枚、前から一枚、背後から一枚とシャッターの押しづめ。「なんなら瘤は消してもいいぜ」とフィッシェルレは提案する。「新聞向き、美男子の出来上がりだあな」「ごもっとも、名人様」事実、翌朝版には瘤なしが載っていた。瘤は奇麗に消えていた。さっぱりしたものだ。これはこれでまた気に触わる。給仕を呼び寄せ、新聞を指さした。「いやな写真だ、そう思わんかね？」給仕は「ウェル」と言った。アメリカでは、連中は英語を喋るのである。給仕は写真を素晴しいと思っていた。「頭一つ分、小さいんですな」と意見を述べた。よくぞ言った。「行ってよし」フィッシェルレはチップに百ドルをはずんでやった。撮影の後で背がのびたかもしれない。こういう小さいことはひと目につかないものだ。記事を読む気がなくなった。それに全文が英語で書かれている。彼には《ウェル》しか分らない。到着するのを片っぱしから持ってこさせて、自分の写真をしげしげと眺める。見事な顔だ。長い鼻、無類の鼻だ。文句なしの鼻ではないか？ 小さいときからチェス一筋。とはいえ、ほかに興味を持つこともできたのだが。蹴球か水泳か拳闘だ。しかし手を染めなかった。これが幸いだ。もしいま拳闘の世界チャンピオンであるならば、新聞用には半裸体の写真となっていたはずだ。笑いものになって、こちらはどうにも手出しができないというわけだ。

さて翌日には、ゆうに千人からの新聞記者がおし寄せる。「諸君」とフィッシェルレは口をきる。「まったく驚き呆れた次第であるが、わたくしは到るところでフィッシェルレと呼ばれておる。なんたることであろう。わたくしの名はフィッシャーである！」連中は誓約する。迅速かつ正確に訂正されんことを願う次第である。そしてフィッシェルレの足元にひざまずく。身体を縮めて、どうか情報をくださいと懇願する。馘首《くび》になるとかれらは言うのだ。路頭に迷う羽目になる、と。今日こそ何かを聞き出さないと失業だ、と。ここが思案のしどころ、とフィッシェルルレは思案する。この世で無料なんてものはない。給仕に百ドルやった。記者連中にやることはない。「覚悟次第だ、諸君！」と冷たく言いはなつ。千ドル！と一人の声。しみったれ、と別の奴が継いで、二千ドル！三人目はフィッシェルルレの手を引いて囁いた、フィッシャー様、一万ドルだ！連中の金庫は無尽蔵だ。フィッシェルルレは耳をふさぐ。百万になるまでは聞きたくない。記者たちは荒れ狂い、互いに髪を摑み合う。われ勝ちに金額を競り上げる。自分の出世がかかっているのだから。ひとりが五百万と声をかけた。とたんに静寂が訪れた。これ以上はだれの手にもあまるのだ。フィッシャー名人は耳から手をはなし、おもむろに述べる。「諸君、わたくしは一つ提案する。諸君を破滅させなければならない理由があるであろうか？断じてないのである。そこでだ、諸君は全部で何人おられるか？千人である。各人、一万ドルを出し給え。わたくしはすべてを語り聞かせるであろう。わたくしの手許に千万ドルが残り、なおかつ諸君は一人だに破滅しない。よろしいな、お分りか？」大喝采が起こった。いまこそフィッシェルルレは英雄だ。彼は椅子に登る。いまさら位置を高める必要もなかったが、とまれすっくと立って、淡々と真実のみを語る。名人たるべく《天国》から降りてきたのだ、と。全員がこれを信じるまでに一時間が経過する。自分は不幸な結婚をした。妻はいわば年金女の身分にもかかわらず道を踏みちがえたのである。自分の故里である《天国》の連中の言うには、妻は淫売である。夫に金を貢ぎたがった。どうしようもないではないか。受けとらなければ、妻は殺すと言う。貢がれる以外にすべがない。強迫したのである。しかしながら、金は妻のために溜めておいた。かくのごとくにして二十五年が経った。遂にはあまりにも馬鹿馬鹿しくなった。ある日、断乎として妻に命じた。よせ、さもなくば自分は名人になるであろう、と。妻は泣いた。だがよそうとはしなかった。妻は無為と奇麗な服とちゃんと髭を剃った上流紳士に慣れすぎていたのである。哀れな妻であった。やむを得ない。ひとたび発すれば、これを守るのが男ではないか。《天国》より真直ぐアメリカに渡り、カパブランカを完膚なき迄に叩きふせ、いまここに名人としてある。記者たちはこぞって感動した。フィッシェルルレもまた感動した。基金を設けるであろう。世界中のカフェに残らず奨学金の便宜を図る。その代り、カフェの店主は名人の妙手を図版にして壁に掲げておかねばならぬ。図版の破損は刑法により罰せられるであろう。この結果、名人はいかなるチェスの巧《たく》みを豪語する者をも凌駕する次第が衆目の一致するところとなるであろう。こうでもしなくては、突如、山師が——おおむねは傴僂か、その類《たぐい》の片輪者であるが——自分こそ、この道の上手だなどと言い出すのだ。人人は片輪者の手を検討してみようともしない。嘘にたぶらかされて唯々諾々と信じたりする。もはやこれを許してはならない。今後はどの壁にも図版を掲げよ。詐欺師がそんな手はありませんぜ、などと言うならば、直ちに図版を仰ぎ見よ。さぞや詐欺師は瘤の中まで真赤になって恥じ入るであろう。すべからく思い知らせよ！ さらにカフェ店主は当詐欺師を二、三撥殴りとばす義務を負うのである。名人を侮辱した咎でだ。奴が金を持っているならば決闘を申し入れよ！ 奨学金設置のためにフィッシャー氏は百万ドルを投げ出すであろう。フィッシャー氏はしみったれではないのである。妻には別に百万を授ける。二度と貢ぐことのないようにだ。妻は代償として、決してアメリカまで追って来ないこと、また警察に名人の過去を話さない旨を認《したた》めた文書を手渡す。フィッシャー氏は大金持の女を娶る。そして出費を埋め合わせる。高級の仕立屋に洋服を注文する。姿は一変し、妻はよもや夫とは気づくまい。巨大な宮殿を建てさせよう。チェス駒そっくりの塔つきだ。桂馬《うま》も香車《やり》も歩兵《ふ》も欠かさない。召使どもは正服で威儀を正している。三十もの大広間で昼夜を問わず、フィッシャー氏はチェスの同時勝負だ。生身の人間を駒代りに動かそう。《ムー》と言うだけでよい、奴隷は指定の場所に移動する。指南を乞う紳士たちは各国から馳せ参じる。せめて一局のお手合わせと哀願する。靴や上着を売り払ってもやって来たがる。やさしく迎えるであろう。食事も出そう。しかも盛り沢山だ。スープにプディング、肉には添物付き、ときには牛肉《ぎゅう》に代えて照焼を出そう。全員、一度は名人に殴られる。とりたててあれこれせよとは思さぬ。ただ去りぎわに来客名薄に記入しなくてはならぬ。そこにははっきりと、この家の主人が名人である旨を認《したた》めねばならぬ。当るをさいわい、名人はタイトルを防衛する。その間、新妻は自動車で散歩する。週に一度、名人も同行する。館の全シャンデリアが一度に消える。電灯代だけでも一財産かかるのだから。正門に掲示を出させよう。《只今一時外出中ナリ。

名人ふぃっしゃー》と。二時間と留守にすることはない。しかしその間にも訪問者の長蛇の列だ。「何か売り立てでもあるのですか?」と通行人が尋ねる。「おやおや、これはまたなんとした、御存知ない? さてはあなた、異国の方ですな」憐れみから、ここの館の住人がだれであるかが告げられる。よく分るように、まず一人が述べて、続いて全員が合唱する。「チェスの世界名人フィッシャー様の御喜捨がある!」異国人は唖然とする。一時間してようやく我に帰り、「さては今日がその名人様と拝謁の日というわけですね」合唱がなお続く。「今日こそ珍しく拝謁のない日だ。でなければ、こんな人数ですむものか」これを合図に、みんながてんでばらばら、口々に喋り出した。「名人様はどこへ行かれた? お館は真暗だぞ!」「奥方様とドライヴ中だ。二番目の奥方様だぞ。先のお方はしがない年金女だったとか。今度のお方は大金持だ。お車は自家用車だぜ。タクシーなんかじゃない。特別に注文して組立てさせられたお車だ」まったくのところ、その通り。名人はゆったりとドライヴ中だ。ぴったりの自家用車。妻には少しばかり小さすぎる。妻はドライヴの間、ずっと身体を屈めていなくてはならないのだが、その代り、夫が伴をしてくれるのだ。普段、妻は妻用の車を走らせる。だが名人がそれに乗ることはない。それは彼には少しばかり大きすぎるのだ。しかし費用は名人の車の方が余計にかかった。工場発注の特別車だ。これに乗るとベッドの下にいるときさながら落ち着くのだ。景色なんて退屈だ。固く眼をつぶろう。シーンとしている。ベッドの下だとわが家同然だ。上で妻の声がする。この女にも飽き飽きしてきた。どこがこいつの魅力というのだ? チェスにはまるで不案内だ。男の声もする。男の声? 知識人だ。待て待て、待てよ、なんだ、待てよ? どうして待たなくてはならないのだ? 上の男は標準語を喋る。さては勝負の道の達人か。名を秘めた名人なんぞと同じ性《さが》の連中だ。匿名で女のもとに駆けつける。ちがいない、名人だ、しかも、とびきり名人! 奴と手合わせしなくてはならぬ。一勝負だ。我慢ならん。頭は妙手で一杯、破裂しそうだ。一足飛びにやっつけよう!

フィッシェルレはこそこそとベッドの下から這い出してきて、彎曲したその足で立ち上がった。足はまだ惚《ぼ》けていた。よろめいて、ベッドの端で身を支えた。妻は消えていた。むしろ結構、この方が落ち着ける。長身痩軀の客人がベッドに横たわっている。どうやら眠っているらしい。フイッシェルレはその肩を叩き、声高く尋ねた。「チェスをやりませんかね?」客は熟睡中か。揺り起こさなくてはなるまい。両手で客の肩を摑まえようとした。そのとき初めて、左手に握ったものに気がついた。小さな袋だ。こいつは邪魔だぜ、フィッシェルレ、投げ棄てろい! 彼は左の腕を振った。だが手は袋を離さない。惜しいのだな! 一体全体、どういうことだろう? 手はこわばっていた。いましも掠めとった相手の王駒さながら、しっかと握りしめていた。顔を近づけて睨んだ。袋にあらず、札束だ。どうしてこれを放らない? 入用なのか、哀れなフィッシェルレ、こいつは客のものかもしれんぞ。しかし、客はあい変らず眠りこけているではないか。いやいや、これはフィッシェルレ様のもの。自分はもともと大金持なのだから。客はどうしてここに来た? かならずや異国の者だ。手合わせを願ってやって来た。正門の掲示に気づかなかったのか。ドライヴさえままならないとはな。この客は、どうも見知らぬ男でもなさそうだ。《天国》の訪問客。悪くないぞ。そうとも、これは書籍商だ。しかし書籍商がこんなところに何用だね。そういえば、一度、助手を勤めた。荷造り紙を広げなくてはならなかった。それに、それから……

フィッシェルレは抱腹してなおのこと背を丸めた。笑っている間に完全に目が醒めた。ここはホテルの部屋、隣室に自分は眠るはずだった。金を盗んだ。早速、高飛びだ。アメリカに渡らなければならない。戸口めがけて二、三歩走った。あんな大声で笑うなんて! 書籍商を起こしたかもしれない。ベッドにすり寄って、眠っているのを確かめた。さぞかし告訴するだろう。告訴しないほど狂っているわけでもないんだから。戸口に向かった。今度は走らない。ゆっくり歩いた。どうしてホテルからずらかるか? この部屋は三階にある。帳場は起き出すだろう。朝、汽車に乗りこむ前に警察だ。どうしてだ? 瘤持ちだから! フィッシェルレは憎々しげに、長い指で背の瘤に触れてみた。摑まるのは嫌だ。あそこでは指《さ》さしてくれない。チェス駒なくてなんの楽しみだ。想像の盤で指すなんてまっぴらだ。我慢ならん。のるかそるか、運を試すか。書籍商を殺すことだってできるのだが、ユダヤ人は殺さない。それにどうやって殺せばいいんだ? 告訴できないように口をふさぐか。《ひとことでも言ってみやがれ、殺っちまうぞ!》と、こう言おう。しかし、こいつはきっと卑怯者だ。ぺらぺら喋る。第一、こんな馬鹿に信頼をおけようか? なんとでもなる奴だ。喋り出すのはほかでもない、馬鹿だからだ。こんなに大金を握っているのに。アメリカ行きがパーだとは。なになに、逐電の道もある。摑まるか。摑まらなければアメリカで名人だ。摑まれば絞首刑《しばりくび》だ。しかし首なんてないぞ。一度、片足でもって吊り下げられた。あの足は切りとられたが、もう片足で下げられるなんて、まっぴら、御免こうむる！

戸口とベッドの間でフィッシェルルレはいたずらに右顧左眄した。なんと不運な身の上だ。大声で泣きわめきたい。しかし泣いてはならない。書籍商が目覚めるではないか。この次、こういう好機に至るまでに何週間必要であろう。何週間、何週間か――二十年間、待ち続けてきたというのにだ！　片足はアメリカ、だのにいま一方の片足は罠にある。どうすればいい、どうすればいいんだ！　アメリカの足が一歩進み、罠の足が一歩退く。こいつはひどい。瘤を殴りつけた。札束を股間に隠した。なにもかも瘤のせいだ。懲らしめてやれ。当然の報いだ。殴らないとすれば、自分が泣くしかない。泣けば、アメリカ行きはフイだ。

戸口とベッドのちょうど中間、根を生やしたように立ちつくし、フィッシェルルレは瘤を痛めつけていた。腕を交互に持ち上げて笞のごとくに振り回し、節つきの十本の紐、つまり指を肩ごしに瘤に打ちつける。瘤は凝然としていた。不動の山だ。肩のなだらかな斜面から盛り上がり、巌となって突っ立っていた。やめてくれ、と叫んでもよさそうなもの。だのに黙念としたままだ。フィッシェルルレは殴打に熟達してきた。瘤は精一杯に我慢している。笞打ちの幅をのばした。もはや怒りが問題ではない。ぴったりと命中するかどうかが大切だ。フィッシェルルレの長い腕も、なお長さが足りない。根限りに使い果たす。ぴしっ、ぴしっと規則正しく瘤に落ち、やがてフィッシェルルレはあえいできた。これには伴奏が必要だ。《天国》にはピアノがあった。自家製でいこう。歌った。呼吸《いき》が切れてきた。興奮のあまり声は震えた。金切声だ。「消えちまえ！――いますぐに消えちまえ！」背中の野獣を打ちのめした。出せるものなら悲鳴でも出しやがれ！　一打ちごとに「下種《げす》野郎、落ちろい！」と命じた。下種は微動だにしない。フィッシェルルレは汗まみれになった。腕が痛む。指は硬直した。フィッシェルルレは頑張った。辛抱した。瘤野郎は王手詰だ。素知らぬふりをしているだけだ。フィッシェルルレ様にはお見通しだ。どんな面《つら》をしているか。振り向いた。醜態を嘲《わら》ってやれ。やっ、奴め、隠れてやがる——卑怯者！——片輪者めが！——ナイフを、ナイフをよこせ！　突き殺してくれようぞ。ナイフはどこだ！　口の周りが泡立った。涙がほとばしる。フィッシェルルレは泣いた。ナイフがないのだ。それに瘤がおし黙ったままなので。腕の力が抜ける。がっくりときた。空の袋だ。これで終りだ。札束が床に落ちる。

やにわにフィッシェルルレは跳び上がり、怒鳴った。「王手！」

キーンはこの間、絶えず落下する書物を夢に見ていた。全身でとどめようと努めていた。しかし針金のような痩せっぽちだ、すべがない。右や左に本は落ち、床に転がる。そして次には床が崩れた。このとき目覚めた。本はどこだ！キーンは呻吟した。書物はどこだ？　フィッシェルルレは王手と言い放って、札束を足元に投げ、ベッドにすり寄った。「まったく、なんてあなたは幸運なお方だ！」

「本が！　本が！」キーンは呻いた。

「大丈夫、そっくり助け出しましたぜ、あなたの資本《おたから》。フィッシェルルレ様の大手柄」

「助け出した？……夢で……」

「あなたは夢だけ、こちらは実際に殴られましたわ」

「やっぱりだれかがここにいたんだ！」キーンは跳ね起きた。「直ちに調査開始だ！」

「まあそう興奮なさらんこと。わたしは耳聡いですからな。そいつが戸口に来るか来ないかのとき、あなたのベッドの下に這いこみましてね、奴を窺っていましたよ。何を狙っていたか？　金ね、金ですよ！　手をにゅっと出しましたな。わたしがそいつを摑んでやりましたぜ。殴ってきたが殴り返した。敗けるもんですかい。赦してくれと言い出しましたぜ。赦しませんわな。アメリカに渡りたいとかでね、なあに、渡らせませんとも。本に触れたとお思いですかね？　ただの一冊にも触れさせませんや。奴は知識人でしたが、とんだ大馬鹿野郎、生涯かかってもアメリカには行けますまい。するとどこに行きますかな？　ここだけの話ですが監獄ですよ。もういませんがね」

「どんな顔をした奴だった？」とキーンは尋ねた。むしろ侏儒の労を多とするための質問であった。押込みなんぞ、所詮、どうでもよいことであった。

「どう言えばよいですかね、わたし同様の片輪者でしたな。あれはきっと、なかなか指せる男ですよ。哀れな野郎でね」

「逃がしてやろう」キーンは断を下した。そして小人に慈愛に満ちた——と自分では信じていた——視線を投げやった。やがて二人は再び、それぞれのベッドについた。

憐憫

国営の質物取扱施設は、かつて年に一度、乞食を自宅に招待した敬虔な家事好きの侯爵夫人にちなみ、テレジアヌムとのゆかしい名前を享けていた。当時、乞食たちはその所有物の最後のものまでも奪われていた。すなわち、キリストによりほぼ二千年前に授与された、愛と呼ばれるあの羨望の的である代物と、それにおのが足の泥とを。侯爵夫人は乞食の足の泥を拭う間、キリスト教徒なる肩書に陶酔したのであるが、これは年々歳々、その数を増すさまざまの肩書にかてて加えて、年ごとに衣の色を替えては身につけた一つであった。テレジアヌムはまこと高貴のお方の魂の化身として、豪壮にして重厚な壁に護られ、外に対しては堅く閉ざし、高くまた誇らかに聳えていた。引見の時間は規制されていた。乞食ないし乞食志望者を歓迎する。人人はこの女神の足元に平伏して、旧き時代と等しく十分の一税を差し出した。無論、これはかりそめの名にすぎず、乞食にとっては全財産であるものでも、高貴のお方の魂で計れば百万分の一税というしかないものであった。この魂はすべてを受けとめる。寛恕そのものだ。内に無数の小部屋を秘め、応じた欲望に合わせ呑みこむ。震えおののいている乞食には、しずしずと立ち上がることが許され、喜捨としてささやかなお返し、つまり小銭で現金が贈られる。それを手に乞食たちはいそいそと跳び出して行く。侯爵夫人が当公共施設と化して以来、足の泥を拭う慣習は廃れたが、これに代えて、別の慣わしが根づけられた。乞食たちは喜捨を受ける一方、利息を支払わなければならなくなった。利息がまた喜捨を呼んで、その結果、ここの利率は最高だ。市井のだれかが同率の利息を要求しようものなら、法外な高利貸との罪状で法廷に立たずばなるまいが、乞食の場合では例外だ。所詮、かれらにあっては乞い求めた総額が問題なのだから。このような取引を連中が喜んでいることは否定できぬ。窓口に押し寄せて、喜捨の四分の一払いの義務に対し、嬉々としてこれをわれ勝ちに履行する。空手《からて》の者は身を切ってでも絞り出す。かれらのなかにも、利息もろとも喜捨を払い戻すのを躊躇する強欲な輩《やから》がいるもので、この手の連中は財布を開けるよりも、むしろ、質草を放棄する道を選ぶものだ。どうにもやりくりがつかねえ、などと言いたてる。この者たちもまた入場は許されている。喧噪の街の只中に位置した、偉大にして善良な魂の化身たるテレジアヌムには、嘘つき連中の本心を確かめる暇がない。喜捨と利息を受けることなく、元値が五倍ないし十倍の質物を孕んで膨れるのみだ。ここはまた、小銭の金脈の重層するところでもあった。乞食たちは襤褸を数多《あまた》しょいこんで来る。テレジアヌム君《ぎみ》は金襴緞子で着飾っており、側仕《そばづか》えとして役人一同、粛々と執務に励む。憧れの年金生活入りまでは、ひたすらとり仕切り、とり締まる同輩《ともがら》たちだ。御主人様の忠実な官吏として、かれらはなべての品物をごく安く見積もる。専一、過小評価に邁進するのがかれらの義務だ。質物を見下せば見下すほど、民衆は恭々しく喜悦する。ここの女神の魂は広大とはいえ無限ではない。ときとして新たな貢物を収めるための場所を確保するため、財産の一部を捨値で売り立てに出す。乞食たちの小銭は不滅の女帝に対するかれらの敬愛同様に尽きることがない。全国土の商店が閉店していてもここは営業中だ。活発な商品流通の場ではつきものの盗難沙汰が、ここではまさしくたまさかのことであった。

この慈愛の女神の宝物庫並びに宝物評定室のなかでも、金・銀・宝石専用部屋は正面玄関より至近距離という名誉の場所に位置していた。かつまた、大いなる大地に接する恩典にも浴していた。すなわちここでは質草の価値が存在の階梯を定めているのであった。そして最上段、外套・靴・切手向けの階よりなお高い最上の六階に書物専用の部屋が設けてあった。さらに詳しく言えば、建物の比翼部分の、借家などにしばしば見かける階段を登りつめた果てにひっそりとすくんでおり、主翼部にそなわった豪壮の雰囲気を欠いていた。この豊麗な女神の身体のなかで、頭脳の占める部分はまことにささやかなものであった。訪れる者は恥じ、歩を運び得ないはずではないか。金銭欲に押されて書物を犠牲にする蛮行を恥じ、さらには聖なる通路にもかかわらずお世辞にも清潔とは言えぬ階段を恥じ、読むことなく、ただ受けとるのみの役人を恥じ、火事ともなれば逃げ場のない屋根裏部屋を恥じ、書物の質入れを禁止しようとしない国家を恥じ、印刷術を幸便の乗物として以来、印刷文字の一つにも、いかな神聖な力が宿っているかを忘れ果てた人類を恥じようものを。無意味極まる装飾品こそ最上の六階で取引され、代わって書物こそ、この汚辱の文明の唯一の救済品こそ、広やかな一階の部屋に収納されるべきでないのか。火事の際、宝石類なら往来に持ち出すなどた易いことだ。包装も堅固、たかが鉱石にすぎないのに。鉱石は苦痛を知らぬ。一方、もしや書物が六階から大通りに投げ出されるならば、それはその感受性豊かな生物《いきもの》にとっては死に等しい。たとえ役人たちに良心の苦痛があるとしても、火炎が舞い上がれば職場を護ろうにも所詮は無力だ。階段が焼け落ちる。役人たちは右往左往だ。議論は二分される。ある者が窓より差し出し、献げ持つものを、他の者がもぎとり、火炎の只中に放りこむ。「不具となすよりも、むしろ火に燃《も》せ！」憎々しげに声を発した。危機に瀕した哀れな生物たちを無傷で受けとめるべき網が、下であるいは広げられているのではないかと、一縷の望みを託した者は睨み返して「風圧ぐらいは堪え通すとも！」と声を荒らだて、怒鳴り返した。「その網とやらはどこにあるね？」「すぐに消防隊が用意するとも」「しかし聞こえるのは落ちて砕ける書物の音だけだぜ」「たのむからそのことは言わんでくれ！」「さっさと火の中に放りこめ！」「とてもできない、そんなことはできない！」彼は思い切れないのだ。役人の衣装《ころも》をかなぐり捨てて、人間に戻った。

ひたすら僥倖を信じて窓よりわが子を投げ落とす母親さながらだ。かならずや受けとめる者がいるはずだ。火の中にやろうものなら万が一の救いもない。火を指呼するのは剛毅の者だ。窓に向かう者は慈愛のひとだ。ともに目指すところに差異はない。根限り義務を果たす。ともにおのが身を捨てた。しかしなお書物の死は免れない。

キーンは既に一時間から手すりに凭れて、恥じていた。自分が無用の生を生きてきた者に思えた。人類がいかに非人間的に書物を扱うものであるかは承知していた。競売にも幾度か参加した。そこで古書肆で探し求めていた稀覯本を手に入れた。自分の知識を増加するはずのものは常に購い求めたが、また競売にまつわる幾多の苦痛に満ちた印象も胸深く刻みこんだ。ニューヨークとロンドンとパリの商人たちが禿鷹のごとく蝟集して競い立てたあげく、結局のところ偽本と判明したルター訳聖書の初版。彼にとって血まなこになっていた番頭どもの失望などはどうでもよいことであった。だがこの世界にまで欺瞞が入りこんだことは、およそ理解を越えるものであった。奴隷に対すると等しく、購入の前に、じろじろ眺め回し、触れ、叩いてみるなどの仕草に身ぶるいした。およそ生涯に千冊の本さえ読み切らない連中が、叫びたて、値をつけ、競り上げるさまは、厚顔無恥以外の何ものでもないと思えた。必要に迫られ、やむを得ず競売場に足を踏み入れるたびに、できることなら武装した百人の傭兵を引き連れていたかった。競売の商人には千の殴打を、またその野次馬には五百の打擲を与えよ。保護の名により全書物を没収する。しかしあの苦汁に満ちた経験も、この公共施設における際限のない苦痛と較べれば何ほどのものであろう！　キーンは趣味悪く手のこんだ手すりの鉄の文様に指をからませた。ひそかにこの建物を崩壊させようと念ずるかに指はおのずと力み返った。屑物を崇めたてまつる風習に息がつまった。この六階建を転倒させてくれようものを。しかも二度と建て直さないという条件つきでだ。しかし、どうであろう、蛮人どもの約言に信頼がおけようか？　ここに足を運んだ意図の一つは捨てた。上階の部屋の検分はよす。階段の足元まででなお、最悪の事態以上であることが判明した。比翼部分は伝え聞いたよりも数等貧弱であった。案内係が一メートル五十センチはあると告げた階段の幅は、実のところは一メートル五センチしかないではないか。主体性のない人間はしばしば数字を読みちがう。埃は二十センチの層になんなんとするばかりであった。しかもそれは昨日今日に積もったものでない。リフトは機動せず、比翼部分に通じるガラスのドアはうす汚れ、曇っていた。さらに書物部のありかを指示する案内板の手書きの書体はどうであるか。拙劣極まる。同じ案内板の下に印刷文字を浮きたたせた《切手類ハ一階ニテ扱イマス》の指示標が懸っているというのに。大きな窓からはちっぽけな中庭が見えるのみ。天井の色は何色とも定め難い。午前中になお、夜ともなれば電燈の明りはさぞやたどたどしいものであろうと予測されるのだ。キーンはこれらすべてを丹念に心にとめた。階段に一歩踏み出すことは依然としてたじろいだ。おそらく上の階の惨状を堪えない。彼は健康を損っていた。うすうすと心臓の発作を感じた。だれのいのちにも、いずれ終りがあるなどのことは知っていた。しかし、頭脳におびた厖大な書巻のためにも、おのれをいたわらねばならぬ。手すりごしに重い頭をかしげ、なおもひとり、恥じた。

フィッシェルルレは誇らかに目をやった。キーンから少々の距離をおいて立っていた。テレジアヌムは《理想の天国》同様に知りつくしていた。彼は銀製の葉巻入れを請け出す必要があった。それはまだお目にかかったことのない代物であった。チェスでさんざん打ち敗かしたペテン師から質札を手に入れ、キーンの助手となる前に既にしっかとポケットに収めていた。噂によれば当の葉巻入れは新品のどっしりと重い品物で、なかなか金目のものであるとか。これまでもフィッシェルルレは幾度となく、テレジアヌムで希望を募って質札を付け値よく又売りしてきたし、またしばしば、自分の質物や他人のそれが請け出されていくさまを横目で見てきた。そしてチェスの世界名人になるという夢以外にもう一つ、いささか小振りの夢を持っていた。すなわち、おのれの質札でおのれの質草を請け出すこと。元金に利息をそろえて役人の冷やかな面《つら》めがけて真一文字に突き出そう。質物渡しの窓口で同類の人士に混じって品物を受けとり、肌身離さぬ守り本尊さながらに仔細ありげに打ち眺めること。葉巻を吸わないフィッシェルルレにとって葉巻入れは要なしであったが、とまれいまこそ念願の機会の到来と知り、キーンに一時間の暇《いとま》を願い出た。依頼の趣旨を説きたてたにもかかわらず、キーンは聞き入れなかった。フィッシェルルレのことばを疑ぐるわけではない。しかし蔵書の半分をゆだねたからには片時も眼を離せないのだ。個性豊かな学者でさえ書物のために理性を失った例は数多い。ましてや知性に餓《かつ》え、数養に飢えた人種にとって、生まれて初めて手にした書物の魅力はいかばかりのものであろう!

朝、フィッシェルレが荷造りを始めたとき、これまでどうやってこれら厖大な書物を自分一人で処理してきたのかと、キーンはいまさらの如くに訝って、蔵書の分割に思い到ったのであった。助手の律儀さにあやうくうろたえるところであった。かつては朝ともなれば、おのずから荷造りずみの書物を収め、直ちに部屋を出た。前夜、部屋一杯に積み上げた書物の山を、どうやって頭脳中に呼び戻すかと思案しようなどと思いもしなかった。全身に充満した量を感じ、ホテルを出た。だがフィッシェルレの介入により事態は一変した。不成功に終った闖入事件のあと、夜明けとともにフィッシェルレはキーンのベッドの傍に直立不動でかしこまり、ベッドから降りる際は本の山に気をつけてくれと懇願し、ついては荷造り作業を始めたいとの意向を伝えた。返事に構わず一人で合点して、もっとも手近の本の一荷を軽々と持ち上げて、まだベッドに横になったままのキーンの頭まで運んできた。そして「それ、一丁!」と叫んだ。キーンが顔を洗い、着替えする間にも、洗顔ごときわざくれには一顧だに払わない侏儒はひたすら嬉々として立ち働いた。半時間後に一部屋分は片づいていた。キーンはわざとに緩慢をよそおっていた。一体全体、これまで自分一人でどうやってきていたのかと考えてみたが、さらに記憶は返らなかった。もの忘れし始めたとは奇怪なことではないか。とは言え、健忘症がかかる外界の事柄に係わる限り、格別のことでもない。なんとしても学問の領域にまで侵入させないこと、これに専一努めねばならぬ。それこそ学者にとって致命傷と言うべきであろうからだ。自分の記憶力こそまさしく神の賜物の名に価する。類例なき現象であった。既に幼少の頃、さる著名な心理学者の興味をひいて、記憶力の奇跡として学問の対象とされた。π《パイ》の六十五乗に相当する数字を瞬時に言い当てた。研究者たちは一様に——文字通り脳髄もろとも——頭をかしげた。自分はあるいは余りにも頭脳に負担をかけすぎたのではあるまいか。一荷一荷と山なす書物を呑みこんでいく頭脳のさまは比類ない見物《みもの》と言えよう。いやいや、頭を酷使しすぎてはならぬ。一生に持てる頭は一つきりだ。しかもこれほど完全の美を誇る頭も世に二つとないではないか。中身が壊れればそれで終りだ。キーンは深々と溜息をつき、言った。

「フィッシェルレさん、あなたは苦労がなくて幸せですよ！」「だからこそですがね」一寸法師はすばやく主人の意向を嗅ぎとった。「あちらの部屋の分はわたしが引き受けますよ。このしがないフィッシェルレにも頭が一つありますからな。それとも肩の上のこれが、頭ではないとでもお思いですかね？」「そりゃあ、勿論……」「そりゃあ、勿論とは……そりゃあ、また何事です、フィッシェルレは気を悪くいたしますぜ！」さんざ躊躇したあげく、キーンは同意した。フィッシェルレは知性の御名にかけても、これまでただの一度も盗みを働いたことがないと誓わねばならなかった。さらにまた自分の無垢をことあげして、繰り返し述べたてた。「この瘤ですぜ、まさかお目に入らんなんてことがありますまい！　こんな瘤つきでどうやって盗みができますかね？」キーンは一瞬、担保を求めようかと思案した。ただ彼自身、選り抜きの担保といえど書物に対する《親愛》を薄めるわけではないので、この計画は放棄した。しかしひとこと、だめを押した。「あなた、駆けるのはなかなか巧みなようで！」フィッシェルレは罠を見抜いて応酬した。「それこそとんだ濡れ衣じゃありませんかね？　わたしの歩幅はせいぜいあなたの半分だ。学校でも駆けっこはいつもビリでしたよ」そして学校の名を問われる場合を予想して、一つ、適わしい名前を考案した。学校と名のつくものにはからきし通ったためしはないのだが。キーンはあれこれ重大事を案じてそれどころではなかったのである。眼の前の小男を信ずるべきか否かの、生涯にまたとあろうと思われぬ難問に直面していた。「決めた、あなたを信じよう！」決断は簡明をよしとする。フィッシェルレは小躍りした。「こちらも同じ、異口同音というやつで！」蔵書の絆はここに成ったのである。助手としてフィッシェルレは重い方の半分を引き受けた。通りでは二歩の距離より遠く出ることはなかったが、主人の先を歩いた。瘤のせいで屈曲した背中は、ことさら書物の重量によるとも見えなかったが、力をこめてひきずる足どりが並みの荷でないことを知らせよう。キーンは軽やかになった頭を実感した。すっくと首をのばし、忠実な従者のあとを追いながら、視線は常に凝然と鼻先の瘤にやっていた。それは振幅の速度はやや速いとはいえ、駱駝の瘤さながらに、規則正しく左右に揺れていた。ときおり、キーンは両腕を差しのべて、指先が正しく瘤に触れる距離にあるかどうかを確かめた。もしとどかないと分るや歩調を速めた。遁走計画をおもんぱかって、対応策を構えていた。すなわち、ガッキと爪を瘤に立て、全身を小人の身体にかけること。頭部攻勢をも辞さないことだ。指先が正確に瘤に触れ、歩調の調整が必要ないと分るとき、ほのぼのと暖たかい感情がこみ上げてくるのであった。それはいかにも、全幅の信頼を寄せ、裏切られることの決してない恩恵に浴した者のみが知る感情であった。

まるまる二日間を遊歩に過ごした。一つには危難を通過した後の保養のためであったが、いま一つには最新の情報によって存在が判明した未踏の書店に対する準備のためでもあった。思考の翼は軽快にはばたき、記憶力は歩一歩再生の道を辿っていた。修学時代以来初めてみずからに許した休暇の時を、忠誠一途の生物と、――おのれは教養と言い習わしているが、厳格には知性と称すべきものの価値を知りそめた友人と――あいともにキーンは過ごした。この従者は悠揚迫らない。少なからぬ蔵書を身におびていながら、そしてまた勉学熱に燃えながら、許しなくば一巻といえども開こうとはしないのだ。不具であり、かつその告白によれば走れば常にビリでしかない者。だが書物を荷うには充分の体力に恵まれた友だ。キーンは幸運という蒙昧の徒の下賤な生活用語をあやうく呟くところであった。とまれ求めたわけでなく、おのずから舞いこんだそれであり、強いてとどめず、なりゆきにまかせてなお去らないのであるならば、数日は身許にあることを容赦してよい。

フィッシェルレが一時間の休暇を願い出たのは、幸運が未だ去り難くとどまっていた三日目のことであった。キーンは手を上げて自分の頭をハッシと打とうとした。事態がこうでなければ打ちもしたであろう。いやいや、こちらは役者が一枚上だ。沈黙の戦術を採り、万一にも策謀が秘められているならば、そいつをひっぺ返すことに決心した。銀製の葉巻入れについてのくだりなどは、こすっからしい嘘であるときめつけた。初めはすこぶる婉曲に、やがては直截に怒りをこめて拒絶を言いおき、やおらとどめを刺した。「ならば連れ立って行くとしよう！」哀れな傴僂は自分の汚ならしい策略を白状すべきではないか。窓口まで同行してやろう。そして見せかけの質札と見せかけの葉巻入れとかを拝見に及ぶとしよう。無論、そんなものとてあり得ようはずはないからには、一寸法師の悪党め、衆人環視の中で主人の前に膝を折り、涙ながらに赦免《ゆるし》を乞うにちがいない。フィッシェルレは自分にかけられた嫌疑に気がついて、すこぶる侮辱を感じた。よりによってこちら様を狂人だと考えるとは、これはまたなんとしたこと！　本を盗むだと？　とんだ書物でございまするだぜ！　アメリカに行きたいばかりに公明正大に稼いだあげく、教養のない下種同然に扱われるとは、へっ、とんだ幸せだい！

　テレジアヌムへの道すがら、キーンに内部の詳細を説明した。地下室から屋根裏に至るまでのすべての部屋を説き、この壮大な建物について語った。しめくくりにホッと吐息を洩らし、「まあ、書籍部はわきにおいときましょうや！」と言った。キーンは好奇心を湧き立たせた。根ほり葉ほり聞き糺して、わざと素気なくとりすましたフィッシェルレから、恐るべき事実を知った。これは信じてよい。人間のいやしさに係わることなら何であれ信じてよかろう。反駁したのは、今日、助手に対して気持が荒れていたからだ。フィッシェルレは聞き捨てならず、書籍物件専用の窓口を詳細に述べたてた。豚が値踏みし、犬が質札を振り出す一方、女が質物を汚い布につつみこみ、番号をおす。よぼよぼの老耄が絶えず足をすべらせながら、あぶなっかしく奥まで運ぶ。涙なくして見られないとは、この情景のためのことばであろう。去る前に窓口の手前で立ちつくし、なおしばらくはとどまっていたい。泣きはらした両眼が恥ずかしいからである。だが豚野郎は容赦しない。「これ以上は出せんね」となにがしかの小銭を抛り出し、ぴっしゃり戸を下ろす。それでも歩み出せない精神的な人がいるものである。するとこんどは犬が吠え出す。駆け出そう。噛まれかねない。

「畜生め！」キーンはわめいた。話の間じゅう、フィッシェルレを摑まえていた。胸を詰まらせて並び立ち、横切る途中の大通りの真中に立っていた。「そっくり本当、ありのままの話ですぜ！」フィッシェルレは泣声で弁明した。かつて一週間というもの、古ぼけたチェスの指南書を質入れに通ったとき、お見舞された平手打のことを思い出していた。豚が傍に立って身拔みして喜んでいたではないか。フィッシェルレはさらにひとこともつけ加えなかった。報復はこれで充分。キーンもまた黙りこんだ。テレジアヌムに至ったとき、葉巻入れなどにはもはやさらさら興味がなかった。フィッシェルレが請け出して、何度も外套にこすりつけてみるのを眺めていた。「様子が変だな。連中、物件《ぶつ》にはいやに丁寧だし」「物件《ぶつ》？」「まさか葉巻入れをすり替えたわけじゃあるまいな」「葉巻入れ？」「いいですかね、なんなら告訴しまさあ。ここの連中は一人残らず盗《ぬす》人《つと》ですぜ。そうは問屋が卸さんってやつだ。フィッシェルレだって人間様だ。そうでしょうが？　哀れな野郎にも権利ってものがありますぜ！」フィッシェルレの熱っぽい語り口に、それまではただ背中の瘤を感歎して眺めていた周りの者たちが耳をそば立たせた。ここに来る者たちはいずれにせよ、きまって騙された思いを抱いていたので、質物のすり替えがあろうなどとは爪のあかほども信じていなかったが、押し出しから言っても、自分たちよりもっと見ばえのしない瘤持ちの小人の肩を持った。フィッシェルレは図に乗った。なんとでも言え。だがまず聞き給え。彼はさらに語った。ざわめきが高まった。フィッシェルレは歓喜してついに叫び出しそうになった。このとき隣りの肥っちょが声を放った。「異議申し立てをすりゃあどうかね？」あわててフィッシェルレは葉巻入れを撫で回し、開いてから弱々しく言った。「とてもとても！　それほどまでしなくても！　こいつにまちがいなし！」なんと軽はずみな一寸法師だ。手前の質草を握っているくせに。要するに哀れな傴僂にすぎん。他の者だったらこうすんなりは収まらないぜ。広間を去りぎわにキーンは尋ねた。「いまの騒ぎはなんのせいだね？」フィッシェルレは要件のそもそもをまたしても述べ立てなくてはならなかった。キーンがまじまじと眺めるまで葉巻入れを突き出した。先刻、伝え聞いた露骨な事実に圧倒されて、キーンはさほどの印象も受けなかった。「例の場所に案内し給え！」と言下に命じた。

以来、かれこれ一時間、彼は羞じらっていた。世界は一体どうなるというのだろう？　明らかに破局は目前だ。一千年を単位とし、箒星に世の終焉の前兆を見る信仰があった。古代インド人にとっては聖者にも等しかった予言者は、数に関する迷妄と箒星信仰とを斥けて、しのび寄る破滅は畏敬の念の欠如にある旨を説いた。人類は畏《おそ》れを忘れ、この毒により滅亡するであろう。後代の者こそ災なるかな！　その者たちはわれらより、はたして何を享けるであろうか？　百万の殉教者と数知れぬ拷問道具だ。その道具によりかれらはまた百万の殉教者を生み出すであろう。かくも多くの聖人の群を堪える為政者がいるであろうか？　町々に六階建ての審問殿が建てられる。それはさながらアメリカ人が造った天に聳える質庫だ。何年間というもの、火刑のときを待機させられた捕虜たちは、三十階の天界で憔悴する。空中の牢獄とはなんと怪異な皮肉であることか！　哭《な》くよりも救うべしか？　涙よりも行動か？　だがどうすればかのもとに至るというのだ？　だれが所在《ありか》を教えてくれる？　人は生涯を盲目にうち過ごす。おのれをとり巻く悲惨のうちのどれだけを眼にするというのだ？　もしやたまたま遭遇することとなった侏儒がいなければ、この汚辱に、陰惨にして冷酷にして圧倒的なこの汚辱に気づくことはなかったであろう。小人は醜怪な身体に清らかな魂を宿していた。恥じらいで躊躇しつつ、悪夢にうなされたかの如くにたどたどしく、おのがことばの告げる奇怪な現実におしひしがれながらも知らせてくれた。この侏儒は模範となるべき者だ。これまではだれにも打ち明けなかったという。悪臭ふんぷんとした陋屋の中に黙って坐していた。チェスの最中でさえ脳裏に深く刻みこまれた悲惨の図を思っていたとか。語らず、しかして悩んでいたのだ。大いなる結着の日が来るであろうと、みずからに言い聞かせた。そして待った。あの《天国》にやって来る人を一人一人凝視していた。万人のなかの一人に、待望の人に死ぬばかりに焦がれていた。それこそ見ることができ、聞くことができ、感じることができる一つの魂なのだから。ついに現じ給うた。その人を追い、従った。わが身を献じ、昼夜を分たず伺候した。そして決定的な一瞬に告げたのである。これを聞いても、通りは曲がることなく、建物は崩れることなく、交通はとどまることがなかった。しかしながら、かの人の、語りかけたその唯一者の胸は詰まったではないか。これぞキーン先生そのひとである。キーンは聴きほれていた。すべてを理解した。この勇気ある侏儒に範を仰ぐ。饒舌こそ死してあれ。いまこそ行為のときだ！

眼を上げることなく欄干を離れ、半身になって狭い階段にとりついた。出合いがしらに衝突した。思惟はおのずから行為に転じた。相手の眼をじっと覗きこみ、尋ねた。「何か御用で？」当惑した相手は飢えに窶れた学生であった。重い鞄を小脇にかかえていた。中身は『シラー作品集』生まれて初めて質入れに来た。作品集は読み古した代物で、かつまた彼は借金の泥水にどっぷり浸かり、まさに沈没寸前の身の上であった。おずおずとここに来た。階段を眼の前にして勇気の最後のひとかけらが波間に消えていくのを見守っていた。これほどまでしてまだ学ばなくてはならないのか？　親父もおふくろも叔父も叔母も、だれもがひたすら商売にかかずらっているというのに。ようやく一歩を踏み出して厳《いか》つい男にぶつかった。さぞかし、ここの所長であろう。凝然とこちらを睨《ね》めつけて、切口上でものを言う。

「御用の向きは！」

「ぼく——書籍部に行きたいのです」

「書籍部とはつまりわたしだ」

ことあるごとに教授たちの嘲りの種となってきた学生は、だからこそ教授たちを尊敬し、ほんのわずかしか持たないばかりに書物となると盲目的に敬意を払ってきた。彼はあわてて帽子をとろうと手をやって、無帽であったことに気がついた。

「そこに持っているのは？」居丈高にキーンは問い詰めた。

「ほんのちょっとしたシラーです」

「見せ給え！」

学生には鞄を差し出す勇気がなかった。このようなシラーを引き受ける者がいようとは思えなかった。とは言え、来るべき数日のためにはこのシラーが唯一の希望であった。安直《あんちょく》にきめつけられたくもない。キーンは鞄を鷲掴みにした。フィッシェルレは主人に合図しようとやきもきしていた。一度ならず「シー！　シー！」と声をかけた。真昼間、しかも公共の建物の階段で略奪しようなどとは大胆不敵にもほどがある。この書籍商人はこちらが思っているよりも、もっと狡い奴かもしれん。気狂いのふりをしているだけではあるまいか。白昼堂々と捲き上げるなんて、こいつはまずい。学生の背後からフィッシェルレはこせこせと手を振りながらも、いざというとき逃げ出すための体勢を整えていた。キーンは鞄を開け、丹念にシラーを検分した。

「八巻本だね」と念をおし、「この版自体にはなんらの価値もない。この汚れぐあいはどうだ！」学生は耳まで赤面した。「これでどれだけ欲しいのかね——つまり、金は？」おぞましいことばは最後に、それも口ごもりながら言い放った。学生はかぐわしい少年時代を思い出した。おおむね父親の店先で過ごしたあの頃を。値切られるときの用意に値はなるたけ高くふっかけること。「新品で三十二シリングしました」親父のセリフと口調を真似た。キーンは財布をとり出し、紙幣で三十シリング、それに小銭入れから二シリングの銅貨をとって学生に渡し、言った。「こういうことを二度としてはならん！　いいかね、書物はかけがえのないものだ。肝《きも》に命じ給え！」中身もろとも鞄を返し、しっかと学生の手を握った。学生は急いでいた。ここで引きとめられては剣呑《けんのん》だ。ガラス戸にひとっ跳び。フィッシェルレは啞然として道をゆずった。キーンは背後から呼びかけた。「どうしてシラーなんぞを？　もっと独創的《オリギナール》な思想家を学び給え。イマヌエル・カントを読むことです！」「変り者《オリギナール》は手前じゃねえか」学生はほくそ笑み、一目散に駆け出した。

フィッシェルレはたけり立った。ほとんど泣き出さんばかりであった。キーンのズボンのボタンを――外套までは手がとどかないので――ぐいと引き、わめいた。「こいつをどういうか御存知ですかい？　気狂い沙汰ってやつですぜ！　人間にゃ、金があるか、それともないか、どちらかだ。金がありゃあ、他人《よそ》には出さん。金がなけりゃあ、それはそれで同じこと、出せませんや。しかしだ、最前のあれは犯罪だ！　なんてこったい、えっ、恥ってものを知ってもらわにゃ、五体まっとうな大人のくせに！」

キーンはうわのそらでいた。おのが快挙に満悦していた。思うさまズボンを引っぱられ、ようやく小人のことばを聞きとがめた。言外の非難を察知し、身振りの意味を覚った。そこで縷々として魂の惑いについて語り聞かせた。

異国の人々の生活は、この種の惑いに満ち満ちているのである。

中国人のうち富裕な者たちは、生前よりして彼岸の救いの準備に怠りなく、多大の金額を寄進するのを常とする。それは仏教寺院において鰐や豚や亀といった畜生を養うためだ。寺々にはそれら畜生のための特別の池や囲いが設けられており、僧たちの仕事といえば唯一つ、畜生に餌を与え、慈しむことにあった。鰐を害する者に災あれ。肥りに肥った豚にはおだやかな自然死があり、恩寵はまた善き寄進者にも及ぶものであった。僧たちには喜捨だけでなお豊かな生活が保証されていた。日本における聖物を求めるならば、小さな鳥籠に捕えた小鳥を入れて並べ、道端に踞る子供であろう。小鳥は訓練を受け、巧みに羽根を打ち合わせ、高々と鳴く。聖地に向かう巡礼者たちは長い列をなしてさしかかる。小鳥に慈悲をかけるのはおのれ自身の救済のためだ。小額の身代金を与えると、子供は籠を開け、小鳥を空に放つ。これはごく一般の慣習にすぎない。放たれた小鳥がおびき寄せられ再び捕えられようともそれは巡礼者に係わらない。同じ小鳥が何十度、何百度、いや、何千度となく捕えられては慈悲の対象となる。とびきりの田舎者か世間知らず以外は、この仕組を承知していた。だが慈悲を施したあとは背を向ける。小鳥の実際の運命は、所詮、どうでもよいことなのだ。

「理由は言うまでもないでしょうがね」キーンは自分の物語より教訓を引き出した。「問題はその畜生だ。鳥であろうと豚であろうと構わない。その行動はまったく愚劣と言うしかないではないか。どうして飛び去らない？　羽根をつめられるとき、どうしてせめてもの抵抗をしないのか？　どうして繰り返しおびき寄せられる？　頭にあるのは畜生相応の愚かさのみか！　身代金を払って自由の世界に放つことには、すべての迷信につきものの深い意味がある。このような行為の効果とは、当然のことながら何を自由にするかに左右されるのである。書物を——それも現実の賢明な書物を滑稽にも愚かしい畜生の代りに置き給え。ならば同様の行為が極めて高度の倫理的価値をおびてくるであろう。地獄に避難所を求めようとする惑乱者を正気に戻すことになるのだ。あのシラーはよもや二度と再びこの屠殺銀行に運ばれて来ることはあるまい。さながら奴隷や畜生や傭人のように扱って書物を自分の為に——むしろ無為に——利そうとする人間を改悛させつつ、同時に書物の運命の一斑を荷うのだ。警告を受けた者は自宅に戻るやいなや、これまでおのが従者と見なしていたものが、その実、自分こそ従うべきである主であると知り、その前に身を投げ出して悔悟を誓うであろう。たとえ悔悟を知らぬほどの頑迷の者であろうとも、いずれにしても書物は地獄にやられる運命を免れたのである。図書館の火災がどのようなものであるか知っているかね？　六階にある図書館の火事だ！　思っても見給え！　一万の書巻——百万の頁だ——百億の文字だ——その一つ一つが燃える——救けを求め、叫び、わめく——鼓膜が破れよう、心臓《むね》が張り裂けようぞ！——だがこれをいまは語るまい。数年来なかったほどわたしの気分は爽快だ。この道をわたしは歩み続ける。たとえ、ささやかな寄与にすぎぬとは言え、これはなさねばならないことだ。だれもが自分の無力を言いたてるならばどうなろう。悲惨のみが蔓延する。わたしはあなたに対し限りない信頼を抱いている。先刻、あなたは侮蔑を感じたであろう。わたしは計画を前もってあなたに伝えていなかった。正確に言えば、わたしの計画はシラーの作品に遭遇した瞬間、はたと明確なかたちをとったのです。つまり、あなたに伝える暇がなかった。つぐないの意味からでも、いま、あなたに二つのスローガンを伝えよう。今後われらの行動がよって進むべきスローガンだ。いいかね、哭《な》く代りに行動を！　それに、涙に代えて行為！　と、こうだ。いまいくらほど金を持っていますか？」

フィッシェルレはキーンが話し始めたとき、「日本人がどうした？」だの「金魚だといけないの？」といった意地の悪い野次をとばし、敬虔な巡礼者《ピルガー》を繰り返し《ごろつき《ピュルヒャー》》と罵っていたが、それでも耳をすまして聞き洩らさず、話が寄与と計画に進んだ頃には静まっていた。元来が自分のものであり、事実、現金で一度握ったのだが、とまれ当座は要心のため返したにすぎないアメリカ行きの旅費が、預けた頓馬の手のなかでどうすれば減少せずにすむかと思案し始めていた。とたん、キーンの「いまいくらほど金を持っていますか？」の詰問がとびこんだ。フィッシェルレは唇を噛み、沈黙を守った。無論、取引を思んぱかってだ。さもなければ自分の考えをとことんまで述べ立てていただろう。喜劇の意味が分りかけた。この高貴の紳士殿はフィッシェルレ様が正当にもいただいた拾得物報償金を惜しがり始めたのだ。御自身はからきし意気地がないので、夜、金をとり戻しにさえ来られなんだ。第一、見つけさえしなかったろう。フィッシェルレは目をつむっても股間にしっかり挾んでいたのだから。この紳士、自称学者で図書司とやらは何をした？　ありていに言えば書籍商ですらなく、ただただ瘤がないばかりに闊歩している悪党だ。一体、何をしたかね？　《天国》から逃げ出したすぐあと、盗まれた財布のありかを皆目知っていなかった。こやつ、心配だったのだ。こちらが仲間を連れて来ないかとびくついて、それで急いで報償金を支払ったのだ。大仰にも「わたしの助手になり給え！」などとぬかしたのも、十パーセントの礼金をとり戻す魂胆からだ。それからこやつ、この詐欺師は何をした？　気狂いの真似だ。なかなか堂に入ったものだぜ。とんだお慰みというやつだ。ついうかうかとフィッシェルレ様も騙された。まるまる一時間、気どりに気どって本を持ちこむ奴を待っていたのだ。あのでくのぼうに三十二シリングくれてやって、このフィッシェルレから三十倍にしてとり返すおもわくだ。とれるところからとろうってやつで、哀れなスリには少々の報償金さえけちろうという腹づもり！　大の紳士面してなんという小心ぶりだい！　あいた口がふさがらねえや。不意をつかれたとはこのことだ。こんな抜作にこれほどの知恵があろうとはな。

気狂いでないとするならしてもよかろう。しかしどうしてこうもこすっからい？　なあに、こちらにも考えてえものがあらあ。お話上手に嘘っぱちを捏造しやがる！　頭は悪くないぜ。頭の出来が哀れなスリとずる賢いペテン師の違いときたか。ホテルではなかなかの顔役だ。このフィッシェルレ様もつい乗せられた。

憎悪と同時に驚嘆にたけり立ったフィッシェルレの肩にキーンは親しく手をおいて、「あなた、怒ってやしないでしょうね？　いまいくらほど金を持っていますか？　協力しなくてはなりませんよ！」

《こいつ、カナリヤだ！》とフィッシェルレはこころに叫んだ。《上手に歌ってやがる。なあに、こちらだって歌えるぜ！》声を出した。「有り金あわせて三十シリングぐらいですがね」隠し金なら言わずもがなのことだろうぜ。

「少ないな。しかしないよりましだ」数日前、小人に大金を贈ったことをキーンは既に忘れていた。直ちにフィッシェルレの寄付を受けとり、この寛大な犠牲心を多とするあまり、あやうく彼岸における小人の安楽を予言するところであった。

この日以来、二人は生死に係わる闘争を開始していた。ただ、一方はそのことに全然気づいていなかった。そして他方は、役者として自分は一段劣ると認めていたが、演出方を受持つことによって、不利を埋め合わせようと図っていた。

毎朝、キーンはテレジアヌムの正面入口にいた。営業開始前に玄関附近を行きつ戻りつし、通行人を鋭く観察する。立ちどまる者がいればすり寄って、「ここに何か用かね？」と訊問した。邪険で口汚ない返答にもたじろがなかった。訊問の効果は顕著であった。午前九時にこの小路を通りかかる者は、大抵はほんのちょっとした好奇心から、競売の日時と場所と、それに競売物件とが記された掲示板に眼を走らせる。小心者はキーンをテレジアヌムに勤務する私服の監視人と思い、何かのまきぞえはまっぴらとばかりに大忙ぎで通過する。平静な者は通りを二つばかり遠ざかって、ようやく質問の意味を覚るのであった。一方、あまのじゃく連中はキーンを罵り、わざとにしげしげと掲示板を眺めやって、動こうとしないのであった。キーンは好むがままにさせておく。代りにかれらの顔を記憶に刻みつけた。かれらこそ自分の悪業をことのほかはっきりと意識している者たちだ。ほぼ一時間後に犠牲の羊を小脇にかかえて立ち戻ってくるために、まず下見がてら前もって偵察に来た者たちであると考えた。事実はだれ一人として戻って来なかったが、それはそれで自分の仮借ない眼光を畏れたせいだと思いなした。テレジアヌムの開門と同時に建物の比翼部分の入口に位置を定めた。このガラス戸を押す者は真正面の窓際に長身痩軀の男を認め、階段に達するためにはどうあってもその人物の傍を通らなくてはならない。キーンは話しかけながらも、表情一つ変えなかった。ただ唇を二枚の鋭いナイフのように動かした。彼の要件はまず第一に哀れな書物を買い上げること、次に人非人を改悛させることに係わっていた。書物通とはみずからも認めるところであったが、人間通であるや否やの問となると、自分でもこころもとない限りであった。そこで人間通となるべき修業を決意した。

　方便としてキーンはガラス戸の前に登場する人々をその現われ方により三群に分類した。第一群にとって中身一杯の鞄は重荷《ラスト》であり、第二群にとっては策略《リスト》であり、第三群にとっては愉悦《ルスト》である。第一群の連中は書物を両腕にかかえている。がさつで、愛書のこころなど露ほどもなく、要するに荷をかかえているにすぎないというわけだ。そのままドアに体当りする。そしてよろつけば——書物を手すりにつっぱって身を支えもするだろう。重荷はできるだけ早く放り出したいので、隠そうなんて思いもしない。胸又は腹にがっしりと据えている。金額には拘泥しない。あれこれと取引きしない。そそくさと同意する。そして来たときと同じ急ぎ足で去る。ただひとはけのわだかまり分だけ足が重い。懐中に金を呑み、最前の付け値にいささかの不審を抱いたものだから。キーンにとってこの種の連中は不快であった。彼のことばにろくに耳を貸そうとしない奴らだ。この手合を改悛させるには一人当り数時間必要だ。

　キーンは第二群の連中に正真正銘の憎悪を覚えた。かれらは本を背に隠す。せいぜいのところ腕と肋骨の間からチラッと覗かせる程度で、それもひとえに相手の購買欲をかき立てるためだ。なかなかの付け値にも首を横に振り続け、鞄又は包をいっかな開けようとしない。巧妙に値段を競り上げて、最後にもうひと声と駄目を押す。キーンの金は懐中に収め、なおさらに上階の地獄部屋に向かおうとする輩さえいるのであった。こうなればキーンとて敗けてはいない。自分でも驚くほど敏捷に対応した。立ちはだかって行手を遮り、直ちに金の返却を迫る。連中はこれを聞くときまって駆け出すのである。懐中に現金を仕込めばまずここへ来た用は足りたということだ。上階の窓口は貸金の大盤振舞をするものとキーンは固く信じていた。そして自分が金をやり、応じて持金が少なくなるに従い、上階に巣喰う悪魔への敵愾心を燃やすのであった。

第三群からはまだ一人も来なかった。だがキーンは、この種の者が存在することを疑わなかった。カテキスム同様に特性を知りつくしたこの群の代表者を彼は辛抱強く待ち望んだ。書物を抱くことがすなわち愉悦であるといった人種が、いつか、必ずや現われるであろう。その者にとって地獄への道は涙の谷であり、胸に掻き抱いた友に絶え間なく励ましのことばをかけられてようやく崩れることを免れている。その歩みは夢遊病者の歩みだ。ガラス戸に影が映る。彼はためらう。友に毛ほどの心痛も与えずにドアを押すにはどうすればよいであろう？　やっとのことで解決する。愛すればまた名案も来るであろうから。ここでキーンを——彼の良心の化身を——眼にするはずだ。直ちに熾火のように赤面する。渾身の力をふりしぼり、なお二、三歩前進する。視線を上げ得ない。呼びとめられるより早く内心の声に足を塞《せ》かれて、キーンの傍に立つ。良心が何を命ずるか、予感しているのだ。恐るべき《金》の一語が発せられるや、断頭台上、死を申し渡されたときさながらに、驚愕して、「いやだ！　いやだ！」とあえぎつつ叫喚する。金を受けとるぐらいなら、むしろわれとわが身を突き殺そう。遁走したいが力が足りぬ。それにまた友を危険に陥れないためにも烈しい行動は避けねばならぬ。良心は彼をやさしく抱きとめて、しみじみと説くであろう。悔いる者は義の人より尊いことを。もし是非にとあらば、わが蔵書を遺贈してもよい。一時間の猶予をいただくだけでよいのだ。受けとることを拒む一人は、さらに多くを願う千人よりも意味深い。ことによればその千人に自分は持てるすべてを与えてしまうところであった。第一群の者たちは、自宅に戻り自分の非を覚るかもしれぬ。だが第二群は絶望的だ。ともあれ、何を措いてもまず犠牲者を救うこと。そのためにわたしはここにいるのであり、決して私利を図るためではないのだ、と。

キーンの右手頭上に、階段及び通路上、もしくは暖房具近くで立ちどまることを厳禁する旨の掲示が懸っていた。最初の日に既にフィッシェルレはこのことを注意した。「暖をとりにここに来たなんて思われますぜ」そして「ここいらをうろつくのは家の石炭が切れた連中だけですよ。いずれ追い出しにかかりますな。なんのために暖房してあるか御存知ですかね？　客が階段を上るとき、知性を冷やしちまわないようにですぜ。冷えちまえば直ぐに出て行く。暖まってだ、冷えてなければ、ここにいてよい。あなたはどう見ても冷えちまってますぜ！」と警告した。

「暖房装置は半階ばかり、階段で言えば十五段も上じゃないか」とキーンは反論した。

「装置はだてにあるわけじゃありませんぜ。暖かいかどうかは二の次でしてね。いいですか、あなたのところへわたしが立っていりゃあ、きっと追っぱらわれまさあ」これは嘘ではなかった。

キーンは敵がこちらを追い出しにかかっていると考え、自分のために見張りをしようという侏儒の申し出を嬉しく受け入れた。委託した蔵書半分に対する情熱は薄れていた。大いなる危機が迫っているのである。共通のスローガンのもとに共通の任務に就いたからには、嘘いつわりなど論外であろう。翌日、労働の場にやって来て、フィッシェルレは言った。「どうか先に行ってくださいよ！　お互いに知らぬふりをしていましょうや。わたしはどこか外に立っていますぜ。邪魔をしてもらっちゃ困りますぜ！　居場所は申しませんや。相棒と分かりゃ、苦労も水の泡ですからな。いざという場合にはあなたの傍をかすめて駆けますぜ。合図はこの眼ね、逃げるときは先に走ってくださいよ。なあに、きっと追いかけて行きまさあ。例の黄色の教会の裏手で落ち合いましょうぜ。わたしが行くまでじっとしていてほしいものでしてな。お分かりですな！」こりゃあとびきりの提案だな。断われるものなら断わってみな。フィッシェルレはキーンと別れようなどとは、いささかも思っていなかった。持金全部が係わっているからには、拾得物報償金だの礼金だので苛立ってみても始まるまいぜ。書籍商とかのこのペテン師、このズル狐め、どうやらこちらの親切心が呑みこめたらしいや。へっ、つべこべは言わさねえ。

四人とその未来

キーンが建物に消えるやいなや、フィッシェルルレはのろのろと通りを一つ戻り、小路に曲りこむと同時に一目散に駆け出した。《理想の天国》の玄関口にたどりついて小休止、汗ばみ、あえぎ、ふらついた身体を休ませてからおもむろに入って行った。このような時刻、《天国》の住人のおおよそはまだ眠っている。これはフィッシェルルレの計算づくのことであった。粗暴な腕力家に用はない。背高のっぽの給仕がいた。それに行商人。この男は不眠症で、それを苦しむかたがた活用して一日二十四時間行商していた。それに盲の傷痍軍人。これは一日の仕事の前に割引の珈琲を飲みに来る。ここではパッチリ眼を開いていた。また新聞売りの老婆がいた。通称《フィッシェリン》、それというのもフィッシェルルレに似ているせいで、周知の事実であるが、ひそかに一寸法師に報いられることのない愛情を献げていた。もう一人、下水掃除人。夜の仕事と下水の臭気をこの《天国》で振り払うことにしていた。彼はここに出入りするなかでもっともまっとうな人間として通っていた。人も羨む週給の四分の三を妻君に持ち帰るからであった。ちなみに残りの週給の四分の一は夫婦仲で三人の子持ち。一夜もしくは一日で《天国》の女主人《おかみ》の懐中に流しこむ。

新聞売りのフィッシェリンは入って来たいとしいひとに新聞を突き出して声をかけた。「やっときた！　こんなに永いこと、どこをのたくっていたのだい？」警察が目をつけ出すと、フィッシェルルレは数日間行方《ゆくえ》をくらますことにしていた。そのたびに「殿御はアメリカ洋行中」との洒落がとび出し、人々は笑いころげた。あの小人が摩天楼の根っこあたりをどのようにうろついていることやら。連中は大笑いして、再び彼が現われるまでは彼のことなど忘れていた。年金女の女房の愛情は不在の夫に頭を悩ますほど深いものではなかった。夫が好きなのは自分のもとにいるときに限る。それに夫は訊問されたり格子の向こうに入れられたりには慣れているんだから。アメリカ洋行中の洒落のたびに、自分のお金を自分一人で使えたらどんなに素晴らしいかと考えた。既にずっと前から、自分の小部屋に懸ける聖母の肖像画が欲しかった。年金女には聖母像はうってつけなんだから。暗いところに入れられるとチェスを指させてもらえないばかりに、大抵はいわれもないのに逃げこんでいた隠れ家から這い出て来るや、フィッシェルレはカフェに赴き、女房と対面する。顔を合わせれば元通りの仲というわけだ。彼の不在を気にして、毎日居場所を推測してあれこれと言いたてるのはフィッシェリンばかりであった。フィッシェルレは無料でフィッシェリンの新聞を読むことができる。彼女は売りに出る前に大忙ぎで《天国》に顔を出し、刷り上がったばかりの新聞の束から一番上の一枚をとり、フィッシェルレに渡し、重い束を小脇にかかえたまま彼が読み終るまで待っていた。フィッシェルレだけは新聞を開き、折り、乱暴にたたんでもよい。他の者たちはただ肩越しに読めるのみであった。フィッシェルレは機嫌が悪いときにはことさら長々と新聞を睨んでいた。するとフィッシェリンは商売に支障をきたした。彼女はその不可解な愚かさをからかわれると、肩をすくめ、背の瘤を——大きさ、表現力ともにフィッシェルレのそれを凌駕する代物であったが——揺らめかし、「あのひとはこの世であたしのただ一人のひとだもの！」と答えるのであった。フィッシェルレがフィッシェリンを憎からず思うのも、おそらくはこの悲痛なセリフのせいであった。彼女のしゃがれ声はまるで自分の商売用の『唯一者《ただひとり》』と『現世《このよ》』の二新聞を誉めたたえているかに聞こえたのだが。

　この日、フィッシェルレは新聞に目もくれなかった。今朝のはもう刷りたてではないことにフィッシェリンは気がついた。悪気があってこうしたわけじゃない。永いこと、読むもの一つなかったろうと思って持ち出してきたんだもの。どこに放りこまれていたかしれたものじゃないわ。フィッシェルレは女の肩を——二人はまるで同じ背丈だ——とらえ、ゆさぶり、わめいた。「さあ、みんな来い、用がある！」肺病病みの給仕以外はみんな来た。給仕はユダヤに命令されるなんぞまっぴらとばかりに仏頂面で食器戸棚の傍に突っ立っていた。馳せ参じたのは都合三名、ものものしく顔を集めた。「毎日二十シリングを稼がせてやる！まず三日間は大丈夫だ！」「化粧石鹸八キロの売上げ分だな」と行商人はあわただしく換算した。傷痍軍人は疑い深く小人の眼を覗きこむ。「そいつは大入袋ってやつだろうぜ！」下水掃除人はうなった。フィッシェリンは《稼がせてやる》は聞きとったが、どれほどの金額だかはうわのそらで聞きのがした。

「会社をこさえたんだぞ。俺が社長だ。ちょろまかしはしないと誓約書に一筆書いてくれたら全員採用だ！」三人はまず何がどうなのかと質《ただ》したかった。しかしフィッシェルレは会社の機密を重要視した。会社であるからには会社である旨のこと以上は洩らさない、と断乎として言い放った。その代り、初日は一人当り五シリングの前払いだ。どうかね、耳よりの話だろうぜ。「誓約者ハじーくふりーと・ふぃっしゃー社ノ委託ニ係ワル現金コトゴトクヲ即日清算スルコトヲ義務トシ、万一生ジタル欠損ニ対シ全責任ヲ負ウ旨ヲココニ確認スル」行商人が差し出したメモ用紙四枚をとってフィッシェルレはひといきに書き上げた。行商人は仲間のなかで唯一の生え抜きの商人《あきんど》として相応の割前を望んでいたし、そこで社長に自分の機敏なところを披露した次第であった。家族持ちで、その上このなかでもっとも愚鈍な下水掃除人がまず最初に署名した。その文字の大きさが自分のと等しいことにフィッシェルレは立腹した。身分ってものを考えろい。「いけずうずうしい！」と罵った。これに対して行商人は虫眼鏡で見るような文字を続けて埋め合わせた。「これじゃ読めやせん！」フィッシェルレはきっぱりと判断を下し、社長代行を意図した行商人の思惑を粉砕した。《盲人》は現金を手にするまでは指一本動かそうとしなかった。彼は営業中、帽子にボタンが投げこまれてもじっと堪えしのばねばならなかった。その結果、営業を離れるとき、だれのことばも信じない。「なんてこった」フィッシェルレは気を悪くした。「一度でもこれまでに俺が騙したことがあったかね！」そして腋窩《わき》から折りたたんだ紙幣をそろそろとひっぱり出し、五シリング宛、各人に配ってから、直ちに《内金領収》の受取を出させた。「こいつは話が別だ」と《盲人》は声をあげた。「約束と実行とは縁もゆかりもありませんわな。こういうお方の命令とあればゲロだって舐めますぜ！」行商人は火の中なりと跳びこもうといきり立ち、下水掃除人は苦労を厭わぬ旨を誓約したが、フィッシェリンのみは悠揚迫らぬていであった。「あたしは署名なんてしなくていい」と言い張った。「このひとから、あたし、鐚一文盗まない。このひとはあたしにとってこの世でたった一人のひとだもの！」フィッシェルレは女の従順を論外のことと考えていたので、最初《はな》にうなずいてみせたのちは背中を向けていた。その背の瘤を見ていると女には勇気が湧いた。背中に面と向かうとフィッシェリンの胸には尊敬の念はともかくとして愛情がまたひとしきり高まるのであった。肥っちょの年金女が店にいないせいもあって、あたし、まるで自分が社長様の奥様みたいに思えてならない。フィッシェルレはこのはれんちな感想を聞きとるや、振り向いて女の手にペンを押しつけ命令した。「こら、喋ることなんぞないぞ。さっさと書くんだ！」彼の黒い瞳の命ずるままに従った。あたしの眼は灰色だもの。そして、もらいもしなかった五シリングの領収書までもこしらえた。「よし、これでよし！」フィッシェルレは四枚の紙を丁寧に収めてから大きく吐息をついた。「社長なんてどんなものか知っているかね？ 明けても暮れても苦労ばかりだ！ まったく、きみたち、使われる方は気楽でいいよ、なれるものなら代りたい！」彼は苦労のあるなしにかかわらず、お歴々が目下《めした》の者に言うセリフを知っていたし、彼の場合、事実苦労がないとは言えなかった。「さあて、商売商売！」と声をかけ、給仕に悠然と、一寸法師にふさわしく床すれすれの辺りから手を振ってのち、新規採用の部下を引き連れて店を出た。

通りでフィッシェルレはおのおの担当を説明する。一人ずつ身近に招いて、残りの三名には、素知らぬ顔をし、ほどよい距離をおいて続けと指示を下した。各人をその知性に応じて扱う必要があると思った。急《せ》いていたので下水掃除人を一番信頼できると踏んだ。そして行商人の激怒を尻目に、手招きをした。

「あなたはよき父親でしょうが」フィッシェルレは口を開いた。「だからまずあなただと、こう思いましたな。給金の四分の三をそっくり女房に渡すなんて人は、鐘と太鼓で探してもそうそう見つかりゃしませんよ。いいですか、気張ってくださいよ。へまはいけませんや。いとしいお子様のためにもですな」包を一つ、お預けしよう。そいつは《芸術》という名の包。――「さ、ゲイジュツと声を出してみてください！」「こいつぁ、ひどい！ わしがゲイジュツさえ知らん田吾作とでも思っとるのですかい！ 女房に金をうんとこさ渡すからといって馬鹿にするにもほどがある！」下水掃除人は、人の羨むその結構な家庭の状態により、《理想の天国》では常日頃容赦なく嘲られていた。フィッシェルレはこの男の尊大な誇りをひっぱたいて、あるかなしかの知性の全部を巧妙にとり出したのである。道筋を懇切丁寧に三度噛んで含めた。下水掃除人はテレジアヌムに足を踏み入れたことがなかった。必要なときには妻君が代ってすませていたのだから。商売の相棒は窓際のガラス戸のうしろにいるはずだ。のっぽで痩っぽちの男。ゆっくりと傍を通り過ぎること。ひとことも喋ってはならん。ひとこともだ。相棒が話しかけるのを待てばよい。そのあと、やおら大声を出せ。「芸術です、御主人様！　二百シリングに鐚一文欠けても手に入らない代物です！　芸術のひと揃え！」フィッシェルレは書店の戸口で下水掃除人を待たせ、買物をした。一冊二シリングの小説本十冊、派手な包にくるませた。くり返し三度、先刻の指示を聞かせた。この低能にもようやくのことで呑みこめたと見てとれた。相棒が包装紙を破こうとするならば、胸にかかえこみ叫ぶこと。「いけません、あなた、そんなこと！」と。教会裏で代金及び包を持参して待機せよ。本日の賃金はそこで手渡す。だれにも、他の同僚にも、仕事については秘密を守る条件つきだ。明朝は正九時、同じ教会裏に待てばよい。実直一途の下水掃除人にフィッシェルレは思いやりを忘れなかった。そうとも、だれもがこの方面の練達というわけでもないからねえ。このことばでもって誠実なる一家の主人《あるじ》は送り出された。

下水掃除人が書店の戸口に待機している間、残る三名は社長に命じられた通りに歩みを進め、新たな指図を受けた結果、すぐさま先刻の禁令を忘れ果てた掃除人の親身あふれた呼びかけの声にも委細注意を払わなかった。フィッシェルレの計算通りにことは進展した。下水掃除人は大富豪の御曹子様を胸に抱くといった格好で包を捧げ持ち、仲間の眼をうまうまとかすめて小路に曲りこんだ。フィッシェルレは口笛で三名を呼び寄せ、そこよりフィッシェリンを選び出した。行商人は自分が大物としてとっておきの人物であることに気がついた。そこで《盲人》に耳打ちした。「いいかね、最後の詰めの大役は、どうあってもこの俺さ！」

フィッシェリンには手間どらなかった。「おまえにとってこの世でただ一人のひとというのは、さあて、誰だったかな」と、フィッシェリン愛用の愛の言葉を思い出させた。「こんなセリフを言うなんてことは簡単だ。しかし証明がなくちゃあ三文の値打もないぜ。鐚一文でもくすねようものなら俺たちの仲は終りだと思いな。俺はおまえの新聞に指一本触れてやらん。いいな、おさらばってやつだぞ。するとおまえは別の男を探さにゃならん、俺同様の男をだ！」あとの説明は手間ひまいらずの次第であった。フィッシェリンはフィッシェルレの唇を凝視していた。彼が話してくれるさまをとくと見るために、背をかがめさえした。鎮座した鼻に妨げられてキスするなどはかなわぬことであったが、とにもかくにもフィッシェルレの唇の詳細を知る者は彼女を措いて他にいないのである。テレジアヌムに関してはわが家同然に委《くわ》しいのであれば、いまやひと足先に駆け出して、教会裏で社長様のおこしを待てばよい。そこで包を受けとって、そいつを示して二百五十シリング要求のこと。金と包を後生大事に持ち帰れ。「さあ、走り出せ！」とフィッシェルレは締めくくりに気合をかけた。いやな女だ。四六時中、俺を愛してやがる。

次の街角で立ちどまり、《盲人》と行商人が追いついてくるのを待った。行商人はいそいそとしんがりに控えつつ、いわくありげに社長殿にうなずいてみせた。「まったく理に合わんことでしょうが！」フィッシェルレは語気を強め、《盲人》にうやうやしく目をやった。こちらは身にまとった襤褸に頓着なく、手当り次第に通りの女を眺めわたし、ジロジロと睨《ね》めつけていた。彼は新しく刈りこんだ頬髭が女たちにどのような効果を及ぼしているか、その推量にこれ努めていたのである。おちゃっぴいどもは好かなかった。こちらの職業を理解しようとしないのだから。「あなたのような高潔の人がです」フィッシェルレはことばを継いだ。「騙《だま》かされたりしなくてはならないとは！」ここで〈盲人〉は耳を澄まし始めた。「やつらはあなたの帽子にボタンを放りこみますぜ。あなた、御自分でおっしゃっていたでしょうが。ボタンだとちゃんと見定めても、それでも――オアリガトウと言わなくてはならんとね。そう言わないことには目明《めあ》きだとさとられて、お得意客にも逃げられてしまうとね。まったく理に合わんことでしょうが、あなたのような高潔の人がです！　死んだ方がましとはこのことですぜ！　かかる欺瞞がまかり通っているなんて、まったくこの世はどうなっているのかと問いたいでしょうが？」三年間、戦場の最前線の激務に堪えてきた強者《つわもの》である《盲人》の眼に涙がにじんだ。自分の目でしかと見てとっている日々毎日のかかる欺瞞は彼にとって最大の苦痛であった。彼の窮状をいいことに、洟たれ小僧どもはよってたかって彼を小馬鹿にするのであった。しばしば、また真剣に、彼は自殺を考えた。ときとして女をモノにする幸運にぶつかってさえいなければ、とっくの昔に実行していたはずである。《理想の天国》で彼は、会話の相手となってくれる者を見つけるたびにボタンの一件を持ち出して、この手の悪党の一人でも殺してから自分も自殺するのだと言い続けていた。数年前からこの調子であったので、もはや誰からも本気にされず、ためにますます猜疑心をつのらせていた。「そうとも！」と雄叫びをあげ、フィッシェルレの瘤の周囲で腕を振り回した。「投げ銭とボタンの区別なら三《みっ》歳《つ》の餓鬼にもできるこった！　この俺様にはできないだ？　そんなことがあろうかってんだ！　はばかりながらおめくらさんじゃありませんやね！」「そうとも、そうだとも」とフィッシェルレはなだめにかかった。「欺瞞がことの始まりだね。どういうわけで人間は騙したりするのか？　たとえばだ、もうし、あなた、あたしゃ今日は一文なしだ、代りに明日には二日分をさしあげよう、なんぞと言う奴がいますかね？　いやしませんや。こういうお上手者は騙かすのも大得意、ボタンを小銭に仕立てますぜ。あなたは御職業をとっかえる必要がありましょうがね、このままではいけませんや！　ところでわたしはあなたにしてあげられることは何かと、ずっと先《せん》から考えていましてね。いいですか、三日間、ほんの三日間だけちゃんとやっていただけたら、あとは末永くわたしのもとで働いてもらうつもりですぜ。他の三人にはこのことを言っちゃなりません、極秘に願いますぜ、奴らはみんな解雇でいきます。ここだけの話ですが連中を傭ったのはまったくの同情からでしてね、ほんの数日のいのちですわ。あなたはちがいます。あなたは欺瞞が我慢ならないたちのお方です、わたしもまた欺瞞が我慢ならないたちの人間でしてね。それにあなたは高潔の士だ、わたしも同様、高潔とくれば目のない方でして、実に似合いのコンビではないですか。いかにあなたを尊敬しているかを知っていただくために、あなたには本日の賃金前払いといたしますよ。連中にはこうはいきませんがね」事実、《盲人》の掌に残額十五シリングが手渡された。最初はおのが耳に半信半疑のていであったが、次にはわれとわが眼を疑うけしきで、「自殺は中止だ！」と大声を張りあげた。この喜びと引き換えに女十人を諦めよう。彼の価値計算の物差しは女であった。フィッシェルレから告げられる仕事の内容を意気揚々と、つまりは気軽に聞きとって、痩せっぽちの相棒のくだりでは呵々と笑いもした。上機嫌のしるしである。「そいつは喰いつくかね？」と尋ね、朝には営業の場に、そして夕辺にはそこから自宅へと導いてくれるひょろ長の骨張った飼犬のことを思い出した。「油断はなりませんぞ！」フィッシェルレはおどかした。一瞬、予定の三百シリングに上積みした額をまかせようかとの思いに沈んだ。この男、任務に夢中のていではないか。フィッシェルレはなおも迷った。一挙にして五百シリングを稼ぐ手はそうやすやすと舞いこむまいぜ。だがこいつは危険が大きすぎる、失敗の場合は苦労がすべて水の泡というわけだ。すなわち、四百シリングにおさえるに如《し》くはない。さらばすみやかに赴け、教会前で待機せよ。

《盲人》が視野の外に消えたとき、遂に自分の出番であると行商人は考えた。小股でちょこちょこと小人に追いつき、歩調を合わせて傍に寄りそい、「やっと雑魚《ざこ》どもをすませましたな！」とささやいた。弓なりに一杯、背を丸めたが、フィッシェルレの低さまでにはとどかなかった。それでも話す際には、御主人様が自分の背丈の二倍からある人の如くに、眼は上天に向けるのであった。フィッシェルレは黙っていた。こやつとは馴れ合うまいと心に決めていた。あの三名はおあつらえ向きの連中だ。だが、こやつ、この四人目には警戒を要する。今日限りでおさらばだ。行商人は繰り返した。「雑魚どもが散って大助り、そうでしょうが？」フィッシェルレは堪忍袋の緒を切った。「いいかね、君は話すことなどないんだ。いまは勤務中だぞ！　話すのはこのわたしの方だ！　話したければ他に仕事を見つけてもらおう！」行商人は跳びすさって一礼した。とつこおつ数えていた指を握りしめ、胴と頭と腕とを猛然とわななかせた。どうすればなお恭順の意を表せるであろうか？　駆けめぐる想念のなかで、両足をきっちりと折りしだくために、あやうくその場で、でんぐり返りをするところであった。不眠の頭がいまさらのごとくに忌わしかった。《大金》のひとことでサナトリュウムと手のこんだ治療の数々が思い浮かんだ。彼のパラダイスには効果てきめんの催眠薬がふんだんにある。そこでは一度として目覚めることなく二週間眠りっぱなしだ。食事とても眠ったままでとる。二週間後にようやく目覚める。それより早いことは許されない。ただ従うこと。抗《あらが》いは不可。医者は警官同様に厳格である。それから半日、トランプをする。トランプ専用の特別室があり、ただ毛並みのよい商人だけが出入りできるものだ。トランプも勝ち運のつきづめ、金が金を生むというやつ。そのあと、また二週間の眠りにつく。欲しいだけの暇もある。「何をそうふらついているのかね！　ふざけるときじゃないですぞ！」フィッシェルレは金切声をあげた。「ふらつくのをよせと言うんだ。クビにされたいのかね！」行商人はハッと眠りから覚め、そわつく四肢をなんとか鎮圧した。そして再び欲一点ばりに戻った。

　フィッシェルレはこのうさんくさい人物を追払う理由のないことに気がついた。腹立ちまぎれに指示を与えた。「いいかね、静聴だ、でなけりゃどこなと行っちまえという寸法だぜ。包を一つ渡す。包だ、分るだろうが、包とは何かなんてことは行商人であるからには分っていようってものだ。その包を持ってテレジアヌムに行く。解説の必要はあるまいな。以前はあそこで一日中ほっつき回っていたはずだ。まったく、ぶざまな商人《あきんど》だぜ、君って男はだ。書籍用の窓口に行く途中、ガラス戸に突き当る。おい、ふらつくなと言ったろう！　あそこに行ってもこんなざまだとガラスをぶち破るぜ。その節にはみんな君の責任だ。窓際に痩せた紳士が立っておられる。わたしの商売上の一の友だ。君は紳士に近づく。しかし口をきくな。紳士が口を開かれる前に君が口をきくと紳士は背を向けられる。とりつくしまもない。そういうお方だ。一方の権威なのだ。すべからく沈黙を守り給え！　君と損害賠償の裁判を永々とやらかすなんて酔興は持たんからね。しかしだ、もしかのときにはわたしの方で告訴沙汰も辞さないぜ、いいな、商売となれば容赦しないのがわたしの主義なんだから！　自分がびくついた低能であることに気がついたらだ、気持を引きしめ給え！　君よりも下水掃除人の方がわたしには好ましいのだ。まてよ、どこまで話したっけな？　こおっと、ええっと、どこまでだ？」やにわにフィッシェルレは気がついた。キーンとつき合っている間、数日にして身につけた美文の弁才をとり落とした。これこそ小生意気な部下に対し、唯一最適の武器ではないか。気を鎮めるためにひと息おいて、憎むべき競争者の虚を衝くべく利用した。即座に行商人は乗ってきた。「痩せた紳士のくだりまですみました。わたしはこの通り、喋りません」「喋りません、喋りませんだと！」フィッシェルレはわめいた。「すると包はどこにある？」「この手に持っておりまして」イカサマ師の恭順ぶりにフィッシェルレは空を切った。「なんてこったい！」溜息を吐いた。「君に呑みこませるまでには二つ目の瘤ができてらあな」行商人はにやついて、罵倒から瘤を守るかにかかえこんだ。背一杯に身をかがめていても目こぼしがありはしないかと不安になって、首をさしのべ盗み見に精出した。フィッシェルレはしゃにむに攻撃の種を探すのに夢中のあまり、これら一切に気づいていなかった。《天国》では日常茶飯の下卑た言い回しは避けたかった。《天国》の住人といった人種には何の印象も与えまい。低能の繰り返しは退屈だ。突如、歩調を速めた。つい半歩、行商人がおくれをとったのを見とがめて、思うさま見くびって言いたてた。「へっ、もうはやお疲れか。土の下で永の安らいにつかれた方がお似合いだろうぜ！」とって返して指示を続けた。痩せた紳士から百シリングの《手付け》を請求のこと。但しそれは呼びとめられ、話しかけられたのちたるべきこと。事後の多言も無用。手付けと包とを持って教会裏に立ち戻れ。以後のことは後刻指示する。任務には忠、他の三名の同僚には沈黙をもって当れ。さらば真一文字に、行け。

　行商人がすべてを喋りちらし、他を語らって自分に対し陰謀を企みかねないと想像して、フィッシェルレはやや弱気になった。懐柔策を思案して歩調をゆるめた。その結果、おのずと優に一メートルは先行した行商人に呼びかけた。「待て待て、どうしてまた急《せ》くのかね？　浮足立ってもことは運ばんぜ！」行商人はこれを新手の揚足とりと考えた。そしてこのあとフィッシェルレがとくとくと、互いに以前同様《天国》の仲間同士であるかに親しげに語るのを、権力者特有の不安によるものと解釈した。苛立ちながらもへまな合槌はさし控えた。人間の行動理由を見抜くなんてことはお手のものだ。燐寸や靴紐や手帳や、最高に値段の張るものでも石鹸といった代物を売りつけるために、歴戦の外交官にもひけをとらない洞察力と観察眼と、それに沈黙の威力をも利用してきたのだから。ただ思うさま眠りこけるといった至高の夢と係わってくると、思考力は朦朧として霧の中に迷いこむのであった。ようやくのことで新商売成功の秘訣は謎につつまれていることを了解した。

　フィッシェルレは目的地までの道のりを、一見、なんの変哲もない商売の相棒、つまり痩身の紳士のすみにおけない次第を縷々説明することに費した。紳士は永らく戦地にあった。その結果、兇暴になったのである。終日、身動き一つしない日もある。誰にも害をなさない。だがひとたび余計なことばをかけられるや、使い慣れた軍隊支給の拳銃を引き出して、その場で射ち倒すのを常とする。裁判所の方もお手上げだ。精神錯乱というやつ、医者の証明書を常に身につけているのだから。警察もこのことを承知している。逮捕してどうなんだ、と最初《はな》から投げやりだ。どうせ無罪放免となるんだから。それに彼は射殺するというわけではない。きっと相手の足を狙う。射たれた方は二、三週間で回復する。但し、一つ例外がある。根ほり葉ほり尋ねられでもしようものなら、もう手がつけられない。ことのほか尋ねられるのを嫌がるのだ。例えば誰かが無邪気に健康のことなど問うとする。次の瞬間、死体が転がっていようというものだ。心臓に一発。これが彼のやり口だ。自分でもどう仕様もないことで、あとで悔いるのがせいぜいのところ。このようにして六人が死んだ。危険を承知しながら、ついうかうかと尋ねたりしたばっかりにだ。尋ねさえしなければ結構な商売《あきない》にありつけたはずだのに。

行商人はこれらのひとことも本当だとは思わなかった。だが少しばかりの想像の熾火《おきび》をかきたてた。身なりのいい紳士を眼前に見た。紳士は眠りこける直前の男をズドンと射ち倒す。ともあれ、質問はつつしもうと心に決めた。謎は別の手段で探ればよい。

フィッシェルルレは唇に指をあて、「シッ！」とささやいた。二人は教会前にさしかかっていた。《盲人》が威儀を正して待機していた。この間、女を睨《ね》めつけることをしなかった。ただ数名が通り過ぎるのを気にとめたばかりであった。同僚に笑顔でもって当ることに堪えがたいほどの喜びを感じた。三日の内にクビになる連中だ。自分は待望の職にありついたというのに。何年ぶりかの友に出会ったときさながらにこやかに、行商人に挨拶した。教会裏でさらにフィッシェリンが加わった。十分前から息づかい荒く喘いでいた。一目散に駆けてきたのだから、《盲人》が彼女の瘤を撫でさすった。「どうしたってわけかね、バアさんや！」とどなりかけて、皺だらけのうつろな顔一杯に笑いかけた。「今日はとびきり上首尾の日だろうが！」世話をやいたつもりでいたのに。フィッシェリンは悲鳴をあげた。触れたのがフィッシェルルレの手でないことを感じたが、あのひとの手だと自分に言い聞かせた。だのに耳にしたのは《盲人》のガラガラ声だなんて。かくして金切声は驚きから喜びに、そして失望にと変化した。あのひとの声は誘いかけるようだわ。新聞売りにうってつけ！　飛ぶように売れるにちがいない。でも並みの仕事をするひとじゃない。それに疲れるだろうし。やはり社長向きだわ。

いいや、声ばかりではない。フィッシェルルレの眼もまたなかなかのものであった。いましも下水掃除人が角を曲って姿を現わした。いち早くこれに目をとめ、三名には「とまれ！」と号令をかけてから迎えに赴いた。まず掃除人を教会の庇の下に引きこんで、渡したときと同じく後生大事に腕にかかえている包と、右手の指に握りしめた二百シリングとをとりあげた。次に十五シリングをとり出して、相手の握りこんだ指をこじあけて押しこんだ。このときようやく、掃除人の重い口から報告の文句がこぼれ落ちた。「上首尾でしたわ」と始めた。「結構結構！」フィッシェルレは叫んだ。「明朝九時きっかりだ。九時きっかりにここだ、ここ。九時きっかりにここに来い！」下水掃除人はぶざまな重い足をひきずって遠去かり、そろそろと手の中の給金に視線をやった。かなりたってから「ぴったり、ちょうどだ」とおもむろに声を放った。《天国》に至るまで習慣と争ったが、遂に屈した。女房に十五シリング、残りの五シリングは自分のものだ。飲む。その通り実行した。そもそも二十シリング全部で飲みたかったのであるが。

教会の庇の下でフィッシェルレは手配りの悪いことに気がついた。いまフィッシェリンに包を手渡すと、行商人は傍からやりとりを残らず目にするだろう。人間が代っても包は同じであると知られれば、ことは秘密の露顕に係わってくる。このとき彼の思案をさとったかにフィッシェリンは自分から進んで庇の下にやって来た。「あたし、来たわ」「待ちかねたぜ、ベッピンさん！」とフィッシェルレはどやしつけ、包を渡した。「行くんだ！」フィッシェリンは駆け出した。瘤のおかげで包はだれの眼にもとまらなかった。

この間に《盲人》は女とは何ものでもない所以を行商人に説きたてていた。人間はまずまっとうな職業につかなくてはならない。うしろ指を指されるなんてことのない職業だ、眼をしっかと見開いていられる職業である。盲目なんてこともまた何ものでもないのである。相手が盲だと思うと、どんな破廉恥でも厭わないのが人間だ。こちらが何ほどかの者になれば、女ごときはおのずからやってくる。束になってやってくる、どれから手をつけるか悩まなければならないほどだ。乞食族はこの点、見さかいがない。やつらはさかりのついた犬同様だ。どこであろうとやりたがる。自分はやつらとは違いまさあな！まっとうなベッドがなくちゃあ。馬毛のマットに悪臭《におい》のしない煖炉、それにポッテリした女とこなくては。石炭の臭いは我慢ならん。これは戦争以来のことだ。自分は例えば女であればだれでもよいというわけじゃない。以前、そう、乞食をやっていた頃のことだが、そのときには女であればどれにも口をつけることにしていた。だがこれからは衣服も上等、金ならほどなくふんだんに舞いこんでくるのであれば、女とても選ばなくちゃあ。百人からをずらっと並べ、端からこう触れていく。ことさらまっぱだかでなくても結構、分るものは分らあな。三、四人を選り抜く。それ以上は一度に無理だ。ボタンのイザコザもこれで終りだ。「ダブルベッドを誂えにゃあな！」と溜息をつき、「三人ともが肥っちょなら、どこに寝かせる？」行商人はそれどころではなかった。首を突き出し、せい一杯フィッシェリンの瘤ごしを睨んだ。包を持つや否や？　掃除人は包を持参して空手で去った。フィッシェルレはどうしてまたやつを庇の下に引き入れたのか？　小人も見えなきゃ、掃除人も見えない。それにフィッシェリンも。そろいもそろってすっこんだ。きっと包を教会に隠したのだ。言うまでもない、大した思いつきだぜ、これは！　盗品が教会にあるなどとだれが考えようか？　傴僂の千両役者とはあやつのことだ。包はさぞやコカイン入りの大物だ。悪党め、このぼろい商売にどこでありついたのか？

フィッシェルレが駆け戻ってきた。「諸君、もう暫くの辛抱だ！　女があのよた足で帰還のときまで、われらは用なし、死んだも同然だ」「死なんてものこそ、御主人、われらには要なしですぜ！」《盲人》がわめいた。「死なばもろともだ、社長！」と行商人はへつらって、フィッシェルレがこちらの立場であればしたであろう通りに両の掌をサッと返した。「チェスの名人様がわれらの本尊、鬼に金棒でして」そしてつけたした。「われらごときは名人様の御前ではゼロですわ」「名人とはどの名人だね！」フィッシェルレは気を悪くして首を振った。「三カ月もしてみろ、このフィッシェルレが世界名人だぜ、諸君！」二名の部下は上気した顔を見合わせた。「世界名人万歳！」やにわに《盲人》がドラ声をあげた。行商人はその細いピーピー声で——彼が口を開くたびに、《天国》の連中は「マンドリンが鳴り始めたぜ」と言い合うのだが——慌てて万歳に声を添えた。《セカイ》とまでは発したが《メイジン》なるものが咽喉につかえた。さいわいにもこの時刻には小広場に人影は絶えていた。大都市における文明の先鋭分子、すなわちかの警察官殿のお姿さえも欠けていた。フィッシェルレは答礼した。だがどうも図に乗りすぎたと感じ、声を絞った。「執務中は静粛に願いたい！　沈黙は金の譬えもあろうが！」「なんのなんの」と《盲人》が応えた。もう一度繰り返し将来の華麗な生活の詳細を語りたい。万歳の返礼だ、当然その権利があろうと思った。行商人は唇に指をおき、「その譬え、それこそわたしの金言でありまして」と賛同し、黙った。

《盲人》は女になおも専念した。おたのしみの邪魔は我慢ならない。声を張りあげ、喋り続けた。女とは何ものでもない次第から説きたてて、ダブルベッドに行きついて終る。これらの仔細に関して社長の理解のほどが不充分と見てとって、やおら最初から語り継ぎ、おのれ専用の百人の女のうちの選り抜きをこまごまと描写することに努めた。めいめいに膨大な尻を与え、キログラムで明示し、順ぐりに重量を高めていった。六十番台の代表にとり出した六十五番目の場合、尻だけで六十五キロの重さがあった。計算が不得手であったので、一度口にした数字に執着した。自分ながら六十五キロは少々大げさに思えたので、註釈を加えた。「これっぽちの嘘も入ってませんぜ！ 嘘がつけない性分でしてね、戦争以来こうですわ！」この間フィッシェルレはおのれのことで忙がしかった。頭をもたげたチェスにまつわる想念を殺すこと。ここで一勝負やりたいと思いでもしようものなら、けんのんけんのん、商売がオジャンとなりかねない。チェス駒入れを兼ねた小さなチェス盤を、上衣の右のポケットに探ってポンと叩き、威勢よく反応するのを聞きとった。「おちつけおちつけ！」とつぶやいて、しがない音に変わるまで叩き続けた。行商人はコカインになおも思いを馳せ、ついてはその催眠の効果を考えた。包を教会で見つけ出したら、二、三服くすねて試してみよう。ただ劇薬ならば眠りこむと夢を見やしないかの心配があった。夢を見なくてはならないのなら、むしろ眠るまい。願うところはまことの眠りだ。食事を給仕されても目覚めないやつ。二週間は続く眠りだ。

このときフィッシェルレは、めまぐるしく手を振ってから庇の下に駆けこんだフィッシェリンの姿に気がついた。《盲人》の腕を摑んで「同感同感！」と煽りたて、行商人には「ここにい給え！」と命じてから、《盲人》を教会の扉まで伴った。そこに彼を待機させ、フィッシェリンを教会の中に連れこんだ。フィッシェリンは興奮の極にあって、口がきけない。落ちつこうと苛立って、包と二百五十シリングをそそくさと恋人におしつけた。フィッシェルレが勘定する間に、大きく息をつき、しゃくりあげた。「あのひと、あたしがフィッシェルレ夫人かと尋ねたわ！」「で、どう答えた……」フィッシェルレは叫んだ。不安であった。馬鹿な返答で商売を駄目にしかねない。いやいや、とっくに駄目にしたのだ。それをほろほろ喜んでやがる。トンチキめが！　女房かと問われただけで有頂天だ！　へっ、こんな女、馬にでもくれてやらあな。あの偏屈め、なんて愚かなことを訊きやがる。こいつがフィッシェルレ様の女房だなどと考えるとはな！　両方が瘤持ちだからとて似合いの夫婦《みょうと》というわけか。そうとも、何か勘づいたにちがいない。たった総計四百五十シリングで店じまいをせにゃならんとはなんてこったい！　「どう答えた！」繰り返し叫んだ。教会内にいることを忘れていた。教会には、常々、敬意と畏怖の念を払っていたのであるが、それというのも自分の鼻がひと目をそばだてる代物だからである。「あたし——なにも——言っちゃあ——いけな——かった——から！」ひとことごとにしゃくりあげた。「そいで——首を振っただけ」見込みちがいと思った金が舞い戻った。だが先刻の不安をどうしてくれる。腹立ちをなおも消さずにおいた。両手で二、三撥、殴りつけたいところであった。無念なことにその暇がない。教会から押し出して、耳に吹きこんだ。「明日もまた、新聞かかえて這いずりやがれ！　俺はもう金輪際、見てやらん！」フィッシェリンは任務を解かれたことを察知した。その結果、何を失ったものやらは分らなかった。紳士があたしをフィッシェルレ夫人としてくれたのに、ひとことも喋ってはならないなんて。なんてまが悪い！　なんてふしあわせ！　これまでついぞあんなしあわせを味わったことはなかったのに。戻りながら絶え間《ま》なくしゃくりあげた。「あのひと、この世であたしのたった一人のひとなんだわ」そのひとが二十シリングを払ってくれなかったことを忘れていた。それは客運の悪いときには一週間駆け回ってようやく手にする額であった。しゃくりあげる調子に合わせ、「フィッシェルレ夫人」と呼んでくれた紳士の姿を思い出した。だれからもフィッシェリンと呼ばれているのを忘れていた。しゃくりあげ続けたのは、あの紳士がどこに住み、どこに行くのか知らないせいでもあった。知ってさえいたら、毎日でも新聞を持っていく。もう一度、あのひとことを言ってくれるかもしれない。

　フィッシェルレは傴僂女を追い出したが、わざとに騙したわけではなかった。不安が憤激に溶けこんで、おかげで頭が澄んできた。腹立ちまぎれにすぎなかったとしても、フイッシェリンの日当をまきあげる工夫はしていたはずだ。《盲人》に包をおしつけ、用心専一、沈黙厳守をあらためて申しわたした。いずれにしてもクビがつながるかどうかは本日の首尾次第。この間、《盲人》は自分の女たちがつい手のとどくほどに目近に見えてきたので、ともかくこれを忘れるために瞑目した。おもむろに眼を開けると、女たちは去っていった。とびきり尻の重い女《やつ》も消えていた。かすかながらに胸が痛んだ。女に代って新たな任務が一切合財明瞭に浮かんできた。社長の警告は言わずもがなのことである。急ぎの用であるにもかかわらず、ことさらのろのろと足を運んだ。ボタンの件が頭から離れなかった。女を獲得することに精神を統一している男にとって、女といささかも係わらない事柄はどう頑張っても一生の大事とは思えないのである。

行商人のもとに戻ってフィッシェルルレは言った。「まっとうな事業家ともなれば、あんなぐうたら連中にまで眼を添えてやらねばならんのだ！」「御名言！」行商人は合槌を打った。そして自分をまっとうな商人として、ぐうたら連中から区別した。「人間は何のために生きているのか？」――あやうくフイにしかけた四百シリングのせいで、フィッシェルルレは厭世に傾いていた。「ぐっすり眠るためにです」行商人は答えた。「あなたとぐっすり眠るってやつかね、こいつは異《い》な取組だ！」日々毎日、それも間断なく不眠に苦しめられている行商人が眠りこけた姿を想像して、傴僂は笑った。身体をよじらせて大笑いした。鼻孔はパックリ開いた二つの口に似た。そして二本の細い裂目然と唇がおもむろにせり出した。我慢ならず瘤をかかえた。並みの者なら腹をかかえるところであるが。瘤の下に手を添えて、全身をわななかせつつ、いとしげにかき抱いた。

フィッシェルルレが笑いころげている間――その間、行商人は眠りを蔑視されたばかりに腸が煮えくり返るほど怒り狂っていたのであるが――《盲人》は帰還して、教会の庇の下に駆けこんだ。フィッシェルルレは突進し、金をもぎとった。勘定通りの金額であると知って仰天した。――いや、待てよ、五百シリングと命じたのであったか。いやいや、やはり四百だ――興奮を鎮めるために訊問した。「で、どうだった？」「ガラス戸のところで出くわした。女ですがな。包なんぞの邪魔物を手にしてさえいなかったら、すっとすり抜けて前に出ていたはずですぜ。もう大したデブっちょ！　あんたの相棒はありゃあとんだでくのぼうですぜ」「どうしてだ？　どういうわけだ？」「気を悪くしてもらいますまい。あの野郎は女を罵りましたぜ！　四百とは高すぎる、とこう言いましたわ。ともかくも女のてまえ、出すことは出しましたがね。女がいかんというぐあいにですわ。もしやこちらも喋ってもよかったのなら、こう言い返してやったんですがね、ちぇ、朴念仁めがとね！　女なくしてなんのこの世が桜かなってのを知らねえかとですわ。あの野郎、こちらがせっかくふるいつくようなのに出くわしたというのに、罵りやがった！」「彼《やつ》はそんな男なんだ。熱烈な童貞主義者でね。反抗は許さん。どうあろうとあれはわたしの友人だ。喋ることもまたならん。彼は気を悪くする。友人を傷つけるもんじゃない。わたしがあなたを傷つけたことが一度でもあるかね？」「どうしてどうして、あなたこそ善意の塊ですがな」「そうだろうが！　明朝九時にここに来給え、いいな！　口をつつしむんだ、わたしの友人だろうがね！　ボタンのことで涙をのむなんてまっぴらだろう！」《盲人》は去った。上機嫌であった。奇妙な紳士のことはまもなく忘れた。二十シリングで何をやらかすか。まずだ、まず女と背広だ。黒の背広でなくちゃならん。新型の髭にあうのは黒に限る。二十シリングで黒の背広は到底無理だ。よし、女だけにする。

　腹立ちと穿鑿欲にたけりたって、行商人は注意を怠り、生来の臆病を忘れていた。小人が包を交換する現場をおさえたかった。さほど大きな教会でないとは言え、すみずみまで包一つを嗅ぎ回るなんてことは、さまで嬉しいことではない。やみくもに顔を突き出して大体の場所の見当をつけるとするか。やつがどこいらから来るか、こいつが問題だ。戸口の前でばったり会った。包を受けとり、黙々と出かけた。

　フィッシェルレは悠々とあとを追った。四度目のこれは金銭的というよりもむしろ原理的意味合いの試みだ。キーンがこのたびも百シリング出すとするならば、自分の懐《ふところ》中に流れこんだ金額——九百五十シリング——だけでも、拾得者に対する報酬として期待した額を上まわる。キーンへの知能的な詐欺行為の間にも、フィッシェルレは絶えず、これはほんの昨日、自分のあり金全部を捲き上げようと謀っていた敵に対する報復であると意識していた。正当防衛は罪ではない。殺人者には殺人をもって返せ。悪党には悪をもって向かうのも敢えて辞さない。しかも自分の場合には顕著な理由がある。おそらくあの男は報償金をとり戻すべく画策さえするであろう。卑劣はさらに厭わぬであろう。とてつもないことを思いつき、全財産を賭けちまうであろう。しかも一度はこの自分の手に握られていた全財産を。すなわち取り戻すべく十分な根拠がある。だがチャンスもこれで終りとなるのではあるまいか。だれもが明晰な頭脳を持つわけではない。人間がだれしも自分のような確固たる性格の持主であるならば、そして自分がチェスに対するときのように拾得者への報酬においておうようであるならば、商売は順調この上ないであろう。しかしあやつにはここのところが分っているであろうか？　単なるホラ吹きであるかも知れん。身銭が惜しくなるようなめめしい野郎だ。こう言いだす。「君、もう駄目ですよ！」強欲にも、わずか百シリングのために報償金全部を拒もうというやつだ。突然、身ぐるみそっくりはぎとられ、最終的には空手の乞食になることわりを御存知あるまい。あやつがひとかけらの知性でも持つならばだ、ま、必ずしも持たぬとも思えないが、その節には一文なしになるまで払い続けるはずではないか。しかしフィッシェルレにはそれほどの知性の存在を信じられなかった。それに自分がチェスのおかげで養成した首尾一貫性というやつも、だれもが所有しているとはかぎらないではないか。やつには個性が必要だ。自分のような、このような自力の個性がである。終りまでまっとうするていの人間には、自分なら喜んで支払ってやる。金を出すとも。商売の片棒をかつがせる。とまれそんな人間が見つかればの話だが。テレジアヌムの戸口までつけて行った。そこで待った。騙かす機会なら、あとになればいくらもあろうからだ。

個性を欠いているにもかかわらず、行商人は小走りにとび出してきた。フィッシェルレを目にとめて愕然として立ちどまった。社長がここにいられるとは、ついぞ思ってもみなかった。精勤この上ない。命じられたよりも二十シリング余計に要求したのである。左のズボンのポケットをおさえた。そこに割増し分を収めていた。見当らぬ。ついつい包をとり落とした。フィッシェルレにとってはまずもって包は二の次のことであった。首尾のいかんが知りたかった。包を拾うために部下はひざまずいた。部下の驚いたことに社長もまたひざまずいた。ひざまずいて部下の左手を鷲摑みにした。百シリングが顔を出した。こいつは見せかけだ、と行商人は考えた。途方もない値打ものの包のことが心配なんだ。畜生、先にひと覗き、中をあらためておけばよかったに。だがもう手遅れだ。フィッシェルレは立ち上がり、「落としてはならん！　包を自宅《いえ》に持って帰れ。明朝九時きっかり、そいつを持って教会に来ること！　いいな」と命じた。「割前の方は？」「失礼、うっかりしていた」このたびはたまたまその通り。「ほい！」と手渡した。

明朝九時だ？　笑わせらあ、へっ、今日にもさ！　行商人は教会に駆けつけた。柱を背にしてもう一度ひざまずき、邪魔な人種の入ってこないことを祈りながら包を開いた。本であった。疑問が消えた。騙されたのだ。本物の包はどこかよそにある。本を包みなおし、長椅子の下に隠して、探索を開始した。教会内をあちこちと、祈りながら這いずり回った。十字を切りながら、長椅子の下を一つ一つ覗きこんだ。塵ひとつ見逃さなかった。これを逃して機会は二度とめぐってこまい。ときどきはっとして胸をときめかした。だがそれは黒表紙の祈禱書にすぎなかった。一時間後には祈禱書が敵《かたき》のように思えてきた。二時間後に背中が痛み出した。舌を長々と突き出した。唇だけは祈りの文句をつぶやくように動かしていた。一通り探し終え、またぞろ初めから開始した。同じ筋道を機械的に辿る愚は犯さなかった。その場合、一度見逃せば二度目もまた見逃すことを承知していた。探索の経路を変更した。この時刻、教会に来る者はまれである。だが耳を鋭くそば立たせ、物音を聞きつけるや凝然と立ちどまった。信者の女性《にょしょう》のおかげで二十分間中断した。信者の願力で秘密が露顕しないかとびくつきながら、まばたきせずに睨みつけていた。腰を下ろすさえもようしなかった。もはや午後となっていた。行商人はどれほどの時間、探し続けたのかも、もはや分らなくなっていた。ふらつきながら左手から右手の三列目へ、右手から左手の三列目へと辿りつづけた。これこそ考えついた最後の新手の探索経路であった。夕刻、床に坐りこみ、うんもくもなく眠りこけた。かくして念願の眠りを得たのであるが、二週間眠り続けることはおろか、その夜、閉門の時刻に教会守りにゆり起こされ、放り出された。本物の包のことは頭から霧散していた。

露顕

忙《せわ》しなく瞬きをしながらフィッシェルレがガラス戸に現われるのを、キーンは和やかな微笑でもって出迎えた。今朝よりたて続けになしとげた慈悲の行為のせいで、魂はうるみに潤み、かくなれば譬えにおいて語りかけんとしたのである。悲しげなる信号火のかくもまた燃え立つは何のせいぞ、とおもむろに尋ねた。慈悲の激流に身をゆだね、示し合わせていた合図のことはさっぱりと忘れていた。書物を冒瀆しててんとも恥じぬ人類への不信と同様、さながら確固としたキーンの信念は、お得意の世界でさっそうと闊歩していた。キーンはキリスト、すなわちあの奇妙な浪費屋の意志の欠如を歎じたのである。多くの聖なるパン、救済に次ぐ救済、それにあまたの不思議のことばを想起し、あれほどの奇蹟をもってすれば、いかばかりの書物を救い出せたであろうかと考えた。自分が現在、キリストさながらのなりわいにあることを感じていた。同様の手際で多くのことをなしもしたであろうが、とまれ慈悲の対象だけは日本人のそれに似て、迷妄であるように思えたのである。彼の内の言語学者は未だ健在であったので、彼は平穏の国土に帰還した暁、福音書を原本に即し、根本的に検討し直そうと心に念じた。おそらく、キリストは人間などではからきしなくて、教権制に巣喰っていた蛮民どもが教祖の元来のことばを巧妙に改竄したのであろう。『ヨハネ黙示録』に、闇雲にロゴスが出現するにしてからが、うさんくさいことこの上ない。その凡庸な解釈はギリシャの影響を明示してやまぬのである。キリスト教を発祥の源流に戻すべく十二分の学識をいまさらのごとくに身内に感じた。たとえ自分が救世主の真実のことばを人類に返し、しかと聴きとるため耳を澄ませていた最初の者《ひと》ではないにせよ、とまれおのれの解釈が正鵠を得るであろうことは当然主張してもよいと思えたのであった。

　しかしながら、危機接近の立場を採ったフィッシェルレの解釈は、理解されないままであった。なお暫く、警戒信号を送り続けた。左右の眼を交互に閉じる。ついに堪まらず、キーンに武者ぶりつき、腕を摑んでささやいた。「警《サ》察《ツ》の野郎ですぜ！」彼が知っているなかでもっとも恐ろしいことばである。「逃げるんです！　わたしのあとについてきてもらいたい！」その口のはしで、おのがことばの効果を確かめるため、再び戸口に身を乗り入れた。キーンは悲痛な視線を投げやった。上天にではない。反対に、地獄に——六階の地獄にである。そしてできれば本日にも、かの聖地に馳せ戻ることを誓った。迫害をしかける汚ならしいパリサイ人を心底から軽蔑した。遁走を開始する前に、小人の警告に対し、ぎこちないながら深々とした一礼でもって報いることを正真正銘の聖者として忘却しなかった。自分が卑劣より義務をなおざりにする場合には、おのが蔵書を焚刑に処するであろう。敵方は姿を見せない。何を恐れている？　わが大願の倫理の威力にたじろいだか？　罪人に代って祈願したのではない。罪なき書物のためだ。とかくするうちに敵方のせめて一人でも髪の毛一本逆立てるならば、見直すこともしてやろう。キーンはまた『旧約聖書に』も精通しており、復讐を保留した。畜生、外道めが。キーンはわめいた、すきを窺い、油断をみすます魂胆か！　きさまらの汚辱の沼は、そっくりきさまらにくれてやる！　わたしは何ものも恐れない、わたしの背後には何百万ものものたちが従《つ》いているのだから。キーンは指を立て、上方を指した。そして従容として逃げ出した。

フィッシェルレはキーンを睨《ね》めつけていた。どこの馬の骨とも知れぬ悪党のために、キーンのポケットにおのが金を移すなんてことはまっぴらであった。質入れにくる唐変木の出現を警戒し、鼻と腕とでもって急きたてた。相手がぐずつくのを見てとって底意を知った。まちがいない、こいつはなかなかの強者《つわもの》だ、この手で——まさしくこの手で拾得者の礼金をとり戻そうという魂胆だ。これほどまでに執念深いとは思っても見なかった。脱帽脱帽。なに、逆手にとってやれと考えた。最後の一文までもいただくためにお手伝いして進ぜよう。それも手っとりばやく、さまで手数をかけずにいきたい。ともかくも大金と名のつく額を霧散させないためには、邪魔っけなのが舞いこんでくるなんてことを避けねばならぬ。われら二人の問題はわれら二人に係わるものであって余人のあずかり知らぬところではないか。フィッシェルレはキーンの一歩ごとに威勢よく背中の瘤を振りたてて従った。ときおり、暗い隈を指さして、その指を唇におき、爪先立って歩をやった。お役人、それも偶然、書籍部詰めの豚野郎とすれちがったとき、辞儀の真似ごとをした。すなわち瘤を投げ上げた。キーンもまた頭を下げた。しかし怯懦の故であった。先刻、十五分ばかり前、階段を下りて行った、この人間の面《つら》を構えた畜生めは、上に戻って暴君ぶりを発揮するにちがいないと感じたからである。奴が窓口に坐るのを禁ずる方策はないものかと、じだんだ踏んだ。

ようやくのことでフィッシェルレは教会裏の広場、それも庇の下にキーンを連れこんだ。そして「一難去った！」とうめいた。キーンはいましも抜け出してきた危険を思い返して身ぶるいをした。小人を抱きしめ、和らいでしみじみと述懐した。「もしもあなたがいなければ……」——「とっくの昔に摑まっていまさあね！」フィッシェルレがことばを継いだ。「するとわたしのやり方は法に触れるとでも？」「何もかもが法に触れますぜ。あなたが食事に行きなさる。空腹だもんでね、すると窃盗罪だ。あなたが哀れな野郎を救けなさる、二、三足《ぞく》、靴をめぐんでやりますな、野郎は靴をはいて駆け出しますぜ、すると幇助罪だ。あなたがベンチでお眠《やす》みになる、十五年間、そこで夢の見続けだ、すると起こされますぜ。十年前に何か企んだというわけで——たたき起こされますぜ！　しょっぴかれますぜ！　あなたが数冊の書物を救い出そうとなさいますな、するとだ、テレジアヌムの周りには警官がぎっしり、角ごとに一匹ずつひそんでまさあね、新式の拳銃を握りしめてだ！　指揮を大佐がとってますぜ、奴の足をこの眼でちゃんと見ましたぜ。這いつくばっていやがった。通り過ぎる背高のっぽに見つけられてはならんという寸法。逮捕令だ！　警視総監はとび切りの逮捕令を出しましてな、それというのもあなたが身分のあるお方だからでね。そのことはあなた御自身ようく御承知、何をいまさらこれ以上言うことがある！　十一時きっかり、テレジアヌムであなたの手はうしろにまわっていましたな。生命《いのち》の保証もありませんやね。テレジアヌムから一歩でも外に出ていれば、話は別、あなたは罪人ではありませんや。十一時きっかりですな。いま何時だとお思いですかね？　十一時三分前、どうです、お分りでしょうが！」

キーンを伴って広場を横切り、教会の時計をさし仰いだ。二人はじっとたたずんでいた。このとき十一の時鐘が鳴った。「そうら、十一時！　御自分の幸運がお分りですかい！　われわれが出くわした男をよもやお忘れではありますまいな！　あの野郎こそ豚ですぜ！」「豚だとも！」キーンはフィッシェルレから聞いた話を一字一句憶えていた。頭脳の重荷をとり除いて以来、記憶力はすこぶる快調に機動していた。いまさらのごとくに拳をかため、「吸血鬼めが！　いまここにいようものなら！」と声を放った。「奴がここにいないのを喜ばなくちゃあ！　豚に手出しをしていりゃあ、とっくの者に逮捕の憂き目に会ってますぜ。あんな野郎に頭を下げなきゃならないなんて、まったくいまいましいことでしたぜ。しかしあなたに合図する必要がありましたからな。こちらの苦労も少しは分ってもらわなくちゃあ！」キーンは豚の外貌を思い起こした。「わたしは奴をたかだか暴君どまりと思っていたんだ」と羞じらいを含んで述べた。「そうですぜ。暴君が豚でないとは限りますまいが？　奴の腹を御覧になりましたかね？　テレジアヌム中に噂が広まっていましてね……いやいや、むしろこいつは言うまい、言うまい」「どんな噂だ？」「あなたはカッとなさいましょうからな」「どんな噂だ！」「たとえ耳になさってもです、駆け出したりはしないと誓ってくださいよ！　駆け出されたら一巻の終り、書物も死なばもろともというやつですぜ」「よし、誓おう。だから話し給え！」「約束ですぜ、ならばです、言いますがね、つまり奴の腹を御覧になりましたかね？」「見た見た。それよりも噂だ、噂とはどういうやつだ！」「それというのがです、奴の腹に何か気づかれませんでしたか？」「いいや！」「人の噂では、なんです、奴の腹には角《かど》があると」「どういうことかね、それは？」キーンの声はふるえた。前代未聞の何かが予感された。「つまり噂によると――どうか、もしかのときは、わたしにしっかりつかまってくださいよ、いいですな――噂によるとです、奴は書物《ほん》のせいであんなに肥っているとかで」「すると奴は……」「書物を食《く》いよるのです！」

キーンは一声叫んで地面に崩れた。その節、小人をお伴に引き倒した。フィッシェルレは敷石にぶつかって大いに痛く、腹いせのためにも喋り続けた。「どうしたものかね、とあの豚野郎は言いましたぜ、わたしはこの耳でちゃんと聞きましたからな、この途方もないガラクタをどうしたものかとね。ガラクタと、こう言いました、書物と言わずにガラクタと言うのが奴の口癖、ガラクタが大好物ときてますからな。どうしたものかね、とこうです、ガラクタにこんな大きな面をされてはかなわんとです、少々たいらげて満腹させるかとね。奴は手製の料理帳を作りましてな、いろんな料理方法を仕込んでますぜ、そのうち、どこかの出版社《ほんや》から一冊にまとめるそうですがね。この世には書物が多すぎる、とです、それにピーピーの空《す》きっ腹も多すぎると言いましたぜ。俺の腹なら大丈夫、珍味にありつけるあ、だれもがこの種の腹を持っていれば申し分ないんだが、とほざきましてね、書物なんぞ消えちまえ、俺が歩いた背後には一冊もなくなっちまわあと大いばり！　燃《も》しちまってもいいんだが、どいつもこいつも尻ごみしやがる、だからだ、食っちまえとね、生《なま》でよし、油いため、酢漬も結構、サラダといったぐあいにだ、炒り肉同様白パンの相伴つきだ、塩や胡椒や砂糖や辛子も惜しむな、料理法なら一〇三種ある、毎月一つ、新式を考え出さあ、とこうですぜ、ひどいじゃないですか、えっ、そうでしょうが？」

フィッシェルルレが息せき切って喋りたてたこの間、キーンは地面で蝦さながらこごまっていた。痩せ細った拳をかため、大地の固い外殻でさえ人間よりはまだしも柔和であることを証明するかに、敷石に打ちつけた。刺すような痛みが胸を走った。キーンは叫びたかった。救い出せ、救済だ。だが口の代りに拳が語った。その声はすこぶる弱い。敷石を一つずつ、叩いていった。一つとして跳び越さない。血がしたたった。口からは泡が洩れ出て血とまじった。それほど深々と痙《ひきつ》る口を大地に寄せていた。フィッシェルルレが喋り終えたとき、キーンは立ち上がり、ふらついて、唇を数度空しくうごめかしたのち、手近の瘤に片手を添えながら、広場一杯、わめきたてた。「ドンージンーキ！　貪《どん》ー人《じん》ー鬼《き》！」そして自由な片手をテレジアヌムの方に差しつけた。また片足で敷石を踏みつける。先刻、あやうく接吻しかけたその敷石を。

この時刻、ちらほらと姿を見せ出した通行人が、驚いて立ちどまった。キーンの叫びは瀕死の重傷者のそれさながらに響きわたった。家々の窓が開き、横丁で犬が吠え、白衣の医者が診察室から顔を出し、早くも教会角に警官の姿が窺われた。教会前に店を広げている肥りに肥った花売り女がまっ先に駆けつけて、この紳士は一体どうなさったのかと小人に尋ねた。女は手に咲きたての薔薇と、花束用の勒皮を握りしめたままであった。「だれやらを亡くされましてな」フィッシェルルレは哀しげに答えた。キーンは一つとして聞いていなかった。花売り女は薔薇をからげフィッシェルルレの手におしつけた。「さしあげてちょうだいな、あたしからのお見舞」フィッシェルルレはうなずいてから小声で言った。「今日葬られたばかりでしてな」手で軽く制して女を去らせた。女は献上の花のためにもと、通行人のだれかれにあの紳士の奥様がお亡くなりになったのだと告げて回った。女は泣いていた。それというのも十二年前に亡くした亭主に殴られてばかりいたものだから。あたしが逆に死んでいたら、あのひと、とてもこんなに泣いてくれはしなかっただろうけど。痩せっぽちの紳士の死んだ奥様になり代って胸が痛んだ。店から出てきた床屋の親爺が――医者と見たのは実のところ床屋であった――したり顔でうなずいて「あの齢で鰥夫《やもめ》ときたか」そして暫く待ってから、自分の洒落にほくそ笑んだ。花売り女は床屋をジロッと睨みつけ、しゃくりあげた。「あたし、あのひとに薔薇をさしあげたのよ！」死んだ奥様の噂は家々の中にも伝わって、二、三の窓が再び閉じた。洒落者が言うには、「どうしようもなかろうぜ」それでもなお立ちどまっていたというのも、あたし、できたら慰めてあげたいというようなうら若く、ポッテリとした女中を目にしたせいであった。警官は手持ち無沙汰のふうであり、これに仕事場に向かう途中の給仕見習が耳打ちをした。周りの人々に刺激され、キーンがまたもや叫び始めたとき、官憲介入の兆が見えた。花売り女の涙ながらの哀願に警官はなお躊躇する。

フィッシェルレは怯えた。高々と跳び上がり、からみついて、上体を引き下ろした。そのままキーンを、この半ばが閉じた小形ナイフといった物体を、教会戸口まで引きずってから「お祈りこそ哀しみの良薬！」と声を張り上げ、人々にうなずいて見せ、キーンとともに教会の中に消えた。横丁の犬はなおも吠えたてていた。「獣というのは敏《さと》いものでしてねえ」花売り女は述懐した。「あたしの主人が死んだ節にも……」そして警官相手に身上話にうち興じた。紳士の姿が見えなくなったいまとなって、値の張るあの薔薇を惜しいと思った。

教会内では行商人が依然として探索に精出していた。そのさなか、突如フィッシェルレが金持の相棒と連れだって現われ、まごついた行商人を長椅子に押しつけて、声を荒らげた。「気でも狂《ふ》れたのか？」辺りを見回してから小声で語り続けた。行商人は仰天した。フィッシェルレに一杯食わしたし、相棒はその額がどれほどか知っていよう。二人から這いずり逃れて、柱の背後に身を隠した。その安全な暗闇から二人をじっと監視した。やつらがお出ましになった理由ならお見通し、包を持ってきたのか、それとも、とりにきたかだ。

暗く狭い教会に入って、キーンは次第に我に帰った。まずある人物の存在を感じた。その小声の小言を耳にして身体がほてる。その人物が何を言っているのか判然としなかったが、気が休まった。フィッシェルルレは奮然これ奮然、忘我の域に近かった。ありとある慰藉と弔慰のセリフを述べ終えて、当の相手がだれであったかにようやくのことで思い到った。こいつがまことの狂人ならば、むしろしめたもの、狂人のふりをしているだけならば、世にも狡猾なズル狐だ。警官を誘《おび》き寄せて逃げもせぬ詐欺紳士、強引に官憲の手から引っぱり出さねばならなかった男、花売り女にありもせぬ哀しみを見せかけて薔薇を一束捲き上げた。九百五十シリングばらまいて苦情一つ洩らさない。片輪者にまっ赤な嘘をしゃあしゃあと述べさせて横面だに張りとばそうとしない！　詐欺道の世界名人とはこやつのことだ！この道のこの種の名人に臍《ほぞ》をかませる。こいつは結構な悦しみだろうぜ。頭を下げて引き下がるなんぞはフィッシェルレ様の性《しょう》に合うまいぜ。いずれの勝負であれ、互角の相手だ。財政上の理由からこいつを相棒に選んだからには、押すにつけ、引くにつけ、おくれはとらぬ。

ともかくだ、こちらが見せかけている通り、とびきりの痴れ者と野郎が思いこんでいるのならもっけの幸い、そいつでいこうじゃありませんかい。キーンの思いを逸らすために、息づかいの鎮まったのを見すまして、午前中どんな経験をなさったかとフィッシェルルレは尋ねた。キーンは恐るべき事実を聞き知って以来おのが身に受けた荒涼たる重圧を、心好い思い出で反《そ》らす気持になれなかった。彼は長椅子の列のしんがりに控えた柱に、肩と肋《あばら》とその他の骨とをもたせかけ、弱々しい微笑《えみ》を浮かべた。それはなるほど快復途上にはあるが、まだまだ細心のいたわりが必要な病人の笑いであった。フィッシェルレはいたわることにおいては抜かりがなかった。このような敵はなんとしても生かしておきたい。長椅子によじ登り、その上でひざまずき、耳をキーンの口の真近におしつけた。だれに盗み聞きされるかも知れやしない。「そっとおっしゃるだけで結構」とことばを添えた。キーンにはもはや何事もそのままに受けとれなかった。やさしさの表現は何であれ驚異であった。「あなたは人間じゃない」と、いとおしくつぶやいた。「片輪者は人間じゃない、ほほう、すると何者ですかね？」「その片輪者こそ人間なんだ」キーンはやや声を強めた。二人は互いに眼と眼を見合った。その結果キーンは傴僂に対して口をつぐんでおくべきことを見すごした。「どうしてどうして」フィッシェルルレは応えた。「人間は片輪者じゃありませんぜ。もしそうならばわたしは人間でしょうからね！」「それこそとんだ心得ちがいだ、人間なんて獣です、それっきり！」キーンは勢いこみ、断言し、言い切った。フィッシュルレは抗弁する。こいつはなかなかのお遊びだから。「するとあの豚野郎をどうして人間と申されんのです？」どうだ、参ったか。

キーンは跳び上がる。彼はどうしてどうして、したたか者だ。「それというのも豚には弁明ができないからだ！この凌辱にわたしは抗議する！人間は人間、豚は豚だ！人間はひとえに人間にすぎぬ！だのにあの豚は人間と自称しておる！豚に成り上がらんとする人間こそ呪われてあれ！容赦はせぬであろう！やい、貪―人―鬼！貪―人―鬼！」

あらあらしい叫喚が教会中にこだました。人のいそうなけはいはなかった。キーンは頓着しない。フィッシェルルレは唖然とした。教会にいると落ち着かなかった。いま一度、広場までキーンを引きずり出したかった。だが外には警官が待機する。たとえ教会が崩れ落ちようとも、警官《サツ》の腕にとびこむへまはやらかさない！自分たちのいるべき場所でなかったがために、崩れた教会の瓦礫の下に埋没したというユダヤ人たちにまつわる身の毛のよだつ物語を彼は知っていた。彼の女房が――あの年金女が――話してくれた。自分ばかりは敬虔で、夫をも自分の信仰に回心させたいばっかりに。フィッシェルルレは何ものも信じなかったが、ただ《ユダヤ人》が罪人であり、おのれ自らを罪する民であることは信じていた。途方に暮れて、チェス盤の高さとおぼしいあたりについつい持ち上げていた両手を眺めた。そして右腕でおしつけていた薔薇に気づいた。引き出して、わめいた。「薔薇だ、奇麗な薔薇だ、とびきりの薔薇だ！」教会中、しゃがれた薔薇で満ち満ちた。中廊の頂きから、側廊から、高壇から、正門から、四方八方到るところから赤い鳥がキーンめがけて飛来してきた。

（行商人はびくつきながら柱の背後にうずくまっていた。眼前のさまを仲間割れのいさかいであると判断し、小躍りした。喧嘩にまぎれて包がこぼれ出るにちがいない。こいつを外でやってくれればよかったのに。これだけ騒げばちょっとした見物《みもの》ではないか。人の流れがとまり、野次馬がざっしり、その間に包を盗むなんて簡単至極だ。）

キーンの貪人鬼は薔薇に口をふさがれた。その声は最前から弱まって、小人の叫びに打ち敗かされた。《薔薇》なることばの意味を意識するや、金切声を中止して、半ば驚き、半ば羞じらい、フィッシェルレの方に向き直った。薔薇がいかにして舞いこんだのか。どこからどうやって。花に罪はない。水と光で育ち、大地と空気で成長する。人間ではない。書物に害をなさない。食われ、人間により消滅させられる。花には庇護が必要だ。守ってやらねばならぬ。人間と獣から保護してやらねばならぬ。これらとの相違はどこにあるか。獣、所詮が獣だ。一方は花を食い、他方は書物を食う。書物の唯一の、かつ自然の朋《とも》は花だ。キーンはフィッシェルレの手から薔薇をとり、ペルシャの恋愛詩を通じて知った芳香に思いをひそませ、眼に近づけた。しかり、かぐわしい香を発する。これですっかりなごやいだ。彼は言った。「やつを心おきなく豚と罵り続けよ。但し花だけは、お願いだ、侮辱しないでくれ給え！」「わたしが持ってきたものですよ、あなたのために」フィッシェルレは説明した。教会で、もはやわめかなくともよくなってホッとした。「これについちゃあ、どえらい金が要りましたぜ。あなたが怒鳴ったばっかりにへしゃがってしまいましたがね。可哀そうな花にどんな罪があるというのです？」今後キーンの言うことには、ことごとく賛同することに決めた。反論は危険すぎる。茶目っ気がいのちとりともなりかねない。キーンはぐったりと長椅子に沈みこみ、再び柱にもたれかかった。薔薇をさながら書物であるかのようにおずおずと目の前で上下させながら、午前中の悦ばしき事件について語り始めた。

あの明るい広間でやってくる者を待ち受けてゆったりと、真相を夢にだに知らず、犠牲に供されんとした書物を買い上げていた時刻《とき》は、青春時代さながらに茫洋とした過去のことに思われた。しかしながら更生の道へ戻るべく手を貸してやった人々は、一時間前そのままにはっきりと眼前に漂っていた。キーン自身、かつてない記憶のこの鮮明さに驚いた。「大きな包が四個、あの豚の胃に収まるか、後刻の焼却用に幽閉されるところであったが、そいつを救出するのに成功したのだ。だがこれは得意然と語るべきことだろうか？　いいや、わたしはわが身をわきまえる次第を知った。ならば一体、何故このことを語るのか？　あなたが事を判断されるに当り、ささやかな善行の価値をも見落とされざらんよう要請せんがためである。」これらのことばには嵐のあとの晴朗が窺われた。常々無味乾燥で切口上のキーンの口調は、このときしなやかに、かつ味わい深く聞きとれた。教会内は静まり返っていた。区切り毎に息をつき、またおもむろにしとしとと語り継いだ。キーンは四個の迷えるものたちについて語り、そのものたちに腕を貸した次第を告げた。そのものたちの姿態はやや外貌に傾きすぎたきらいがあった。とまれまずそれが描写された。包み紙、形体、それに推測上の中身。どの場合にも中を実際に覗いたわけではなかった。包はいずれも清らかで、その運び手は内気で羞恥を知っており、かれらに帰還の途を閉ざすにしのびなかったのである。自分が厳格であるならば、救済行為にいかな意義があるであろうか？　最後の人までもことごとく、珍しやかな善人たちであった。丁重に抱《いだ》ききたのである。高額を要求した。それというのも書物所有の意味を知るからである。もし上階の窓口に至っていれば、すごすごと引き返す羽目に陥っていたことであろう。いずれも堅い決意を表情《おもて》に漂わせていた。自分より金を受けとり、無言で、感激にふるえながら去って行った。第一の男はさぞかし生粋の労働者であったと思われる。自分の質問に対しうなりをもって応えた。こちらを商人と見立てたらしい。峻烈なことばは願わしくなかったのであろう。第二番目は婦人であった。その面貌はわが親愛の者の記憶を呼び起こすものであった。婦人は小役人の一人に侮辱されたと思いこんだのであろう、顔面を朱に染めた。だがひとことも口にしなかった。婦人の次には盲人がきた。この者はごくありきたりの女、門番の女房らしき女と衝突した。腕を巧みに操作して抱えていた包を保護し、驚嘆すべく正確に自分の前に歩をとどめたのであった。書物を抱いた盲人とは、まさしく衝撃的光景ではなかろうか。しゃにむに、おのが慰藉の対象にかきついているのである。点字書物があまりにも少ないので点字を是としない盲人たちは、読書を放棄せず、盲目《めしい》を認めようとはしないのである。かれらがわれら通常の書物を広げている姿を見かけるであろう。かれらはおのれ自身を欺き、読みつつあるのだと信じているのである。無論、この種の盲人は多いとは言えぬ。もし視力に価する人を求めるとすれば、けだしこの種の盲人たちである。かれらのために、口なき文字に声が要望されたのである。かの盲人の要求額は最高であった。要求を容れた理由は慈愛の念からも口にできなかった。かの鉄面皮の女のせいとしておこう。何故にまたかの盲人におのが不幸を想起させたのか？　かれを慰めるためにも幸運をもって返さねばならぬ。もしかれが妻帯者であるならば、生涯にわたって四六時中、女房と衝突し、気を病むであろう。女房とはかかる者であるからである。最後にきた者は見ばえせぬ男で、書物に対しても丁重の点で欠けるところが認められた。腕にかかえて調子よく拍子をとったりしていたのである。さもありなんというところであるが、申し出の額は低く、ことばのはしばしに卑しさが窺えたのである。

キーンの話よりフィッシェルレは、だれ一人、無礼にも小銭をちょろまかす者がいなかったことを聞き知った。卑しい第四番目の男とは、戸口で出くわした行商人であることを確認した。明日再びまかりこすであろう。賃仕事はさしどめさせせねばなるまい。

最後のセリフを行商人は耳にした。声の調子に耳慣れしてきていたから。叫喚合戦が終ったあと、鼻を突き出し、そろそろと近寄っていた。自分に係わる話となったときに都合よく摑まえた。小人の横着ぶりに立腹し、なおも忙しく這いずり寄った。二人はいましも教会を出るところであった。

フィッシェルレは多大の犠牲を覚悟した。キーンに明日もまた同じ行動に励んでもらうために、手近のホテルに案内し、怨懣をおさえつつ彼が多分のチップを自分の金であるべきものから支払うのを見守った。一部屋で充分用が足りようものを、キーンが二部屋の代金を払い、あまつ、総計の半分にのぼる額を、さも御承知の通りという風に、それでもばつが悪げにフィッシェルレに微笑みかけながらつけたしたとき、平手打ちを喰らわしてやりたいところであった。こういう費用《かかり》は余計ではないのか？　チップとして受付に一シリングやるのと、どんな違いがあるというのだ？　数日すればこれらの金はなべてこちらの懐中に収まって、アメリカへの途上にあるはずではないか。帳場は小銭をもらって金持になるわけでない。フィッシェルレ様がその分だけ貧しくなるだけだ。だのにこんなペテン師に親切にしてやらねばならんとはな！　こちらが目的実現寸前で辛抱しきれず、我を忘れ、自分でクビになる理由を生み出すようにと、そのためだけに苛立たせる魂胆だ。気を許してはならん。今夜もまた紙を広げ、書物を積み上げるだろう。おやすみと言って、寝入る前に奇体な名前を吐き散らそうというわけだ。明朝六時、辻女や強盗でさえまだ寝ている時刻に起き出して荷造りし、お芝居をやらかす。相手としては能なしのチェス指しの方がまだましだ。こちらが目に見えぬ本の存在を信じているとは、こいつ自身信じてはいないのだ。敬意を払ってやるのもだ、敬意が必要である限りのこと、その先はまっぴらまっぴら。そっくりこちらに旅行資金をいただいた暁には、意見を述べさせていただきますぜ。「御主人様、あなた、なんです、御存知ですかね、あなたが一体何者だかを?」面と向かってこう言ってやる。「そんじょそこらに転がっているペテン師ですぜ!それっきり!」

午後、キーンは午前中の興奮に疲れはて、ベッドで横になっていた。衣服はつけたまま、そぐわぬ時間の休息に大がかりな仕草は好まなかったからである。書物の段どりにとりかかってよいかとのフィッシェルレの問いにも、そっけなく肩をすくめただけであった。なんと言っても安全な世界にある個人蔵書に対する関心は大幅に薄れていた。フィッシェルレは変化をさとった。うろ暗い奸計か、そいつならひっぺがす必要があろう。あるいは油断か、こいつを手がかりに二、三撥、痛い目を見させることができればよい。

繰り返し書物のことを問いかけた。御主人様のお頭《つむ》は辛くありませんかね? 現在の状態は頭脳にとっても書物にとってもよろしいとは言えません。無理にとは申しません、しかし頭蓋骨中の混乱は避けるべきではありませんかね。頭が垂直に立つように、せめてもっとクッションを下に敷かれてはいかが? キーンが頭を動かすや、恐怖を面《おもて》にたたえ声をふり絞った。「どうかどうか、御注意を!」一度ばかりはキーンに跳びつき、その右耳の下に書物を受けとめんと両手を揃えた。「そうら、こぼれ落ちる!」とそした。

次第次第にキーンをこちらの望み通りの気分にと移しこんだ。キーンはおのが義務《つとめ》を思い出す。余計なことばを禁じ、身じろぎせず凝然と横たわっていた。但し小人が黙っている限りはである。彼が喋り、目をやるや、実際はそうではないのに蔵書が危機に瀕しているかに思えてくるのであった。過大の用心は苦痛を伴う。生命の危機に見舞われているかの百万冊に想いを馳せることこそ、本日は適当するとも思えた。佝僂はどうも厳密すぎる。彼は——あきらかに瘤のせいで——おのが肉体にかかずらいすぎ、それを主人にまでおしつけるのだ。むしろ黙しておくべきことを口に出し、髪や眼や耳にこだわる。何故か？　脳中になべて収まることに疑問の余地はなく、外面にとらわれるのは小人《しょうにん》のみだ。これまではこの男、煩わしくはなかったのであるが。

フィッシェルルレは休止しようとはしなかった。やがてキーンの鼻孔が流動性をおびてきた。暫くは微動だにせず垂れるがままにしておいたが、遂に秩序に対する愛からも、大粒のねっとりしたしたたりを鼻先で処理することを心に決めた。キーンはハンカチを引っぱり出し、直ちに洟をかもうとした。このとき、フィッシェルルレが怒号を発した。「ストップ、少々お待ちを！」みずからは一枚として持たないのでキーンの手からハンカチをもぎとって、鼻先にしのび寄り、貴重な真珠玉さながらに洟汁を受けとめた。「なんてことです」と怒り狂った、「もうお暇をいただきたい！　いいですか、プーと一息やられていたら、鼻から書物がとび散ってますぜ！　目もあてられんざまですぜ！　書物をいたわるお気持がおありにならん！　こんなお方のもとに一刻もとどまっておれませんや！」キーンは啞然とした。腹の底では小人の言い分こそ正しいと考えた。だからこそよけいに、そのおしつけがましい口調に苛立ちをおぼえた。小人の口を貸り、自分自身が語ったかに思われた。みずからは読んだこともない書物の影響下に傴僂は目立って変化した。旧来の自分の理論の正当なることが歴然としたのである。キーンが返答を講じるより早く、フィッシェルルレは罵倒し続けた。主人の素直さが不思議であった。これに乗じて遠慮会釈なく、法外なチップに対する忿懣をどっとばかりにぶちまけた。「たとえばです、いいですか、わたしが洟をかめばどうなります！　あなたはどうなさいます？　即刻わたしをクビになさる！　知識人のするべきことじゃありませんぜ、他人の書物は丁寧に買い上げながら、自分のやつは塵芥同然の扱い様だ。いつの日か、あなたの懐中に一文もなくなる、そいつはかまわない、しかしだ、一冊の書物もなくなった節にはどうなさいますな？　昔の日々を思いながら乞食に出られますかね？　わたしは御免だ、書籍商ともあろうひとがこんなこととはね！　まあ、わたしを御覧なさいな、書籍商ですかね？　とんでもない！　そのわたしが書物をどう扱っていましょうな、まさに丁重この上なし、チェス指しが女王駒を大切にするようにだ、淫売が情夫《ひも》をいつくしむさながらにだ、そうでしょうが、さらに申せばつまりなんですぜ、わかりやすく言えばです、母親が赤ん坊をいとおしむようにですぜ！」フィッシェルルレは自分の得意のことばを並べようと努めたが、うまくいかない、上品な単語しか浮かんでこないのであった。まずまずの出来ばえに、「はっ、どんなもんだい！」とみずから採点して、それで満足した。

キーンは立ち上がり、フィッシェルルレの真近に寄って、重々しく言明した。「あなたは厚顔きわまる片輪者だ！　この部屋を出て行き給え！　つまり、クビだ！」

「かてて加えて恩知らずか！　へっ、まじりっけのないユダヤめが！」フィッシェルルレは金切声を張り上げた。「この手のユダヤ相手なら、とっくの昔に承知の上だい！　てめえこそ出て行きやがれ、でないと警察を呼ぶぞ。宿賃の出所はそもそものところ俺の財布だぜ、弁償しやがれ、告訴するぞ！　いま、この場でだ！」

キーンはたじろいだ。支払ったのは自分であるように思っていたが、金のこととなるとなんとも確信がなかった。偏僂が自分を騙かそうとしている気がするのだが、忠実な召使を既にクビにしたからには、ともあれその忠告だけは真に受けて、書物を危険に曝すことだけは避けたかった。

「すると、どれほど立て替えていただいたかね？」と尋ねた。その声は格段におぼつかない響きをおびていた。

フィッシェルルレは、はたと背中の重い瘤を意識した。そして深い吐息をついた。なんという愚かさ加減、アメリカ行きもこれで駄目だ、ことがこう転じたのも因はと言えば自分のせい、おのれが憎らしい、あのこだわり、この了見の小ささ、みじめな未来、もう一息というときの大失態、（わずかもう数日のうちに、やすやすと手に入れるはずであった夢のような総額と比べれば）けしつぶ同然の収穫、これらすべてが憎らしかった。とるに足らない手持ちの金、この小額が惜しくさえなければ、やくざな、いわゆる個人蔵書とやらと一緒にキーンの顔にたたきつけたいところであったので、キーンがチップ込み部屋代として支払った金額も拒絶した。「結構、いりませんや！」と言い放った。このひとことは口に出すのになんとも辛かったので、結果、その口調にキーンの予想だにしない威厳が纏綿した。傷ついた尊厳が拒絶にこもり、善意が理解されざるの憾みがひそんだ。

このときキーンは理解し始めた。小人にまだ一文の給金も払っていなかったのである。一文だにだ、そのことについて話したこともなく、にもかかわらず、この侏儒は立て替え分さえ拒絶する。自分は彼をクビにした。理由、自分の蔵書に対し崇高な配慮を受けた結果、無礼の言辞を口走ったが故に、彼を片輪者と罵った。つい数時間前、首都の全警察官が自分を逮捕するため配置されていた中から、自分を救出してくれたのはこの片輪者ではなかったか。わが慈悲の行為の形態並びに安全、いや、そもそものきっかけさえも当傴僂氏に負うのである。書物を眠りにつかせることなく、うやむやのうちにベッドに身を投げ出した。召使がその義務心の命ずる通りに、不都合な姿勢と、書物の危険なることを警告したとき、むしろ部屋から追い出そうとした。しかしながら、蔵書の意向にやみくもに歯向かったからといっても、この身が罪障に溺れ果てたというわけではない。キーンはフィッシェルレの瘤に手をおき、親しげにおした。それはさながら告げるかのごとくであった。――気を悪くし給うな、瘤を頭脳に持つ者もいる。いやいや、余人について口にするなど無意味きわまる、余人などいない、やつらは人間にすぎないのだから。ただわれら、この二人の幸せ者こそそうではない。キーンは命じた。

「荷解きにとりかかる時がきた。親愛なるフィッシェルレ殿！」

「そうこなくちゃあ」フィッシェルレは応答し、涙をこらえた。アメリカがぬっと壮大な顔をもたげた。一段と冴え、キーンごとき小物のペテン師にやられるものかの面がまえ。

ささやかな和解の儀式が二人を親密にした。教養もしくは知性に寄せる共通の愛情以外にも、ともどもに経《けみ》した多くの体験があったのである。キーンは初めて自分の気狂いめいた女房のことを口にした。自宅に閉じこめてきたからには、だれの害にもなるまいが。それに自宅に厖大な蔵書を残してきたことも。しかし女房はかつて書物に対して毛ほどの関心も示したことがないことから見て、当人は自分が何にとり巻かれているか、狂気の中でも気づこうとはよもや思えない。おのれの蔵書と離れていなければならないことがどれほど辛いものか、フィッシェルレ君、あなたほど敏感なお方ならお分りになるでしょうが。ともかく、ただ一つの思いに憑かれた気狂い、つまり金の亡者のもとにおけるほど、書物があるのに安全な場所もないと言えるだろう。必要やむにやまれずの書籍なら常に身につけている。そしてキーンは、この間に荷解きされた書物の山を指さした。フィッシェルレはうやうやしくうなずいた。「常に金のことしか頭にない人間がいるなんて、あなたには想像もつかんでしょうがね。立て替え分さえ受けとろうとなさらない方なんだから。弁明させていただければ、先程のあなたに対する御無礼は単なる気まぐれ、おそらくはわたし自身の罪意識に出たものなんですよ。わたしは償いをしたい、あなたがじっと堪え忍ばなくてはならなかった侮辱に対してです。世の中のことをあれこれ語るというのも、わたしの精一杯の償いだと考えていただきたい。まったくなんですよ、あなた、人間がおりましてね、四六時中、一時間といわず一分といわず一秒といわず、明けても暮れても金のことを考えている人間がいるのですよ！　さらにです、さらに厳密に言えば、その金が他人の金の場合さえあるのです。この種の人間は傍若無人ですからね。わたしの妻がわたしから何をゆすろうとしたと思われます？」「本でしょう！」フィッシェルレは叫んだ。「それならば、このことがたとえ犯罪として厳しく罰すべきことであろうとも、うなずけましょうがね。いいや、そうじゃない、遺言書なんですよ！」

フィッシェルレには耳新しいことではなかった。彼自身、同様のことを試みた女を知っていた。キーンの信頼に応えるために、ひそひそと秘密を打ち明けた。その際、秘密厳守を繰り返し懇請した。露顕しようものなら生命に係わる。それがフィッシェルレ当人の細君のことと聞き知って、キーンは少なからず驚いた。「いまだこそ言えますがね」思わず声を張り上げた。「あなたの奥さんをひと目見たとき、わたしの妻を思い出しましたよ。奥さんの御名前はテレーゼというのではありませんかね？　あなたを苦しめたくはなかったものですからね、印象をこの胸ひとつに呑みこんでおいたのですよ」「年金女と呼ばれていましたて、他の名前はありませんな。その以前は通称《針金》でしたね、つまり大変な肥っちょですからな」

名前の点はともかく、他のことごとくは一致した。フィッシェルレの遺言書に関する話から、さまざまの疑惑が生じてきた。テレーゼはひそかに淫売を生業《なりわい》としていたのではあるまいか？　あり得ないことでもない。夜早々に床についたのは見せかけであった。夜中、《天国》とやらをうろついていたのかもしれぬ。キーンはあの恐るべき情景を思い出した。あの自分のまん前における脱衣風景、そのあと寝椅子から床に書物をはたき落としたのだ。淫売にして初めてなし得る厚顔無恥ではあるまいか。フィッシェルレが自分の女房について語る間、キーンは委細仔細を比較した。――片意地、もったいぶり、それに殺人欲――まさしくテレーゼの特性そのままであり、ほんの数分前、小人に話して聞かせたのと寸分変らない。同一人物とまでは言わずとも、二人の女房が双生の姉妹であることに疑問の余地はないのであった。

のちほど、フィッシェルレが突然親愛の情に堪え切れず、キーンを《あんた》と呼びかけてから、情愛にふるえつつ返答を待ったとき、この願望を満たしてやることを心に決めたのみならず、発表予定の大いなる論文を彼に献げることを約束した。『新約聖書』のロゴスに関する革命的論述となろうもの。フィッシェルレが学者でもなく、教養の端緒についたばかりである次第はことさらに厭わないであろう。なおも和解儀式が進行するうちにフィッシェルレは、この国に中国人よりも数等巧みに中国語を話す人士が存在し、そのひとはさらに十数カ国語をあやつれるなどのことを聞き知った。「思った通りだ」とことばを挿んだ。この事実は、もし事実であるならば、事実、大した事実であろうと考えたが、爪の先ほども真に受けはしなかった。とまれ、これほどの知性を法螺《ほら》として吹けるとは、これだけでも大したものだ。

　二人が《君》と《あんた》で話し出すや、親密度は限りなく増進した。二人は来る日々の計画を練り上げた。フィッシェルルレの予測によれば、資金はほぼ一週間で尽きるはずである。もっと高価な書物を持った連中がくるはずである。まさにその種の書物に手をこまねいて無為をきめこむことは死罪に処せられるべき犯罪ではあるまいか。不吉な予測にもかかわらず、キーンはこのことばに夢中になった。資金が底をついた節にはとフィッシェルルレはつけ加え、抜本的対策が必要であろう。そして深刻な顔をした。その意味合いは自分一人で呑みこんだ。目下の急務として次の要点をキーンに告げた。テレジアヌムは九時三十分に開かれ、十時三十分に閉じられる。この間、警察は他の個所でかかり切りである。自分の経験によれば巡察隊は毎日、九時二十分に引きあげ、十時四十分に再び巡視にくる。逮捕されるのは十一時以後、それは今日からくも免れた体験を思い出してもらえば明らかであろう。キーンは教会の塔を見上げたとき、十一の時鐘を耳にしたことを思い出した。「フィッシェルルレ、君はなんて鋭い観察眼の持主なんだ！」キーンは感嘆した。「永年、雑踏の中で生きてくればだ、これしきのこと！　生活とは楽しいものじゃありませんや。ちゃんと生きようとすればろくな目に会わないってもんだが、おいおい知恵もつきますさあ。」キーンは自分に欠けているところを小人が十全に所有していることに気がついた。けだし、とことん正確な実生活の知識である。

　翌朝、正九時三十分、心身爽快、気分充実、生気に満ちてキーンは持場についた。爽快の理由の一つには、脳中の学識が軽減されていたことによっていた。フィッシェルルレが蔵書の残り半分をも引き受けたのである。「こちらの頭にも入りますぜ」さらにおどけてこう言った。「場所が足らんとなりゃあ、瘤の中に詰めこみますさあ！」気力が充実したのは、妻の醜悪な秘密を屁とも思わぬようになったからであり、遂に自分の指導者を得たからには、全身生気に満ちていた。八時三十分、フィッシェルルレはキーンと別れた。小回りして偵察する。戻ってこなければ、安全と考えられたい。

　教会裏で四人と会った。フィッシェリンは解雇されていたにもかかわらず、待機していた。鼻を数センチばかり、高くうごめかしていた。社長に、あたし二十シリングの貸しがある。このことを言ってやるもやらないも万事あたしの胸次第。この貸しをたよりに、思い切っていとしいひとの許にやってきたのだ。下水掃除人は女房に恨みを吐き散らしていた。手渡された十五シリングで満足せず、あとの五シリングはどうしたと訊きやがった。なんでも知ってやがる。だからこそちょいといただける女でもあるのだが。ほんの小銭を飲み代《しろ》にしたからといって、今朝はやばやとたたき起こされた。「そりゃあ、なんだぜ」《盲人》が口を挟んだ。既に二時間から、ぶつぶつとつぶやきながら教会の裏手を行きつ戻りつしており、習慣の朝一杯の珈琲も飲んでいなかった。「それというのもだ、一人の女房に限るからだ！　せめて百人はかかえにゃあ！」掃除人の女房の体重を尋ね、その目方を聞いて考えこみ、黙りこくった。昨日、教会守りに眠りのさなか放り出された行商人は、いまになってようやく、長椅子の下に包を忘れていたことに気がついた。中身はしがない数冊の本だと確かめていたが、愕然として駆けつけ、見つけ出したとき、既にフイッシェルレは外に待っていた。行商人に軽く鼻をうなずかせて会釈した。

「さあて、諸君」社長の訓話が始まった。「呑気に構えている暇はないのである。本日は重要な一日と知られたい。われらの企業は一大飛躍をとげるであろう。取引は快調である。数日のうちにわれらは財閥を形成するであろう。各人一層奮起せられたい、小生は諸君の苦労を多とするに吝かでないのである！」一息入れて、下水掃除人をそっけなく、《盲人》をたのもしげに、フィッシェリンをおうように、行商人を憎らしげに眺めやった。「わが相棒は半時間後に現れるであろう。それまでに任務を伝授する。諸君がまごつくことのなきようにだ。まごつく者は解雇する！」昨日の順序通りに一人一人呼び寄せて、本日要求すべき目立って高額の金高を伝えた。

キーンは下水掃除人を昨日の者とは気づかなかった。別に不思議ではない、顔中に牝牛の糞をまぶしていたのだから。フィッシェリンには昨日もここにきた女ではないかと尋ねた。彼女はそれに対しては、申し渡されていた通り、自分にそっくりの女のことを口にして、猛然と罵りだした。あのいけすかない女、数年前から本を質入れにくる。あたし、そんなこと決してしなかったのに。キーンは信じた。立腹ぶりが気に入ったからである。そして要求された通りに支払った。

《盲人》こそフィッシェルレの期待の人であった。「まずどれだけ欲しいかを申し伝える。いいね、それから少々見守り給え。相棒が思案していたらだ、彼の爪先を踏みつけるんだな、注意を惹く、そして耳に口を寄せてだ、テレーゼ奥様が最後の息の下でどうかよろしくと。お亡くなりになりましたと、こう囁やくんだ」テレーゼがどんな女か、《盲人》は知りたがった。おそらくはデブだ、あの世に行っちまったとは残念至極。女が死んだとあれば、だれであれ彼は口惜しがった。男には目の前で死のうとも、いささかの感情も動かさなかった。ボタンを投げこまれた日には嘆き悲しむだけであるが、もはや手のとどかない世界に逝った肥っちょ女の屍体とあれば、これを姦して至福の日々を現前させるのであった。このたび、フィッシェルレは《盲人》の質問を、ボタンと無縁の将来を示唆して打ち切った。「ボタンね、こいつと御無沙汰になれば、女はおのずとやってきまさあ！　ボタンと女とは折り合いませんぜ！」かくして死せるテレーゼが生ける《盲人》を走らした。教会裏の市場通りからテレジアヌムの書籍部前に至る道筋、《盲人》は死者の名前を忘れたりしなかった。彼は戦傷以後、女の名前と目方を記憶する点において長足の進歩をとげていた。思うさま眼を見開いてテレーゼの剝き出しの尻を睨《ね》めつけながら、ガラス戸に到達するや、亡者の名をわめきたて、キーンに走り寄り、社長の註文を果たすために、念入りに爪先を踏みつけた。

キーンは顔色を失った。テレーゼが近づくのを認めた。押し入ってきたのだ。青い外套が燦然と輝く。気狂い女、外套を染め、アイロンがけをした。主人を痛めつけ、骨抜きにした。自分を探している。入用なのだ、外套の心張り用に目論んでいる。警察はどこだ？　摑まえろ、即座に逮捕しろ、危険である、図書室を放ってきたのだ、警察はどこだ、どうしている、何故こないのか、そう、やってくるのはようやく十時四十分、なんたる不運、せめてフィッシェルレがいてくれたら、フィッシェルレ、無敵の男、双生の女を妻としている、通じていよう、女をやりこめた、彼ならばたじろぐまい、青い外套、なんてこと、なんてことだ、何故テレーゼは死なぬ、何故生きているのか、死ぬべきなのに、いまこの瞬間、ガラス戸を越え踏みこんでくる前に、殴りかかる前に、口を開く前に、死ぬべきなのに。死んでさえくれれば、十冊、百冊、いや、千冊、蔵書の半分、いやいや、フィッシェルレの頭に預けた蔵書全部を捨てる。死ね、死んでくれ。誓う、全蔵書を投げ出そう、誓うとも、死ね、死んでくれ、たのむ、たのむから！「奥様はお亡くなりになりました」《盲人》は弔意を表した。「虫の息で、どうかよろしくと」

この喜びの報告をキーンは十度繰り返させた。詳細には興味がなかった。事実のみ、その事実がなかなかに呑みこめない。身体中をつねり上げ、おのが名を声高に呼んでみた。空耳《そらみみ》でもなく夢でもなく、とり違えたわけでもないことに気がついて、たしかに死なれたかと問い、どなたから聞き知らされたかと尋ねた。感謝の念のあまりに敬語を多用した。「亡くなって、よろしくとです」《盲人》は腹立たしげに繰り返した。当人を目の前にして、夢が急速に冷えていった。情報源は確かである。ただし告げるわけにはいかない。包に対し四千五百シリングいただきたい。持参しなければならない。

恩義を至急金銭で報わなければ、とキーンは思った。彼はまた、この男がおのれに誓約された蔵書を要求し出しはしないかと恐れた。今朝、フィッシェルレがそっくり引き受けてくれたとは、なんと運がよかったことか！　自分の誓いをこの場で果たすことはキーンには不可能であった。フィッシェルレはここにいないとなれば、どこから早急に蔵書を持ってこれるというのだ？　いずれにしても幸運の使者を去らせるために、そそくさと支払った。どこにいるのか分らないフィッシェルレがたまたま危険を嗅ぎ出して、警告にやってくるならば、蔵書は失われよう。誓約がどうあろうとも蔵書を渡すわけにはいかないのだ。

受けとった金を《盲人》はゆっくりと数え直した。これほどの金額とあれば、それ相当のチップがあろうというもの、少々願ってもよいのだが自分はもはや乞食ではない。高景気の会社の高級社員である。社長を敬愛した。ボタンとの件に終止をつけてくれたのだから。たとえばいま百シリングのチップを手にするならば、直ちに女を二、三人、いっときに買い上げる。社長とてこれに反対はできまいに。永年の習慣通りに掌をつき出した。自分は乞食ではないが、しかるべくいただきたいと説明した。キーンは戸口に目を走らせた。影が近づくように思えた。男の掌に紙幣一枚おしこんだ。偶然だが百シリング紙幣であった。腕で男をおし出して、切々とたのんだ。「どうか去ってくれ給え、たのむ、いますぐに！」

《盲人》には自分の不細工を後悔する暇がなかった。もっと言い値をつり上げることもできたろうにだ。しかし結果の上々に有頂天、歓声を張り上げてフィッシェルレのもとに馳せ戻った。敬愛と大金に夢うつつ、我慢ならず喋り散らす《盲人》の世辞よりも、フィッシェルレは取引の成果が知りたかった。掌から金を引きとる前に、やや躊躇した。急《せ》くまい急くまい。金高が判明し、失望するのに急くことはない。百パーセントの成功と知り、戦慄が身体をつっぱしった。数度、丹念に数え直した。さらに加えてつぶやいた。「なんという個性だ！　なんたる個性の持主だ！おい、フィッシェルレ、こんな個性には気を許すな！」《盲人》はこの個性を自分のことと受けとり、即座に左手に握りしめていた百シリングを思い出した。傴僂の鼻先に突きつけて、叫んだ。「どうです、社長、チップですぜ、別に乞食をしたわけじゃない、百シリングのチップを出そうというやつは善人でしょうがね！」会社創設以来初めてのことであるが、フィッシェルレは収穫の一部を放棄した。それほどまでに敵の個性に心を奪われていたのである。

このとき行商人が、昨日同様最後の者としてせり出てきた。そのしょぼくれた顔つきは《盲人》には気に食わなかったが、生来のお人好しの性格にのっとり、チップをたのみこめとの忠告を与えた。社長の耳にも達していた。行商人が――おのれの利得にしか目がないこの邪悪な蛇が――近づくのを感じるや、フィッシェルレはおのずと夢から醒めて、キンキン声を張り上げた。「でしゃばったことは許さんぞ！」「御意の通り！」行商人は畏まった。

昨日以後、少い眠りにもかかわらず、彼の理解力は格段の進歩をとげていた。力でもってはどうしようもない、これは見通した。依然として、本物の包は、どこか教会内部に隠されていると信じこんでいたが、相手もさる者、発見できんと判定し、この途はあきらめて、別の手段を講じることにした。なろうことならフィッシェルレ同様の小人になりたかった。そうすればやつの腹の底にもぐりこめよう。望んでよいならもっと小さく、あの秘密の包に収まるほど小さくだ、取引を中から指図できようものを。「俺の頭は変テコだぜ」と自戒した。「小人より小さいやつなんていないんだからな」ともかくも小人の体軀と包の隠蔽とが関連していることだけは、どうしても疑う気になれなかった。頭がよすぎるのだ。他のやつらが眠るとき、目覚めている。醒めた時間の多きをはじき出すだけで、他人よりどれだけ賢明か一目瞭然、彼は自分で承知していた。承知しないほど馬鹿ではないのだから。しかし頭のよさとは縁を切りたいと切なくも願うのであった。二週間、その間ずっと他のやつら同様に眠れたら。現代最高の豪華なサナトリウムで眠りこける。自分ごとき人間は到るところ、他人の語るのを耳にする。他人もまた耳にしようが、やつらは眠りこんで忘れ果てる。自分は忘れない、眠れないのだから。ひとことたりとも忘れない。

フィッシェルレの背後から《盲人》は行商人に合図を送った。百シリング紙幣を高々とかざし、もぐもぐと唇でチップ請求の件を繰り返した。行商人の帰還が待ち遠しい。ともに女についてさまざまに語り合いたい。社長はこの点、朴念仁だ、片輪者の傴僂ではやむを得ん。下水掃除人は女房のせいで臆病だ。よその女に目もくれない。女房以外、飲むだけだ。高級社員の身分についてはだれにも告げるまい。みんな知りたがる。とどのつまりは金が消え、女が一人、手に残るだけ。行商人こそ唯一の話し相手だ。話しかけてもひとことも答えない。黙ったまんま。あやつ、なんとも話しやすい。

この間、行商人は任務のほどを思っていた。二千シリングの大金を述べたてよと。昨日一度きた者ではないかと問われたら、応えることになっていた。「そうですとも、しかも同じ包を持って！　まさかお忘れではありますまいな？」もし相棒の機嫌が悪ければ、すばやく引き返すこと。金なし、包も万一の場合には残してきてよし。やつは拳銃をとり出して、うむを言わさず射つだろうから。包は放置しろ。中の書物に大した値打ちはないのだから。発作が治まり、相棒が正気に戻ったら、取引の方は社長みずからが清算する。この巧妙きわまるやり口でフィッシェルレは行商人を解雇する考えでいた。キーンがいきり立つさまが目に見えた。同じ書物でまたぞろ現われ、法外な金額をふっかけるとはな。戻ってきたら肩をすくめ、にやつきながらクビにする。「彼はあなたを二度と見たくないそうでしてね、せんかたないでしょうがね、残念ながらひまをとっていただきたい。相棒はあなたに侮辱されたと申してますぜ。一体、何をやらかしたのです？　もう手がないですな、用なしですわな。相棒をとっかえた節には、また働いていただきますがね。それも一、二年先の話。それまでは、ま、気を落とさずに。何かお役に立つことがあればいいんですがね。行商の方《かた》がわたし、好きでしてな。ただ相棒が申すには、あなたは卑しいやつだそうですぜ。自分の利得にしか目がない邪悪な蛇だとか。どういうことでしょうかな？　はい、さようなら！」

フィッシェルレの計算に抜かりはなかったが、ただ、妻の死亡の情報のキーンに対する影響力だけはつい軽んじすぎていた。行商人が出くわしたのは、間断なく微笑《ほほえ》み続ける奇体な取引相手であった。真面目な商売に当っても微笑《えみ》を絶やさない。微笑みながら大金を支払って、微笑みつつことばを添えた。「どうもお見かけしたことがあるようで」「こちらこそ！」行商人はすげなく答えた。微笑みかけられるのはもう充分だ。この野郎、こちらをなめきっているか、それとも気狂いだ。これほどの大金に平然としているからには、どうやらこちらを軽しと見ているらしい。

「どこでお会いしましたかね？」微笑みつつキーンは尋ねた。なんでもない人と自分の幸運について語りたかった。蔵書贈与を誓ったわけでなく、自分を知らないなんでもない人が欲しかった。「教会でしたな」行商人は相手の親愛ぶりに警戒を解いて応じた。この大金持が教会と聞いてどう反応するか、見物《みもの》であった。取引のからくりが知れようもの。「教会ね」キーンは言い継いだ。「そうそう、教会ですとも」どの教会のことであるか、皆目見当がつかなかった。「無論、御存知でしょうが——わたしの妻は死にましたよ」骨張った顔をほてらせた。そして身を屈した。思わず知らず、行商人は跳びすさり、不安一杯、キーンの手とポケットを睨《ね》めつけた。手には何も持っていない。ポケットのことは分らぬ。キーンは追いかけ、ガラス戸の前でふるえ上がった行商人の肩を捉え、その耳にささやいた。「妻は文盲でしたよ」行商人にはなんのことだか、さっぱり分らなかった。全身をわななかせ、鋭く悔やみのことばを述べたてた。「このたびは、なんともはや！」逃れ出ようともがいたが、いっかなキーンは放さない。死がすべての文盲をうかがっていること、それもまた当然であること、妻こそだれにもまして死の運命に見舞われるに適わしい者であったこと、自分はほんの数分前にこの報告を受けとったこと——これらを縷々と微笑みながら語り聞かせた。死神は虎視眈々と狙っている、まずまっ先に文盲どもを！　こう言いながら空いた拳をひと振り、すると顔面は本来の厳粛な表情に一変した。行商人は感づいた。この男、殺しを企んでいる。南無三、うかうか油断した。うめいて助けを求め、相手の足に重い包みを落下させた。キーンがあわて、苦痛のあまり手を離したすきに、その顎骨を突き上げて、一目散に逃げ出した。こちらが声さえたてなければ、背後から狙い射ちなどよもやすまいか。もう二度としないから、角を曲がるまで、なんとか射撃を猶予してくれと一心に念じた。テレジアヌムの門前で、どこかに気づかぬような弾傷を受けてはいないかと衣服を検《あらた》めた。冷静はなくしていなかった。フィッシェルルレに辞職を申し出る前に報酬を要求する。予想だにしなかった幸運の連続にほくほくと、フィッシェルルレが二千シリングを数え直し、二十シリングの給金を支払ったあと、行商人はまたもや全身をわななかせ、せきあげながら、質問一つしたわけでないのに、あの金持の相棒が狙い射ってきて、すんでのところでお陀仏するところだったと述べたてた。フィッシェルルレは彼の精神的苦痛を償うべき慰謝料を払う羽目になり、むこう半年間、月々五十シリングを約束した。第一回支払は本日より数えて一カ月後と指定した、(その頃までには、とっくにアメリカに渡っていようものだ。)行商人は了承し、去った。

キーンは床の書物をとり上げた。可哀そうにと胸が痛んだ。書物以上に消えた男が気にかかった。もう二、三、告げたいことがあったのに。男を想定し、しみじみと小声でことばを続けた。「妻はもう死んでるのですからね、いえ、もうたしか、御安心を、盗み聞きしたりしませんとも!」背後から大声で呼び返すことはさし控えた。男が逃げ出した理由は分明であった。テレーゼを恐れない者はいないだろう。フィッシェルルレもまた、昨日、名前を聞いて蒼ざめた。テレーゼという名は到るところに恐怖をふりまく。石と化するにはあの名を耳にするだけで足りるであろう。フィッシェルルレでさえ、あの剛直で蛮声のフィッシェルルレでさえ、双生の姉妹を口にして声をひそめたではないか。先刻、書物を買い上げてやった未知の男はテレーゼの死を信じようとしなかった。どうして逃げたりする? 何故ああも臆病なのか? キーンは妻が死ぬべきであった次第を証明したかった。妻の死は自明の理である。本性よりして、さらに正確を期せば、あの心的状態よりして言うまでもないことである。おのれ自身を食べつくした。金銭欲よりしておのが身を喰らい果たしたのだ。おそらくは貯蔵食料を持っていただろう。どこにかは知れないが、あちらこちらに食料を溜めこんでいた。台所や旧の女中部屋に(もともとあれは家政婦あがりではないか）、絨毯の下や、書物の背後《うしろ》に。しかしすべてに終りがある。数週間は溜めこんだ分で養った。だがそれも尽きた。貯蔵品が底をついたと見てとった。そのまま床につき死んだわけではない。自分ならばそうしただろう。醜悪な生よりも、どのような死にざまであれ、むしろ死を選ぶからだ。テレーゼはといえば、遺言書への妄執のあまり狂気に陥り、おのが身体を一つ一つと食べた。最後の一瞬まで遺言書を睨んでいた。自分の肉体を食い散らした。このハイエナは口におのれの肉片を含み、血のしたたる内臓をしゃぶって生きのびた。それさえも尽き、せんかたなく骸骨として死んだ。四角張って外套がその骨を覆っていた。突風を孕みこんだかに見えもしたが、実のところ、かつての外套そのものに他ならず、むしろ突風がテレーゼを外套の中に吹きこんだと言ってよい。ある日、扉が押し開けられ、発見された。忠実で乱暴な農奴、すなわちあの玄関番は主人の不在を不審に思い、毎日部屋をノックしても応答がないのを訝しんでいた。数週間待って、遂に押し込みを決意した。頑丈な錠を除いて打ち開いたとき、死体と外套を発見した。ともども棺に収められた。だれ一人キーン教授の居所を知らず、その結果、死体埋葬を伝えることもできなかった。むしろキーンにとっての幸いであった。彼は泣く代りに人目をはばからず大笑いしたであろうから。棺のあとに玄関番が従った。唯一の服喪者であった。彼とても不在中の御主人に対する誠意から出てきたばかりだ。巨大なブルドッグが棺に跳びつき、地面に引きずり下ろして強《こわ》い外套を嚙み裂いた。その際、犬の口は血にまみれた。外套はテレーゼのもの、あの女にとって外套は心臓よりも血の通ったものであったと玄関番は考えた。ブルドッグは飢えのあまりに歯を剝き出していたので、玄関番はなすがままにまかせ、争わなかった。ただ傍に立ち、一切れ一切れが獣の血に染みながら、咽喉深く消えていくのを陶然と眺めていた。骸骨は進んで行った。だれ一人つき添う者がいなかったので、骨は郊外の屑の山に投げ捨てられた。告解を受けず、墓石とてなかった。この悲惨な死を伝えるべく、使者が一人、派遣された。

このとき、フィッシェルレがガラス戸より踏みこんで、「どうやらお発《た》ちの頃合いですな」と声をかけた。「妻《あれ》を閉じこめて《アインゲシュペルト》おいたのが、結局のところよかったのだ」とキーンは言った。「逮捕《アインゲシュペルト》する？　わたしを？　なかなかどうして、そうたやすくは！」フィッシェルレは仰天した。

「あれには当然の死であった。あれがまともに読み書きができたかどうか、わたしはいまもなお確信がないのだ」フィッシェルルレは推察した。「わたしの女房《やつ》はチェスさえできませんぜ！　まったく、あきれ返ってものも言えんってとこ、そうでしょうが？」「詳しく知りたいところなのだ。死亡通知しかないんだから。使いの男が駆け出してしまってね」事実は自分が追い払ったのであった。だがフィッシェルルレにあの途方もない誓約を打ち明けるなど、恥ずかしくてできない相談であった。「するとこの包は、その抜作が残していったやつですな！　こちらにおかしください、わたしが持ちましょう。あなたのお手は煩わしませんや！」

こう言った拍子に昨日の友愛を思い出し、キーンを《あなた》と呼びかけたことを、フィッシェルルレは謝罪した。つい以前の口癖が抜けませんで。実のところ、彼はキーンを軽蔑していた。もうこちらは四倍からやつよりも金持なのだから。口をきいてやるだけでも御《おん》の字ではないか。資金の最後の五分の一がかかってさえいなければ、黙りこんでいるのだが。それにまたキーンの家庭の事情に興味が湧いてきた。こいつの女房はおそらく実際に死んだのだろう。まだ生きているのなら、とっくに旦那を引きとりにきているはずだ。テレーゼとやらが狂っているとは思えなかった。キーンが妻について話したところは、ことごとくまっとうそのもの。この弱々しい、痩せっぽちの男がだれやらを、それも働き者の女房とかを閉じこめたなどはあり得ないことだし、滑稽千万に思えた。女房はドアを打ち破っていたはずだ。気狂いなら、なおのこと正確に。だとすれば、思うに女房はこの世にいない。すると住居はいまどうなっているか？　値打ちものがあれば、持ち出してこよう。書物ばかりだとしても、そいつは少なくとも質入れできる。住居を咽喉から手が出るほどに欲しがっているやつは掃いて捨てるほどいる。いずれにしても、何か不幸があって、どれほどのものか分らないにせよ、金の山が手つかずなのだ。

通りに出て、フィッシェルルレは不安げに遙か頭上のキーンを見上げ、尋ねた。「自宅《うち》の書物だが、さあて、どうしたものかね？　売女《ばいた》めは逝っちまったとしても、書物だけおいとくのはどうですかね」右手のまっすぐのばした指を縮め、それを左手でわっと摑んだあげく、不意に両手をもぎ離した。それはさながら、この手でたしかに売女めを縊り殺しましたぜと告げるかのごとくであった。キーンは待ちに待ったこの事実によくぞ注意してくれたというふうに眺めやり、「心配無用だ」と一言入れた。「玄関番はドアにかっきり錠を下ろしてくれたにちがいない。あれほど誠実な男もそうザラにはいないからな。でなきゃあ、わたしがここでこう、のほほんとしていようかね。それにだ、妻が売女であったかどうか、わたしはしかと断言できないのだ」キーンは公正をおもんぱかった。妻は死んだからには、有効な証拠なしに軽々しく断定するのは冒瀆に類すると思われたのである。それに八年間もの間、一度として妻の本当の職業に気づかなかったとは、夫としてやはりどうもうかつすぎるであろう。「売女でない女なんぞいませんぜ!」例によってフィッシェルレがとっておきの解答を見出した。彼が《天国》で過ごした生活の成果である。キーンははたと思い到った。彼はこれまで女に触れたことがない。一体全体——学問以外に——女はことごとく売女であることを証すのに、単純明解な事実以上の弁疏があるであろうか?「残念ながら、その説を是認しなくてはならぬ」とキーンは答えた。賛同を少なくとも体験の形式において提出しようと努めた。一方フィッシェルレは売女に関しては豊富な経験を誇り、玄関番に論旨を進めた。彼はその誠実に疑問を呈したのである。「第一に誠実な人間などいませんぜ」と説明した。「無論、われわれ二人を除いてですな。第二に、誠実な玄関番などいませんぜ。玄関番は何によって生きているか? 強請《ゆすり》によってである! では、何故か? 強請以外に生きられんからである。玄関を番するだけで満足しようとはせんのである。玄関番以外の人間なら満足もしようが、玄関番だけは断じて満足しない。わたしのところにもやはり玄関番がいましたがね。こいつ、わたしの女房から男客一人につき一シリングとりよった。ある夜、女房は客なしだ、商売柄、そういう夜もありますぜ。すると男はどこだと野郎が尋ねやがった。今夜は閉店さと女房が答えると、男を出せ、でないと訴えると言いやがった。女房は泣き出したね、どこから男をとり出しゃいいんだ? 一時間から押問答だ、最後にとうとう男を見せる羽目になっちまった、こんなチビ助だというのにだぜ」と、手で膝あたりを指し示し、「通常《なみ》の人間なら見逃してよさそうな代物だぜ、一シリングの大損害だ。この損をだれがもつ? 無論、この俺様だ!」

しかし自分の場合は農奴上がりである、とキーンは反駁した。忠実で、頼りがいがあり、熊のごとくに強い男。乞食や行商人やその類のうぞうむぞうに敷居から一歩も踏みこませない。読み書きさえできない、この手の連中を彼がどういう工合に扱うか、こいつはなかなか見物である。大抵は文字通り片輪になるまで殴りつける。自分が静謐を得られたのも、ひとえにかの玄関番のおかげである。学問にとっては一にも二にも静謐が必要であり、彼の労に報いるために、自分は月々百シリングの謝金をつかわした。「その野郎は受けとったな、たしか受けとったな！」フィッシエルレの声は上ずった。「強請だぜ！　言った通りだ、毎月、きまって強請ってやがった！　逮捕しろ、即刻逮捕だ、ぶちこめろい！」

キーンは友をなだめにかかった。自分を玄関番ごときと比較すべきではないだろうと。職務に対し金銭を受けとるなどのことは、無論、よろしくない。しかしこういう悪弊は俗人の間で深く根を下ろし、知識人層にまで触手をのばしているのである。プラトンはこれと果敢に戦ったが無駄に終った。教授職が厭わしいのも同じ根拠による。学問上の仕事に対し自分はこれまで一文たりとも受けとったことはないのである。「プラトンはいいやつだ！」とフィッシエルレが言った。生まれて初めて耳にした名前であった。「プラトンなら知ってらあ。プラトンは金持だ。あんたも金持だな。どうして金持だと分るか？　いまみたいな語り口は金持だけのものだからだ。一方だ、こちらを見てくれ、哀れなやつですぜ、何一つ持たん、なんでもない野郎だ、こちこちのゼロって者だぜ、それに一文も受けとらん。こいつが個性ってもんだろうが！　そちらの玄関番はだ、その強請はだ、百シリング受けとるぜ、俺に言わせりゃ、目がくらむほどの大金だ、だのに昼間は哀れな連中をぶちのめしてだ、夜となれば——賭けてもいいぜ、眠りっぱなし、押込みがあろうとなかろうと、白河夜船だ、懐中の百シリングを抱えてさえいれば、書物が盗まれようとそしらぬ顔だぜ。こんなことがこの世にまかり通っていいものかね？　えっ、どうなんだ？」

玄関番が眠りっぱなしかどうか、自分は知らないとキーンは応えた。あの男の頑固さから考えて、あり得ないことではないであろう。彼がおだやかなのは、四羽のカナリヤに対してのみである。そのカナリヤも、彼が歌声を聴きたいときに一勢に鳴かねばならんのだ。（正確を期して、キーンはこのこともつけ加えた。）それにまた、彼ほど見張りに憑かれた者もいないのである。床から五十センチばかりのところにわざわざ覗き穴をもうけ、出入りする者を睨んでいる。穴の前で一日中ひざまずいているのである。「まったく鼻もちならない野郎ですぜ！」フィッシェルレがわめきたてた。「抜目のない密偵《いぬ》だぜ、そいつはだな、こすっからしいスパイだぜ！　いまここにそんな野郎がいるならばだ、へっ、いいかね、眼をおっぴらいて見とくんだぜ、殴りとばさあ、小指でちょいと撫でるだけで始末をつけてやる！　密偵ってやつは我慢ならん！　そいつは俗人だろうぜ、えっ、そうじゃないかね？」「よもやあの玄関番が密偵を本職としていたなどとは思えんがね」キーンは抗弁した。「それも密偵なんて職業が現存するとしての話だが。なるほど彼は警察に職を奉じていた。わたしの記憶にまちがいがなければ、監視官であったとかだ。それも昔のことで、とっくに退職している身の上だがね」

フィッシェルレは歯牙にもかけなかった。話にならん。いま警察と係わりになりたくはない。アメリカ行きの直前《まえ》だ、御免こうむる、退職したやつであろうと同じことだ。それに退職あがりが一等始末におえないのだ。暇をもてあまし、罪もない者たちにとびかかる。もう逮捕する権限がないものだから、ほんのちょっとしたことで頭に湯気をたて、何もしない片輪者を片輪になるまでぶちのめす。あだやおろそかにアメリカくんだりまで行かれんぜ。世界名人が乞食同然ではさまになるまい。まだ自分は世界名人ではないが、そうなることは確実だ。やつは懐中無一文できやがったと連中は言い出すだろう。財布をふくらませてやることはない。むしろ、何もかもひっぺがせとくるな。世界名人であっても、アメリカではどうも不安だ。悪党ぞろいだし、あそこでは悪党も桁が大きい。ときどき左の腋の下に鼻先をやる。そこに挟みこんだ金の匂いで気持を引きたてる。これがたよりだ。ほんの暫く鼻をそこに憩わせてから、軽快に空に振り上げた。

キーンにとってテレーゼの死がそれほど嬉しいことではなくなってきた。フィッシェルレのことばに、おのが図書室の直面している危険に気づいたのである。むしょうに心がはやった。苦悩と義務と仕事を思った。だのにここにいるのは何故か？　より高き愛にひかれてだ。おのが血管になお一滴の血を感じる限り、不幸なものたちを救けたかった。死の火炎を免れさせ、かの豚の爪から護ってやる！　それに自宅《いえ》に戻れば、十中八九、逮捕されるにちがいない。事実を事実として見据えることが肝心だ。自分はテレーゼの死に対し罪がある。主犯たる者はテレーゼ当人である。だがあれを閉じこめたのはだれか。余人ではない。法的に言えば、むしろ瘋癲院に送りこむべきであったろう。法律に従わなかった幸いをなんと感謝したいことか。瘋癲院ならばテレーゼはいまもなお生き永らえていよう。自分は妻に死の判決を下した。飢えと金欲とがこの刑を執行したのである。おのが行為にいささかも愧じるところがない。堂々と法廷において陳述するであろう。公判は圧倒的多数決の無罪放免でもって終了するに相違ない。それはともかくとして、かくも著名な学者、現代最高の中国学者の逮捕となると、学問とは委細係わらないとはいえ、巷間は大いに沸きたつであろう。主たる証人として玄関番が出頭する。キーンはなるほど、この男に信頼をおいていたが、かかる男は何事も金銭づくというフィッシェルレの憂慮に触発され、一抹の不安があった。農奴は給金次第で主人にこだわらぬものだ。公判を維持するために、相手方は鼻薬を嗅《か》がして玄関番の買収にとりかかるのではあるまいか？テレーゼは一人っきりであった。親縁のだれかれについて聞いたためしがない。埋葬につき従った者もいなかった。公判途中にテレーゼの係累と名のる者が現われるならば、キーンは当事者の詳細な調査を要求するであろう。とは言え、係累皆無とは断言できぬ。逮捕以前に玄関番と面談しておくのはどうであろう。フィッシェルレが見事言い当てたこの密偵は謝金を二百シリングとせり上げてくるだろう。しかしこれは買収でもなく、そのほか、なんらかの不正とされるものでもない。要するに、もって玄関番に真実を、まったき真実を陳述せしむるものなのである。一体に、現代最高の中国学者が低劣な妻のために罰されるなどのことがあってよいものだろうか。それも、はたして読み書きができたものかどうか、しかとは言い難い程度の妻のために。学問が妻の死を要求したのである。そしてキーンの無罪放免と名誉回復をも。キーンと並び立つ学者は五指に余らない。それに反し、女は何百万といる。しかもテレーゼはその中でも、底辺に属する者であった。しかりその死はいたましく、目を覆わしむるものであろう。だからこそ、まさしくその悲惨の点により、罪が彼女自身にあることが明瞭である。従容として餓死したのはおのれのせいであった。テレーゼ以前にも、何千人ものインドの飢餓行者たちはこのような緩慢な死を選び、みずから解脱に達したと信じたのである。今日なお、かれらは敬せられている。その運命を嘆いた者はいない。中国人によれば世界でもっとも叡知に満ちた民であるインド人は、行者たちを聖者となしているのである。テレーゼは同じことなら何故かかる餓死を貫徹しなかったのか？　生命《いのち》にあまりにも恋々としていたと言えまいか。その妄執は限りなく、唾棄すべき一秒をなお永く生きようとした。手近に人間がいれば、それを食ったであろう。人間を憎悪していたのだから。しかしこの女の犠牲になろうとした者がいたであろうか？　孤影悄然とひとり彼女は知ったはずだ、孤独に捨てられたのもおのれが招いたことであると。そして最後の食料に手をつけた。つまりおのが肉体に。一切れ一切れ、もぎとり、食い切り、呑みこんだ。その劇痛の代償に、わずかな生命を得ていたのである。証人に発見されたものはテレーゼではない。その骨にすぎなかったのである。彼女が常々身につけていた青くて強《こわ》い外套に覆われた一握りの骨であった。すなわち妻にふさわしい死に様《ざま》であったと申せよう。

キーンの弁護はそのまま仮借ないテレーゼへの告発であった。のちほど彼は再度テレーゼを否《いな》んだ。フィッシェルとともに彼はとっくにホテルの一室にいた。半ば自然に二人の足はそこに向かっていたのであった。だがキーンの厳密な思考の糸は、一瞬といえどもとぎれなかった。黙々と想念を走らせていた。みずからを喰らい尽くした者が生涯にわたって口にしていたことばより、比類ないテキストを構成した。キーンこそ構成の達人であり、文字の人であった。かかる言語学的厳密性の対象が、殺人容疑に係わる俗事であることを、ひとえに無念とすると申し添えた。ともあれ論を進めるに吝かでなく、近き将来にこのたびの代償たるものを大々的に発表すると公約した。自分の仕事の障害となっていたものは、当公判の原因たるべきそれであるからである。キーンは裁判長にその丁重な取扱いを感謝する。殺人容疑の被告として予想だにしないところであった。裁判長は会釈してのち、おもむろに、現代最高の中国学者に相応《あいふさ》わしきところを知る故に、と言明した。《現代最高の中国学者》に続けて、《知る》前に、キーンみずから《よく》とつけたしたのを、裁判長は省略した。言わずもがなであったからである。キーンはおのが名誉の宣揚されるのを相応《あいふさ》わしい誇りでもって聞きとった。テレーゼへの弾劾はややおだやかな色合いをおびてきた。

「酌量すべき情状がないわけでもないだろう」キーンはフ

イッシェルレに話しかけた。小人はキーンと並んでベッドに腰をかけ、話の進展に苛立ちながら、懐中の金の匂いを嗅いでいた。「彼女は飢えに責め苛まれ、断末魔の一瞬に至っても、書物に手を出そうとはしなかったのである。あれはなんと言っても無知な女であった。これは考えてやらねばなるまい」フィッシェルレは立腹した。キーンを理解したからである。このたわごと全部を理解しなければならないとは。おのれの知性を呪った。傍の馬鹿野郎のことばに口を挟んだのは、ひとえに習慣に従ったまでだ。「いいかね」と言いかけた。「あんたは大馬鹿だ。人間ってやつは知らないことは、しないもんだぜ。書物が口に合うものと知っていたら、女はさぞかしむしゃむしゃと食っていただろうぜ。つまりだ、テレジアヌムの豚がまとめた料理帳だ、一〇三種の料理法が載ったやつ、あれが本になっていたとしたら――いやいや、これはむしろ言わん方がいい」「どういうことだね、それは?」キーンはカッと眼を見開いて訊問した。彼はどういうことだか、充分知っていた。しかしおのが蔵書と関連するこの恐ろしいことだけは他人の口を借りたかった。自分で言いたくはない。たとえ想像の中でも、この口で言うのはいやだ。「つまりさ、あんたが家に戻るとだ、住居は空っぽ、からっけつ、書物どころか、紙一枚なし!」「ありがたいことにだ――」キーンは大きく息を吐いた。「――妻はもう土の下、それにその忌まわしい本はそう早急には公刊されまい。わたしは公判中にその本についても語るつもりだ。世間は目を剝くことだろう! 歯に衣《きぬ》を着せるものかね。知識人のなすべきところだ!」

テレーゼの死以来、キーンの語気は鋭く、立ちはだかる困難も攻撃への闘争心をかきたてるのみであった。彼はフィッシェルレ相手に活気ある午後を過ごした。小人の方は憂いの気分に傾きがちで、冗談を連発した。裁判の次第を詳細に聞きとり、異議はことさら申し立てなかったが、それでもときには、無料でキーンに助言を与えた。こちらの証言台に立ってくれるような親類縁者はいないかね。殺人容疑の裁判となれば大事《おおごと》だぜ。キーンはパリの弟の名を挙げた。著名な精神科医であり、その前は婦人科医として一財産を築きあげた。「財産家だな?」アメリカへの道すがら、パリで途中下車しようとフィッシェルレは直ちに決心した。「おあつらえのお方だぜ。早速、この瘤のことを相談しよう!」「しかし弟は外科医じゃない!」「構わんさ、婦人科医であったのなら、なんでもできようさ」キーンはこの愛すべき男の素朴さに微笑んだ。明らかに学問における専門ということを解していない。ともあれいそいそと弟の住所を教え、フィッシェルレが汚い紙切れに書きとめるのを見守ってから、かつて永年にわたり、兄弟の間にあった麗しい愛情について語った。「学問とは厳しいものだ」としめくくった。「通常の人間関係を許さない。われわれが離別したのは学問上の理由によるのだ」「あんたの裁判にはこれといった何一つしてあげられんがね。どうだろう、フィッシェルレがパリに行く、あんたから言われてきたと弟さんに言おう。あんたの一の友人なんだから、診察料は払わなくてもいいだろうね？」「勿論だ」とキーンは答えた。「推薦状を書いてあげよう、これなら安心だろう。弟がその瘤をうまくとってくれればわたしも嬉しいさ」直ちに小机に向かい、——八年ぶりに——弟宛にしたためた。フィッシェルレの提案は申し分ないように思われた。キーンはまもなく学究生活に戻ることを考えており、そのときには、たとえ尊敬あたわざる男とはいえ、小人はどうも荷厄介と思えたのである。君、おまえの仲になって以来、遅かれ早かれ別れねばならないと心に決めていた。フィッシェルレが瘤なしとなれば、ゲオルクは彼を精神病棟の門番に使えばよい。フィッシェルレは宛名と封印つきの手紙を持って自分の部屋に移り、行商人が逃げる際に投げ出していった包から本を一冊とり出して、手紙を挾みこんだ。包の残りは、明日また旧のお役に立つはずである。計算によれば、もう二千シリングはかたいところだ。午前中に簡単にことは済もう。夜となれば、豚とか、その類のやつらについて呑気な話をすればそれでよし。

翌日はまずい出だしで始まった。キーンが窓際に位置を定めたとたん、包をかかえた男がどんと当たってきた。辛うじて窓ガラスを突き破るのだけは免れた。男は横を駆け抜けた。「どうなさった？　ここに何用です？　お待ちなさい！」叫びかけたが無駄だった。男は階段を駆け上がり、振り向きさえしなかった。キーンは暫しの黙考ののち、包の中身は春本にちがいないと結論づけた。必要もないのに、あれほど包を後生大事に抱えこんでいるとなれば、これ以外に理由はあるまい。このとき下水掃除人が登場した。キーンの前にぬっと立ちどまり、濁声《だみごえ》で四百シリングを要求した。つい最前の不祥事に腹を立て、結果、キーンは掃除人を見抜いた。声をふるわせて、責めた。「昨日もきたお方でしょうが！　なんと破廉恥な！」「おととい もきたですがな」掃除人は正直に抗弁した。「なおさらです、去《い》きなさい！　自分のしていることがどういうことか分っているのですか？　ロクな目に会いませんぞ！」「いいや、給金《かね》をもらいますでな！」五シリングが楽しみであった。また飲めるというものだ。だが、考える——ついぞしたことのないことだが——までもなく、労働者として労働を、つまり徴集した金を納めてのみ、そのとき初めて給金がいただける次第は彼にとって確実にして疑問の余地のないところであった。「一文もやらんとも！」キーンは断乎として言い放ち、階段に仁王立ちした。腹を決めていた。なお質入れに突進するなら、死を賭しても阻止しよう！　下水掃除人は頭を掻《や》いた。こんな骨ずくめのひょろながが男を殺るとなればひとひねりだ。だがそんな命令は受けていない。こいつは勝手がちがってきた。「社長に聞いてこよう」一発、屁をひって、その尻をキーンにさしつけた。こいつが口に代って別れの挨拶、ざまあみやがれ。キーンは溜息をついた。ガラス戸がきしむ音がした。

と同時に、青い外套と巨大な包が現われた。テレーゼだ。外套を着こみ、包をさしつける。玄関番が伴をしていた。さらに巨大な包を一つ、左手で頭上にもたげ、軽々と投げ上げ、右手でがっしり受けとめた。

実現

テレーゼは夫を——あの盗人《ぬすっと》を——追い出して以来、まるまる一週間、住居をくまなく探索した。徹底を期すために、強いて仕事を按配した。朝六時より夜八時まで、足、膝、手、肘を使用、隙間を嗅ぎ出す。およそ主婦がちゃんとしているからには、あるはずのないところに埃を見つけ、夫のせいにした。ああいう人種は穢らしいものだから、丈夫な包装紙を隙間にそろっと辷《すべ》りこませる。この方が頭髪の太いヘアピンよりもずっと探りいい。抜き出して埃を吹き払い、布で拭きとった。行方不明の預金通帳に、埃まみれの紙が触れでもしたらと思うとぞっとした。仕事中、手袋はしなかった。汚すのがオチだろうから。しかし眩《まばゆ》いほどまっ白に洗いあげたそれを、つい手近においていた。預金通帳を見つけた場合のためである。行きつ戻りつ這いずり回った結果、うっかり絨毯に少々の傷をつけた。新聞紙に包み、廊下に持ち出した。書籍は内容を一冊ずつ検査した。売りに出すことはまだ真面目に考えていなかった。まず目の利《き》く人に相談したかった。ともかくも頁数は確認した。五百頁に余る書物には尊敬を払った。これだけでも大した値打ち。しぶしぶ本棚に戻す前に、毛を毟られた市場の七面鳥さながら、未練たっぷり、重さを量った。預金通帳は追うまい追うまい。住居だけで手が回らないほど。もっと家具があって当然じゃないかしら。本のことを考えなければ、ここにだれが住んでいたかすぐに分るというもんだわ。そりゃあ、無論、盗人《ぬすっと》。一週間後に探索は無駄と知った。こんな場合、ちゃんとした人なら警察に届け出るもの。テレーゼは届け出を、最後に受けとった賄金がなくなるまでは待った。夫が何もかも持って出奔し、妻に鐚銭一文残さなかったことを警察に証明したかった。買物に出るとき、大回りして玄関番を避けた。教授《せんせい》をどうしたかと問われるのが恐かった。これまではとりたてて何をしたわけでもないが、きっとそのうち、しゃしゃり出てくる。これまで毎月、謝金を捲き上げてきた男なんだから。手に入らないとなって、早くもこの頃、もの欲しげにドアの前をうろついている。断じて空手《からて》で帰さなくちゃあ。だれがどう言おうと出すものか。玄関番が嚇してきたら、告訴してやる。

ある日、テレーゼはアイロンがけしたよい方の外套を身につけた。ずっと若く見える。毎日着ているのより、こちらの青は少しばかり明るい。まっ白のブラウスが、ほんと外套にぴったり。使わずの間《ま》の寝室の戸を開き、鏡つきの箪笥にすり寄って、耳までパックリと広やかな口をゆがめてニヤリと笑った。「あたし、きたわ」どう見てもたかだか三十歳、顎に小さな靨《えくぼ》がある。靨《グルーベ》はすてき、もうすぐグロープさんとランデヴーね。住居はあたし一人のもの、グロープさんはいつでもこれる。テレーゼは住居のことでグロープ氏と相談したかった。書物は何百万もの値打ちもの、それにあたし、吝《しわ》ん坊じゃない。あのひと、資本が要る。あたし、ひとを見る目があるわ、それにお金を寝かしつけておくことはない、そうじゃないかしら？　節約はいい、でも儲けるのはもっといい。気がついたらお金が二倍となるように。テレーゼはグロープ氏を忘れていなかった。あのひとを忘れるなんてできやしない、女なんてそんなものよ。われ勝ちにとりあいっこ、あたしだって敗けたくない。夫はいなくなった。二度と帰ってこない。夫が何をしたか、とやこう言いたくない。一度もやさしくしてくれなかった。でも、ともかくも夫だったからには、とやこうと言いたくない。ただいるだけで、からきし役立たず。男がみんなグロープさんみたいだったらどんなにいいかしら。あの声と、あの眼。あたし、あのひとに名前をつけてあげた、そう、プダさんだ。すてきな名前、だけどグロープさんといった方がもっとすてき。男ならあたし沢山知っている。でもグロープさんみたいに気に入ったひとはいないわ。変に気を回したりせずに、あのひと、あたしの胸にくればいい。まどうことなんかない、すばらしいお尻ってあのひとこと、言えばいい。上手に言うわ、あのひと。

自分で言ってみた。そして鏡の前で尻をゆさぶった。初めてこのとき、どんなに自分が美しいかを噛みしめた。外套を脱ぎ、すばらしいお尻に目を凝らした。グロープさんの言う通り、あのひと、なんて眼が敏《さと》いのかしら。興味あるってだけのひとじゃない、とび抜けている。どうして知ったのかしら。お尻をじかに見たこともないくせに。だのに見抜いたのだわ。女をちゃんと見る、そしていつ味見していいかと尋ねる。これが男よ、こうでなくちゃ、男じゃない。いやなんて言える女がいるかしら？　テレーゼは尻を両手でかかえこんだ。あのひとの声みたいにやわらかい。テレーゼは翳を浮かべ、グロープ氏の眼を覗きこむ。贈物をしたいと言う。ドアに戻って、鍵穴にさし懸けたまの鍵束を持ってくる。がちゃつかせながらそれを鏡の前でグロープ氏に贈り、あたしへのお出入り御自由よ、と伝える。あたしがいなくても盗んだりしないひとだってこと知っているわ。鍵束が床に落ち、受けとってもらえなくて赤面した。テレーゼは、プダさん！　と叫ぶ。むしろ、あたしのいとしいプダって呼んでもいいかしら？　彼は答えない。まだお尻を見たりないのだ。すてき、あたし、声が聞きたかっただけ。テレーゼはとっておきの秘密を打ち明ける。郵便貯金の通帳があるの、あたしに代って下ろしてもいいわ。だれの名義にしているか言わなくてはならないかしら？　テレーゼはクックッと笑った、まあ、言えだなんて、ずうずうしいわ、あなたをもっとよく知ってから。ほとんど知らないんだもの。グロープ氏は沈黙のまま。どこにいるの？　テレーゼは尻の回りを手探りした。ここは冷い、暖かいのは乳房《むね》、ブラウスの下からあのひとの手が入りこんでいる、でもあのひとはいない。鏡の中に探し求めて、外套を目にした。まるで新品そのまま、青は最高の色、プダさんに貞淑のしるしの色。テレーゼは外套を着こんだ、身体にぴったり。でもプダさんが脱げと言えば、すぐにも脱ぐ。あのひとは今夜にもくる。夜中、帰らない、毎晩くるわ、若いんだから。女遊びは旺《さか》んだったけれど、あたしで打ちどめ。むかし、がさつ《グローブ》だったからってあのひとを責められるかしら？　名前がそうだからってあのひとのせいじゃない！　あたし、汗まみれ、あのひとのもとに出かけよう。

テレーゼはグロープ氏に拒否された鍵束をとり、入念に錠を下ろした。こちらの小さな鏡のかけらで用が足せるというのに、特別の部屋の鏡を使ったなんてと自分にむしょうに腹が立った。この外套には鍵用の秘密のポケットを縫いつけていないことを思い出した。それと気づかず、探しあぐねていたのであった。テレーゼはからからと大笑いした。自分の笑声が異様に聞こえた。笑ったことがなかったのに。住居にだれか他人がいると思った。一人になってから初めて、不安を覚えた。大急ぎで通帳の隠し場を探った。ちゃんとある。押込みがいるわけじゃない、押込みは第一番に通帳を狙うはずだもの。念のために通帳は身につけた。這うように背を折って玄関番の戸口の前を通過した。大金を身につけている。こんな日に限って玄関番が謝金を言い出しはしないかと恐かった。

　往来の雑踏に、テレーゼの喜びはなお沸き立った。大股でおのが祝祭に急いだ。目的地は都心の中央部。通りを追うごとに喧騒は増した。男はみんなあたしを振り返る。テレーゼは気づいていた。でもあたしの男《ひと》は一人だけ。常常、一人の男のために生きたいと念願していた。いまやようやく、そのときがきた。自動車が一台、厚かましくもあやうくテレーゼを轢くところであった。テレーゼは運転手に首を突き出し、「あたし、あなたになんか係わりあう時《ひ》間《ま》がないわ！」と言い捨てて、邪険に背を向けた。これからはプダさんが無産者《プロレタリア》からあたしを護ってくれるのだわ。しかし一人でも怖ろしくなかった。何もかも、みんなあたしのものなんだから。街中を行く間、どの店からもちょいとつまんだ。外套に似合いの真珠があった。ブラウスに打ってつけの宝石があった。真珠を身につけたりしない、品がないもの。でも戸棚には入れときたいわ。きれいな下着ならあたし持ってる。飾りのレースがもっと大きいわ。でも二、三、いただいとこう。財産は通帳に収めとく。通帳はまるまると脹れ上がった。この中が一番安全、あのひとに見せてあげる。

　家具店の前で歩をとめた。看板の文字が眼に迫ってきた。まずグロース&ムッター商店と読み、次にグロープ夫妻店と読みかえた。こうこなくちゃあ。このために急いでやってきたのだわ。競争者を蹴散らす。グロース氏は弱虫、ひっぱたいてやればいい。文字が嬉々と躍り始めた。躍り終えて鎮まったとき、グロース&ムッターとあった。まるで気に入らない。「厚かましいったらありゃあしない！」と声を荒げて店に入った。

　すぐさま奥様のお手に口づけ、あのひとの声。二歩のへだたりからテレーゼは財布を高々ともたげて言った。「あたし、きましたわ」彼は一礼し、尋ねかけた。「奥様、御用の向きはいかがなものでございましょう？　なんでしょう、寝室家具一揃え、新しい御主人様用ではありませんかな？」数カ月来、テレーゼは心配でたまらなかった。あのひと、あたしに気づかないのではあるまいか？　できるだけのことをした。外套にブラシをかけたし、洗濯もした。毎日怠らずアイロンもかけた。でも興味ある男には女が多すぎる、このひと、何て言ったかしら、《新しい御主人様用では？》と。テレーゼはこめられた裏の意味を理解した。プダさん、お見通しなんだわ。テレーゼは勇気をもり返した。店に他にだれがいるかと目をやることもせず、彼の身近に寄って、鏡の前で練習した一字一句そのままを口にした。しめった眼であたしをじっと眺めている。すてきだわ、このひと。あたしも同じくらいすてき。すばらしいお尻のくだりまできたとき、テレーゼはもじもじと腰をゆすった。そして待った。財布を抱きしめ、やおら初めから繰り返した。彼は腕を上下させ、「すると、奥様！　なんですか、奥様！　つまり、奥様！」の叫びを随所に挟んでいた。相手の声を抑えるためにテレーゼの真近に寄って口を開いた。その口でテレーゼの口を防いだ。ともにパックリと大きな口。テレーゼは早口となり声を高めた。ひとことも忘れたりしていない。ことばが弾《はじ》けて、咽喉から飛んだ。呼吸《いき》荒く、乱れた。三度目、お尻まで到達しかかったとき、腰のバンドを外した。但し外套がずれないように、財布ごしにおさえた。彼は不安のあまり気分が悪くなってきた。女は依然、声をひそめない。赤らみ、汗ばんだ頬がこちらに触れる。何を言っているのやら。それが分りさえすれば。だれなのか、何のつもりなのか、皆目見当がつかなかった。女の太い腕をとらえて、うめいた。「つまり、お望みなのは？」テレーゼはいましもお尻にさしかかっていた。声を張り上げて述べ終り、「いいわ！」とあえいで、からみついた。彼より肥っていたが、抱きすくめられたと思った。このとき、外套が床に落ちた。気がついて、一段と心がはやった。何もかも自然にいくんだもの。彼が抗うのを身体で知って、陶酔のさなかに仰天した。「あら、プダさん！」とせきあげた。プダさんの声がした。「なんです、もうし、もしもし、あなた、奥様！」奥様はあたしだわ。他にも声が起こった。でも、きたない声ばかり。人が見ていようと、あたし、かまわない、ちゃんとした妻だもの。プダ氏は顔面を紅潮させて、もがきにもがいた。テレーゼは離さない、両手を男の背に回し、強烈に締めつけた。彼は悲鳴を上げた、「ああ、奥様、どうか、奥様、どうか手を離していただきたい！」彼の顔はテレーゼの肩にあった。このひとの頬《ほ》ぺた、バターみたい。どうして羞ずかしがるのかしら？　あたしは羞ずかしくないのに。手の交叉を解いた。しかし彼を離さない。プダ氏は足を踏みならし、怒鳴った。「失礼でしょうがね、あなた、見ず知らずの者にです、手を離していただきたい！」人がわっと寄ってたかってテレーゼの手を殴りつけた。テレーゼは泣き始めたが、なおも頑張った。頑丈な男が、女の指を一本一本とおし開き、プダ氏はやっと解放された。テレーゼはよろめいた。ブラウスの袖を眼に添えて、「ほんと、こんな無作法《グローブ》なひとっているものかしら！」と叫び、泣くのをやめた。頑丈な男と見たのは、その実、大兵肥満の女であった。あたしに隠れてプダさんは結婚していた！　店内は沸き立っていた。その理由を、テレーゼは床の外套に視線をやったとき、理解した。

すぐ近くに一群の人がいた。全員、腹をかかえて笑っていた。まるでそのためのお代は払っていると言わんばかりに。壁と天井はふるえ、家具が波打った。「自警団を呼べ！」と叫ぶ者があり、「警察へ連絡だ！」と怒鳴る者もいた。グロープ氏は傲然と衣服を整える。すっきりとした肩の線こそ恃《たの》むところであり、なめらかな舌で繰り返した、「礼式にも限度がございますですよ、奥様！」衣服の状態に満足するや、頰ぺたの洗浄にとりかかった。この場にいて笑いを浮かべていないのは彼とテレーゼのみであった。火消しの女、すなわち《ムッター》女史は疑わしげにグロープ氏を睨みつけた。突発事件の背後に情事の臭いを嗅ぎつけていた。彼を憎からず思っていたので、この場合、むしろ警察を呼ぶ方に傾いていた。破廉恥女をこっぴどく懲罰してもらわにゃあ。グロープ氏はとっくり懲《こ》りたことだろう。ほれぼれする男だけど、口に出しては言わない。商売《あきない》に情《なさけ》は禁物。そうは思ったが、ゲラゲラ大声で笑いころげた。テレーゼは周りからの注視の中で外套を身につけた。事務の小娘が外套を嘲笑した。そんなことをさせてはなるまい、「あんた、羨ましいのね！」と言いながら、外套に合わせ、テレーゼは一見得体の知れない幅広の下着のレースを指さした。笑いがあらためてどっと起こった。テレーゼは安堵した、プダ夫人を恐れていたのだ。プダさんを抱きしめてよかったこと、でないと二度とああはならないもの。みんな笑っているかぎり、何もしないはずだ。笑いながら何かしようなんて無理だわ。痩せっぽちの店員――へっ、この男《ひと》、まるで男でないみたい、盗人《ぬすっと》の先の夫そっくりね――それが「グロープに似合いのおかた」と言えば、つづけて別の店員、これこそ男ね、ほんと、その店員が、「見目うるわしくあらせられる！」と囃したてた。こんな大笑いは無作法ではないかしら。「そうよ、うるわしいわ！」と声を荒げた。「あたしの財布はどこ？」見当らない。「どこよ？　警察を呼ぶわ！」《ムッター》女史はあきれはてた。「そう、そうだわ！」と言い放ち、

「それはこちらが言いたいセリフよ！」背を向けて、電話機にとりついた。

グロース氏、《ムッター》女史の息子で小男のここの主任は、母親の背後からこの場の一部始終を観察していた。意見を開陳したが、だれ一人聞こうとしない。懸命に母親の袖を引いてとどめたが、女史は息子を突きとばし、無骨な濁声《だみごえ》で言下に宣した。「この女に教えてやる！ここの主人がだれだかを思い知らせてやるわ！」もはやグロース氏には対処すべき手段がなかった。母親が電話を手にとったとき、勇を鼓《こ》してその手をつねった。「だけどあれはお客様だよ」とささやいた。「ほんとかい？」「寝室家具一揃え、それも上等を買い上げた」グロース氏のみがテレーゼを見分けたのである。

女史は電話機を戻し、店員一同に向き直り、即座に断乎として声明した。「お客様に失礼は許しませんぞ！」またしても家具がふるえた。このたびは笑いのせいではない。「この御婦人の財布はどこです？　三分以内にお出しなさい！」店員こぞって床によつん這い、眼を皿のごとくに見回した。この間にテレーゼが財布をとり上げるのをだれもが見逃していなかったのであるが。そもそも《ムッター》女史が移動する前、その足の下にあったのである。グロープ氏がまっ先切って立ち上がり、テレーゼの腕に財布が収まっているのをいみじくも看破した。「おやおや、奥様」と歌いかけた。「なんでございます、もうはや財布をお見つけになりましたようで、はい、まったく奥様のお目にはかないませんですよ、つきましては御用の向きをお聞かせいただけませんでしょうか？」この商売熱心は大いに女店主の気に入った。のっしのっしとグロープ氏に近寄って、こうでなくちゃあとうなずいた。「どうも。今日は用なしですの」とテレーゼは答えた。グロープ氏は深々とテレーゼの手をおしいただき、「うるわしき御手《おんて》にせめても口づけを」とうやうやしく哀願した。そして手袋の上部の腕に接吻、高らかに「御機嫌よろしゅう、はい、奥様」とひと声、左手を優雅に宙に突き、引き下がった。店員一同は跳ね上がり、整列する。テレーゼは躊躇した。頭をツンと突き上げて、別れぎわに言った。「ともかくも、お目出とうと申しますわ」グロープ氏には何のことだか分らない。慣習にのっとり答礼した。テレーゼは通りに出た。全員が背を丸め、別れの御挨拶、そのうしろから女店主がガラガラ声で次のお越しを切望した。息子はむしろ口をつぐんだ。

今日のしくじりだけでも莫大だ。もっと早くお客であると告げるべきであったのに。店員二人が手を添えて開けたドアをテレーゼが抜け、姿が消えるや、帳場にとびこんだ。母親はもう忘れているだろう。テレーゼの耳に賛嘆の叫びが追いすがってきた。「麗婦人！」「あの外套はどうだ！」「そう、目がさめる！」「一杯つまったお財布を見たか！」「まるで侯爵夫人！」「グロープは幸せ者だ！」夢ではないんだわ。あのひと、何度もこの手にキスをしてくれた。テレーゼは通りに立っていた。店の扉がゆっくりと、うやうやしく閉じた。ガラスごしに見送りの顔が覗いた。テレーゼは一度だけ振り返り、一直線、にこやかに歩み去った。

抜きんでた男《ひと》はいつもこうなんだ、心ならずも結婚した！　あたしが待てなかったのかしら？　もっと早く申し込んでおくべきだったのだわ。なんと強くあたしを抱きしめたことかしら！　でもあのひと、ハッとした、新しい妻が店にいる。資本を出してもらったからには、こんなことをしてはいけない。ちゃんとした夫だもの、分を心得ている。わが身を忘れない。前ではあたしを抱きしめながら、うしろでは身体を退けていた。妻に聞こえるように、わざと悪口を言うなんて、ほんと、粋なひと！　あの眼、あの肩、あの頰ぺた。妻は肥っちょ、ずんぐりむっくり、なんにも気づかない。財布のことで警察を呼ぼうとした。妻としては当然だわ、あたしでもああしたはず。あたしの盗人《ぬすっと》主人がぐずぐずしていたばっかりに、あたし、臍《ほぞ》をかむことになった。こんな様《ざま》ってあるかしら？　あのひと、あたしの手にキスしたわ。ああ、あの唇、あのひと、あたしを待っていた。資本はあたしから出して欲しかったのに——突然、女がとび出してきた、資本を見せつけて。女はみんなあのひとを狙っていたもの、あのひと、やむなく妻にしたのだわ。お金を寝かしときたくなかったばっかりに。でも愛しているのはあたしだけ。妻を愛していない。あたしが行くと、みんなあたしの財布を探すためにひざまずく。おしあいへしあい、一心不乱にあたしを見送っていた。新しい外套を着ていったかいがある。大急ぎで抱きしめたのはよかったわ。いつまたあれができるか分りゃしないんだから。外套はぴったり、下着もぴったり。下着のレースはとっても高い。でもあたし、贅沢屋さんじゃない。貧しいんだって思っていた。あのひとがあたしのお尻に触わっていけないかしら？　すばらしいお尻って言ってくれたわ。

今日、見せてあげた。結婚している男にも、あたし、けちけちしない。

帰路、テレーゼは夢中であった。通りを見ず、連中の無作法にも気づかなかった。至福に満ちて、不運を寄せつけない。隘路に面すれば、安全な通路を切り開いた。その威風に打たれ、人も乗物も畏怖を感じた。四方に心好いさざ波をたてる。このたび、テレーゼはそれを気にとめさえしなかった。勤め人がぞろぞろとお伴についた。人垣ができ、テレーゼの一歩ごとに崩れ、またもり返す。投げキッスがとびかい、天空より本物の雹が降りそそぐ。テレーゼは一人でそれを受けとめた。ずんぐりむっくりの女たちが警察に電話する。テレーゼの沢山の財布が一度に盗まれたから。小男の主任はもういない。消えてしまった。店に人影はない。ただ看板にテレーゼの名前が読みとれるだけ。あの唇とあの眼とあの肩とあの頰ぺたのプダさんの腕の中に、三十歳とおぼしき女が何十人となく沈みこむ。青くて強《こわ》い外套が身体より落ち、すばらしい尻がもっこりと鏡に映る。決して手を離すまい。店中がこの美を誇って呵々と笑った。家政婦たちは驚いて雑巾をとり落とす。盗人たちは盗んだ財布を返しにきた。そして首を吊った。その死体は埋められた。地上にあるのは唯一の富、一カ所に集中する、だれのものでもない。つまり、ただ一人の、そのひとりのもの。持つのはいいが、盗みは厳禁、用心する必要がない。もっと利巧な手があるんだから。地を打つとミルクが湧き出る。バターの塊がとび出してくる。それは黄金《こがね》、子供の頭ほどにも大きい純金。通帳がはち切れる。嫁入支度を入れたトランクもはち切れる。中にあるのは通帳ばかり。だれもだれかを欲しがったりはしなかった。心が通い合うのは二人だけ。二人だけいた。ひとりは麗婦人、全てはこのひとのもの。もうひとりはプダさん、無一文。その代り、麗婦人に従ってよい。お墓の母親が反転した。何一つ、遺《のこ》していかなかったものだから。玄関番への謝金は廃止、だれもが年金をもらう。何か言えば、それがすぐとに正解になる。盗人《ぬすっと》が残していった紙屑は現金と交換。書物《ほん》は莫大な額で売れる。住居はかっちり現金売買。新宅はもっとすてきで家賃なし。これまでのには窓がなかったなんて、馬鹿な話。

テレーゼは帰路をほとんど終えていた。人垣はとっくに崩れてなく、雹もまた、もはや降ってはいなかった。代って見慣れたものが目についた。しがなくて、ありふれている。それだけに見つけて手に入れるのは簡単なものばかり。戻りついたとき、自分に言い聞かせた。「あのひとが結婚したと分って、あたし嬉しいはずね。これで何もかもあたし一人のものなんだから」どんな工合にグロープ氏に資金を借すか、考えておかなくては。取引に契約はつきものだし、ちゃんと署名をとっておく。利息はなるたけ高くしよう。共同経営者になることだわ。やることなんかない。そうならなくて、ほんとによかった。なんて軽はずみ、うかうかお金を手離そうとしていたなんて！　返してくれるひとなんていない。人間なんてそんなものだわ。

「教授《せんせい》はどうなさっとるんだ？」濁声《だみごえ》をはりあげて、玄関番がテレーゼの前をさえぎった。テレーゼはハッとして黙ったまんま。答えを思案した。夫は盗人であったと言うならば、玄関番は警察に届けるだろう。告訴はもう少しあとの方がいい。いまだと警察に家計費を見つけられてしまう。計算が合わないと言われるかもしれない。盗人が手ずから出したものなんだけれど。

「一週間も見かけんぜ。死んだのじゃあるまいな？」

「死ぬなんて、まさか。ピンピンしている、死にそうもないわ」

「病気かと思っていたんだがな。俺からよろしくと伝えてくれ。そのうち、参上するとな。御機嫌よろしゅうに、あらあらかしこってやつだ」

テレーゼはなれなれしく頭を下げてから尋ねた、「もしかすると夫の居場所を御存知じゃないかしら？　家計費のことで、至急、話したいことがあるんだけど」

玄関番は裏を見抜いた。《謝金》をたぶらかす算段だ。払いたくないばっかりに教授は雲隠れしたのだ。いやいや、教授なんぞではない、自分ではないか、あれを《教授》と称し出したのは。これは言っとかなくちゃぁ。数年前はドクトーア・キーンと呼ばれていたはずだ。《博士《ドクトーア》》なんて肩書は屁の突っ張りにもならん代物だろうが。みんなにあれを教授《せんせい》と呼ばせるために、駆けずり回ったのは一体だれ様だ。手弁当で動くやつもいまい。労働には報酬がつきもの、痩せっぽちから別に何をもらわにゃならんというわけではないが、謝金はいただきたい、こいつは譲られん。

「するとなにか」テレーゼに怒鳴りたてた。「旦那は家におらん？」

「ほんと、もう一週間も前からよ。飽き飽きしたって言ったわ、プイと出て行ってあたしは一人っきり、家計費もない。こんなことってあるかしら？　いつ寝るのかもはっきりしないんだから。ちゃんとしたひとは九時にベッドにつくものよ」

「捜査願いを出さにゃならんぞ！」

「でも自分から出て行ったのよ！　戻ってくるって言ったわ」

「いつのことだ？」

「戻りたくなったらって言ったわ。いつもこうよ、自分のことしか考えない、妻だって人間じゃないかしら、どうしようがあって？」

「黙れ、俺が捜す！　もし嘘だったら、おまえら二人を殴りとばすぜ。旦那から百シリングふんだくらあ。ただではすまんと覚悟しなよ！　いつもはこうでないが、これからはこいつでいかあ！」

テレーゼは既に先に立っていた。玄関番のことばに、夫への憎悪を聞きとって心が躍った。これまでは彼を夫の唯一の、それもしたたか者の友人と思いこみ、恐れていた。今日二つ目の幸運、あたしの言った通りだと判ったら、これからはあたしの味方、みんな盗人を憎んでいる、どうして盗人なんかになったのかしら？


一歩踏みこみ、玄関番は力一杯ドアを閉じた。彼の足音は轟いて、図書室階下の住人のどぎもを抜いた。数年来、死んだような静けさに慣れていたのだから。全員、われ勝ちに推論を披露した。玄関番の心中を穿鑿する。教授の庇護者であったひと。謝金にからんで、住人たちはキーンを憎んでいた。ことごとに玄関番はこれ見よがしに言いたてる。あるいは教授はこのたび、謝金をよすことにしたのか。結構なことだが、殴られるのもまた当然だ。殴られずによすなんてことは、玄関番相手では叶うまい。わくわくしながら耳をそば立たせても、声一つしないのが不思議であった。いつものあの足音が轟くだけだなんて、どうも解せない。

玄関番は立腹のあまり、ものも言わずに部屋中を歩き回っていた。癇癪玉を破裂させるのを急《せ》くまいぞ。キーンを見つけ次第、目にもの見せてくれようと考えていた。歯を嚙みしめて罵倒のことばを含みこませた。テレーゼのとっておきの寝室で、家具の横面を張りとばしたとき、拳の赤毛が仁王立つのに気がついた。下種《げす》野郎はどこにすくんでいるやら知れやしない。テレーゼはしとやかにつき従った。玄関番が立ちどまるたびに自分も歩をとどめ、彼が見るのに応じ、同じ方を眺めた。玄関番はテレーゼを気にとめず、数分後にはおのが影としか考えなかった。燃え上がる怒りをじっとこらえている。それを感じてテレーゼの憎悪もまた膨脹した。夫は盗人であったただけじゃない。妻を見捨てたんだわ、いたいけな妻を一人ぼっちに。テレーゼは玄関番の邪魔にならないよう、沈黙を守っていた。二人の距離が接近すればするほど、恐怖は消えていった。寝室を開けて導き入れた。玄関番は台所隣りの小部屋はチラッと覗いただけであった。キーンが身を潜めているとすれば、大きな部屋のはずと考えていた。台所では、一瞬、食器全部を叩き壊したくてたまらなかった。だが拳が痛かろう。手に唾を吐きかけるだけにとどめた。台所から足を踏み鳴らして書斎に戻ったが、その途中、衣服掛けを念入りに検討したがキーンはぶら下がっていなかった。書斎の重厚な書物机をでんぐり返した。これには両手を繰り出す必要があった。恥辱であるが、ともかくも、でんぐり返して気持が晴れた。本棚に手をかけ、床に書巻を数十冊、散りまいた。これでもなお姿を現わさないとすれば、だ、ちとしぶとすぎる、勘弁ならん。

「雲隠れした！」と断定した。罵倒のことばが泡と消えた。彼は百シリングをしくじったと覚り鬱然としていた。謝金とも合わせ報償金の目あてがあったればこそ、このように勇みもしたのだ。胃を刺すていの食欲に見舞われた。飢えねばならんとすれば、覗き穴に精出そうと何になる？テレーゼに両の拳を差しつけた。その甲の赤毛は依然として突っ立っていた。「えっ、分ったか？」と怒鳴りつけた。「こんなことは初めてだぞ！まったくもって、初めてのことだ！」

テレーゼは床に散らばった書物を眺めていた。拳を差し出して許しを乞うつもりね、これに免じてってわけなんだわ。いいわ、許してあげる。だけど拳のせいではない。「でも、ほんと、あれは男じゃなかったもの！」となだめた。

「そうよ、売女《ばいた》だったぜ！」玄関番はせりあげた。「前科者でよ、ズル狐でよ、強盗殺人の罪状持ちだ！」

テレーゼが乞食の名を割り込ませようとしたとき既に、玄関番は強盗殺人と言いかけていたのである。こうなればもはや盗人《ぬすっと》と難じるまでもない、すでに言い尽くされた。玄関番の罵倒は簡潔にして要を得ていた。言い終って直ちにくんにゃりとなり、床の書巻をとり上げた。薙ぎ払うのは易しいが、持ち上げるには重かった。テレーゼは梯子を持ってきて、みずから段を登った。恵み多かったこの日の収穫の一つ、尻を振るすべてを会得していた。玄関番は片手で書物を拾い上げて渡す一方、空いた片手で尻を掴み、股まで一気に差し入れた。テレーゼの口は唾《つばき》で満ちた。彼女こそ玄関番が自己流の愛の作法で成功した最初の女であった。これまではことごとく強姦の一手であった。テレーゼはひそかに念じた、これが男ね、男ならもう一度。媚を含んで声に出した。「もっと！」玄関番は書物をひっつかみ、かたわら猛然と手を押し込んだ。テレーゼの口の唾が流れ出た。これっきりですみかねないとふと思った。嬌声をあげ、梯子からまっしぐら、男の腕に落ちこんだ。男はテレーゼを床に横たえ、外套を剝ぎとり、わがものとした。

玄関番は立ち上がったとき、言った。「あん畜生、ざまあみやがれ！」テレーゼはしゃくりあげた。「ほんと、あたしもうあんたのものよ！」男を見つけた、離すまい。男は応じた。「伏せろい！」そしてその夜にも引き移った。昼間は覗き穴に待機して、夜、ベッドでテレーゼを聴聞した。次第に事実を聞き知って、キーンが戻る先に書物をさりげなく質入れせよと命令した。但し半分は自分が所有する。女が自分のものであるからにはだ、言うまでもない。テレーゼが警察の捜索を思い出し、恐れるたびに、脅しをかけて恐怖をつのらせた。だがこちらも元をただせば同じ畑の出であるからには、手を貸すであろう。この理由からもテレーゼは彼に盲従した。三日ないし四日目ごとに、二人は重い荷を背負い、テレジアヌムに赴いた。

窃盗

玄関番はかつての教授《せんせい》をひと目で認めた。ところで、テレーゼの聴聞僧たるいまの身分はお気に入りのところであり、謝金などとは較べものにならぬ収入に恵まれていたので、仕返しをもはや思っていなかった。すなわち、根に持ついわれがないのである。興味をひかれながらも眼をそらした。教授の右方にさしかかる。包はようやく右腕に位置を定めた。暫しそこでたゆとうてから、安息のところとばかりに落ち着いた。テレーゼは何事も男を見習う習慣を養いつつあるところであった。盗人《ぬすっと》には冷淡に肩をそびやかし、腕にかかえた奇麗な、そして大きな包を力一杯抱きしめた。玄関番は既に通過した。その刹那、夫がテレーゼの行く手をさえぎった。テレーゼは黙りこくったまま彼を突きのける。彼は黙って包に手をかける。テレーゼが抱きかかえ、キーンが手に力をこめた。玄関番の耳にざわめきが達した。振り返ることなく歩み続けた。このような遭遇が事もなしに終ることを念じ、女が包を手すりにこすらせているのだと、自分に言い聞かせた。キーンは遂に包に抱きついた。テレーゼは烈しく抵抗する。夫に顔を向けた。彼は眼を閉じる。テレーゼはうろたえた。新しい男は階段をすすみ、助けようとはしてくれない。警察はどうか。だが自分の犯罪を見つけるだろう。逮捕されたら住居はどうなる？　きっと盗人がとり戻す、遠慮なんかしない、そんな夫《ひと》なんだから。と、ここに思いいたって力が抜けた。キーンは包の大部分をおのが方に引き寄せていた。書物とあれば元気づく。「これをどこへ？」と訊問した。中身《なか》を見たのだ、包み紙はどこも破れていないのに。御主人様だと痛感した。お仕《つか》えした八年間が頭をかすめた。自分の専制は終りをとげた。でもまだ一つ、期待していいことがある。あたしの私設の警察官さん。テレーゼは金切声を張りあげた。「ひどいことするの！」

階段の十段目、彼は立ちどまった。糞ったれめ、いま頃しゃしゃり出てきやがった。せめて腕のこいつを金に代えたあとなら勘弁のしようもあるが！　こみあげる罵詈雑言を咽喉元で嚙み殺し、構わずこいと、手でテレーゼに合図した。テレーゼはそれどころではなく、眼をやる暇《いとま》もない。

もう一度「ひどいことするの！」と叫んでから、やおら盗人の顔をまじまじと眺めた。夫はてっきりルンペンになり下がったものと思っていた。恥ずかしげもなく、人とみればぬっと手を差し出す。乞食はいつもそうするんだし、隙を見つけてコソ泥だって平気の平左《へいざ》。しかし実際、目の前の夫は以前と見違えるばかりにみなりがいい。さっぱりわけが分らなかった。このとき、夫の上着の胸のあたりが脹らんでいることに気がついた。むかしはお金を持っていたためしがない、財布はほとんどいつも空だった。だのにいまはまるで布袋腹。テレーゼは了解した。銀行預金を下ろしたにちがいない。家に隠してなどいなかったのだ、身につけていた。玄関番にはこまごましたことまで告げた、郵便貯金のことまでも。ただ、どこかの隙間に、銀行預金の通帳が収まっているという夢だけは黙っておいた。こういった自分専用の護符《おまもり》がなくては人生は楽しくない。何週間も洩らさなかった秘密が嬉しくて、つい有頂天——声をふり絞って、「ひどいことするの！」と叫んだすぐそのあと——「ほんと、盗んでいたのよ！」とわめきたてた。その声には、盗人を警官に引き渡すとき、一般に通例のあの怒りと喜びの調子があった。しかしこのような場合にも、盗人が男であれば、女性におおむね、きまって見てとれる悲哀の下地《したじ》が、テレーゼには欠けていた。最初の夫を第二番目の夫に引き渡した、それだけのこと。受けとる方が警察あがり。

玄関番はとって返して、重々しくことばをなぞった。「盗みを働かれたわけですな！」抜き差しならぬ情況であった。抜け出る妙案が浮かばない。盗みの件はテレーゼのやむにやまれぬ口からのでまかせであろうと考えていた。キーンの肩に厳然と手を添え、現職そのままに言い渡した。「法の名により逮捕する！　おとなしくついてき給え！」包は左手の小指にひっかけておいた。キーンの顔を見据え、肩をすくめた。義務の命ずるところである、見逃すわけにいかないのである。過去の交わりを云々しても詮ないこと、致し方ない次第である。法の縄を打たねばならん。「わたしを憶えておられましょうな？」となごやかなひとこと、どんなに言いたかったことか。キーンはがっくりと膝を折った。手を神妙に指し出して、「覚悟をしていた」とつぶやいた。玄関番は信用しなかった。犯罪人の神妙ぶりは猫かぶりである。唯々《いい》として従う振りをして、やおら遁走を企てる。かくして警察介入が不可欠となるのである。キーンは唯々として従った。直立不動に姿勢を整えんとし、とび抜けた身長をおもんぱかって、やむなく背を丸め、首を垂れた。玄関番懐柔を図った。ここ数年、逮捕沙汰との係わりがない。もつれるのはやっかいだ。うろぐらいやつらほど扱いにくい。こちらの油断を見すまして、尻に帆を掛けてまっしぐら。制服を着ていればいるで身分証明書を見せろと言いたて、着ていなければいないで認証章はあるのかとくる。いまのこやつほど手数のかからないのも珍しい。訊問に応じ、従順である。おのが罪を否認せず、騒ぎ立てない。相手とするのに格好の罪人である。ガラス戸の直前でテレーゼを振り返り、「こうやらなくちゃあ！」と注意を喚起した。女の眼が注がれていることは知っていた。しかし女が手並みの工合を正確に見きわめているかどうか、心もとないかぎりであった。「他人の手にかかりゃあ、殴る蹴るの大舞台があったところだぜ。俺が向かえば朝飯前といったところだ。騒ぐのは下《げ》の下《げ》だ、空威張りのやることよ。こりゃあかなわんと分れば盗人もおとなしい。家畜を仕込むあの要領だ。猫なんてものは、もともとは牙のあるおっそろしい獣なんだぜ。曲馬団の獅子ってのを知ってよう、火の環をすごすごとくぐり抜けたりもする。人間には魂があるからな、こいつをぐいと摑みさえすりゃ、驢馬同然、ちょいちょいのちょいってもんだ」これらのことばが咽喉元一杯にこみあげてきたが、ぐっと呑みこみ、想像上の喋舌にとどめた。

時と場を異にしていれば、待望の逮捕事件に玄関番は我を忘れていたかもしれない。現役時代、人目をそばだてるために逮捕した。そして上官との実務において悶着を起こした。大口をあけた野次馬が黒山をなすまで自分の手柄を叫びたてた。身体の強壮にものを言わせ、さながら毎日、大捕物をやってのけた。見物人の拍手が足りなければ、みずから拍手の音頭をとった。権勢を見せつけるために逮捕者を動員した。相手になると見れば平手打ちを一撥喰らわせ、拳闘を挑発した。しょっぴかれる者たちの無力をせせら笑い、訊問のときには暴力でもって反抗したと言いたてた。弱虫野郎からはしたたか罰金をふんだくり、大物が相手となれば——つまり、おおむね、まことの犯罪人を縄にかける羽目に陥った場合のことであるが——衷心より冤罪の非を鳴らした。手に余るものは失せろであろう。棍棒を持って管区をのし歩く身分より退き、勢力範囲が建物一つに制約されてより、ようやく、彼は柔和になった。相手の種類をしがない乞食や行商人にまで引き下げ、そやつらといえども終日待ち暮らすことを辞さなかった。連中は彼を恐れ、互いに警告を伝え合って寄りつかなかった。右も左も分らないこの道の新入りのみが、足を踏み入れた。それも彼の誘いがあったればのことであった。いそいそととび込んでくるわけではないと彼自身知っていた。大舞台はたかだか玄関前の廊下に限定されたのである。かくして彼は、艱難辛苦を経たのちに、ようようのことでひっ捉えるといった、正真正銘の逮捕事件に焦がれつつ生きてきたのだ。

　そうこうするうちに思ってもみなかった事柄に遭遇した。キーンの本と引き換えに金を手に入れたのである。無論のこと、用心に用心を重ね、抜かりはなかった。とはいえ、えたいのしれない代物でもって金を得ているという不愉快な感情は消えなかった。警察在勤時代には、筋肉労働が給金の担保と自負していた。書物の選別に神経を費した。大きさを基準とした。まず大版で、古色蒼然とした小《こ》憎《にく》らしい皮装幀本をかつぎ出した。テレジアヌムへの道すがら、包を差し上げ、ときには上部《かしら》を叩き、テレーゼの包をとって歩みをとどめさせて、その腕めがけて投げつけたりもした。テレーゼは痛がって、一度は苦情を申したてた。彼はこれもすべて衆の目をくらますためだと説明した。包を自堕落に扱えば扱うほどに、おのれが所有する書《も》物《の》ではないと気どられる虞れはあるまいと。テレーゼはしぶしぶ同意した。彼とても自説に満足ではなく、自分がまるでいくじなしに思え、この次にはユダヤめになりきってやると言明した。思うに良心の痛みに相違ないこういった感懐におされ、玄関番は念願の実現を放棄した。手もなくキーンを逮捕したのである。

　テレーゼはおのが喜びを奪われたくなかった。厚ぼったい財布に気づいたのは自分ではないか。すばやく二人の男の間に割り込んだ。外套で押し開けたガラス戸の、両翼の間に位置を定めた。抱きしめる格好で右手を差しのべキーンの頭をつかみ、引き据える一方、左手で財布を抜きとった。キーンは妻の手を茨の冠さながらにいただいていた。微動だにしなかった。両腕は玄関番の強力《ごうりき》に締めつけられていた。テレーゼは札束を見つけ、頭上高く差しつけて叫んだ。「これよ！」玄関番は大金を愛《め》でつつも首を振った。テレーゼは応えたかった。「あたしの言った通り、ほんと、その通りじゃないかしら？」「俺はな、腰抜けじゃねえやな！」玄関番が言い返した。良心のほどを暗示し、テレーゼが閉じたドアに言い及んだセリフであった。テレーゼは認めて欲しかった。金をしまいこむ前に、ひとこと、賞讃のことばが聞きたかった。くやしかった。あたし、何を隠していたわけじゃない、そんなことは分っているはずだわ、こんな大事な瞬間《とき》に、むっつりしたままだなんて。あたしがどんな人間だか、言うべきだわ。盗人を見つけたの、あたしよ。このひとはそしらぬ顔で通り抜けようとした。いまはあたしを見て見ぬふりね。こんなことってない、あたしだって人間よ。このひとのできることって何かしら。腕を差し入れるだけ、ただのひとことも言えやしない。寝るのは上手、でも興味あるひとじゃない、トンマってとこ。寝ると逞しいだけだなんて、グロープさんに対してもあたし恥ずかしいわ。先だっては何をしていた？ほんと、しがない玄関番！　口をきいてやっただけでも御《おん》の字だのに、あたし、家に入れてやったわ。そのくせ、御苦労のひとことさえ言おうとしない。グロープさんがこんなことを知ったら。きっともう二度と手にキスをしてくれない。あのひとの声は素適だわ。こんな大金を見つけたの、あたしよ。そのあたしからこのひとはとりあげるんだわ。あたし、何もかも差し出さなくちゃあいけないのかしら？　こんなひと、もう飽き飽き！　お金がなくてはどうなるかしら。お金のために、あたし、いやだって言うわ、老後のために入用よ。あたし、ちゃんとした老後を迎えるんだわ。いつもあたしの外套を破いておいて、まっとうな外套をどうやって着ろって言うの。破いているわ、その上、お金をとりあげる。ひとこと言ったらどう！　それが男ってものよ！

腹を立て、厭味たっぷり、テレーゼは財布を振り回し、男の鼻先でちらつかせた。玄関番は思案していた。逮捕といきごんだが、喜びはとっくに失せていた。テレーゼが財布を抜きとってから、ただごととは思えなかった。これきしのことでお牢入りはまっぴらだ。なるほど、女は抜目ない、だが法律を知っていると言えようか？　こちらは警察あがりだ、この女にはてんで事情が分っておらん。玄関番のままでいた方がよほどましだった。いけずとはこの手の女のことだろうぜ。とんだでしゃばり、謝金をフイにしたのも、もとはと言えばこいつのせいだ。そもそもの由来がどうであったかはとっくの昔にお見通し、一口乗れるというので、キーン憎しの格好をしてみたまでだ。へっ、梅干し婆め、欲深いや、毎晩御所望ときやがる。こちらがしたいのは鞭でひっぱたくことだのに、そいつは御趣味に合わんとな。小娘式にやっとくれとはどうだ。手を突っこむだけではとんだお慰み、二、三度殴りつけると、はや金切声だ、笑わせやがらあ！ こんな女《めんた》はあの世へなどと行っちまえ。そのうち露顕するぜ、こちらは年金を没収されらあな。訴えてやる、年金補償の廉だ。甘い汁を吸わせるもんか。告訴するのが一等いい。売女《ばいた》めが！ 本はこいつのものだと？ 何をほざきやがる！ 教授《せんせい》がおかわいそうだぜ、女をつけ上がらせすぎたのだ。これほどできたお方も珍しいやな。煮ても焼いても食えないズル狐を女房としなすった。家政婦とは人目をたばかる浮世の面だぜ、要するに乞食女の血筋、こいつ当人が打ち明けたところだぜ。せめてこれで四十歳若ければだ、使い道もある。死んでしまった俺の娘、申し分ないやつだった。俺が乞食を見張っているとき、傍でおとなしく横になっていた。眼で楽しんで、手でお慰み、グイと突っこんで、ジロッと見てだ、あれが人生というもんだ！ 乞食が舞いこんでくれれば殴る相手ができたというもの、お客がなくても娘がいらあな。泣きわめいたがかいもなし、親父殿はなまくらの涙ぐらいでびくともせんぜ。いいやつだったな、あれは。闇雲に死んじまった。肺だ、小部屋住いのせいだった。くやしい限りだ。そうと分っていれば、外に追い出していたのにだ。教授《せんせい》は娘を御存知だった、別に悪さもなさらなんだ。他の連中は小娘を痛めつけたぜ、俺の娘という理由だけでだ。それにこいつ、このごうつくばりは、娘に一度も挨拶さえしてやっておらなんだ！ 叩き殺されても文句は言えんところだろうぜ！

両者は憎悪をたぎらせて並び立った。キーンがひとこと、それも気の好いひとことでも口にすれば、直ちに両者は和解の手を結んだことであろう。キーンの沈黙に煽られて、憎悪は白熱に燃え立った。一方はキーンの身体を捉え、他方はその金を握っていた。だが肝心のキーン自身は失せていた。その野郎がいさえすれば！ その姿のみ藁屑さながらにかしぎ、ただならぬ気配におされてうなだれていた。札束が閃いた。玄関番がやにわにテレーゼを怒鳴りつけた。「その金を戻せ！」テレーゼは戻さない。抱きすくめていたキーンの頭を腕から解いた。その頭は元の高みに帰らない。うなだれたそのままの位置にとどまっていた。テレーゼは次の挙動を待っていた。だが何も起こらない。玄関番の顔めがけ札束を投げつけて、わめき散らした。「殴るの一つできやしない！　おびえてる、弱虫よ、あんたって男はさ！　なんてザマ、意気地なしのでくのぼう！　へっ、睾丸《きんたま》抜かれた腰抜け野郎！」癇癪のおかげで思った通りのことばが正確にとび出した。玄関番は片手でキーンを殴り始めた。弱虫との非難は不当きわまる。いま一方の手でテレーゼに打ちかかった。場をあけろい、この腕で教えてやる、俺の返答の仕方をだ。札が床に舞った。テレーゼがしゃくりあげた。「大事な大事なお金が！」玄関番はテレーゼをひっつかむ。先ほどの一撥はこたえていない。むしろ投げとばす。テレーゼの背がガラス戸にぶち当る、把手にしがみついて身を丈えた。ブラウスの襟をとって引き戻し、真近に据えて、ドアめがけてふっとばした。その間にもキーンを打つ手を休めなかった。襤褸切れさながら、こちらは打つかいがないと知るほどに、テレーゼへの突きには力をこめた。

このときフィッシェルレが駆けつけてきた。下水掃除人からキーンが拒否したことを聞き知った。立腹した。一体全体どういうことだ？　二千シリングが宙に浮く！　匂いを嗅がしておしまいか！　昨日は四千五百シリングをポンと投げ出していながら、今日の支払いが停止とは何事だ。配下では用が足りん、社長みずからまかり出る。上より叫び声を聞いた。「大事な大事なお金が！」こちらの言うセリフだ。先をこしたやつがいる。なんてことだ、お膳立てをさせといて、一足先にかっさらう魂胆だ、それも女が嚙んでやがる、そうはさせるもんかい。とっ摑まえて、そっくり吐き出させてやる。ガラス戸がバタつくのを目にとめた。驚いて立ちどまった。男もいやがる。たじろいだ。男が女をドアに投げつけている。女はデブっちょ、野郎は力持ちに相違ない。あの痩せっぽち先生ではこういかぬ。ひょっとするとこれは痩せっぽちとは係わりのないことかもしれぬ。どうして男は女を殴るか、女が金を渡さんからだ。こちらには商売がある、ことが落着するまで待つ方がよくあるまいか。だがどうも永すぎる。こっそり、ドアの隙間より割りこんだ。「ちょっと失礼」と会釈し、にやついた。無事に収まるとは思えない。丁寧にこしたことはないのだ。この夫婦はこちらの腰が低いのに気がつこう。笑顔を見落とされる気づかいがあったので、にや笑いを絶やさなかった。瘤が玄関番とテレーゼの間にもっこりと出て、突きを命中させるために女を身近に引き寄せる空間がなくなった。玄関番は瘤を蹴上げた。フィッシェルレはキーンのかたに飛び、その痩身にしがみついた。この場のキーンは限りなく細く、その肉体の役割はかくもささやかであったので、すがりついてようやく、フィッシェルレは手の中のひとがキーンであると気づいたのであった。野郎はここにいたのだ。テレーゼの悲嘆がまたもや洩れた。「大事な大事なお金が！」フィッシェルレは豁然と立った。背一杯注意をこめて、キーンの懐中《ふところ》と未知の男のそれ、その女房の靴下どめと——残念ながらこいつは外套の下に隠れていたが——それに突き当りに二枚の大判のプラカードが立っている階段と、足元の床とを見回した。散らばった札を認めた。まっしぐらに屈みこみ、掻き集めた。フィッシェルレの長い手が六本の足の間をこそぐった。やおら足一本を脇ににじらせ、次には札一枚を慎重につまんで引いた。指を踏みつけられたが声をたてない。これきしのことには慣れていた。どの足も同様に扱ったわけではない。キーンの足は撥ね上げた。女の足は靴屋さながら抱き上げた。男の足には触れなかった。危険だし、いっかな動きそうにもなかったから。十五枚拾い集めた。一枚一枚と数えて、次が何枚目に当るか承知していた。瘤はさらに支障とはならなかった。頭上では殴打が続いていた。夫婦喧嘩に手出しをすべきでないことは、《理想の天国》でとっくりと体験ずみ、こちらはいただくものをいただけばそれでよしだ。それに夫婦に喧嘩はつきものだな。あと五枚。四枚は飛び散っており、一枚は男の足下に敷かれている。四枚の方に這い寄りながら、男の足を視線からそらさなかった。そのうち足はもち上がろう。その一瞬を逃さぬことだ。

このときようやく、テレーゼはすぐ傍で傴僂が床を舐めて舌で何やらすくい上げているのに気がついた。小人は両手を背に交叉させ、札は両脚に挟みこみ、舌をさかんに操作していた。他人に認められても何をしているのやら覚られない気心がほの見えた。テレーゼは愕然とした。光景に勢い込んだ。小人の意図は掌《たなごころ》を指すように見通せた。預金通帳を探していた自分そっくり。あの頃、家でテレーゼは一人思うがままであったのだけれど。やにわに身をもぎ離し、大声を張り上げた、「押込みよ！　押込み強盗！　盗人よ！」床の傴僂と玄関番とキーンとを指していた。この場の男全員を含ませて、繰り返し繰り返し、次第に声をせり上げて叫び続けた。息を継ぐこともしない。呼吸《いき》の長さは十人前だ。

階段上で扉がたて続けに開き、重々しい足どりがいりまじって階段に近づいた。エレベーター番の門衛がゆっくりとこちらに向かう。彼はたとえ嬰児殺しの現場にいあわせたとしても、悠揚迫らぬその態度を崩しはしまい。二十六年間、エレベーターの番をしてきた。それは彼の血肉を分けたものにほかならず、お守《も》りで一日を迎えては送っていた。

玄関番は硬直した。われ先に駆けつけてくる者がいる。年金をもたらすためとは大違い、とり上げるためにだ。あまつ、逮捕されよう。人はカナリヤの歌声を消すために籠に閉じこめる。覗き穴はふさがれるだろう。すべてが露顕する。住人たちは墓を暴いて娘を辱しめるにちがいない。恐くなんぞあるもんか。だが娘のことが気がかりで眠れない。あれのために心を砕いてきた。眼に入れても痛くない愛娘《まなむすめ》とはあれのこと、食物《くいもの》もやった、飲ませもした、日に半リットルのミルクだ。年金生活を楽しんでいた。不安はこれっぽちもなかった。医者《せんせい》も肺のせいだと見立てた。外に出しなさい！　でも、せんせい、どこから外へですな？食うために年金は是非《ぜっぴ》必要ですぜ。何を隠そう、食わずにあたしゃ生きていけませんや。仕事もありますしな。玄関番がいなくてはお館《やかた》はむちゃくちゃですがな。保険療養所ね――へっ、とんだ極楽！　そのうち餓鬼を孕んで帰ってきますさあ。手狭でも小部屋で充分、心配は御無用ですぜ！

一方フィッシェルレは「こいつは心配だ」と声をたてた。そしてあわててキーンの脇のポケットに金をつっこみ、身体を縮こませた。もはや逃げ出せない。プラカードごしに人の顔が見え隠れする。両腕を固くした。アメリカ旅行用の自分の金は脇の窪み深くにしっかりと収めていた。脇がこう深いのは、まったくもってめっけもの！　服さえ着ていればだれにも気《け》どられない。警察行きはまっぴらだぜ、まっ裸にさせられて何もかもかっさらわれる。やつらの上前をはねるぐらいは簡単な芸当だろうがだ。こちらの営業を感づいてるかね？　書類一式提出せよ！　所得税算定の根拠となす！　こちらは社長様だぜ、痩せっぽちは大馬鹿野郎だ。下水掃除人を追い帰すなんて愚の骨頂だ。金を戻してやったのはどこのだれ様だ。哀れなトンチキ先生か！見捨てやしませんとも。金を盗ませちゃなりませんぜ。フィッシェルレ様はそっくりお返し、あんたのとんまをフィッシェルレの頓智が助けまさあ。商売の相棒には誠実一途だ。アメリカに滞在の身となれば、心ははやれど手はとどかぬ仕儀とあいなりましょうがね。御自分でやってもらわにゃ。キーンの膝の下にフィッシェルレはおずおずともぐりこんだ。身体は丸まってもはや瘤のみと言えた。これは楯だ、この背後にフィッシェルレは身を隠す。これはまた蝸牛の殻だ、この中にフィッシェルレはもぐりこむ。これはまた貝殻だ、フィッシェルレを入れこんで口を閉じる。

玄関番は両足をふんばって仁王立ち、さながら巌《いわ》であった。その眼を辱しめられた娘の上に凝然と据えていた。筋肉活動停止の際の習慣にのっとり、襤褸切れたるキーンはなお手にひっつかまえていた。テレーゼはテレジアヌムの面々を呼び寄せていた。意図したわけではない。息を継ぐのを惜しむあまりだ。機械的に叫び続けた。気持がよかった。もうこちらのものと思った。もはや殴られる虞れはない。

手が重なり合って微動だにしない四人を引き離し、乱闘中の者どもさながらにはがい締めにした。だれもが顔を覗きこもうと殺到した。通りの野次馬連がテレジアヌムに流れこむ。役人と質入れ希望者とはおのが特権を主張した。ここの主人《あるじ》は自分たちだ。門衛は何をしとる、二十六年間、エレベーターを見張ってきた古参《つわもの》ではないか、整理しろ、野次馬を追い出せ、大門を閉じろ。だが門衛にはその暇がない。叫びたてるテレーゼのもとにようやくのことでたどり着いたばかり、他のだれにも眼をくれない。一人の女が床に転がったフィッシェルレの瘤に眼をとめ、悲鳴をあげて通りに駆け出した。「大変！　殺人よ！　殺人！」瘤を死体と思いこんだ。それ以上のことは問うまでもない。殺人者は痩せっぽち、ガリガリ男、あんな男がどうやって殺せたのか、さっぱり見当もつかないくらい。ピストルで一発だな、とだれかが言った。いずれにしても弾の音は聞いたとも。通り三本向こうでもはっきり聞こえた。ちえっ、笑わせらあ、あれは自動車のタイヤが破れた音よ。いいや、ピストルだ、ズドンと響いたぜ！　大方の者がピストルと言い張った。疑ぐり深い少数派を威嚇した。摑まえろ！　こいつぁ仲間だろうぜ！　証拠をくらまそうという魂胆だ！　内部から新情報が伝わってきた。先刻の女の供述、一部訂正、殺されたのは痩せっぽち。床のは死体であってたまるか、そいつが犯人だ。身を隠そうとしていた。四つん這いで遁走を企てたが逮捕された。最新情報はもっと正確だぜ。小さいのは傴僂だった。そうだ、傴僂だ！　殴ったのは別の野郎だ。赤毛だ。そうとも、赤毛野郎よ！　傴僂がちょっかいを出したんだな。わめいたのは女《あま》だ。上出来、上出来！　女は頑張って叫びたてたぜ。たいした女だぜ、そいつぁあな！　敗けておらなんだ。犯人が女を脅迫した。赤毛がよ。赤毛ってやつは悪者《わる》ばかりだぜ。女の襟を引き回したとよ。射ったわけじゃない。絶対だ。ピストルの音などしなかった。そこの野郎はどう言った？　いいや、だれかが射ったにちがいあるまい。傴僂か？　そいつはどこにいる？　内部《なか》だ。よし、行け！　ひと一人入れんぜ。超満員よ。殺人《ころし》とはな！　女は何か白状したそうだ。毎日毎日鞭打たれていたとよ。野郎に半殺しにされていたそうな。女と傴僂はどういう関係だ？　あたしならまっぴらだわ。亭主がいりゃあ、したくてもできねえさ。へっ、うちの亭主が何さ、まったくろくな男がいないんだから。そうとも、これもみんな戦争のせいだぜ！　青年層は荒廃しとる。あいつも若かったぜ。十八にもなっとらんな。あの齢で傴僂か。なになに、跛《ちんば》だとかだ。馬鹿な、俺はこの目で見たんだぜ、傴僂だとも。そうよ、このひと、見てきたんだわ。中に入っていたからな。野郎の方は助かるまいさ。血が流れっぱなし。それであんなにガリガリかね。一時間前はまだまだ肥っちょだったとか。血がなくなりゃあ痩せもしようさ。どうしてどうして、死体ってのは脹れるものですぜ。水死人《どざえもん》を見給え。あなたに死体が分りますかね？　何か金目のものを身につけていたはずだ。そいつを狙っての殺しか？　貴金属の窓口の前で殺《や》ったんだろうが。真珠玉だってよ。男爵夫人かね。召使って男だったがね。いいや、男爵男爵！　一万シリング相当のやつだ。なに、二万シリングよ！　いずれにせよ貴族だな。お歴々だ。旦那がどうしてこなくちゃならん？　夫人《かみさん》がこれるかね？　女房殿の御命令だな。まったくもって亭主ってものは、いやはや！　女房はピンピンしてるぜ。野郎はおっ死《ち》んだ。犬死犬死！　いいや、男爵の身代りだ。ざまあみやがれ！　失業者は飢えておる。豚に真珠ってところじゃないかね？　女房をぶら下げろ！　賛成賛成！　やつらみんなを束にして絞首刑だ。ついでだ、テレジアヌムもやっちまえ。燃《も》しちまえ！　ようし、火を持ってこい！

燃え立った外とはうってかわって内部《うち》では冷え切っていた。おしあいへしあいの直後、ドアのガラスが粉微塵に砕け散った。だれも無傷ですんだ。唯一危険であったフィッシェルレをテレーゼの外套が壁となって防いでいた。襟首とられ引き上げられた刹那、フィッシェルレは金切声を張り上げた。「離してください！　わたしは付添いです！」キーンを指さし、繰り返し叫びたてた。「このひとは気狂いです。わたしは付添いです、お守《も》りです。注意しないと、このひと、何をするか分りませんよ！　このひとは気狂いです。わたしは付添いです、お守りです」だれもかれもフィッシェルルレを無視した。小さすぎる。大物でなくちゃあ。彼に印象を受けたのは女がただ一人、傴僂を死体と合点して外に伝達した。テレーゼは叫び続ける。この方がいい。叫びをやめでもしようものなら、人々に見捨てられると懸念した。自分の幸福を玩味しながら、同時にこのあとどうなるかと、おののいて冷汗をにじませていた。同情の的となり、四方より慰めの声がかけられた。そうそう怯《おび》えなさんな。門衛はテレーゼの肩に手を添えさえもした。二十六年間、こういうことをするのは始めてだと強調した。叫ぶのはもうおやめな。いいからいいから。分るとも、自分にも三人の子供がある。よかったらわしの住居にこないかね、ずっと落ち着く。二十六年間、こんなことばを人にかけたためしはないんだが。テレーゼは警戒して叫びをやめない。門衛は気を悪くした。肩に添えた手を引っこめもした。だがなお従容として威儀を崩さず、恐怖のあまりに理性をなくされたのだと主張した。フィッシェルルレはこの意見を横どりしてキーキー声を張り上げた。「もうし、おかどちがいだ、理性をなくしているのはこちらの男、この男です、いいですね、わたしは気狂いには詳しいんです！　なにせ付添いなんですから！」

フィッシェルルレが役人連中に抱きかかえられたとしてもやむを得ないところであったはずだ。連中はともかく途方に暮れていたのだから。だが、だれも彼に耳を貸さず、目もくれない。視線はこぞって赤毛に集中していた。腕をとられ抑えられても落ち着きはらって眉一つ動かさない。殴りかかろうともしない。わめきたてさえしないとは。しかし彼をキーンからもぎ離そうとしたせつな、静謐を嵐の一閃が貫いた。教授《せんせい》をおめおめと渡してなるものか。左手でキーンを抱きしめていっかな離さない。残る右手で群がる敵を投げとばす。いとしの愛娘を思いつつキーンに一心に口説きたてた。「せんせい！　あんたこそあっしのたった一人の友人ですぜ！　たのんます、愛想づかしをなさらんでいただきたい！　首吊る羽目になっちまう！　悪いのはあっしじゃねえ。ようがすな、あっしは警察あがりですぜ！　怒らんでくださいよ！　あっしこそ世にも奇特な人間でしてな！」
赤毛の重厚な愛情の吐露に圧倒されて、だれもがキーンに押込み強盗を認めたのである。愛情の裏の嘲弄を一瞬に見てとって、おのが感覚の鋭いことにあらためて感心した。そうよ、お見通しだ。だれもが一様に、赤毛が手ずから押込みにやらかそうとする復讐の正当なることを感じたのである。押込みの腕をひっつかみ、グイと引き寄せ、説きたてている。剛毅の男《ひと》だ、みずから仕《し》置《おき》する、警察の介入は拒絶した。なるほど赤毛に縄を打とうとしたが、捕方自身が彼を嘆賞する、なべておのれで処置せんとするこの英雄を。かくあるべしだ。見事な手本なり。かれらは痛棒をくらわすことを、さし控えさえもしたのである。

門衛はいまこそおのが威信を高揚すべき時であると考えた。恐怖のあまり怯えきった女の方はものの役に立たぬと見きわめ、このたびは猛《たけ》りたった男の肩にふっくらと肉づきのよい、それでいて威厳のそなわった手を置いた。高すぎもせず、また低すぎもせぬ声で、二十六年間、ここのエレベーターは自分の指図なしに上下したためしがないと言い含め、二十六年間、秩序の維持に挺身してきたこと、本日の不祥事は前代未聞のことであること、請合って嘘偽りのないことを説きたてた。声は喧騒にまぎれて消えた。赤毛が気づいていないのを見てとって、親しくその耳近く口を寄せ、お判りのはずだがと念をおした。二十六年間、自分には三人の子供がある。猛烈な突きを喰らってまたもやテレーゼの方によろめいた。制帽が床に落ちる。雲行きの変化を感じ、警察を呼びにこの場を去った。ついぞ思い浮かばなかった名案である。事件の当事者たちはおのれを官憲の息のかかった者と思っており、とり巻いて立つ野次馬たちは事件の発展を期待していたのだから。二名が率先、二個の書物の包を安全な場所に移動させようと申し出た。門衛が掻き分けた隘路を利用する。その際、「さ、のいたのいた！」とかけ声をかけた。包は無事門衛室に保管されねばならんのである。途中、包の中身を前もって検査しておくべきであると決意した。両名はすみやかに姿を消した。包さえなければ盗まれる心配もまたなかろうというものではないか。

門衛のおかげで、警察はテレジアヌムでは門衛室にまで危険が迫っていることを察知し、首謀者は四名との報告に六名の屈強な配下を派遣した。門衛は情況を的確に説明し、あまつ、一助たらんと意気ごんで先導した。警官一同を群衆は歓声をもって迎えたのである。制服を認め、その者たちが何をしてもよいことを容認した。無論、自分たちもまた何をしてもよいのであるが、それは制服の者が一人としていない場合に限るのである。いそいそと道をあけた。ようやくのことでおのが場を確保したばかりの男たちも、制服に目ざとく身を退けた。決断力の鈍い連中は一呼吸分遅れをとり、強《こわ》い服地に接触しておののいた。全員こぞってキーンを指さす。盗みを企んでいたのはやつだ、いいや、やつは盗んだ。一目瞭然、疑問の余地なし。テレーゼは丁重に扱われた。大手柄。犯罪に気づいたのはこの淑女である。衆目は一致してテレーゼを赤毛の妻君と見なした。夫を憎らしげに見ていたからである。テレーゼの左右で二名の警官が姿勢を正した。青い外套に眺め入るのを見てとって、こわばったテレーゼの顔に笑みが戻った。残り四名の警官は赤毛の勇者からキーンを離そうと頑張った。なかなかの難事であった。赤毛の手はしっかりと盗人に喰いこんでいた。それというのも、せんずるところ、盗人のせいである。こちらが悪者なのだから。玄関番は逮捕されるものと思いこんだ。不安が高まった。キーンに怒鳴って助けを求めた。警察あがりなんですぜ！　教授《せんせい》！　離してくれ！　娘が！　猛然と腕を振り回した。これが警官の神経に触わった。警察あがりと言い張るとは、なおさらのこと。執拗な格闘にもつれこんだ。警官同士、同僚の間では力を加減した。こうこなくちゃ甘味《うまみ》がないではないか。よってたかって四方から、手をかえ品をかえつつ赤毛に打擲のかぎりを尽くした。

群衆は二派に分れた。一派は赤毛の勇者を支持し、他派は警察支援をやめなかった。ただに手をこまねいていたわけではない。男たちは拳をむずむずとわななかせ、警官の注意をはぐらかす女たちの金切声をたのみとし、ワッとキーンにとびついた。殴り、突き、踏みつけた。このように骸骨めいた代物では殴ってもかいがない。もの足りないことこの上ない。濡れ雑巾さながらに絞りあげてはどうかとの意見が一致して承認された。悪党ぶりは頑固なこの沈黙から知れようというものだ。キーンはひとことも発しない。眼を固く閉じていた。どうあっても開けてはならん。

フィッシェルレは眺めているわけにいかなかった。警官がきてからは、外で社長のお出ましを待っている部下たちのことが気になった。一瞬、キーンのポケットの金に未練が残った。警官六名が勢揃いした前でとり戻すと思っただけで陶然とした。だが実行はさし控えた。遁走の機会を窺った。めぐってこない。目を凝らしキーンの拷問者たちを観察した。先刻、金をさしこんだポケット辺りに突きの手がのびるたびに胸が痛んだ。もう駄目だと幾度となく観念した。堪まらず手近の足元にもぐりこんだ。そのあたりの連中の、手を振り足を踏んばった勇みぶりがもっけの幸いであった。思わぬところに小人が這い出したとき、一勢に注意が集まった。フィッシェルレは身の丈に応じて背一杯にキンキン声を張り上げた。「ああ、胸がつまる、外に出してくれ！」だれもが笑いころげ、援助を惜しまなかった。前の連中は殴りとばせて嬉しかろうが、うしろにもこういう道化のお見舞があらあ。警官のだれ一人、傴僂に眼をくれなかった。床をすり歩く。瘤もこれでは目立たない。往来で咎もないのにとっちめられるのが常であったが、本日は運に恵まれていた。群衆を這い抜けてテレジアヌムの前に出た。十五分前からそこで部下が待機中。腋《わき》に挟んだ大金は無事だった。

　キーンの拷問者たちに対し官憲は寛大をきわめた。忙しかったせいもある。四名は赤毛と闘い、二名はテレーゼの側面《わき》を固めた。淑女を一人にしておくわけにはいかない。暫しテレーゼは口をつぐんでいたが、いまやまたもや叫び始めた。「もっと！　もっと！　もっと！」襤褸切れのキーンを絞り上げる、その呼吸ごとへの掛声であった。かたわら護衛の両名をなだめた。両名とも女がかくも身を入れて熱狂しているかぎり、何らかの手を打つのは野暮の骨頂と判断した。テレーゼの掛声はまた、猛りたった玄関番の鎮圧に努める四名の警官への激励をもかねていた。腕を差し入れさせるなんてもう飽き飽き。おおっぴらに盗まれるなんてもう我慢ならない。警察への恐怖は晴れやかな誇りに席を譲った。あたしのしてほしい通りにしてくれる。ここで命令するのはあたし。当然だわ。あたし、ちゃんとした主婦だもの。「もっと！　もっと！　もっと！」テレーゼは躍りあがった。外套がゆらいだ。壮大な躍動が群衆を捉えた。人々はかなたに跳ね、こなたに返り、躍動の振幅は増大した。喧騒は合わさって音色に高まり、野次馬までもがあえぎだした。徐々に笑声は消えた。質入れは停滞した。もっともはなれた窓口がようやく営業を続けていた。耳に手を添え、人指しゆびを唇に。駆引きは禁止されている。思惑あってきた者もおし黙った憤怒に気がつこう。普段は活気に充ちたテレジアヌムを深い静謐が支配した。あえぎのみが、これがまだ生きていることを示していた。ここに満ち満ちた生物たちは、大きく息を吸い、めくるめく思いで吐き出した。

緊張した雰囲気の援助もあって、警官一同、ようやくのことで玄関番をしとめた。二人がかりで棍棒でおさえつけ、なおもばたついて、もって教授《せんせい》とやらを引き寄せようとする脚部を第三番目が監視した。第四番目は整理にかかった。拳は依然としてキーンめがけて降りしきっていたが、もはやだれ一人、殴ってみてもとりたてて面白くもないのであった。こやつ、生物《いきもの》とも思われず、さりとて死体とも考えられぬ。絞り上げても悲鳴一つあげないとはどうだ。防げばいいではないか。顔を覆うか、身をそらすか、せめて痙攣でも起こせばだ、話は分る。だれもがあれこれと期待した。すっかりあてがはずれた。悪党であることにまちがいあるまいが、悪さのほどが分らないでは拳に力がこもらない。いやけがさした、煩わしくてうんざり、悪党を警官の手にゆだねた。空《あ》いた拳の処置に困惑した。互いに隣人を眺めあい、相手の衣服に目をとめてから拳に目を戻し、ようやく、ともに闘った仲間内に同僚やら知己を見出した。テレーゼは「結構よ！」と声をかけた。これ以上命令すべきことがあるだろうか！　この場を離れたかった。肘と頭とを行動の姿勢に移行させた。キーンを受けとった警官は観念しきった主謀者のあきらめのよさに感心した。彼は赤毛の拳をしたたか喰らった当人であったので、赤毛の女房が忌々しかった。どうあっても連行しなくてはならぬ。護衛役二名がいそいそとテレーゼを逮捕した。四人の同僚が赤毛を相手に生命《いのち》を賭して闘ったのに、自分たちはのほほんと突っ立っていたことが恥ずかしくなったからである。テレーゼはいささかもあわてなかった。何事も起こりようがないではないか。いわばお伴をしてあげるようなものね。派出所では丁寧に両名に応対してあげようとテレーゼは考えた。

記憶力のよさで知られている一人の警官が指折って、逮捕者を教えあげた。一人、二人、三人と。四人目はどこかと門衛に尋ねた。門衛は格闘の一部始終を眉をひそめて眺めていたが、敵《かたき》全員が逮捕されるのを見とどけたとき、おりしも制帽をとどこおりなく磨き終えたところであった。機嫌を回復し、四人目とはだれのことかと問い直した。記憶力の持主は四人組だと申し立てたのは手前《てめえ》でないかと言い張った。門衛は拒否した。二十六年間、ここの秩序維持に挺身してきた。自分には三人の子供がある。数《かず》ぐらい数えられまさあ。支援の声が上がった。四人目なんてのはだれも知らない。四人目というのはデッチ上げだろう。盗人の逃げ口上の一つだ。あの野郎、黙ったままたて切ったのも魂胆があればのことだぜ。記憶力の達人も納得した。警官には仕事が山となる。逮捕者三名を引いて、破れたガラス戸と群衆の隙間をそろっと抜けた。キーンは一本突っ立っていたガラスの破片をかすめ、腕を裂いた。派出所の前まできたとき、血がにじみ出ていた。ここまでかれらのあとに従ってきた野次馬の片割れたちは血を見てあきれた。どうも見込みちがいをしていたらしい。野郎はまだ生きてるらしいぜ。

群衆のほとんどが散った。ある者は窓口の向こうに坐り、またある者はこちらから按み手して、あるいは仏頂面で質草を差し出した。役人たちは出来事について、質入れ人ごときと感想を交すといった、ついぞないことさえしてみせた。口に栓をはめこむ聖務を一時ゆるがせにして、連中の意見を聞きとった。犯行の目的については一致した見解が得られなかった。ある者は貴金属だと言い張り、でなきゃあ、やりがいがないと弁じたてた。書物説を採る者もいた。現場から判断すれば一目瞭然であると。慎重派は夕刊の記事を見るまでは私見をさし控えたが、おおむねは金が目当てであろうとの説に傾いた。役人たちは日頃と打って変わって穏やかな口調で、あれほどの大金の持主は元来質入れにこないものだと注意を喚起した。いいや、やつらは質入れした直後《あと》だったかもしれん。この注釈は問題にならぬと片づけられた。担当官は客の顔を忘れない。して、あれの顔を思い出す係官は一人としていないのだから。赤毛の英雄を惜しむ声が出た。一人毅然としていたではないか。公平を失してはならん、女房にだって同情の余地はあろうぜ、老ぼれだとしてもだ。へっ、ああいうのを女房にするやつの気が知れん。すっかり時間を無駄にしちまった。ま、ともかくも退屈はしなかったが。

財産

派出所で三人は訊問された。「諸君《きょうでえ》、俺に罪とがはねえぜ！」と玄関番はうなった。テレーゼは彼の不利を謀って、「ほんと、このひと年金入りしてる」と声を放った。この結果、玄関番のなれなれしい呼びかけが与えた悪印象は払拭された。年金生活中という補足的事項により、警察あがりとの陳述は事実に即しているやもしれぬと思わせた。威風あたりを払う姿態もうなずける。だが、すると、奇策を弄した盗みの一件はどうなる、どうして警察あがりの年金生活者が襲われたりするのか。訊問を続けた。玄関番はうなり返した。「俺じゃねえ！」

テレーゼはとり残されていたキーンを指さし、「ほんと、このひと、盗人《ぬすっと》よ！」と言った。泰然自若とした赤毛のものごしに警官たちはあぐねていた。赤毛がそもそも何者なのか、依然として分っていなかった。テレーゼの指摘は願ってもない。三名がキーンにとびかかり、雑作なくポケットを調べあげた。くしゃくしゃの紙幣の束がとり出され、数えてみると百シリング紙幣が十八枚。「これはあなたの金ですかね？」とテレーゼに訊いた。「皺だらけになってやしないかしら？　六分の一にへってるわ！」預金通帳にあった金額と較べていた。キーンに残りをどうしたかとの訊問がなされたが、答えはなかった。キーンは捨てておかれた通りに椅子の背にもたれ、しゃちこばり、怯えていた。彼を目にとめる者は、いつなんどき、ぶっ倒れるかもしれぬと察知したはずである。目にとめる者など一人としていなかったが。

テレーゼへの反感から、主任はコップ一杯の水を持ってきて、キーンの口近くに添えてやった。コップも厚意も無視されるや、たちまち敵に変貌し、同僚に加わって再度キーンのポケットをさぐり回った。財布の底にあった少々の小銭以外、探索結果はむなしかった。二、三が首をひねった。「おい、きみ、残りをどこにやったね？」主任は尋ねた。テレーゼはにやっと笑った。「言った通りでしょう、盗人よ！」「奥様」と主任は声をかけた。この女はなんと古くさい格好《なり》をしていることだ。「むこうをお向きください、こいつを裸にしますからな。このままでは埒《らち》があきませんでしてね」嘲りの微笑《えみ》を浮かべた。老ぼれの婆さんが見ようと見まいと委細かまわぬ。残金を見つけさえすればよい。馬鹿女がこれほどの大金の持主と思うと腹が立った。テレーゼが答えた。「こんなひと、男かしら？　男なんかじゃないわ！」そしてその場から一歩たりとも動かなかった。「俺に罪とがはねえぜ！」と玄関番はうなり、《謝金》の件はお忘れなくとでも言いたげにキーンを眺めた。無実を誓言したのは娘の死のせいではなく、教授《せんせい》が受けるはずの手ひどい検査をおもんぱかってのことであった。

キーンのポケットから指を抜き出したばかりの警官三名は、主任に倣ってただちに二歩退いた。だれもがおぞましいこんな男を裸にするのを尻ごみした。さながら骸骨ではないか。この瞬間《とき》、キーンが床に倒れた。「嘘つきよ、このひと！」とテレーゼが叫んだ。「しかし何も喋ってはおらん！」警官の一人が逆襲した。「喋るなんてだれにでもできるわ」テレーゼは言い返した。玄関番はキーンを助け起こそうととびついた。「こいつは卑怯だ、相手は床でへばっとるというのに」主任が批判した。へばったのにつけこんで赤毛が殴りかかったものとだれもが思った。無論、元来これを非難するいわれはない。床に転がった骸骨はまったくもって殴るのにおあつらえ向きだ。しかし一歩先を越そうとは権利侵害ではないか。キーンにとりつく前に赤毛をはがい締めにして引き戻した。次に転がった図体《ずうたい》を持ち上げた。その際、体重の軽さをからかうことはさし控えた。意欲をそそられなかったからである。一人がキーンをやっとのことで椅子におしつけた。「立たしとけ、こいつはとんだお芝居屋だぜ！」と主任が命じた。女の慧眼におくれをとったが、こちらも眼力に不足していないことを見せつけた。同僚が手を貸して、この背ばかり高い、吹けば飛ぶような物体を直立させた。椅子につけるのを考えていた警官は、せめても体積の拡大をつくろうために、骸骨の両足をこじあけた。別の一人が顔を張りとばした。キーンは再び崩れ折れ、第三の警官の腕の中にしなだれこんだ。「ひどいわ！　死んじまう！」とテレーゼが言った。責めぶりにわくわくと心が躍った。「教授《せんせい》」と玄関番ががなりかけた。「御自分はこうはしなさんな！」だれも娘に関心を示さないのでまんざらでもなかったが、ともかくも、はっきりした証言を聞くまでは油断がならん。

小利口な女に男の真価を示すときがきたと主任は判断した。猛然とおのが顔の豆つぶのような鼻をつまみあげた。

この鼻——彼の悩みの種であった。勤務中、勤務外を問わず、目の回るほど忙がしいさなかであろうと、彼は手鏡でおのが鼻を検証し、検討する。困難に直面するたびに鼻は成長するのだ。いましもことに際して、成長のほどをそそくさと確認した。ほれぼれとうち眺め、暫し陶然とした。盗人の身ぐるみを剝ぐことを決意した。「諸君は馬鹿か」と訓辞を始めた。次の文句を思案した。「死んだ者の眼はおっぴらいているもんだ。死者の眼を閉じてやると、こう言うだろうがね。お芝居屋にも、ここのところは真似できん。眼をおっぴらいておってもだ、眼の鱗《うろこ》が欠けておろうが。眼を閉じているならば、死んでおる気づかいはない。何故とならばすでに申した通り、死者の眼はおっぴらいておるはずであるからである。鱗もなし、おっぴらいた眼も見当らんというような死人はこの世に存在せんのである。この点を、ようく肝に銘じておいてもらいたい。諸君、よろしいな！　さあてだ、犯人の眼《まなこ》をしかと見られよ！」

彼は立ち上がり、前の机を脇におしのけ——避けて通る代りに、この困難をみずからに課し、処理したのである——同僚の腕にしなだれた人間に近より、ぽってりと白い中指で一方の、次に他方の眼をこじあけた。警官一同はホッと安堵の吐息をついた。群衆に殴り殺されたのではないかと恐れていた。駆けつけたのはなんとしても遅すぎた。あとで面倒が起こりはすまいか。どこで何を言われるか知れたものでない。群衆が騒ぐのはともかくも、当局はおくれをとってはならないのだ。眼の検査とは畏れ入った。主任はやはり主任だけのことはある。大した野郎だ。テレーゼはツンと顎を突き出した。これでお慰みがまたふえたってわけ。玄関番は両の拳にむず痒さを覚えた。調子のよいしるしである。この手の証人が生きていてくれりゃあ、文句を言う筋合いがなかろうぜ！　主任の指の尖った爪の攻撃を受け、キーンの眼は痙攣した。主任は攻撃を繰り返した。彼は考えていた、この哀れな骸骨にさまざまのことについて眼を開かせてやらずばなるまいと。たとえば鱗《うろこ》なしの死人を真似るとは笑止千万といったことにだ。死をみせかけた眼を例示するためには、まずもって眼を開けねばならん。だがそれは依然として閉ざされたままであった。「突きはなせ！」と、かかえていても、いささかの疲れも見せない慈愛の権化の警官に命じ、直ちにこの強情な悪党の襟首を摑んで仕置をほどこした。体重の軽さになおのこと立腹した。「こんな鳥骨《がら》野郎が盗みをやらかそうとはな！」いまいましげにつぶやいた。テレーゼはにんまりと主任に笑いかけた。あんた、あたしの気に入り始めたわ。これが男ね、だけど鼻だけはしっくりこない。（もはや訊問されないので落ち着いて、だれも自分にかまわないので落ち着かず）玄関番は思案していた。話をどのように運べばよいであろうか？　彼は常と変らずおのが頭で考えるのである。教授《せんせい》は盗人ではない。自分が信じるのは自分が信じるところをだ、他のやつらが言うところをではないのである。殴られて死んだためしがない。息を吹き返せば喋るだろうし、そうなればひと騒動あろうってもんだ。

主任はもう少々雑輩《やっこ》をなぶってから、やおら手ずからその身ぐるみを剝ぎにかかった。上着を机に放り上げた。次にチョッキ。下着は古くさい代物であったが、なかなかの上等品。ボタンをはずし、肋骨に眼を凝らした。何一つない。胸がむかついてきた。これまで数かぎりない体験を積んできた。職業柄、いろいろの人種と接してきたが、これほどまでに痩せたのとは出くわしたためしがない。こいつは派出所向きではない、珍品陳列室にやるべきものだ。見世物小屋でも開業しろというつもりか？　「靴とズボンは諸君にまかせる」と部下に伝えた。落胆して退いた。鼻のことを思い出し、つまみあげた。ペシャンコであった。なんてこったい！　仏頂面で椅子に腰を下ろした。またしても机の位置がずれておる。だれかが押しやったにちがいない。「机をどうしてちゃんとしておけんのだ。何度言えば分る、ボンクラめが！」盗人の靴とズボンにとりついていた者は、ひそかに冷笑したが、残りの者たちは直立していた。まったくもってと主任は考えた、こんな珍物はこの世から消すべきだ、公衆の憤懣をかきたてる。こいつを見ると気色が悪い。食欲がうせる。食欲がなくてはどうなろう？　ともかくも焦らんこと、こんな場合のために拷問ってやつがある。中世の時代には警察ももっと気ままができたもんだ。骨同然といったこんな手合いは自殺すればよいものを。統計がどうなろうと大した問題ではない。自殺する代りに死んだふりをしやがる。羞恥《はじ》ってものを知らんのだ。ほんの少々鼻が低いからというだけで気を病んでおる者もいるというのに。こいつときたら、いけしゃあしゃあと生きて、そのうえ盗みまで働く。まったく忌まわしいことだ。いろんな人種が生まれ出てくる。徳性をそなえ、理知と知性と政治力を享《う》けてこの世にやってくる者もいれば、骨に一センチの脂肪もいただかずにくる者もいる。だからこそ、何やかや、この世は忙《せわ》しないのだ。主任は手鏡をとり出し、一瞥してそそくさと収めにかかった。

事はなお進行していた。靴とズボンが机に並んだ。ともにひそかな隠し場がないかと検査された。主任の手鏡はそれ用にしつらえられ、まさしくぴったりの内ポケットに収まった。パンツを残して靴下までも剝ぎとられ、骸骨はふるえつつ警官の一人の腕にあった。全員の眼がふくらはぎに集中した。「こいつはまやかしだろうぜ」記憶力の達人が判定した。身を屈め、叩いてみた。本物であった。彼もまた不信に陥った。ひそかに瘦せっぽちを正常ではないと考えていたが、いまや相手は狡猾な猫っかぶりであると気づいた。「諸君、こんなことは無意味ですぞ!」玄関番がうなった。だがこの注釈は主任の一蹴に出くわした。主任は決意した。知恵者として知られた自分ではないか。女の盗まれた金が出てこないのであれば、あきらめる。それよりも書類鞄を仔細に調査しろ。さまざまの身分証明書が見つかった。ペーター・キーン博士とかのもの、すなわち盗まれた代物だ。写真つきの証明書があるとしても偽物に相違ない。四方の壁に玄関番の警告がとどろいた。主任はガバと立ち上がった。鼻をひねりあげ、鼻声とは似ても似つかぬ声で盗人に言い放った。「あなたの書類は盗まれておりますぞ!」テレーゼはすり寄った。その通りだわ。だれであれ窃盗を言いたてる人は正しいにきまっている。

キーンは寒気にふるえあがっていた。眼を開き、それをテレーゼに据えた。テレーゼはすぐ真近に立ち、肩と頭を揺すっている。キーンが自分を認めてくれたので鼻が高かった。この場の主役はあたしよ。「あなたの書類は盗まれておりますぞ!」主任は再度宣告した。声は落ち着きを増していた。おっぴらいた眼はこちらを見ない。それだけにしげしげと眼《まなこ》を検討できるというものだ。もうこちらのものと考えた。突破口さえ見つければ、あとはすんなりといく。犯人の眼は女にとまり、入りこみ、奇妙にすわっている。この唐変木はいずれにしろ豚野郎だ。「恥ずかしくはないのですかね!」主任は叫んだ。「まっ裸同然の格好《なり》ですぞ!」泥棒の瞳孔が拡大し、歯がカチカチと鳴った。頭は凝然と定まって動かない。こいつが言うところの鱗《うろこ》ではあるまいか、と主任は自問し、少しばかりたまげた。

このときキーンは片腕をもたげ、それがテレーゼの外套に触れるまで突き出した。襞《ひだ》の一つを二本の指でつまみあげ、はなし、再度つまみあげ、またもやはなして、次の襞に移った。一歩足を進めた。眼と指とだけでは心もとないかに耳を近づけ、指が強《こわ》い襞にたてる音を聴いた。小鼻がふるえた。「もう我慢ならんぞ、なんて野郎だ！」と主任が叫んだ。こちらの鼻をせせら嘲う魂胆だ。なんて仕草を考えやがった。「犯行を認めるかどうかだ、それを答えろ！」「そんな馬鹿な！」と玄関番がうなった。だれ一人彼の意見を意に介さなかった。犯人の自白に耳を澄ましていたのである。キーンは口を開いた。おそらくは外套を舌で確かめるためであったのであろうが、ついにことばが出た。「犯行を認めます。しかし罪の一斑は妻にもある。わたしはこれを閉じこめた。これがおのれの肉体《からだ》を喰らう羽目に陥《お》としたのはわたしではなかったか？　妻は当然、死ぬべきであった。お許しいただきたいのだが、わたしは少少とり乱している。殺された者がここに立っているとはどういうことなのか？　この外套が何よりの証拠だ！」

　キーンはひそひそと語った。全員が彼の周りにぴったりと身を寄せた。聴きとりたかった。キーンの顔は、苦汁に満ちた秘密を打ち明ける瀕死の者の緊張を現わしていた。「もっとはっきりと！」主任が叫んだ。専門用語はことさら避けた。愁嘆場における千両役者の所作を忠実に努めた。ことごとくが厳粛に静まり返った。命令を発する代りに、雰囲気をもり上げるため、主任はそっと肩をすくめて割りこんだ。玄関番は前の二人の警官の肩に肱をかけ、ゆったりとよりかかった。キーンとテレーゼをとり巻いて環ができた。粛々と環は閉じて定まった。一人が言った。「ここがいかれてますぜ！」そしておのが額を指さした。しかし直ちに恥じ入って、頭《こうべ》を垂れた。不埒なことばと受けとられ、四方より睨みつけられたのである。テレーゼは喘いだ。「でも、ほんと、お願いよ！」あたしこそ、この場の主人《あるじ》、何事もあたし中心ね。テレーゼは注視がおもはゆかった。夫がまずでたらめを喋り終えればいい、それからあたしの番ね、よそから口を入れることなんてないんだわ。

　キーンはなおのこと声をひそめた。しばしばネクタイに手をやって、引きゆるめた。難渋したとき特有のキーンの癖であった。周りの者には彼が下着一枚で立っているのに気づいていないかに見えた。主任の手が思わず知らず手鏡にのびた。それを男の顔のまん前にさしつけてやりたかった。ネクタイは首に喰いこむほどきっちりと結んでおくべきものだ。ともかくも、盗人風情《ふぜい》には見逃してやるが。

「わたしが幻覚に悩まされているとお考えであろうが、厳密に言えば否《いな》である。わたしの学問は明晰を必要とする。一語といえど、とり違えてはならない、錯覚なぞもってのほかである。しかしながら最近わたしは数多《あまた》の経験を積んだ。昨日、妻の死に関する報告を得たのである。問題のいかなるものであるか、お分りであろう。光栄にもここに諸氏とまみえているというのも、なべて妻の件による。裁判のことを絶えずわたしは考えていた。本日、テレジアヌムに参ったとき、死せる妻と遭遇した。妻はわたしの忠実な友である玄関番を伴っていた。彼はわたしに代り葬送の供をしてくれた者である。当時、諸般の事情からわたしにはかなわなかったことである。どうかわたしを薄情者とされないでほしい。忘れようにも忘れがたい女がいるものだ。つつみ隠さずお話しよう。わたしは妻の葬送を故意に無視した。わたしには荷のかちすぎることであったからである。お分りいただけましょうか。御結婚の経験はおありですかな？　あの当時、ブルドッグがバラバラに外套を喰い破っていたはずだ。あるいは妻は同じ外套を二枚持っていたのかもしれない。階段のところで、妻はわたしとぶつかった。包を一つ、携えていた。中身はわたしの蔵書ではないかと推測した。わたしは書物を愛してやまない者である。わたしの蔵書はこの街最大のものである。暫く前から、わたしは蔵書と離れざるを得ない生活をしていた。慈悲の行為にいそしんでいたのである。妻の死のためにもわが家から遠去かっていなくてはならなかった。以来、どれほどの週日が経ったのであろう？　ともかくわたしは時間を活用した。時間とは学問である。学問とは秩序の謂である。ささやかな頭脳の蔵書を蒐集する以外に、すでに述べた通り、慈悲の行為を遂行していたのである。書物を火刑から救出することだ。書物を食物《くいもの》としている豚野郎をわたしは知っている。しかしそのことについては語るまい。むしろ法廷におけるわたしの陳述に耳を傾けていただこう。そこでわたしは二、三の暴露を敢えてなすつもりだから。どうかわたしに力添えをいただきたい！　妻はここに凝然と立っている。この幻覚からわたしを解き放ってほしいのだ！　絶えてなかった幻覚である。妻がわたしをつけ回している。わたしはすでに一時間以上も恐怖におののいているのだ。事実をいま一度確認しよう。すなわちあなたの援助の手も容易となるやもしれぬ。わたしは諸氏全員をしかと見ており、諸氏もまたわたしを御覧になっているであろう。まさしくそのように死者がわたしの傍に立っているのである。わたしは感覚を喪失した。眼もまた機能をはたしていない。この通り、行為にあやまちはない。外套の音を耳にし、手で摑むのだから。この外套はすこぶる強《こわ》い。妻そのものが頭をゆさっている。生前の癖そのままである。そのみならず、口をききさえもする。寸刻以前《まえ》、《でもほんと、お願いよ》と言った。妻の語彙はたかだか十五の単語にすぎない。しかしお分り願いたいのだが、にもかかわらず多弁の点で余人にいささかもひけをとらないのである。手を貸していただきたい！　妻が死人であることを証明していただきたい！」

周りの者たちは声を聴きとり始めていた。口調に慣れたのである。なすすべもなく耳を傾けた。さらによく聴こうとして隣りの者を摑みさえした。格調高い語り口であった。殺人を犯したと言い張っている。全体的には彼の殺人を信じなかった。てんでばらばらに聴いたとすれば信じもしたであろうけど。だれの手を貸りたいというのか？　下着一枚で放置した。彼は恐れている。主任さえも途方に暮れた。ことさらに口をつぐんでいた。ろれつのまわらぬ応答をしてはならん。この野郎は良家の出であろう。野郎と称すのは畏れ多いのではあるまいか。テレーゼは自分が以前何一つ気づいていなかったことに仰天した。このひとはあの家にくる以前、すでに結婚していたのだ。独身とばかり思っていた。何か秘密があるとは睨んでいた。秘密とは最初の妻であった。その妻を殺したのだ。沈黙はうしろめたいことがあるからと言うけれど、だからこそあんなに無口だったわけ。最初の妻がこれと同じ外套を着ていたので、その思い出のためにもあたしと結婚した。テレーゼは心あたりを当ってみた。朝六時から七時の間、彼は一人きりで何かしていた。隠していたのだ。死体をバラバラにして持ち出した。よくある手だわ。これで何もかも分った。逃げ出した理由もこれだ、あたしにさとられるのを恐れてだわ。盗みは殺しの始まりってあたしの言った通りだわ。グロープさんだって、きっと同意見。

玄関番は愕然とした。もたれこんでいた肩がぐらついた。教授《せんせい》はおくればせながら仕返しをしたのだ。よもやこんなところで娘の話が出てこようとは思わなかった。ここで妻と言っているが、あきらかに娘のことだ。教授《せんせい》が娘を見たことはたしかだが、しかし娘はどこにいたのだ？　俺を騙すつもりか。他のやつらには、こいつが見抜けていない。善人そのものと思っていたのに、なんてことだ、すっかりしてやられたわけだ！　鬱々としながらも気をとり直した。教授《せんせい》の起訴は簡単だ。警察は放っておくまい。玄関番は自分がキーンの告訴の因《もと》であるとは思ってもみなかった。そして見損うのは将来のためにとっておいた。

繰り返し援助の手を求めたのち、——粛然と、だが哀切を含ませて語りかけ——キーンは待った。死のような静寂が心好かった。テレーゼさえも黙りこくっていた。消えてくれたらと思った。黙ったとたんに消えたのかもしれぬ。だがまだ見えている。だれも応じてこないので、みずから幻覚を癒やすべくキーン自身がとりかかった。彼は学問に負うところを承知していた。溜息をついた。深い溜息であった。他人に救けを呼びかけなくてはならないとは、だれが恥じ入らずにいられよう？　殺人の件は納得できる。殺人ならば弁疏できる。だが幻覚の影響は恐れざるを得ないのである。法廷が自分を幻覚患者と判定するならば直ちに自殺をも辞さないであろう。キーンは微笑した。聴衆を引き寄せねばならぬ。のちのち、大事な証人となってくれようものだ。落ち着き払って親しく話すならば、かれらにとってこの幻覚は何ほどのものとも思えまい。キーンは並《な》みいる者たちを知識人と見立てた。

「今日、心理学は欠くべからざるものである。なかんずくおのおの——知識人にとっては」たとえ礼をつくすとしても、眼前のこれら知識人に言い及ぶには、少しばかりの間をおかざるを得なかった。「諸君はあるいは思っておられるかもしれないが、わたしは女の犠牲者ではないのである。わたしに対する無罪放免は既定の事実と称してもさしつかえあるまい。諸君はわたしのなかに現代最高の中国学者を認めるであろうが、幻覚症状が偉大なる者を見舞うということは、たまさかのことではない。むしろ幻覚の強度こそ批判精神の特性を形成するとさえ言えるのである。一時間以前から、熱烈かつ集中的にわたしはおのが想像と係わってきた結果、いまや想像の縦糸でもって自縛したありさまである。こう申すだけでも、いかに冷静にわたしがみずからを見ているか、諸君は納得されることであろう！　急遽諸君に次なる措置を要請したい。すなわち、全員後退されよ。すべからく一列縦隊をなし、一人ずつ、わたしを目標に前進されたい、一直線にだ！　ここである、ここのところで諸君が何ものと衝突されるのでもないことを、わたしは確認したいのである。わたしといえば、ここで外套と突き当たる。中身の女は殺された者だ。殺された者と瓜二つというほどに似通っている。いまは口をきかないが、さきほどは語りさえした。わたしはうろたえざるを得ない。わたしには明晰な頭が必要だ。わたしの弁護はわたしがなす。だれの助けも要さない。弁護士は悪党である。嘘を厭わないのだから。わたしは真実のために生きている。その真実が怪しいものとなった。手を貸していただきたい、妻は消えるべきなのだ。援助の手をさしのべていただきたい。この外套がわたしを惑わしている。憎むべき外套だ。ブルドッグが襲いかかる以前から憎悪してきたのである。このたび、またもや眼にしなくてはならないのか？」

キーンはテレーゼを摑んだ。勇を鼓《こ》し、全身で外套にとりついた。テレーゼを突き放し、やおら引き寄せ、長い、骨と皮の両腕でからめとった。テレーゼはされるがままになっていた。あたしを抱きしめたいんだわ。人殺しには処刑の前、最後の豪勢な食事が与えられるっていうわ。人殺しを、ほんと、初めて見た。骨張っていて本のことしか知らない者のことだわ。キーンは踵を軸に、妻を摑んで一回転、抱擁はしなかった。テレーゼは気を悪くした。二センチばかりまでに顔を近づけ、まじまじとテレーゼを見る。指十本を外套に這いずらせた。舌を突き出し、鼻で嗅ぎ回った。緊張のあまり、眼から涙がしたたった。「幻覚だ、どうしても離れてくれない！」あえぎつつ告白した。聴衆は涙を認めて、しゃくり泣きを始めたものと判断した。

「人殺し殿、お泣きなさんな！」一人が声をかけた。彼は子供に恵まれていた。長男は作文でたて続けに《優》をもらってきた。主任は妬ましく思った。手ずから身ぐるみをひんむいた下着一枚の男を、やにわに礼装したものと想像したのである。「もうよろしかろうが」とつぶやいた。厳しい口調に移るきっかけを求めた。手がかりにもと、机上のみすぼらしい洋服に眼をやった。記憶力の達人は不審に思った。「これまでどうしてずっと黙りこんでいたのかね？」経過を何一つ忘れていなかった。尋ねはしたが答えは予期していなかった。ただただ、同僚の言う自分の天才的記憶力の例証を、ときどき、特にしんと静まり返ったときなどに提示したかっただけである。とりたてた特性のない同僚たちは、なお耳を傾けるか笑い出すかしていた。好奇心と満悦との間で二派に分れていたのである。すっきりと気持よかったが、自分でそれと気づいていなかった。この珍しやかな瞬間、おのが義務を忘れていた。それに掛け声をかけるのに懸命の、舞台とっかかりの観客のように、威厳をも忘れ果てていた。お芝居はすこぶる短い。入場料を払ったからにはもう少々頑張ってもらわにゃあ。男は語り、演じた。努力のほどが偲ばれた。全身全霊で打ちこんでいるさまが見てとれた。なかなかのものだとも。どこに出してもひけはとるまいて。この二十分間ほど自分のことについて多弁であったためしは、キーンにとってこの四十年間についぞなかったことだ。所作も堂に入ったもの、拍手喝采したいところだ。女を相手に演じたところなど、殺人の場が彷彿としていた。旅廻りの役者にしては良家の出がふにおちん。大劇場用にはふくらはぎが痩せ細りすぎてはいまいか。おちぶれた元名優というところか。あれこれと思いあぐねつつ、熱演によって喚起された複雑な感情を賞味していた。

　テレーゼは立腹していた。男の中の男たちの熱っぽい視線をわが身に関連づけていたので、キーンの媚態を少々は我慢したが、痩せっぽちそのものは終始うとましかった。このひと、何をしてくれたかしら？　へなへなで骨と皮、男らしいところはこれっぽちもない。男ってものじゃないわ。なるほど、人殺しかもしれないけれど恐くなんかない、ちゃんと知っているんだから。このひと、臆病者よ。人殺しが有頂天であることは感じられた。あたしがじっと我慢しているというのに、陶酔している。玄関番は面喰らった。教授《せんせい》は娘のことはことさら問題にしていない。キーンの足の動きに眼を凝らした。こういうぐあいに乞食が覗き穴の前を通ろうものなら！　マッチ棒さながらに二つ折りだ。なんて尻《けつ》だね、見ちゃおれんぜ。それにまた、どうして老ぼれの淫売にかかずらうんだ？　色目をつかう代物でもあるまいに。女も女だ。そっとしといてやればよいものを。チラチラ色気を見せるのはみっともないや。哀れな教《せん》授《せい》をすっかりたらしこんでおる！　いわゆる恋に盲《めし》いたというやつだ。おかわいそうに！　同僚《やつら》もそろそろズボンをはかせてやってはどうだ。いつなんどき、どこのどいつがくるかもしれん。この尻《けつ》を見られでもしろ、警察の面目丸つぶれだぜ。教授《せんせい》も喋るのをよしたらどうだ。巧みに喋ってもここには分るやつがおらん。普段はいつもお利口だのに。つまりすこぶる無口だったのに。今日はまた、口が破けたみたいですぜ。一体どういうつもりです？

　突如、キーンは姿勢を正し、のび上がった。テレーゼとせいくらべ。頭一つ分だけ高いと確かめ、カラカラと笑い始めた。「別に大きくはなっておらん！」叫び、笑った。「別に大きくはなっておらんぞ！」

すなわち、幻覚を追い払うために、キーンは背を較べる決心をした。幻影のテレーゼにとどくことができようか？大入道さながらに見えたのである。背すじをのばす。爪先立とう。それでもテレーゼの方が大きかったら、確信をもってこう言える。「生涯を通じ、妻は頭一つ分、小さかった。ここにあるのはまやかしの像にほかならない」

お猿さながら敏速に、頭一つ分だけ抜きんでて顔を出したとき、妙案は萎縮した。どうあろう、結論を急《せ》くことはない。むしろこれこそ頭一つ分の正確をあますところなく証明するものではないのか？幻覚中にも正確この上ない！キーンは笑った。自分ごとき学者タイプは死滅してはいなかったのである。人類は不正確病を病《や》んでいる。何億というありきたりの人間が意味なく生まれ、無意味に死んでいった。千にすぎない、たかだか千人の者が学問をうちたてた。高座に位置する千人のうちの一人を時みちる前に死なせることは、哀れな人類の自殺行為を意味しよう。キーンは心から笑った。自分の幻覚を通常人のそれのごとくに錯覚していた。その者たちにはテレーゼは抜きん出て大きかろう。おそらくは肩より上の分だけは。かれらは不安のあまり泣きじゃくり、他に救けを求めるにちがいない。かれらは四六時中、幻覚の中にいるのだから。明晰な文章一つ書くことさえできないのだから。かれらが何を考えているか、見通すなんていとも簡単だ。とまれそのようなことに気を使う必要もないのである。かれらの中にまじっていると瘋癲院に迷いこんだときさながらだ。泣こうと笑おうと、かれらの顔はしかめっつら、どうしようもない。だれかれ問わず臆病で、テレーゼを殺すなんて思いもよらない、死ぬほど悩まされてそれっきりだ。さらに怯えてわたしを助けることさえもしない、こちらが殺人者だからだ。わたし以外に一体だれが、わたしの行為の真底の理由を知っていよう？法廷において、わが大いなる陳述ののち、このいたいけな人類は、さぞや赦免を乞い願うであろう。

キーンは軽快に笑った。これほどの記憶力に恵まれている者がいたであろうか？記憶力こそ学問的正確の前提である。幻影を正確に、それがある通りのものであると判明するまで調査した。すでにこれまでも危険を恐れず、杜撰な資料や欠落した一行に肉迫したときと同じ勇断であった。かつて失敗した記憶がない。みずからに課した課題はことごとく解決した。殺人をも処理ずみのこととみなす。自分は幻覚にくじけない。くじけるのはむしろ妻の方だ、たとえ血肉を持った者であろうともだ。自分は強靭である。テレーゼは既に永らく、ひとことも発しない。キーンは笑い終って、やおら再び作業継続にとりかかった。

　キーンの勇気と自信とが増加するに従い、娯楽性は減少した。彼が笑い始めたとき、観客はまだなかなか味わい深いと考えた。一呼吸してしゃくりあげたのだから。千変万化の演技の妙はどうだ。「まさに神技だ！」と一人が言った。「雨雲から太陽が出たってぐあいだ」隣人が応じた。厳粛な思いに満たされた。主任は鼻をひねり上げた。芸術を解するのに吝かではないのであるが、まことの笑いの方がなんといっても心好いではないか。この男が笑うのは初めてのことだと、記憶力の達人が注意を喚起した。「喋っても意味ないからだ！」と玄関番がうなった。この見解に、作文の天才児の父親が反論を加えた。「お話しください、人殺し殿！」と支援した。キーンは聞き過ごした。「好意から申したんですよ」と天才児の父親はつけたした。まこと、その通りであった。観客の関心は大幅に減じた。笑いが長すぎはしないか。それに滑稽な姿に眼が慣れてきていた。主任は恥ずかしくなった。卒業試験を思い出した——二、三の高尚な文句を頭に刻んだのはあの時のこと、この犯人は暗記したにちがいない。手のこんだペテン師だ。油断もすきもありゃあしない。殺人のことを言いたてて、窃盗と証明書偽造をごまかす算段だ。経験豊かな警官の眼は百戦練磨ってことを知らないか。こんな情況でなおよく笑うとは、鉄面皮にもほどがある。次にはきっと、もう一度泣き出すぜ。へっ、その手に乗るもんかね。

　記憶力の達人は盗人の嘘っぱち全部をのちのちの聴取用にとっておいた。ここには十二人以上いようものを、だれ一人、ひとことたりとも憶えてはいまい。たよりはここの頭の、この記憶力なのだ。彼は大きく溜息をついた。これだけの働きをして報われるものといったら——何もない。同僚全員を合わせたよりもよけいに仕事をしている。みんな役立たずだ。派出所が保《も》っているのは一体だれのせいというのだろう。主任とて同様、からきし憶える能がない。苦労のしつづめ。だれもが俺を羨む。昇任切符を手に入れたのも同然と言い囃す。だのにどうして昇任しないのかは子供でも知っている。上官連中、この抜群の能力が怖ろしくてたまらないのだ。彼が指を操作して犯人の陳述を数えたてている間に、天才児の父親がいま一度支援した。ことばが尽きたことは認める。ならばだ、「人殺し殿、お泣きなさいな！」と声をかけた。笑うだけでは学校で《優》を出してもらえないと思えたのである。環が弛み、抜け出る者がでてきた。緊張が解けた。反応のにぶい連中はようやく自説を口にし始めた。先刻拒絶にあった警官はコップの水を思い出した。玄関番のつっかえ役の二名ははたと気づき、なれなれしさの代償に、二、三撥平手打ちを喰らわす姿勢をとった。玄関番はうなって、「喋りすぎますぜ！」キーンは再び調査に没頭していたが、もはや手遅れであった。がらっと番組を一変しないことには、かつての隆盛は望むべくもない。だのに、ありたきりの古くさいのでつなごうとする。テレーゼは感嘆の火炎《ほのお》が燃え尽きたのを感じとり、「ほんと、もう十分よ！」と言った。このひと、やっぱり男じゃないわ。

キーンはテレーゼの声を耳にして、慄えあがった。ようやくのことで支えていた希望が砕け散った。テレーゼが口をつぐんでいさえすれば、ともかくも願い通りにいくものと考えていた。指を離したところであった。こうすればもはや幻影を感じたりしない。眼が癒えるのは一等最後と踏んでいた。顔の幻《まぼろし》がもっとも執念深いのである。このときテレーゼの声がした。空耳ではない。《ほんと》と聞いた。またやり直しだ。酷《むご》いではないか。大変な仕事というのに、歳月を要する作業というのに、とつぶやいて硬直した。声に応じたその瞬間に。背を丸めたまま、両手の指をわななかせてのばし、テレーゼの両脇に添えたままに。喋る代りに沈黙した。泣くことを忘れた。笑うことさえも。一切を中止した。かくして、なおわずかに漂っていた好意の浅り香も霧散したのである。

「お道化《クラウン》めが！」と主任が叫んだ。出番だと感じた。だが英語を借りた。キーンから受けた知的な印象を払拭しきれなかったからである。はたして理解を得たものかどうかが心もとなく、周りを見渡した。記憶力の達人がドイツ語流の発音で言い直した。自分は意味を知っており、只今の発音で正しかったと言明した。この瞬間《とき》以来、やつは英語もできると、うろんの眼で見られる羽目に陥った。主任は暫く、罵られた犯人が《道化《クラウン》》に対しいかなる反応を示すかと見守った。高尚な言い廻しを躊躇して、応答を先にひねり出した。「貴君は思うに、ここに列席せられる国家公務に挺身中の諸氏が、学識とは無縁であると推断されておる」見事なできばえである。気に入った。鼻をつまみあげた。相手は口を挾む素振りも見せない。主任は激しく怒鳴りつけた。「貴君は思うに、ここに現存せるだれ一人として、卒業試験を受かっていないと推断されておる！」

「なんだと！」玄関番がうなった。こいつは誹謗だ、娘への悪口だ。めいめいがせめてひとこと、今日こそ、ついて語るべきであった娘への攻撃だ。墓の中までもそっとしてやろうとしない。キーンは意気沮喪した余り、唇を動かすこともかなわなかった。裁判の困難が増大した。人殺しはまごうかたない殺人である。ジョルダーノ・ブルーノを火刑に処したのはこれら獣人間《けもの》ではなかったか？　幻覚と闘ったのも無駄事であった。無知蒙昧の徒に意味を分らせるのはそもそも至難の術《わざ》ではなかろうか？

「そもそもあなたはどなたですか？」主任はがなりたてた。「沈黙を放棄なされた方が身のためですぞ！」キーンの下着の端を二本の指で引っぱった。爪で挾んでプチンとこいつをつぶせるものなら、と思った。少々お喋りができても、理知的な質問に答えられないとは、なんとやくざな教養なのか。まことの教養とは態度にある。ゆるぎない物腰にある。整然とした訊問の仕方にある。おのが優越に気をよくして、泰然として彼は机の向こうに戻った。常用の椅子の木底には派出所唯一のやわらかいクッションが載せてあり、そこには赤い縫いとりで私物の文字が見てとれた。すなわち部下のだれであろうと――彼の不在中もまた――ここに坐す権利を有しないことを意味していた。連中はすきあればクッションを尻に敷きたがるものである。主任は少々身じろぎして位置を正した。腰を下ろす前に私物の二文字が眼と平行してあるように心がけていた。これを見て意を強くする機会を逃さぬためである。椅子に背をもたせかけた。クッションから眼を離すのはなかなかのことだった。一度にぴったりと腰を定めるのはなおのこと難題であった。じりじりと腰を低下させた。一度、尻の落下を中断した。その角度から私物がなおよく平行であることを確かめてから、ようやくのことで坐りこんだ。坐るやいなや、卒業試験合格者の自分であっても窃盗に対する興味はいささかも減じないのである。急ぎ手鏡に一瞥をくれた。ネクタイはあるべきところにある。彼に似て悠然と、かつ優雅さを失わず。ポマードで固めた頭髪に一本の乱れもなし。鼻はぺしゃんこであった。ムッとして、なお欠けているところに対処した。すなわち、聴取にとりかかった。

部下たちは居並んでいた。主任は道化と言った。名言である。犯人が退屈になってきて、かれらはおのが威厳を思い出した。記憶力の達人は勢いこんだ。十四の項目を用意していた。主任がいまいましげに指先を離した直後、下着のままのキーンを机の前に連行した。そこで腕を解いた。キーンは一人で立った。慣れたものだ。今度倒れても、だれも助けはしまい。自力を見越していた。みんなが彼を狡猾なお道化と考えていた。骨と皮にしても見せかけかもしれぬ。飢えているなんてとんでもない。天才児の父親は息子の立派な作文が恐ろしくなった。この場の経験からも、厳密なことばの行末が知れようというものだ。

「これらの衣服を認めるかね？」主任はキーンを問いただし、机の上の上着とチョッキとズボンと靴下と靴とを指さした。その際、ハッタとばかりに眼を睨みつけ、おのがことばの効果を吟味した。整然と訊問を進め、犯人に泥を吐かそうと固く固く心に決めていたのである。キーンはうなずいた。机の端に両手をついて身体を支えた。背後に幻影を感じていた。振り向いて確かめたかったが腹に呑みこんだ。訊問に答えた方がよいように思えた。眼前の調査官の気分を害さないために、問いを検討した。できることなら関連性を損わずして殺人の詳細を描写したかった。対話形式は得意ではない。おのが見解はそれ相応の論文で展開するのを習わしとしてきた。とまれ専門により方法もまた異るのであれば、従わねばなるまい。それにまた、丁々発止の問答《やりとり》の間にテレーゼの死が明瞭な形をおび、おのずから幻影が消えうせることをひそかに期待していた。そのためとあれば訊問がいかほど時間《とき》をとろうと厭わない。妻が死すべきであった理由《いわれ》を説くであろう。調査書類が詳細に仕上がり、嫌疑が晴れ、テレーゼの死が動かしようのない事実となったあかつきに——まさしくそのときであって、それ以前では断じてない——おもむろに振り向こう。かつては幻影がふわついていたあたり、そしてそのときにはまごうかたない空たる空間を嘲いとばしてやる。いまは背後に立っているにちがいない、とキーンはひとりごちた。肌で背に感じるのだから。手を机について前屈みになればなるほど、視野から遠去かるであろう。いつなんどき、背後から妻が手をのばすかもしれない。キーンは発見されたままの骸骨の写真を心だのみにした。玄関番の証言だけでは不十分だ、嘘がないとは言い切れぬ。犬は残念ながら口がきけない。妻の外套を咬み裂いて喰ってしまったブルドッグこそ、とっておきの証人というのにだ。

主任の地位にある者としては、単なるうなずきだけでは満足がいかなかった。「はいか、いいえか、そこのところを答えるんだ！」と命令した。「質問を繰り返す」

キーンは答えた。

「質問を繰り返すから待てというんだ！　これらの衣服を認めるかね？」

「はい」キーンは殺された者の衣服が問題になっていると考え、眼をやりさえしなかった。

「これらの衣服が自分のものであると認めるんだな？」

「いいえ、妻《あれ》のものです」

主任はたやすく犯人の腹の底を見通した。ポケットに見つけられた金と偽造書類を否認しようとして、この老獪な悪党め、衣服はそもそも、そこの、窃盗にあった女の持物だと主張する。手ずから剝ぎとった衣服であり、これほど厚顔無恥な陳述は、多年この道にあった者にとっても前代未聞のことであると感じたが、主任は冷静を失わなかった。うすら笑いを浮かべてズボンを摑み、高々とさし上げた。

「このズボンもか？」

キーンは注意をうながした。「それは男子用のズボンでありますし」不愉快であった。問題の品物はテレーゼとなんの係わりもないのである。

「すると男子用のズボンであることは認めるんだな」

「勿論です」

「すると一体、だれのズボンだと考えているのかね？」

「見当がつきかねます。死者のところで発見されたものではありませんか？」

最後のことばを主任は故意に聞き過ごした。殺人とかの世迷いごとや、その類の牽制策は、芽を出し次第、即座におしつぶす方針を堅めていた。

「ほほう、見当がつきかねるとな」

電光石火に手鏡をとり出して、全身が映る程度の間隔をおき、キーンの前にさしつけた。

「これがだれだか御存知ですかね？」と訊いた。破裂するばかりに顔面の筋肉を緊張させていた。

「これは――わたしだ」キーンは口ごもり、下着を摑んだ。「どこだ――えっ、わたしのズボンは？」おのが姿に愕然とした。靴も靴下も欠いているとは。

「やっとお分りか！」主任は勝ち誇った。「御自分のズボンをはかれてはどうです！」新手の奸策を構えながら、ズボンを手渡した。キーンは受けとり、そそくさと身につけた。調査官が鏡を隠しに収める前に、先刻、奇襲をもくろんでさし控えた一瞥をくれてやった。爪の先ほども精神の平衡を失ってはいないのである。非のうちどころのない対処の仕方とはこのことだ。軽快な事情聴取の進行経過も嬉しかった。率先して残りの衣類も身につけた。一つ一つを指呼される要もない。キーンはすなわち、眼前の者がだれであるかを悟り、余力をたくわえておいたのである。出だしに三分間とかからなかった。もって模範たるべき腕ではないか。主任はすこぶる満足した。このまま直ちに切り上げたいほどであった。継続のきっかけに、念のため手鏡を覗きこんだ。鼻の低さに落胆した。ことあらためて勢いこみ訊問を再開した。窃盗犯はいましも上着を着こんでいた。

「ところで、姓名は？」

「ペーター・キーン、博士《ドクトーア》です」

「ほっ、それは結構！　職業は？」

「民間学者兼図書室司書」

主任は思い出した、この申し立てはすでに一度耳にした。鼻同様にすこぶる矮小な記憶力にもかかわらず、偽造身分証明書の一枚を抜き出し、声を出して読んだ。「ペーター・キーン博士。民間学者兼図書室司書」犯人の新奇のトリックに主任は少々うろたえた。衣服を自分のものと認めたあげく、今度は書類が本物であるかのふりをする。ここは一息に攻めたてて、孤立無援の状態に陥らせることだ。このような場合、急襲が思わぬ成功を収めることを体験ずみである。

「本日、いかほどの金額を所持されて出られましたかな、つまり、御自宅からですぞ、キーン博士《せんせい》？」

「承知しておりません。数える習慣を持たぬからです」

「無一文では数える習慣も持てんでしょうが！」

急所を突いた一本の効果をしかと観察した。ありふれた聴取の間にも、ともかくも丁重に尋ねてはいるが、何もかもお見通しであるぞよといった自信のほどをちらつかせた。犯人の顔が歪んだ。図星を指したと調書に記入のこと。主任は矢つぎばやの攻撃を即座に決した。第二の急所、やつの住居を衝くとする。さりげなく、そろりそろりと、ごく自然に、左手を身分証明書ににじらせた――ある個所、そしてその周辺部《ぐるり》とを覆い隠した。すなわち現住所の欄である。したたかな悪党は逆さまでも文字を読みとるというではないか。すべからく準備完了。右手を、おいでおいでと誘うようにさしのべて、そっけなく問いかけた。

「昨夜はどこで過ごしたかね？」

「ホテルの……名前は憶えておりません」

左手を持ち上げて読みあげた。「エーアリッヒ・シュトラーセ二十四番地」

「そこであれが発見された」とキーンは応じ、ホッと安堵の吐息をついた。ようやくにして殺人現場に話が進んだのである。

「発見された？　われわれの方ではそのようには申しませんがね」

「ごもっとも。正確にとれば、もはやかつての影も形もなかったのと同様でしたろう」

「とれば？　むしろ盗《と》られたというあたりが問題でしてな！」

キーンは仰天した。何が盗られた？　外套ではあるまいに？　外套並びにブルドッグによるその潰滅こそ幻影に対するしかとした弁疏となろうものではないか。「犯行現場で外套が盗まれた！」確信をもって言い放った。

「犯行現場？　あなたの口からこのことばが出たとは意味深長ですぞ！」同僚全員が相槌を打った。「お見うけするところ、あなたは教養あるお方らしい。ならばです、犯行現場には犯行がつきものであることをお認めになるでしょうが。無論、陳述を撤回なさるのはあなたの自由ではある。しかしそれがわれわれの心証を害するであろうことは覚悟していただきたい。これは好意から申すのですが、白状なさった方が身のためですぞ。白状すれば心身ともにすっきりとする！　白状なさい、われわれは委細承知しておりますからな。否認なさっても無駄ですぞ。犯行現場をおさえたのですからな。白状なされば決して悪いようにはいたしません！　順ぐりに話してしまいなさい。証拠固めはとっくにすんでおりますからね。じたばたしても始まりますまい？　その口でおっしゃったでしょうが！　犯行現場には犯行がつきもの、そうだろうがね、諸君？」

主任が《諸君》と呼びかけるとき、勝利が彼の掌中にあることを同僚たちは知っていた。一勢に讃歎の視線を投げかけた。前に出ようとわれ勝ちにもがきあった。記憶力の達人は不利をさとり、おのが計画の無効を宣して跳び出した。主任の手を握りしめ、「主任殿、おめでとうございます！」と叫んだ。

主任は自分の大いなる業績のほどを承知していた。常々は控え目な人間として、栄誉はできるかぎりなぎ払うのであるが、本日は例外的に、もろに受けとめた。顔面蒼白なまでに上気して立ち上がり、四方八方に辞儀をして、やおらことばを求めたあげく、結局、簡明直截にとりまとめた。

「諸君、どうもどうも！」

深い感動が窺えると、天才児の父親が判定した。彼は感情の動きにはことのほか敏感なのである。

キーンは話し出そうとしていた。順ぐりに話すことを要請された。まさに願ってもないことではないか？　幾度も口をきったが喝采に中断された。自分への敬意を表すものであろうが、調査官の叩頭がうとましい。まだ始めてもいないのに早くも邪魔をしかける。周りの者たちの奇妙な動向に下心を嗅ぎとった。背後に動きを感じたが、振り向かなかった。嘘も隠しもする要がないのである。おそらく幻影はすでに消失したであろう。疑問の余地なく死にはてたテレーゼとの生活を、その始まりから語るのに吝かではない。これにより法廷における立場は好転するにちがいない。但しその有利を図るのが関心のすべてではないのである。むしろ決定的に自分が関与した妻の死のくさぐさを描写してみたい。この者たちを聞き惚れさせるなどどうあろう。所轄事項に係わることには目がないのである。それに殺人事件は万人の関心事である。人殺しを喜ばない者がいるであろうか？

ようやくのことで主任は腰を下ろした。興奮のあまり、**私物**の文字の向きに眼をやるのさえ忘れていた。犯人の尻尾を摑んで以来、やつを大して憎らしいとは思わなかった。腹蔵なく喋らせよう。成功のおかげで寿命がのびた。鼻もまた見劣りしない。手鏡はポケットの底、ひっそりと沈んでいようと用なしだ。何をくよくよすることがある？　人生は素晴らしい。日々毎日、新型のネクタイが売り出される。そいつをどうあんばいするか、それで頭のよしあしが分ろうというものだ。大抵のやつらは首に巻きつけて猿《えてこ》そっくり。鏡なしでも結ぶのは上々の腕。失敗したためしがない。自分は控え目な人間だ。ときおり辞儀もする。同僚たちの畏敬の的だ。手ごわい野郎でもこちらの容姿端麗に畏れをなしていちころだ。泥を掻き出すまでもない。犯人がおのずと吐くという寸法だ。それというもの、無類のこの威光に打たれてである。

「ドアが閉じたときすでに」と、キーンは語り始めた。

「わたしは自分の幸運を確信していた」彼は遠くにさかのぼった。すなわち、おのれ、確固とした精神の深みの中に。現実に事柄がどのように運んだか仔細に知っていた。犯行の事情が犯人以外のだれになお明瞭に分っているというのか？　テレーゼをつなぎとめた鎖の最初の環から最後まで、さながらに彷彿とする。切ったはったに嗜みの深いこの場の聴衆のために、事件を一種皮肉の苦みを入れこんで整理した。もし乞われればもっと高尚な話もしよう。なさけないことに、この連中は知識人の範疇からかけ離れている。とまれ通常の教養人と見立てよう。その域にさえ及びもつかないであろうけれども。中国の書物からの引用はむしろ避ける。口をさし挾んで孟子とは何者かと尋ねたりするであろう。単純な事柄を単純平易に語ろうとするのは、そもそも楽しみとはいえまいか。この話には簡明直截が適当である。まさしくこれこそ中国の古典学より学びとったものだ。テレーゼの死を通してキーンの想いは、大いなる学問の発祥の地たるあの図書室に回帰する。ことばを続けようとした。無罪放免は自明の理である。それに法廷用にはいま一つ別様の思案もある。学問的光輝のすべてをきらめかせるであろう。最大最高の中国学者が学問のために弁論を張る場に同席して、満座の傍聴人は固唾《かたず》をのむにちがいない。ここではおだやかに語るにとどめよう。言いすぎず、言いたらず、ひたすら平易をモットーとする。

「数週間、わたしは妻を一人きりにしておいた。必ずや飢えにより死滅するであろうことを固く信じつつ、日々ホテルで夜を明かしたのである。蔵書と別れるのは忍び難いことであった。しかしである、火急のためとして直ちに獲得した、ささやかな代理の図書で満足したのである。わが住居の鍵は安全堅固——押込みが押入るやもしれぬとの不安に襲われたことは絶えてない。考えてもみられよ、家具はことごとく喰らい尽くされている。力なく、憎悪に眩《くら》んだ眼《まなこ》を光らせ、妻は床に倒れている。金を求めて倦むことなく、さんざ掻き回したあの書卓の前にである。妻の関心は金のみに懸っていた。決して花のごとき女性ではなかった。住居を共にしていた当時、かの書卓の前でどのような思想がわたしを見舞ったか、それについては、むしろ本日、語るまい。何週間も、わが原稿が火に投ぜられるのを怖れ、監視の姿勢に硬直して過ごしたのである。それはまさしくわが屈辱の日々《とき》であった。頭脳が火と燃えたつとき、おまえは石だとみずから言い聞かせた。そして火を消すために、それを信じた。諸君のうち、貴《まれ》なるものを護《まも》らんとされるものは、わが範をとくと心に銘記せられたい。わたしは運命を信じない。だが、妻はおのが運命の斜面を駆け下りたと言えるのである。狡猾な不意打ちでわたしに死をもたらすことに失敗し、代って妻はいまやかなたに、仮借ない飢餓にさいなまれ、横たわっているのである。おのれを救済するすべを知らない。妻には節制というものが欠けていた。かくしておのれを喰った。肉体の一つ一つが貪婪な食欲の犠牲となった。日々に痩せ細った。立ち上がる力もなく、糞尿にまみれつつ横になったままでいた。諸君はわたしを目して痩せっぽちと申されるであろうが、妻はけだし人間の影と言うしかないものであった。ガリガリの骸骨さながらであった。たとえ立ち上がろうとも、微風にさえもなぎ倒され、形容してマッチ棒と名づけるしかことばなく、いかなる弱虫でもこれを二つに折るのにてまひまを要さない。子供でさえとわたしは申したいほどである。だがこのことにつき、これ以上詳細に渡るに忍びないのである。常々身につけていた青い外套が骸骨を覆っていた。外套は強く、よって忌まわしい骨を覆うに格好のものであった。ある日、妻は絶息した。この表現は適わしくあるまい。おそらく妻にはもはや最後の息を吐くべき肺さえもなかったであろうから。臨終を見とる者はいなかった。何週間も骸骨の傍にいて堪え得る者がいるだろうか？　汚穢にまみれていた。まばらに残った肉片から悪臭が天にとどくばかりに立ち登っていた。未だ息のあるときから腐敗が始まっていたのである。それはわが図書室、蔵書のまん前で起こったことだ。わたしは近く、住居を大清掃させる予定である。妻は自殺もて死の歩みを速めようとはしなかった。聖なるものを知らず、ひたする貪欲であった。わたしの遺言書を狙っていた間は書物への愛を装っていた。日となく夜となく遺言書について言いたてた。わたしの病臥中に看護したというのも、遺言書の存在が心もとなく、わたしを生かしておく必要があったからである。わたしは正直に言わざるを得ない。妻がはたしてまっとうに読み書きができたかどうか、強い懐疑を抱かざるを得ないのである。かく申すのも、学問が真実を要請してやまない故である。妻の過去は明白ではなかった。住居に錠をかけ、わたしに一部屋しか与えなかった。それさえも、やがておのがものとした。その結果、悲惨きわまる最期を迎えたのであった。玄関番がドアを押し破った。警察あがりたる彼にとっては、押込みには至難のわざが、何ほどのことでもないのである。わたしは彼を誠実な人間と考えている。彼は外套に覆われた妻を発見した。鼻を衝く悪臭を放つ、おぞましき骸骨であった。死人であった、完全に死んでいた、一秒といえど疑う余地のない死に様《ざま》であった。玄関番は人々を呼び集めた。住人たちはこぞって喜びあった。いつ死神が見舞ったかは、定め難いことであった。しかしながら、死神が見舞ったあとであることは否定し難いことであった。動かし難い事実であった。少なくとも五十名の住人が縦列をなして死骸《むくろ》の傍を通ったが、死に対して疑問を呈する者は一人としていなかった。全員が一様にうなずき、死を認めたのである。

仮死の実例は確かにある。学者といえどもこれは否定できない。だが仮死的骸骨なるものをわたしは知らぬ。古代より諸民族は幽霊を骸骨の表象でもって捉えてきた。この見解は無視すべからざるものである。すこぶる示唆に富むであろう。何故に人は幽霊を恐れるや？　けだし、死せる者の、絶対的にみまかりし者の、言うかいもなく滅し、葬むられし者の出現を意味するからである。もしや生来の、つまり、おなじみの肉体もて現われてなお、人は恐怖を感じるであろうか？　答えは否である！　そのような姿を見るとき、死神への想いは落ち、あるはただ生者、生者に若かずと考えるであろう。だが、もし幽霊が骸骨として出《い》ずるならば、同時に二様のことを思い出す――かつてあった生者と、現にある死者とを。骸骨は幽霊の表象として諸民族の死の概念を意味してきた。死の中のもっとも死せるもの、死そのものにほかならない。古代の穴居動物のうち、骨を持つものは、われわれに肉体に対する恐怖を呼び醒ます。骨なきものは穴居動物と感じない。つまり、もしわれわれが生ける人間を骸骨と名づけるとき、われわれの意味するところは、その者が死のまぢかに位置しているということである。

だが妻はまったき死の只中にいた。だれもがそれを確信し、忌まわしい死に様《ざま》に対する至烈な嫌悪に襲われたのである。死骸《むくろ》は依然として恐怖を生み続けていた。危険きわまりない。勇を示した唯一人、玄関番がこれを棺に投げこんだ。その後ただちに彼は手を洗ったのであるが、わたしはそれが永遠の汚《けが》れに染んだのではないかと恐れる者である。とまれここにあらためて、彼の勇断に満ちた行為に対し心からの謝意を表したい。彼は葬送行をさえ共にしたのである。わたしに対する忠誠心から、彼はこの忌まわしい義務を遂行するにあたって、二、三の住人に助力を求めた。受諾した者はいなかった。素朴かつ健気な人々にとって妻を送るに関しては、死骸《むくろ》に一瞥をくれることでこと足りたのである。過ぎるまでに白く、木目のなめらかな棺が、壊れかかった荷車に乗せられて通りを進んだとき、通行人のだれかれとなく中身の何であるかを察知した。猛りたった群衆の攻撃から荷車を護持するために、忠実な供者が追い払った裏町の浮浪児たちは先を駆け抜け、怯え、わきめながら街全体に触れ回った。通りにどよめきが沸いた。男たちは逆上して仕事を打ち捨て、女たちは発作的にむせびなき、子供たちは学校をとび出し、何千もの人々が流れをなして通りをうめ、死体をさらに殺戮せよと叫びたてた。これほどの騒擾は一八四八年の革命騒ぎ以来のことであった。拳が振り上げられ、罵倒がとびかい、息せき切って通り全体に、死体を殺せ！ 死体を殺せ！ のシュプレヒ・コールが湧き起こった。さもありなんか、群衆とは軽薄きわまりないのである。元来、わたしは群衆を好まない。しかしあの当時、かれらの中にどんなにか混じっていたかったことであろう。民衆とは正直なものである。復讐のあるべきことを主張する。敵《かたき》とめぐり会いさえすれば懲罰をゆるがせにしないのである。棺の蓋がとり払われたとき、人々はあるべき当然の死体の代りにおぞましい骸骨を見た。興奮が一度に冷めた。骸骨に意趣返しもないものだ。群衆は散った。ただブルドッグだけは執念深かった。ブルドッグは肉を嗅ぎ回った。一切れだに見つけられなかったのである。怒り狂って棺を地上に引き落とし、青い外套を粉々に咬み裂いた。さらに断片《かけら》もあまさず、そっくりそれを喰らい尽くした。かくして外套がもはや存在しない事情が生じたのである。諸君はこれを探索されても無駄であろう。とまれ諸君の手間を省くために詳細に渡るべきか。郊外の塵芥溜めに遺骨を調べられるがよかろう。みじめな骨のいくつかをだ。もはやがらくた類と区別もつかないかもしれないが、万が一の僥倖に恵まれないとは言いきれぬ。妻ごとき人非人には人並みの埋葬など、かなわぬ望みであったのであるが、しかしすでに疑問の余地なき死者に対して悪口はつつしみたい。青き野獣はしかり逝った。ひとえに愚者が黄禍《こうか》を恐れるのみ。中国をである、比類なき国、地上にあるなかのもっとも聖なるかの国を。諸君、死をかたく信じられよ！ 青春以来、わたしは魂の存在に懐疑を抱き続けてきた。輪廻《りんね》を厚顔無恥と思いなしてはばからず、痴れ者のたわごととするに吝かでない。妻は書卓の前で発見されたとき、すでに骸骨であった。いかなる魂も……」

　緩急自在の語り口であった。ときとして思考の糸が学問の領域にもつれこんだ。キーンはいまや再びその世界のまぢかに戻っていたのである。そこの世界で、どんなにかのうのうと遊びたかったことであろう。まさしく故里なのだから。だが身を奮い起こした――愉悦《たのしみ》はあとで、とみずからに言い聞かせた。自宅に戻るまで待てと。書物が待つ、論文が待っているのだ。多くの時間《とき》を徒費してきたではないか。想いをまっしぐら、書卓の前の床に馳せた。いくら見ても飽きない。死骸《むくろ》に微笑みかけた。これぞ実像《ビルト》、虚像《トルークビルト》なんかではないのである。いとしげに傍でたたずんでいた。生ける者としてあったときの記憶は定かでない。記憶力は書物に対するときのみ機能するのだから。こうでなければ、ありし日の妻を詳細に語りもしよう。その死は日常茶飯の事ではない。大いなる事件だ。仮借なく虐げられていた人間が遂に解放されたことを意味するものだ。次第にキーンは、かほどまでに憎悪を抱いていたことを、みずから訝しく思い始めた。憎悪するに価しない。所詮みじめな骸骨ではないか。いさぎよく消滅した。ただ書物にしみついた悪臭が気にかかる。やむを得ない、なんらかの方法を講じなくては。

　警官たちはとっくの昔に苛立っていた。ひとえに主任に対する敬意から、聞き耳を立てていたばかりである。主任といえば、事情聴取といった俗事には上の空の境地にいた。勝利を手中に収めたときには、くだくだしい散文ごときは気に入らぬ。流行のネクタイをひき据えて――極上品、本絹保証つきというやつばかり――とびきりの一本を選び出したいところであった。ネクタイにかけては眼が高い。どの店でも知られた顔だ。何時間となく掻き回す。首に巻いて試してみても皺一つ残さない。ネクタイ巧者《こうしゃ》とはわがことだ。家に見本を送ってくる者もいる。ありがた迷惑というところ、日がな一日店にいて、番頭と世間話に興じていたいではないか。主任がいくと、得意客《おとくい》であろうとあと回し。職業柄、愉快なねたに困らない、喋りまくる。満座はシーンと聴き惚れる。暇がないのが玉に瑕だ。珍品を仕込んだいうのにだ。明日は一巡と洒落こむか。今日という日が明日でないのは残念無念。聴取の際には聴かねばならん。しかし原則としてひとことも耳を通さない。とっくに承知の上だからだ。こいつの泥を吐かせたからには、あとは何であれ無駄事。どうも神経がイカレぎみだが過労のせいか。とやこう不平を言ってみても始まらん。ともかく、この頃の首尾は上々。さあて、どんなネクタイがお待ちかねやら、そぞろ気がもめるところだて。

玄関番は聞き入っていた。さすが教授《せんせい》である、言うべきことを言う。断じてただの召使いではない。忠実な、とはよくぞ言ってくれた、お望みなら、いつなんどきでも住人一同を召集しよう。街中に轟くほどにうなりもしますぜ。警察あがりだ、恐いものなし、どの住居《いえ》であろうと、押し入る。鍵がどうだ、錠前がなんですい、拳一つで充分だ。足蹴りと意気ごむまでもない。ほかのやつらは何かというと蹴上げるが、あれは下種《げす》のやり口だ。

テレーゼはキーンにより添っていた。やっとの思いで彼のことばを呑みこんだ。その場を動きはしなかったが、外套の下の両足を交互にもち上げて円を描いた。この無意味な動作はテレーゼの場合、不安を意味するものであった。夫が恐ろしかった。八年間、一つ屋根の下に暮らしていたのだ。刻々と恐怖が増した。以前《むかし》はひとことも喋ろうとしなかったのに、いまはほんと、殺しのことばかし。なんて夫だった！ キーンが書卓の傍の骸骨を口にしたとき、それよ、最初の奥さんは、と思わず知らずひとりごとを言った。そのひとも遺言書を欲しがっていた、手をつくしたけれど、結局どうにもならなかった。外套のことはどうせ悪口よ。外套を食べるブルドッグなんているかしら？ このひと、みさかいなしに殺したがる。どんなに殴っても殴り足りない。それに嘘ばかりつく。三部屋を譲るなんて言ったのはこのひとよ。原稿がなんの役に立つかしら？ 欲しいのは預金通帳だわ。書物《ほん》に死体の臭いがするなんて全然気づかなかった。毎日毎日、八年間も塵払いをやってたのに。通りで群衆が騒ぎたてるなんて、棺に対する礼儀かしら。初め愛情から結婚して、それからさっさと殺してしまう。そんなひと、絞り首にすべきだわ。あたし、一人だっても殺したことはない。それに愛情から結婚したこともないわ。あたしの家に戻るつもりだなんて！ 背筋がゾッとする。お金を狙っているんだわ、一文だって出さないくせに。青い外套なんて嘘、あたしの気を悪くさせたいだけなんだわ。殺そうなんて無理よ、警官がいるんだもの。わめきたててやる。妻を獣《けもの》と思っている、そのくせ良心の呵責のあげくがこんなざま。六時から七時までいつも一人きりだった。その間に殺したんだわ。書卓をつべこべ言っても らいますまい。あたしが手をつけたとでも言うつもり？ 玄関番にちゃんとしてもらわなくちゃあ。あたしなら奇麗な馬車《くるま》で運んでもらう。黒塗りのお棺よ、馬車は二頭引きね。

テレーゼの恐怖はつのってきた。この次はきっとあたしだわ。死体から外套がとり去られるさまを想像し、ことのほかうろたえた。最初の奥さんを気の毒に思った。夫に外套をそんなに乱暴に扱われるなんて。みじめな埋葬式はまるで赤面ものね。あたし、ブルドッグは大嫌い。街の連中って、そろいもそろって礼儀知らず、子供たちにはもっと笞をくれてやるべきだわ。男たちは仕事に精を出せばよい。女どもって料理一つできないくせに。面と向かって言ってやらねば。それに建物の住人たち、何の係わりがあるというの？　みんな見物にやってくる。キーンのことばをテレーゼは、空腹者がパンをお迎えしたときさながら、パックリと呑みこんだ。恐がらないために、耳を澄ましていた。耳に応じてイメージが次から次へと湧き立った。目が眩むほど迅速に。これほどの迅速さには不慣れである。もしも恐怖に責めたてられてさえなかったら、頭の回転のよさに鼻高々となろうものを。何度となく、前に一歩踏み出し、そこの男が何者であるか言いつけてやりたかった。だけど相手の出方が恐ろしくて、立ちすくんだままでいた。予想がつかなかった。不意をつかれたのだもの。首を締めてくる魂胆かしら。そんなこと、させない。咽喉がつまってあえぎ出すまでボーとしてるほど、あたし馬鹿じゃない。まだまだ死なないわ、八十歳になるまで死なない、あと五十年もある。それまではグロープさんのためにも、あたし死ねない！

荘重な身振りでもって、キーンはおのが陳述を閉じた。片腕を高く上天に指しつける。まるで旗のない旗竿であった。胴は針金状にのび、骨がポキポキと鳴った。音吐朗々と言い放った。「死神万歳！」

この声に主任は目を醒ました。いやいやながらネクタイの一山を脇におしやった。とびきりのやつを見つけたばかりというのにだ。試してみる暇もないとはどうだ？　ともかくも時機《ころ》を待つことにして、眼から消えさせた。

「もうし、あなた」主任は声をかけた。「どうも死神にこだわりすぎではありませんかな。むしろ陳述《はなし》をもう一度最初からやっていただきたい！」

同僚たちは肘突きあった。主任はどうも気ままずぎる。テレーゼの足が前に出た。ひとこと、言わなくては。記憶力の達人はいささかも動じなかった。一言半句たりともゆるがせにしない。犯人になり代って陳述し直すのはいかがなものかと思案した。「こいつ、疲れてますぜ」と憐れむようにキーンを肩で示して、「わたしがやればそそくさとすみましょうがね！」テレーゼが口をきった。「ほんと、このひと、あたしを殺すわ！」怯えから小声であったが、キーンは聴きとった。テレーゼであることを否認はしない。振り向かなかった。断じて振り向かぬ。何のためにだ！妻《あれ》は死んでいる。テレーゼは叫んだ。「ほんと、あたし、恐い！」記憶力の達人はこの邪魔っけにむかっ腹をたて、女を怒鳴りつけた。「だれかがあなたを喰らうとでも言ってますかね？」天才児の父親が口を挟んだ。「女性は生来、弱き性《さが》たるべきものである」息子の最近作の作文に見つけた名セリフであった。主任は手鏡を引き出し、あくびを一つ、そして溜息をついた。「こちらこそ疲労困憊だ」依然として鼻が気になる。厳密に言えばこれだけだ。テレーゼが金切声をあげた。「ほんと、このひと、追い出すべきよ！」キーンはなおよく声に拮抗した。頑として振り向かない。だが声高にうめいた。悲歎のさまに玄関番は我慢ならず、「教授《せんせい》！」と背後からわめきかけた。「まずは御安心を。われわれはみな健在です、みんな揃って健康です！」死神が気に喰わなかった。自分はそういう男である。のっしのっしと進み出て、一席弁じた。

教授《せんせい》はかしこい。大変な書物のせいである。話すところに脈絡がない。有名人で、その上、無邪気だからである。ひとことも真に受けてはならない。妻を殺したなんてありえんことだ。この身体のどこにそんな力があろう？　ただそう言い張るだけである。それというのも女房が悪妻だからである。こういうこともみんな書物に書いてある。何でも御存知なのだ。留針一本にさえおどおどするたちの御仁である。女房に痛めつけられた。女房は性悪の売女《あまっちょ》であった。だれとでも寝る。たちどころに寝るのである。生証人がここにいる。教授《せんせい》が一週間留守をしただけで、すぐとに自分を誘惑した。自分は警察あがり、玄関番を副業とする年金生活者である。姓名はベネディクト・ファッフ。憶えている限り、住居番号はエーアリッヒ・シュトラーセ二四番地と終始変らない。この女房の方は窃盗《ぬすみ》よりも乞食が似合っているはずである。教授《せんせい》は憐憫の情から結婚した。女が下女だったからである。むしろ面を殴りとばしてしかるべき女であるのに。こいつの母親《おふくろ》は糞まみれで死んだ。物乞いに出ていた前科者である。腹ペコで死んだ。その娘の言うところだからたしかである。その娘はベッドの中で話した。大変なお喋りである。教授《せんせい》は無罪である。自分が年金生活者であることと同様に疑問の余地のないところである。自分が引き受けよう。適当な仲介者の手を借りたい。自宅の小部屋は素適な監視所である。諸君はびっくりされるであろう。カナリヤと覗き穴だ。人間は働かねばならんのである。働かぬ者がお国の荷厄介となるのである。

全員、陶然として聞き惚れていた。がなり声がめいめいの脳髄に突き刺さった。天才児の父親さえもが意味を判読したのである。息子の作文を嘆賞する際の自分のことばづかいそっくりだ。主任の胸中にも一抹の関心が芽ばえた。ようやくにして赤毛が警察出身であることを認めた。並みの人間がこれほど堂々と、これほど厚かましくしゃしゃり出ようはずはないのである。テレーゼは何度となく抗議の叫びに努めたが、その声は弱かった。足さぐりで右往左往のあげく、やっとのことでキーンの上着の裾を摑まえた。強く引き寄せた。振り返るべきだわ。あたしが下女か、それとも家政婦だったかをはっきりと言うべきよ。テレーゼはキーンに救いを求めた。新しい夫の侮辱《はじ》をそそげるのは先《せん》の夫だけ。このひと、愛情からあたしと結婚した。その愛情はどうなったの？ 人殺しだろうと口はきけるはずね。下女だなんて言わせない。三十四年間も家政婦だった。ちゃんとした主婦になってもうすぐ一年よ。ひとこと言ったらどう！ ぐずぐずしないで！ でないとあたし、六時から七時の間の秘密を洩らしてしまう！

愛情からであることをキーンが証言しさえすれば、直ちに秘密は喋ってしまおうと、テレーゼはひそかに心に決めていた。テレーゼのことばを聴きとったのはキーンのみであった。ざわつきの中で背後に弱く、だが常に変らぬきばった声を耳にした。逞しい手を上着に感じた。自分でもそれと知らずに注意深く背筋を引き、くねくねと肩を回転させた。袖口からするりと上着を脱ぎ、指で軽く引き落とし、ひとつ身震い。上着なしに、そしてテレーゼなしにすっくとそこに立っていた。もはやテレーゼを感じなかった。チョッキに攻撃が移れば、同様の手続きをほどこそう。虚像《トルークビルト》であるとも妻であるとも、名指ししなかった。名前を避け、実像《ビルト》を遠回りした。しかしながら何に対して抗《あらが》っているのかは知っていた。

玄関番は弁じ終えた。異議がないとみて悠然とキーンとテレーゼの中間に割りこみ、「礼！」とうなった。テレーゼの手の上着をもぎとり、さながら赤子を扱うように教授《せんせい》に着せかけた。主任は黙って金と書類を返却した。眼は遺憾の表情をたたえていた。事情聴取が失敗すれば、それまでである。記憶力の達人には、なおいくつか不審な点が残っていた。一心不乱に赤毛の陳述を聞きながら、話が筋道をそれるたびに指を折って数えていた。警官たちは喋りたてた。だれもが自説を主張した。格言好きの一人が言った。「いずれ太陽が明るみに出すにちがいあるまい」一同はこれに一斉にうなずいた。テレーゼの下女訂正説は掻き消されていた。足を踏み鳴らして訴えたとき、彼女の姿に、義妹と禁じられた果実とを思い出した天才児の父親が、ようようのことで耳を貸した。顔面を紅潮させ、金切声を張り上げて給金を明示して訂正を迫った。夫が証明するはずではないか。もしそれが駄目ならグロープ&フラオ家具店のグロープさんを呼んで欲しい。つい先だって結婚したひとだ。《結婚した》と言う際に、テレーゼの声は一調子跳ね上がった。だれ一人として信じなかった。テレーゼはありきたりの下女ときまり、天才児の父親は今夜にもひとっ走りの仕事を依頼した。玄関番が聞きとって、テレーゼの返答より早く、了解の旨を伝え、「御用とあればブラジルなりとでかける女《やつ》でして」と丁寧に解説のことばを添えた。アメリカごときでは十分に遠いと思えなかったのである。やがて両眼をランランと睥睨し、派出所内をぞろり睨《ね》めつくしたあげく、壁に貼られた柔術の技《わざ》の写真を見つけ出し、「俺の時代には」とうなって、「こいつだけで充分だったぜ！」無骨な拳を固め、順ぐりに警官たちの鼻先に突きつけた。「そうとも、時折《とき》にはしんみりとだ」と天才児の父親はテレーゼの顎の下をくすぐった。息子はきっと大喜び。主任はキーンを凝視した。教授であったか。無論のこと、良家の出だ、ポケットに大金があっても不思議はない。ネクタイが分る人間もいるというのに、こんな身分で乞食同様とはな。世の中はどこか狂っとる。テレーゼは天才児の父親に返答した。「ほんと、いやじゃないの。でもあたし、もう家庭の主婦だもの！」三十歳としか見えないことを承知していた。しかし先刻の侮辱がふっきれていなかった。キーンはまばたき一つせず主任を見守り、テレーゼの声の遠近を耳で計っていた。

玄関番が出発の心を固め、やんわりと教授《せんせい》の腕をとったとき、キーンは首を振り、猛然と机に掻きついた。もぎ離そうにもいっかな動じない。遂にベネディクト・ファッフ氏はテレーゼに噛みついた。「出て失せろ、売女《ばいた》！——このひとには女房が気に喰わんのです！」あとの方は警官たちに首をねじってつけ加えた注釈であった。天才児の父親がテレーゼを捉えて真一文字に放り出した。テレーゼは激昂し、父親の耳に、あとでたっぷり仕返ししよとささやいた。戸口で声をふり絞り、「人殺しが無罪だなんて、ほんと、どういうこと！」と叫んだ。口に一撥、ガンと喰らい、一目散に自宅に駆け戻った。人殺しなんて入れてやらない。大急ぎで錠を下ろした。上・中・下と二個ずつの鍵。やおらぐるりを見回して無事かどうかを確かめた。

教授《せんせい》は警官全員でかかっても机から離れなかった。「あいつは失せましたぜ」玄関番は力づけ、教授《せんせい》の頭を骰子さながら戸口の方にねじまげた。キーンは口をつぐんでいた。主任はキーンの指を眺めていた。強情すぎはしないであろうか。机がずれていくではないか。このまま続けば、いまに自分は空間を前に坐っている醜態を演じるであろう。彼は立ち上がった。クッションもまたずれていた。

「諸君」とおもむろに語りかけた。「これはいかんよ！」十名からの警官がキーンをとりかこみ、机から指を外せと口説きたてた。「果報は寝て待てですぞ」と一人が言った。天才児の父親は、女房殿は今夜にもこらしめてさしあげようと約束した。「上玉と結婚しなきゃあ！」記憶力の達人が訓戒をたれた。彼は金持女を娶る主義であった。そのためにいまだ独身でいた。主任は歩を進めて考えた。こいつがどうしたというのだ？ あくびが出て、嫌気がさした。「とんだ恥さらしですぜ、教授《せんせい》！」ベネディクト・ファッフ氏がうなった。「さ、おとなしくして！ 家に戻るんですよ！」キーンは頑強であった。

主任はもはやうんざりしていた。「出て行きやがれ！」と命令した。警官全員はうって変ってキーンにとびつき、薄っぺらな紙同然に彼を机から払い落とした。キーンは倒れなかった。踏みこたえた。へこたれなかった。役立たずのことばの代りにハンカチを引き出して、手ずからに目隠しをした。痛みを覚えるまでに結び目をきつくした。そして唯一無二の友人に導かれて出て行った。

ドアが閉じるやいなや記憶力の達人は額に指を当て、「真犯人は四番目のやつだった！」と言明した。派出所の面々は、今日以後、テレジアヌムの門衛にとくと眼を光らせることを申し合わせた。

通りを歩みながら、玄関番は教授《せんせい》に自分の小部屋に住まってはどうかと話をかけた。元の住居では気が立つだけ。イザコザを起こして何になります？　いまは安静が肝心ですぜ。「なるほど」とキーンは答えた。「わたしは悪臭《におい》が堪えられんから」住居の洗浄が終るまで、申し出を受けることにした。

小物

辛うじて逃げ出したフィッシェルレは、テレジアヌムの正面で、予期せぬ代物と遭遇した。お喋りと動向とが気がかりな部下たちに代って、いきり立った群衆がおし寄せてきたのである。フィッシェルレを目にした老人が一声《ひとこえ》吠えた。「よっ、傴僂《せむし》！」しゃちこ張った身体を精一杯に折り曲げた。噂によれば雲つくばかりの侏儒とかの犯人に、老人は怯えきっていたのである。縮こむと背が並んだ。一人の女が老人の細い声を聞きとって、声高く伝達した。全員がしかと耳にした。平等の幸運に恵まれた。「傴僂だ！」広場一杯に唱和した。「傴僂だ！　傴僂だ！」

フィッシェルレは応えた。「これはどうも！」そして辞儀をした。群衆の中にはおあつらえのやつらがいるものではないか。まぬけなことにキーンのポケットに戻した大金のお返しを、ここでなんとか手に入れたかった。最前の危機一髪に動転し、新たな危険に気づいていなかった。頭上に見舞った熱狂的な呼びかけに心が躍った。おそらくアメリカでもチェス宮殿から一歩出るとき、このように歓呼されることであろう。楽隊が演奏し、人々は声を限りに叫び続け、やつらのポケットからドル紙幣をいただくのがこのフィッシェルレ様だ。警察は抜け目ない。すなわち、要するに見ているだけというやつだ。フィッシェルレの身に危機は一つとして及ばない。財宝は聖なるお国柄だ。警官百名が護衛に立ち、御命令いかんと待ち受けている。ところがここでは理解が十分とは言い難い。金も先刻、返す羽目に陥った。ドルとちがって小銭ばかり、ともかくいただけるものは何であれいただきたい。

すり抜けて通る小路や、手をしのばせるべきポケットや、かいくぐるはずの股ぐらといったおのが戦場を眺めやる間に、フィッシェルレの胸に感動がこみあげてきた。だれもが真珠の頸飾の窃盗《ぬすみ》に当っては一口嚙みたがっておる。もっとも悠然としたやつでさえ、その実、逆上ぎみだ。正体露顕におめず臆せず、堂々と現れたこの大胆不敵はどうだ！　男たちはもみくちゃにしようと待ち構える。女たちはまず小人を頭上高くおし上げて、それから思うさま掻きむしろうという腹だ。だれもが捻りつぶしたがっている。ありし日のえにしに一つ斑点《しみ》が残ればそれでよしとばかりにだ。だがその前になんとしてもお姿拝見といかなくちゃあ。夢中になって《傴僂だ！》と何千人が叫んでも、拝顔の栄に浴すのはせいぜいが十数人。傴僂大王様への道のりは黒山の人だかり。だれもが手を指しのべ、こぞって首を突き出す。父親たちは子供を肩車する。踏みつけられるのがおちというやつ。えたりかしこしとはこのことよ。この際にまで子供かねえ、と隣人連中はせせら笑う。母親たちの多くは子供をそっくり打っちゃらかして跳び出してくる。泣きわめこうとワレ関セズだ。ひたすら聞き惚れるのは《傴僂だ！》のひとこと。

どうも騒々しすぎるとフィッシェルレは気がついた。「名人万歳！」の歓呼の代りに「傴僂だ！」の叫びばかり。どうして傴僂にかぎるのか見当がつかなかった。四方からおしつけられた。庇《かば》うというより、むしろわれ勝ちに殺到する。これでは奥の手も間尺《ましゃく》に合わない。正面から指をおしつけてくるやつがいる。背中の瘤がどうなったのやら心もとない。片手で盗むなんては危険すぎるではないか。「諸君！」とフィッシェルレは声をふり絞った。「これは歓迎のしすぎではあるまいか！」まぢかにいた者だけが聞きとった。応じた声は上がらなかった。突き合い、踏んづけ合いが高まった。どうにかしたいところであったが、何をすればよいのかがフィッシェルレには分らなかった。あるいは何かひっつかんだのではあるまいか？　フィッシェルレは空いた手を見た。いやいや、こいつはまだどのポケットにも入りこんでいない。小物《こもの》ならどこにでもある。ハンカチや櫛や手鏡といった代物。これらは盗みとっても腹いせのために投げ捨てることにしていた。いまやこの手は恥ずかしげもなく遊んだままだ。この連中はどうしたわけだ、罪のない小人をひっとらえる？　まだ何一つ盗んでもいないのに、いじめにかかる。上から殴りかかり、下から蹴りあげ、女どもは言うまでもなく瘤をつねりまわる。痛くはない。このでくのぼうどもは、殴り方一つ知らない。《理想の天国》では無料《ただ》で殴り方を仕込んでもらえるというのにだ。連中が依然として気づこうとせず、主謀者たちがどうやら渾身の力をこめだしたので、フィッシェルレはけたたましい悲鳴をあげ始めた。普段はうめくだけにしている。たまに、ここぞの場合、たとえばいまのようなとき、赤子そっくりの悲鳴をあげる。泣きじゃくりの間《ま》も心得たものだ。すぐ近くにいた女はトボッとし、辺りを見回した。家に子供を寝かせてきた。あるいはあとを追いかけて、この群衆にまぎれこんだのではないかと心配になった。眼と耳で探したが見つからない。乳母車の傍にいるときさながら、アバアバアバとなだめすかして結局当人が落ち着いた。他の連中は赤子と強盗殺人犯とをとりまちがえはしなかった。ただおしつぶされやしないかと気がかりであった。続々とおし寄せる。急《せ》かねばならん。拳の命中度がすこぶる悪い。空《くう》を切るのだ。腕を振り回した新手がなおも加わってきた。フィッシェルレは何もかも気に喰わなかった。やろうと思えばこいつらをふっとばすのは簡単至極だ。腋に手をのばし、紙幣をやつらにばらまけばよい。やつらの狙いもおそらくはこれだ。あの行商人野郎が、あのガリガリの利己主義者めがこいつらをけしかけた。濡手に粟をきめこむ算段だ。フィッシェルレは腋を固く堅めた。部下の奸計に激怒した。あいつじゃない、額に汗して苦労したのはこちらだ。もう一息というところだのに。頓死の策でいこうと決めた。やつらがこちらの懐中《ふところ》を探れば、やつらの狙いが分ろうというもの。探らなければ、立ち去るだろう。死人に用はあるまいから。

ところでこの奇策は立てるにやさしく、実行するに至難であった。倒れこもうと頑張ったが、周りの者たちの膝に瘤がつかえた。顔はいち早く死にかかった。がに股の足はくにゃりと折れ、おちょぼ口の真上の鼻はしなだれてあえぎ、閉じた眼をやおらカッと見開き、空ろな一点を凝視する——準備万端整ったが早すぎた。瘤のおかげで策は潰れた。非難の声が耳に舞いこんできた。男爵にとっちゃ可哀そうに致命的だろうぜ。真珠の頸飾ときてはとり返しがつかん。男爵の若夫人は失神したとよ。身の破滅だ、旦那もなし。次の男を見つけようぜ。無理強いとはそいつあ無理無理。傴僂は二十年の刑ってとこか。久しぶりの死刑とこなきゃあ。傴僂を生かしとく手はないぜ。悪党はそろいもそろって傴僂だぜ。いいや、傴僂がみんな悪党って寸法よ。こいつ、間抜け面で空《くう》を睨んでやがらあ。殉教者様って格好だぜ。ひっぱたいて働かせろ。この手のやつらが他《ひ》人《と》のパンを食っちまうんだ。傴僂が頸飾に何用だ。ユダヤ鼻をちょん切っちまえ。フィッシェルルレは怒り狂った。ほざくにもこと欠いて真珠の頸飾とはな、盲人《めくら》が色の談義にうつつを抜かすとはこのことだぜ！　へっ、頸飾の一つもありゃあ苦労しねえや！

このとき不意に膝がそろって退いた。瘤の周りに空間ができ、フィッシェルルレはようやくのことで地面に落ちた。ワッと開いた眼で人の波が引いたことを確かめた。罵倒のとびかう間にも、流れを変えた雑沓を感じていた。「傴僂だ！」の叫びはなおもとんだが、その出所は教会にあった。「お分りでしょうが」フィッシェルルレは立ち上がり、居残っていた数人を眺めやって非難がましく声をかけた。「お目当ての野郎はあそこですぜ！」教会を指した彼の右手に視線がいくのを見すまして、左手でそそくさと三人のポケットを探り、見つけた唯一の品物、すなわち櫛をポイと投げ捨て、おもむろに身体の塵を払った。

このように奇蹟的に助かったのはだれのおかげか、フィッシェルルレには分らなかった。なじみの場所には部下一同に加わってフィッシェリンが待っていた。彼女のみ待ちくたびれて気を按んでいた。

それというのも、下水掃除人はそもそも社長がいつからいなくなったのかさえ忘れていた。彼は何時間でも二本足で立っていられる。同様に何時間でも何一つ考えないでいられる。苛立ちとも退屈とも縁がない。だれと係わりができるわけでもなかった。他人は彼にとってはノロクサすぎるか急ぎすぎるか、どちらかなのだから。女房に起こされ、女房に送り出され、女房に迎えられた。女房こそ彼の時計であり、定時刻を意味していた。酩酊のとき、一等気持がよかった。酔っていれば他人にも時計が役立たずになるからだ。

《盲人》の方は待機の間、さながら王様といった一人っきりの談笑ぶりであった。昨日の法外なチップに有頂天、今日は昨日に増した額をと期待していた。それに彼はジークフリート・フィッシャー社を退社して、鼻の先の稼ぎをあてに百貨店を開店する算段をしていた。豪壮な店構えで女店員だけでも九十名というやつだ。選抜は自分でする。体量九十キロ以下はすべて失格。社長は自分だ、つべこべとは言わせない。給金はとびきりだ、競争相手から肥っちょばかりを引き抜こう。いたるところに噂が広まるはずだ。ヨハーン・シュヴェアー百貨店ではお給金がずっといいって。昔は盲人《めくら》だった経営者って、とっても眼のきく紳士よ。みんなをまるで自分の奥様みたいに扱ってくださるの。もとの店には愛想づかしだ、いそいそとやってこよう。彼の百貨店では何でも買える。ポマードに本物の櫛にヘアネットに奇麗なハンカチに紳士帽に犬の餌に黒眼鏡に手鏡に——要するに人が欲しがるものは何でもだ。但し、ボタンはない。陳列窓に大きな掲示板がぶらさげてある。《当店ハぼたん類一切扱イマセン》と。

行商人は教会で麻薬を探し廻った。すぐ真近にあると思うとそれだけで眠気を覚えた。入れ代りたち代り、秘密の包を見つけ出したが、本物だとは認めなかった。知恵にひけはとらないのである。

三人とも黙っていた。

フィッシェリンだけが気がかりを口にした。フィッシェルレには何かが起こった。まだやってこない。それにあんなに小さいのだから。約束を守るひと、五分すればくると言った。今朝の新聞に事故の記事が出ていた。すぐにあのひとのことを思った。二台の機関車が衝突した。一台は即死、もう一台は重傷で引かれていった。自分は見に行くつもりだった。あのひとに言われなかったら見に行っていたはずだ。あのひとは襲われた。大社長だから。大金を儲けてそれをみんな身につけている。あのひとは特別のひとだってあたしいつも言ってる。あのひとの奥さんは好かれないものだから敵をつくった。奥さんは年寄りすぎる。あのひとは別れなきゃいけない。《天国》の女はみんなあのひとが大好きだ。教会の前に喪服の人々が立っている。あのひとは轢かれたんだ。あたし、見に行ってくる。みなさん、ここにいて。あのひとの罵り方は素敵だ。あのひとの眼で見られると恐い。じっとこう見る、あたし、走り出したい、でもできない。みなさんがどう思おうとあのひとは社長、恐いはずだ。あのひと、車輪《くるま》の下になっている。瘤が潰れてしまった。チェスができなくなった。テレジアヌムに相手を探しに行った。あのひと、名人だもの。そこで癇癪を起こした。頭に血がのぼった。まだきっと病気だ。看病してあげなくては。今朝すぐにこのことを思った。新聞に記事が出ていた。あのひと、いつも新聞を読む。あたし、見てこよう。見に行かなくちゃあ。

ひとことごとに黙りこんで、憂わしげに額に皺を寄せた。あちこち歩き回り、瘤をふりたて、次のことばを思いつくや、三人の許に寄って耳近く述べたてた。皆が自分と同様に心配でたまらないのだと感じた。《盲人》さえお喋り一つしない。機嫌がよければ喋りづめのひとだのに。一人っきりでフィッシェルレを探しに行きたかった。三人が追いかけてきはしまいかと心配だった。「あたし、すぐに戻ってくるわ！」遠去かりながら、なおのこと大声で二度三度叫びかけた。男三人、微動だにしなかった。心配を胸に、フィッシェリンは嬉しくてたまらなかった。きっと見つけ出す。あのひと、部下の冷淡を悪くとってはならない。沢山のひどい事故があるのだし、それに待っておれと言ったの、あのひとだもの。

教会前の広場にそっとしのび出た。とっくにとっかかりに達していたが、急ぐ代りにただでさえちっぽけな歩幅をなおのこと落とし、小さな頭をワナワナとねじて見返した。行商人かボタンのお馬鹿さんか下水掃除人かがやってくるならば、その場に立ちどまろう。あのひとを轢いた車同様に。そして言ってやる。「あたし、見てるだけ」と。かれらが戻るのを合図に動き出す。ときたま、なおも暫くじっとしている、教会の背後《うしろ》でズボンを見かけたと思ったから。でもそんなものはないと分って、またもや、しのびしのび歩き出す。これほど大勢の人が集まったのは久しく見たことがなかった。みんなが一枚ずつ新聞を買ってくれたら、一週間分が売り切れ。《天国》に荷を残してきた。今日は新聞を売る暇がない。フィッシェルレの社員だもの。日に二十シリング払ってくれる。社長が手ずから。会社が大きいからってやっぱり手ずからがいい。フィッシェリンは恋人を見つけるために背を屈めた。なおのこと小さくなった。どこか地面にあのひとは横たわっている。声は聞こえるのに、どうして見えない？　足元を手探りした。「いくらなんでも、こんなに小さくはない」とつぶやいて、首を振った。群衆の真中に入りこんでいた。その中で屈んだので、周りの者たちにはただ瘤だけが見えた。こんな大入道の中から、どうしてあのひとを見つけ出そう？　みんなが押しつけてくる。あのひとも押しつけられている。もうすぐ押しつぶされる。外に出したげてよ！　あのひと、呼吸《いき》ができない、あえいでいる、死んでしまうわ！

突然、真横の一人が「傴僂だ！」と叫び、フィッシェリンの瘤を殴りつけた。直ちに数人が叫びを続け、殴る拳に拳を添えた。一斉にワッと打ちかかる。手がとどかない者たちは、それだけに威勢よく腕を振りたてた。フィッシェリンは崩れ落ち、腹這いのままじっとしていた。恐ろしく手荒いと思った。瘤に拳が絶え間なく命中する。群衆が波のように押し寄せてきた。疑問の余地はない、本物の瘤だ、殴りつけて気持が晴れた。フィッシェリンはなお暫くフィッシェルレの運命を思い、慄え、うめいた。「あのひと、この世であたしのたったひとりのひとだもの」と。そして意識を失った。

フィッシェルレは事もなく、教会裏で四人の部下の内の三人と会見した。フィッシェリンが欠けていた。「あいつはどうした？」フィッシェルレは尋ね、掌を腹の高さで水平にした。傴僂女の身長《せたけ》をしめしたものである。「ズル休みをやらかしましたぜ」すぐに行商人が応じた。うっすら眠い。「女なればだ」フィッシェルレは訓辞した。「待っておるわけにはいかん。仕事がある。忙がしい。自分の金をなくした。あれは破滅だ。女はみんな傴僂だ！」「社長、わたしの方の女どもを、一緒くたにしてもらいますまい！」せきこんで《盲人》が口を挾んだ。「わたしの方の女どもは傴僂ではありませんぜ。憎まれ口は許しませんぞ！」あやうく自分の百貨店のことを縷々述べたてるところであった。相手を見やって自分の優位の揺ぎないことを覚り、「わたしのところではボタンは厳禁しておりまして！」とつけたしただけで口をつぐんだ。「おきやがれ」下水掃除人がうなった。意味深長なこのひとことは、要を得て、フィッシェルレの最初の問とも係わるものであった。

社長の顔は渋面に沈んでいた。深々とうつ向き、眼一杯に涙があふれた。一人また一人、黙念と凝視した。額ではなく鼻を右手で打った。がに股の足は、遂にほとばしった声同様に激しくわなないた。「諸君」フィッシェルレは泣いていた。「わたしは破産した。相棒はわたしを――」憤怒が身体中を駆けめぐる。「――欺いた。つまりだ、やつは支払いを停止し、あまつ、わたしの金もろとも警察に駆けこんだのである。下水掃除人君が証人だ！」フィッシェルレは確証の声を待った。掃除人は相槌を打った。しかしかなりの間《ま》がたってからであった。そのうちにも百貨店は崩壊し、九十人の売子を瓦礫の下に埋めた。教会も崩れた。麻薬も、麻薬とおぼしきものも、ともども、もはや救いようがないのであった。眠りのことなど思うべくもない。瓦礫をとり除く際、百貨店の地下蔵でボタンを詰めた巨大な荷が数個、発見された。

　フィッシェルレは下水掃除人の相槌を引きとり、話を続けた。「われわれ全員が破産した。きみたちはその地位を失い、わが胸は破れたのである。わたしは諸君のことを考えた。わたしの有金全部は空と消え、わたしは逮捕されんとしている。禁断の商売《あきない》に手を染めたからである。数日すればわたしの人相書が廻されており、諸君もまたそれを見るであろう。この情報は確かな筋から出たところである。わたしは身を隠さねばならない。どの地に再び現れるやもしれぬ。あるいは遠きアメリカか。ひとえにただ旅費さえあればだ！　いいや、なんとしても行くであろう。わたしほどのチェスの腕前《うで》が朽ち果てていいものか。わたしには諸君のことが心配なのだ。ポリ公は諸君を狙っている。幇助罪は二年の刑だ。手助けをする、それも友情からだ、当然のことをしたまでだ、だのに二年がた喰らいこむ。何故か、口をつぐんでいることができなかったからである！　諸君、分るかね？　諸君は喰らいこんではならんのである。そのためにも何一つ喋ってはならん。『フィッシェルレはどこだ？』と警察は訊問する。『皆目知りません』これが諸君の返答だ。『フィッシェルレに傭われていたろうが？』『ほほう、これは初耳！』と、こう答える。『噂がわれわれの耳に達しておるぞ！』『失礼ですが、噂というのはデタラメでして』『フィッシェルレを最後に見たのはいつのことだ？』『いつの頃から消えちまったのか、女房殿にでも聞かんことには』諸君が正確な日時を申し述べてみろ、心証を害することは言うまでもないな。申し述べないとならば警察は女房に訊くぜ。女房とて亭主に悪かろうことは口が裂けても洩らさんだろう。なんの得にもならんからだ。『ジークフリート・フィッシャー社はどのようにして運営されておったか？』『警視総監殿、われらごときにどうしてそのようなことが分りましょうか？』ひたすら否認するんだ。そうすれば、釈放はまちがいなしだ。おっと、まてよ、おっ、閃いた！　諸君は何一つ気を使わんでよろしい、警察に出向くこともない、まったくのところがだ！　警察は諸君に声をかけさえしないはずだ。これっぽちの関心も示すまい。さぞや放っておくな。諸君に子宮はござるまい、つまりだ、どう説明すればよいのかね？　何故にか？　簡単簡単、諸君は口を閉ざしておるからだ。ひとことも喋らない。だれにも、ひとこともだ、牡蠣のごとくにぴったり口を閉ざしておる！　するとだ、いいかね、わたしと何か係わりがあったなどと、荒唐無稽な嘘ばなしをだれが真に受けよう？　あり得んことだろうが。すなわち、諸君は事もなく、普段の通りに仕事に就けばよい。あなたは行商に行くね、そして不眠症のままだ。そちらのきみは給金の四分の三を女房に渡して、一生懸命に泥を掻きのける。下水掃除だって捨てた仕事じゃないぜ。もしも掃除人が休んでしまえば、大都会はとてもじゃないが立っていかん。それにあなた、あなただ、乞食に戻ればよいだろう。帽子もあるし、眼鏡だって持っているしだ。ボタンを放りこむやつには眼をそらせ。ボタンでなければ眼をやればいい。ボタンこそ身に負った十字架だ。注意しないと、どえらいことをやらかしかねんぜ！　と、まあこのようにだ、以上のようにやってもらいたい。わたしは無一文だ、せめてもの忠告を受けとっていただきたい！　僭越ながら、わがことばは黄金の如くと思うが故に、背一杯の贈物だ！　わたしはことごとくを投げ出すであろう。それも諸君への愛情からだ！」

感動にむせびながら、フィッシェルレはズボンのポケットを掻き回した。破産の悲哀は飛び去っていた。情熱をこめて話した結果、自分に係わる、大いなる災難を忘れていた。博愛精神そのものであった。自分のことよりも部下たちの運命が気にかかった。ポケットが空っぽであることは承知の上であった。左ポケットの破けた裏地を引っぱり出した。驚いたことに一シリングとボタン一個が右ポケットに見つかった。この二つを引き出した。イロハニとくればホヘトと続けねばならぬ。誇らかにキーキー声をふり絞った。「最後の一シリングを諸君と分ける！　部下四人と社長一人、都合五人だ。一人当り二十グロシェン。フィッシエリンの分はわたしが預っておく、いつもそうしてきたからだ。そのうち、出くわすだろう。釣銭はだれが出すね？」一シリングをつぶす小銭を持っている者はいなかった。複雑な計算のあげく、分割作業は部分的にせよ成功した。行商人は一シリングをもらい、代りに六十グロシェンを差し出した。彼はこれによって、女房に渡す分がなく、ために銅貨一枚とも縁のない下水掃除人に二十グロシェンの借りということ。行商人の差し出した釣銭から《盲人》が一人分を、フィッシェルレが二人分を受けとった。「諸君、笑ってくれ給え！」フィッシェルレはことばをかけた。笑ったのは彼のみであった。「わたしは二十グロシェンを御生大事にいただいて身を隠すであろう。諸君には仕事がある。なんと恵まれたきみたちだ！　なろうことならわたしもまたそうなりたい。《天国》において、かのフィッシエルレにつき噂されるであろうか。やつは消えた、されどもやつは高貴なる魂の男であったと！」

「これほどのチェスの名人が二人といようか？」行商人が嘆いた。「これで名人とくればわたし一人だ、但しトランプの方でだが」ポケットでシリング貨幣が軽快な音をたてた。《盲人》は身じろぎもせず立っていた。習慣上から眼を閉じ、手も同じく習慣上から突き出していた。その上に彼のとり分、二枚のニッケル貨幣が主人と同様重々しく凝然と端座していた。フィッシェルレは笑った。「ここにも名人がいるぜ、同じくトランプ専門だ！」チェスの世界名人がこんな連中と口をきくのが滑稽に思えてならなかった。家族持ちの下水掃除人や不眠症の行商人やボタンに憑かれた自殺狂とはどうだ。突き出された手に眼をとめ、さっとボタンを投げこんでから腹をよじって大笑いした。

「諸君、失敬！」金切声で別れを告げた。「馬鹿なまねはしなさんな。諸君、お達者で！」《盲人》は眼を開き、ボタンを見つけた。何か手に感じ、ボタンでないことを念じていたのだ。愕然として遠去かるうしろ姿を追った。フィッシエルレは振り返り、「ごきげんよう。あの世で会おうぜ、諸君、くよくよしなさんなよ！」と叫びかけ、足を速めた。間抜け連中は冗談をまともにとりかねん。小路にさしかかり、笑いのめすために間をとった。なんという馬鹿ぞろいだろう。建物の軒端に入り、両手を瘤の下に添え、思うさま身体を左右によじった。鼻汁はたれ、ニッケル貨幣はかん高く鳴り、瘤が痛んだ。生まれてこの方、これほど笑ったためしがなかった。優に十五分間、笑い続けた。やおら踏み出す前に、鼻汁を壁で拭きとったのち、順ぐりに鼻を腋深く押しつけて存分に嗅いだ。そこに資本が納まっている。

たかだか二、三丁進んだ頃、商売上の大損害を思い出し、胸が疼いた。破産とは誇張であるにせよ、二千シリングは一財産だ。それにほぼ同じ金額が書籍商の懐中にある。警察にはこれといったあてはないのだ。営業を邪魔しただけだ。資本もなく、しがない薄給をおしいただいて見張りに立つのが勤めといった哀れな役人に商売の何が分ろう。大会社を経営するとはどういうことか、およそ雲を摑むといったことであろう。たとえばこのフィッシェルレだ、地面を這いずり廻るのをいささかも恥じない。相棒が当然支払うはずであった。そしてつい憤りにまかせて投げ出した金を手ずから拾い上げる。踏んづけられるのがどうあろう。足一本、二本、四本、全部の足、こいつをどう押しやるかが問題だ。社長じきじきに思案する。紙幣《かね》は汚れ、皺だらけ。踏みにじられたあげくだ、市民はこれを手にするのを厭わない——丁重に拾い上げる。無論、部下がいる、そろいで四名。八名に増員も叶うところだ——十六名はちと無理だが——部下をやって命令、「そこの汚ならしい金を拾い上げろ！」こいつはすこぶる簡単だ、だがこんな冒険は冒さない。連中の考えることといったら、ただただくすねることばかり。ちょろまかしとくれば目がないやつらだ。ちょいと失敬しては、自分をひとかどのくすねの名人と心得ている。社長とはおのれを恃《たの》む者のことだ。人はいかようにも呼ぶがよい、社長みずから百シリング紙幣を十八枚拾い上げた。あと二枚。二枚が見つからぬ。もう一息、汗がにじんだ、苛立った、こいつはどうした、と一人ごと。間《ま》の悪いときに警察がきた。落ち着かない、警察は我慢ならぬ、夢中になったそのあげく、哀れと言うか愚かと言うか、金を相棒のポケットに投げこんだ。こちらに支払われてしかるべき金をだ。そして駆け出した。警察はどう出るか？ 金を没収とくる。相棒にゆだねたままかもしれない。あるいは時がめぐって、フィッシェルレの手に戻ってくるかも。いいや、さぞや書籍商を気狂いと判定しよう。これほどの大金と、これほど少量の理性とくれば襲われて奪われるのが関の山、またぞろ騒動とくる。それでなくても警察はてんてこ舞いだ。金はむしろ召し上げよう。実際、召し上げて、それっきり。警察はくすねておいて、市民には品行方正たれとはどういうことだ！

このときその傍を通り抜けた警官が、憤怒の形相ものすごいフィッシェルレをうさんくさげに睨みつけた。かなり距離をへだてたのちに、そやつへの癇癪玉を破裂させた。あいつら、盗人連中め、アメリカへ渡らせぬ魂胆だ！　フィッシェルレは心に決めた、警察《サツ》に――出発の前にも――私有財産横領の廉で痛い目に会わせてやる。やつらが悲鳴を上げるまで、束にしてつねってやりたいところであった。やつらがくすねた金を分配したものとフィッシェルレは確信していた。二千名の警官がいるというではないか。一人宛たっぷり一シリング。「くすねた金をいただくわけには参らん！」とこう、警官として当然至極のことばを吐く者は一人としていないのだ。すなわち全員が臑《すね》に疵持ち、フィッシェルレ様のおつねりを避けられぬ。

「しかしだ、やつらが痛がるとでも思っとるのか！」つい声高に口をついた。「おまえはあちらだ、やつらはこちらだ。つねられても感じがあるまい？」旅行の手続きにとりかかる代りに、何時間も街中を跳ね歩いた。あてもなく、腹立ちまぎれ。警察を懲らしめる方策をひたすら求めていた。いつもはほんの些細なことにも名案が尽きぬというのに、何一つ思い浮かばなかった。徐々に軟化するしか手がないざまであった。復讐が成るならば金の方はあきらめよう。二千シリング、すっぱりと眼をつむる！　くれてやる、とり返すまい。ただ、だれかが警察からあの金をとり上げてくれればだ、気が晴れように！

とっくに正午《おひる》はすぎていた。憎悪に逸《はや》って食欲がなかった。とある建物の前で視線が二枚の大きな看板に落ちた。その一枚には、《エールンスト・フリンク博士・婦人科医》とあった。いま一枚はその真下にあり、《マキシミリアン・ビューヒャー博士・神経科専門医》と記されていた。

「いかれ女のお好みのところだ」とフィッシェルレは考えた。そして直ちに、婦人科医として一財産をなし、それから精神病医に転向したという、パリ在住のキーンの弟のことを思い出した。住所を書いてもらった紙切れを探した。上着のポケットにちゃんと収まっていたとはあきれた話だ。推薦状もそろっていた。このためにはパリくんだりまで行かねばならん。パリは遠すぎる。その間にも警察はそっくり金を飲み代《しろ》に当てているにちがいない。手紙を書いてもこちらの署名では、著名な医者とても途方に暮れることだろう。「フィッシェルレ？　フィッシェルレとは何者だ？」それで終りだ。彼は財産家で、おそろしく誇りが高い。教授でかつ財産家とくれば、なかなか手強い。並みでは駄目だ、チェスの世界の骨法でいかねばならん。教授がチェスの出なら、《チェス世界名人フィッシェルレ拝》と署名できるところだが。しかしこの手のお歴々はちっとやそっとでは信用しない。二カ月後、カパブランカを叩きふせ、打ちのめし、這いつくばらせたあと、全世界の名士一同に電報を打つ。《ハジメマシテ　コチラ　チェスノシンセカイメイジン　ジークフリート・フィッシャー　ヨロシク》これで充分、申し分なし。だれもがこぞって叩頭する。財産家の教授にしてもだ。なお疑るやつは名誉毀損罪で法廷にしょっぴかれよう。この種の電報を打つことはフイッシェルレ生涯の願いであった。

復讐はこれに限る。フィッシェルレは近くの郵便局に入り、電報用紙を三枚注文した。大急ぎで。至急電報《ウナデン》なんです。電報用紙は心得たものであった。これまでにも何度となく買ったことがある。すこぶる安い。巨大な筆跡で、そのときどきの世界名人に侮蔑をこめた挑戦状を送りつけた。《ヤイ　デクノボウ》とか、《クヤシカッタラカカッテコイ》といった壮烈なセリフを《理想の天国》で読みあげて、決して返電を寄こそうとしない世界名人たちの腰抜けぶりを嘲笑した。フィッシェルレの信用はなかなかのものであったが、電報は真に受けとられなかった。金がなさすぎたのである。一通分さえもあやしいものであった。そして彼が宛先を忘れたり、言いまちがえたりするのを種に、さんざっぱらひやかした。一人の気の好いカトリック信者は、まことの天国に着き次第、ペトロが小人用にとっておいてくれた手紙を投げ下ろして進ぜようと約束した。「こんな素適な電報のことをやつらが知ったら、へっ、眼を回してでんぐり返るぜ！」とフィッシェルレは考え、いじましいトンチキ連中が厚かましくもやらかした愚弄の数々を思い返してせせら笑った。あの頃自分は何であったか？　あやしげな《理想の天国》の定連客。いまの自分はどうだ？　教授に電報を打つ身分である。電文をまとめるのが問題だ。名前はむしろ省略する。こいつはどうだ。《アニイカレトル　ヤカタノトモヨリ》すっきりと納まった。ただイカレトルのこの表現が精神病医に印象を与えるかどうかだ。毎日のように同様の患者を扱っていれば、「そう悪くもあるまい」と片づけて、館《やかた》の友が第二信を打つまで何一つ行動を起こすまい。これではフィッシェルレにとっては第一に費用が惜しいではないか。第二にこれは盗んだ金ではないのである。第三に時間《ひま》がかかりすぎるのだ。ヤカタノトモは省くことにした。親切すぎるきらいがある。そうそうあてにされては堪まらない。イカレトルをカンゼンニで強調した。用紙二枚目に《アニ　カンゼンニイカレトル》と書き入れた。発信人はどうする？　まともな人間が発信人のない電報を真面目にとるであろうか？　中傷や強迫で世渡りしているやつだっている。引退した婦人科医ならさぞや承知の上ではないか。電報用紙は残り一枚きり。フィッシェルルレは書き損じた二枚に腹を立てた。思わず三枚目に《ワレ　カンゼンニイカレトル》と書きなぐった。読み直し、感心した。当人が自分のことを書けば信じるしかないではないか。一体、当人以外のだれが当人に代って書くというのか？　《アニヨリ》と発信名を入れ、紙片を摑んで窓口に駆けつけた。

くすんだ木像さながらの役人は首を横に振った。まっとうな電文であるはずがない。冗談ならよそでやってくれ。「引き受けなくちゃなりませんぜ！」フィッシェルルレは迫った。「そのために給金をとってるんでしょうが？　ちがいますかね？」お尋ね者は電報を打ってはならないのではと、不意に心配になった。役人とどこで出くわしたか？《天国》でないことは確かだ。用紙はいつも別のところで仕入れたはずだ。

「理由にならん！」役人は電報を突き返した。傴僂と見て勢いこんだ。「正常《まとも》な人間はこうは書かん」

「そこですよ！」フィッシェルルレは叫んだ。「だからこそ弟に電報を送るわけで。連れ戻しにきて欲しいんです！わたしはいかれとるんだから！」

「またの日、お出でな！」役人はいきり立った。唾を吐きかけるところであった。

二重毛皮の——一枚は本物の皮膚、その上に毛皮のマントの——肥大漢が順番を待っていた。すんなりと進まないのに激昂し、小人を突きのけ、窓口の役人に嚙みついた。どっしりとした財布の重みが如実に伝わる申し立てを、「あなたには電報を拒否する権利はないんですぞ。お分りか、あなたにはないってことがですな！」と締めた。

役人は黙りこみ、無念の涙を呑んで義務を果たした。フィッシェルルレは一グロシェンごまかした。別に急いだせいではなく、原則の点から小人に助太刀したばかりの肥大漢がまちがいに注意した。「どういたしまして！」フィッシエルレは捨てぜりふを残してとび出した。通りでおのが悪戯の罰に電報をしみじみと眺めた。「やいフィッシェルレ、たかが一グロシェンのためになんてことだ」とみずからを責めた。「電報はその二百六十七倍もしたんだぞ！」引き返して丁寧に肥大漢に謝罪した。どうやら聞きちがえたらしい。耳が悪いんです。右の耳がいかれとるのです。そのほかに二、三喋った。ひとえに、なんとか相手の財布に近づかんがためである。このときおりよく、二重毛皮が相手の場合、常々不運づくめであったことを思い出した。なかなかに入れさせてくれない。何かいただく前に警察に引き渡してしまいやがる――グロシェンを数え直し、おうように会釈して、別れた。重い財布はあきらめた。何はともあれ復讐途上だ、大事の前の小事ではないか。

　贋の身分証明書を手に入れるために、《天国》の近くに位置していたが、むしろ地底にしがみついたという風の酒場を探し出した。その名は《狒々亭《パヴィアン》》名前がすでに、いかな人非人がここに出入りしているかをしめしていた。前科者ばかり。仕事にいそしみ、うしろ指を指されることのない下水掃除人のような男は《狒々亭》を避けた。《天国》で彼が語ったところによれば、彼の女房は狒々の臭いを嗅ごうものなら、即刻離婚を言いたてよう。ここには年金女もいなければ、無敵のチェス名人もいなかった。だれもが勝ったり負けたりの連続。連勝向きの知性《あたま》が欠けていたのである。店は地下にあった。階段を八段下ると、ようやくドアに至る。ガラスの破れに紙が貼りつけてあった。壁には淫猥な裸女《はだか》の写真。《天国》の女主人《おかみ》なら自分の端麗な店に、とうてい我慢し得ない代物であった。テーブルは木製。上張りの大理石が徐々にくすねとられた結果である。死んだ先《せん》の支配人は客筋の向上に苦労した。まともな客を連れてきた女には、モッカ一杯、無料《ただ》で振舞いもした。その頃である、見事な看板を注文し、店を麗々しく《悦楽亭》と名づけたのは。支配人の女房はあたしにうってつけの名前だと言い、四六時中、悦楽にうちこんだ。支配人は恋情より死んだ。盲腸を病んでいたし、営業が思わしくなかったせいもある。その死の直後、女房は「あたしには狒々の方がずっとましよ」と言い出して、旧の看板にとり代えた。おかげで少しばかり盛り返していた名声も水の泡と消えた。女房が無料のモッカを廃止した結果、気骨ある女たちの出入りも止んだ。以来、足繁くやってくるのは、証明書偽造者や浮浪人や手配中の者や兇状持ちや質《たち》の悪いユダヤ人や贓に疵持つ連中であった。《理想の天国》にはときとして警官の姿も見られたが、ここにはおよそ考えられなかった。《狒々亭》の女房《おかみ》のもとにのうのうと居を構えた強盗殺人犯の逮捕のために、八人もの探偵が送りこまれたことがある。万事がこの調子であった。辻君の情夫《ひも》といった手合ごときが威張れる道理がなかった。前科の数がすなわち貫禄の相違《ちがい》であった。ここの連中にとって傴僂の知性《あたま》がどうあろうと、何ほどのこともなかった。要するに気づかないのである。連中自身、そろって馬鹿だったから。

《天国》は《狒々》をいやがった。出入りさせようものなら、大切な大理石の上張りが失せてしまう。《天国》の絵入り雑誌が《狒々亭》の女房の手にとどくのは、さんざ手垢にまみれたのちである。この秩序は厳として変わらざるところであった。

《天国》に飽きたと、フィッシェルレはみずから認めた。《狒々亭》にとっては稀な賓客であろう。一歩踏みこんだとき、この道の猛者《もさ》の幾人かが跳びついてきた。四方から誇らかに拍手喝采を浴びせかけ、このたまさかな訪問への歓迎を表明した。女主人《おかみ》はおり悪しく席を外している、さぞかし喜んだことだろうに。傴僂が《天国》からまっすぐきたものと連中は考えた。かの、女運に恵まれた場所への入場を、かれらは禁じられているのである。あれこれの女について問を発した。臨機応変、フィッシェルレはでまかせに答を返した。驕《おご》りは毛ほども見せなかった。愛想よく振舞った。贋の身分証明書をなるたけ安く手に入れたかった。用件には慎重に当たるべし。でないと、たちまち値がつり上がる。いつに変わらぬフィッシェルレと納得して、連中はなおひとしきり拍手した。手を拍つうちに確信が強まるものである。さあさ、坐った坐った。素見《ひやかし》って法はないぜ。待望のお傴僂様だ、ゆっくり腰を落ち着けてもらわにゃあ。《天国》の肥っちょはお陀仏したかね？　まったくあそこは桑原桑原。警察《サツ》の方がうっちゃとくとは無法にもほどがあらあ！　お出入りの女どもはだ——肥っちょがすっころぶとどうなるね？

一同がフィッシェルレの賛同を待ちかまえている間、一人が用意したモッカに漆喰の破片《かけら》がとびこんだ。フィッシェルレは飲みほして、ゆっくりしていられないと弁明した。実はお別れにきたのである。東京のチェス協会よりチェス教師として招聘された。「東京は日本にある。明後日《あさって》にもわたしは出発する。日本まで半年間の旅だ。途中がまた大変だ。港々で模範勝負をしなくてはならない。旅費をまかなわなくてはならないからだ。招聘は旅費つきだが、東京に着いてからでないと手に入らない。日本人は疑り深い。金を送ったら雲隠れしちまうと日本人は言う。わたしは無論、そんなことはしない。しかし日本人は懲りているのだ。手紙に書いてあった。『先生、我々ハ先生ヲ御信用シテオリマス。サリナガラ金ハ貴重ナルモノデハアリマスマイカ？　マコト、貴重ナルモノデアリマス！』と、どうだ」

だれもがその手紙を見たがった。フィッシェルレは謝して許しを乞うた。手紙は警察にある。警察は多くの前科には眼をつぶってパスポートを出すと約束してくれた。お国の名誉であるからである。はるばる日本までチェスの普及に赴くのである。

「明後日《あさって》、出発するつもりか？」六人が尋ねた。残りの者も同時に同じことを考えた。思いやるかにフィッシェルレをうち眺めた。《天国》出身だ、瞞されやすいのも無理はない。「警察《サツ》がそうそう気前よく出してくれるもんか。九年がた喰らいこんでいた俺が言うんだぜ！」一人が断言した。「国外逃亡の容疑で放りこまれるのがオチさね！」「そのあげく日本にまで前科をくだくだ報告するぜ！」

フィッシェルレの眼に涙が溢れた。珈琲茶碗を脇にのけ、しゃくりあげる。「やつらを突っ殺してやる！」嗚咽のあいまに洩れ聞こえた。「やつらみんなを突っ殺してやる！」あちこちからいたわりの声が飛んだ。経験豊富よ、知恵にも不足しねえ。パスポート贋造の名人が言い張った、抜け道はあるぜ、俺にまかしな。フィッシェルレは半人前しか払えないと伝えた。自分は半人前の人間だからと。乗り気を洒落で隠蔽した。とやこうは言わさない。涙ごしに微笑して、「あんたが名人だってことは知っている」と言い、続けて「だけど日本行きのパスポートだよ、できっこない、そいつは無茶だ！」

《パスポート専門調理師》の異名をとる名人は、長髪をなびかせ、勇途むなしく挫折した画家であったが、芸術時代の矜持はなおよく身につけていた。激怒してそり返り、舌を鳴らした。

「アメリカ行きでもひねり出してやらぁ！」

フィッシェルレはおずおずと、アメリカはすでに永らく、もはや日本でない旨を指摘した。実験に供されるのは御免である。やみくもに、日本国に入るやいなや逮捕され、留置されるであろう。自分はことさら日本の牢獄を体験したいとは思わない。むしろまっぴらである。反駁があった。フィッシェルレは頑張った。一同はなだめにかかった。《パスポート専門調理師》が喰らいこんだことはある、そいつは認めよう。しかしだ、彼の客にそんなのが一人でもいたか。まったく彼は他人《ひと》のためとなると目がないのだ。芸術のために全身全霊を傾ける。仕事中は閉じこもったきりだ。緊張のしつづめ、一つ仕上げたあとは死んだように眠りこける。これだけでもやっつけ仕事でないことが分ろうものだ。一刷毛ごとに精根をこめる。覗き見なんぞも容赦しない。フィッシェルルレはいちいちうなずいた。しかしなお頑強であった。何を隠そう、自分は一文なしである。この事実からだけでもなんと言われようと無駄事である次第が分ってもらえるであろう。《パスポート専門調理師》は、きっと使うと確約してくれるなら特製パスポートを贈呈すると言明した。お返しに日本で細工の手ぎわの見事さを宣伝してくれればそれでよい。フィッシェルルレは辞退した。この身に余ることだ。そんな大それた洒落っ気は持ちあわせていない。自分は身の丈と同じく小心者である。そんな大役は他の者にゆだねてもらいたい。なお二杯、モッカが運ばれてきた。《パスポート専門調理師》は猛りたった。つべこべ言わずに俺にまかせろ。さもなくばひのふのみいで叩っ殺す！　周りがよってたかって、ようやくのことで押しとどめた。全員が《調理師》の肩を持ち、言い分の正当なることを認めた。折衝はなおも続いた。《調理師》は仲間を一人ずつ突きのけ、おどしつけた。ここで一同、堪忍袋の緒が切れた。口荒くフィッシェルルレに言いつのり彼が自分たちの捕虜も同然の身の上であること、条件一つ、こいつを呑まない限り放免しないと宣告した。条件とはすなわち、贋パスポートを受取りかつ使用すること。代金を払う必要はない。それというのも一文なしであるからである。フィッシェルルレは全身でその非を訴えた。なお執拗に抵抗した。力自慢が二人、彼を写真師の許に引きずっていった。《調理師》の払いで撮影された。仏頂面だと映りが悪い。フィッシェルルレは顔を直した。護衛の二人は現像から焼付けまで待機した。

三人が戻ってきたとき、すでに《パスポート専門調理師》は閉じこもっていた。もはやだれも彼の邪魔をしてはならない。腹心がドアの隙間よりまだ乾ききっていない写真を差し入れた。《調理師》は作業に没頭していた。長髪を伝って汗が机にしたたり、作品の完全を危うくしたが、たくみに頭を振り上げてこれを避けた。署名の段にきて心が躍った。警察の高官連ことごとくの、気どった撥《は》ね字やもったいぶった飾り文字はお手のものであった。まったく文句のつけようがない。わくわく上体をくねらせながらペンを運んだ。流行歌のメロディにあわせ、「本物そっくり！　本物そっくり！　これぞ前代未聞の出来映え！」とくちずさんだ。

自分でも本物と思うほどに署名の書体が成功するや、眼の高さに持ち上げてうっとりと眺め、おのが想像のうちに苦もなく小部屋に引っ張りこんだ架空のパスポート発行官殿に、口癖の座右銘でもって謝罪した。「芸は身を助くとか」この種の傑作を彼は数多《あまた》所有しており、小さなトランクに詰めていた。営業が危くなると、それを持って隣りの街に移った。そこで陳列した。この道の先輩、それに商売敵《がたき》や弟子たちはこぞって兜をぬいだ。その者たちの手におえぬ場合、彼の手が待望された。割前を要求しようなどとはつゆ思わなかった。それぞれの分野の王者といった貫禄の悪党たちは、なべて彼の友であった。そして《狒々亭》の出入りを同じくしていた。《調理師》はその世界に一つの法をもうけていた。パスポートの作品群に小さな四角い札を混入させていたのであるが、それらには、「アメリカに於ては複本こそ金の生《な》る樹なり」とか、「ごきげんよう。ダイヤモンドの国、南アフリカより挨拶を送る」とか、「真珠王として財を成したり。パスポート調理師君、万歳！」とか、「どうしてメッカにやってこないのかね？　マホメット教国は金貨づくめだ。アラーの神こそ偉大なるかな！」といった文字が読めた。これらは無数の感謝文よりとったものであり、夢の中でも反芻したことばであった。胸深く秘めて他人には洩らさなかった。それでよい、事実がすべてを語るのだから。彼は一つ作品を仕上げるたびにラム酒をあおり、激した頭を机に伏せ、指でしなだれる長髪《かみ》を掻き分け、注文主の将来と行為とを夢見るのであった。これまでそれを書き送ってくれた者は一人としていない。しかし書いたであろうことは夢想よりして熟知していた。そこでかれらの運命を宣伝用に利用した。

フィッシェルルレ用を作成中、そのパスポートが日本に於てまき起こすであろう賛嘆の声に聴き惚れていた。日本国という名は初めて聞いた。これほど遠くにこれまでついぞ手をのばしたことがない。パスポート二通を作り上げ、第一の、とびきり出来映えの見事な方を例外的に客に渡すことを決意した。この作品の持つ使命はすこぶる重大である。

この間、フィッシェルレは《狒々亭》の貧弱な台所特産の一品料理の饗応を受けた。まず豚肉の腸詰、それもすこぶるの年代物が二本、続いて饐《す》えた臭いの猛烈なチーズが出された。石のように堅いパンは欲しいだけ食ってよし。煙草十本。品種は《狒々》、嗜まなかったが頂戴した。自家製の焼酎三杯、ラム酒入りの紅茶、紅茶なしのラム酒、それに旅行の心得と、ふんだんに接待された。スリに気をつけろ。ほどなくおめみえするパスポートは、いうところの垂涎の的ってやつだ。どこの馬の骨とも知れない野郎が写真を剝ぎとってだ、てめえの面を貼りつけとく、すりゃあ生涯の財産《おたから》になろうものだぜ。やたらに拝ませるなよ。乗物に乗りゃあ鵜の目鷹の目だな、用心しろい。せいぜい手紙を寄こしな。《調理師》はどこかに秘密の私書函をこさえているはずだ。感謝の手紙に焦がれてるぜ。ここの女主人《おかみ》が恋文を抱いているように、隠しやがってだれにも見せやがらねえ。手紙の主が傴僂ふぜいだなんてことは、よもや気どられまいさ。

　フィッシェルレは委細承知した。感謝、称讃、宣伝、それに手紙のことを約束した。ただ不安ばかりはどうしようもない。そういう質《たち》の人間なのである。せめてフィッシャーとのみではなくて博士《ドクトル》の称号つきでもあったならば、警察も軽々しく手出しはすまいが。

　これに対し男たちは額を集めて合議した。小人を逃げ出させないために、一人が戸口に見張りに立って欠けたばかりである。《調理師》のきつい命令にもかかわらず、作業の邪魔をせずばなるまいとの合意に達した。フィッシェルレ用に博士の称号をたのみこもうではないか。ひたすら下手《したて》に出て声をかければ、そうそう癇癪も起こすまい。意見の一致は見たのだが、使いの役を買って出る者がいなかった。やつが一度腹を立てれば、とんだ災難、目腐れ金にせよ、ときどきの小遣銭がおじゃんだ。そんな間抜けた役柄は御免こうむる。

　このとき女主人《おかみ》が買物から戻ってきた。彼女は外出が大好きであった。大抵は恋愛の用向きで出かけたが、それでも客筋に自分が女であると見せつけたいときなどには、金のために赴いた。男たちはこれを機会《しお》にいそいそと散った。全員、合議の結論を都合よく忘れ、女主人が傴僂の瘤を両の腕に抱きしめるさまをうっとりと眺めた。女主人はフィッシェルレに愛情溢れたことばを浴びせかけた。待ち焦がれていたところ。おかしなこの鼻、がに股のこの足、それにとっても素敵なチェスの腕前。傴僂がきてくれたらとよく思う。年金女、ほら、あんたの奥さん、ますます肥ったって聞いたけど本当かしら？　何でもかんでも口に入れるって？　フィッシェルレは黙りこくって、うつけた顔で空《くう》を睨んでいた。女主人は御自慢の古雑誌――すべて、《天国》からの中古品《おふる》――を山と運んできて、可愛い小人の前に置いた。フィッシェルレは一頁も繰ろうとせず、頑強にムクれていた。小人ちゃんは御機嫌ななめ、ふくれっつらね、ま、勇ましい、ほれぼれするわ。

博士でなくちゃあ、とフィッシェルレは言った、不安はどうしようもない。

男たちは当惑した。無理難題ではあるまいか。とてもじゃないが、と口々に怒鳴った、傴僂は博士になれんのだ。傴僂兼博士なんてはあり得ない。奇妙奇天烈とはこのことだ！　博士には名声がつきものだ。ところで傴僂とは何か？　片輪者だ、名声とはとんと縁がない。こいつばかりは認めなくちゃなるまい。それとも片輪で博士ってやつがいるとでも言うのかね？

「一人いる！」とフィッシェルレは叫んだ。「一人いるとも！　背はずっと低い。腕がない。足もない。やっかい者だ。口で書いて眼で読む。それでも有名な博士だ」

大した印象は与えなかった。「そいつは話が別だぜ」一人が代表して言った。「そいつはまず博士になってだな、それから腕と足をちょん切られた。どうしようもないところだろうぜ」

「デタラメだ！」フィッシェルレは金切声を張りあげた。こんな無茶な話があろうか。「そいつは生まれたときからそんな格好だったんだ！　まったくのところがだ。腕なし足なしで生まれてきた。みんな、なんても知らずなんだ。ぼくは利巧だ、とそいつは言った、どうして博士になってはいけないのか？　それから腰かけて勉強した。普通の者は五年勉強する。片輪は十二年だ。ちゃんとこの耳で聞いたんだ。そいつはわたしの友人だ。三十歳で博士になって、有名になった。チェスの相手をする。そいつがチラッと見るだけで病人は治ってしまう。待合室は超満員だ。そいつは小さな車椅子に坐っている。二人の女が両脇にいる、助手だ。患者を裸にして博士の前に立たせる。そいつは一息嗅ぐだけでどこが悪いか分るんだ。それから、『次の方、どうぞ！』と叫ぶ。ものすごい財産《かね》を稼いでいる。あれほどの博士は二人といないはずだ。われわれは無二の親友だ。片輪者は団結しなくちゃいけないってそいつは言った。よく出かけるんだ。きみを博士にしてあげると約束してくれた。だれにも洩らしてはならん、みんな石頭だから、とも言った。もう十年からになる。あと二年で勉強が終るところだった。丁度、日本から手紙が舞いこんで風向きが変った。そいつのところにお別れにいくつもりだ。だけど決心がつかない。きっと引きとめられてしまうだろう。そうすると東京の仕事が駄目になる。一人だって外国に行けるとも。同じ片輪者でも弱虫ではないんだから！」

その男と引き合わしてくれと数人が懇願した。ほとんど、その博士の実在を確信していた。フィッシェルレはチョッキのポケットに鼻を突っこみ、「今日は持ち合わせていない。普段はここにいるんだが！　どうすればいいだろう？」と言った。

全員が笑いころげた。太い腕と拳がテーブルを這い回った。かれらは笑うのは好きであったし、そのための機会はめったになかったので、一斉に立ち上がり、先刻の躊躇を忘れ、八人一団となって《パスポート専門調理師》の小部屋の前に勢揃いした。だれか一人が悪者となることのないように、全員でドアを引き開け、声を和してうなった。「博士号を忘れるな！　博士号を忘れるな！　十年このかた勉強のしつづめだ！」《調理師》はうなずいた。合点だ、日本向きの特製だ！　彼は本日、すこぶる上機嫌であった。

フィッシェルレは酔ったと思った。普通、アルコールを飲むと気がめいるというのに。このたびは躍り上がった。パスポートと博士号とが手に入ったも同然だ。女主人《おかみ》の腹にしがみついて店中を踊り回った。長い腕を相手の首に。充分とどくとも。フィッシェルレはキーキーと叫びたて、女主人はふらふらとよろついた。罪状露顕にあずからない強盗殺人犯が、ポケットから巨大な櫛をとり出し、石鹸の包装紙でくるんで、やさしいメロディを吹き鳴らした。別の一人――押込み専門の下っぱ強盗――は女主人への思慕の念からすっとんきょうに足踏みをする。残りはこぞっておのおのたくましい太股をバンと叩いた。戸口の破れたガラスごしに心好い音色が流れてきた。フィッシェルレのがに股はなおのこと彎曲し、女主人は陶然と傴僂の鼻を眺めていた。「遠いわ！」と悲鳴をあげた。「遠いったらありゃしない！　こんなに長くていとしい鼻が日本くんだりに行っちゃうなんて！」強盗殺人犯は吹き鳴らした。女主人のことを考えていた。俺たちみんなのマスコット。それに沢山の借金《かり》がある。小部屋の《調理師》はトレモロで合唱に参加した。お得意の咽喉《のど》、テノールだ。お祭り騒ぎが嬉しかった。これで三時間、作業に熱中していた。もう一時間できっと仕上がる。全員が声を張り上げた。だれ一人、歌詞は知らなかったが、各人、生涯かけて願うところのことばを発した。「当り籤、一等」と一人がうなれば、別の一人が「あまっちょ」とわめいた。「餓鬼の頭くらいの金塊一丁」と、これは第三番目、次の男は吹かしても吹かしても尽きないトルコ・パイプを所望した。「そいつはみんなここにある！」鼻髭男が口ずさんだ。彼は若い頃、教師であった。年金を思うと辛かった。罵倒のことばが湧き立った。できることなら、みんなここから抜け出して行きたかった。一人っきりでだ、他のやつらが羨むように。フィッシェルルレの頭は次第次第に没みこんだ。「詰まった、詰まった、王手詰」との彼の声は喧騒《さわぎ》に掻き消された。

突然、女主人が唇に指を当て、ささやいた。「眠ってる、眠ってるわ！」男が五人、そっとフィッシェルルレを片隅の椅子に運んでからわめきたてた。「こら！　静かにしろ！　大旅行の前だ、フィッシェルルレはぐっすり眠らねばならん！」槲の音《ね》がやんだ。男たちは肩を寄せあい、日本渡航の危険について語り合った。ある者はテーブルを叩き、タクラマカン砂漠では二人に一人が渇えて死ぬと断言し、その砂漠がコンスタンチノープルと日本とのちょうど中間にあることを指摘した。教師あがりもその説を支持し、「スヴァン・ヘディンだね、その通り」と相槌を打った。水脈も越えねばならん。小人は多分、泳げるだろう。泳げなくても、瘤が向こう岸まで運んでくれるにちがいない。瘤は脂肪分に富んでいる。途中で下船するのは考えものだ。インドを通過する。港にはコブラが狙っている。半分咬まれてもお陀仏だ、彼は半人前の人間なんだから。

フィッシェルルレは眠っていなかった。資金のことを思い出し、片隅で、躍っている際にずれたのではないかと調査した。とどこおりなく元のところに位置していた。おのが腋の下を讃めたたえた。なんと律儀なやつであろう。他人ならとっくの昔にズボンの方にずらしてしまっているか、床にばらまいたところだろう。フィッシェルルレはいささかも疲れてはいなかった。むしろ反対だ。耳をそば立てて低能野郎どもが東洋の国々やコブラについて語っているのを聞き、アメリカのことを、自分の壮麗な宮殿のことを考えていた。

夕方遅く、闇の帳《とばり》がおりてから、《パスポート専門調理師》は小部屋から姿を現わした。両の手に一つずつ、パスポートをかざしていた。男たちは一様に口をつぐみ、畏敬の眼で手のものを眺めた。自前でなされた作品なのだから。《調理師》は足音を忍ばせて小人に近寄り、その前のテーブルにパスポートを置いて、音高く平手打ちを喰らわして起こしにかかった。フィッシェルレはとくと知りながら、身じろぎしなかった。支払わねばなるまいと覚悟していた。身体検査さえなければ喜ばなくては。「宣伝をたのむぜ！」《調理師》が叫んだ。足つきは怪しく、舌がもつれていた。数時間来、日本における盛名に酔っていた。小人をテーブルに据え、両手を合わせて誓約させた。

パスポートを使用すること、そのための費用は支払わないこと、日本人の鼻先にパスポートをつきつけること。かの地で、彼、ルドルフ・アムゼル、通称《パスポート専門調理師》を、全ヨーロッパ人が死後の彼に与えるであろう名称でもって、すなわち現代絵画の天才として伝えること。毎日、この天才について語ること。彼に関するインタヴューに応じること。いついっか生まれ、美術学校を中退した由来、その独立不羈の精神、創造の才、男の中の男、不断の努力により今日あるところの者になり得た次第。委細仔細を語ること。

フィッシェルレはかたく、かつ慎重に、かつ重々しく誓約した。《調理師》の命令に応じ、誓約の内容を一語一語繰返し叫んだ。締めくくりに、喜び勇んで《天国》から戻ってきたことを告げ、出発前にあのゴロツキの店を侮辱してやると約束した。「あれは滓だ！」真剣に声を嗄らして叫びたてた。「もうこんりんざい、ゴロツキどもを相手にしない。日本に《狒々亭》の支店を出そう！　金が儲かりすぎたら、あんたたちに送る。その代りにフィッシェルレの旅のことを《天国》には黙っていてくれ。あそこの強欲漢どもは追手を送りかねんのだ。あんたたちのために、敢えてわたしは贋のパスポートを身におびる。これもみずからの意志で、と誓うであろう。《天国》なんぞ這いつくばりやがれ！」いまやさきほどの片隅で、坐りこんで眠ってもよかった。テーブルから跳び下り、出来映えのよい方のパスポートを、携帯用のチェス用具のかたわら、もっとも安全な保管の場所に収めた。男たちの話を盗み聞くために、初めはわざといびきをかいていたが、やがて本当に眠りこけた。腕をかたく胸に組み合わせ、わずかな怪しい気配にも目覚めるように、指先を腋下に忍ばせていた。

翌朝四時、閉店の時間、見廻りの警官の顔がガラス越しにかすめる頃合、フィッシェルレは起こされた。急いで鼻から眠気を拭きとるや、たちまち元気をとり戻した。眠っている間に《狒々亭》名誉会員に推挙された次第を告げられた。フィッシェルレは満腔の感謝を表明した。いれ代りたち代り祝辞を述べる客が続き、全員が旅の安寧を祈願した。《チェス名人万歳》の声が湧き起こった。親しくあちこち身体を叩かれて、潰れかねない有様であった。なるたけ人目にたつように満面の微笑《えみ》を絶やさず、フィッシェルレは四方に深々と頭をたれ、力強く、「諸君、東京における新《狒々亭》での再会を期しつつ！」と宣言し、店を出た。

通りで、常に変らず群をなし、猜疑の眼を光らせた幾人かの警官に出会い、丁寧に会釈した。「今日以後は」と自分に言い聞かせた。「警察には低姿勢だ」すぐ近くの《天国》は避けて通った。博士たる者として、曖昧屋とはきっぱり縁を切ろうと決心していた。姿を見られてもならない。いまだ闇の夜であった。節約からガス燈の三つに二つは消えていた。アメリカには弧燈がある。それは昼も夜も絶え間なく輝いている。あちらの連中は無駄使いを厭わない、金をふんだんにばらまく。女房が老ぼれの売女《ばいた》だというので恥ずかしがるような男は、おめおめと家に帰れやしない。まっすぐ救世軍のもとに行く。まっ白なベッドつきのホテルを経営しているところだ。だれもが自分用の敷布二枚をいただける。ユダヤ人であろうとかまわない。どうしてヨーロッパはあんな素敵なとり合わせを採用しないのか？　フィッシェルレは上着の右のポケットを叩いた。チェス用具とパスポートの感触を味わった。《天国》ではパスポートを献げようなんてやつは一人としていない。みんなが自分のことのみ、稼ぎのことばかしを考えている。《狒々亭》は高貴だ。フィッシェルレは敬意を表した。自分を名誉会員に推挙してくれた。これはなかなかのことだ。あそこに出入りするのは第一級の犯罪人に限るのだから！《天国》には下種《げす》どもが女にすがって生きている、当人とて少々は働くこともできように。仕返しだ、アメリカに建てる壮大な宮殿を《狒々城》と命名する。怪しげな酒場に由来する名前と気づく者など、よもやあるまい。

橋の下で夜明けを待った。腰を下ろす前に乾いた石を一つ、運んできた。新品の服を着こんでいると想像していた。瘤にぴったりの服、黒と白の碁盤縞、誂えだ。眼の玉が跳び出るほどに値が張った。こいつの値打ちが分らぬやつはアメリカにいる資格がない。寒かったが身ぶるいはよしにした。ズボンは鏝当てがすんだばかりという風にまっすぐのばした。ときおり、闇の中でたよりなく光る埃をズボンから叩き落とした。何時間も靴磨きは石のまん前に坐り、全力で磨いていた。フィッシェルルレはそいつに視線さえやらなかった。若僧は一度口をきいてやると、すぐとに怠けだす。靴墨をこねていればそれでよしだ。現代的な帽子が調髪を風から守ってくれた。朝になるときまって吹き出す、海風というやつだ。テーブルの向こうにはカパブランカが坐り、手袋をして駒を進めていた。「わたしが手袋を持たぬとお考えかね?」とフィッシェルルレは詰問し、ポケットから新品の一組をとり出した。カパブランカはまっさおになった。彼の手の代物は使い古しであった。フィッシェルルレは足元に手袋を投げつけ、「勝負願いたい!」と叫んだ。「望むところ」とカパブランカは言ったが、わなわなと慄えていた。「しかしあなたは博士ではないでしょう。わたしはだれとでも勝負はせんのです」「わたしは博士だ!」フィッシェルルレは悠々と応じ、相手の鼻先にパスポートを突きつけた。「まさか字が読めんことはあるまいな!」カパブランカはうちしおれた。泣きじゃくって手がつけられない。「何事も永遠に続くわけではありませんぞ」とフィッシェルルレは声をかけ、敗残者の肩を叩いた。「これまで何年間、世界名人でしたね?あなた一人の世界でもありませんでな。まあ、わたしの新しい服を御覧なさい!まだお分りになりませんかね?」カパブランカは落胆しきっていた。老人さながらの顔。皺だらけで、その手袋は垢まみれ。「いかがですな」フィッシェルルレは哀れをもよおした。「一勝負、相手になって進ぜよう」老人は立ち上がり、首をわななかせ、手ずから名刺を差し出して、しゃくりあげた。「なんと気高いお方です。どうぞお訪ねください!」名刺には住所が見知らぬ文字で記されていた。だれにこれが読めようか?フィッシェルルレは頭をひねった。まったくの異国文字、ちんぷんかんぷんであった。「読み方を勉強なされ!」カパブランカが叫んだ。彼はすでに消えていた。ただ叫びだけが聞こえた。よぼよぼの悪党が声高に怒鳴っていた。「読み方を勉強なされ!」フィッシェルルレは住所が知りたかった。住所だ。「名刺に書いてある!」野郎はかなたから叫んでいた。やつはおそらくドイツ語ができないのだ。フィッシェルルレは溜息をつき、立ち上がった。名刺を裏返してみた。破り捨てたかったが、その上の写真に興味をひかれた。自分の写真、自分そのもの、以前の汚い服、帽子なし、瘤つきの姿。名刺はパスポートにほかならなかった。石に腰かけていたのは、これも自分。頭の上には橋があった。海風の代りに、夜がしらじらと明けそめていた。

フィッシェルルレは立ち上がり、あらためてカパブランカを罵った。なんと卑劣なやり口ではないか。なるほど、夢の中では何をしてもよかろう。しかしまた、夢の中でこそ本性を暴露するのだ。勝負を申しこんだのに、住所を種にごまかすとはな！　一体どこからこの妙ちきりんな住所《ところ》をとってきた？

自宅《いえ》にフィッシェルルレは袖珍型の備忘録を持っていた。見開きそれぞれを一人のチェス名人に充てていた。新聞に新名人誕生の記事が出るたびに、なるたけその日一杯に新名人の全経歴を、それも生年月日から現住所まで憶えこみ、備忘録に書きこんだ。備忘録はすこぶる小型であり、反対にフィッシェルルレの書体はむやみと大きかったので、作業にてまどり、年金女の注意をそばだてた。フィッシェルルレが書いていると、何をやらかしているのかと女は尋ねた。フィッシェルルレはひとことも答えなかった。彼は《天国》の住人として覚悟ずみの将来の破局に備え、そのときには、専門を同じくする憎らしい競争者のもとに遁れて庇護を願い出るつもりであった。二十年間、堅く名人リストを秘めてきた。年金女はそこに浮気沙汰を嗅ぎつけていた。備忘録はベッドの下、床の裂け目深くに納まっている。フィッシェルルレの指だけが辛うじてとどくのである。しばしば彼は自嘲気味にこう一人ごつ。「えっ、フィッシェルルレ、なんてこったね、年金女は、生涯、きさまに首ったけだぜ！」彼が備忘録を引っぱり出すのは、新名人を追加する必要のあるときのみであった。一人として洩れてはいない。カパブランカも無論のこと。年金女が仕事に出るとき、つまり今夜にも、あれをとってこよう。

新たなる日は買物で明けた。博士に財布はつきものである。服を買うとき、おもむろに財布をとり出さなくてはならない。でないと笑いとばされてもやむを得ないのである。店が開くまで、フィッシェルルレは悩みに悩んだ。とびきり大きな財布が欲しかった。だんだら縞の皮製。定価がはっきり書きつけてなくちゃならない。騙かされるなんて御免こうむる。彼は数十軒の陳列窓を見て廻り、あげく、馬鹿でかい一つに狙いを定めた。彼の上着のポケットにしてようやく納まろうというもの、そこは破れて、大きく口を開けているからだ。代金支払いの段となり、跳びはねて一回転。店員たちは邪推深くたちどころにとり囲んだ。そのうち二名は外の大気を吸うかのふりで、出口に立ちはだかった。フィッシェルレは腋に手を入れ、現金で支払った。

橋の下で資金を解き放った。腰かけていた石を鍋に皺をのばし、紙幣をそっくり突っぱらしたまま、だんだら縞の財布に収容した。もっともっと入ろうものを。フィッシェルレは溜息をついた。何やかや買いこまなくてはなるまい。すると資金とあいまって、こいつだって膨れ上がろう。中身が何か気どるのは仕立屋ぐらいのものだ。華やかな店に踏みこみ、単刀直入、親方を呼んでくれと注文をつける。すっとんできて、威勢のよい客に眼を丸くしよう。珍しやかな瘤はさておき、まず第一にみすぼらしい衣服に視線をやった。フィッシェルレは自己流そのまま、グイと上体をそらして会釈し、わが身を語る。

「わたしはチェス名人、ジークフリート・フィッシャー博士だ。おそらくすでに新聞で御存知であろう。わたしの欲しいのは誂え仕立ての服だ、夕方までに仕上げてもらいたい。値段の点は頓着しない。半分は前金で支払う。残りの半分は品物と引換だ。わたしは夜汽車でパリに発つ。ニューヨークの競技会に出席しなくてはならんのだ。ホテルで衣類一切を盗まれたのである。お分りだろうが、わたしは多忙を極めている。目覚めた、すると何もかも失せておった。夜中に押込みにやられたと判明した。ホテル支配人のあわてたことかあわてまいことか！　外出できる道理があるかね？　わたしは不具の身である。わたしのせいでないことは言うまでもない。ぴったり身体に合う衣服をどこで見つけろと言うのだ？　下着、靴下、靴、何もかもだ、わたしは何をおいても優雅を尊ぶ人間である！　早速だがものさしを当ててくれ給え、一刻もぐずついてはおれんのだ！　幸運にも、さる居酒屋に奇体な小男が巣喰っておると知れた。傴僂だ、とてつもないやつであった。そいつがとっておきの服を提供してくれたのである。ところがだ、そのとっておきなるものがどんな代物であったと思うね？　これだ、この服！　これでは瘤が目立つのも理の当然だ。わたしが常々愛用しておるイギリス製だとコブのコの字も気づかれないのだがね。背が低いのは認める、こいつばかりはどうしようもないだろうが？　イギリスの仕立屋諸君はだれかれとわず天才だな、そろいもそろってだ。服がないと瘤が目につく。イギリスの仕立屋に赴くと、瘤はすっと消え失せる。腕の上手は瘤を小さくしようさ、天才の手にかかるとだ、なんにもなしとなる。なんとも盗まれた傑作ぞろいが残念だ！　保険には無論入っていたとも。それに押込み君に感謝しなくてはならん点が一つある。出来たてのパスポート、昨日交付されたばかりのやつだが、これを小卓の上に残してくれた。あとは何もかもかっさらっていったがね。まあ、見給え――あるいはわたしが当人とは別人ではないかなどと思っているかもしれん、こんな服を着こんでいると自分でもこれがわたしかと怪しむほどだからね。いますぐに三着注文したいところだが、あなたの腕前はどうかとぶしつけながら問いたいところでね。秋にはヨーロッパに戻ってくる。お仕事が気に入ればだ、あなた、忙がしくなりましょうな。アメリカの友人知人にも宣伝いたしますからな！　法外に儲けようなどとお思いなさるな、手堅いのが商人《あきんど》のこつというもの。それになんです、わたしは世界名人になる予定でしてね。あなた、チェスはできますかな？」

慎重にものさしが当てられた。イギリス人にひけをとってはなるまい。チェスができないからといって、それがすなわち博士様とお近づきになれない理由とはならないのである。時間がない。だが十二名の仕立職人が総がかり、全員、どこに出しても恥ずかしくない腕達者ばかり。親方がみずから先頭に立つ。よほど特別な客にかぎってあることだ。トランプをやる者として彼はチェスの芸を評価するすべを心得ている。道を極めた者同士、仕立てであろうとチェスであろうと区別はない。遠慮しいしい親方はもう一着注文なさるのはいかがなものかと申し出た。正十二時に仮縫い、夜八時には二着とも完全無欠、ぴったりの出来上がり。夜汽車の発車時刻は十一時。それまで博士様はごゆりとお楽しみになれましょう。世界名人になられるや否やをとわず、いずれにしましても、このようなお客様こそ手前どもの名誉。汽車の中でもう一着申しつけておけばよかったと誓って悔やまれましょうな。ニューヨークではわれらの丹精の結果をなにとぞ宣伝いただきたい。値段の点はどうかお気づかいなしにいただきたい。ほんのおしるしといった額で結構！　そもそも仕立てでもって儲けようなどとは考えておりませず、あなた様のようなお客様に喜んでいただきたいばかりにやっておりまして。ところで、ひとこと、いかがな生地をお望みで？

フィッシェルレは財布を引き出して、言った。「これと同じだ、だんだら縞、同色でやっていただきたい。競技会に打ってつけだろう。なろうことならチェス盤と同じ黒白の碁盤縞でいきたいところだが、そういう生地は持っていまいな。一着のみにしておこう！　気に入ったら、ニューヨークから電報で二着目を注文する。確約する！　名士というものは約束を違えない。それに下着だ、下着がいる！この襤褸は我慢ならん！　下着も傴僂君の借物でね。どうしてああいう連中は洗濯をしないのだ？　石鹼は身体の毒とでも思っているのかね？　わたしにはさっぱり解せん！」

午前中の残りの時間《とき》を重要な買物に費した。まっ黄の靴、それにまっ黒の帽子を買わねば。高価な下着は、上着から覗く範囲で晴れやかに輝いた。ほんのわずかしか覗かないのが残念だった。女のそれのように上着は透けてなくちゃならない。値打ちがあろうものを、どうして見せてはならないのか？　フィッシェルレは公衆便所で下着をとり換えた。トイレ番の女にチップをやり、自分が何に見えるかと訊ねた。「傴僂に」と女は答え、職業相当にいやらしくにやついた。「瘤があるからってそう言うんだな！」フィッシェルレは気を悪くした。「こいつはなくなっちまわあ。生まれながらに背負いこんでいたとでも思うのかね？膿腫《はれ》さ、病気《やまい》よ、半年後にはピッシャリのびてるぜ、いいや、五カ月もすればだ。ところでこの靴はどうかね？」新客が到来した。女は返答をうっちゃった。チップは払いずみだというのにだ。「へっ、くたばりそこない！」フィッシェルレは小声で言った。「婆《ばばあ》に用はないや！　こちらはお風呂と洒落こまあ」

最高級の浴場で鏡つきの特等室を注文した。代金《かね》を払ったからには実際に湯を浴びた。生来、放蕩者には向いていないのである。鏡の前で甘美な時を過ごした。靴から帽子まで、ずらり身につけてみた。脱ぎ捨てた古着は豪奢な寝椅子にしなだれていた。こんな襤褸に一体だれが目をくれよう？　下着は反対に毅然としており、青い。可憐な色だ、ぴったりで大らか。無念にも《天国》を思い出させる。またどうしてだ、海も同じく青いというのに。ズボン下は白しかなかった。桃色のが欲しかったのだが。靴下どめを弾いてみた。パチンと音高く縮む。フィッシェルレにもふくらはぎはある。それはさほど彎曲していないのだ。靴下どめのバンドは絹だ、保証つき。小部屋には藤細工の小机があった。その上には最高級の部屋の設備につきものの棕櫚の小枝が置かれていた。すなわちここでは小机は浴槽の附録《おまけ》を意味していた。富裕なる客人は小机を鏡の前に押しやり、眼をそむけながら襤褸着からチェス用具をとり出して、悠然と腰をかけ、おのれを相手に電光石火の一勝負、勝ちを収めた。「あなたがカパブランカでおありなら」金切声で呼ばわった。「六度は負かしているところですぜ、いまと同じ時間にですぜ！　われわれのヨーロッパではこれを早喰い勝負と申しましてな！　そのお鼻は乞食なさるに打ってつけですぜ。わたしが怯えているとでもお思いですかね。いち、にの、さんであなたは破産だ。どうです、アメリカ人様、脳膜炎殿よ！　わたしが何者か御存知かな？　博士ですぞ！　勉強ずみですぞ！　チェスには知性が入用でしてな。あなたごときが世界名人でござったなどとは、いやはや！」

やおら大急ぎで身じたくをした。小机はそこに残しておいた。いずれ《狒々城》に何十となく備えるのだから。通りに出て、もはや何を買うべきか分らなかった。古着をくるんで腋にかかえたのは、どうも紙包みとおぼしいではないか。一等客はトランクを下げている。フィッシェルレは藤編みのトランクを買い入れた。中にはポツンとかつて身につけていたものが泳いでいた。手荷物預り所に一時預けた。お役人は「空っぽだな！」と持ち上げた。「中身を御覧になれば眼が眩みますぜ！」と言い返した。列車の時刻標識を検討した。パリ行の夜行列車は二本ある。一つは読めた。もう一つの方は高すぎた、眼がとどかない。一人の婦人が傍にきた。とりたてて上等の服ではない。「もし、あなた、そんなになさると首が抜けますよ。どの汽車にお乗りになりたいのです？」「わたくし、フィッシャー博士と申しまして」フィッシェルレは如才なく応じた。博士と聞いてたまげるな。「パリに参るところです。普段は一時五分発を利用しているのですがね。ほら、あそこに出ている、あれ。しかしです、もっと早く発つのがあるとか耳にしましてな」相手が並みの婦人なので、アメリカと競技会と名人のくだりは省略した。「十一時発の列車《くるま》でしょう、こちらの方に出ていますわ！」「まことにどうも御親切に、奥様」フィッシェルレは勿体ぶって身体をそらした。婦人は顔を赤らめた。同情をあらわに出した。まちがいだ。フィッシェルレは婦人の卑下を見てとった。《天国》よりきたやつだ、罵りちらしてやりたかった。正体を見抜いたぞ。このとき、入ってきた機関車の轟音を聞き、駅にいることを思い出した。時刻は正十二時。女ごときのために貴重な時間を失った。十三時間たてばアメリカ行の旅にいる。新奇の事件づくめにもかかわらず備忘録のことは忘れていなかった。そのためにも遅い列車に心を決めた。服に気が急いで、車を拾った。「仕立屋が待っているんでね」途中、運転手に話しかけた。「今夜パリに発たねばならん。明朝、日本へ出発だ。まったく博士というのは忙がしくてかなわんよ！」運転手は客が気に入らなかった。小人はチップを寄こさないように思え、先回りして懲らしめた。「博士なんぞじゃありませんぜ、あんた、藪医者でしょうがね！」運転手ごときは《天国》にいくらもいた。チェスができるやつとても、腕《うで》前ときたらお話にならないざまであった。こいつはできさえしまい。名誉毀損は聞きのがしてやろうと、フィッシェルレは考えた。腹の底では、これでチップが節約できたと安堵した。

仮縫いで瘤が凋んだ。初め鏡がまことと信じられず、近寄って、こいつ、へこんだ代物ではあるまいかと確かめた。親方はひかえめに目をそらしていた。「さては、なんですな」フィッシェルレは叫びを上げた。「あなた、ロンドン生まれでしょう！　隠しても無駄ですぞ、あなた、ロンドン生まれでしょう！」徐々にではあるが、仕立屋はそれを認めた。但し、まるっきりのロンドン生まれというわけではない。新婚旅行でいわばかすめた程度。あちらはなんと言っても好敵手であり……「仮縫いでこれだ。夕方にはそっくりなくなる」とフィッシェルレは続け、瘤をさすった。「この帽子はどうかね？」親方はうっとりと眺めやった。値段を聞いて義憤を発した。最新流行型、ただぴったりの外套が不可欠ではあるまいか。「一度きりの人生ですから」と、ことばを添えた。フィッシェルレは重々しくうなずいた。色の選択にとりかかった。靴の黄色と帽子の黒とをつなぐ色、強烈な青、青色だ。「下着の方も同色系統なんでね」親方は趣味のよさに兜をぬいだ。「博士様は下着の色とスタイルまでも統一なさっておる」彼は仕事中の職人連に向き直り、この著名人の特質を説き明かした。「かかる手ぎわに直面すれば、かの輝かしき不死鳥《フェニクス》といえど頭を垂れて赤面するであろう。正真正銘の個性とは少ないものだ。ささやかな私見であるが、一芸に達した者は保守性に傾くきらいがある。トランプであろうとチェスであろうと、このことわりに変わりはない。彼は端座しているのである。商売人は確固たる信念を抱いておる。安息の化身と成り上がる。一日を終えれば安らかな休息があり、親しき家族と言えども生活《なりわい》にあってはおのずから限界があるのである。高貴なる酒場の定連客には、われらの大神も父なる厳しきその眼《まなこ》を暫しゆるがせにいたされよう。通常、外套には手付金をいただくことにしているのであるが、かかる個性のひとに対しては、無論、そのような無礼をいさぎよくさしひかえたい」

「なるほど、ごもっとも」と、フィッシェルレに応じた。「わたしの未来の妻はアメリカに住んでいる。もう一年から会っていない、仕事のせいだ、手が離せないのだ！　勝負の世界は酷しい。あちらで千日手、こちらで決勝、負けることはまずもってない。未来の妻は恋い焦がれている。旅にお連れになったら、とあなたは言うだろう。言うは易しとはこのことだ。未来の妻は百万長者の出なんだから。『結婚を！』と両親は言いたてる。『もしくは、かたく蟄居せよ！　でないと男に捨てられる。されば家名に疵がつく』と、こうだ。わたしは結婚を厭うわけではない。妻には持参金代り、財宝をひそめた城つきだ。しかし、それもわたしが世界名人になってからのこと、それ以前は到底駄目だ。妻の目当てはわたしの名声、わたしの目当ては妻の金だ。金だけなら御免こうむるがね。じゃあ八時に、失敬！」

結婚の計画を打ち明けて、フィッシェルレは自分の個性が称揚された際の、思わず知らずのたじろぎをとりつくろったのである。これまで紳士が、一度に一着以上の下着を所有しているなどとはついぞ知らなかった。過去の妻、つまりあの年金女は、なるほど下着三着持っていたが、それもつい最近になってからのことである。毎週訪れる男が、いつもいつも同じ下着であることを嫌がった。ある朝きっぱりと、もうたまらん、こういつも紅色《べに》ばかりでは頭にくると言い放った。週の初まりがこれだ、ガックリする、これでは商売の方にも身が入らんと。《年金《かね》を払っておるからには、少々はちゃんとしたものを要求してよかろうが。まるで女房を相手にしているようではないか。無論、あいつはこうは肥っておらん。しかし女であることはまちがいない。用心しているが、ともかく自分の子供の母親である。》

彼は繰り返した。次の月曜日、またぞろ同じ下着と出くわすならば、楽しみはよしにする。立派な紳士というものは精力《たね》に乏しいのである。それでも行うのであるが、一時間もするとへなへなとなる。去りがけ、なおも罵った。フィッシェルルレが帰ってきたとき、女房はまっ裸で小部屋の真中に立っていた。紅の下着はくしゃくしゃに丸められて片隅にあった。フィッシェルルレは何をしているのかと尋ねると「あたし、泣いている」と答え、珍妙な格好で、「あのひと、もうこないわ」「どういうわけだ?」と、フィッシェルルレは問いただし、「追いかけてみるかね」「下着が嫌いだって」肥っちょの案山子は悲嘆にくれていた。「新しいのでなくちゃあって」「まさかことわったわけじゃあるまいな!」フィッシェルルレは叫んだ。「その口でよ!」一目散に階段を駆け下りた。「もしもし!」通りに声をかけた。「もしもし、お客さん!」名前はだれも知らなかった。運を天にまかせて走り出し、街灯にいき当たった。そこで紳士はうっかりし忘れてきた小用《こよう》をたしていた。フィッシェルルレは完了するまで待っていた。見つけた喜びは抑えて、抱きつかず、こう言った。「月曜日ごとに新しい下着、いいえ、もうこのわたくしが約束しますとも! あれが女房ですからな、なんのかんのと言わせませんや。ですからなにとぞ来週の月曜日、いつものようにお出でくださいますように!」「せいぜい心がけとこう」と紳士は応え、あくびをした。ひとに知られないように、遠道を回ってきていたのである。翌火曜日、年金女は下着二枚を買いこんだ。緑色と薄紫と。次の週、紳士はやってきて、まっ先に下着を見た。緑色。これは旧のを染め直したのではないかと気色ばんで尋ねた。ごまかされんぞ、裏表とも知っておる。年金女はもう一枚持ち出した。紳士は大いに満足した。薄紫の方がずっとよい。一等よいのは紅色だ、こいつ、なれそめの頃を思い出させる。かくのごとくにフィッシェルルレは、機転をきかし女房を危難から救い出したのである。さもなければあてがなかったあの頃だ。年金女はあるいは餓死しかねなかった。

とつおいつ、ちっぽけなあの部屋のこと、大兵肥満の女房のことを考えているうちに、備忘録は諦めようと決心した。おそらく家でばったり、逢う羽目に陥る。女は自分を熱烈に愛している。遠くにやるまいとするだろう。いやだと思うとわめき出し、戸口に立ちふさがる。すると股ぐらをかすめることも、脇に押しのけることも不可能だ。なにせあれはドアよりも大型なんだから。頭の方もきわめて粗大だ。一つこうと思いこむと、商売を忘れ、一晩中家を離れない。こちらは汽車に乗りおくれ、アメリカ到着がずっと遅くなる。カパブランカの住所はパリでも分ろう。分らなければアメリカで聞けばよい。百万長者は何でも知っている。小部屋に戻りたくなかった。ベッドの下なら別れを告げに這いこみたかった、栄光に満ちた経歴の発祥の地なのだから。あそこで敵をひきよせて、徹底的に打ち敗かした。電光石火の駒さばき。どのカフェより落ち着ける場所《とこ》であった。敵もなかなかの腕前だった、彼がみずからその役も演じていたからだ――あれとそっくり同じ小部屋を《狒々城》に作らせる。同じベッドつき、王手詰めはあの下に限る、這いこんでよいのは彼だけだ。別れを告げるのは諦めよう。感傷は禁物、ベッドは所詮ベッドにすぎない、それにこうもはっきり憶えているからにはだ。代りにもう十一着、下着を買いたそう、全部同じく青色だ、どこのだれにも区別がつくまい。仕立屋は個性の方は分ろうが、トランプのことは黙っていろ、身のためだ、あれは頓馬仲間のお慰みだぜ。

包をかかえて駅に戻り、藤編みのトランクを請け出して、一枚一枚下着を入れた。窓口の小役人の蔑視は驚異の眼つきに一変した。「一ダースだぜ」と、フィッシェルレは考えた。「どうだ、たまげたか」トランクを閉じて手に持ったとき、そのままずんでのところでホームの列車に乗りこむところであった。駅員に阻止された。旅行案内所が外国人用にもうけている特別の窓口に立ち、わざとにたどたどしいドイツ語でパリまで一等、と注文した。追い払われた。フィッシェルレは拳をつくり、金切声を張り上げた。「へっ、それなら二等で行ってやらあ、大損したってベソかくな！　新しい服を着てきてやるから、眼を回すなよ！」本当はさほど腹を立てていなかった。自分はまったく外国人らしくないのである。駅前で腸詰めのあつあつを二つ、大急ぎで食べた。「レストランのテーブルにでんと構えてもいいんだがね」腸詰め売りに言った。「紙幣《さつ》をきってだ、金ならここに充分ある」疑わしげな相手の鼻先に財布を突きつけた。「しかしどうも食事に興味がなくってね、知性《あたま》の方の専門なんだ！」「頭の鉢のぐあいでは、どうやらその方のようですな！」腸詰め売りは答えた。ぶざまな身体に一握りの小児頭をのせていた。自分よりも大きな頭の持主ならだれであれ羨んだ。「中身が何か、見当もつくまいな！」フィッシェルレは応じて、代金を払った。「学問だぜ、それにことばだ、六ヵ国語がそっくりと納まっている！」

午後、腰を据えてアメリカ語を勉強した。どの書店ででも英語の教科書を押しつけられた。「諸君」と、フィッシェルレはおだやかに抗議した。「賢明なる諸君だ、お分りになろうがね。諸君の関心が何であれ、わたしの興味とは異るのだ」店員と店主はこぞって、アメリカのことばは英語であると主張した。「英語なら知っている。わたしの希望するのはもっと別のものなんだ」どこに廻っても同じ主張を聞かされた結果、フィッシェルレは納得し、やさしい英語の言い回しを載せた一冊を購入した。定価の半額で手に入れた。というのは、そこの店主はおおむねカール・マイで喰っており、他の本はいわばついでに並べているにすぎなかったからであり、それにこんな小人が、シベリア経由の汽車も使わず、シンガポール経由の船もやめて、直接横断を企てているタクラマカン砂漠の冒険に、大いに心を動かされ、いささかの蘊蓄を傾けたからである。

ベンチでこの果敢な探険者は第一課をひもどいた。目新しいものずくめであった。《太陽ハ輝ク》とか《人生ハ短イ》とある。口惜しいが、事実輝いていた。三月の末、まだ陽射しはそれほど強くない。強いと用心が要る。何度もひどいめにあった。カッと照りつけるのだ。《天国》ではついぞ輝いていなかったが。チェスに太陽は要らない。

「英語ね、あたしもできるわ！」おしゃまな娘が傍から声を張り上げた。おさげ髪で、十四歳。フィッシェルレは構わずに読み続けた。小娘は待っていた。二時間してフィッシェルレは本を閉じた。すると小娘は、二年来の知己であるかに、彼に問いかけた。年金女としても、これほど上手《たくみ》にはとり入るまい。フィッシェルレは一語一語聞きとった。「何年間勉強なさったの？」小娘は言った。「あたしたち、まだまだよ、始めてやっと二年目なの」フィッシェルレは立ち上がり、本をとり戻してからジロッと鋭く睨みつけ、キンキン声で対抗した。「どうもあなた、見知らぬお方と思いますがね！　いつ始めたかとお問いになった？　丁度きっかり二時間前！」言い捨てて、あとも見ずにその場を去った。

夕方には薄っぺらな一冊、その内容に手なれていた。ベンチを幾度もとり換えた、絶えず見物人が寄ってくるからである。瘤のせいであろうか、それとも勉学ぶりのせい？

瘤に変りはなかったので後者によるものと判定した。ベンチに近づく者があると、遠くからフィッシェルレは叫びたてる。「どうか邪魔をしないでください。お願いです。でないと、明日試験に落っこちる、どうか分ってください、おたのみします！」これにはだれも堪まらなかった。フィッシェルレのベンチは鈴なりになり、残りは空《から》のまま。みんなが彼の英語に聴き惚れた。そして試験のためにできる限りの尽力を申し出た。一人の女教師は小人の熱心さに打たれ、公園のはずれまで、ベンチからベンチへと追いかけてきた。彼女は小人となると目がないのであった。犬も大好き、それも狆ころに限る。三十六歳、でも独身。ペラペラのフランス語を教えている。英語と交換教授しあうのはどうだろう。いま愛情については語るまい。フィッシェルレは意見をさし控えていた。突然、女教師は下宿の主婦《おかみ》を売春婦と呼び、口紅もつけてる、白粉だって、と非難した。もう充分、とフィッシェルレは思った。口紅なしだ？ それでどうやって商売をやれと言うのだ？「四十六歳にしてすでにそのようにおっしゃるからには」と、鋭くことばを挾んだ。「五十六歳の頃にはどのようにおっしゃいましょうな？」女教師は去った。小人を無学文盲と断定した。しかしだれもがこのように厚かましかったわけではない。大抵はフィッシェルレに無料《ロハ》で英語を教えてもらえることを喜んでいた。ねたみ屋の老人が訂正し、頑強に言い張った。英国ではそんな風に発音しない、こんな風だと。「なに、これはアメリカ語です」フィッシェルレは冷徹に言い放ち、瘤をそむけた。全員、彼に賛同し、英語とアメリカ語の区別もつかない老人を囃したてた。だれもがいまやはっきり、この区別を学んだというのにだ。八十歳に手のとどく老人が警察の名を出して威嚇するや、フィッシェルレは跳び上がり、「それはこっちの言うセリフですぞ！」と怒鳴りつけた。老人は慄えつつ、ひょこひょこと逃げ出した。

太陽の傾きにつれて一人、二人と立ち去った。数人の少年が群れて残り、最後の大人が消えうせるのを待っていた。やおらフィッシェルレのベンチをとり囲み、英語のコーラスでわめきたてた。《イエス》と囃し、《ユダヤ人《ユート》》を目していた。大旅行を前にしてフィッシェルレは腕白どもをペストさながらに恐れていた。やむなく本を脇に押しやり、ベンチに登り、長い腕をのばしてコーラスの指揮をとった。自分でも、いましも覚えたところを歌った。少年たちはわめいた。フィッシェルレはなお高くわめいた。買いたての帽子が頭に踊った。「諸君、もっとテンポを早くしてだ、それ！」叱咤した。少年たちは跳ね回り、自分たちが《諸君》とまで出世したことを歓呼して迎えた。背にフィッシェルレをすくい上げた。「諸君、何をするのだ！」この《諸君》で成人ぶりが確定した。われ勝ちに足を支え、瘤を抱き上げ、三人は小人のものと安心して本を奪いあい、残る一人が帽子を引っさらった。意気揚々と本と帽子が先頭に立ち、背に負われたフィッシェルレのよろつく姿があとに続いた。ユダヤ人ではない、傴僂でもない、インディアンの手下を従えた酋長である。公園の入口まで凱旋の行列が進行した。フィッシェルレの身じろぎとともに重量が増し、小年たちはしぶしぶしぶしながら背から下ろした。口々に明日もここにくるかと尋ねた。失望させたくなかった。「諸君」と伝達した。「アメリカに去っていなければ、かならずや再び参るであろう！」少年たちは歓声をあげ、一斉に駆け去った。家に戻るや、大抵は両親《おや》にしたたか殴られた。

フィッシェルレは通りをぶらぶら歩き、上着と外套の待つ方《かた》へと向かった。予定の列車が十一時発と分って以来、時間厳守を重視し、約束履行を心がけていた。仕立屋の許に現われるにはまだ早すぎるのである。小路に曲りこみ、初めてのカフェに入った。店先では着飾った女たちがさかんに客を誘っていた。フィッシェルレは身につけたおのれの見事な英語の力に敬意を表し、火酒を一杯飲みほした。「サンキュー！」と声をかけ、代金《かね》を盆に投げ出して戸口に進み、やおら振り返って、だれもがしかと聴きとるまで永々と「グッド・バイ！」と叫びたてた。そして普段なら避けて逃げるところであるが、ついこのように暇どった結果、ばったり《パスポート専門調理師》と出くわした。

「よっ、どこでその帽子を手に入れたね？」《調理師》は眼を丸くした。傴僂と出会ったことよりもむしろ傴僂の帽子に驚いたようすであった。彼はいまやここいらで、早くも三人目の客を見つけたところであった。「シッ！」フィッシェルレは唇に手を添え、次に背後の店を指さした。相手の質問を封じるために、左の靴を突きつけてから、「旅行用にちょろまかした」と囁いた。《調理師》は了解し、口をつぐんだ。さんざ働いて、大旅行の前にこの苦労。小人を哀れに思った。一文なしで日本へ向けて出発とはな。二、三の大枚を恵んでやるのはどんなものかと、一瞬考えた。しかしだ、パスポートにかてて加えて金もとなれば——なんと言っても多すぎる。「街に入って途方に暮れたときはだな」《調理師》は小人によりも、むしろ自分にしんみり言い聞かせた。「まっすぐチェス名人のところに行くことだな。すりゃあなんとかならあ。住所《ところ》は知っているんだろう？住所なしではお手上げだぜ。いいか、住所を忘れるな！」

このささやかな忠告に、フィッシェルルレの思いはまたもやベッドの下に飛んだ。別れも告げず去っちまうのは恩知らずであるまいか。馬鹿女にはおよそ何のこともないベッドではあるがだ。それに住所なしではお手上げである。一時五分発の列車もある。八時きっかり、彼は仕立屋に入来した。誂え服が粛然と待っていた。わずか目に立つ瘤も、外套の下に消えた。職人たちは互いに祝意を表しあった。それぞれが相手の腕前《うで》を褒めそやした。

「ワンダーフル！」と、フィッシェルルレは一声放ち、さらに続けた。「それにつけても、英語ができないやつがいる。その手の一人を知っているがね。そいつ、サン・キューのつもりでダンケと言っちまった！」

親方はハム・アンド・エッグが何よりの大好物であった。一昨日《おととい》、レストランで注文したら、給仕め、さっぱり分らんときなすった。

「牡牛《オクス》がオクスで牛乳《ミルヒ》がミルク、こうもそっくり似ているというのにだ」と、フィッシェルルレはことばを引きとり、「まったくのところが英語ほどたやすいことばがこの世にまたとあろうかね？　日本語にしても、もっともっとむつかしい！」

「こう申してははなはだ僭越でございますが、お客様が戸口からこうまっすぐお越しになるお姿をひと目お見かけいたしました節、この方こそ無類のことばの達人様と思いましたですよ。日本語の語彙の修得が困難極まりないと申される御見解に、諸手を挙げて賛同いたしたいのでございまして、聞くところによりますと、一万語からの文字がございますとか。日本固有の新聞の、なんとまた賑やかなこと、御覧なさいまし、子供の靴の模様に納まっているのは広告なんですな。このようなことばは経済生活に何らかの障害を生み出さずにはおきますまい。われわれは友好民族の安寧のためにできる限りの配慮を尽くさなくてはなりませず、極東に於ける不可避の戦争を極力回避せしむべく、不断の努力を継承せねばなりますまい」

「お説の通りです」と、フィッシェルルレは答え、「あなたのことを忘れはいたしません。わたしはまもなく発たなくてはなりませんので、これをもって友人としての今生《こんじょう》の別れといたしましょう」

「あの世までも友人《とも》として」仕立屋は言いたし、未来の世界名人を掻き抱いた。《あの世》のひとことを口にしたとたん、彼は数人の子持ちであったので、胸を締めつけられ、烈しく怯えた。死神を追い払うかに、博士様を渾身の力で抱きすくめた。できたての外套のボタンが一つ、もげて跳んだ。フィッシェルレはプッと吹き出した。かつての部下、あの《盲人》を思い出したのである。仕立屋は崇高な感情に水をさされ、とっくり説明を要求した。

「ある男を思い出してね」と、小人は身体をよじらせて言った。「ボタンが憎らしくて堪まらないという男だ。そいつはこの世からボタンをなくすために、ありとあるボタンを喰っちまいたいともくろんでいた。しかしそうなると、仕立屋諸君はどうなさるかと思ってね、そうでしょうがね？」

これを聞いて親方も《あの世》の不安を忘れ、腹をかかえて大笑いした。彼は手ずからボタンをつけ直しながら、繰り返し何度も、この素敵な小咄をいただいて、滑稽新聞に投書いたしますですと約束した。彼はすこぶる悠長に縫いつけた。皆と一緒に笑いたかったためである。彼は何事も一緒にした。涙さえ一人きりのときには、それほど甘美な味がしないのだから。衷心から博士様の旅立ちを残念がった。これで最良の友を失うことになる。さぞかし両名、最良の友となったはずなのだから。二人が今生と彼岸と変らず友となるならば、二人が二度で四人分の友情である。かれらは親しく、おまえ、貴様と呼び名を近づけて別れた。親方は戸口にたたずみ、フィッシェルレの後姿をじっと見送った。まもなく均斉のとれた小人の姿は——脳裏にはまざまざと残っていたが——消え、わずか外套の輪郭のみ。その下から感謝の念を告げるかに、見事な上着に相応しいズボンの裾が覗いていたのであった。

古着は慎重に包みこんで駅に運んだ。駅の広間に現われたのはこれで三度目、このたびはパリッとした新調を着こみ、若返って、高貴の御仁。悠揚迫らず、人指しゆびと中ゆびで手荷物預り証をつまみ出し、小役人に示して「新品の藤編みトランクを」と命じた。小役人の敬意は恐懼に昂進した。今日の午後の下着だけでは充分とは言えなかった。いまや優雅そのものが立っているのである。両手でいただいて包をトランクにおさめ、「しっかりと締めておこう！　開けるなんぞは気狂い沙汰だ！」と解説を加えた。外国人用の窓口でそっけなく問いかけた。「パリ行、一等が欲しいのだが手に入るかね？」「勿論でございますとも！」数時間前、彼を追い払ったのと同じ係員が答えた。これにより、フィッシェルレは当然のことながら自分が完全に一変している事実を、誇り高く確認した。「まったくこちらはなんてのんびりしておることだ！」英語まがいの発音で苦情を呈した。入門書はなお小脇に挟んでいた。「諸君の列車《くるま》がすんなり早く走ってくれるといいんだが！」まだ空きベッドがありますが、寝台車はいかがで、と問いあわされて、「一時五分発のをたのむ。発車時刻はあてになるかね？」「勿論でございますとも。こちらは伝統ある文明国でございまして」

「分っておる。しかしそれは急行列車とはなんの関係もないだろうが。わが祖国のアメリカでは何よりも商売が優先する。つまり、ビジネスだ、英語だが分るかね？」

成長がすこぶる小振りのこの紳士が、だんだら模様のふくらんだ財布を突きつけた威勢よいその手つきにうたれ、係員はこれこそ生粋のアメリカ人と確信し、畏敬の念を新たにした。「この国は御免こうむる！」支払いをすませ、切符をだんだら模様の財布に収めたのち、フィッシェルレは言い捨てた。「わたしに平手打ちを喰らわせた。わたしに対し、さながら片輪者に対するといったぐあいだ。とてもじゃないがアメリカ人の扱い方ではなかったのだ。わたしは類《たぐい》ない言語能力でもって、敵《かたき》諸君の腹の中を読みとったのである。御存知かね、わたしが悪党の巣窟に引っぱりこまれたってこと？　なるほど、こちらにはチェスの名手がいる、唯一これだ、これは認めよう。世界にその名を知られたパリの精神医、キーン教授はわたしの無二の友人であるが、彼もその点では同意見だね。わたしはベッドの下に監禁され、殺人の脅迫を受け、多大の身代金を要求された。一応支払いはしたが、諸君の警察に三倍にして返していただく予定である。外交筋も動きだした。まことに結構な文明国だ！」傲然と顔をそむけて窓口を離れ、おもむろに広間をあとにした。口もとに冷笑を浮かべていた。自分に文明国を説くとはな！　ここで生まれ、いまだかつてこの街を離れたことのない自分にだ。チェス新聞のことごとくを暗《そらん》じており、《天国》でまっ先に絵入り新聞を手にとる者はだれあろう、この自分だ。午後一日で英語を修めた者は余人にあらず、このフィッシェルレ様だ！　英語の成功以来、彼はことばに対して毛ほどの恐れも抱いていなかった。そしてアメリカにおける世界名人としての生活が許す範囲で、自由な時間《ひま》を語学に当てることを考えていた。まずは週に二ヵ国語、一年でのべ六十六ヵ国語だ。これ以上は必要ない。方言ごときは何あろう。いうところの児戯に等しい。

九《ナイン・オクロック》時であった。駅前の大時計は英語で進む。十時に大門が閉ざされる。門番と顔をつきあわさないにこしたことはない。フィッシェルレが無念にも二十年間、売女《ばいた》と過ごしたみすぼらしい宿営までの道のりは四十分《フォーティ・ミニュッ》。黄色い靴に納まった足で、ゆっくりと歩きだした。ときどき彼は立ちどまり、ガス燈の下で、思いついた英語の表現を入門書に確かめた。どれもこれもぴったり。眼につくものを英語に言い換え、行きちがう人々に話しかけた。但し、呼びとめられないように、ほんの小声で。予想以上に知識があると判定した。二十分後、目新しいものが尽きてからは、家や通りや街燈や犬はうっちゃって、英語のチェス勝負に打ちこんだ。汚ならしい宿営に至るまで手間どった。大門の前で王手詰めでケリをつけ、通路を通り抜けた。過去の妻は神経に触わった。堪えがたい。その膝に落ちないように、階段裏に身を隠した。充分、居ごこちのよい場所がある。階段をうかがった。無論のこと、方々に大きな穴があいていた。もしなんなら鼻でふさぐのも簡単なことである。十時まで身動き一つしなかった。しがない靴屋を本業とする門番が大門を閉じ、掌で煽いで階段の明りを消した。彼がフィッシェルレの女房の身体の二つ分もあるかなしかのちっぽけな住居に引っこんだとき、フィッシェルレは細い声で呼びかけた。「ハウ・ドゥ・ユー・ドゥ？」靴屋は聞きとった。女が外に立っていると思い、門を開けてくれろと、たのみの鐘を鳴らすのを待ち受けた。コトとの音もしない。空耳だ。通りに足音も絶えている。彼は部屋に入り、錯覚した声に興奮して、この数ヵ月、指一本触れなかった女房を抱いて寝た。

フィッシェルレは年金女が出かけているのか戻っているのか判明するのを待った。思慮深く、マッチの火を判断の規準とした。女房はマッチをすって高々とさし上げる。それというのも売春婦としてではないことであるが、大の葉巻好きであったからである。年金女が出かけているのが一等よかった。そのときには部屋に忍びこみ、ベッドの下から備忘録をとり出してから、あの安息の場所、思い出の地に別れを告げ、一目散に駆け出してタクシーを拾ってまっすぐ駅だ。大門の鍵は、この前、年金女の無駄口に腹を立てた際、投げ捨てた隈にあるはずだ。あの頃はものぐさで、拾い上げることもしなかった。年金女が戻っているなら、お客が一緒だ。そいつ、早く帰ってくれるといいのだが。最悪の場合、フィッシャー博士ともあろう者が、かつてのフィッシェルルレさながらに、そっと這いこまなくてはならない。女房は聞きつけようと、口をきかさぬ。喋ろうものなら主人《だんな》の威光を見せつけるまでだ。口を開く前に、とっくにおさらばだ。何故とならば、この手の女はいかに一日を過ごすものかと考えるだけでことは足りる。ベッドでお客と寝ているか、ベッドでお客なしで寝ているかだ。一人の金をくすねているか、別の一人にそいつを渡しているかだ。ウンザリするほどの婆さんであるか、若いのであれば手のつけられぬ低能かだ。男に金をさし出す女なら男にへばりついて離れないか、それとも稼ぎがないなら、男が代りに、他人《ひと》の懐中《ふところ》を狙いに出なくてはならないかだ。へっ、なんてこった！　これでは一体どこに芸がある？　背のすっとのびた男なら、盤に向かってチェスに賭けようぜ。待つ間、フィッシェルルレは胸を突き出していた。服と外套の背中の部分が、明日ともなれば、どのように変化しているかもしれぬ。瘤に押されてやや過労ぎみだ。

依然、だれもこなかった。雨樋から中庭に水が滴る。水はなべて大海に注ぎこむ。大海の波をけたててフィッシャー博士はアメリカに向け船出する。ニューヨークの人口は一千万人。全住民に歓喜の渦だ。通りで、てんでにキスを交しあい、咽喉一杯に叫びたてる。万歳！　万歳！　万歳！　歓迎に打ち振られたハンカチが一億枚。だれもが指に一枚づつ結びつけていたからだ。税関当局は途方に暮れた。一体全体、何を検査すればよいのやら？　ニューヨークの売春婦の代表が自分たちの《天国》を御存分にと申し出る。アメリカにも《天国》はあるのだから。フィッシェルルレはうなずいた。とっくに研究ずみのところである。飛行隊が高く《フィッシャー博士》と文字を描いた。彼の宣伝をして悪いことがあろうか？　ペルジル洗濯石鹸よりも価値がないとはだれにも言わさない。何千と数知れぬ人々が、つい見とれて海に落ちた。あの連中を救出せよ、とフィッシェルルレは命令した。彼は慈愛に満ちている。カパブランカが彼の首たまにかじりつき、「どうか御慈悲を！」とささやいた。さいわいにもフィッシェルルレの耳は騒雑にまぎれてこのささやきを聞き洩らす。「去《い》っちまいな！」と怒鳴りつけ、突きとばした。カパブランカは猛り立った群衆に八つ裂きにされた。摩天楼より大砲が轟きわたり、合衆国大統領が歓迎の手をさしつけ、未来の妻は持参金目録を提示する。こいつは受けとろう。《狒々城》譲渡の念書つきだ。それに摩天楼ことごとくが附属につく。債券の山だ。駆け出しの連中のための学校を設立する。やつら、早速一人前の面《つら》をしだす。叩き出せ。一階で十一時を告げる音。そこにはお婆さんの時計を持った十八歳の女が住んでいる。あと二時間五分すると、パリ行きの寝台車が発車する。

爪先立ってフィッシェルルレは階段を登って行った。こう永く女房が家を空けていることはない。きっとお客の下になっているところだ。三階の小部屋の前で立ちどまり、耳を澄ました。隙間から明りも洩れていない。女房を軽蔑していたので、そのお喋りにも関心がないのであった。新品の靴を脱ぎ、階段の一の段、すなわちアメリカに一歩近い位置に置いた。新品の帽子をその上に据え、闇よりもなお黒々としたその色合いを賞味した。英語入門書を手離さない。これは外套のポケットに。そっとドアを開けた。慣れたところだ。声はなお続き、高く、立腹のていい。両名ともベッドの上に腰かけている。フィッシェルルレはドアを開けたまま、隙間に這い寄り、鼻をさし入れた。備忘録は納まっていた。数ヵ月前、石油罐に落ちこんだとき浸みついた石油の臭いもそのままであった。「これはこれは、御無沙汰をばいたしまして！」と、フィッシェルルレは敬意を払い、チェス名人たちに会釈した。次に右手の人指しゆびで隙間の端まで押しやってから、引き上げた。よし、手に入れた。左手で口をふさいだ。呵々と笑い出したくなったのである。頭上のお客はボタン狂いの《盲人》そっくりの話しぶりであった。フィッシェルルレは備忘録を知りつくしていた。表がこちらで裏がこちらだ。最後の空いた数ページに指先を添え、書き入れた。小さく書くのは以前よりもよほど困難であった。その結果、一頁に《フィッシャー》、次の頁に《博士》、さらにめくって《ニュー》、次にようやく《ヨーク》ときて終了した。正確な住所は、未来の妻の《狒々城》がどこにあるか分ってからのことにした。この結婚に対してはまだまだ準備が足りないのである。資金やパスポートや衣服や切符に駆けずり回って貴重な時間を無駄にした。石油の臭いが鼻をついた。「ねえ、あなた《ダーリング》！」百万長者の娘は言って、フィッシェルルレの鼻をついた。

長い鼻が大好き、短いのはいや。これがあなたの鼻ね、と彼女は念をおした。二人並んで通りを散歩しても、どの鼻もこの鼻にかなわない。彼女は美人、アメリカ美人だ、映画に出てくる通りのブロンド、身の丈六尺、碧眼。外出は自家用車ばかり、電車は恐いからだ、電車には傴僂やスリが乗っていて、ポケットの百万ドルを盗もうとする。待てよ、夫がヨーロッパ滞在中、少々傴僂ぎみであったことを気《け》どるだろうか？

「傴僂なんては屑同然だ！」ベッドの上の男が言った。フィッシェルレは笑った、自分とは関係のない話であるからだ。ズボンをつけた男の足を眺めた。靴は床にとどいていた。あのボタン狂いが二十グロシェンのみで、それ以上は鐚一文も持っていないと知っていなかったなら、これこそてっきりあいつだと思いかねないところであった。二重人《ドッペルゲン》間《ガー》というやつがいる。いまやボタンのことを喋り出した。おかしいか？　女にボタンを縫いつけてもらいたいからだ。いいや、こいつは妙だ、「喰っちまえ！」と言った。

「あれに喰わしたらどうかしら」とこれは女。男は立ち上がり、開いたドアの方に行った。「いや、確かだ、この家のどこかにいる！」「それなら、探したらどう。あたしにどうしろって言うの？」男はドアを音高く閉め、行きつ戻りつ、歩き回る。フィッシェルレに不安はなかった。いずれにしてもドアの方角に這っているのである。

「ベッドの下にいるわ！」女が叫んだ。「なんだと！」二重人間がわめいた。四本の手が傴僂を引き出し、その内の二本が咽喉と鼻とを締め上げた。「俺はヨハーン・シュヴエアー様だ！」暗闇でだれやらが名乗りをあげた。鼻は放したが咽喉くびは締めつけたまま。「さあ、喰え！」と怒鳴った。フィッシェルレはボタンを口に入れ、呑みこもうと頑張った。ボタンが咽喉を通過する一呼吸の間、締め上げた手がゆるんだ。その間を利用してフィッシェルレはニヤリと笑おうと唇をわなつかせた。弱々しくうめいて言った。「こいつは俺のボタンだぜ！」再び手に力がこもり、首に喰いこんだ。拳が脳天に落下した。

《盲人》はフィッシェルレを床に投げつけ、片隅のテーブルのパン切りナイフを手にとった。これを握って傴僂の服と外套を切り刻み、背の瘤を削《そ》ぎ落とした。この困難な仕事の間、あえいでいた。ナイフは鈍すぎるし、明りはつけたくなかったからだ。年金女は見物のかたわら、服を脱いだ。ベッドに横たわり、「さあ、いいわ！」と声をかけたた。しかし作業はまだ完了していなかった。《盲人》は切りとった瘤を外套の切れはしにくるみこみ、その上に二、三度、唾を吐きかけ、床に転がした。死体をベッドの下に押しこんで、やおら女の上に跳び乗った。「だれにも聞かれやしなかったぜ」そして笑った。彼は疲れていた。しかし女は申し分なしの肥っちょである。一晩中、楽しんだ。

第三部　頭脳のなかの世界

善父

玄関番ベネディクト・ファッフの住居は、並みの大きさの薄暗い台所と白塗りの小部屋からなりたっており、廊下からまず小部屋にとりつく構造であった。元来、家族一同は奥の部屋で寝ていた。全員で五名、妻と娘と、玄関番が三人前。彼はすなわち、警察官と、夫と、父親とを兼ねているからである。夫婦の床は、彼の癇癪の種であるが、すこぶる大きい。だからこそ娘と女房は一つベッドで充分、いま一つをおのれ一人の用に宛てた。自分のベッドには馬毛のマットを敷かせたが、これとて安楽のためではない、寝坊と女は憎むところだ、要するに原則にのっとりである。家に金を入れるのはだれあろう、主人《あるじ》ではないか。階段全部の清掃は女房のなすべきところ、夜の遅帰りが呼鈴を鳴らすとき、戸口の扉を開けるのは十歳になって以来の娘の仕事、これが躾《しつけ》だ。その両方の用からの収入は彼が受けとる、彼、すなわち玄関番がだ。ときには両名が外に出かけて手伝いや洗濯で小銭を稼ぐのには目をつぶってやった。家族を養う父親の苦労がいかに酷いものであるか、少しばかりおのれの肉体で識ってみるのも悪くあるまい。食事のとき、彼は自分を根っからの家庭人と呼び、夜には老耄《おいぼれ》た女房を罵った。仕事から戻るや、直ちに躾の権利を行使する。娘に赤毛の拳を愛情こめて叩きつけたが、女房には頻度を極力少なくした。現金は全部家に残した。みずから検査しなくても金額はいつもぴったり。一度勘定が合わなかったばかりに、女房と娘は往来で夜を明かさなくてはならなかったからである。何はともあれ、彼は幸福《しあわせ》であった。

その頃、調理は白い小部屋でなされていた。そこは台所を兼ねるものと考えられていたのである。四六時中、昼夜を分かたず、夢にまでうなされるほど筋肉を緊張させていなければならぬ仕事の性格上、ベネディクト・ファッフは十二分の、栄養豊かな、心のこもった、手作りの料理を必要とする。この点、彼はいささかの妥協も許さなかった。食事のことで女房が殴られるのは、それは女房のせいであり、娘のせいではないのである。年とともに食欲が増した。彼は小部屋が充分な賄いには狭すぎると判断し、台所を奥の部屋に移動せよと命令した。この命令は――例外的に――

―抵抗に遭遇したが、彼は不退転の意志を貫いた。以来、三人はようやくベッド一つが納まる広さの小部屋に居住し、奥の大部屋は調理と食事と打擲と、それに料理はなかなかのものであれ、どうもここでは気が置けないといった、たまさかの同僚の訪問の四役を兼ねるところとなった。この部屋替えの暫くのち、女房は死んだ。過労による。彼女はどうにも新しい台所に慣れることができなかった。以前より三倍多く料理して、日一日と痩せ細った。非常に老《ふ》けて見えた。六十歳だと言われていた。玄関番を恐れ、憎んでいた建物の住人たちも、唯一この点では彼に同情していた。精力のありあまった大の男が、あんな老い朽ちた女房と暮らさなくてはならないとは面白くなかろうさ。実際は女房の方が八歳年下であったのだが、だれ一人このことを知らなかった。しばしば、あまり盛り沢山の調理をやろうとしたばかりに、彼が帰宅したとき、まだ仕上がっていないことがあった。おおむね辛抱強く、彼は五分待った。ついには堪まらず空腹を我慢して殴りとばした。女房は彼の拳の下に死んだ。わざわざ手を添えずとも、数日後には必ずやみずからあの世に旅立っていたはずだ。すなわち彼は殺人罪を犯したわけではないのである。奥の部屋にしつらえられた告別の床で、あまりにも無残な死人の姿に、あとに続いた悔《くや》み客の手前、だれもが一様に赤面した。

　埋葬の明けの日以来、喜悦の日々が始まった。これまでにましてだれ憚ることなく、娘に対し振舞った。仕事に出かける前、背後に鍵をかけて閉じこめる。専一調理に専念させんがためである。ついては帰宅の際の対面もことのほか喜ばしいというものである。「女囚殿、御機嫌はいかがかな？」と、怒鳴りつつ鍵を開ける。娘は蒼白い顔に微《え》笑《み》を浮かべる。これから翌日の買物に出かけるからであり、また彼の好むところでもある。買物に際しては微笑を浮かべなくてはならぬ。さらばよけいによい肉が手に入ろう。悪い肉とは犯罪と同義語である。娘が半時間たっても戻ってこないとき、空腹で彼はいきり立ち、戸口を入る娘の足を踏みつける。それでなお納まらず、夜の祝典の間じゅう、立腹づくめ。娘がよよと泣きだすと、機嫌を直し、普段通りの作法にのっとる。定刻きっかりに戻ってくればさらによい。半時間のうち、彼は五分くすねる。娘が出かけるや、時計の針を五分進め、小部屋のベッドの上に置き、奥の部屋で料理の匂いを嗅ぎながら、炉の前に腰を据える。但し、指一本動かさない。彼の巨大な、ぶ厚い耳が娘の弱々しい足音を聞き澄ます。娘は遅れはしなかったかと怯え、そっと戸口を入り、ドアを開け、絶望的な視線を時計に投げかける。ときには、ベッドに忍び寄り、元来が恐ろしい構造《からくり》である時計の不思議に慄えながらも、わななく指でそそくさと針を数分戻すことに成功した。しかしながら大抵は、すでに一歩で彼は聞きつけた。娘の息づかいが荒すぎるのである。そして途上で、はったとひっとらえる。ベッドまで二歩の距離だもので。

娘は父親の傍をすり抜け、適当にあわただしげに炉端にとりつく。彼女は消費組合の痩せぎすな、おとなしい店員のことを思っていた。彼は娘に、どの女にもまして小声で「ようこそ」と言ったし、娘のおどおどした視線を避けるのであった。彼とできるだけ同じところにいられるように、娘は自分の順番をあとの女に譲ったのであった。男は黒人であった。あるとき、ほかに客がいないのを見すまして、娘に煙草一本を贈り物にした。これに娘は赤いハトロン紙をつけて、そこにほとんどあるかなしかの薄い字で当事件の日時を書き入れ、父親の手の及ばない唯一の肉体《からだ》の部分、左の乳房の下に納めてこの宝物を身につけていた。じっとう蹴られるときより殴られるときが危険であった。じっとうつ伏せになっていた。煙草は安全であった。拳の雨を浴びながら、煙草の上で胸が慄えた。宝物に命中したら、自殺する。そのうち、煙草はとっくに崩れていた。娘は閉じこめられている永い一日、ハトロン紙を開いてうち眺め、撫でさすり、キスをしたからだ。もはや煙草の残骸と言うしかなかった。でもほんのひと破片《かけら》もなくなっていない。

食事の際、父親の口は湯気を立てた。咀嚼用の彼の顎骨は両の腕と同様に倦むことを知らなかった。娘は父親の皿が空《あ》けば直ちに盛るために立ちづめであった。自分の皿は空のまま。どうして何も食べないのかと問われやしまいか。思いついて戦慄が走った。父親のことばは行動より恐ろしかった。言われたことが分りだしたのは、娘に成長してからのこと、身体に受けたことは生まれたときから分っていたのに。あたし、もうすましたの、お父さん、とこう答えよう。だけども食べろ。だが永いこの年月、一度たりとも彼が問いかけたことはなかった。咀嚼の間、彼はすこぶる忙しかった。眼は皿に据えていた。ランランと睨《ね》めつけていた。大盛りを一皿ずつすませるごとに、眼は輝きを失っていくのであった。咀嚼筋肉が焦立った。これでは仕事がなさすぎる。不平を言いたてる寸前であった。空になる皿よ、呪われてあれ！　ナイフで切り刻もうか、フォークで突きさそうか、スプーンで打ち砕こうか、わめきたてて吹き飛ばそうか。いや、待て待て、このためにもと、娘が傍にいる。彼女は懸命に父親の額を窺っていた。眉毛の間に縦皺が寄るかに見えるや、皿にまだどれほどあろうとおかまいなく、さっと盛りつける。気分に応じ皺のぐあいが先触れをするからである。これはとくと学んだ。初め、母親の死後、かつての母のしていた通り、皿の空くのを待っていた。しかしこれは意に叶わなかった。娘がお相伴となれば、父親の注文はさらに厳しい。まもなく娘は精通し、額から機嫌のいかんを読みとった。たいらげきるまでひとことも発しない日があった。食べ終えてのち、なお暫くは舌鼓を打ち続ける。その音色に耳を澄ました。舌鼓の音がかん高く、かつ長く響くとき、娘は慄えだす。夜の責苦が待っているからだ。そんなときはあらん限りのことばを探してもう一皿と説きたてた。まずもって普通は満足げに舌鼓して、話しかけた。

「愛《め》でし子という者がある。そいつはだれのことか？　女囚殿なり！」

こう言って娘を指した。人指しゆびの代りに握った拳を利用した。娘は微笑《えみ》を浮かべ、《女囚殿》の発音に即して唇を丸めなくてはならなかった。娘はあとじさりし、父親の重い長靴がにじり寄る。

「父親には子供の愛情を……」「受ける権利がある」小学生さながらに声をはりあげ、単調にセリフのあとを続けた。それでもまだ声が小さいと言われそうな気がした。

「娘は結婚の……」――父親は腕をさっと指しのべた。

「暇がない」

「食物《たべもの》をくださるのは……」「やさしいお父さま」

「男どもは娘を……」「全然欲しがらない」

「一体全体、男が……」「トンマな娘と何をしようか？」

「父親は直ちに娘を……」「逮捕する」

「父親の膝に乗るのは……」「きだてのいい娘」

「父親は警察の仕事で……」「疲れている」

「娘のきだてが悪いとき、娘は……」「殴られる」

「父親は知っている、何故に娘を……」「殴るのかを」

「父親は決して娘に……」「手荒くしない」

「娘は知っている、いかに父親に……」「お返しをすべきかを」

彼は娘を抱きすくめ、膝に引き寄せた。右手で娘の頸をつねる。逮捕した女であるからだ。左手を添えて噯気《おくび》をした。ともになかなか心好い。娘は弱い頭脳《あたま》をふり絞り、たがわず父親のことばを続けようと努め、一心に涙をこらえていた。数時間、彼は娘を愛撫する。その間に自家発明の手ぎわを講義した。前後左右に娘の身体を振り回し、悪党の腹に軽く一撃、これで相手が昇天する次第を証明した。こいつが我慢できる野郎が一人でもいようかね？

この蜜月は半年続いた。ある日、父親は退職、年金生活入りをした。もはや勤めに出かけなかった。乞食種族の征伐に挺身すると宣言し、五十センチの高さに位置する覗き穴は、数日に渡る熟考の結果であった。下稽古には娘が協力した。戸口から階段まで行きつ戻りつ、何十回となく繰り返した。「もっとゆっくりと！」父親は怒鳴った。あるいは、「走れ！」と。引き続いて無理やりズボンをはかせ、男性を演じさせた。腹案中の平手打ちも如実に喰らわせてみた。できたての覗き穴から見覚えのあるおのがズボンを認めるや、猛然と立ち上がり、やにわにドアを押し開いて、娘を盲滅法殴りとばして床にのした。「それというのもだ」まるでこのたび一回限りのことであるかに、あとで娘に謝った。「これぐらいはしなくちゃならん。おまえは不法分子だからだ。いずれやつらはクリクリ坊主にされるんだぞ！　頭を冷やすようにだな。やくざ者ぞろいだ、監獄で腹一杯喰ってやがる。国家がやつらの飯代を払っとる、だからこそ予算が赤字となるわけだ！　俺が虫ケラ連中を退治する！　いまや猫様が住みついた、鼠どもを一網打尽にしとめてやる！　赤猫様だぞ、やつらを喰い殺してやらあ！　不法分子め、ベソかくなよ！」

娘は将来の展望を喜んだ。もはや閉じこめられることはあるまい。父親は家に居続けなのだから。一日中、連中を見張っている。永いこと買物に出ていてもいい。四十分、いや、五十分、いや、まるまる一時間。いやいや、こんなに永くは駄目。消費組合に行こう、空《す》いた時間を見はからって。煙草のお礼を言わなくちゃならない。三ヵ月と四日前、贈ってくれた。あのときはあがってしまっていたし、そのあとはいつも客がつめかけて、お礼のことばも言えなかった。味はどうだと尋ねられ、とても結構でした、すんでのところで父に奪われるところだった。最高級だから自分が吸いたいと父は言い張ったものですからと、こう答えてはどうかしら。あのひと、どう思うかしら？

父親は煙草は一本も吹かしたことはないけれど、そんなことはかまわない、あたし、黒人のフランツさんにお礼が言いたい。あれは上等の煙草だった。父は煙草通《つう》だからと伝えよう。もしかすると、もう一本もらえるかもしれない。今度は人の前ですぐに吸おう。だれかが店に入ったら、急いで出て行けばいい、煙草は勘定台に投げておく。火事になる前に、あのひと、消しておいてくれるにちがいない。しっかりしたひとだから。主任が夏に休暇をとると、二時と三時の間、あそこは空っぽだ。あのひと、だれにも見られないように注意しなくては。あたしにマッチをすってくれる。煙草に火がついた。あなた、火傷《やけど》しないようにと、あたしが言う。あのひと、怯えている、気がやさしいから、子供のときは病気がちだった、あたし、知っているわ。あのひとをこうつねる、それも不意に。あっとあのひと、声をたてる。手が痛い！　あたしは叫ぶ、好きだからって。そして駆け去る。夜、あのひとは誘惑にくる、父は眠っている、呼鈴が鳴る、扉を開けに行こう。全部のお金を身につけておく。夜着の上にあたしの外套をはおって出よう。まだ一度も着させてもらえないあれ。父のあの古ぼけた外套じゃない。いつものあれだと売れ残りの女みたい。そこにだれかいらっしゃるの？　あのひと、黒馬四頭索きの馬車に乗って。手をさしかける。左手には剣。騎士だもの。深々とお辞儀する。しっかり鏝の当たったズボンをはいてすっくと立っている。「参りました」と、あのひとは言う。「あなた様に火傷《やけど》をいただいた者。高潔なる騎士フランツであります」思っていた通り。消費組合にはすぎたひとだった。名を秘めた騎士だと睨んでいた。お赦しをいただいて御父上を殺したいと言う。名誉に係わるのだと。「いけませんわ、いけません！」あたし、嘆願する。「父は閣下を殺しますわ！」あのひと、あたしを押しのける。あたし、ポケットから沢山のお金をとり出して、さし出すわ。あのひと、穴のあくほどじっとあたしを眺める。そして、やはり名誉を、と言い張る。あのひと、目にもとまらぬ早業で小部屋の父の胴体と首を切り離す。あたしは嬉し泣き、可哀そうな母さん、これを自分の眼で見ることができたなら、きっと死んだりはしていなかった。騎士フランツさんは父の赤い首を小脇にかかえる。戸口のところで、「お嬢様、扉をお開けになるのも今夜限りですぞ。わが家まで御同道くだされ」と言う。あたしの小さな足が馬車にかかる。あのひとが助け上げてくれる。中に坐ってもいいんだわ。充分広いんだもの。「未成年ではござるまいな？」と、あのひとは訊く。「二十歳《はたち》になったところ」と、あたしは答える。二十歳とはとても見えない。今夜まで父の膝に乗っていた子供なのだから。（本当は十六歳、あのひと、気づかないといいんだけど。）男を欲しがってもいい年頃だ。家を出られる。美男子の黒人騎士は走っている馬車の中で立ち上がり、突然あたしの足元に身を投げ出す。どうか結婚していただきたい、あなたでなくては、と言う。ああ、胸が張り裂けそうだと。あたし、顔を赤らめて髪の毛をさする。あたしの髪の毛はまっ黒。あのひと、あたしの外套が素晴らしいと言う。あたし、死ぬまでこれを着るわ、これはまだ新品。「どこに参りますの？」とあたしは尋ねる。黒馬は足掻き、あえいでいる。街にはなんて沢山の家があるのかしら。「御母上の御許へ」と、あのひと、「御母上もさぞお喜びになるであろう」墓地の前で馬車はとまる。ここに母さんは眠っている。墓石もある。騎士フランツは父の首を据える。これがあのひとの贈物《おみやげ》。「きみはお母さんのために何も持ってこなかったの？」と、あのひとはやさしく尋ねる。ほんとだわ、顔から火が出るみたい。あのひとは母さんのために贈物を持ってきたのに、あたしは手ぶらだなんて。あたし、思いきって夜着の下から、ハトロン紙の小さな包をとり出す。中にある愛の煙草。赤い首に並べて据える。母さんは子供の幸福を喜んでいるわ。あたしたちはお墓の前にひざまずいて、母さんの平安を祈るのだわ。

父親は覗き穴の前にひざまずき、始終娘に手をやって、引き据え、頭をおさえて穴に押しつけ、何が見えるかと問いつめた。永い下稽古に疲れはて、ようやく廊下が眼先にちらつくだけであった。いずれにしても娘は「はい」と答えた。「はいとはなんだ！」首を切られた父親が怒鳴りつける。まだ生きている。でも今夜、馬車が戸口の前にとまるのを見たら驚くわ。「へっ、はいとはな！」彼は娘の口真似をして罵倒した。「おまえは盲か。わしの娘が盲だとはな！　いいか、もう一度訊く、さあ、何が見える？」ついに見つけ出すまで、娘はひざまずいていた。父親の言うのは、真向かいの壁の斑点《しみ》のことであった。

覗き穴の発明により、父親は新たな世界観を獲得していた。そして発明の数々を手ずから娘にたたきこんだ。娘には知識が足りない、ものを知らなすぎる。自分が死ねば——つまり、あと四十年もすれば の話、人間ってやつはいつかは死ぬ——娘は国家のお荷物になる。この犯罪の恥辱を受けてはならんのだ。警察のことも少しは知っておかねばならぬ。彼は娘に住人の特性を説き明かし、上着やズボンの種類に眼を向けさせ、それらと犯罪者との連関性を解説した。ときには講義に熱中のあまり、乞食を見すごし、その腹いせはたっぷり娘にほどこした。彼は述べた、ここの住人は悪党ではないが、そろってズル狐ばかりである。自分が身を粉にして建物を守っているというのに、そのお返しは何だ？　やつらはこちらの汗の結晶をそっくりポケットに入れちまう。感謝する代りに、根も葉もない噂を触れ廻る始末、わしがだれかを殺したことがあるみたいにだ。だのにどうしてこうも懸命に働くのか？　自分は年金生活の身分である。のんびり寝ていようと、女の尻を追いかけ回していようと、飲んだくれていようとかまわない。これまで働きづめであったからには、これからは怠けている当然の権利があろうというものだ。しかしそれは自分の良心が許さない。第一に、これは自戒としているのだが、自分には娘がいる、娘の心配をしなくてはならない。娘を一人家に残しておくなど、とてもじゃないができることではない！　父親は娘のもとに、娘は父親のもとにだ。家庭的な善きパパには娘のことが頭を離れない。母親を失って、この半年間、娘は一人ぽっちであった、父親は勤めに出なくてはならない、「警察勤務は厳しいものである。第二の理由、国家は自分に年金を支払っている。無論、国家はこれを支払わなくてはならぬ、つべこべとは言わさない。たとえ財政が苦しくても、まず第一番目に年金を支払わなくてはならんのである。もう十二分に働いたと言うやつもいよう。しかし年金を感謝して、率先自発的に働く者もいる。これこそ高貴の人間《ひと》である！　額に汗してよからぬ連中をひっとらえ、半殺しにする。そっくり殺すことは禁じられており、警察が手持ち無沙汰になるからだ。国家《おくに》のための仕事である、厄介者を懲らしめる。警察は粉骨砕身、努力を重ねなくてはならない、年金生活者も同様だ。このような良心の働きに年金はつかない。金に換算できないのである。死ねば、国家の大いなる損失だ。

　日一日と娘は知識を増していった。父親の経験を心に刻みつけ、父親の記憶力の欠けたところは補足しなくてはならなかった。何故とならば、何のために娘がいるのだ、年金のおおよそを食い潰しているくせに？　初会の乞食が入ってくると、父親は急ぎ娘を覗き穴につかせ、その乞食に見憶えがあるかどうかと尋ねる代りに、「この前こやつはいつきたな？」と問いつめた。まちがえれば骨身にしみて覚えるもの、特に娘にはこの方法は有効だ、いつもこの手に乗ってくるのだから。乞食に処罰をすませてから、うかつの廉で同等の刑罰を娘に定め、直ちに施行した。父親は笞刑なしには何事もことを進められないのであった。この発案者たるイギリス人は、まことの優等民族である。

ベネディクト・ファッフは徐々に娘を訓練し、自分の代理となるまでに仕立て上げた。以来、娘をポリと名づけた、名誉の称号である。職務資格合格のしるしである。そもそも娘の名前はアンナであった。しかし父親は名前の意義を認めず、決して利用しなかった、名前否定論者であった。称号の方がはるかに気持いい。彼は自から授与した称号に有頂天であった。母親とともにアンナも死んだ。半年間、《おまえ》か《気だてのよい娘》で通してきたが、ポリと決定してから鼻高々であった。女といえども、いずれ何かの役に立つ。男は要するに、女どもからポリを生み出すこつを心得えていさえすればよい。

新しい称号は酷《きつ》い職務を伴っていた。終日、父親の傍で床に坐るかひざまずくかして、父に代る体制を整えていなくてはならなかった。ほんの暫く、父親が姿を消すことがあった。そのときは娘が部署についた。行商人か乞食が眼にとびこんでくるならば、父親にバトンを渡すまで、腕力《ちから》か才略《あたま》で引きとめておかなくてはならない。父親はすっとんで戻ってくる。なろうことなら全部を自分でやりたかった。娘にゆだねた権限は見張りだけにとどめたかった。職務に応じ、生活様式に変更が生じた。食事への関心が失せ、食欲はめだって減少した。数カ月後には、行動並びに憤激の対象はあるかなしかの新参者に限られていた。乞食の定連組はこの建物を地獄さながらに忌避した。理由は言わずとも知れた。かつてはあれほどに恐れられた父親得意の胃は威勢を失い、娘の調理時間は一日一時間と定められた。その時間は奥の部屋にとどまることを許されたのである。父親の傍でジャガイモの皮を剝き、父親の横に坐って野菜を濯いだ。娘が昼食用の肉を叩いている間、父親は気晴らしに娘の身体のあちこちを弾きとばした。但し、眼は手のなすところを見ていなかった。凝然と鋭く、出入りの足に据えられていたのである。

食欲が半減したので買物の時間は十五分に変更した。父親の訓練により才略を得た結果、しばしば娘は、まる一日、黒人のフランツさんを諦めて家にこもり、翌日、十五分の二日分を回収した。騎士と二人きりになることは一度もなかった。言わず語らず煙草のお礼を暗示した。きっと気づいてくれたのだろう、あんなに意味ありげに眼をそらすのだもの。夜、父親が寝入ったあとも起きていた。しかし呼鈴はついぞ鳴らなかった。準備は怠りなく整えた。火《やけ》傷《ど》をさせたら、あのひと、急ぐかもしれない。消費組合は女たちで一杯。一度、あのひとが勘定書を書いている暇《すき》に、そっとささやこう。「どうもありがとう。きっと馬車が不足してるからなのね。でも剣はどうかお忘れなく！」

　ある日のこと、消費組合の前に女たちが立ち、互いに語り合っていた。「フランツが逃げたって！」「生れが生れだもの」「有金全部持逃げ」「だからまともにこちらの顔も見られなかったのね」「六十八シリングも盗んだってさ！」「死刑にしてやるといい！」「あたしの夫は数年前からこうと狙んでいたってさ」慄えながら娘は店にとびこんだ。主任がきっぱりと言った。「警察が追跡しております」損失は自分がかぶる。あやつを一人ここに置いていたのだから。あの悪党は勤続四年である。こんな野郎とはとても思えなかった。だれ一人、この企みに気づかなかった。勘定はいつも端数までぴったり、四年間ずっと。警察から電話があったところだが、遅くとも六時までに格子の向こうにぶちこんでおくと。

「嘘だわ、そんなこと！」ポリは叫んで、やにわに泣き出した。「あたしの父は警察あがりよ！」

　主任はさほど注意を払わなかった。盗まれた金を言いたてる必要があったからである。ポリは駆け出し、空っぽの買物袋で家に戻った。父親にかまわず、奥の部屋に閉じこもった。父親は執務中であった、十五分間待った。それから立ち上がり、娘を呼んだ。「ポリ！」と怒鳴った。「こら、ポリ！」音一つない。処罰しないと約束した。四分の三殺しにしようと決意していた。手向かうならば、すっきり殺す。返事の代りに落下の音を耳にした。腹立たしいことに、自分で自分の住居のドアを押し破る必要があると判断した。「法の名において！」と、習慣上からひとこと添えた。娘は炉の前に、無言で身じろぎもせず横たわっていた。殴りつける前に、二、三度転がした。気を失っていた。このときハッとした、娘は若い、これなら充分堪えられる。幾度か我に帰れと号令した。娘の空耳につい思わず激昂した。ともかく比較的鈍感な個所から始めたかった。眼を走らせているうちに視線が買物袋に落ちた。空っぽ。

これですべてを覚った。金をなくしたのだ。娘の恐怖を了解した。気絶沙汰ですむことであろうか。大枚十シリング紙幣を持って家を出た。そいつをこっきりなくしたというのか？　娘を徹底的に検査した。初めて娘を拳ではなく指で触れた。煙草屑をくるんだハトロン紙の包を見つけた。二つに裂いて屑籠に投げこんだ。最後に財布を開けた。十シリング紙幣が納まっていた。欠けた部分もない。またもや理由が分らなくなった。途方に暮れて、我に帰すべく殴りとばした。娘が意識をとり戻したとき、彼は汗にまみれていた。かくも気を配って、手を送った結果である。口からどっと唾が流れ出た。

「ポリ！」父親はうなった。「ポリ、金は無事だぞ！」

「あたしはアンナよ」娘が冷く、きっぱりと言った。

父親は繰り返した。「ポリ！」娘の声を聞きとって胸が躍った。手を拳にかためた。慈悲の念に襲われた。「やさしいお父さんは今日何が食べられるかな？」と訴えた。

「なんにも」

「ポリはお父さんに料理を作ってあげなくちゃあ」

「アンナよ！　アンナ！」娘が叫んだ。

彼女はすっくと立ち上がり、父親を一突き、突いた。他の父親であれば当然突き倒されていたはずの突きだ、彼もまた胸に感じた。娘は小部屋に走りこんだ。（間のドアは粉微塵になって散乱していた。こうでなければ父親を閉じこめたのに。）見下すために肩をそびやかしてベッドに跳び上がり、金切声をあげた。「おまえの首をとってやる！ポリは警察《ポリツァイ》の者だぞ！　おまえの首は母への贈物《みやげ》だ！」

父親は覚った。娘は告発でもって威嚇している。愛《め》でし子が父親を誹謗する。自分はだれのために生きてきた？だれのために父親の責任をはたそうと努めてきたか？　負《お》うた子に殴られた。この子こそ断頭台に処すべきである。覗き穴の発明も、元はと言えばわが子に何かを学ばせるためであった。自由と女が意のままになる身分となったいま、なお娘のもとにとどまっている。慈愛からだ、高潔の心からだ。だのによからぬことをしていると言い張るとは！これはわが子ではない。女房は夫を裏切っていた。懲らしめたのも姦通をうすうす感じていたればのことであった。この鼻で嗅ぎとっていた。十六年間、偽りの娘に金を恵んできた。管理のうまみもなくなった。年々、人間は悪くなる。やがては警察が廃止され、犯罪人が天下を握る。国家は年金支払い中止を言い出し、世界は滅亡する！　これが人間だ、悪党ばらが頭をもたげ、神様は眼をおつむりだ！

彼が神様にまで思いを馳せることはめったになかった。そしてここにきて思い至った自分に敬意を払った。神様は警視総監よりも偉いのである。だからこそよけい、当の神様が本日直面した危機を知って愕然とした。なるほど自分は義理の娘をベッドより引き下ろし、血みどろになるまで笞打った。ただ、しかとした喜びを感じなかった。機械的に腕を動かしたばかりである。語ることばは哀愁と悲哀に満ちていた。腕が声に抗弁した。怒鳴る意欲が失せていた。ついまちがえて《ポリ》の一語を口にしたが、誤謬は直ちにその分だけ一層烈しく筋肉が匡正した。懲らしめている女の名前はたしかアンナとか言った。わが娘と同一人物であると主張した。爪の先ほども信じられぬ。頭髪《かみ》が抜け落ちた。それに女が暴れたので、指が二本折れた。この首をどうとか大口をたたいた、下賤な屠殺人さながらにだ。警察を誹謗した。どれほど厳格な教育をほどこしても根性が悪いとこのざまだ。死んだ女房は役立たずだった。病気で、怠け者だった。いまや娘を女房になり替わらせることもできる、当然のことだ。だが彼は気が進まなかった。断念して、食事をとりに居酒屋に出かけた。

この日以来、二人は二個の物体にすぎなくなった。アンナは料理し、買物に出た。消費組合は避けた。黒人のフランツさんが閉じこめられていることを知っていた。あたしのために盗みを働いた。でもヘマをしたのだわ。騎士ならなんでも上手にやれるはずだのに。煙草がなくなってからは、もはやあのひとを愛していなかった。父親の頭は以前よりも頑丈に胴体とつながっていた。彼の眼は覗き穴を通し、乞食の姿を乞い求めていた。娘はこの発明品の存在を無視することによって、父親への軽蔑を表明した。そして、その教練を怠けた。二、三日に一度、父親の口から観測の成果が披露された。娘は仕事の手を休めず、彼の傍にしゃがんでおとなしく聞いていたが、黙っていた。覗き穴に興味はなかった。父親がそぶりもおだやかに覗き穴の場を譲ろうとしても、そっけなく首を振った。食卓における心暖たまる会話も、もはや望めなかった。娘は父親の皿と同様に自分の皿もなみなみと満たし、腰かけ、少量にせよ、食べた。満腹を感じてようやく、父親のお代りの給仕に立った。父親の娘に対する処置は以前とまったく変りなかった。ただ恐怖の気配が格段に少なかった。殴りつつ、娘はどうもつれなくなったと、彼は一人ごちた。数カ月後、四羽の可愛いいカナリヤを買いこんだ。三羽は雄。雄の籠の真向かいに雌一羽の小さな鳥籠を吊り下げた。三羽は憑かれたように鳴きたてた。これみよがしに彼はそれを褒めてやった。囀りを始めるや、彼は覗き穴に垂れ蓋を下ろして立ち上がり、立ったまま鳴声を聴いた。これらの求愛に成果を与えることは彼の潔癖が許さなかった。とまれ、「いいぞ！」と声をかけ、驚嘆の視線を小鳥から娘に移し、雄カナリヤの燃えるような求愛にかこつけて、おのが期待を表現した。だがこの囀りも、アンナの冷淡を変えるものではなかった。

彼女はなお数年、女中兼父親の妻として生きた。彼は満ち足りていた。筋肉は萎える気配もなく、むしろ頑健さを増していた。しかし、これはまことの幸福ではないのであった。毎日、自分に言い聞かせていた。食事の際にも、このことを思っていた。アンナは結核で死んだ。彼女一人から餌をもらっていたカナリヤたちは深い絶望に陥った。だがこの不幸を克服した。ベネディクト・ファッフは台所用具を売り払い、奥の部屋を壁でふさがせた。塗りたての、まっ白な漆喰壁の前に戸棚を据えた。彼は二度と再び自室で食事をしなかった。ひたすら小部屋で部署についていた。空っぽの隣室についての思い出は、やみくもにおし殺した。そこの炉の前で娘の愛情を失った。何故か、理由がいまもなお分らなかった。

ズボン

「教授《せんせい》！　燦然とした軍馬が燕麦にありつきますぞ。純潔種、しかも威勢がいい。動物園でライオンが血の滴る肉を喰らっておる。そもさん何故か？　百獣の王が雷鳴のごとくに吠えたてるからだ。歯を剝き出したゴリラに土人がういういしい女どもを与えている。それはまたどうしてか？　ゴリラが筋肉隆々といきり立っておるからだ。これがまことの人生というものですぞ！　ここの住人ときたら金払いの渋いことこの上ない。わたしは金に換算できぬ男ですが、教授《せんせい》、あなたばかりだ、この世で感謝の気持というものを御存知なのは。いわゆるあなたの《謝金》です、あれによって困難な食料購入の問題が解決していたのです。最後に一つお尋ねしたい、あなたは一体どうなされましたな？　とにもかくにも、今後ともどうぞよろしく」

　ベネディクト・ファッフが自分の小部屋に至るやいなや、目隠しとしていたハンカチをとったばかりのキーンに発したことばが、以上の通り。キーンはひとこと詫びて、未払いの謝金二カ月分を支払った。

「上階《うえ》の部屋の状態について、われわれはともにはっきり承知している」と、注意した。

「その通り、異議なし！」ファッフはまばたきした。一つにはテレーゼのため、それになかんずく、危うくフイになりかかった自分の権利のためである。

「わたしの住居を徹底的に洗浄くださる間、わたしはここで疲労を回復しておきたい。次の仕事が迫っているからだ」

「この部屋全部を、どうか御自由に！　教授《せんせい》、わが家同様にお使いください！　女というものは友人の仲を裂くものとはいえ、われらの間の友情にテレーゼごときが入りこむ余地はありませんや」

「そうとも、そうとも」キーンは急いで話を折った。

「教授《せんせい》、どうか言わせてください！　女なんては糞喰らえですぞ！　わたしの娘、あれは並みとはちがっていましたがね！」

　まるでその中に娘がひそんでいるかのように戸棚を指さした。それから条件を提示した。彼はまっとうな人間であり、上の住居の清掃を引き受けよう。いろんなものを放り出さなくてはなるまい。掃除女を二、三人傭い入れ、指揮は彼がとる。ただ彼には脱走が我慢ならない。脱走と偽誓とは同種の犯罪である。自分が留守の間は、代ってこの建物の最重要部署についていていただきたい。

義務感からというよりむしろ支配欲から、彼は数日間、キーンに覗き穴の職務に従事させたかった。今日は娘の姿が頭の中を駆けめぐっていたのである。あれが死んだからには、教授が代理を勤めるべきであろう。縷々と説きたてた。われら両名がいかに親密かつ忠実に結びついた同士であるかを説明した。動産物件もろとも小部屋をそっくり贈与する。自分が使用していたのは、まさしく仮にの意味であった。間借り期間中の家賃ごときは憤然として拒絶した。

つい先だって、小部屋と四階の図書室とをつなぐ呼鈴を設置しておいた。もしかの場合、教授はボタンを押すだけで結構。そやつは思わず知らず階段を登って行ったにちがいない。処罰は自分がやる、委細まかしてもらえばよろしい。このように、すべて手筈は整っている。

同日の午後遅くすでに、キーンは新たな職務を執行していた。膝を折ってうずくまり、覗き穴ごしに住人さまざまの行動を追っていた。彼の眼は仕事に飢えていた。それは永らくの怠惰な期間に悖徳に堕していたのである。一方をえこひいきすることなく、平等に労働を分与するため左右をあわただしくとり替えた。正確癖が目を醒ました。片眼につき五分間が適当と考えられた。すぐ前の床に時計を置き、厳密を図った。右眼は左眼を尻目に少しでも永くと頑張ったので、眼蓋の内に閉じこめた。五分の間隔を身体自体が修得したとみるや、時計を収めた。検分した外の凡庸さに少しばかり赤面した。真実言えば、一向に変りばえしないのである。ズボンごとにわずかな相違が認められるにすぎなかった。かつてはいささかもここの住人に注意を払わなかったので、肢体がどうのとは言えなかった。ズボンはひたすらズボンにすぎず、途方に暮れた。しかしこれには、一つ憎めない特性があった。すなわち、眺望に堪えるということ。しばしば外套が通過したが、キーンには気に入らなかった。面積、数量ともども、その分《ぶん》不相応にのし歩く。外套は無視することに決めた。彼の手は、さながら絵草紙をしっかと握っているかのように、おのずから繰って眼の労働に添い従った。ズボンの速度に応じ、ゆっくりと、または迅速にめくる。外套に対するときは主人の嫌悪そのままにめくりとばした。読みたくはないという風に。その際、しばしば数頁が失われたが、惜しいとも思わなかった。こんな頁の内容はたかが知れているではないか。

世界の単調に次第に心が落ち着いた。過日の大いなる体験は色褪せた。往来するズボンの暇にあの幻覚が混じることもめったになかった。青色の気配はつゆなかった。彼には関心のない代物ではあるが、忌まわしい外套がさまざまに色を変えて入りこもうと図っていた。しかし、あのとびぬけていて見まちがえようのない青、厚顔無恥で下賤な青色を着ている者はいなかった。奇蹟さながら、統計的にもすこぶる顕著なこの事実の根拠は単純である。幻覚は打ち払わない限り生息するのである。まず人は自分の置かれた危険を如実に想像する。意識を、恐れているものの表象で充満させる。次には幻覚の逮捕状を手に入れ、いつ何時《なんどき》の使用にも堪えるものとする。やおら現実をハッタと睨みつけ、幻覚を追求せよ。どこであれ現実の世界において発見するならば、おのれは狂気にあると知れ。専門医の許に赴くべし。青い外套がいずこにも認められないならば、すなわちこれを十全に克服したことを意味する。現実と想像世界との区別がつく者は、おのが精神力に自信を持ってよし。困難を克して獲得したこの自信こそ、永遠に変らざるところのものだ。

夕方、玄関番が食事を運んできた。テレーゼが用意したものであった。食堂ではこれこれの価格のものだと注釈した。キーンは即座に代金を払い、一心不乱に食べながら「なんておいしい料理だ!」と言い、「仕事は気に入った」と伝えた。二人は並んでベッドに腰を下ろした。「今日も一人としてきやがらなかった、なんていやな日だ!」ファッフは溜息をつき、元来、腹一杯に喰ってきたばかりであったが、キーンの皿の半分以上をたいらげた。キーンは迅速に食事が減少するのを嬉しく思い、まもなく残りを相手の手に押しつけて、そそくさと覗き穴にしゃがみこんだ。「これはこれは!」ファッフはうなった。「さては御趣味に合いましたな! なかなかの穴でしょうがね。これにはまったく堪りませんや」色めきたって、ことばを切っては太股を叩いた。皿を下に置き、暗闇に沈みかけた教授《せんせい》を脇に突きのけ、訊問した。「ちゃんとやってるかね? 確認する!」覗きながら吠えた。「よっ、ピルツの女房《あま》、またぞろむくれてやがらあ。八時に御帰宅とくる。旦那はお待ちかね、ところが女房の料理ときたら、犬も喰わん代物だぜ。殺しとまでいかないのが不思議なほどだ。旦那はお出迎えときた。やつは腰抜けよ。俺様なら首を締め上げているところだが。毎日三度ずつだ。女房はまだすねてやがる、旦那はぞっこん惚れこんだというざまか。分っとらん、なんて腑抜けだ！　お見通しだぜ！」

「しかし、もうまっくらでしょうが」キーンが口を挾んだ。批判と羨望をこめていた。

　玄関番は笑いの発作に捉われて、棒のようにバッタリとうしろに倒れこんだ。身体の一方はベッドの下に入りこみ、他方は壁に添ってこれを震わせる。そのままの姿勢で笑い続けた。キーンは怯えつつ片隅に身をすくめた。笑いの大波にもまれ、小部屋中が躍っていた。キーンは退いた、邪魔になるだろうから。ここではまだ少し不案内を感じていた。一人きりの午後はずっと素晴らしかった。平静にしてもらいたい。無学な農奴は騒いでいないと気が安まらないのだ。事実、ファッフは河馬のごとくにのっそりと立ち上がり、あえぎながら言った。「警察時代のわたしのあだなですがね、とびきり粋なやつ、どうです、教授《せんせい》、御存知ですかね？」――両の拳を相手の弱々しい肩に乗せて――「赤猫ですぜ！　すなわち、このまたとない色で目星をつけて黒幕をひっぺがしてやるからですな。眼光ランランってやつ！　猫はみんなそうですからな！」

　一つベッドは全部一人で使ってもらいたいと言い張ってから、別れを告げた。自分は上階《うえ》で眠る。去りぎわ、戸口で、くれぐれも覗き穴に手厚い庇護をと懇願した。夢うつつに人はよく跳ね出るものだ。彼もかつて垂れ蓋を傷つけたことがある、翌朝目覚めて愕然とした。なにぶんにも御注意を、と言い、高価な家具にも配慮をいただきたいとつけ加えた。

　疲れ、かつ黙想を乱されたことに腹を立て、夜食前の三時間、キーンは孤独に過ごした。ベッドに横になり、まもなく再びわがものとなる図書室に想いを馳せた。天井の高い広大な四部屋、壁は上から下まで書物で一杯、間切りのドアはいつも開け放ち、要らずもがなの窓は無論一つだになく、天井からおだやかな明り、原稿が山をなす書卓、仕事だ、仕事、思考の連続、中国、学問的論争、反論に次ぐ反論、すべて専門誌においてであって猥雑な口を通すものではない。勝利者キーン、拳闘においてではない、精神の闘争においてである。平静だ、平安、しとやかな書物のみ、精神を養うもの、生物は影だになし、獣めいたものも、がなりたてる女も、それに青い外套もなし。清浄無垢な住居、書卓の前の残骸は片づける、書物の紙魚駆除用の近代的換気装置。数カ月してもなお、数多の悪臭《におい》がある。煖炉にたたっこめ！ 危険極まる顔の部分は鼻である。ガス・マスクだと呼吸が楽か。書卓上には十数冊の書物の塔。もっと高くだ、でないと傴僂が盗みかねない。鼻を攻めてくる。ガス・マスクをかぶれ。悲哀に満ちた眼孔だ。唯一開いた刺すような裂目。残念、眼を換えなくては。注意事項を留意のこと。眼《まなこ》同士の拳闘だ、両眼ともに読みたがる。どちらが勝利を収めるか？ だれかが瞼に合図した。罰としてきみたちを閉じこめる。まっ暗闇。夜の猫。獣もまた夢を見る。アリストテレスは何もかも知っていた。最高級の蔵書。動物学資料。ゾロアスターは火炎を礼拝した。祖国に容れられた。悪しき予言者。プロメテウス、悪霊だ。鷲は肝臓しか食べない。プロメテウスの火を喰らいつくせ！ テレジアヌムの六階――火だ――書物が――裏階段を逃げろ――大至急、急げ！――逃げろ！――停滞――火だ、火だ！――一人は万人のため、万人は一人のため――手を貸せ、手を、救けあえ――書物だ、書物だ、われらはすべて――赤、まっ赤――だれだ、ここの階段をふさいだのは？――訊問しておる、答えろ！――わたしを前に出してくれ！――諸君に道を開いてやる！――敵の槍衾《やりぶすま》のまっ只中に！――なんてことだ――青――外套――巌は天に聳え立つ――銀河を越えて――天狼星《シリウス》が――犬だ、ブルドッグ――歯が立たぬ！――口を咬み、血がほとばしる、血が――

キーンは目を醒ました。疲れていたにもかかわらず掌を握りしめ、歯ぎしりしていた。心配ない、しかり歯はある、歯を有効に用いることを考えていた。血もまた夢のことであった。小部屋は重苦しい。ゆったりと眠れない。キーンは跳ね起き、垂れ蓋を開け、外の執拗な単調を見て落ち着いた。すべてことはなしと、こう思えばよいのだから。暗闇に慣れさえすれば、午後のズボンをことごとく、あらためて見ることができる。間断のないレヴューだ、外套はもはや登場しない。夜にはだれもがズボンをはいている。女性廃止の法令が準備中。明日、公聴会が予定されている。玄関番が布告する。その声は街中に伝わる、全国に、全世界に、地球上の津々浦々に。遊星の住人はみずから独自に対処すべし。そこまでは手が廻らない、女という荷厄介をかかえているのだから。女性弁護論者には死刑を与う。法令を知らぬとはよもや言わせぬ。名前はすべて男性のそれに限る。青少年のための新たなる歴史の編纂作業の開始。歴史委員会招集のこと、委員会議長キーン教授。歴史上、女性は何を生み出したか？　たかだか子供と、それに情事《いろごと》！

　キーンは再びベッドにつき、ためらいがちに眠りこける。そしてためらいがちに、粉微塵になったと思いこんでいた青い巌にまで至る。巌が退かぬ限り、夢もまたそれ以上進まない。そこで定刻きっかりに起き上がり、穴にとりつく。そこに手を添えていた。一夜に数度のことであった。夜明け方、彼は覗き穴を、それに差別なしの両の眼と平安と喜びとを、おのが所有に係わる夢の図書室に移している。四方の壁に幾多の穴をもうける。これだと手探りで探すまでもないのだ。書物が占めていない空間のあちらこちらに小さな垂れ蓋つき、ベネディクト・ファッフ式の穴をしつらえた。夢の進路に当たっては巧妙に舵をとり、いずこに漂っていようとも自在に図書室に帰還する。数多の穴は憩いのところだ。昼間の作法通りにひざまずいてそこに憩い、この世には、ただズボンばかりがあることを鮮やかに確認した。なかんずく暗闇においてはそうである。色つきの外套は消え失せ、青く、強《こわ》い巌は崩れ落ちる。もはやベッドから起き上がることもない。夢はおのずから整然と進行し、明け方、キーンは文句なしに眠りこける、さまようこともなしに。彼の頭脳は厳粛な思考を追いつつ書卓に位置し――

　明けそめた淡い朝、キーンはつとに仕事についている。六時、ひざまずき、朝の光がゆっくりと廊下に忍び寄るのを眺めていた。まむかいの壁の斑点《しみ》がはっきりと輪郭を現わした。何物かの影が――何物であって何者ではない。しかし、はたして何物か？――鋪石《ゆか》にのび、危険な、そしてげすっぽいニュアンスの灰色に移行し、次にはさある色に、その名を口にして明けそめた朝を汚したくないあの色合いに接近した。掛かり合いを避けつつも、キーンはいとも丁重に、影に消えてくれろと、もしくはどうか他の色をおびていただきたいと嘆願した。影は躊躇した。キーンは迫った。影の当惑ぶりを見逃がさなかった。最後通牒を突きつけて、もし従われぬ場合には関係断絶も必至であると威嚇した。他にも通告書類の用意がある。こちらには武器があることを承知されたい。背後から奇襲をかけ、その高慢と己惚れ、不遜と横着を一挙に粉砕するであろう。いずれにせよ、なんとみすぼらしく、滑稽きわまる存在であることか。鋪石があってようやく姿を維持できるとは、どうだ。鋪石ならたちまちにして砕けて失せる。一打ち、さらにもう一打ち、さすれば粉となって散乱し、嘆いてももはや追っつかぬ。想ってみても——さて、何を？　すなわち、だれに何をしたわけでなく、いましも眠りから覚め、勇躍戦闘の日を迎えた罪なき者を苦しめるのは、正しきことと言えようか？　今日は昨日の不幸が溶かされ、流され、沈められ、忘れられる日だというのに。

影がゆらいだ。明るい縞が広がって、キラキラ光った。一人で敵を制圧するなどたやすいことであったが、このとき、逞しいズボンが助けに駆けつけ、勝利の栄誉をキーンから奪った。その足は重々しく鋪石を踏みしめ、立ちどまった。がっしりとした靴が一つ持ち上がり、覗き穴の外面《そと》を旋回する。やさしく、しみじみといとおしむかに。知り抜いた、親しい形態《かたち》を確かめるかに。この靴がひっこむや、続いていま一つ、こちらは逆旋回で同じくやさしく愛撫した。それから再び歩み進んだ。足音が聞こえた。鍵めいた音、扉がきしみ、靴が鳴る。影はホッと溜息をつき、消えた。こうなれば安んじて述べてよかろう、青だった、文字通りの青色。泰然とした人はまたもや通過した。感謝しなくては。この人なくてもすませたろうが。影は所詮影にすぎぬ。何物かの影。その物がかなたに去れば、影はうめいて、死ぬしかない。先刻去ったのは何であったか？　答え得るのはこの人のみ。ベネディクト・ファッフが入ってきた。

「ほほう！　早々ともうお起きで！　結構な朝ですぜ、教授《せんせい》！　勤勉そのものでいらっしゃる。油をもってきまさあね。戸口の扉がきしむのにお気づきになったでしょうがね？　人間ってやつはベッドの中だと際限なく寝てますな、まったく熊公の冬眠以上。このベッドには一度に三人が寝てましたぜ、女房と娘がぴんしゃんしていた頃はですな。友人として、かつはお宿の亭主《あるじ》として、一つ忠告させていただきたいのですがね、床ですな、そこです、いまいらっしゃるそこがおるべきところですぞ！　そこならいわゆる自然の驚異が体験できようというもの。建物全体が目を覚まし、まっしぐら、職場《しごと》に駆け出して行く。大急ぎだ、それというのも寝坊だもんで。女と寝ぼすけばかりだもんで。運がよければ、三人の足、六本がそろって通り過ぎるのが見られますぜ。またとない見物だ！　最初《はな》は三人とは夢にも思えない。よっ、一匹か！　ところがどうだ、三匹のそろい組ときた。面白いの、面白くないの！　笑いは堪えなくちゃいけませんな。でないと笑い死《じ》にして、この朝が今生の別れとなりますぜ！」

おのれの名文句《セリフ》におのれ一人でゲラゲラと笑いころげて顔をほてらせ、彼はキーンを残して去った。あのおぞましい影、それにあの明るい縞は戸口の扉の鉄格子から発するものであった。物の名前をずばりと言いたてるならば、たちまちにしてその物の魔力は失せる。原始人はすべてを名づけた、それもとっぴょうしもない名前で。おかげで恐るべき魔術がはびこり、至るところに危険が待ちかまえている始末。学問がわれらを迷信と信仰より解放した。学問は常に同一の名前でもって対処したからである。特にギリシャ語並びにラテン語を好み、これでもって現実の事物に命名した。誤解の入りこむ余地はない。たとえばであるが、《扉》の背後に扉以外の、もしくは扉の影以外の何物を想定できようか？

とまれ玄関番の述べた通りであった。数多のズボンが建物を出て行く。初めは粗末な、着古した、手入れの痕跡の認め難いズボンの群。ズボン意識の欠乏を思わせた。願わくばこの中に、二、三であれ知性の人の混じっていることを。時間《とき》が経つに従い、細身のズボンが現れ、進む速度も減じていった。細身のそれらが触れ合わんとするたびに、切れはしないかとキーンは恐れ、「御注意を！」と叫んだ。さまざまの特長が目についた。キーンは敢然と色を識別し、生地や値打ちや床からの高さや破れ目の有無や幅や靴とのつり合いや汚れや汚れの原因等々を推定した。材質の多様性にも係わらず、ほぼ満足のいく成果を得た。一段落のついた十時前後、観察の結果を基《もと》に衣服の当人《ぬし》の年齢、性格、職業の割出しに努めた。ズボンによる人間判定、方法論に終始一貫した作業は十分可能であると思われたのである。これに関するささやかな論文を草そうと決意した。三日もあれば軽い仕事だ。仕立ての分野にとり組んでいる学者某氏に、冗談半分に非難を浴びせた。床にいて早くも幾ばくかの時間が失せた。何をしているか、それは二の次のこと。キーンは自分が何故に覗き穴にとりついたのか熟知していた。昨日はもはや過去のことであらねばならぬ。学問的な作業に没頭し、彼はすこぶる爽快であった。

勤めに向かう男たちの間に、執拗に、また煩わしく、女どもが割りこんできた。すでに早朝からうごめき出るや、まもなしに戻ってきた。すなわち、二度までも見せつける。おそらく買物に出ていたのであろう。朝の挨拶や、なれなれしいお喋りが聞きとれた。細りに細ったズボンでさえ立ちどまった。それらはとりわけげすっぽい男性であることをさまざまに表現した。ある者は音高く踵を踏んだ。低く位置したキーンの耳を聾し、痛みを覚えさせるのであった。爪先立つ者もいれば、やおら膝を折る者さえもいた。これらの場合、ズボンの襞にいささかの皺が生じた。細身が床と対して形成した鋭角において、かてて加えて無分別な辞儀は、もはや堪え得る限度を越えるものであるからである。一人の男性、せめても一人と、キーンは待望した、せめて一人、女に嫌悪を抱く男を。鋭角よりも鈍角を好む者を。この種の男は一人として来なかった。この時刻を考えても見よ。いましもおのがベッドを、おのが正妻《つま》をあとにしてきたところではないか。ここの住人はなべて既婚者ばかり。一日が、そして仕事が眼前に待ち受けている。まっしぐらに出かけるところ。その足からは新鮮な精気と労働意欲が発散し、眺める者に降りかかる。香ぐわしいばかりの可能性！　健やかな力よ！　精神生活と係わる者ではないとはいえ、とまれ生活、とまれ規律はあるであろう。秩序が、目的が、そこもと当然の道理が、集団と労働と、それにおのが意志によって分割した時間とが。だのに廊下で何と遭遇したか？　他人《ひと》の女房、娘、隣家《となり》の台所女——しかもこれは偶然の引き合わせではないのである、女たちの工作だ。ドアの背後で聞き耳を立てている。色恋相手と定めた者の足音を聞きとるや、背後《うしろ》を、前を、横をと好みのままにつきまとう。小型のクレオパトラだ、口から出まかせ、お愛想たらたら、へつらって限りない媚態の数々、搔きくどき、乞い寄って、男たちが勇躍正面より向かい入って、まっぷたつ、切り裂かんとした華麗な一日を萎《な》えさせる。これら男性は失われた者たちだ。おのが女房の学校に棲息する。女房を憎んでいよう、言うまでもないことだ。だがその憎悪を普遍化する代りに次の女房《おんな》に馳せ参じる。笑顔に出くわすやいなや、直ちに立ちどまる。墜落のまたなんと速やかなことよ！　予定を忘れ、のび上がり、時間を徒費して、あげく、けしつぶ同様の悦楽に酔う次第とは！　かれらは帽子をまぶかにかぶり、眼鼻を隠した。帽子が床に落ちるとき、あさましく身を屈め、手を差しのべる。ニヤリ笑いの顔が続くのだ。瞬時前、かれらはまだ厳粛な気分にいた。女がそれをあっさりと散乱させた。覗き穴の前に展開する秘めやかな奸計の巧妙は、見る者をうならせずには措かぬところであった。

しかしながら、キーンには利かなかった。彼は女を見すごすことができる、しかもいともやすやすと。たかだか意志の働きに待てばよい。見すごすこと、これは学者の血肉となった才能だ、学問とは見すごしの芸術である。だがいまは切迫した理由により、この芸術の効用を棄てていた。女とは無学文盲の徒にほかならぬ。堪え難く、愚鈍で、永遠の阻害物だ。女なしの世はいかに豊饒であろうことか。それは壮大な実験室だ、書物に充満した図書室だ、昼夜とも晴れわたった仕事の場だ！　とは言え、女性の名誉のためにも一つのことは指摘しておかねばならぬ。女は外套を着るということ。但し、決して青色ではない。慎重に、また丹念にキーンが見た限りでも、この家の女たちのだれ一人として、かつてここを通過し、遂に、それも遅すぎたきらいがあるが、哀れにも餓死し果てた女を思い出させる者はいなかった。

一時近くにベネディクト・ファッフは現れ、昼食代を要求した。食堂にとりに行かねばならないのに、自分は一文なしだ。国家はなるほど年金を払ってくれるが、一日《ついたち》にだ、月末にではないのである。キーンはどうか騒がずにいただきたいと懇願した。床にしゃがんである日々は貴重である、限りがあるのだから。近々にも上階《うえ》の住居に移るであろう。それまでに覗き穴の成果たる労作をすませておきたい。『ズボンに基づく性格学入門』を腹案としており、『靴に関する付論』を補足としてもうける考えだ。食事の暇がないのである。たぶん、明日あたりにはいただこう。

「なんてことを！」と、玄関番は怒鳴った。「教授《せんせい》、そいつはいけませんや！　なんとしても金を頂戴していかなくちゃあ！　この特等席で飢死ってことになりかねん。教授《せんせい》が心配ですがな！」

キーンは立ち上がり、相手のズボンを凝視した。「お願いだ、直ちに退却していただきたい。ここはわたしの――仕事場だ！」《仕事場》を吐き出した。

ファッフは眼を見開いた。拳が痒い。すぐさま打ちかからないように、グイと鼻面をこね上げた。こいつ、気が狂ったか？　わ、た、し、の仕事場だと！　まず何をすればよい？

ながら《わたしの》を強調し、一息おいて、侮蔑さ

足をへし折るか、頭蓋骨《あたま》をかち割るか、額を突き裂くか、それとも小手調べに腹に一撥喰らわせるか？　こやつの女房のところまでしょっぴいて行くのはどうだ？　さぞかし嬉しいことだろうぜ！　人殺しは便所に閉じこめると、あいつは言っておった。往来へと殴りとばすか？　壁を破いて、死んだ娘の情愛が失せた奥の部屋に幽閉するか？

これらのどの手段の採用も見合わせた。ファッフの命令によりテレーゼが料理して、上の部屋に用意があった。値段がどうあろうとだ、すげないお返しを頂戴するとは。力技ではもの足りなかった、食堂の主人《あるじ》になりたかった。ポケットから垂れ蓋の錠をとり出し、指一本でキーンを押しのけ、屈みこんで、蓋に錠を下ろした。

「こいつはわたしの穴ですぜ！」と、うなった。またしても両の拳が膨張した。「おとなしくしてやがれ！」烈しく拳に叱咤を加えた。不承不承、それはポケットに収まった。苛立ちながら出番を心待ち、むくれていた。裏地に肌をこすりつけ、憤懣を吐露していた。

「なんてズボンだ！」と、キーンは思った。「まったく、なんてズボンなんだ！」一つの職業、それも重要なそれに従事する者が欠けていることに、午前中の観察の間、気づいていた。すなわち、――強盗殺人犯が。だがその者はここにいた。冷血にも調査研究の場を閉鎖した当の人物。まさしく強盗殺人犯に典型的なズボンである。皺まみれ、血の痕跡を薄赤くとどめ、中にある足の醜悪な動きを予測させる。すり切れ、ねばねばと陰惨にだぶついて、嫌悪を掻き立てるもの。獣がズボンをはくとしたら、それはまさにこの代物だ。

「食事は注文ずみですぜ！」獣は吠えた。「注文ずみなら代金を払わにゃなりませんわな！」ファッフは拳を一つ引き出した。思わず知らずそいつを広げて、掌《たなごころ》を突きつけた。「代払いはまっぴら御免でしてな、教授《せんせい》、見そこなってもらっちゃ大困りだ！　いいですかい、大口はたたきなさんなよ！　これが最後命令だ！　自分の健康を考えなさい！　食わずにどうしようって魂胆だ？」

キーンは黙して動かなかった。

「ならばやむを得ん、強制捜査だ！」ファッフはキーンを逮捕し、言った。「こいつ、強情な野郎だぜ！」ベッドに投げ上げ、ポケット全部を虱つぶし。あり金を探べて、その中から食事代相当とみずから判定した額きっかり、鐚銭一文といえど多くはなしにとりあげてから、公明正大、脅しつけた。「食事は運ばせせましょう！　わたしが大汗かいて持ってくるほどのお方でもございませんや、恩知らずとは教授《せんせい》のことでしてな。こんな性根じゃ、いずれくりくり坊主で臍《ほぞ》を咬む運命だ！　御用心なさいよ！　この穴は一時閉鎖だ、身のほどを知ってもらわにゃあ！　ズボンを眺め暮らして悪党修業とはどうだ、こちらもうかうかしとられん。心がけが変わるようなら、明日にも再開といきますがね、それもお慈悲からですぜ、親切心からですぜ、よろしいな、しゃんとしていただきたい！　四時に珈琲をさしあげる、七時には軽い夜食だ、お代はそのとき、いやいや、いますぐ前払いとしていただくか！」

キーンはようやく立ち上がったが、すぐに再び転がされた。いざこざを一度こっきりですませるために、ファッフは向こう一週間の食事代を数えだした。警察官当時にも計算上手で鳴らしていた。高額であったので、三度数えてぴったりと納得し、頂戴した。領収書の下端《した》に《毎度有難うございます。退役高官ベネディクト・ファッフ拝》と記し、手製の薄汚れたその紙片をそっと枕の下に押しこんでから、おもむろに（教授《せんせい》を見そこなった落胆のさまを示すためにも、それに、はやり立つ拳をなだめるためにも）唾を吐きかけ、出て行った。ドアはそのまま。但し、外から錠を下ろした。

キーンの関心はもう一方の錠前にあった。垂れ蓋を懸命に引っ張った。少々はゆるんだが開く気配はない。小部屋中、鍵を探索した。合鍵があるやもしれぬ。ベッドの下には何もなかった。戸棚を開いた。古ぼけた制服の残骸にトランペット、使われるまでもなかった拳闘用の手袋と、清潔な、アイロンの跡もなまなましい女性の下着（白ずくめ）、これは堅く縛ってあった。それに勤務用のピストルに弾薬《たま》、そして写真。キーンは好奇心よりもむしろ憎悪の念から眼をやった。脚を広げて坐っている父親、右手は痩身の妻の肩にがっしりと喰いこみ、左手には、おどおどと膝にある三歳前後の子供を抱きすくめている。写真の裏に太い乱雑な文字が読みとれた。《赤猫一家》。妻をなくすまで、玄関番はまたなんと永い間、妻子の下にいたことかと思い至った。まさしく結婚生活只中の写真である。わくわくと腹いせ一杯、「赤猫」と声を出し、《強盗殺人犯》と書きたした。そして写真を一番上、状態から判断するにさんざ使われたにちがいない制服の上に置き、戸棚を閉じた。

鍵だ！　鍵だ！　鍵さえあれば！　まるで皮膚のどの毛穴からも紐が一本引き出されたぐあい。だれやらがこれらの紐をよじて縄にした。この強く、太く、粗い縄は覗き穴を通って廊下にのび、ズボン大隊をそっくり引き寄せように。「なんとしても」とキーンはうめいた。「鍵が要るのに！」絶望してベッドに身体を投げだし、見たところのものを再現した。男が一人、また一人と通過する。かれらを呼び戻し、女どもへの愛着ぶりを責めたてた。心ゆくまで断罪した。手を入れるところも多く、考えねばならぬところも数多《あまた》あった。ひとえに精神の緊張を持続すること！キーンはおのが精神の戸口に日本の衛士を四名配置した。いずれ劣らぬ剛直の者だ、肩をいからせ睨みつける。仮借なく来る者を選り分ける。精神のいとなみを促す者のみ、入場許可のこと。

多くの崇高な理論といえど制約されることを免れない。学問にもまた弱点がある。すべて真なるものの根底は懐疑である。カルテジウスがいち早く証明したところだ。たとえば物理学は何故に三種の基本色を挙げるのか？　赤色の重要さに疑問の余地はない。必要ならば千の証明さえも容易であろう。黄色については、スペクトルにおいて緑色に接する次第を申し立てることができる。ところで当の緑色であるが、これは眼にして心好いとはいえ、黄色と、名づけ難いある色との混合の結果にすぎず、細心の注意をもって対さなくてはならないのである。むしろ基本に戻るべしだ！　眼に良好に作用するものが、その要素の一つに、考えられる限りもっとも破壊的で、邪悪で、かつ無意味である一色を含むなどのことはあり得ない。けだし緑色は青色を含有しないのである。青色だ、心おきなくこのことばを発していい。ことばにすぎず、ことば以上の何物でもない、基本色でさえないのである。スペクトルのどこかに秘密が、言いかえれば、われわれに未知の構成分子がひそんでいるにちがいない。それがすなわち黄色以外に緑色の成立に力を借しているものであり、その追求こそ物理学者の義務である。聖務とも言えよう。物理学者は日々毎日、新たな光線を世に介する、すべて不可視の領域に属すものばかりだ。われわれの本来の光線の秘密用に金箔つきの解決策を持ち出してきた。われわれに欠けている第三の基本色、その本質よりしてではなく、その効果よりしてわれわれが存在を承知しているその色は青色であると主張する。ひとこと、ことばを持ちきたって秘密にくっつければ、すなわち秘密は解決ずみという次第。ごまかしを見定められないようにと、不様《ぶざま》な、口にするもうとましい一語を選んだ。思うに人間はこの語を詳細な検討にさらすことを恐れているのだ。臭い、と言いたて、青色の外観を呈するものは大きく廻って避けて通る。人間の怯懦のしるしだ。決断を下すべきところをいたずらに右顧左眄してすごし、あげくおのれみずからを騙くらかす。その結果、人間が今日《こんにち》まで、亡霊じみたその色の存在を神の存在よりもなお堅く信じるという珍事が生じた。青色は存在しない。青は物理学の捏造に係わる。もし青色が存在するならば、きわめつきの強盗殺人犯はその色の頭髪《かみ》をしているはずだ。玄関番はなんと呼ばれていたか？　青猫とでも？　いいや、とんでもない、赤猫だ！

青色の存在を否定する思念的な議論を追って、体験的な論証が続いた。キーンは瞑目し、衆目が青と見るであろうような物象を思い浮かべようと努めた。海だ、爽快な光が反射する。森の梢だ、風がかすめて通る。望楼に立つ詩人が足下の森を海になぞらえたのも故なしとしない。例は枚挙にいとまがない。不可分のとり合わせというしかない比喩である。それも道理があるからだ。詩人は感覚のひとである。その詩人が森を見る。森は緑だ。詩人の脳裏をいま一つ別の映像が通過する、同じく広大で、同じように緑のもの、――海が。すなわち海は緑色なのである。その上に空がある。一面の雲。黒く、重く垂れかかる。雨が近づいている。しかし雨足は走らない。空が青空となる日は絶えてない。日は過ぎる。なんと時間《とき》の移ろいの速やかなことか！　何故だ？　だれが時間《とき》を追い払うのか？　暮れ方、空を眺望したがる者がいる、陰鬱なその色を。いや、大ちがい、雨雲は去っていた。まばゆいばかりの夕暮れ、紅色《くれない》だ。青空なんぞどこにある？　見わたす限り炎と燃え立つ紅色だ、まっ赤！　やがて夜となる。真実とはかくのごときものなのだ。赤空にだれが疑問を抱けよう？

キーンは笑った。何もかも意のままだ。ひっ摑めば、それが直ちに証明となる。眠っていても好便の学問がある。無論、眠ってなどいない、眠ったふりをしているだけだ。眼を開けると、錠の下りた覗き穴に視線が落ちるではないか。かいのない怒りはなしとするに如くはない。強盗殺人犯を軽蔑する。かの者があらためて上席を明けわたすとき、すなわち垂れ蓋の錠を外し、非礼を詫びるならば、そのときには眼を開けてやる。それまでは不可。

「もしもし、人殺《メルダー》しさん！」と声がした。

「うるさい！」キーンは叱咤で応えた。青色にかまけて、ある種の声をなおざりにしていた。二度と戻らぬあの外套と同様に、声をもまた消失させるであろう。眼をさらに堅く閉じ、再度叱咤した。「うるさい！」

「食事ですよ」

「馬鹿な！　食事は玄関番が運ばせてくることになっている！」嘲るように唇をゆがめた。

「だからそれをここに。運ぶように言われたので。好んでわざわざ持ってきたわけじゃなし」

　声は立腹をよそおっていた。黙らせるなど、ほんのわずかな策略《ちえ》で足りよう。「食べたくない！」キーンは指をこすり合わせた。上々のできばえ。声の無智に乗じ、脅しつけて一歩一歩窮地に追いこむ算段である。

「なんてこと、ここに放り出せと言うつもり！　おいしい料理がもったいないわ。それに代金《おだい》をだれが払ってくれるの？　えっ、だれなのよ！」

　声は高飛車に出た。わが家にいるていであった。皮剝場に生れたとでもいう振舞いぶり。その道の名人が皮を縫い合わせた。古今の名人、天才とも称すべきひとが。彼は死体に、生きてある頃の声を吹きこむすべを心得ていた。

「ありもしない料理なら、自由に放り出されてはいかがですな！　言っときますがね、そこな死体殿、よろしいかな、恐ろしくなどありませんぞ。過去はもはや過去のこと、幽霊ならば身体の経帷子《きょうかたびら》をひっぺがしてやりますぞ！　食事を放り出す音をわたしが耳にしなかったとお思いか？　物音を聞き逃したとでもお考えかな？　破片もまた眼にしない。わたしの知識によれば、食事とは皿にてとるものでありますぞ。つまり陶器だ、これはすこぶるこわれやすい。聞きすごしたとおっしゃるならばだ、放り出してもこわれない陶器の存在を証明していただきたい！　どうです、おできになりますかね！」キーンはせせら笑った。おのが痛烈な皮肉に心が躍った。

「ほんと、そんなの大したことじゃない。眼を開けると見えるものよ。盲のまねなんてだれでもできるわ！」

「眼なら開けましょう。それでもわたしが見ないなら、天地に誓って恥じ入られる必要がありますぞ！　これまでわたしは礼節を踏まえて演じてきた。すなわち、あなたを半ば真面目にとってさしあげた。もしもわたしが見るならば、それもあなたをおもんぱかって見ることをさし控えていたことをです、けだし、あなたが存在せずして語っているということをです。その節にはわれらのつながりは絶ち切れるものと覚悟していただきたい。驚きめさるな、眼を開きますぞ！　もしや顔をお持ちならばの話だが、その位置するところを指呼するであろう。わたしの眼は重い。見ないことに倦んだ。しかしひとたび開くとき、ああ、そのときは！　いまや胎動を開始したまなざしは仮借なく見据えましょうぞ。いま少しの御辛抱を！　あなたがお気の毒だ、少々の猶予を与えよう。むしろ率先して消えなされ！　名誉ある退却を許可いたす。十《とう》を数える間にだ、わたしは一切を水に流す。流血は避けるべきではあるまいか？　われわれは野蛮の民ではないのである。去りなされ、わたしのことばを信じてだ！　それにここは強盗殺人犯の小部屋ですぞ。よろしいかな、そやつはあなたを打ち殺しますぞ！」「あたし、殺されたりしない！」と、金切声。「最初の奥さんはともかく、二番目の妻はそうはさせない！」

　重量感ある物体がキーンにまともに当って落ちた。万一だれかがそこにいるとすれば、食器を投げつけられたと信じるところであろう。彼はそれほど軽率ではない。眼は閉じたままにもかかわらず、何も見ない。この状態は幻覚にとって好個の土壌だ。食物の匂いを嗅いだ。鼻はキーンを裏切った。耳は猛りたった罵倒語にわなないた。正確には聴かない。だが、セリフの区切りごとに《人殺し！》の一語がとびこんできた。瞼は果敢に抵抗していた。眼を堅く筋肉がこぞって囲繞する。哀れな耳よ、病んでいるのだ！　液体が胸元に流れこんだ。「あたし、行くわ！」声が叫んだ。だれの耳であろう、一語残らず聴きとっているのは。「もう二度と食事なんか持ってこないから。人殺しは飢死すればいい。するとちゃんとした人間が生き残れる。どうせ閉じこめられているんだから。ほんと、まるで獣みたい！　ベッドだけでこの部屋は一杯よ。ここのひとたち、覗きこんで言うわ、狂人《きちがい》だって。あたし、いいえ、人殺しよって言う。あたし、行くわ、怒り損ってこのことよ！　なんて臭い部屋かしら。でも当然よ。おいしい食事だったのに。奥にももう一つ部屋がある、人殺しは壁に塗りこんでやればいい！　あたし、行くわ！」

　突然、静かになった。他の者ならホッとするところであろう。キーンは待っていた。六十まで数えた。変らず静けさが続く。ブッダのことばを言ってみた、パーリー語の原本による。但し、さほど長くない個所。代りに一語といえど省かずに、繰り返すべきところは忠実に繰り返した。いまぞ左眼を半分開け、とささやいた。こともなし、恐れる者は卑怯である。次に右眼。両眼が空《から》の小部屋を見た。ベッド上には幾枚かの皿、盆とナイフ、フォークが散り、床にコップがこわれていた。一切れの牛肉が落ち、上着にほうれん草がはりついて、身体はスープで濡れそぼっていた。それぞれからさまざまに発する匂いがあった。だれがこれを投げこんだのか？　だれもここにいなかった。ドアに手をやった。鍵がかかっていた。ゆすったが開かなかった。だれがこれを閉じたか？　玄関番だ、去りがけに錠を下ろした。すなわち、ほうれん草はまったくもって存在しないのである。拭いとった。コップの破片を丹念に拾い集めた。手を傷つけた。血が流れ出る。おのが血の存在を疑う必要があろうか？　歴史上には奇妙奇天烈な錯誤が数多《あまた》ある。ナイフだ、試しにとって切ってみた。切れる。左手の小指が落ちた、苦痛が走った。どっと血が流れ出る。ベッドから垂れていたハンカチで手をくるんだ。ハンカチ、いや、ナプキンであった。その端におのが名前の頭文字を読みとった。どうしてこれがここにきた？　まるでだれかが天井と壁と閉じられたドアを通して、調理ずみの食事を投げこんだという風ではないか。窓は無疵だ。キーンは牛肉を口に入れてみた。うまい。いまわしいことに空腹であった。全部を食べた。息をつめ、硬直してゆらぎながら、一口ごとに食道を通過する物体の存在を感じた。自分が瞑目してベッドに横になっていた間に、だれかが忍び入ったのだ。耳を澄ました。何一つ聞き逃さないように指を耳に添えた。次にベッドの下と戸棚を調べた。だれもいない。しかしだれかがいたのだ。ひとことも言わず、再び去ったのだ、それも不安から。カナリヤはさえずらなかった。なんのために小鳥がいるのだ。いささかの愛情もそそられない。キーンはここにきて以来、小鳥をそっとしておいた。だのに自分を裏切ったのだ。眼がチラついた。突如、カナリヤが飛び立つ。キーンは白くくるんだ手を突き出して脅した。眼をやって気がついた、カナリヤは青い。嘲弄か。キーンは一羽ずつ鳥籠から引き出して、それぞれ呼吸《いき》がとまるまで首をねじた。恍惚として窓を開け、死骸を通りに投げ捨てた。一等最後に五番目の死骸、おのが小指を放った。青色を小部屋から遠去けるやいなや、壁が躍りだした。波状にゆれ立って青い斑点《しみ》を散乱させる、外套だ、しかもいくつもの、とキーンはささやき、ベッドの下に這いこんだ。彼はおのが理性に疑問を呈し始めていた。

瘋癲院

三月末のとりわけ温暖な一日の夕刻、著名な精神病医ジョルジュ・キーンがパリのおのれの病院の大広間を歩んでいた。窓は広く開け放たれており、患者たちの間では格子にとりつく限られた場をめぐって、執拗な争奪戦が演じられていた。罵声にもこと欠かなかった。患者のほとんど全員が、終日庭で、それも多くは文字通り、舐めかつ啜った不快な空気に参っていた。しかし監視人がかれらを寝室に戻すと不平を言いたて、もっと空気を吸いたがり、根気よく鼻を突き出すのであった。就眠の時刻までは格子にしがみつき、夕暮れを嗅いで元気を回復する。その場こそ、明るく、天井の高い広間に流れている空気により一層近いと信じていた。

患者たちのこのいとなみをキーン先生が咎め立てすることはついぞなかった。患者たちは先生に親愛を寄せていた。美男子で、温和だから。先生がくるとなると、病室の同居人大半が群をなし、先生のあとをつきまとった。大抵はわれ勝ちに、手でもってであれことばを通してであれ、いましも窓の格子にとりついているのと同様におのれの存在を主張した。不法にも自分たちを幽閉している病院に対し、だれもが深い憎悪を抱いていたが、これを若先生に発散したりはしなかった。キーン先生が広大な当瘋癲院の実務をいち早く裁量していたとは言え、名実ともの院長に納まったのはわずか二年前であり、以来、酷薄非情の前院長とは似ても似つかぬ慈愛の天使と目されていた。虐待されたと思う者、もしくは現実に虐待された者たちは、その咎を彼岸《あのよ》に去った圧制者たる前院長に帰《き》すのであった。

前院長は公式的精神病学を狂人さながら執拗に遂行し、生涯、おのが意のままになる無尽蔵の素材をもって体系構築に腐心した。典型的な症例の定義に夜《よ》の目も見ず、体系完成にかかりきり、懐疑家を嫌悪した。人間、特に精神病者と犯罪人には関心を持たなかった。かれらにはある種の人生肯定の哲学を講義した。代りにその種の者から、権威者が学問の資料となすべき経験の提供を享受した。彼自身権威者であった。日頃、無愛想で緘黙の彼は、資料提供者に対しては長広舌を振うのを常とし、これを助手ジョルジュ・キーンは論旨の偏狭さに赤面し、いたたまれぬ思いで初めから終りまで、また終りから初めまで何時間も立ちつくし、やむなく聞かねばならなかった。硬軟とりどりの意見が対立するとき、前院長は硬派に与《くみ》した。巡回の際、飽きもせずきまって同じ話をしかけてくる患者には、「何もかも分っておる」と解答した。妻と二人きりのとき、イロハも分らぬ下衆どもと交わらなければならない職務に不平を鳴らした。妻にはまた、精神病の本質に関し、秘中の秘とも称すべき考えを披露した。すなわち公けには秘めて語らぬところ、体系にとって簡明粗雑にすぎるからである、言い換えれば危険すぎるからである。気狂いとは、と声を荒げ、鋭く、見すかすように妻を睨《ね》めつけた、女房は頰を赤らめる。気狂いとはおのれのことしか考えぬ者の謂である。して、狂気とは利己主義に下しおかれる刑罰だ。かくして精神病棟には国中の無頼の徒党《やから》が蝟集する。本来、これらを容れるに牢獄をもってすべきであるが、学問は研究素材として瘋癲院を必要とする。妻にはこれ以上の詳細にわたらなかった。三十歳年下であり、彼の晩年を飾る花であったのだから。第一の妻は、治療のてだてなきまでに利己的であるとして、第二の妻同様に彼がおのが病院に収容するより早く、夫を捨てて遁げた。第三の妻に対しては嫉妬以外にいささかの企みも抱いていなかったが、彼女が愛していたのはジョルジュ・キーンそのひとであった。

この妻のおかげで、ジョルジュ・キーンは敏速に出世した。彼は大柄で、たくましく、情熱家で、信頼がおけた。彼には、女たちが男と場を共にしていて安心を覚えるのに必要な、あの一種やさしい雰囲気がそなわっていた。彼を見た者は一様に、ミケランジェロのアダムと呼んだ。ジョルジュ・キーンは知性と風雅《みやび》とを結合するすべを充分に心得ていた。この特異な才能は、恋人の手腕とあいまって十全にその効果を発揮した。彼女は夫に代る院長後継者をジョルジュ一人と思い定めたとき、恋人のために毒殺を敢行し、そのことは黙っていた。数年間の熟考と準備の結果であり、成功した。夫はさりげなく死んだのである。ジョルジュは直ちに院長に推され、前院長夫人の労を多とし感謝の念からこれを娶った。毒殺のことは全然知らなかった。

前院長の厳格な鞭達のもと、まさにその正反対の人物にジョルジュ・キーンは急速に成長した。患者たちをさながらかれらが人間であるかにとり扱った。すでに数えきれないほど耳にしたことのあるかれらの物語を、辛抱強く拝聴し、おなじみの恐怖や不安にさしかかるあたりでは、いまさらのごとくに驚いてみせた。眼前に坐るその患者と、ともに笑い、ともに泣いた。一日を区分し、起床直後と、午後すぐにと、夜ふけの都合三度巡回した。ほぼ八百名の患者たちのただの一人をも見すごさざらんためである。電光石火の一瞥で足りた。わずかな変化、それは隙間だ、これぞ他人の魂に入りこむ機会と見ればとびついて、おのが住居に連れて行った。待合室はなし、そんなものは設備していなかった。適度にそっけなく声をかけて書斎に誘い、最上の席に坐らせた。そこで、まだ得ていなかった場合なら、いともやすやす人が異れば狂気の心象の中に逃げこんでしまう相手の信頼を獲得した。国王様には陛下と呼びかけ神様が相手と診《み》ればひざまずき、手を組んだ。このとき、至高の方々も胸襟を開き、親しく語りかけるのであった。キーンを唯一腹心の者として、知己を得たその瞬間から、おのが支配領域にまつわるくさぐさを開陳し、助言を乞うてきた。キーンはこの上なく賢明に勧告した。御願望の数数、御目的並びに御信念のほどをよくわきまえている旨を伝え、慎重に意見を進めておのが権限《ちから》の少なきを歎き、男性相手では下手下手に出て辞を低うした結果、大方の患者たちは微笑《えみ》を浮かべつつ激励のことばを垂れるのであった。キーンこそかれらの廷臣であり予言者であり使徒であり、ときには従者でさえあった。

時とともにキーンの演技に磨きがかかった。彼の顔面の筋肉は伸縮自在、一日のさまざまの状況に適応した。毎日少なくとも三人、ときには徹底を期す困難にもかかわらずさらに多くの患者を招き、それだけ種々雑多の役割をこなさなくてはならなかった。それも巡回中の瞬間的な、しかしぴったり的を得た眼差しやことばを勘定に入れずにである。これは百名からを相手とした。学者世界では多様な意識分裂に係わるキーンの治療法が論争の種となっていた。たとえば一人の患者が、共通の何物も持たないか、もしくは互いに相克し合う二人として振舞うならば、ジョルジュ・キーンは当初自分にも大冒険と思えた一方法を採用した。つまり患者一人の内に同居する二人と親交を結んだのである。この演技には熱狂的な苛烈さが必要であった。二名各人の本質を把握するために、それぞれに議論を吹っかけ、結果を基に結論を導き出した。結論を整理して仮定となし、その証明のために実験をも敢えて辞さなかった。そのあとようやく治療にとりかかる。おのが意識の中で、みずから体現したその患者の分裂を縫合《ほうごう》し、時を経て癒着するのを待機する。まず両者の接点を探り当て、明々白々な比喩をもちきたってそれぞれの注意を喚起し、接点に近づけ、和合して遂には一体となる朝を待った。その暁、突然の危機が訪れ、烈しく裂かれ、強引に二体と分れることもしばしばあり、避けられぬことでもあった。だがさらにしばしば、成功も収めたのである。失敗は不徹底によるものと判断した。どこか、匿されていた四肢の一部を見逃がしていた。抜かりがあった。軽率にすぎた。生きとし生ける者を死せる主義の喰いものとした。これでは前院長とさまで変らない。——やり直しだ、新たなる仮定と実験に邁進した。おのが方法の正しさは堅く信じていたから。

かくしてジョルジュ・キーンは一時《いっとき》に数多《あまた》の世界のあちこちに生きていた。狂人たちの手引きによって、当代に抜きん出て該博な精神にまで成長した。与えるよりもさらに多くをかれらから学んだ。狂人たちはそれぞれの異常な経験を伝えてキーンを富ました。彼はかれらを正常に戻すことにより、その者たちを零落させたにすぎなかった。多くの狂人たちの内にいかに豊麗な世界を、いかに鋭敏な感覚を見出したことであろう！　かれらこそまことの個性の持主であった。無類の偏頗に貫かれた確固たる性格と、ナポレオンの羨望をも買うほどの直截と意志の力と、仮借ない諷刺家の資質をそなえた者も少なくなかった。その諷刺の味が、ペンでもってはとどめられないだけであった。対象とは係わらない位置で鼓動する心臓から出て、異邦の征服者さながらに、やみくもに落ちかかるものだから。われらが世界の財宝の、最高の道案内人とは巾着切りであるからだ。

ジョルジュ・キーンは狂人たちと縁《えにし》を結び、その心象世界に入りこんで以来、文学の嗜好は放棄した。小説にあるのは同じことばかり。以前は熱心に読み、すでに固着して色褪せ、古くさく無意味と思いなしていた文言《せりふ》の新たな使用法を見つけては悦に入っていたものであった。その当時はことばをさほどのものとも見なさなかった。古典的に正しくあればそれでよし。最良の小説とは、登場人物が過不足なく適切に語り合うところであった。先代のどの作家にも負けず劣らず表現できるならば、後代の名を恥ずかしめないと自負できよう。この種の使命の一つとして、人間をとり巻く人生の、錯綜し、なまなましく、痛烈な多様性を平板な紙面の次元に定着させて、迅速にして心好く読みとばせるものと化すことにある。愛撫としての読書だ、愛の一変型、婦女子並びに婦人科医向き。この職業には婦人の心情に対する理解が不可欠であるからだ。複雑な言い回しも奇異な外来語も不必要。同一の軌道であれ往来を繁くすれば、ここにまつわる感情もそのたびごとに異ろう。文学のことごとくは社交術の教程。多読家はおのずから社交家としての腕を上げるものである。他人の人生への参画は挨拶と世辞に尽くされる。ジョルジュ・キーンは婦人科医として出発した。その若さと美貌により大繁昌。僅々数年で終ったその期間、彼はフランス小説を読みこんだ。それは彼の成功に与《あずか》って力あったところである。思わず知らず、それぞれを愛しているかのごとくに婦人《おんな》たちと交った。だれもが彼の趣味に陶酔し、従った。病身が流行した。彼は膝に落ちかかるだれかれをわがものとし、勝利を尽すのに努めた。諾々と意のままになる女たちにとり巻かれ、甘やかされ、富を得てわがまま一杯、彼はブッダとなる前の王子ゴータマさながらに生きていた。世の悲惨から彼の眼を遮る父親や王侯の配慮があったわけではない。彼は老い朽ちた者を見たし、死者も乞食もともに見た。あまりに多くを見たばかりに眼にとめなかったばかりであった。彼を遮ったのは読んだ書物であり、口にした麗句であり、ぶ厚く閉じた壁として彼を幾重にも巻いていた女たちであった。

夢遊の道へ踏み出したのは二十八歳のときであった。ある銀行家の、傲慢で出しゃばりな奥方の許に往診に出向いたとき――この妻は夫の旅行中、常に病気になった――その家の弟に会った。それは無邪気な一個の狂人。家族が家名をおもんぱかって閉じこめている者であり、サナトリュウムでさえも銀行家には信用を害するものと思えたせいであった。広大な屋敷内の二部屋が狂人にあてられており、そこでは彼は付添いの看護婦をあますところなくおのれの恣意にとめていた。若い寡婦たる看護婦は、買われ、三重の枷《かせ》に縛られていた。すなわち、断じて病人を一人にしてはならないこと、いかなることにせよ病人の意志に従わなくてはならないこと、そして世間に対しては秘書の身分としてある風を装わなくてはならないこと。公けには弟君は芸術家とされ、人間嫌いで、四六時中閉じこもって大作にとり組んでいる偏屈者とされていた。奥方の待医としてジョルジュ・キーンに知らされていたところも、それ以上を出なかった。

奥方の執拗な愛情の披歴を逃れるために、お家敷の宝物を拝見させていただきたいものとことばをかけた。承知して重い身体をようように夫人は病床から起き上がった。彼女は裸体の美女の絵――夫の蒐集はこの種のものに限られていた――を借りて、情愛の次のてだてをもくろんだのである。奥方はルーベンスとルノアールに心酔していた。「この女たちには」と、夫の口癖を繰り返した。「東洋が漂っておりますわ」以前、夫は絨毯を買いあさっていた。東洋が漂うところ、芸術におけるいかな奢侈も厭わなかった。奥方はジョルジュ先生にしみじみと視線をやった。彼女は姓を呼ばなかった。《あたしのいとしい弟》になれよう男《ひと》だもの。ジョルジュ先生の目のとまる個所《ところ》に、自分もまた凝固と目を据え、ややあってのち、先生のもの足らぬ理由を発見した。「分りますわ!」と舞台さながらに声をあげ、おのが乳房《むね》を眺め下ろした。ジョルジュ先生には分らなかった。彼はそれほど繊細な感覚に恵まれていたからである。「とっておきは義弟《おとうと》の部屋に懸けてますの! お人好しのいい弟ですのよ」決して先生を失望させない淫猥画であることを保証した。知識人の来訪が始まってから、夫はやむを得ず、一番の秘蔵画を、それも見事に安値で買い入れたそれを(夫は常々安値でしか買わない、でも目の方はとってもいい）病気の弟の部屋に移したのである。ここの主人《あるじ》の意向であれば、と彼女は弁じた、あたしには逆らえなかった。ジョルジュ先生はさほど狂人と膝を交えたいとは思わなかった。むしろ御主人所蔵の《屑絵》の方を希望した。夫人はあちらの一枚は、残り全部を合わせたよりも値打ちがあると言い張った。彼女は作品の芸術的価値を述べていたのであるが、その口で発せられるとき、夫の口に由来することごとくがおびているのと同じ意味に響き出るのであった。遂に夫人は片腕《うで》をさし出し、ジョルジュ・キーンは従って歩を運んだ。歩行中の親密の方が立っているときのそれよりも危険が少ないと思えたからである。

義弟の部屋の扉は閉ざされていた。ジョルジュ先生が呼鈴を鳴らした。重々しく足をひきずる音が聞こえ、次には静まり返った。覗き窓に黒い眼が現われた。奥方は唇に指を置き、親しくニヤリと笑いかけた。小窓の瞳はまばたき一つしなかった。外の二人はじっと待ち続けた。先生は敢えて非礼を犯さず、いまやこの場に立ち至ったことを後悔した。突如、扉が音もなく開き、着飾ったゴリラが進み出て、長い両腕を突き出し、先生の肩に置き、奇妙なことばで挨拶をした。夫人には目もくれなかった。客人二名はあとに従い、部屋に入った。ゴリラは円卓を前にした座を指定した。その身振りは粗暴であったが、意味するところは理解でき、好意が窺いとれた。ただことばの解読にジョルジュ先生は難渋した。それはまずもって黒人方言を思わせた。ゴリラが秘書を連れてきた。その身の着衣はきわめてわずかに限定され、肉体《からだ》の大よそがあからさまに露呈していた。秘書が腰を下ろすや、主人《あるじ》は壁の絵を指さし、秘書の背をドンと叩いた。秘書はゴリラにしなだれて寄りかかった。羞じらいは消えていた。壁の絵は、猿に似た人間男女の交接のさまを描いていた。奥方は立ち上がり、距離を変え、角度を按じて観賞した。ゴリラは男性客にひたと顔を寄せ、縷々として解説した。一語一語がジョルジュには耳新しいものであった。ただ一つこと、絵に描かれた交接がこの部屋の住人と大いに関係がある次第は了解できた。秘書は主人《あるじ》のことばに応じ、同様のことばで返答した。ゴリラの声は太く、深味をおびていた。裏に情熱を秘めていた。秘書はときにフランス語を挟みこんだ。おそらくは意味の奈辺に存するか、暗示したかったためであろう。「フランス語はおできになりますか？」ジョルジュは尋ねた。「勿論ですわ！」と秘書は答えた。「あたしを何者だと思ってらっしゃるの？　生粋のパリジャンヌよ！」やおら猛然とフランス語を口にした。拙劣な発音につらなる単語はなおのこと拙劣な配列に供されて、すでに半ば、ことばを忘れた者の雄弁に似た。ゴリラがうなり、秘書はすぐさま沈黙した。ゴリラの眼が光った。秘書は腕をその胸に添えた。ゴリラは子供のように泣きだした。「このひと、フランス語が大嫌いなの」と秘書がジョルジュにささやいた。「ずっと前から自分のことばを編み出そうと苦心している。でもまだでき上がっていないのよ」

奥方は陶然と壁の絵に見とれていた。ジョルジュにとってはありがたかった。夫人からひとことあれば、礼を尽くさねばならないところ。彼には何一つ思い浮かばないのであった。ゴリラが再びことばを発してくれさえしたら！この願望一つを前にして、貴重な時間や診察や女性や成功にまつわることごとくが消え失せた。さながら生まれて以来このかた、おのれ自身のことばを持った人間ないしゴリラをひたすら求めていたかのごとくであった。泣声は気にとめなかった。不意にキーンは立ち上がり、深々と丁重にゴリラに向かって一礼した。フランス語は避け、口にしなかった。しかし彼の顔はこの上ない尊敬を表わしていた。秘書はおのが主人への敬意を親しみをこめてうなずいて受け入れた。同時にゴリラは泣きやんだ。おのがことばをとり戻し、猛烈な身振りを添えた。一語口から発するたびに、応じて身体のそこここをわななかせる。事物の名称はとり替え自由であるらしかった。幾度となく壁の絵に言い及んだが、そのつど異った表現に基づいていた。名前は身振りに左右された。全身が口となり、口が全身を伴って、一語といえども同一の響きをおびていない。笑うとき、両の腕を一杯に広げた。後頭部に額が位置するごとくであった。自家製のことばの完成に苦悶のときに、そこの部分を思うさま引き毟ったものか、後頭部のみ、きれいに禿げあがっていた。

やにわにゴリラは跳ね上がり、猛然と床に貼りついた。その身体が土にまみれていることに、それも厚く層をなした土に覆われていることにジョルジュは気づいた。秘書は床に寝た主人の上衣を引っぱったが、重すぎた。客の助けを懇願した。あたし、やきもちやきなの、と彼女は言った、大変なやきもちやきなの！　二人して力を合わせ、ゴリラを持ち上げた。椅子に腰を下ろすやいなや、ゴリラは床にいたさなかの体験を語り始めた。裂き割られた生木さながら部屋中に跳ね飛んだ数語を通し、ジョルジュは神話的な恋の冒険譚を聞き分けた。それはおのれを深く疑うまでに、彼の魂を震駭させるのであった。ジョルジュ・キーンは自分の姿を、人間の足元に這いつくばった南京虫として見た。未だ自分が降りたこともないはるかな深みから響くところが、どうして理解できるのかと自問した。かくまでのひとと同席しながら、上品に構え、愛想を装っているとはなんという不遜であろう。魂のありとある毛穴を脂肪《あぶら》で、日々肥りゆく脂肪《あぶら》でふさぎ、実用の役にしかたたぬ半人間、しかも存在の勇気を持たぬ。この世界にあるとはすなわち他人としてあることを意味するからだ。おのれ自身の模型、着衣したマヌカンだ。動くも休むもお恵みの偶然により、影響を知らず、閃光と散る力を知らず、常に変らぬ空疎なことばを囀って、同じ距離をおいて理解されるにすぎない。隣人を規定し、変化させ、形成する正常人がどこにいよう？　ジョルジュに愛をそそぎかけ、特に彼が抱擁するとき、彼への愛情からおのがいのちを投げ与える女たちは、ことの終ったあとも始まる前といささかも変らず、お化粧もしくは男に忙《せわ》しない。なめらかな肌の獣にすぎぬ。だがここのこの秘書は、生れ育ちから言えば並みの、ごくありきたりの女であるにもかかわらず、ゴリラの強烈な意志のもと、特異な人間《ひと》に成長した。勁《つよ》く、激しく、献身に満ちている。ゴリラが床とのいとなみを謳《うた》うとき、冷静を失った。嫉妬に焦れた視線をやり、主人《あるじ》の物語にことばを挟み、堪まらず椅子で身もだえして相手をつねり、笑い、舌を突き出した。しかしゴリラは彼女を黙殺した。

奥方はようやく壁の絵に見飽きして、ジョルジュ先生に合図した。驚いたことに先生は、義弟がこの家の大富豪そのひとであるかのごとくに、そして秘書が大富豪との結婚許可証をいただいたそのひとであるかに、それぞれと別れを告げた。「あれはあたくしの主人《たく》の居候ですのよ！」外に出て先生の注意を喚起した。まちがいは大嫌いだった。横領した相続分のことは黙っていた。慈愛深い先生は狂人の治療を願い出た。学問上の興味からである、私的な目的によるものであり、無論、御主人様は治療費の心配をなさるに及ばない。夫人は直ちにジョルジュを誤解し、その《会》に自分も同席するという条件つきで認可した。おそらく夫の帰宅を示す足音であろう、夫人は聞きつけたので、口早に言いたした。「先生の御計画に、あたくし、胸がわくわくしますわ！」ジョルジュは奥方に目をつぶった。おのが旧来の生活の残存物《のこり》として、新生活にまでひきずった。

数カ月、ジョルジュ・キーンは一日も休まず来訪した。努力にゴリラに寄せる彼の賛嘆の念は日ごとに高まった。努力に努力を重ねた結果、ゴリラのことばに修熟した。秘書が手を貸してくれたのは、彼女がついフランス語を口にしすぎて心にやましいところを感じた場合に限られていた。彼女が盲従している主人への裏切りには、罪を受けて当然ではないか。ゴリラの機嫌を損わないために、ジョルジュはいずれのことばにせよ、ゴリラ語以外の一切を放棄した。彼は語を並べて事物を相互に関係づける子供のように振舞った。ここでは関係こそ本来のものであり、二部屋とそこにあるものは、感情のからみ合う力の場と変っていた。事物はジョルジュの最初の印象通り、そもそもの名称を持っていなかった。そのときどきの感覚のままに命名されるのであった。事物の面貌は、野性的で、緊張し、切迫した生活をいとなんでいるゴリラにとって変化してやまないものであった。ゴリラは事物に入りこみ、事物はゴリラの生活に働きかけた。二部屋はおのずから全世界を形成していた。ゴリラは必要とするものを創造し、創造の六日を終えた七日目、生《あ》れました世界に落ち着いた。しかしその日を安らいの日とはせず、ことばの創造の一日に充てた。触れるものことごとくゴリラの手になるものであった。みずから考案した設備も、おいおいに運びこまれたがらくた類も、とっくにゴリラの影響に染んでいた。おのが星に突如舞いこんできたよそ者に、ゴリラは辛抱強く対応した。その者が遠く色褪せた時代のことばに立ち戻るのをも赦してやった。ゴリラ自身、かつてはその種の人間世界の一員であったのだから。やがては進歩のほどを認めてやった。当初はゴリラの影以下にすぎなかったよそ者も、遂には肩を並べてひけをとらない友人にまで成長した。

ジョルジュは学者であった。この狂人のことばに関する論文をまとめあげ、公刊した。発音心理学に新分野が開拓された。学問上、論争の的である問題をゴリラが解決したのである。ゴリラとの親交は、これまで世俗の成功を収めたにすぎなかった彼に名声をもたらした。感謝の気持から、ゴリラをそのお気に入りのところに残し、治療は捨てた。ゴリラ語に修熟して以来、ゴリラを引き戻して相続財産そっくりを横領された銀行家の弟になす自信なら充分あった。たちまちにして獲得した能力にそそられ、この犯罪行為に魅力を感じはしたが実行はさし控え、精神病学に転向した。ひとえにゴリラと近しいと考えた、狂人たちの偉大さへの賛嘆からである。但し、かれらから学ぶこと、何《なん》人《びと》も癒やさないことを鉄則とした。小説はもはや十分、縁を切った。

のち、豊富な経験を身につけた頃、狂人間に差違をもうけるすべを学んだ。全体として情熱に変りはなかった。狂人の名に恥じないために、一般から遠く隔離された位置に身を置く者たちへの燃えるような愛着は、新たな患者を受けとるたびに掻き立てられた。患者の多くは彼の感じやすい愛情を傷つけるのであった。特に、発作に怯えながら、澄んだ正気の時にあこがれる性《さが》弱き者たち——エジプト時代の安楽を哀惜するユダヤ人めは。彼はかれらの思いのままにエジプトの地に連れ帰った。そのために考え出した道筋は、言うまでもなく、この民族がかの地脱出に際し主が編み出されたそれと同様、驚異に満ちたものであった。ともあれ彼の意志に反し、特殊な場合にそなえた秘蔵の方法が、それほどでない件にまで採用されることがしばしばであった。恩師たるゴリラへの畏怖と敬愛の念からも、触れるべきではない症例にも対さざるを得なかった。院長は助手ジョルジュ・キーンの手腕から生まれた病院の好評に満悦した。常々過去の人の経営になる旧弊な瘋癲院と見なされていたのである。愛弟子の働きにより、なんと見事に二度の春を迎えたことか！

ジョルジュがパリの通りを歩いているとき、元患者と出くわすことがあった。彼は抱きすくめられ、久方ぶりに帰宅した主人を迎えて犬がよくやるように、あやうく地面に引き倒されそうになるのであった。情愛こめた質問を呈しつつ、彼はその裏に一縷の望みを托していた。順調なこと、仕事ぶり、将来の計画を語ったが、その合間にほんのひとこと、相手の口から洩れるのを待っていた。たとえば、「あの頃はほんとによかった！」である。あるいは、「なんて無味乾燥な生活になっちまったことでしょう！」である。そして、「どうして先生はわたしを治しなどなさったのです？」「なろうことならもう一度病気になりたい！」「人間は頭脳の世界がどれほど広大なものか知りゃあしないんです」「正気とは一種の愚鈍そのものですとも」「先生のせいですよ、わたしの貴重な財産が失せたのは！」「先生個人に恨みはありませんがね、しかし先生の御職業は人類に対する犯罪ですよ」「魂の修善屋稼業、まったくよけいなことですな！」「どうかわたしの狂気を返してください！」「いいですか、告訴も辞さない覚悟ですぞ！」「健康が何にコーケンするとおっしゃるのです、洒落てみても、へっ、埒《らち》もない話でして！」

これらの代りに世辞が述べられ、招待が持ち出された。かれらは肥って、健康で、ありきたりに見えた。そのことばは傍をすり抜けて行く通行人のそれと一点一画変らなかった。かれらは商売か窓口勤務に納まっていた。出世頭で機械工どまり。ジョルジュがかれらをわが友ともわが客人とも呼んでいた頃、かれらは万人に代って身に負うていた大いなる罪過に苦しんでいた。おそらくは卑しい人間の尊大ぶりとしっくりとおり合わないおのれの無力を歎いていたのであろう。あるいはまた、世界征服の野望に憑かれ、血肉をおびて眼前を逍遙する死神の姿に怯えていた。そのようなかれらの謎は消滅した。かつては謎のために生きていたのに、いまやとっくに解決ずみの俗事に追われ息をついているにすぎなかった。ジョルジュはだれに強いられたわけでもなかったが、羞恥を覚えた。患者たちの家族にとって彼は神であった。かれらは奇蹟を予期していた。肉体上の欠陥が否定すべくもない者までも、先生がどうにかしてくださると信じていた。同僚の専門医たちは驚きもし、羨みもした。ジョルジュの思想は迅速に患者たちに浸透した。なべて偉大な思想がそうであるように、簡単でかつ明瞭であったから。どうしていつもいつもこの事実が忘れられるのか！　だれもがこぞって彼の名声のおこぼれにあずかろうとした。彼の思想を信奉し、彼の方法をさまざまの症例に応用した。ノーベル賞は確実であった。本来、とっくに候補者に擬されていたはずであるが、まだ若すぎる、あと数年待つ方が良策と、大方の識者は考えた。

ジョルジュ・キーンは新たな職業に一杯喰らわされたと言ってよい。おぼつかない気持を殺して仕事を始め、相手とする峡谷や山顚に深い畏怖を抱いていた。だのにそれもつかのま、すでにして彼は救世主であり、病院に詰まった種々さまざまの友人たち八百名からにとり巻かれ、やがてはここに馳せ参じるであろう幾千もの者たちに敬慕されていたのである。愛憎を寄せるかれら待ち受ける者たちなくして、人生にどれほどの価値があるというのだ。

毎日三度の病棟巡回はさながら凱旋行進に似た。ジョルジュには慣れたものであった。あとに従い、また押し寄せる波が高まれば高まるほどに、彼は的確なことばをものし、正確に身振りした。患者たちは彼の聴衆であり観客であった。第一病棟に来かかるやすでに、耳慣れたざわめきが聞こえてきた。一人が窓からジョルジュの姿を認めたとたん、ざわめきは方角と秩序をおびた。この急激な変化こそ彼の待つところであった。まるで全員が一斉に拍手を始めたぐあいであった。思わずジョルジュは微笑んだ。演技すべき無数の役割を肉体に刻みつけていた。彼の精神は瞬時の変貌に飢えた。十数名の助手がジョルジュの左右に控えている。臨床に立会い、学ばんがためである。多くはジョルジュより年長で、大抵は彼よりも古くから職場にあった。かれらは精神病学を医学の専門領域と見なし、おのれみずからを狂人管理役人と考えているのであった。専門に係わるものは勤勉に、また嬉々として身につける。かれらが知識を得たその教科書が勧める通りに、患者の言いたてる荒唐無稽な主張を聞きとどけさえした。若い今度の院長に憎悪の炎《はむら》を燃やしていた。毎日彼に、自分たちは患者たちの下僕であって享楽者ではないのだと、厳しく反省を迫られるものだから。

「諸君も御承知のところであろうが」と、たとえばこのように、助手たちだけといるとき、ジョルジュは話した。

「かの偉大な偏執病者《パラノイカー》と較べれば、われらは哀れなる阿呆にすぎず、惨めな、手のつけられぬ平《ひら》市民にほかならない。われらはいるだけだ、かの者は憑かれている、それもおのが体験に。われらは他人の経験を宰領するだけというのにである。かの者はみずからを追いたてる、宇宙に自転する地球さながらだ。恐怖する権利があろうというものではないか。おのが軌跡を解明し、かつ保持するために、われら全員がおのれのそれに対するときの聡明を合算した総量以上を注ぎこむのだ。かの者はおのが五感の惑乱を信じている。一方われらは、みずからの健康な五感を疑ってやまない。われらの内の敬虔な少数者が、とつ昔に他人がなした不思議の所業《わざ》を後生大事に抱いているのみなのだ。われらは幻覚を、啓示を、声を——物心一体の境地を——必要とする。みずから持たないばかりに、でき合いをとり寄せる。貧弱の故に信者となる。なお貧しき者はこれさえも拒むのだ。ところでかの者はどうか？　すなわちアラーの神と、予言者と、マホメット教徒を一身に兼ねている。これにわれらが偏執狂《パラノイア・クロニカ》のレッテルを貼りつけるからとて、不思議が不思議でなくなろうか？　吝嗇漢が金袋の上に坐すように、われらは肥大した、われらの理性を腰に据え、満悦のていである。理性とは名のみ、それは誤解にほかならない。純粋な精神性に充ちた生活があるとすれば、諸君、その生活者こそかの狂人だ！」

　助手一同は興味を装って聞いていた。学ぶことに関するところ、いかなお芝居もおろそかにしなかった。院長の一般的な見解には野次の誘惑に駆られたにすぎなかったが、その独特の方法は心にとめた。機会を捉えて患者に放つ一語一語を記憶にとどめ、競いたって利用した。それにより院長同様の成果を上げるものと信じて疑わなかった。

　入院して九年になる老人がいた。そもそもは村の鍛冶屋であった。自動車の増加により、客足はさびれるいっぽう。どんづまりの生活数週間で女房はもはや我慢ならず、下士官と手に手をとって遁げた。ある朝、老人は目覚めるやいなや、女房の身の不運を歎き始めても返事がなかった。出て行ったあとであった。彼は村中を探し廻った。二十三年間、ともに生きてきた女であった。子供のときに引きとり、小娘になったとき妻とした。すぐ近くの町に赴き、女房の姿を探し求めた。隣人に教えられ、兵営に参じて未だ一度も会ったことのないデルベーフ軍曹に面会を求めた。三日前から行方不明との返答であった。おそらくは国外に隠れたものか、脱走兵として厳罰が待っているからである。女房もまたいなかった。鍛冶屋はその夜を町で過ごした。隣人に金を借りてきていた。居酒屋を巡り、テーブルの下に首を突っこんで、節をつけ声を張りあげた。「ジャンヌや、おまえ、そこにいるのかい？」長椅子の下にもいなかった。彼が帳場に身を乗り出したとき、叫びが上がった。「銭箱を狙ってるぜ！」すぐさま放り出された。生まれてこのかた、うしろ指をさされたことがなかった。結婚してからも女房を笞打ったことがない。右の眼がやぶにらみなばかりに、女房は常々彼をもの笑いの種にした。気にとめなかった。「俺はジャン様だぞ！　すぐとにおまえを真下に敷いてやらあな！」と言ったばかり。それほど女房にやさしかった。

　町でだれかれなしに自分の不運を物語った。だれもが親切な助言を与えてくれた。靴屋ふぜいが、むしろそいつは幸運だぜと言ったとき、半殺しに殴りとばした。夕方、屠殺屋と出くわした。彼は捜索行をともにしてくれた。夜の運動は健康によいのである、彼は大層肥っていた。警察に通報し、死体が浮かんでやしないかと河をくんくん嗅ぎ廻った。明け方、女の死骸を一つ見つけたが、それは他人の女房であった。深い霧が立ちこめていた。鍛冶屋ジャンは自分の女房でないと分って号泣した。肉屋もまたともに泣き、河に向かってゲロを吐いた。朝早く、彼はジャンを屠殺場へ連れて行った。だれもが彼を知っており、挨拶した。牛は吠えた、豚の血の臭いがあった、豚が叫んでいた、ジャンはなお高く叫んだ。「ジャンヌや、おまえ、そこにいるのかい？」屠殺屋はうなった。いいか、ようく聞け。「この鍛冶屋は俺の友人だ！ このひとの女房がここに届けてあるはずだ！ どこだ、どこにいる？」男たちは首を振った。さてはやったな、屠殺屋は猛りたった、屠殺《ころ》しやがったな。彼は吊り下げてある豚の長い列を検査し、次に怒鳴った。よし、見つけたぞ！ ジャンはしげしげとそれを眺めた。そして鼻を近づけた。すでに永らく腸詰めを食べていなかった。何よりの大好物というのに。たらふく嗅いでから、これは自分の女房でないと言明した。屠殺屋は立腹し、罵った。へっ、あき盲野郎めが、去《い》っちまいやがれ！

ジャンはびっこをひいて駅に向かった。女房分だけ片足が縮んでいた。金は失せていた。「どうして村に戻ればいい？」と慟哭し、線路の上に横になった。機関車の代りに善人が現れ、女房に免じて切符を恵んでくれた。車中、切符は贋物と判明した。でもたしかに頂戴したんだ！ ジャンは言い張った、女房が遁げちまったい！ ポケットは空っけつ、次の駅で警官に引き渡された。「ジャンヌや、おまえ、そこにいるのかい？ 言っとくれ、どこにいる？」節をつけてジャンは謳《うた》い、警官の首にしがみついた。「ここだ！」と警官はわが身を指して声をかけ、連行した。ジャンは独房に入れられた。何日も荒れ狂った。これでとうとう女房は駄目だ。すんでのところで見つけ出したところだのに。

突然、郷里に送還された。女房は戻っているかもしれん、と彼は考えた。ベッドはなかった。食卓も失せていた。それに椅子も。何もかもなくなっていた。空《から》の家に女房は決して戻ってこない。

「どうして空っぽなんだね？」ジャンは隣人に問うた。

「ジャンや、借金の抵当《かた》だぜ」

「これじゃ女房が戻ってきたとき、どこに寝かせればいいのかね？」とジャンはなおも問うた。

「ジャンや、女房は戻ってこない。若い軍曹と一緒にいる。床《ゆか》に寝なきゃあいけないよ。おまえはもう貧乏なんだから！」

ジャンは笑って、村じゅうに火をつけた。燃え上がった従弟の家からその女房のベッドを持ち出した。運び出す前に眠りこけていた子供を締め殺した、男の子三人と女の子一人と。その夜はなかなかの大仕事だった。食卓と椅子と、それに自分の持物全部をとり戻した頃、おのれの家が燃え落ちた。品物を運び出し、旧のなじみの部屋を作って、ジャンヌを呼んだ。それから床《とこ》についた。ジャンヌのために広い場をとっていたが女房はこなかった。寝たまま永く永く待ち続けた。空腹を覚えた。特に夜には堪まらない飢えがあった。空腹のあまり起き上がるところであった。雨が口に流れこんだ。ジャンは雨滴を飲んだ。むさぼり飲んだ。雨雲が去ったあと、星を睨んでぱくぱくと喘いだ。あれが摑めさえしたら。飢えを憎んだ。もはや堪えられなくなったとき、誓いをたてた。女房が自分の声を聞きつけて戻り、添寝するその日まで決して起き上がらないと聖母マリアに誓約した。やがて警察に発見され、誓いを破った。守りたかったのに。村人はジャンを殺したがった。村中が焼け落ちていた。ジャンは小躍りして、叫びたてた。「俺がやった！　このジャン様が！」警官は怯え、早早に押しこめた。

このたびの監房には教師が一人いた。ジャンは見事な発音を誇っていたので、教師に身の上を話して聞かせた。「ところであなたのお名前は？」と教師は尋ねた。「ジャン・プレヴァル」「馬鹿な！　あなたの名前はヴルカーンです！　やぶにらみだし、びっこをひく。あなたは鍛冶屋だ。びっこをひくからには腕前《うで》のよい鍛冶屋だ。奥さんを摑まえなさい！」

「摑まえる？」

「奥さんのお名前はヴィーナス、その軍曹はマルスです。よろしいな、あなたに一つ話をしてあげる。わたしには教養がある。盗みを働いただけなんだ」

ジャンは聞き惚れた。眼を大きく見開いていた。そうである、女房を摑まえられるとも！　むつかしくない。年老いた鍛冶屋が摑まえた。その女房は鍛冶屋の目をかすめ、兵士と通じていたのである、強くて若い野郎である。鍛冶屋のヴルカーンが仕事に出かけると、美男子悪魔のマルスが忍びこみ、ヴィーナスと寝た。一部始終を見ていたのがそこの家鶏《にわとり》、大いに腹を立て、主人に告げ口した。ヴルカーンは鉄を打って網とした、素適な網だ、年寄りの鍛冶屋は腕がいい、こいつを上手にベッドの周りにしかけておいた。二人がベッドに這いこんだ、女房と兵隊である。家鶏は主人の許に飛んで、鳴いた、いまですいまです！　鍛冶屋は大至急、従弟たちや村人を連れてきた。いいか、大見世物だ、楽しみにして待っておれ！　鍛冶屋は家に忍び入り、女房と悪魔を見つけた。あやうく泣きだすところであった。二十三年間、ともに暮らしてきた。一度も笞打ったことがない！　村人たちは待っている。鍛冶屋は網を絞っていった、緊く、なお緊く絞り上げた。さあ、摑まえた、女房を摑まえた。悪魔を追い出した。村人は追いかけ、その鼻面を全員が一度ずつ殴りとばした。引き返してきて鍛冶屋に尋ねた、女房はどこにいる？　鍛冶屋は女房を隠した。女房は恥じていた。鍛冶屋は愉快だった。このようにやらなくちゃあ、と教師は締めくくった。これは本当にあった話である。記念のため、この三人になぞらえて星を名づけた。火星《マルス》、金星《ヴィーナス》、木星《ヴルカーン》がそれである。空に光っているる。但し、木星は遠目がきかないと見えない。

「これで分った」とジャンは言った。「だからあのとき、星を睨んでぱくぱくと喘いだんだな」

やがてジャンは監房から引き出され、教師と別れた。代りに新しい友人《とも》を見つけた。それは美男子であった。話し合えた。みんなの人気者であった。ジャンは女房を摑まえた。うまくいくとき、ジャンは喜んだ。滅入るときもあった。そんなとき友人がやってきて、声をかけてくれた。「だってジャン君、奥さんは網の中にいるじゃないか。どうした、見えないの？」いつも友人の言う通りであった。友人が口を開くやいなや、女房はそこにいた。ま、やぶにらみ、と女房は言った。ジャンは笑った。大笑いしてから脅しつけた。すぐとにおまえを真下に敷いてやらあな！　俺はジャン様だぞ！

入院して以来九年になるこの鍛冶屋は回復不可能では決してなかった。彼の妻を探してみたが無駄であった。たとえ見つけたとしても――夫の許に戻るようにと、だれが無理強いできようか？　鍛冶屋が尽きぬ喜びをくみ出し、終始離さないところの情景をジョルジュは思い描いた。鍛冶屋は住居にベッドと網をしつらえている。待ちに待った女房が遂に現れた。ジャンはそっと忍び寄り、網を締める。妻と夫は仲むつまじく語り合った。ジャンの胸は高々と躍るのであった。かくして網とともに、九年の歳月が流れた。ああ、自分にもこのような妻がいれば！　ほっとジョルジュは溜息をついた。

毎日彼はジャンと妻とをとり持った。この妻を願うあまり、常に身に携えているかのごとく、ジャンの手にじかに手渡すこともできた。助手たち、この猿まね連中は背後に独特の治療法を推測した。おそらくはことばに秘密があるのであろう。かれらのだれかが一人病棟に用があるとき、早速に魔法の呪文にとびついた。「だってジャン君、奥さんは網の中にいるじゃなか。どうした、それが見えないの?」ジャンの機嫌に頓着なく、彼が聞いていようと耳をふさいでいようとおかまいなしに、したり顔して先生の着想をふりかけた。ジャンが眠っていれば引き起こし、強情を張っていると見ればその耳に怒鳴りこんだ。ゆさぶり、小突きまわし、心が狭い狭いと言いたて、女房が忘れられんとは笑止千万と嘲笑した。助手それぞれの性格と、そのときどきの機嫌次第で、魔法の呪文は長々しい口説に変り、それでもなんら効果なしと分るや、鍛冶屋を一切相手にしなかった。若院長を笑いものにする種をまた一つ得たというわけである。あの馬鹿め、飽きをもせずちょいとほざいて、それだけで気狂いを正気に戻せると思いこんでいやがるぜ!

ジョルジュは助手たちを解雇《くび》にしたいところであったが、前院長の契約に拘束された。かれらが患者たちを心好く思っていないことを知っており、万一自分が突然死んだ場合の患者たちの運命に心痛した。自分にとっても、とりたててしたごころがあるわけでなく、助手たちの眇《すがめ》じみた眼にも嬉しく映るはずの、仕事上のちょっとしたサボタージュを彼は分っていなかった。やがており合いがつくであろうし、かれらもことさら荒立てはしないはずだ。前院長から引きついだ助手たちは、最後には存在のために争った。若院長に相手にされないと感じとるや、その芸の残滓をすすりとり、契約切れとともに、かの先生の愛弟子と触れ歩いて新たな就職口を探し求めた。ジョルジュはまた、狂人となるにはあまりに単純で、鈍重で、生まれてこのかた凡庸にすぎる人々の反応に対し寛容であった。狂った友人との交わりに費やした緊張に疲れはてたとき、助手あれこれの魂に心を馳せた。ジョルジュの行動はすでにかれらの模範であった。休憩《やすらい》の作法もまたそうである。ただ何故か、これればかりは気が重い。思いめぐらすうちに笑いに誘われた。たとえばあの、一寸先も目先のきかぬ連中は自分のことをどう思っているのだろう? さぞや院長の成功と、患者への明察眼の根拠は何かと尋ね廻り、血まなこになっていることであろう。学問の匂いを嗅いだ結果、根拠なしではいられないのだ。洒落者の常であるが、必ず時代の多数派の習慣並びに見解に与するものだ。享楽を好み、何につけ、だれにつけ、享楽欲から解釈する。時代の流行だ、これはどの頭脳をも支配しながら、ほとんど成果をあげ得ない。無論、《享楽》の一語のもとに理解されているのは、獣が生存を始めて以来、厭《あ》きもせず継続されてきた旧来の猥雑行為にほかならない。

かれらは歴史をより深いところから、より本来的に渦動させる力を知らない。人間の向上欲を知らない。群衆に入って、その中であたかも一人の人間だにいないかのごとく完全にみずからを喪失する衝動を知らない。それというのも、なまじかれらが教養人であるからである。教養は強固な壁として立ちはだかり、個人と、おのれの内の群衆とを隔絶する。

いわゆる存在のための闘争とは、飢えや愛のためのみと限らない。おのれの内なる群衆の殺戮とも係わるものだ。事情によれば、あるいはおのが利益に逆らうような行動に走らせるまで、その群衆は強靭なものとなる。《人類》は概念として発明され、ひなた水に薄められる以前からすでに群衆として存在していた。それはわれわれすべての内の、非常で野性的で精気に充ちた、たけだけしい獣として深く、母胎《はは》よりもなお深いところでふつふつと煮えたぎり、獰猛に生きていた。その経《けみ》した齢にもかかわらず若々しい獣であった。地上の本来の生物であり、目的であり、未来であった。われわれはその《人類》について何一つ知らない。なおみずからを個人《ひと》と思いこみ生息している。ときに群衆がわれわれを襲来する、疾風怒濤だ、逆巻く大洋だ、その中で水滴の一つぶ一つぶが生き、まさしく水滴の一つぶそのものであろうとする。しかしまもなく散り飛んで、すなわち、われわれは元の木阿弥、哀れにも孤独な代物だ。われわれは自分がかつてかくも多く、かくも偉大で、かくも一つであったことを記憶にとどめない。「病気とは」と、骨の髄まで理性に貫かれた者は説明する、「人間の内の獣である」と。そこの従順な仔羊を目にして、その真実を窺わない。その間にもわれらの内なる群衆は新たな攻勢の準備を整えるのだ。いつの日か、その群衆は散乱をやめる、おそらくはある国においてだ、そこから野に広がる火のように蔓延し、ついにはだれ一人としてその存在を否《いな》めなくなるのであろう。そのときにはわれもなれもかれもなく、ただそれが、けだし群衆があるばかりなのだから。

一つの発見にジョルジュは少々得意であった。歴史における、そして各々の人間の人生における群衆の効能ということ、特定の精神的変化におけるその影響力だ。自分の患者をもってしてそれを見事に証明した。多くの人々が狂人となる。かれらの内なる群衆がなかんずく強靭で、充足を見出せないせいだ。ジョルジュ自身、自分の行為をこれ以上には説明できなかった。かつては個人的な好みのままに、我欲と女のために生きていた。いまはひたすらおのれを喪失する以外のことに関心がない。この努力の過程にあっては、群衆の願望と感覚こそ、自分をとり巻いている個人の人物にまして、はるか近しいものと思われた。

助手たちはおのおのその性《さが》によりふさわしい説明で解き明かした。何故に院長はかくも狂人たちをたっとぶのか？　何故に狂人たちを癒やすのか？　自分よりもかれらの方が、はるか高級な阿呆であるという事実が堪えられないからである。要するに狂人を妬んでいるのだ。狂人の存在に落ち着かない。狂人とは特異人物である。院長の内心には、狂人に勝るとも劣らない注目を自分に引きつけたいという病的な願望がうごめいている。世間ではありきたりの学者であると見なされている。これ以上になろう気づかいはいささかもない。所詮、瘋癲院の院長として正気であるしかなく、そのうちに死ぬであろうとの期待も持てる。やつの口癖だ、狂人になりたい！　赤子さながらのわめきたてようだ。言うまでもなくこの滑稽な願望は思春期の体験に起因するのであり、一度精密検査をする必要がある。無論、院長は検査の申し出をはねつけるだろう。彼は根っからのエゴイストなのだから。この手の人間とは係わり合いにならぬにこしたことはない。青年期よりこのかた、精神錯乱の想像と欲望とが密接に結びついていた。院長は性的不能を恐れている。狂人であるとおのれを言いくるめることができたなら、常に性的有能《ポテント》というわけだ。阿呆でありさえすればだれであれ、相手とするのにどうしてかれらはわたしより多くの人生の恩恵に浴しているのか？　始終この種の不平を鳴らしている。自分がおぼつかなくて堪まらないのだ、劣等感に悩んでいるのだ。妬みから、患者を正常に戻すまでは苦しくて七転八倒。いま一人治して退院させるときの院長の感慨こそ見物だろうぜ。直ちに別の患者が御人来とは気づかない。瞬間的なはかない勝利感が唯一の生きがいなのだ。その名が世間に喧伝された有名な先生とはこれだ、これがやつの正体だ！

――今日、最後の巡回の際、助手たちは目立って自堕落をきめこんだ。暖かすぎた。三月末の天候の激変に、かれらの平板な精神は強い圧迫を受け、自分たちを忌まわしい患者であるかに感じていた。高給とりの助手たちまでも、どこかに格子つきの窓を期して、そこに頭を載せて、自分の感覚の胡乱《うろん》さに腹を立てていた。いつもは数人が先に立ち、監視人か患者のだれかが迎え出ない場合には、先を争って扉を開けるのにいそしむのであったが、今は距離をおいてのろのろとあとに続くのみ。不機嫌で、退屈な勤務を呪い、院長並びに世界中の狂人ども全員を恨んでいた。むしろいまはマホメット教徒になりたかった。そして一人一個あての、設備のよい小天国に坐っていたかった。ジョルジュは聞き慣れに騒雑を耳にした。友人たちは窓から彼の姿を認めたが、後に従う宿敵《かたき》連と同様にこれっぽちの関心をも示さなかった。いやな日だ、ジョルジュは小さくつぶやいた。拍手も憎悪もともに欠けていた。いつもは特異な感覚の嵐の中にいる思いがしたのに、今日は何一つ感じなかった。ただ重苦しい空気があった。

病室に醜悪な静けさが訪れた。患者たちは先生の出現の前に喧嘩するのをさし控えていた。とまれ窓ぎわに用があった。扉がジョルジュの背後で閉ざされたとたん、再び突き合い、罵り合った。女たちは窓にしがみついたまま、なれなれしく先生の愛を求めた。彼は答えなかった。慈愛一杯の日頃の思想は霧散していた。無類の醜女が金切声を張りあげた。「いいえ、駄目、駄目ったら！　離婚なんてまっぴらよ！」残りの女が合唱した。「どこよ？　旦那さんはどこにいるの？」娘が一人、うっかりと「ねえ、放してったら！」と歌いあげた。お人好しのジャンはジャンヌを平手打ちで脅していた。「網の中だぞ、摑まえてやる、女房め、遁げちまったい！」と歎いた。「一撥喰らわしてやれ」とジョルジュは言った。二十三年間の貞淑にあきあきした。ジャンは殴りつけ、直ちに妻に代って助けを求め、悲鳴をあげた。別の病室では、もう暗くなったと言って患者全員が声を合わせて泣いた。「今日はまるっきり狂ったみたいでして」と、監視人がぐちをこぼした。多くの神々の一人が号令を発した。「陽あれかし！」結果の思わしくないのに気づいて猛りたった。「あの野郎、神様の手代でしかないくせに」隣りベッドの患者が内緒でジョルジュに洩らしてくれた。聞きつけて一人が「神様がおられるのかね？」と訊きただし、住所を教えてくれと懇願した。かてて加えて、弟に破産させられた眼の鋭い紳士が、渋滞ぎみのジョルジュの作業をなおのこと手間どらせた。「裁判に勝てばだ、ほぼ十五年分の下着を着こんでやりますぞ！」「ごもっとも。それにしてもどうして人間はまっ裸でおるんでしょうな？」紳士の一の友人が考え深く問いを返した。二人は腹を割って話し合える仲であった。

この質問に対する答えを、ジョルジュはようやく次の病棟で耳にすることができた。若者が一人、自分が自分の女房をしていたとき、現場でひっ捉えられた次第を身振り手振りをまじえて語っていた。「俺は女房の身体を撫で回して蚤を探していたんだがね、一匹もいやしない。そのとき、女房の親爺が鍵穴から首を突っこんで、孫娘を返せと言やがった」「なるほどなるほど！」聴衆はくすくす笑った。一様に身振りを真似ていた。深い理解の交流があった。監視人はこの種の話を厭わなかった。ある新聞の寄稿家を兼ねている一人の助手は、この夕の雰囲気を流麗な表現で記しとめた。ジョルジュもまた、目をやらずとも気づいていた。想像裡に同様のことをしていたのだから。彼は逍遙する蠟板であった。この上にことばと動作とが刻みつけられる。いささかの変更も加えずに、機械的に写しとった。それに蠟板は溶けかかっていたのである。「わたしの妻はどうも退屈だ」と考えた。患者たちが奇妙に思えた。かれらの壁に囲繞された街に通じており、常々はただ立てかけられているだけでジョルジュにとっては開閉自在のある裏門が、今日は厳重に閉ざされていた。押し破るか？何故だ？　むしろとり毀せ。残念なことに明日という日がまた訪れる。病棟にはいつもの顔を見るだろう。生涯を通じて八百名の患者を見続けるだろう。あるいは自分の名声が病院をさらに拡大するか。やがては二千、そして一万までの大いなる収容所。全世界からの巡礼者がひきもきらない。三十年後には共和国の実現も夢ではない。自分はすなわち狂人専用の人民警部だ。地上をくまなく旅して廻る。えんえんと続く無用の精神の隊列を検閲する。低能白痴群は左方、右手にはその逆の長い列だ。過重能力の獣のための研究所を設立する。狂獣を凋落させて人間に戻すこと。快癒した阿呆には罵詈雑言を浴びせかけ、わが隊列より放逐する。わが友人《とも》はわが崇拝者よりも親しいのだ。崇拝者にもいろいろある。わが妻はそのキリに位置する者である。どうして自分は住居に戻ろうとしない？　妻が待っているからだ。あれは愛を求めている。今日はだれもが愛を求めている。

蠟板の重さがこたえた。ここに記されたものには重量がある。最後から二番目の病棟に突然妻が現われた。駆けてきたのだ。

「電報よ！」彼女は叫び、ジョルジュの顔に笑いかけた。

「だからってそんなにあわてふためいているのかね？」やさしさはジョルジュの習い性となっていた。ときには自分でもうとましかった。その背一杯の頑張りがこの表現に含まれていた。彼は電報を聞き、読んだ。「ワレ　カンゼンニイカレトル　アニヨリ」ありとある可能性を考えて、およそあり得べからざるものがこれであった。下手な洒落か？　下心あってのことか？　いやいや、そうでないことは、最後の「バカヤロー！」の一語によって明瞭だ。通常、兄はこのことばを用いない。にもかかわらず用いたからには、何かことがあったにちがいない。願ってもない電報だ。旅立たなくてはなるまい。その必要を充分自分に納得させることさえできた。いま、旅立ち以外の何を願おうか。

妻は電文を見た。「その兄ってだれのことなの？」

「そうそう、一度も話したことがなかったっけ。現代最高の中国学者だ。たしか書卓に、兄の最近の論文、二、三篇を置いているはずだ。この十二年間、会ったことがない」

「あなた、どうなさるつもり？」

「次の急行で発《た》つ」

「明朝にもすぐに？」

「いや、いますぐだ」

妻は口をゆがめた。

「だって、きみ」ジョルジュはいたわりのことばを添えた。「ぼくの兄の問題なんだよ。きっと悪いやつに摑まったんだ。でなけりゃあ、こんな電報を寄こすはずがない」

妻は電報を粉々に引き裂いた。開けずに破いていればよかったのに！　患者たちは争って切れ端にとびつき、奪い合った。だれもが院長の妻を愛しており、手ずからの記念の品が欲しかった。二、三の者は紙切れを呑みこんだ。大抵は胸にしまうか、ポケットに収めた。哲学者プラトンはうやうやしく傍に立っていた。やおら一礼し、奏上した。

「奥様、うき世の義理とは辛いものでございまして！」

迂路

ジョルジュはずっと眠っていた。列車の停車に、ふと視線を上げた。ぞろぞろ人々が乗りこんできた。カーテンを下ろした彼の車室にはだれも入ってこなかった。汽車が再び走り出した。その刹那、一組の夫婦が割りこんできた。ジョルジュは慇懃に身体を寄せた。男の方がジョルジュに突き当たったが、詫びなかった。礼儀をたっとぶ文明猿の世界にあって、傍若無人を清涼剤と考えているジョルジュは、はっとして男を眺めた。その妻は彼の視線を誤解して、腰を下ろすやいなや夫に代って謝罪した。夫は盲である。「とてもそうとは思えませんが」と、ジョルジュは言った。「動作は正確この上ない。実はわたくし、医者でして、これまでにも盲の患者さんを沢山見てきたものですから」男は頭を下げた。背が高く、痩せていた。「本を読んで聞かしてやりたいのですが、お邪魔じゃないでしょうか?」と、妻の方がジョルジュに尋ねた。顔に献身の表情が漂い、魅力があった。盲人を大切に守って生きているのだ。「とんでもありませんよ! ただ、わたくしがおいおいに眠りこんでも、気を悪くなさらないでください」期待した傍若無人はどこへやら、礼節に充ちみちていた。妻は旅行鞄から小説本をとり出し、深味のある媚《こ》びた声で読みだした。

兄のペーターはいま、この盲人さながらではあるまいか。こわばって、不機嫌。あの平静そのものの精神がどんな目に会っているのであろう? 兄は気ままに、憂いもなしに生きてきた。だれとも、いかな関係も持とうとはしなかった。世事に煩わされること、微妙な問題と係わり合うこと、それは兄の場合には考えられないことであった。その世界はひとえに蔵書から成り立っていた。無類の記憶力に恵まれていた。弱い頭脳はこれまでにも多く、読みすぎて破滅してきたものであるが、兄にあっては、採り上げる一言半句といえど、あとに続くそれとは見事に分離されていた。彼こそ演技する者の正反対、兄自身であった、兄そのものにほかならなかった。他人の中におのれを分散する代りに、他人を外観《そと》から眺め、おのれを尺度に、それも外面《そと》から、頭脳からしか知らないおのれをもっておし計った。その結果、孤独な人間が、多年これ一つとしてなずむとき、東洋文化の係わりが必ずやもたらすはずの大いなる危険を免れ得たのである。ペーターは老子《ラオツェ》とインドの思想家を忌み嫌った。生来の謹厳さよりして、倫理を説く哲学者を好んでいた。おのが孔子《コンフィツィウス》ならいたるところに見つけたであろう。性が欠落しているに等しいあの兄が、何に悩んでいるというのか？

「またしてもおまえは、わたしを自殺に追いやるのか？」ジョルジュはぼんやりと朗読に耳を傾けていた。忍びやかな声は心好かった。口調を呑みこんだ。主人公のこの愚かしいセリフに、つい声をたてて笑わずにいられなかった。「あなたが盲目《めくら》ならば、お笑いにはなれんでしょうがね」とげとげしい声がとびこんできた。盲人が口をきいた。はなはだ傍若無人であった。「これは失礼」とジョルジュは言った。「しかしそのような愛のかたちがあるなどとは思えませんよ」「真面目な人間の楽しみを邪魔しないでいただきたい！ 愛のことなら、あなたよりもわたしの方がずっと詳しい。たしかにわたしは盲だ、だがあなたとは関係がないことだ！」「誤解なさっておりますよ」ジョルジュは弁じ始めた。男が盲目に深く苦悩していることを感じ、いたわりの手をのべたかった。このとき、その妻に気がついた。彼女は激しく身振りをしていた。指を唇に当てては交互にあわただしく手を結ぶ、お願いだから黙っていてくださいな。ジョルジュは口をつぐんだ。妻の唇は感謝を表わしていた。盲人はいち早く腕をもたげていた。身を護るためか？ それとも攻撃をしかけるためか？ しかしながら膝に落として、命令した。「続けろ！」妻は読み進んだ。その声は慄えていた。不安のためであろうか？ それともここにようやく、繊細な感覚の男に遭遇できたという喜びのせいか？

盲目か、盲目——暗い、大昔の記憶がよみがえり、とりとめもなく、しかし烈しく迫ってきた。部屋が一つ、続いてさらに一部屋。そこに白い小さなベッドがあった。中に少年が横たわっていた。まっ赤な顔、恐ろしいのだ。泣きじゃくる声があった。「ぼくは盲だ！ ぼくは盲だ！」そしてさらに泣き続けた。「本が読みたい！」母親は行きつ戻りつしていた。ドアを開けて、泣き声のする隣室に入った。そちらの部屋は暗かった、こちらは明るいのに。少年は尋ねたかった。「泣いているのはだれなの？」しかし恐ろしかった。ただ考えていた。そのとき声がして、ポケットナイフで少年の舌を切りとった。そこで少年は歌いだした。知っている限りの歌を歌った。尽きれば初めから歌い直した。大声で歌った。怒鳴った。歌声で頭が破裂しそうであった。「ぼくはまっ赤だ」と歌った。ドアが開いた。「静かにおしったら！」母親が言った。「熱があるんだからね。一体、なんのつもりなの？」隣りから悲鳴が起こり、声がつんざいた。「ぼくは盲だ！ ぼくは盲だ！」ゲオルク少年はベッドから転がり落ち、吠えながら母親の許に這い寄った。その膝にしがみついた。「どうしたの？どうしたっていうの？」「あいつ！ あの男！」「男なんてどこにもいやしない」「暗い部屋で男が叫んでいる！あいつだ！」「あれはペーター、おまえのお兄さんのペーターよ」「嘘、嘘だ！」ゲオルクはいきりたった。「男は放っておけ、ぼくのところにいてくれなきゃあ駄目だ！」「だっておまえ、あれはペーター兄さんだよ、おまえと同じように麻疹《はしか》にかかっているんだよ。いま何も見えなくてね、それで少しばかりむずかっているの。明日になればもと通りちゃんと元気になっている。一緒においで、お兄さんを見たくないの？」「いやだ！ ぼく、いやだ！」ゲオルクは逆った。「たしかペーターなんだ」と考えた。母親が傍にいる間は、しくしくとすすり泣いた。母親が《あいつ》のところへ行くやいなや、毛布にもぐりこんだ。声が聞こえるたびに、大声でわめきたてた。ずっと泣いていた。それほど長く泣いたのは初めてのことであった。涙に情景が浮かんでいた。

このときゲオルクは、ペーターがいまもなお恐れている危険に気がついた。そうだ、盲目だ！ おそらく眼がどうかしたのだ。読書をさし控えなくてはならぬときがあるのだ。これほど兄を苦しめるものがあろうか？ 予定外の一時間でさえ、彼を未知の思想に押しやるに充分だ。ペーターにとっては自分に係わることごとくが未知のものなのだから。彼の頭脳が書物から得た事実や報告や見解を扱って裁量し、整理している間は、おのが孤独の効用を信じている。おのれに対峙して、まことの孤独を生きたことは絶えてないのだ。一人で生きるにせよ、それがすなわちできるだけ多くの事実に同時にたずさわらんがためであってこそ、学者と称し得るはずなのに。その際にも現実に係わっているのは唯一無二の事実であるかのごとくにだ！ ペーターの眼が過労に堪えきれなくなったのではあるまいか？書斎にどのような照明《あかり》を設備していたか、知れたものじゃない。さぞかし兄は、ないことであり、かつまた日頃の軽蔑の念ともあい容れないことであるが、医者を訪れ、診断を乞い、眼の絶対安静を命じられた。数日にわたるこの安静の期間こそ危険きわまりないところ、病める眼に代えて健康な耳にすがり、音楽や人の声を(音声の抑揚以上に音階豊かなものがあろうか?)聞こうとはせず、ひたすら書物の前を行きつ戻りつし、視力を疑い、呪い、罵り、とつ昔の一日だけの盲目の日を戦慄とともに思い出し、恐怖のあまり立ちすくんだ。今度の盲目は一日ですもうはずがない。猛りたち、絶望し、ついにはあの傲慢不遜の人間が、隣人や知人やその種のだれかに助けを求めるよりもなお早く、ただ一人の弟に向け叫喚《きょうかん》をあげた。兄から盲目を追いはらってやらねば、とゲオルクは決意した。これほどたやすい治療もないものと思われた。三段階に処置すればよい。まず第一に眼の精密検査、次に住居の照明《あかり》の点検、そして最後に、事実、恐怖が理由《いわれ》なき場合に限るが、恐れおののく無意味さを納得さすべく、しみじみと情愛こめて説きたてる。

ゲオルクは傍若無人の盲人に眼をやって、この出会いを心ひそかに感謝した。彼のおかげで電報の文意を正確に解釈するに至ったのである。感受性に富む人間は出会いごとに利を、もしくは傷を受ける感覚なしに過去の記憶を呼び起こされるからだ。平々の凡々人とは固定した状態の移動にすぎない。何物も得ず、何一つ失わない。凝り固まった厚壁だ、それが世界をへめぐっている。何故動くのか?何がそれを動かすのか? たまたま獣のかたちを採《と》っていようと、そもそもは植物なのだ。その首を刎ねようと生きている、根づいているからだ。ストア哲学は植物用の哲学であり、獣に対する大逆罪である。すべからく獣であれ!根を持つものはそれをもげ! 汽車があのとき、何故にやにわに盲進を始めたのかと考え、気持がなごんだ。ついつられ、盲滅法に乗りこんだ。目を閉じて少年時代を思っていたとき、盲人が入ってきた。すなわち列車の進む方向が定まったに等しい。盲目の治療に一路邁進。事実ペーターが盲目であるのか、それとも、ただに恐れているだけなのか、それは精神病医にとってなんらかわりのないことだ。もはや心安んじて眠ってよい。獣はおのが嗜好を極端にまで押しやり、しかるのち放棄する。目まぐるしい変改の速度こそ、何にましても好むところだ。たらふく食べて倦むまでも愛する。安静を睡眠に高めること。まもなく彼もまた眠りこんだ。

読み上げていた妻は行間を利用して、ゲオルクが頭《かお》をうずめているきれいな手を撫でた。自分の声に聞き惚れていると思っていた。ここぞの個所を高めた。あたしがどんなに不幸な身の上か、分ってもらわなくては。この汽車旅行を決して忘れない。もうすぐ降りなくてはならない。かたみとしてこの本はここに残しておこう。ひと目あたしを見て欲しい。次の駅で彼女は下車した。夫を先に立たせた、いつもは自分が先導するのだけれど。車室を出かけて息をつめた。夫が恐くて振り返らなかった、身動きするだけで怒りだすのだから。だから、ことばだけ、勇気をふるってひとこと、「ごきげんよう！」と述べた。このひとことのためにどれだけの歳月、我慢に我慢を重ねてきたことだろう。応えてもらわなくてもいい。嬉しかった。涙をこらえ、自分の美貌に少しばかり目眩《くら》みを覚えながら、夫を助けて汽車から降ろした。こちらを一心に見つめる眼が覗いているはずの車室の窓には、強いて視線を投げかけなかった。涙顔を見られてはならない、恥ずかしいもの。小説はそっと傍に置いてきた。ゲオルクは眠りこけていた。

朝、顔を洗った。その夕、到着し、貧弱なホテルに投宿した。新聞がだれをさておいても大きく来訪の次第を書きたてる。十指に入る学者であれば一流ホテルは避けなくてはならなかった。兄の夜の安静を乱さないため、訪問は翌日のこととした。苛立って落ち着かず、オペラを見に行った。モーツアルトはもっけの隠れ場であった。

夜、二羽の雄鶏を夢に見た。大きい方の一羽は赤く、弱々しく、小さい方は上品で、老獪であった。二羽は執拗に争った。至烈なその闘いに観客は陶然とした。人間ってのはなんてことをするんでしょうな、と観客の一人が言った。人間だ？　小さな雄鶏が啼《な》いた。人間なんてどこにいる？　鶏ですぞ、喧嘩鶏《どり》です、見そこなわずにいただきたい！　その観客は退いた。身体が徐々に縮小した。突然、彼もまた鶏であることが判明した。しかし臆病鶏《どり》だ、と赤い方の雄鶏が言った。もうよそう。小さい方は満足した。勝利を収め、飛び去った。赤鶏はあとに残った。次第に大きくなり、色もどぎつく赤味を増した。見る者の眼に痛みを覚えさせるほどであった。一面に広がった。窓に赤々と太陽が照りそめていた。

ゲオルクは急いだ。一時間もせぬうちに、エーアリッヒ・シュトラーセ二十四番地の前に立っていた。建物は品格をようやく保ち、それだけ性格に乏しかった。四階に登り、呼鈴を鳴らした。年寄り女が扉を開けた。強《こわ》い、青い外套を着て、ニヤリと笑った。ゲオルクは自分の衣服のどこかが不都合なのかと目をやろうとしたが、強いておさえて、尋ねた。「兄は在宅しておりましょうか？」

女は直ちにニヤリ笑いを中断し、ゲオルクを睨《ね》めつけてから答えた。

「ほんと、ここに兄なんていませんわ！」

「わたくしはジョルジュ・キーン教授と申す者ですが、ペーター・キーン博士に会いたいのです、在野の学者と申してよろしい。八年前、たしかここに住んでいたはずです。もしや引っ越しずみなら、こちらのどこで住所を教えていただけるものやら、お知らせくださいませんかね」

「あたし、むしろ何もお知らせしませんわ」

「失礼ですが、わたくし、パリからはるばる参りました者でして、兄がここに住んでいるのかどうかぐらいは、せめて教えていただきたい！」

「ほんと、さぞかしお喜びになりますわ！」

「どうしてわたくしが喜ばなくてはならんのですか？」

「人間って馬鹿じゃないわ」

「たしかに」

「話ならだれにでもできる」

「もしかすると兄はいま病気では？」

「まっ、結構なお兄さん！　恥ずかしくないのかしら！」

「御存知ならばどうか教えていただきたい！」

「ほんと、あたしのせいかしら？」

ゲオルクは財布から貨幣《かね》をとり出し、女の腕を摑んで、おのずから広がった掌の中に、丁重に力をこめて押しつけた。女は再びニヤリと笑った。

「わたくしの兄について御存知のところを話してくださるでしょうな！」

「話すなんてだれにもできる」

「それで？」

「急に人生《いのち》がおしまいになるなんて。ほんと、もっと！」

女は肩をもたげた。

ゲオルクは貨幣《かね》をさらに一枚とり出し、さしつけられたもう一方の手は触れず、上方からポトリと落とした。

「これでやっとすっきりしたわ！」と女は言い、ゲオルクを憎らしげに見据えた。

「兄に関してどういうことがありましたかね？」

「もう八年になるわ。一昨日、みんな明るみに出た」

八年前からペーターは便りを寄こさなくなった。そして一昨日に電報が舞いこんだ。女は何か真相を知っているにちがいない。「で、あなたはどうなさいました?」早々と聞き出すために問いを呈した。

「あたしたち、警察に行ったわ。ちゃんとした主婦はすぐに警察に行くものよ」

「無論です。兄にいろいろお手数をいただきまして申し訳ありません」

「言うだけなら簡単よ。警察は眼を剝いたわ!」

「兄はいったい何をしでかしました?」ゲオルクは、無骨な警官に眼の痛みを訴えている、やや錯乱ぎみのペーターを想像した。

「盗みよ! 情容《なさけ》赦なしよ」

「盗み?」

「それに殺人《ころし》もよ! あたしにどうしようがあって? 最初の奥さんだったわ。あたしは二番目よ。切り刻んで匿していたわ。書物のうしろにはたっぷり場所があったわ。あたし、いつも盗人って言ってやった。一昨日《おととい》、殺人がバレたわ。あたしの恥辱だわ。どうしてあたし、あんなに馬鹿だったのかしら? ほんと、こんなことってないわ。でも人間ってそんなものよ。沢山の書物《ほん》のことは知っていたわ。六時と七時の間、何をしていたのかしら? 死体を刻んでいたのよ、こまかくして散歩に持ち出した。だれ一人気づかなかったわ。貯金通帳を盗んだのよ。あたしの手に何が残ったかしら? 飢死するところだったわ。あたしも狙っていたんだわ。あたし、二番目よ。離婚するわ。でもその前に払ってもらわなくちゃあ! 八年前に土の下に寝てるべきだったのに! いま下に納まってるわ。あたし、閉じてやった! あたし、殺されたりしないわ!」女は泣いた。そしてドアを閉じた。

ペーターが殺人鬼とは。あのおとなしい、痩せっぽちのペーターが。同級生に殴られてばかりいたペーターが。階段がゆれる。天井が落下する。極端なまでに清潔好きの人間、そのゲオルクが帽子を落とし、拾い上げない。ペーターが結婚していた。だれが予想し得たであろうか。二番目の妻、五十歳はゆうに越えていよう。醜くて、偏窟で、下品、まともなひとことも口にできない女。これは一昨日、辛うじて襲撃を免れた。最初の妻はバラバラに切り刻んだ。愛する書物を死体隠匿の場所とした。これが真実か。

少年期のすべてもまた偽りであったのか！　このために自分を呼びつけた。電報は先程の女か、あるいは警察の考案になるものだ。とってつけたデタラメ、応急の辻褄合わせだ、馬鹿なことを。自分が淫猥な殺人犯の弟であろうとは。新聞はこぞって大見出しで書きたてよう。現代最高の中国学者！　東洋学の大哲！　隠された二重生活の真相暴露！　院長辞任。大失態。離婚。助手より後継者推挙。患者たちはどうなる。さぞや虐待されよう、手ひどい扱いに転落しよう！　八百名の者たちが！　自分を愛している。自分を必要としている。見捨ててはならない。辞任はできぬ。四方から患者たちはとりすがってくるであろう。去《い》っちゃ駄目だ、去かせない、どうかここにとどまって、捨てないで。助手たちはわれわれのことばを分ってくれない、先生だけだ、聞いてくれるのは、理解してくれるのは、笑いかけてくれるのは先生だけだ、そうとも、先生はわれわれ秘蔵の珍鳥である。われわれは見知らない、一人一人がちがった故郷《さと》からやってきた。互いに心が通じない、罵り合っていて気づかない。われわれのために先生はいる、去っちゃあ駄目だ、いてもらわなくては。ペーターはやむを得ない。不幸はそれまでのことだ。兄は中国文字のために、しかし自分は人間のために生きていたのだ。ペーターは病院に隔離するしかない。あまりに永く禁欲に生きすぎた。最初の妻に対し欲望が爆発した。急激な変化にあって、どうして制することができたろうか？　警察はおそらく放免するであろうし、パリに伴うことも許されよう。責任能力喪失を証明すればよし。院長を辞任しない。

それどころか、彼は歩を運び、帽子を拾い上げ、埃を払ってから礼儀正しく、しかし断乎としてドアを叩いた。帽子を手に持つやいなや、再び彼は自信に溢れ、世事に通じた医者《せんせい》であった。「奥様！」とおもねて言った。「奥様！」と繰り返した。若き恋人の面影を呼び戻し、まるで自分が演じている舞台を観客席から眺めているときのように、自分にも滑稽に思えてならない情熱を含ませた。身じたくの物音を耳にした。手鏡を抱いているであろう。あるいは白粉をはたいているのか。期待に胸を躍らせているのだ。女はドアを開け、ニヤリと笑う。「少々お教えいただきたいのでございます！」失望が手にとるように窺えた。関係の発展を、あるいは少なくとも、もう一度奥様と呼ばれることを予期していたのに。唇を開いたまま、目は澄んでいる。

「ほんと、あのひと、人殺しよ」

「黙れ！」猛獣の声がとどろいた。二つの拳が現れ、大きな、赤い頭がこれに続いた。「こんな女の言うことを信じなさんな！　口から出まかせ、わたしの家には人殺しなんていませんや！　人殺しなんぞさせやしませんからな！　しかし四羽のカナリヤを殺《や》りましたぜ、弟さんならば打ち明けますがね、純血のカナリヤ、とびきり仕込んだやつでしたがね。お代はいただきました。たっぷりとです、ほんの昨日のこと。今日にもわたしの特許の穴の錠は外すつもりでおりますがね。あのひとは惚《ほお》けてますぜ。お会いになりますかね？　食物は好みのままを与えてましてな。わたしが閉じこめました、女房を恐がっておりますからな。こいつが我慢ならんのですよ。だれでも我慢なりませんや。まあ御覧なさい、この女、どうです！　みんなこいつのせいですぜ、すっかりあのひとを駄目にしちまった。自分向きの女房《おんな》ではないと言ってますがね、盲になる方がましだとこうです。その通りですよ、こいつときたら選り抜きのゲス女でして！　結婚さえしとられなんだら、こんなことにはならなかったはずですがね、頭脳《おつむ》の方も大丈夫、無事だったと思いますがね！」女は口を挟もうとしたが、男に一突き、横腹に喰らわされ、奥に退いた。

「あなたはどなたです！」ゲオルクは尋ねた。

「あなたの兄様の一の友人《とも》でして、本名ベネディクト・ファッフ、退職警部、通称赤猫、どうぞお見知りおきを！　この家はわたしが管理しておりましてな。老いたりとは言え法で鍛えた鋭い眼で公明正大！　ところであなたは何者です？　つまり御職業の方はですな」ゲオルクは兄に会いたかった。殺しも不安も世間の奸計も消えうせた。赤猫は気に入った。その頭は今朝の朝陽を思い出させた。傍若無人である。しかし爽快だ。文明都市ないし家々においてはめったにお目にかかれぬとてつもなく強健な男である。階段はうめき声をあげた。歩を運ぶ代りに、この巨人《アトラス》は哀れな大地を踏みしだく。壮大な踵が床を押しつけ、その靴と足とは石より成っていた。声は壁に響きわたった。この家の住人は彼を耐えているのだとゲオルクは考えた。少しばかり恥ずかしかった。先刻の女が正直正銘の白痴であることをうっかり見落していたからである。あのたどたどしいことばつきから知能の程度は充分推断できたはずだ。罪は旅行に帰した、それと昨夜のモーツアルトに。久方振りに耳にしたばかりに、通常の思考過程をはぐらかされる羽目に陥った。さらには病める兄とついに見《まみ》える期待とに。頭を病んだ女がいようとは予想だにしていなかったのだ。ペーターがあの滑稽な年寄り女の敏腕にしてやられたということが閃いた。そのために電報を打った兄の目先のきかぬところと無経験ぶりに笑いを誘われた。除くのに手間のかからぬ障害物にすぎないではないか。管理人に一つ質問を発して推論を確認した。女は永年、家政婦としてペーターの許にいたのであるが、本来の職務を悪辣に利用して、見ばえのよい女房に成り上がった。殺人沙汰を免れたと知り、兄がいとしくてならなくなった。単純な電文は単純な意味を含んでいたにすぎなかった。しかり、明日にも再び車中の人となり、明後日、病棟を巡回しているとしても、これではいささかの不思議もないであろう。

一階の廊下、一つのドアの前で巨人《アトラス》は立ちどまり、ポケットから鍵をとり出して、開いた。「お先に失礼しますぜ」とささやいて、太い指を口に当てた。「教授《せんせい》、わたしですよ、あなたの一の友人《とも》!」ゲオルクは内部の声を聞いていた。「ひとをお連れしましたぜ! 大手柄、お返しにいくらいただけますな?」ゲオルクは入ってドアを閉じ、部屋の狭さに驚いた。窓には板が打ちつけてあり、ベッドと戸棚におぼろげな明りが射しこんでいるきり、何一つ定かではなかった。腐った食物の猛烈な悪臭が立ちこめており、思わず彼は鼻をつまんだ。ペーターはどこにいる? 獣の檻に聞くような擦り音を耳にした。ゲオルクは手探りに壁を求めた。壁はたしかに予想したところにあった。その狭さに驚愕した。「窓を開け給え!」大声で命令した。「ならん!」と応答があった。巨人《アトラス》の声。ペーターは妻にばかりではない、やはり眼にも苦悩しているのだ。住居のこの暗さが何よりの証拠である。しかし一体どこにいるのだ? 「ここだ! ここ!」巨人《アトラス》がわめいた。洞穴にある獅子の咆哮。「わたしの特許の穴の前にうずくまっておりますぜ!」壁に沿ってゲオルクは二歩進み、塊にぶつかった。ペーター? かがみこみ、人間の骸骨に触れた。持ち上げた。その人間は慄えていた。それとも風に揺れている? いやいや、四方は閉めきってある。息吹きが聞きとれた。瀕死者さながらの、かすかな、絶えだえの呼吸《いき》、死者がもし語るとすればの細い声。

「だれだ?」

「ぼくだ、ゲオルクだ、きみの弟のゲオルクだ、ペーター、聞こえるかい?」

「ゲオルク?」声に響きが加わった。

「そうとも、ゲオルクだ、会いにきた、訪ねてきた、パリからやってきたんだ」

「本当にゲオルクかね？」

「どうして疑ったりする？」

「よく見えない。ここはまっ暗だ」

「ぼくはすぐに分った。きみは痩せてるからね」

突如、鋭く、厳しく、号令が発せられた。ゲオルクは少少驚いた。「ファッフ、ここを出て行き給え！」

「なんだと！」

「どうか二人にしといてください」ゲオルクが口を添えた。

「すぐにだ！」ペーターが命じた。以前の通りのペーターが。

ファッフは去った。紳士の身なりに恐れをなした。長官のようだ、きっとその種の大物にちがいない。教授《せんせい》の無礼の代償をとりたてるには、のちのちたっぷり時間《ひま》がある。手付金代りに背後で音荒くドアを閉じ、長官殿への敬意として、鍵はかけないことにした。

ゲオルクはペーターをベッドに寝かせた。腕にいささかの重さも感じなかった。窓に寄り、板を引き開けた。「すぐにまた閉じるからね」と話しかけた。「空気を入れなくちゃあ。眼が痛むようなら、当分閉じておいてもいい」

「眼は痛まない」

「じゃあ、どうしてこんなに警戒しているんだね？　ぼくはきみが読みすぎたんだと思った。それで暗闇で休んでいるんだとね」

「その板は昨日の夜からそこにある」

「きみがこんなに強く打ちつけたの？　ほとんど動かないぜ。きみにこんな力があろうとは、とてもじゃないが信じられんぜ」

「玄関番がやったことだ。あれは農奴だ」

「農奴？」

「金銭《かね》で動く野蛮人だ」

「好感が持てたがね、きみの周りの他の連中と較べて見給え」

「以前はよかった」

「あいつがきみに何をしたの？」

「厚顔無恥だ、ぼくになれなれしくおまえと言う」

「友情を示したいからにちがいないよ。こんな小部屋にずっと以前からいたわけじゃないだろう？」

「一昨日の正午《ひる》からだ」

「それで楽になったかい？　つまり眼の方がさ。書物を持ちこんでいるのじゃないだろうね？」

「書物は上階《うえ》にある。ぼくのささやかな携帯用の蔵書は盗まれてしまった」

「もっけの幸いじゃないか！　でないときみはここでも読もうとしていたはずだ。病気の眼には致命的だ。きみもことの重大さが分ってきたんだな。以前は全然眼に頓着しなかったものね。だからつい使いすぎたんだ」

「ぼくの眼は健全そのものだ」

「本当に？　全然故障がないの？」

「ああ」

板を下げた。光が一散に小部屋に射し、窓から空気が流れこんだ。ゲオルクは深々と吸い、安堵した。ここまでの診断は順調であった。適当な質問に対するペーターの応答は正確で明快、ややそっけないがこれは従前通りだ。原因はやはり妻にある、ひとえに妻にある。妻を意図した故障の暗示を彼は故意に聞き流した。とりたてて視力を恐れてはいない。繰り返し問いかけられて、当然のことながら立腹のようすである。ゲオルクは振り返った。壁に空の鳥籠が二つ、吊り下げてあった。寝具には点々と赤い斑点《しみ》が散っていた。背後の片隅に洗面盥があり、中の汚い水は赤く染まっていた。指で察知した以上にペーターは痩せていた。両の頰にザックリと削いだような皺が走り、顔は以前にまして長く、細く、厳しく、額には深い筋が四本、眼をさらに大きく引き開けるように並んでいた。唇は見当らなかった。横に切れた裂け目がようやく口と知れた。みじめな、碧い眼が探るように弟を窺い、無関心を装っている。眼の隅には好奇と不信とが宿っていた。左腕を背に回し、隠していた。

「手に何を持っているの？」ゲオルクは引き寄せた。しとど血濡れた布が巻きつけてあった。

「けがをした」

「そりゃあまたどうして？」

「食事のとき、不意にナイフで小指を切った。第二関節の上からをなくした」

「そんなに力を入れていたの？」

「実は半分も切れていなかった。まだぶら下がっていたんだが、これはもう駄目だと思ったので思いきって切り落とした。その方が苦痛が少なくてすむ」

「何にそんなに驚いたの？」

「きみこそ知っているだろうに」

「どうしてぼくが知ってなんぞいるんだい?」

「玄関番が話しただろうが」

「ぼくも奇妙に思うんだが、ひとことも話してくれなかった」

「彼《やつ》が悪い。ぼくはあいつがカナリヤを飼っているとは知らなかった。一体全体どういうわけからか、鳥籠をベッドの下に隠していた。午後ずっと、それに翌日は一日中、この部屋は静かだった。昨日の夕食のとき、ぼくが肉を切ろうとしたとき、突然恐ろしい鳴声がした。仰天して思わず指を切りこんだのだ。ぼくが仕事中、静寂に慣れていたことはきみにも分るだろう。ぼくはあいつに仕返しをしてやった。こんな下手な悪戯をしかけるんだ。わざとに鳥籠をベッドの下に押しこんでいたにちがいない。いまみたいに壁に吊り下げることもできたはずだ」

「で、どんな仕返しをした?」

「小鳥を逃がしてやった。ぼくの苦痛に較べたら温厚な仕返しだ。たぶん、カナリヤは死んだろう。あいつは怒り狂って、窓に板を打ちつけた。ぼくはあまつ、小鳥の代金を支払わされた。金に代えられないカナリヤだと言い張っていた、永いことかかってしこんだ鳥だとね。嘘にきまっている。命令通りに啼いたり啼きやんだりするカナリヤがいるなんてことを、読んだことがあるかね?」

「ないとも」

「そんなデタラメを言って値をつり上げようとしたんだ。金を狙うのは女だけだなどと人は言うが、大ちがいだ。ぼくの場合がいい反証だ」

ゲオルクは近くの薬局に駆けつけ、ヨードチンキと包帯と、気付け用のこまごましたもの少々を買ってきた。傷自体よりも、それでなくても脆弱な者が大量の血を失ったことの方が気がかりであった。昨日すぐとに包帯をすべきであった。玄関番は冷血漢だ、自分のカナリヤのことしか考えない。ペーターの話に嘘はないであろう。しかし細部まで いまの話の通りかどうか、いま一方の当事者に訊きただす必要がある。直ちに上階に赴き、詳細を訊問するのが一等望ましいが、ゲオルクは気が進まなかった。人間を見そこなったのは今日すでにこれで二度目である。精神病医としての成功が何よりの証拠であるが、彼は人間通と自認していた。赤毛の男は強健ゆるぎない巨人《アトラス》などではなく、ありようはこすっからしく、抜け目のないやつであった。ベッドの下に押しこんでいた小鳥の悪戯は、一の友人《とも》であるなどと言いたてながら、実のところ、ペーターに対し友情のかけらも所有していないことを暴露している。窓に板を打ちつけて、病人から光と空気を奪おうとさえした。指の傷に一顧だに払わない。初対面のセリフはどうあったか。四羽のカナリヤを殺《や》りましたぜ。お代はいただきました、たっぷりとです、とこう言った。金のことしか頭にないのだ。あの女とグルであることはまちがいない。同じ住居にいるではないか。横腹を突きとばされ、容赦ない罵倒を浴びそうになりながら、逆いもせず、まんざらでもない面もちだった。すなわちあれは玄関番の情婦《いろ》である。上にいたとき、この事実を毛ほども気どらなかった。ペーターの殺人嫌疑が晴れて、それほどまでに安堵していたからである。いまとなって羞恥を覚えた。慧眼を自宅《いえ》に忘れてきたのか。一時にせよ、あのような女のことばを信じたとは、なんというかつさであろう！　ペーターが適切にも命名した通り、《農奴》ふぜいに好感を抱いたとは、なんと愚かしい振舞いを演じたことか！　ニヤリ笑いに裏があった。一杯喰らわす策略を秘めていたのだ。ペーターを好いように引き廻し、手中に収めたと自信たっぷり、住居と蔵書をわがものとして、ペーターは穴蔵同然のこの小部屋に押しこめていた。最初ドアを開けたとき、女はニヤリ笑いで迎えに出たではないか。

玄関番の許に向かうより先に、ペーターの包帯をすませることを決意した。釈明を求めるよりも傷の手当ての方が重大である。それに、大して新しい事実も聞き出せまい。ここをほんの半時間出る理由なら、のちのちにも簡単に見つかろう。

老獪なオデュッセウス

「ところでぼくたち、まだ正式に兄弟の挨拶をしていなかったね」駆け戻ったとき、ゲオルクは言った。「でも、あまりなれなれしいのも、君の好みじゃないと思ってね。この部屋に水道はないの？　廊下に蛇口を見たように思うんだけど」

水を運んできて、ペーターにじっとしていておくれとたのんだ。

「こういうことは、普段は自分でするんだが」とペーターは答えた。

「きみの蔵書が楽しみだよ。子供のとき、ぼくはきみの書物好きが分らなかった。きみみたいに利口じゃなかったし、きみのような素晴らしい記憶力にも恵まれていなかった。なんて愚かで、怠け者で、遊び好きの少年だったことだろう！　明けても暮れてもお芝居をやってママにキスするのが大好きだった。きみは初めからちゃんとした目的を持っていた。ぼくはこれまで、きみのように首尾一貫して成長した人間に出くわしたことがない。きみはおそらく、こんなことは耳にしたくはないだろうし、静かに一人にしておいて欲しいのだろう。だけど怒らないでおくれ、静かになんかさせておかないから！　十二年間、一度も会ったことがなかったんだもの、しかもこの八年間は、活字になったきみの名前を読んだだけ、弟などに便りなどはもったいないって、きみは寄こしてくれなかったものね。おそらく今日以後の八年間にも、きみの態度に変化はないだろう。パリにくることも承知しまい、フランス人についての見解、それに旅行についての考えをぼくは知っている。ぼくには再びこちらにやってくる暇がない、仕事に追われているんだ。ぼくがパリ郊外の病院に勤めているってこと、きみもどこかで聞いてやしなかったかな。だからいまきみにお返しをしなきゃあ、いつできるというの？　ぼくはきみにお礼しなきゃあならないんだ。きみはつつましやかすぎるよ、ぼくがどれほど恩恵をこうむっているか、全然気づいていないんだ。ぼくのなけなしの個性もきみあってようやくのものだ、それに学問への情熱、ぼくの存在そのもの、女から足を洗えたのもきみのおかげだし、偉大なもののに対する真摯と、小さなものに寄せる慈愛の念もだ、きみのやさしさは、ヤーコプ・グリム以上のものなんだから。ぼくが精神病医に転じたのも、結局のところはきみのせいなんだ。きみの影響からことばの問題に対して関心を持つようになったのだし、ある狂人のことばを論じた仕事によって大飛躍を遂げたんだ。かつてイマヌエル・カントが、またカントのはるか以前、孔子がすでに要請したように、完全に自我を捨て去り、仕事のための仕事、義務のための義務といったきみのような境地に達するなんてことは、無論、ぼくにはとうてい不可能だ。さぞかしぼくは弱すぎるんだろう。拍手されると嬉しいんだからね、喝采されないと落ち着かないんだ。きみが羨ましいよ。きみのような強い意志を備えた者はめったにいない、悲しいことだけどめったにいないんだぜ。だから一つの家族からこの種の人間が二人も出るなんて、とてもじゃないがありえないだろうが？　それで思い出したけど、カントと孔子を合わせ論じたきみの論文を、ぼくはカントのどの著作にもましてだね、孔子の『論語』のいかなる個所にもましてだ、緊張して読み了えたよ。あれは論敵を一丸にして完膚なきまでにやっつけていたね、知識の芳香が圧倒的に匂い出していた。きみを東洋学のヤーコプ・ブルックハルトに擬したオランダの学者の批評を読んだけど、きみもおそらく目にしたことだろう。だけどきみの方がずっと真面目だし、自分に対してもはるかに厳しいとも。ぼくはそれに、きみの教養はブルックハルト以上に普遍的なものだと考えている。それは一部にはわれわれの時代の知識が増幅しているせいによるものだけど、大部分はきみの個性の結果、孤独に堪え得るきみの力の成果なんだ。ブルックハルトは大学に所属し、講義をしていた。つまり妥協していたわけで、これは彼の思考形式にも影響なくしてはすんでいない。中国の詭弁学者《ソフィスト》たちを、きみはまたいかに見事に解釈したことだろう！　ギリシャのソフィストたちの著作が少ないとは言え、それよりもはるか少ない資料を手がかりに、かれらの世界をきみは構築した。世界群を、とこう言った方が正確だろうか。同じ哲人が二人といないように、かれらの世界もそれぞれ特異性に満ちているんだから。きみの一等最近の大論文にぼくは小躍りしたものさ。アリストテレス学派がヨーロッパにおいて演じた役割は、中国における孔子学派のそれに等しい、ときみは説いていたね。ソクラテスの孫弟子であるアリストテレスは、ギリシャ哲学のありとある影響を受け継いでいた。その中世の信奉者の中にはキリスト教従も少なからずいた。これと同じように孔子派の末孫たちは、墨子《モティ》学派の、道《タオ》教教義の信者たちの、そしてさらに後代には仏教の内より、自分たちに有益で、かつおのが権力保持のために必要と思われるものを摂取した。だからとて孔子派の連中やアリストテレス学派の者たちを折衷主義者と名づけてはならない。東西のこの両者は奇怪なまでに――きみが疑問の余地なく証明したところだけど――ともに果たした役割において似通っている。一方はキリスト教中世に対し、他方は同時代の、秦王朝以後の期間《とき》にわたるという相違はあろうけど。こう述べてみても、ぼくにはそりゃあ皆目分らない、中国語はからきしできないしね――しかし、きみの思考の根本を理解しようとする者には、きみの論理性は明瞭なんだ。きみの見解の源泉が何であるか、きみの精神構造がいかなるものであるか、手にとるように分るんだ。ところでいまはどんな仕事にとりかかっているの?」

　ペーターの手を洗い、包帯をしている間、ゲオルクはじっと目を据え、しかしなるたけ何気ないふりを装いながら、自分のことばの兄の顔面に及ぼす効果を観察した。締めくくりの質問のあと、手の動きをとめた。

「どうしてそんな風にぼくを見るのかね?」と、ペーターが尋ねた。「患者のだれかととり違えているんだ。ぼくの学問上の見解など、きみには半分も分るものか、それほど教養がないからだ。そうやたらと喋らぬがいい! ぼくに返しをする必要なんて一つもない。お世辞は大嫌いだ。アリストテレスも孔子もカントも、きみにはどうでもいいことだろうが。だれであれ、女さえいればいいんだろうが。もしぼくがきみに影響を与えていたとしたら、きみはいま白痴収容所の所長様に納まってなどいないはずだ」

「ペーター、きみ、そんなこと……」

「ぼくは現在、十の論文に同時にとりかかっている。そのほとんど全部が、きみが哲学論文をひそかに呼んでいる通りの、活字の椀飯振舞いというやつだ。きみは概念をせせら笑っている。仕事も義務もきみにとっては概念にすぎないんだ。きみが信じているのは人間、それも女だけだ。一体ぼくをどうしようっていうのかね?」

「そうじゃないんだ、ペーター、ついいましがた言ったろう、ぼくは中国語がからきしできない。san が三のことで、wu が五を表わすってことぐらいしか知らない。ぼくはきみの顔をよく見てなきゃあならないんだ。でないと、この指の痛みがどれほどのものか、全然診断がつかないじゃないか。きみは自分からは決して話そうとはしないからね。幸い、きみの顔はその口よりも表現が豊かだからね」

「じゃあ急ぐことだな！ そのさぐるような視線が気に喰わないね。ぼくの学問のことは触れないで欲しい。わざわざ関心を媚びらせることはないさ。気狂いどもを相手にしていればいい！ ぼくも気狂い諸君のことをきみに尋ねたりしないんだから。お喋りしすぎるのも、きみに何やら思惑があるからだ！」

「よし、分った。もうすぐだ」

　ペーターがこれら厳《きつ》いことばの間にも立ち上がろうと焦っていることを、ゲオルクはその手に感じとった。自負心をよみがえらせるのはこれほどにも簡単なこと、反駁を誘えばいい、以前《むかし》も常にそうだった。ほんの半時間前、彼は床にしゃがみこんでいた。消え入るように弱く、骨の塊一つにすぎなかった。殴られっぱなしの生徒そのままの声であった。それがどうだ、きっぱりと意地悪く言い返し、その痩身を呈して武器になそうとしているではないか。

「きみさえいやでなかったら、上階《うえ》の書物を見せて欲しいんだけどね」包帯をし終えて、ゲオルクが言った。「一緒にきてくれるかい？ それともここにずっといる？ 今日は休んでいた方がいいんだがね、随分血をなくしたからね。一時間、じっと横になってい給え！ あとで迎えにくる」

「その一時間に何をするつもりだ？」

「きみの蔵書を見たい。管理人は上にいるんだろう？」

「ぼくの蔵書を見るには一日かかるね。一時間ではどうにもならない」

「まずざっと見ておきたいんだ。詳しくはきみと一緒のときさ、あとからね」

「どうしてだね？」

「ここにいた方がいい、上に行くな！ 警告する！」

「悪臭《い》で一杯だ」

「何の悪臭？」

「女のだ。そもそも女なんぞと、おとなしく言うべきものでもないんだが」

「大げさだよ」

「きみは女の尻を追い廻すのが専門だろう」

「ぼくが？ とんでもない！」

「じゃあ、外套を追い廻す方かね！　その方がいいんだろう？」ペーターの声はせり上がった。

「きみの気持は分るとも、ペーター、あんな女には当然だ、言いすぎってことはない」

「知りもしないくせに！」

「きみが何に苦しんでいるか、知っているとも」

「きみの言い草は盲人が色について語るみたいなもんだ！　幻覚を抱いているんだ。自分の患者からいただいたんだ。きみの頭の中はカライドスコープさながらだ。ゆり動かせば色と形がお好み次第。色ならどんな色であろうと、名前だけとあれば呼びつけにできようさ！　自分で経験したこともない事柄については、お喋りを控えた方がいい！」

「無論、喋らない。ただぼくには理解できると言いたかったまでなんだ。ペーター、いいかい、ぼくにも経験がある、ぼくは以前のぼくとは違うんだ。だからこそ専門を変えたりもした。女なんて災難そのもの、人間の精神を引き下ろす鉛の重しにすぎない。おのが義務を厳粛に考える者は、女を振り払わなくてはならない、でないと破滅だからね。患者の幻覚なんかぼくは必要としない。この健康な、大きな眼でいろんなものを見てきたからだ。この十二年間に少々は身につけたよ。きみは幸運さ、初めから自分のなすべきことを知っていたんだから。ぼくはひどい経験をしたあげく、やっとのことで気づいたんだ」納得を得るために、意のままになる抑揚を大幅に制限した。その口は永年の苦渋の跡を漂わせ、ゆがんだ。ペーターの不信は進んだが、関心もまた高まった。まなじりの緊張の度合が増していることにより、明瞭に見てとれた。

「一分の隙もない服装《みなり》だな！」ペーターは言った。忍従のほどを批評する唯一のことばであった。

「醜悪な宿命さ！　職業柄、やむを得ないんだ。無教養な患者は、自分が上品だと思う紳士に親切にされると喜ぶんだ。憂鬱病者はぼくのことばを耳にするよりも、ぼくのズボンの襞を目にする方が気が晴れるらしいんでね。こうでもしていないと、患者たちは手のつけられない状態にとどまったままだ。おいおいのものだが、かれらに教養への道を開くために、まず健康にしてやらなくてはならない」

「盲目の価値を認めているだな。それはいつからだ？」

「教養そのものというひとを知ってから。そのひとがなし、かつ毎日なしつつある仕事を知ってから。そのひとの確固たる精神のあり方を知ってから」

「さてはぼくのことだな」

「きみ以外にだれがいる?」

「きみの成功は厚顔無恥の世辞のおかげだ。きみの周りのざわめきがいましもはっきり聞こえてくる。きみは老獪な嘘つきだ。きみが覚えて口にした最初のことばは嘘だった。嘘をつくのが嬉しくて、きみは精神病医になったんだ。どうして役者にならなかったんだ? 患者たちのためにも恥じることだな! かれらの赤裸々な真実こそかれらの悲惨なのに。もはやどうしようもないときに悲鳴を上げる。その種の哀れな一人を目のあたりに見るようだ、その者はある色の幻覚に悩んでいる。『眼に緑がちらついて離れない』と訴える。泣いているかもしれない。すでに何カ月もその滑稽な緑色に苦しんできたのだろう。きみならどうする? ぼくにはお見通しだ。きみは彼をおだてる。彼のアキレスの踵を摑むね、人間には弱いところがきっとあるのだからな、むしろ弱点だらけと言ってよいのだから。きみは『わが友よ』とか、『ねえ、君』と話しかける。彼の心はなごんでくる、まずきみを敬い、次には自分を敬うまでになる。神の地上における最後の極貧の者だった、それにきみは尊厳とやらをふりかけるのだ。不当きわまる偶然により、一人で宰領することから締め出されたにすぎない、自分こそ当瘋癲院に並び立つもう一人の院長であると、彼が思いこんだ頃合いを見はからい、きみはやおら説きたてる。『わが友よ』と、神妙に口をきってだ。『あなたが御覧になっているのは緑色ではありません。それは——つまり——青色です!』(ペーターの声はせり上がった。)きみがそれで彼を癒やしたと言えるだろうか? とんでもない! 彼の妻は以前に変らず家にあって彼を苦しめる、彼の死の瞬間まで苦しめ続けることだろう。『病み、死に瀕したる者は狂人にさも似たり』と、これは王充《ワンチュン》のことばだ、こちらで謂うところの一世紀、後漢の中国において、二十七年より九十八年まで生きた慧眼のひとだった。きみたちの精密を擬装した学問などの、とうていたち打ちできぬほど正確に眠りや狂気や死について承知していた。かの者をその妻から解き放てよ! 妻がいる限り、彼は狂気の中にあり、死に与っている——王充によれば、両者はいちじるしくあい似た状態だ。妻を遠去けよ、もしきみにできるならば! 無論できやしない、妻を捉えていないのだから。捉えていれば離すまい、きみは外套を追い廻す手合だからだ。女をなべてきみの病棟に押しこめ、好みのままになすがよい。享楽に明け暮れ、四十歳にして愚かしく朽ち果てて死ぬことだ。そのときようやく、きみは病める男たちを癒やしたと言えようし、おのが名声と栄誉とが何によってきたるのか知るだろう！」

ゲオルクは聞き耳をたて、兄の声がせり上がる瞬間に注意した。上階《うえ》の妻に思いが至るときと判定した。名指しで言ったわけではない、しかし声はすでに叫喚し、至烈な、とめどない憎悪をむき出しにしていた。自分を妻から引き離してくれと切望している。その口で惨めな結果を想定し、誹ったからには、困難と危険を伴う使命であろう。むしろまず、なるたけ多く憎悪のほどを吐き出させること。当人が心に刻みつけられたさまざまを語り継いで、事件の根源に溯行しさえすれば！　ゲオルクはこのような作業の際、敏感な記憶の原板上の、映像をそっくり消し去る消しゴムを演じるすべを心得ていた。だが、ペーターはおのれについては決して語るまい。彼の体験はその根を自分の学問の領域までに根づかせている。むしろ急所を衝く方が当を得ていよう。

「どうだろう」とゲオルクは口をきり、あらわに同情を面にそそぎかけた。これをわがことと感じない者がいようか。「きみは女を過大評価していないだろうか。あまりに真面目にとりすぎている、女をわれわれと同じ人間と考えているんだ。ぼくは女に、一時的な必要悪を認めているのみだ。昆虫の場合は多く、人間よりもことは簡単だ。一匹ないし数匹の雌が一族を生み出すしかけだ。しかしこれほど進化していないのも数多《あまた》いる。白蟻のように蝟集して生きているものがいるだろうか？　いかほど性的刺激の充満した生活であることだろう――もし白蟻に性の区別があるとすればだがね！　とまれこれは両性に分岐していない、同種の昆虫にしても、せいぜい微細な性をそなえているだけだ。それほど脆弱な性にしても、恐れていることには変りがない。何千、何万の同類が一見無意味に死滅していく群集の中には、秘められた性からの解放が見てとれる。多数者を愛の狂宴から救うために少数者を犠牲にするのだね、そのままに邁進すれば、愛において一族が死に絶えるからだ。白蟻の巣における淫猥な放埒以上に壮絶な心象をぼくは知らない。白蟻は――奇怪な記憶に捉えられ――自分が何であるかを忘れる、狂信的な群集の盲《めし》いた窩だ。各各がみずからを主張する。百に、千にと拡大し、狂気に堕《お》ちよう、かれらの狂気だ、群衆狂気だ、兵隊蟻は持場を捨て、こぞって充たされぬ愛に焦躁する、交尾できない、性がない、混乱と興奮だ、錯乱だ、これを蟻の種属が嗅ぎつける、番衛の去った大門から宿敵の侵入、戦士も守りを放棄した、だれもが愛に焦れ、一族は——永遠に生き続けたであろう一族は——われわれの渇望する永遠をわがものとしていたはずの一族は死に絶える。愛において、欲望において死滅する、われわれ人類が生存継続のよすがとしている欲望において！　感性の豊饒《ジンライヒ》が無意味《ジンロース》に転落するのだ。それは——元来が比較を絶したものだけど、強いて言えば、そう、きみが明るい陽のもとにいて、健康な眼と澄みきった理性をそなえた際にだ、書物もろともわが身を燃え上がらせるといったところだね。きみを脅かす者は一人としていない。必要なだけの金を持っている。日を追って内容と独自性を増していくきみの仕事だ。稀覯本は手に入る。一等資料にも不足しない。女にまといつかれる虞れはなく、自由を満喫し、仕事と書物によって守られている——そのとき、この神聖にしてゆるぎない状態にあるさなか、きみは書物に火を放ち、従容としてみずからを燃え上がらせる。これこそ、かの白蟻一族の大事に通じる事件であり、同じく無意味なものの突発事でありながら、白蟻におけるほど壮大でないだけだ。われわれが白蟻のように性を超越する日が遂にはくるのだろうか？　ぼくはしかり、学問にはますます信頼を寄せている。しかし愛が代え難いものであるとは、ますますもって信じられない！」

「愛なんて存在しない。存在しないものに対し、代え得るも代え難いもないものだ。同じく断言できることであるが、女なんて存在しない。白蟻はわれわれに関係がない。白蟻の中のどのやつが女に苦しんでるというのかね？　ここ《ヒク》に女《・ムリエル》だ、ここで跳べ《・ヒク・サルタ》！　話を人間に戻すべしだ！　蜘蛛の雌が、雄をさんざ痛めつけたあげく、その頭を喰いちぎるということ、血を吸うのは雌の蚊に限るということ、これもわれわれには係わらない。蜜蜂における生存闘争は野蛮この上ない代物だ。蜜蜂が入用でないのなら、どうして飼育したりするのか？　役立つものなら何故に殺したりする？　ぼくは昆虫の中でも、もっとも凶暴でかつ醜悪な蜘蛛に、体現化された女性を認める。その網は陽光の中で毒毒しく、青く光っているではないか」

「きみこそ話を人間からそらしているじゃないか」

「人間について知りすぎているからだ。ぼくが言い出したくないからだ。自分のことについては語らない、ぼくは一例だ、もっとひどい例を無数に知っている、どの場合も当事者にとっては最悪の例だ。真実、偉大な思想家たちは女の無価値を確信していた。あれほど日常のこまごまについて語り、また日常を越えた幾多の事柄について語った孔子でさえ、女に関するひとこと、実にひとことたりとも口にしていない！ 沈黙の達人が女について黙し通した。女の死による悲しみでさえ、形式に内的な価値を認めたひとであるにもかかわらず、不適当なもの、余計なものと見なしている。孔子は若くして妻を娶った、女の価値を容認したからではない、ましてや愛情からではない、ひとえに慣習に即してだ。その妻が永らくの結婚生活を経たのちに死んだ。死骸《むくろ》に身体を投げ出して息子は歎き悲しんだ。嗚咽し、身を震わせた、それというのも女がたまたま自分の母親であったからである。代え難いものと考えたのだ。父親たる孔子はこのとき、ことば厳しく息子の悲歎を叱責した。これぞ人間なり《ヴォワラ・アン・ノム》だ！ 彼の信念の正しかったことは、後年の経験のしろしめすところだ。国の王は数年間、彼を大臣として登用した。孔子の下に国は栄えた。民は安らぎ、息をつき、意気を貯え、統治者に信頼を寄せた。隣接の国は妬んだ。すでに古代から最善のこととされていた勢力均衡が破れやしないかと恐れたのである。孔子を蹴落とすために、どのような図りごとがめぐらされたと思うかね？ 国王の中でもなかんずく狡猾な国王、周国の王は孔子が仕《つか》えていた魯国に選り抜きの女を八十名、踊子や笛吹き女といった連中だ、これを贈物とした。女たちは若い国王を籠絡した。好みのままにあやつった。国王は為政に倦み、賢者の諫言を退け、女にうつつを抜かしたのだ。女によって孔子の苦労は水泡に帰した。彼は杖をとり、諸国遍歴の旅に出た。民の苦悩に心を痛め、力の限り尽くしたが、かいがなかった。到るところ、為政者たちは女の手のままになる傀儡《くぐつ》であった。孔子は絶望して死んだ。高貴な魂の持主である彼は決して苦渋を洩らさなかった。ぼくはそれを彼の二、三の簡明なことばの内に窺い知ったまでなのだ。ぼくもまた苦渋を洩らさない。ただ普遍化して、当然の結論を引き出すのみだ。

孔子の同時代人としてブッダがいた。しかし幾重にも連なる山稜が両者を隔てていたのであれば、二人がそれぞれ相手と知り合うこともなく終ったのも同然ではあるまいか？ おそらく一方は、他方がその一人である民の名前さえ知らなかっただろう。『いかなる理由によるのでしょうか』と、ブッダの愛弟子のアナンダが問うた。『根拠をお教えください、何故に女は公の集会に参加せず、商売を営まず、おのが職業で生活の必需品を手に入れようとしないのですか？』『アナンダよ、女は憤り易き者だからだ。妬み深き者だからだ、猜《そね》み厚き者だからだ。愚かしき者だからだ。これが、アナンダよ、何故に女は公の集会に参加せず、商売を営まず、おのが職業で生活の必需品を手に入れようとしないかの理由であり、根拠である』

女たちは僧院に入れられることを乞い願った。弟子たちもことばを添えた。ブッダは永らく逡巡したが最後には譲歩した。数十年ののち、女たちに対する慈悲と憐憫に屈し、本来の賢明に反することであるが、尼僧院を設立した。彼が尼僧に命じた厳格な八項目の戒律のうち、その第一はこうである。

『尼僧は、たとえ得度《とくど》以後百年を経る者であろうとも、男僧に対しては、それがよしやその日得度したばかりの僧であるを問わず、恭々しく挨拶し、立ち上がり、手を合せ、その分相応に敬わなければならない。この戒律を尼僧は尊び、厳しくまた浄らかに崇《あが》め、守り、生涯を通して犯してはならない』

同様のことばで厳守が申しわたされている第七項目には『尼僧は決して男僧を誹謗ないし叱責してはならない』とある。

第八項目に曰く、『本日以後、尼僧による男僧へのことばの小径は閉ざされている。しかし、男僧による尼僧へのことばの小径は閉ざされていない』

女に対し、このような八項目を構えたにもかかわらず、ブッダは大いなる悲歎に襲われ、アナンダに語った。

『アナンダよ、悟得者より告げられた教えと戒律に従って世を捨て、身を遍歴に処すことが女に授けられていないならば、聖なる足跡はいと永く残るであろう。教えるところは千年をも永しとしないであろう。しかし、アナンダよ、女もまた世を捨て、身を遍歴に処したからには、聖なる足跡が永く残ることはない。教えるところは五百年をも永しとするであろう。

豊かに穂を垂れた稲田が、黴症と呼ばれる病《やまい》に襲われたときさながら——アナンダよ、そのとき豊かな稲田の面影が跡かたもなくなるように——世を捨て、身を遍歴に処すことが女に授けられるとき、聖なる足跡が永く残ることはない。

豊かに実を垂れた甘蔗畑が、青色病と呼ばれる病《やまい》に襲われたときさながら——アナンダよ、そのとき豊かな甘蔗畑の面影が跡かたもなくなるように——世を捨て、身を遍歴に処すことが女に授けられるとき、聖なる足跡が永く残ることはない』

信仰の非人間的なことばを通しても、ぼくはここに深い、人間的な絶望を聞きとる。ブッダに享けることばのうち、これほどのものはまたとないほどの、苦痛に満ちた口調ではないか。

樹のように堅く
河のように曲り
女のように悪く
かくのごとくに
悪辣に愚かしく——

古代インドの格言の一つだ。格言一般がそうであるように、口に発して支障なきよう、対象への批評性が薄められているとはいえ、これだけでもインドの民《たみ》の考え方は明らかだ！」

「きみの言ったことは、全部が全部、ぼくにとって耳新しいことではない。きみの記憶力にはまったく驚くよ。厖大な資料を選って、証明に適わしいところを引用する手ぎわはどうだ。文字の存在する以前、少なからぬ分量のヴェーダを他の民族にも通じる聖なる書として、口移しに若者に伝えていった老いしブラマン人だね、ぼくはきみのことばを聞くたびにあのブラマン人を思い出さずにいられない。インド人の聖典にとどまらず、きみはありとある民族の聖典をそっくり記憶に収めているんだ。とまれ学問用の記憶力のために危険な代償を支払っているがね。身の周りの変化を見すごしているのだ。自分自身の体験は記憶にとどめていないのだ。ぼくはきみにお願いしようと思っていたことがある。無論、思っていただけで、実行しようとはつゆ考えていないがね。つまり、どうしてあのような女の手に落ちたのか話して欲しいということだ。あの女がどのようにきみを騙し、たぶらかし、手玉にとり、いいようにしたかということ。最前のインドの格言にあった通りの悪辣と愚かさだね、あの女のそれを詳しく話して欲しかった。ぼくの判断のよりどころとするためにさ、批判を養いつつきみの場合を検討するためにさ——きみには話せやしないだろう。ぼくのためにもきみは記憶力を総動員する、だけど無駄だね。唯一きみに欠けている記憶の部分だ、それならばぼくにそなわっている、この点では、はるかぼくの方が優れているとも。ぼくと会い、ぼくを愛撫したがったひとのことばをぼくは忘れない。ぼくに限らず、他のだれにでも通用しそうなお喋りや単純な断定は、時とともに失せていく。仮にぼくが名づけて感情的記憶力だね、芸術家はこれを持つ。きみの場合のような理性的記憶力と合わせ感情的記憶力を持つ者こそ普遍的な人間なんだ。ぼくはきみを過大評価していたようだ。きみとぼくと、この二人が融合して一つになれたら、精神的に完全無欠の者ができ上がるんだ」

ペーターは左眉毛をそびやかした。「回想録などに興味はないね。女は文字を学び終えるとすぐに回想録を貪り読むんだ。ぼくは体験するものははっきりと憶えている。きみには興味深いだろうが、ぼくにはそうじゃない。きみは毎日毎日異った身上話を聞いていよう、今日は気晴らしにぼくから聞き出そうとしているんだ。そいつをぼくは拒絶する。ここがわれわれの違いだ。きみの生きがいは狂人たち、ぼくの生きがいは書物だ。どちらがはたしてより高級と言えるだろう？　ぼくは穴蔵に住むこともできる、書物はすべてこの頭脳に収まっている。一方きみは瘋癲院とやらを中身つきで必要とする。哀れなことだ！　お気の毒な話だ。元来、きみは女なんだ。刺激なくしてはいられない。新奇を求めて駆けずり廻る！　ぼくはじっとしている。思想に動かされるとは、何週間も微動だにしないことなのだ。きみは忙がしく、次から次と追い求めなくてはならない。それを直感と考えているのだろう。ぼくが何かある妄想に悩むとき、それを誇りにしている。これほど個性を生み、強さを与えるものがあるだろうか？　ともかく被害妄想と比較してみ給え！　きみが決心の臍を固めるつもりならば、ぼくの蔵書を贈与する。きみは狡猾な鰻だ、強い思想からはぬらりくらりと逃げていく。きみは妄想一つ抱けない、ぼくもそうだが、しかしぼくにはその才能がある、つまり個性だ。これを法螺《ほら》と聞くかもしれないが、ぼくはぼくの個性を証明したんだ。自分の意志のみによってだ、だれの援助《たすけ》も借りずにだね。ぼくは一人の消息通も持たない。それでいて圧力を撥ね返し、重圧と、死と、呪わしい花崗岩の裂け目からみずからを解放した。もしきみの出現を待っていたとしたら、ぼくはどこにいる羽目に陥っていただろう？　上階《うえ》だ！　ぼくは往来に出た。書物を見捨てた。どのような書物か、きみは知るまい。あの女をもっとよく知ることだ。ぼくは犯罪者かもしれない。厳格な道徳律から言えばそうだろう。汚名は甘んじて受ける。恐れない。死は栄誉を分つものだ。ぼくには死さえも許されないのか？　死とは何だ？　機能の停止だ、否定的なものだ、零《ゼロ》だ。こいつをぼくは待たなくてはならないのか？　何かあるけちな、古くさい物体の気まぐれを？　仕事につき、生命にと、書物にと赴いているのに、待つとは何事だ？　ぼくはあいつを憎んだ。いまも憎んでいる。死にましてはるかに憎んでいる！　ぼくには憎悪する権利があるはずだ。女が憎むべきものである所以をきみに証明してやろう。ぼくは東洋学しか分らないのだときみは思っている。ここに必要な証明はその専門領域からおのずから出てくるものだと――きみはこう判断する。ぼくは天空の青色を持ちきたりもするだろうが、嘘はひとことたりとも口にしない。真実だ、美しく、堅固で、尖鋭な真実だ、大小さまざまの、種々さまざまの真実だ、感情のための真実であり理性のための真実だ。きみには、女であるきみには、感情の真実しか通じないとしてもだ。ひとえに真実のみだ、眼の前が青くなるまでにだ、黒くではない、青くだ、青、青。青色こそ誠実の色だから！　いや、この話はよそう。きみのせいで最初の話の筋からそれてしまった。無学文盲の徒輩そのままのていたらくではないか。きみはぼくを貶《おとし》める。ぼくは沈黙しているべきだった。口喧しい悍婦といったざまだ。ぼくは論証をもくろんでいたのに！」

ペーターは喘いだ。口辺が烈しく痙攣し、死物狂いに右往左往する舌が見てとれた。それは溺死寸前の者を思い出させた。額の皺が乱れた。ペーターは話している間にもそれに気づき、手を添えた。指三本を皺に挿入し、数回、丁寧に右から左に撫でた。四番目の皺は空《から》だぞ、とゲオルクは考えた。口が裂け目以上でも以下でもないとは奇蹟と言うしかない。われわれ同様、唇も舌もそなわっていた。まさに驚きである。何一つ話そうとしない。どうして弟を信頼しない？　なんという高慢ちきだ。結婚していたことをひそかに嘲笑されないかと恐れている。若い頃から口汚く愛を罵っていた。成人してからは語る価値もないと見なしていた。「アフロディテに出くわすなら、わたしはそれを射殺する」と、禁欲派の教祖たるアンティステネスを偏愛したのも、このことばによってであった。そのあげく年寄り淫婦にたぶらかされた。これが個性か！　御立派なこと！　ゲオルクはほくそ笑《え》んだ。ペーターに侮辱された。

慣れてはいたが、これは徹《こた》えた。ペーターのことばは意味深長であった。患者なしには事実生きられなかった。患者たちに受けている恩恵はパンと名声にとどまらない。精神的な存在そのものを負っていた。ペーターの口を開かせるために利用したあらゆる手管は失敗した。話す代りに罵り、あまつ、みずからを犯罪者と告発する。彼は妻から逃亡した。この恥ずべき事実から眼をそらすために、自分に犯罪者の刻印を押した。架空の犯罪者という意識はまだしも堪えやすい。抜け道を設けて個性が無欠を仮装する。ペーターには自分を卑劣漢とする根拠があった。妻を住居から追い出す代りに、自分自身を放逐した。長身痩軀のその身で、おぼつかなく、また滑稽に、暫しの間さまよった通りから、玄関番の小部屋にたどりついたのだ。おのが犯罪に対し、ここで懲役に服している。退屈駆除用に前もって弟に電報を打っておいた。ある任務を負わせようという魂胆だ。すなわち女房を懲らしめ、追い払い、管理人に身の程を思い知らせ、個性からその痼《しこり》である犯罪を揉みほぐし、解放させ、洗浄された図書室への凱旋行の道を開くこと。危機に瀕した自負心を保持すべく、巧みにしつらえられたからくりの軸となること。左手の指一本を切り落としたなど、とんだ茶番劇だった。兄を哀れに思う気持に変りはない。おのれの尊厳を回復するために企み、装い、他人の尊厳を踏みつけるこのやり方、演技力を自負する者に下手な出番をあつらえたこの猿芝居、これはゲオルクの気に入らなかった。事情がこうでなければ、了解のふりをするのに吝かではないのである。しかし、ともかくも決意した、ペーターを助けて、安らかな学究生活に立ち戻らせるべく努めよう。自分の職務の命ずる通り、虚心に、また坦懐《たんかい》に。ささやかな仕返しはのちのちのことにとっておいた。後年、それも遠からぬ時期を考えていたが、いま一度兄を訪問し、その節、この小部屋で二人の間に事実として何が演じられたかをめぐり、おだやかに、しかし仮借なく論じあおう。

「論証だって？　ならば話し給え！　またぞろ中国やインドの長談義に戻ってしまうと思うけどね」

ゲオルクは回り道を覚悟した。近道は閉ざされているのだから。ペーターが率直な報告を拒むのであれば、一見学問領域に属するていのことばから、妻に対する感懐を察知しなくてはならない。肉に喰いこんだ棘を手探りで抜くしかない。不安の所在、その跳梁のさま、その実体、これが恐るべき怪物を孕みこんだ人間種属の過去をどのように判断しているものか等々のこと、これらを知ることなしに、どうやって不安を鎮めるのだ？

「いや、ヨーロッパにとどまることも」ペーターは請け合った。「女に関する資料において、こちらはさらに枚挙にいとまがない。ギリシャの昔に限らず、ドイツ人の場合にも、偉大な、代表的な民族叙事詩は女との葛藤をテーマとしている。影響云々はとるに足らない。きみならおそらく、クリエムヒルトの卑劣な復讐を賞讃したりするのだろう？ クリエムヒルトは自から闘いに加わるとも、生命の危険がいささかでもあったと言うのかね？ 他人を煽るだけ、悪計と残虐と裏切りの数々だ。最後に危険がないと見定めてから、縛られたギュンターを殴りつけ、手ずからハーゲンの首を刎ねた。貞節からかね？ ジークフリートへの愛情からかね？ その死の原因こそ彼女自身ではなかったのか？ 激怒に駆られてかね？ おのが復讐に自分が滅ぶと知ってのことか？ ちがう、ちがうとも！ 大ちがいだ！ 高貴ないわれはかけらもない。ニーベルンゲンの宝物が目当てなんだ！ お喋りなばかりに宝玉を失った。その腹いせだ。宝玉の中には男が一人まじっていた。宝玉とともに彼は失せ、宝玉とともに復讐される。最後の瞬間にもハーゲンから宝物のありかを聞き出そうとした。クリエムヒルトを打ち殺させた詩人をぼくは是とする、詩人の筆は民の心を踏まえたものだ！」

するとあの女は欲ばりで、絶えず兄から金をせびったのだ、とゲオルクは診断した。

「この点、ギリシャ人はなまぬるい。ヘレナの美貌に免じ、何事も赦している。ぼく個人は、ヘレナがスパルタに戻り、メネラオスのかたわらで、のうのうと眼をきょろつかせているさまを思うたびに、こみ上げてくる怒りを抑えきれないのだ。何ごともなかったかのごとくにだ――十年もの戦争があったというのにだ――選り抜きのギリシャ人たちが次々と斃れていったというのにだ、トロヤが燃え落ちて、パリスが――おのが恋人が――死んだというのにだ。沈黙していたのなら免じもしよう！ 以来、数年を経て――思い出してはのべつまくなく話し続ける。『……わが麗わしの眼《まなこ》のためにもと、戦士たちはトロヤの城壁めがけ突進した』とだ。オデュッセウスが乞食に身を窶《やつ》して、包囲下にあるトロヤに忍びこみ、多くの敵兵を殺した次第を物語る。

『トロヤの女たちは歎き悲しんだ。しかし、わたしの心は笑いころげた。わたしの想いはすでに背いていた。帰心に急《せ》かれ、女神アフロディテがわたしを眩まし、娘を、故郷を捨てよと命じたその蒙昧を嘲笑った。夫婦の床も、花咲く庭も、捨てるに惜しくはないものを』

客を前にしてヘレナは物語った。さらに注目すべきはメネラオスをも同席させていたことだ。のみならず、メネラオスのためにモラルをとり出しさえしている。媚びてとり入る術策だ。過去を贋造して慰めようと図っているのだ。あの頃はパリスの方が素敵だと思っていたの、と下心をたどればこうだ、でもいまはあなただって敗けず劣らず素敵だわ。パリスが死んだという事実はどうなるのか？　女にとっては死んだ者に用はないという訳だ。手許にあるものが素敵というやつだ。すなわちこの種の女の特性を利用して、ヘレナは媚びているのだ」

妻は夫のみすぼらしい身体のことを言いたてたのだ、とゲオルクは考えた。あげく、少しは見よい男と情事《いろごと》と洒落た。その男が死んだのち、元の鞘におさまって、おべっかを使いだしたにちがいない。

「ホーマーはなんとまた見事に女心のからくりを見通していたことか！　あの盲人はわれわれ目明きに幾多のことを教えてくれる！　アフロディテの姦通を思い出してみよ。跛だからというだけでヘファイストスを裏切った。だれと情《なさけ》を通じたか？　アポロとか？　詩人でありヘファイストスと同じ芸術家、煤黒き鍛冶屋にはない美貌をそなえたアポロとか？　それともおぐらき秘密に満ちたハデスとか？　冥府を支配するあの神か？　大海に嵐を呼ぶ荒くれ者のポセイドンとか？　似合いの男だ、アフロディテの生れたのも海なのだから。あるいはそれともヘルメスとか？足音に耳さとく、女の忍び音にも通じており、愛の女神にひけをとらない狡智と手管をかね持ったヘルメスか？　いやいや、彼女が好んだのはほかでもない、アレスだ、筋肉は隆々と盛り上がっていても頭は空っぽ、赤毛の痴れ者、ギリシャの農奴の神にして、精神は欠いていても拳力には恵まれ、野蛮さ以外は不足だらけのあのアレスだった！」

ようやくにして玄関番の登場、とゲオルクは考えた。やつの第二の罪業だ。

「やつは愚かにも網にとびこんできた。ヘファイストスが二人を網にからめとる個所を読む度に、ぼくは喜びのあまり本を閉じ、十度、二十度と、夢中になってホーマーの名前を呼ぶのだ。結末のことも言っとかなくてはなるまい。アレスは辛うじて遁れおおせた、やつは愚者だが、とまれ男である、いささかなりとも羞恥心は持っていた。アフロディテは意気揚々とおのが宮殿と祭壇のあるところ、パフォスに戻った。そこで汚辱を癒やそうというわけだ――神神は網の中の彼女をさんざっぱら笑ったのだから――かくしてアフロディテは念入りに化粧を始めたね！」

ペーターが二人の現場を押さえたとき、とゲオルクは考えた、玄関番は逃げ出したのだ。その頃、やつはまだしも小心で、うろたえたあげく、金持の学者に恐れをなして拳の使用を忘れた。女の方はこれこそ最後の手段と居直って、衣服をかかえ悠々と隣室に赴き、そこで身を着飾った。ジャンや、おまえ、そこにいるのかい？

「きみが何を考えているか、お見通しだね。『オデュッセイア』では話は別だと言うつもりだろう。きみの眼にはありありと、カリュプソとかナオシカとかペネロペといった名前が読みとれる。これらの美貌がどういうたちの代物であるかなら、すぐにでも暴露してやる。詳細に検討されることもなく、ただめんめんと語り継がれてきたばかりなんだな。その前に、チルチェだ、こいつは女だ、男をみんな豚に変えたことを忘れてはならん。カリュプソはその肉体《からだ》で蕩《とろ》かして、七年間もの間オデュッセウスをおのが許にとどめた。オデュッセウスは終日涙にむせびながら、海岸に坐っていた。郷愁に急《せ》かれ、慚愧の念に堪えなかった。夜ごと、カリュプソとベッドをともにしなくてはならなかった、否でも応でもだ、毎夜毎夜だ。オデュッセウスは一緒に寝たくなかった、郷里《くに》に帰りたかった。彼は行動人であり、力と勇気と精神に充ち、頭は明晰で、かつまた古今に比類ない役者であり、それでいて勇士であった。カリュプソは男が泣いているのを見た、彼が何に苦しんでいるか、よく知っていた。無益《むやく》な日々だ、大いに語り、縦横に動く人々の中にいてこそ彼の真骨頂が発揮されようものを。遠く隔り、少壮の時期《とき》を徒費するだけ。カリュプソは離さない、決して離しはしなかっただろう。だがそのとき、ヘルメスが神々の命令を運んできた。オデュッセウスを放免すべしとだ。カリュプソは従わなければならない。残された最後の数時間を悪用して、オデュッセウスを入念に籠絡した。あたし、あんたを離してあげる、とカリュプソは言った、あんたが大好きだし、あんたが可哀そうだから。オデュッセウスはカリュプソの思惑を見抜いていたが、黙っていた。談合の結果、以後永遠に男と愛はカリュプソの意のままたるべしこと、カリュプソは決して老いないこと、この二点が定められた。この約束さえ手に入れれば、カリュプソにとってオデュッセウスなどどうあろう？　遠からぬいずれは、死ぬべき男ではないか。しかも生涯《いのち》の半ばをすでに使いはたした老耄ではないか」

四六時中、妻がペーターにつきまとったのだ、とゲオルクは考えた。夜も、仕事中も、離そうとしなかった。

「ナオシカについてはあまり知られていない。若すぎたのだ。それでもなお、性向の大よそは窺える。オデュッセウスのような男が欲しいとはナオシカの口癖だった。海岸で全裸になっていたオデッュセウスを見たからだ。それで十分、見惚れた。だれであるかは問わなかった。肉体が唯一、選択の規準であった。ペネロペには伝説がある。二十年間、オデュッセウスを待ち続けていたということだ。二十年間は正しいが、待ち続けていた理由となると、伝説の言うところは眉唾物だ。ペネロペが待ったのは、ここぞとばかり押し寄せた求婚者たちからだれを選ぶか、決断がつかなかったからである。オデュッセウスの逞しさが忘れられず、彼以外ではすこぶるもの足りない気がしたからだ。彼女がオデュッセウスを愛していたなどと！　なんというデタラメだ！　オデュッセウスの、老いて、よぼよぼの愛犬は物乞いしながらようようのことで主人の許にたどりつき、オデュッセウスをひと目見るやいなや、喜びのあまり死んだ。ペネロペの方は頓着なしに嬉々として生きた。夜、寝る前に泣いていただけ。初めはオデュッセウスに焦れてだ、逞しくてとっても強い男だった。やがて泣くのは習慣となり、なくてはすまぬ催眠剤となった。球葱を手にとる代りにオデュッセウスとの印象を握りしめ、号泣しながら眠りこけた。家政婦のエウリクレイアは心やさしく勤勉な老婆であった。そでにされた男どもや、かれらに捨てられた娘たちを見ていたので、ペネロペの姿に喝采を叫んだ！　侮辱されたのはオデュッセウス当人であるからには、彼こそ容赦なくエウリクレイアを叱責しなくてはならぬ！」

ペネロペやエウリクレイアにかこつけて、家事一般に対する憎悪を述べている、とゲオルクは考えた。あの女は元来、家政婦であった。

「ホーマーのもっとも貴重で、もっとも個性的な遺産として、ぼくはアガメムノンがオデュッセウスに語りかけたことばを挙げたい。アガメムノンだ、黄泉《よみ》のくすんだ青い影だ、おのが妻に殺戮されたあのアガメムノンだ。

『よいか、ゆめゆめ妻に心を許すな。知るところをば語り尽くすな。これは言ってもあれは語らず胸に納めておけ……舳先《へさき》を父たちの国へと向けよ。忍びやかにだ、妻の眼をかすめてだ。女とはさても信と誠のうすき者ゆえ』

ギリシャの女神たちの本性は冷酷無残の一語に尽きると指摘できよう。神々は一般にもっと人間的だ。ヘラクレスほどに無慈悲に生誕させられた者がいようか？　母親ヘラは生みの苦しみなしですませたではないか。ヘラクレスがやっと死に、その死をまでも地獄の業火と変える恐るべき女どもの手から逃れたせつな、ヘラは詭計を弄して彼を不死の者と仕立て上げた。すなわち神々は彼の労苦に報いようとしていたのであり、仮借ないヘラの憎悪にいたたまれず、適当な代償として不死を与える妥協をした。ヘラは褒賞の中に女を一人忍ばせていた。おのが娘へーベと番《つが》わせたのだ。神々は誇り高い。眷属の一人を妻とするのを幸運と考える。ヘラクレスにはどうしようもなかったのだ。へーベが獅子であったら、彼はその棍棒で打ち殺していただろう。ところがそれは女神であった。微笑《えみ》を浮かべ、受けた。危難づくめの生涯を終えたあげくがどうだ？　永遠の夫婦生活に陥《おと》しこまれた！　オリンポス山における果てしのない共棲だ。青い空の下、目をやればただ青い海が……」

なるほど、分った、兄が一番恐れているのは夫婦関係が解消できないことだ。女に離婚を承知させればすもうものを。これをもって兄への返礼としよう。ペーターは息をつぎ、凝乎と眼を虚空に据えた。

「実を言うと」と、口ごもりながら話を続けた。「ぼくは眼の幻覚に苦しんでいる。いま一心にエーゲ海を思い描いていたところだ。海の青は緑色に押されて映じてこない。これは何か重要な意味を持ってやしないかね？　きみはどう思う？」

「なんてことを言いだすんだ！　きみはヒポコンデリー患者だぜ。海はさまざまの色に変化するものさ。なかんずく愉しいきみの思い出が緑の色調をおびているということだね。ぼくにも似た体験がある。暗い日の嵐の寸前《まえ》、不吉に緑にもやったあの色合いが大好きだ」

「緑よりも青色の方がはるか不吉だと思うがね」

「ぼくの経験によると、個々の色との関係は人により種々さまざまだ。一般的に言って青色は楽しい色である。フラ・アンジェリコの絵に見られる、あの単純な、子供っぽい青色を思ってみ給え！」

ペーターは再び黙った。突如、ゲオルクの袖を引き寄せて、言った。「絵についてならばどうかね、ミケランジェロをどう思うかね？」

「どうしてまた急にミケランジェロなんて言いだすの？」

「システィナ礼拝堂の天井画のちょうど中央、アダムの肋骨からエヴァが創造されるところがある。順調に始まった万物創造の作業を一挙に拙劣なものと化したこの過程の描写は、アダムの創造や原罪としての堕落よりもはるか小さな面積しか占めていない。矮小な型に応じて内容も憫笑を誘うていのものだ。男性の肋《あばら》より、もっとも品質の悪い骨一本がとり去られ、結果、両性に分岐した。その一方はたかだか他方の破片でしかないのである。しかしながら、この些細な事件は創造の中心に位置している。アダムは眠っている。眠ってさえいなかったら肋骨は大事に抱えこんでいたはずだ。ついうかうかと相手を欲しいと念じたばかりに、かかる運命を背負いこんだとは！　神の好意もアダムの創造とともに尽きていた。以来、神はアダムをおのが創造物としてではなく、さながら見知らぬ者のように扱っている。流れる雲よりもはるかとりとめのないことばと気分とを与えて報い、永遠に気まぐれを担い続けるようにしむけた。アダムの気まぐれから人間の性欲が生じた。アダムは眠っている。神は——この善なる父は——皮肉な微笑を浮かべつつ、こっそりとアダムからエヴァを抽出した。女は片足で地上に立った。もう一方の足はなおまだアダムの脇腹にあった。ひざまずくより早くすでに手を揉んでいた。その口はお追従《べっか》をつぶやいていた。神の国のお追従とは祈りのことだ。必要もないのにいち早く祈りを覚えこんでいた。それほど抜け目ないのだ。アダムが眠っている間に、大忙ぎで創造物のうち、できのよいのをわがものとしてとりこんだ。エヴァの本能は鋭いのだ、早速神の虚栄心に感づいていた。神そのひとと同様にその虚栄心もまた壮大だ。創造作業にとりかかるたびに身なりを変える。一つ終えるごとに衣服をとり換えた。このときはゆったりと足まで流れる外套に身を包み、エヴァをしげしげと眺めた。美貌には目をやらない。神は到るところ、ただおのれ自身を見るだけなのだから。帰服の誓いを受け入れた。エヴァの動作は下卑て、猥雑であった。最初の瞬間から計算していたのだ。エヴァは全裸《はだか》であったが、広やかな外套を着こんだ神の前にいて恥じなかった。恥じるのは誘《いざな》いが失敗に終ったときだ。アダムはまるで同衾《ともね》のあとのようにぐったりと足元に横たわっていた。彼の眠りは浅い。神に与えられた悲哀を夢に見ていた。けだし女に対する不安こそ人類の最初の夢の原因であったのである。アダムが目覚めたとき、残酷にも神は二人を二人きりにしてその場を去った。エヴァはアダムの前にひざまずき、神に対するときそっくりに手を組み合わせ、口には同じくお追従を、眼には貞淑を漂わせ、心を征服欲でたぎらせながら、アダムを二度と手離さないために、これを罪にと誘惑した。アダムは神よりも寛大であった。神は創造をつかさどるおのれをいとおしむのみであったが、アダムはエヴァを愛した、この第二の者、いま一人の者、この悪、この不幸を。アダムはエヴァの乞いに応じてその高慢の肋を一本、とって与えた。そして与えたことを忘れた。一本が二本となる次第は火を見るよりも明らかだ。未来永劫、悲惨ばかりが脹らむだろう！」

　気まぐれ、一時の昂揚に引きずられ結婚する羽目に陥った、とゲオルクは考えた。意志に反して結婚したのだ。その自分を赦さない。定言的命令《カテゴーリッシャー・インペラティーフ》を信じて神を信じないおのれに苛立っている。神さえ信じられたら、すべてを神のせいにできるのに。システィナ礼拝堂の天井を見上げたのも、神を信じるよすがともしたかったからだ。他に適当な聖書の神が造形芸術のどこにある。神を必要としている。それもあからさまに罵るためだ。ゲオルクはなるたけ自分の考えと縁遠い、つなぎのことばを口にした。

「どうして未来永劫にだね？　つい最前は性を超越した白蟻について語っていたはずだ。つまり性は絶対的な悪でもなければ、いかんともしがたい悪とも言えなかろうさ」

「いいや、白蟻族の愛の騒擾同様に奇蹟に等しい。ぼくの蔵書の炎上と同じくあり得んことだ、論外だ、考えられん、まったくの妄想だ、比類のないものに対する無類の冒瀆だ、下卑下賤、俗悪そのもの、冗談にもきみが口にしてはならないことだ、仮定にせよおよそ思ってはならないことだ、分るだろう、ぼくは狂ってなんぞいない、参ってなんぞいない、ぼくはいろんなことをしてきた、興奮は恥辱ではない、どうしてぼくを嘲るんだ、ぼくの記憶は正確だ、自分がなしたいところをとくと承知している、しっかり自分を摑んでいる、何故か、一度結婚したからだ、一度たりとも恋愛沙汰をひき起こしたことはない、愛のためにきみは一体全体何をやらかしたか、愛とは癩病のこと、病気の謂だ、真一文字に蔓延する、二度も三度も結婚する者がいる、ぼくはそんな徒輩《やから》と係わりがない、きみはぼくを侮辱した、言ってはならないことだったのだ、気狂いなら口にするやもしれぬセリフだ、ぼくはぼくの蔵書に火をつけたりはしない、まだ言い張るなら身じたくしろ、お気に入りの白痴どもの巣に戻れ、きみの頭はどこにあるんだ、ハイとアーメンで答えればいいんだ！　きみ本来の考えは一つとして聞かされなかった、きみはお喋り屋にすぎん、なんでも知っていると思ってやがる！　きみの腐った考えを嗅ぎつけたぞ、悪臭ぷんぷんだ、こいつ、狂ってやがるときみは思っているんだ、女を罵るから狂っているというわけだ、ぼくだけじゃないぞ！　そいつを証明してやる！　その汚ならしい考えはしまっておけ！　きみに読み書きを教えたのはぼくだ、きみは低能だった、中国語さえできない、ぼくはきっぱり離婚する、名誉を回復する、妻がいなくても離婚はできる、墓の中で仰天するぞ、いやいや、墓の中にいるわけがない、墓などに価しない、地獄こそふさわしい！　どうして地獄がないのだ？　地獄をこさえなくちゃならん、女用だ、それと、きみみたいに外套を追いかけ廻すやつ用だ、ぼくのことばは徹頭徹尾本当だ！　ぼくは真面目な人間だ、きみは帰れ、心配など余計なことだ、ぼくは一人っきりだ、ぼくの頭はここにある、自分の心配は自分でできる、きみに書物を贈与するなどまっぴらだ、それくらいなら火をつけて燃やすだろう、きみはぼくより先に死ぬ、もう朽ち果てている、卑しい生活のせいだ、おのれの話しぶりをおのれで聞いてみるがいい、へなへなと長ったらしい泣きごとばかりだ、丁寧なだけだ、きみは女だ、エヴァみたいなやつだ、しかしぼくは神ではない、誘いかけても成功せんぞ！　女っぽさを振り捨てろ！　そうすればやっと人間になるだろう、惨めな穢い生物《いきもの》め！　哀れを催す代物だ、ぼくがきみになり換わらなくてはならないならば、ぼくはどうするか？　なり換わってはならん、しかし、なり換わらなくてはならないとしたらだ、それしか術《すべ》がなかったならだ、自然の法則に慈悲の眼がなかったならばだ——ぼくには策がある、きみの瘋癲院に火を放つ、まっ赤に燃え上がらせる、患者もろともだ、ぼくもろともだ、しかしぼくの蔵書は火に染めない！　書物は狂人よりも値打ちがある、書物は人間よりも値打ちがある、これがきみには分らない、きみはお道化だからだ、拍手されないではいられないからだ、書物は黙している、語るが同時に沈黙している、これは素晴らしいことだ、書物は語る、それをきみは無作法にあわただしく耳にするのだ、ぼくの蔵書を見せてやる、いまじゃない、あとでだ、忌まわしい想像を謝罪しろ、さもないときみを放り出す！」

ゲオルクは口を挟まなかった。一部始終を聞きたかった。ペーターの早口と興奮のさまでは、どんなに手を尽くしても、とめられなかったはずだ。ペーターは立ち上がった。書物に話が及ぶやいなや、身振りは大きく、確固としてきた。ゲオルクは比喩に持ち出した想像を後悔した。相手の神経を考えず、白蟻と、その幸運にも性の区別のない事情を色どるために、そして兄の思いをこの方角に導くために、つい軽率に口にした。兄は書物に火を放つかもしれないという思いつきが、火よりも激しく彼を燃え立たせた。これほど熱烈に兄は書物を愛している。人間にも代るものなのだ。このような苦しみを与えるべきではなかったろう。ともあれ無駄ではなかった。ようやくにして妻からの治療法が見つかった、薬物よりも確実なもの、おびただしい愛情だ、憎悪に対抗させ、これを打ち敗かし、消失させる。ほんの想像上の危険にも、敢然として守ろうとした書物、これは生きのびる価値がある。妻を直ちに、しかも荒だてることなく放逐しなくては、とゲオルクは考えた、玄関番もろともだ、すべて、妻を思い出させるすべてを住居から遠去ける、蔵書は安全な場所に確保すること、兄の金銭関係を清算する、大した貯えもあるまい、無一文に近いかもしれぬ、書物の心臓部に主人を据えよ、日がな一日、なじみの愛に埋もれた生活だ、継続中の仕事に戻る、虫喰い資料の虫干し作業だ、無邪気にも嬉々として没頭する。半年後、もう一度訪ねてこよう。このささやかな義理は欠かせまい、実の兄であり、噴飯《ふんぱん》もののその仕事を軽蔑しているにもかかわらずだ。結婚の事情については必要とするすべてを聞きとった。客観的そのものの自分の判定は、水よりもなお澄みきっている。ともあれ、まずペーターを落ち着かせなくてはならない。おのが憎悪を神話上か、もしくは歴史上の女の背後にひそめているとき、彼は一等落ち着いている。記憶力の防塁の中にいるとき、上階《うえ》の妻から安全だと感じるのだ。あいつはよもやこれには答えられまいというわけである。そもそも兄は小心翼々たる人物なのだ。憎悪に少しばかり元気づけられるありさまだ。少々の憎しみを残しておく方が、のちの仕事のために有益かもしれぬ。「話を切ったね、まだもっと語るべき大事なことがあるはずだ」おだやかに期待を含めながら、ペーターの不意の中断にことばを添えた。真情あふれた誘いかけに、憤激の腰を折られてペーターは再び坐りこみ、一心不乱に話の糸口を探し求めて、ほどなくそれを見出した。

「白蟻族の騒擾同様に奇蹟に等しく、ぼくの蔵書の炎上があり得ないことそのままに、システィナ礼拝堂の天井画の破壊はミケランジェロをもってしても不可能であったはずだ。さぞかし彼はさある気狂いの法王の命を受け、多年の労苦には目をつむり、人物像にあれこれと塗りたくったり殺《そ》ぎ落としたりしたであろうが、しかしエヴァは、あのエヴァだけは幾多の法王の衛兵の監視の中でも守り抜いたことだろう。あれこそミケランジェロの遺言であるからだ」

「きみは偉大な芸術家の遺言を嗅ぎとる鋭い鼻を持ってるね。ホーマーや聖書のみならず、歴史もまたきみの説の正しいことを証明している。しかしエヴァやダリラやクリテムネストラや、それに放埒な本性を見事きみが暴いてくれたペネロペは暫く脇に置くとしよう。なるほど適切な選択だし、とびきりの例証だけど、はたして実在した人物かどうかすこぶる疑わしいじゃないか。われわれ歴史の愛好者にとっては、クレオパトラといった人物の方がはるかに示唆深いと言えまいかね?」

「ふむ——ど忘れしていた、まだそこまで話を進めていなかったのだ。結構、先刻の連中はお預けとする! きみはぼくほど徹底していないんだ。クレオパトラはおのが姉妹を殺させた——女はすべて同性を眼の敵とするものだ。クレオパトラはまたアントニウスを偽った——女は常に男性を偽るものだ。クレオパトラはアントニウスと、ローマのアジアにおける属領とをおのれの贅《ぜい》を競うために利用した——女はことごとくおのが愛のため、つまりは贅沢のために生れ、かつ死ぬものだ。クレオパトラは危機の最初の一瞬にアントニウスを裏切った。自分は身を火に投じて死ぬと説きたてた。その間にアントニウスは自殺した。クレオパトラは身を投じない。しかし喪服はたずさえていた。よく似合うからだ。それでもってオクタヴィアヌスを籠絡しようと図ったのだ。オクタヴィアヌスは利口であった。すなわち彼は眼を伏せた。彼は決してクレオパトラを見なかったとぼくは断言する。この狡猾な若者は甲冑を身体におびていた。そうでなければクレオパトラはおのが肌を存分に利用したところだ。アントニウスの霊魂が未だ昇天途上というのに、早くも次の男にしなだれかかっていたはずだ。このオクタヴィアヌスはなんとまた素晴らしい男であるか！　肌は甲冑で守り、眼はしっかと伏せおおせた！　クレオパトラの甘言を聞く耳など当然持たなかったはずであるが、この点、彼がオデュッセウス同様に耳栓をしたかどうかとなると、ぼくはいささかの疑いを抱かざるを得ないのだ。とまれクレオパトラにとって残る攻略の道は鼻だけであるが、オクタヴィアヌスは鼻に関しては悠然たるものであった。おそらく彼の嗅覚は幸いにも発育不全であったものと思われる。これぞ男だ、男の中の男と言える、なんと素晴らしい男ではないか！　シーザーはクレオパトラの軍門に下ったが、オクタヴィアヌスは毅然として守り抜いた。両者に歳月の隔りがあり、クレオパトラは齢を増した結果、さらに危険に、換言すれば、さらに執拗になっていたというのにだ」

　年齢の点でも、兄は妻に恨みを抱いているのだ、とゲオルクは考えた。もっともである。依然として静聴の姿勢を崩さなかった。歴史上の事実であれ、単なる伝説であれ、女の悪行はためになる。哲学者は信憑性に乏しいことをあげつらうであろうけれど、ペーターの引用は頼りになるし、靴屋さながらの語り口に輪郭がくっきりと浮かび出る。かつての、すなわち偽りの記憶に係わる多くの個所が訂正されていた。常に学ぶことだ、相手が雑学者《ペダント》であろうと厭わぬことだ。数多《あまた》の事柄がゲオルクにとっては耳新しいものであった。「女は雑草である」と聖トマス・フォン・アクィナスは述べた。「速やかに生い育つのみ、人間として未完の者だ。肉体《みき》がいと早く成熟に達するというのも、価値うすきものであり、自然の配慮がより少なきものだからである」そして近代最初の共産主義者トーマス・モアは、そのユートピアの婚姻法をどこで論じているか？　奴隷制と犯罪の章においてである！　フン族の王アッチラは麗わしきイタリアの大半を焼き打ちにし、破壊したが、彼をそもそもイタリアに呼んだ者は女であった。ローマ国王の妹、ホノリアだ。これがおのれの故里に呼びこんだのだ。数年後、みまかりし国王の寡婦エウドキシアはおのが夫の殺人者と結婚し、ヴェンダル人を入れ、永遠の都を蹂躙せしめたのだ。かの有名な五世紀ローマの壊滅は、義妹のフン族侵入におけるがごとく、けだし、この女のせいであった。

次第にペーターの興奮は収まった。順次落ち着きをとり戻し、戦慄すべき蛮行をさりげなく語り明かした。資料が憎悪を越えて広がっていった。彼の第一の特性である正確好きそのままに、遺漏なきように、時代区分、民族区分、思想家群の分割を設けた。一時間前であれば、メッサリナはおよそ似ても似つかぬ姿で登場したであろうが、ここに到ってジュヴナールの数行の引用つきで、まずは穏和に通過した。黒人種属さまざまの神話でさえ、女性蔑視の甘汁にたっぷり浸って現れた。ペーターは同国人をも容赦せず、見つけ次第に引き出してきた。但し無学文盲の徒に関しては、女をたっとぶ者であれ、その愚を哀れむのみにとどめた。

ゲオルクはかすかな記憶力の狭間を利用し、依然期待の念は含ませながらも、うやうやしく口を挟んで、食事の時刻であることに注意を喚起した。ペーターは同意し、屋外において食事をとる方を好むと告げた。小部屋には倦んだのである。二人はすぐ近くのレストランに出かけた。ゲオルクは側面から睨みつける眼を感じていた。一口食べようとしたせつな、ペーターは女即ハイエナ論を説きだした。しかし論議は直ちに沈黙にとって代られた。ゲオルクもまた沈黙した。数分間、ことばのきざしは途断えていた。食堂ではペーターは法外な空間を占めていた。弓なり一杯に屈みこみ、背後の婦人に背中をさしつける形態を維持していたのである。このときいま一人、さらに年長で眼の敏捷な女が入ってきた。ペーターさえも眺めやってから、男の緊張度が望み通りの程度であると確かめて、骸骨には触れずに過ぎた。実直な面持ちの勘定給仕は、ゲオルクを飢えきった乞食をお伴のお大尽と判断し、空皿をとり上げ、乞食には軽くうなずき、二種の料理を推賞した。こちらには滋養分豊かな一皿、そちら様にはとびきりの一品料理。突如ペーターは立ち上がり、言い放った。「ここを出よう！」給仕は非常に残念がった。おのが不手際と考え、一心に世辞をふりまいた。ゲオルクは大いに心を打たれた。釈明なしに二人は店を出た。「淫婦に気がついたか？」外に出てペーターは尋ねた。「ああ」「あいつはぼくを窺い見た。ぼくをだ！　ぼくは犯罪人ではない、窺い見るとはなんという厚顔だ！　ぼくは自分の行動すべてにわたって責任をとれるとも！」

ゲオルクは次のレストランでは小室を借り受けた。食事中、ペーターは一時休止の状態にあった講演を再開した。

ゆっくりと単調に語り継いだ。眼は油断なく、弟が聞いているかどうかを検分していた。ペーターは通俗に陥《お》ち、ありきたりの史譚に堕していた。口調はまのびしてきた。区切りの間にうたた寝が挾まった。やがて、ことばとことばの間に数分間の空隙が生じてきた。ゲオルクはシャンパンを注文した。早く話せば、それだけ早く納まるのではないかね？　それに、もしあるならばのことではあるが、最後の秘密を聞き出そう。ペーターはシャンパンを否んだ。アルコールを嫌悪すると。だがそのあと飲んだ。否み続けて何か隠すつもりではないかとゲオルクは怪しんでいた。隠さねばならぬものは何一つない。自分は真実そのものだ。自分の不幸はこの至烈な真実愛に根ざしている。ペーターは続けさまに飲みほした。知識の射程が延長した。歴史上の殺人事件に関する驚嘆すべき知識のほどを証明した。夫による妻の抹殺権を熱心に主張した。彼の演説は法廷におき、何故に被告が悪魔のような妻を殺害せざるを得なかったかと、縷々説きたてる弁護人の口調に移った。被害者の悪魔性はその淫猥な生活様式よりして明瞭であります。さらにまたその挑撥的な衣服よりして、数字を偽るのを常としたその齢よりして、貧弱な語彙より洩れくるその俗悪なことばよりして、そしてなかんずく恐るべき打擲に堕することしばしばの、その攻撃性よりして明々白々であります。かくのごとき妻を殺害せざる男性がはたしてこの世に存在しましょうか？　こういった議論をペーターは悠揚迫らず、語調はきわめて峻烈に展開した。語り終えるや、本物の弁護人そっくり、大きく息ついて顎を撫で廻した。そして次にはごくありきたりの女房殺しの判例を引き出し、殺人者たちの弁護にとりかかった。

当の兄の場合に係わる耳新しい情報をゲオルクは聞くことができなかった。アルコールをものともせず、自分に関するペーターの見解は正確であった。衒学的な頭脳の傷は癒えるのも早い。正確の点では終始増減の変化がない。このような症例こそ、唯一ゲオルクの好むところではなかったのである。症例とさえ言えないではないか。無味乾燥な当人が嬉々としてその当人のままに変化しないとは、どう見てもいただけぬ。ペーターは想像力の欠乏そのもの、なんという代物だ！　鉛の頭脳だ。活字で一杯、冷く、重いだけ。技術的な見地より言えば奇蹟と名づけ得ようかもしれぬ。だが現代のこの技術の時代に奇蹟などがあるものか？　一人の言語学者が心気昂揚のあげく渾身の力で摑んだ思想が、おのれの妻の殺害に係わるていのものだとは。とまれ察するに、その妻は奇怪な人物に相違ない、言語学者よりほぼ二十歳は年長、陰険な写し絵さながらに瓜二つ、一方が大詩人のテキストと係わり合っているのに対し、他方は生身の人間を巡っているの相違にすぎない。もし言語学者が妻殺しをなおよく断行の暁には、つまるところ、振りかざした手を最後の瞬間に戻すことなく、真一文字に打ち下ろすならば、そして殺人による自滅を厭わず、校訂本や原稿や書物や、その乏しい魂に宿ったすべてを復讐のために犠牲とするならば——それならば、けだし見事の一語に尽きる！　だがことはそのようには運ばない。先にまず弟に電報を打つ。助けてくれ、手を貸してくれ、妻殺しから守ってくれと。なお三十年生きて、仕事をする。年代記に第一等の星として首尾よく納まる雲行きだ。年報に中国学者の項を繰る孫たちは——孫とていずれ生れてこよう——ペーター某の名前を見つけるにちがいない。ゲオルクと当然あるべきものをとり換えるべきではないか。五十年後、中国政府は彫像建立をもって言語学者の労に報いる。子供たち、可愛らしく、やさしいあの生物《いきもの》たち、斜《はす》かいの眼と張りきった肌のあの者たちは（かれらが笑うとき、堅牢な家屋もゆらぎだす）彼の名にちなんでつけられた通りで戯れる。子供たちの眼には（子供とは一束《いっそく》の謎である、子供自体が、子供にまつわるなべてのことが。）彼の名前の綴り字が秘密と映る。やがてはその名前の伝えられた人物を、齢を増すうちに次第に知りそめ、学び、理解し、愛するようになる。謎が遂には自明のこととなるのだ。通りの名前のそのひとが、その実、いかな代物であったか知らずにすごせるとはなんという幸運か！　しかり、知らざる者こそ幸いなるかな！

午後直ちにゲオルクは言語学者をホテルに伴い、ここで憩《やす》むようにと指示を与えた。その間、自分は家の事態を解決しよう。

「住居を洗浄するつもりだな」とペーターは言った。

「うん、そうとも言える」

「強烈な悪臭にたまげるな」

ゲオルクは微笑んだ。卑劣漢は廻りくどい表現を好むものだ。「鼻をつまんでおく」

「しかし眼は開けておけ！　亡霊が見えるかもしれん」

「亡霊なんていやしないさ」

「しかし何かはいるはずだ。あとで教えてくれ給え！」

「分った、分った」なんて下手な洒落だろう！

「頼みがあるんだがね」

「と言うと？」

「玄関番と口をきかないで欲しいんだ！　あれは危険だ、きみに乱暴するだろう。きみがひとことでも言って、それがやつの気に入らなかったら、すぐさま殴りかかってくる。ぼくのためにきみを痛い目に会わせたくないんだ。きみのありとある骨をこなみじんにする。毎日、乞食を外に放り出すんだ、さんざ殴りつけたあげくにだ。きみにはあいつが分っていない。決して係わり合いにならないと約束してくれ！　あいつは大嘘つきだ、あいつの言うことなんか、ひとことたりとも信んじてはならん！」

「そのことは最前《まえ》にも一度聞いたと思うがね」

「いいか、約束してくれるだろうね！」

「いいとも、いいとも」

「きみには何もしかけなくても、きっとあとでぼくをいじめるんだ」

兄は早くも孤独に戻った頃のことを予想して、怯えている。「なんとしても、あやつを家から遠去けよう」

「本当かい？」ペーターは笑った。知る限り、初めての笑いであった。彼はポケットから皺くちゃの札束をとりだし、ゲオルクに渡した。「やつは金を欲しがるにちがいない」

「それはきみの全財産じゃないのかね？」

「ああ。残りは上階《うえ》だ、もっと高貴な姿で居並んでいる」

最後のことばにゲオルクはあやうく気を悪くするところであった。なかなかの多額であった父の遺産の半分は死せる書物に姿を変え、残りの半分は瘋癲院に落ち着いた。どちらがより有益に投じられたと言えようか？　別口として他にも貯えがあると、その返答をペーターに期待していた。今後、生涯にわたって兄を養わなくてはならないから口惜しいというのではない。ゲオルクはひとりごちた、この貧乏が忌まわしい、ここに費す金があれば、いま以上にどれだけ多くの患者を癒やすことができるであろう。

ペーターを一人残した。通りに出てハンカチで手を拭った。ついで額をと考え、手をもたげたが、とたん、兄の同様の仕草を思い出した。手は速やかに落下した。

住居のドアを前にしたとき、叫び声を聞きつけた。足音がかしましい。これきしが何あろう。手っとり早く片づける。かん高い呼鈴に女が扉を開けた。泣いた眼であった。

今朝と同じく奇体な外套を着こんでいた。

「ようこそ、弟様！」金切声で迎えた。「あのひと、卑怯よ！　書物《ほん》を質入れしたわ。あたしにどうしようがあって？　こんどはあたしを告訴するつもりよ、そんなことってない、ほんと、どこにもないわ！　あたし、ちゃんとした主婦よ！」

ゲオルクは優雅な身のこなしで女房を部屋に案内した。片腕をさし出すや、女はすばやくとりついてきた。兄の書卓の前で椅子をすすめ、女のためにそれをわざわざ引き寄せさえもした。

「どうぞお楽になさってください！」ゲオルクはことばをかけた。「気づまりなどお感じにならんでしょうな！　あなたのような御婦人なら抱きかかえて参りたいところでしたが、残念、わたしとて女房持ちでして。あなたは御自分でお仕事をなさるべきですよ。まったく、事業にうってつけ、もったいない話です。ところであちらにはだれもおられんでしょうな？」ゲオルクは境のドアに赴き、把手をゆさぶった。「錠がかかっておる、結構です。どうかあちらのドアも閉めてください！」

女は従った。ゲオルクはこの場で直ちに、おのれを主人《あるじ》に、女主人を客人に変えるすべを心得ていた。

「あなたってひとは、わたしの兄にはすぎた方です。わたしは兄と話してきましたがね。彼とはお別れになるべきですよ！　兄はあなたが二度も姦通をなさったと言いたてましてね、この廉で訴えると意気まいておりましたよ。つまり、何もかも承知しておるんですな。わたしはいさめて参りましたがね。ああいう男が夫なら、どんな御婦人でも浮気したくなりますよ。兄はまともな男とは言えませんからな。しかしです、離婚の際、あなたに咎があるとやりこめるなど、兄には朝飯前のことでしょうよ。あなたは空手《からて》でお出にならなくちゃあならない。さんざっぱら兄のような性《たち》の悪い夫に苦しめられたあげくにです。なに、あれがどんな人間であるか、弟ですからな、とっくり知っておりますよ、まったく、あげくのはてが何にもなしとはです、ひどい話ですよ。あなたは御自分の老後を貧しく、寂しくお過ごしにならねばならん。あなたのような非のうちどころのない主婦がです。そのお若さでは優にまだ三十年はお生きになりましょう。一体、おいくつです？　せいぜいのところが四十歳、ぴったりでしょう。兄はひそかに告訴をすでに終えていましてね。しかし、わたしはあなたの味方をしたい。あなたが気に入りました。直ちにここからお出なさい。兄はあなたをもはや目にしないとなると、悪いようにはいたしますまい。わたしはあなたのため、この街の向こうの郊外《はずれ》に牛乳店を買って進ぜましょう。必要な資金を失礼ながら提供させていただきたい。しかしながら、一つ条件つきです。つまり、あなたに今後ともこれを守ってもらえない場合には、提供した資金を返却していただかなければなりません。この旨を含んだ契約書に署名して欲しいのですがね。すめば安んじてお出になってよろしいのです。兄はあなたを拘禁させるつもりですよ。法的には正当でしてね。まったく法律とは不当なものです。消失した少数の書物のために、あなたほどの御婦人がかほどの辛酸を嘗められなくてはならないとはです、まったく我慢なりませんよ。わたしが結婚さえしていなければです！　お赦しください、奥様、あなたの義弟といたしまして、お手にキスさせていただきたいのですが。ついてはどのような書物が失せているか、正確に申してください。補充の方はわたしが引き受けていたしましょう。さもないと兄は告訴をとり下げんでしょうからね。あれは冷酷な人間ですよ。今後は一人っきりで放っておけばよろしい。さぞかし前非を悔いますよ。だれにもかまってもらえない。いい気味です。それでまた馬鹿なことをしでかしたら、そのときはまったくおのれのせいです。いまは何もかもあなたの咎にしておりますがね。玄関番は解雇いたします。あの男はあなたに無礼を働きました。今日以後、彼はどこか別の住居に働き口を求めねばなりません。あなたはそのうち、再婚なさるでしょう。あなたの新しい御商売は噂の種となりましょうな。羨望の的です。ひきもきらずの求婚者の列です。あなたには妻として必要なすべてがそなわっている。何一つ欠けておりません。どうかお疑いになりませんように！　わたしは誠実な人間です。だれが今日、あなたのように清潔第一の心がけを持っておりましょう？　その外套は珍しいものですね。それにそのお眼！　その若さ！　なんと小さなお唇です！　繰り返しますが、もしわたしが結婚していないなら——きっとあなたを誘って、まっしぐらに罪の世界に堕ちたことでしょう。しかし兄の奥様に対しては敬意を失ってはなりません。でくの坊の兄の様子を見るため、この次こちらにやってくるとき、どうかあなたを牛乳店に訪問することを許していただきたい。そのときには、もはやあなたはわが兄の奥様ではありません。心の赴くままに時間を過ごすのも、われわれの当然の権利ではありませんか」

ゲオルクは情熱をこめて語った。一語一語が計算通りの効果を発揮していた。女は顔色を変えた。彼は一息入れて、待った。これほど贋物《まがもの》のパストをこめたことはついぞなかった。女はじっと押し黙っている。ゲオルクは沈黙が駄目押しに打ちのめしたことを了解した。かくも見事に口説いた。女は惨めな一語が口から洩れやしないかと恐れている。両眼は飛び出さんばかり、初めは不安から、やがては愛に迫《せ》かれてである。耳は、こいつ、雌犬ではあるまいが尖っていた。口から涎が流れ出た。腰かけている椅子がきしみ、喜ばしげに流行歌を歌っていた。両掌を盃の形に丸め、まっすぐ彼に突き出した。女は唇と掌で飲んでいるのだ。ゲオルクがその手にキスをしたとき、盃は崩れ、唇は喘いだ。もっと、もっと、もっとして、と。ゲオルクは嫌悪を呑みこみ、手に再度キスをほどこした。女は慄えた。興奮が全身に這い広がった。もし抱擁しようものなら、失神したにちがいない。心の赴くままを告げた最後のセリフを言い終えたのち、ゲオルクは聳立の姿勢を堅持した。手と腕の大部分は宣誓するかに胸につけられていた。あたし、貯金通帳を持っている、と女は言った。書物が失せたなんてことはない、質札はちゃんと持っている。奇妙に、不器用に身体をねじった。無恥な女の恥じらいである。どこにポケットがあるのやら、外套から厚い質札の束をとり出した。貯金通帳も欲しい？　あたしの愛の贈物。ゲオルクは辞退した。同じくその愛の故に受けとれない。拒んでいる間にも、女は言った。ほんと、当然のひとに渡すだけだわ。彼が受けとるよりも前く、女は贈物を後悔した。この次訪ねてきてくれたとき、あたし、あなたの妻よ。口数少なく語るにつれて、彼女は再び落ち着いてきた。だがゲオルクが口を開くやいなや、あらためて女は彼の掌中にあった。

半時間のち、ゲオルクは女を従えて、玄関番を訊問していた。「わたしが何者であるか、御存知ないとみえますな！」ゲオルクはわめいた。「パリの警視総監ですぞ、平服で参っておる！　わたしがひとこと言いさえすればこちらの警視総監はだ、わたしの友人であるが、直ちにこの女を逮捕するであろう！　またあなたの年金没収は必定だ。あなたが何により、良心の呵責に苦しんでいるものか、わたしはそっくり承知しておる。この質札を見給え！　もう一つのことについては、いまは語らずにおく。あなたも黙っている方が身のためだ！　わたしはすべて見通しておる。あなたは猫を被った人物だ。あなたのような手合に対し、常々わたしは容赦しないのだ。わが友、こちらの警視総監に依頼し、綱紀粛正の触れを出していただく。あなたはここを去るべしだ！　明朝なおうろついていようものなら、どのような目にあうか！　あなたはとんだ下種野郎《げす》だ！　直ちに荷物をとりまとめ給え！　只今は戒告のみにとどめるが、根こぎにするなどわたしには造作もないのだ！　あなたは一体、自分が何をしたのか分っておるのかね？　巷にはとっくに知れ渡っているというのにだ！」

ベネディクト・ファッフ、この赤毛の乱暴者は筋肉を収め、ひざまずき、手を合わせて警視総監殿に赦しを乞うた。娘はもともと病気だった。手を添えずともいずれ自分から死んでいたはずである。なにとぞいまの職務から解かないで欲しい。ただ覗き穴を持っているだけ、あとはまったくの無一文である。せめて二、三人、乞食をこちらに遣《や》っていただきたい、だれ一人として参らない現状である！この家の住人は自分をこよなく愛している。なんという不運！　なんという自分のうかつさ加減！　教授《せんせい》が警視総監の弟御様を持っていようひととは到底見えなかった。おっしゃってくだされば駅までお迎えにあがりましたのに！

神も御照覧あれ。失礼御免なこうむって、立ち上がらせていただきましょう。

赤毛は高官に対するおのが敬意の表現にすこぶる満足し、立ち上がるや総監に親しくまばたきをした。ゲオルクは心をゆるめなかった。具体的な詰問に移った。ファッフは翌日にもみずから出向いて、質入れした書物を請け出してくると誓約した。現在の職場は諦めざるを得ないところに追いこまれた。この街の向こうの郊外《はずれ》、牛乳店と隣り合せで動物店を開くのはどうか。両名ともに引っ越し承知の旨を言明した。女は今後一切殴られず、身体の奥をつねられないことに係わる条件をつけ、なお弟御様のおこしの際には隣家よりなんら邪魔だてしないことと言い張った。ファッフはくねくねと身体をくねらせながら了承したが、おつねり禁止に関しては疑問を呈した。自分もまた人間である。愛に係わる禁令以外に、両者には互いを監視する義務が課せられた。一方がエーアリッヒ・シュトラーセ近辺に迷いこむとき、他方は直ちにパリ宛に報告のこと。営業権並びに自由権剝脱の厳命が下る。第一報告に応じ、電報により逮捕命令が出されるであろう。報告者は報償金請求の手続きをとるべし。ファッフはエーアリッヒ・シュトラーセを糞ったれと罵った。カナリヤづくめで住まっていようと、あの通りはまっぴらだ。テレーゼは苦情を言った、ほんと、このひと、早速糞をたれてる。こんなにいつもいつもたれるのはどうしてかしら。ゲオルクは、まっとうな商人としてことばづかいにも配慮すべきことをファッフに説いた。もはやしがない年金生活者ではないのである、押しも押されぬ事業家である。ファッフはむしろ宿屋の亭主になりたかった。一番なりたいのはサーカス団の団長である、と打ち明けた。力持ち連中と馴らした鳥が大評判のサーカス一座。鳥は一声命令すると鳴き始め、もう一声で、はたと鳴きやむ。動物店の営業が順調に進み、当人も商売一途に励むならば、宿屋もしくはサーカスを開業してもよいとの許可を与えた。テレーゼは反対した。サーカスなどちゃんとしたひとのすることじゃない。宿屋の方はそうじゃないけれど。仕事を分割することに衆議一決した。すなわちテレーゼが宿屋を、ファッフがサーカスを宰領する。ファッフが主人《あるじ》で、テレーゼが女主人。パリから客を動員し、送りこむ旨を警視総監が約束した。

その夕にも、テレーゼは住居の入念な洗浄にとりかかった。手伝いは傭わなかった。すべてを一人でやった。弟御様に余計な出費をかけたくなかったからである。夜のために夫のベッドを払い浄めて弟御様に提供した。ホテルでは何もかも高くつくこの頃だもの。あたしのことなら気をつかわないで欲しい。申しわけないが今夜はホテルに戻れないと、ゲオルクは兄に伝えて家に戻った。ファッフはおのが小部屋に帰り、最後の夜を過ごした。最後の眠りこそ最高の思い出ではあるまいか。テレーゼは夜を徹して床を磨いた。

三日のち、ペーターは帰還した。まず第一に小部屋に一瞥をくれた。空っぽであった。垂れ蓋はうせ、穴一つがぽっかりと壁に残されているのみであった。ファッフはその特許の発明を抜きとり、持ち去ったのである。上階《うえ》の蔵書は手つかずにあった。部屋ごとの境のドアは一杯に開け放たれていた。書卓の前をペーターは数度往きつ戻りつした。「絨毯に斑点《しみ》がない」と言い、微笑んだ。「斑点があれば焼き捨てるところだ。斑点は大嫌いだ！」戸棚から原稿をとり出し、書卓に山と積み上げた。ゲオルクに標題を読んで聞かせた。「いいかね、ここ数年来の仕事がこれだ！　さて、書物を見せよう」「これがつまりだ」とか、「見給え、これだがね」といった合いのことばをかけつつ、おうような視線と辛抱強い励ましのもと、（だれもが東洋の十数ヵ国語を修得しているとは限らない）ペーターは——つい先日まで質屋蔵に納まっていた——書物を次々と運んできて、心好く眼を丸くしている弟に、それぞれの書の特性を説明した。奇怪なほど急速に雰囲気が一変した。年代と頁数とが渦を巻き、文字は激烈な意味をおびた。危険な組み合わせの場合には本棚に戻された。軽薄な言語学者どもは妖怪の正体を暴露された。それらは青い衣に包み、広場における公衆の嘲罵に晒すべきものである。青こそ滑稽きわまる色にほかならぬ。無批判で盲従好きな信者たちのお守りの色だ。新しく発見されたことばは、とっくに知られていたものと判明し、その発見者たるべき者は痴れ者にすぎなかった。怒声が沸き起こった、たかだかかの地に三年滞在しただけで、そこのことばに関する一巻を仕立て上げた！　学問の世界においても、成り上がりがわがもの顔に闊歩する。ここにも異端糾問所を設けるべきだ、すべからく異端を裁け。直ちに火刑と急く必要はない。中世にあった司教階級の法的独立性は大いに参考となるであろう。今日、学者に対してもかくあるべきだ！　ほんの些細な、むしろ必然的とも称すべき過失により、たとえ学者としては失格していようとも、門外漢に謗《そし》られる道理はないのだ。

ゲオルクは落ち着きを失い始めた。告げられる書物の大よそは理解を絶していた。自分を圧迫するこの世界を軽蔑した。ペーターの仕事熱は最高度に亢進していた。熱気に染められた。ペーターがこの蔵書の中であると同じく、自分が絶対的な支配者として、意のまま気のままに振舞える馴染の場所《ところ》にゲオルクは思いを馳せた。急遽、兄に現代のライプニッツとの尊称を奉り、午後中この権力から逃れているため、言いわけとして二、三の真実を申したてた。正直者の給仕女を探しておかなくちゃあ。近くの食堂に折衝してきちんと話をつける。銀行に預金を寄託する。つまり毎月一日《ついたち》、自動的に現金が支払われる仕組である。これでまず安心。

夕方遅く、二人は別れを告げた。「どうして明りをつけないの？」ゲオルクは尋ねた。図書室はすでに闇に沈んでいた。ペーターは誇らかに笑った。「ここだと暗闇でもぼくは不自由しないんだ」おのが住居に帰還以後、彼は自信にあふれた、軽快とも言えそうな男に変貌していた。「眼に悪いよ！」ゲオルクは叱りつけ、スイッチをひねった。ペーターは弟の労に礼を述べた。くどいまでに一つ一つの功績を数えあげた。但し、その内の最重要事、妻をこより遠去けた点は割愛した。「きみに便りはしない！」と締めくくった。

「無理もないさ。こんなに沢山の仕事だもの」

「だからと言うわけじゃない。原則としてぼくはだれにも便りをしない。手紙を書くとは、怠惰以上でも以下でもない」

「好きなようにするがいいさ。ぼくが必要になったら電報を打つことだね！　半年後にもう一度見舞いにくる」

「何のためにだ！　きみなんかが必要なものか！」声は怒りをおびていた。別離が目前に迫っている。粗野なことばでもって悲しみをまぎらわしているのである。

汽車に落ち着き、ゲオルクは思いの糸をたぐり寄せた。兄が少しは弟に頼っていても、さらに不思議はないではないか。彼を救けた。ペーターはいまや望みのすべてを手に入れている。吹きこんで邪魔をする微風《かぜ》だにない。

地獄じみた図書室から逃げ出して、心が躍った。八百名の者たちが、救世主の帰りを待ち焦がれているではないか。何故にこの汽車はかくも遅《のろ》い？

赤い鶏

ペーターは弟を送り出し、扉を閉じた。複雑精巧な鍵を三重にかけ、幅広く、すこぶる重い鉄の棒数本をつっかいとした。念のため、ゆさぶってみたがびくともしなかった。扉全体が一枚の鋼鉄板から成るかのように立ちはだかり、この背後にあって、ようやく平安が確保できた。鍵は鍵穴にぴったり、扉は洗い晒しの色をおび、一度掻き裂かれたけはいがあった。くすんだ鉄のつっかい棒は錆ついており、一体、どこで修理されたのやら判断がつかなかった。玄関番がかつてこれを打ち破った。あの頃、彼が部屋に押し入ってきたときだ。一蹴りで鉄棒が轅《ながえ》さながら曲ったと言った。あの大嘘つきめ、拳も足も嘘っぱち、部屋に入ってきただけだ。あれは一日《ついたち》だった、だのにファッフ氏に謝金を渡さなかった。「教授《せんせい》に何かあったんだ！」彼は猛りたち、謝金の主《ぬし》の棲家まで駆けつけてきた。堅く錠が下りていた。来る途中、階段を殴りとばした。手袋を通してであれ床石は喘いた。方々の戸口から顔が覗いた。この家の住人、玄関番の臣民たちだ、一様に鼻をピクつかせた。「きな臭いぞ！」と、こぞって声をはり上げた。「どこがだ？」彼はわめいて訊いた。「図書室が！」「臭いなど見えん！」彼はことばさえ正確に口にできない。大鼻で、鼻孔も応じて大きかったが、髭が密生して鼻孔の中まで入りこんでいた。それ故、ポマードの匂いしか分らず、死体の臭いは、これはからきし駄目であった。髭は強く、尖っていた。日々毎日、撫でつけていた。千もの異ったチューブ入りの赤いポマードを用意していた。小部屋のベッドの下に軟膏壺の蒐集品を並べていた。ニュアンスにちがいはあれ、赤色《あか》ばかり、これも赤、それも赤、あちらも赤、赤毛の頭、燃えさかる**火炎の赤**だ。

キーンは玄関のあかりを消した。スイッチをひねるだけ、すると一面の闇となる。隙間を通し書斎から薄明りが洩れ入って、キーンのズボンをさりげなくかすめていた。なんと数多くのズボンを見たことだろう！　もはや覗き穴は存在しない。あの乱暴者が破壊した。壁に穴一つ、荒涼とあるのみ。明日、新たなファッフが引っ越してきて、穴をふさぐだろう。すぐに包帯しなくては。ナプキンは血まみれ、盥の水はカナリア諸島近辺の海戦のあとのように朱に染んだ。どうしてかれらはベッドの下に隠れるのか？壁際に充分場所があるのに。百姓が四人、いち早くぶら下がっていた。眼下の民衆を高慢ちきに見下ろしていた。肉壺は空《から》であった。このとき鶉の一族が飛んできた。イスラエルは飢えていた。鳥は一羽残らず殺された。その咽喉は糸のように細く、黄色い羽毛に埋もれていた。あの力強い鳴声がこんな咽喉から出てくるとは！　小鳥を手に摑み、咽喉を押さえた、四重唱はもはや二度と聞かれない、四方に血が散り飛んだ、ぬめらかな暖かい血だ、小鳥はいつも熱っぽい、熱い血だ、**燃えるように**熱い、ズボンが**燃える**。

キーンは血と薄明りとをズボンから拭いとった。明りが流れてくる書斎に入らず、暗く長い廊下を抜けて台所に行った。テーブルには菓子を載せた皿があった。椅子は狂っていた。まだだれかをその上に坐らせているさながらの格好《なり》であった。キーンは邪険に脇へ押しやった。小鳥の死骸のような、やわらかな小麦パンを摑んでパン入れに詰めこんだ。見事、火葬場を思わせた。これを調理棚に突っこんだ。テーブルには皿のみが残った。白く輝いて眩い。クッションだ、その上に『ズボン』があった。テレーゼは開いていた。ようやく二十頁目。手袋をはめていた。「あたし、どの頁も六度ずつ読む」いやらしいことに誘うつもりだ。自分はコップ一杯の水が欲しいだけだのに。テレーゼは持ってくる。「半年間、旅に出る」「ま、大変、そんなこと！」「どうしても旅に出なくてはならない」「許しませんわ」「しかし、それでも旅立ちますとも」「それなら戸口のドアを閉め切ります！」「鍵なら持っていますよ」「ほんと、どこに？」「ここに！」「もしも火事になったら？」

キーンは水道に寄り、蛇口を全開にした。激しく水はほとばしり出て重厚な流し台を撥ね跳ばすほどであった。そこにまもなく水は充満し、台所の床に筋を引き、流れ巡って、すべての危険を消し去った。キーンは蛇口を閉めた。タイルに足を滑らせ、やっとばかりに隣りに踏みこんだ。空《から》であった。彼は微笑を浮かべた。以前はここにベッド一つ、向かいの壁ぎわにトランクが置かれていた。ベッドには青い悍婦が眠っていた。トランクにはその武器が忍ばせてあった。外套だ、外套が折り重ねて。毎日、隅のアイロン台の前で祈禱していた。襞をつけること、強《こわ》い襞を走らせること。やがて悍婦は彼の許に移り、ベッドを一緒にたずさえて出た。その瞬間、壁は喜びのあまり色蒼ざめ、以来、まっ白のままにとどまっている。家具に代えてテレーゼは何を置いたか？　小麦粉の袋だ、馬鹿でかい袋だ！　この部屋を倉庫と変えた、飢えの厄年のために。天井から燻製の脚が下がっていた。床には棒砂糖が並んでいた。パンの塊が転がってバター桶に当り、ミルク罐はたらふくミルクを飲みこんで、小麦粉袋の隊列は敵の突撃から街を護っていた。ここには永遠のための準備があった。テレーゼは閉じこめられても、悠然として鍵束を叩いていた。ある日、部屋の封を切る。台所にはもはやパン屑もなし、ところでここには何があったか？　小麦粉袋は穴だらけ、燻製の代りに糸のみがぶら下がり、ミルクは流れ去り、棒砂糖は青い紙にすぎなかった。床はパンを呑みこみ、バターは隙間に沈みこんでいた。だれ？　だれがこのようなことをした？　鼠だ！　鼠は突如として現われる、これまで一匹だにいなかった家に。一体どこからやってくるのか、だれも知らない。ただ現われて何もかも喰らい尽くす。善き使徒だ、鼠公は飢えた女に古新聞の束を残す、これだけ、あとは何もない。古新聞は口に合わない。鼠はセルロースが大嫌いなのである。暗闇で齧りもするが、白蟻ではないのである。白蟻は木と書物を喰らう。白蟻族の愛の騒擾。**図書室炎上**。

キーンはおのが腕の能力一杯、大忙ぎで一枚の新聞に手をさしのべた。ほんの少々かがむだけでよかった。新聞の束は膝以上の高さにまでとどいていたから。それを烈しく突きのけた。窓の前の床面は新聞紙に占められていた。ここ数年間の古新聞が積まれていた。キーンは窓から身を乗り出した。下の内庭は暗かった。星の光は彼まではとどいたが、新聞を読むには暗すぎた。あまりに眼から離しすぎているのではないか。眼に近づけた。鼻が紙面に触れ、燈油の臭いを強烈に、不安に満ちて嗅ぎとった。紙は震え、音をたてた。鼻孔から出る息にあおられ、紙面がしなだれた。爪がかっきり喰いこんだ。眼は見出しを求めていた、ここで読めるほどの大活字。手がかりを捉え、星明りに読んだ。まずMを、大文字のMを識別した。すなわち殺人《モルト》の記事である。事実、そのあとOと続いた。ゴチックで黒々とした大見出しは紙面の六分の一を占めている。自分のあんな些細な事件をこれほどまでに膨張させたのだ！街中の噂となっている。彼が、静謐と孤独を愛すキーン教授が！ゲオルクもまた、国境を越える前に一枚を手にしていよう。いまや殺人のことを知っている。賢明な検閲官がいたならば、紙面の半ばは白紙となっていように。そのとき、ずっと下の青の部分ははるか少ないであろうに。第二の見出しはBで始まる。Rと続いた。火事《ブラント》だ。殺人と火事が新聞を劫掠する、国土と頭脳を蹂躪する、この二つがなくしては夜が明けない。殺人があっても火事がないなら、物足りないのだ。みずから火を放ちさえしかねない。殺人をなすほどの勇気はない。それほど卑劣漢だ。新聞を読むな、率先して一致団結、ボイコットせよ。

キーンは手の新聞を積み上げられた束めがけて投げ捨てた。予約購読中の新聞を取消さなくては。それも一刻の猶予もなしにだ。キーンは忌まわしい部屋を出た。いまや夜だ、と廊下で声を出した。いまの時刻にどうやって取消せばよい？　時計を引き出した。文字盤は分ったが、数字は読めなかった。殺人《モルト》と火事《ブラント》の二字とても、これほどとり澄ましていなかった。図書室には明りがある。時刻《とき》が知りたくて堪まらず、書斎に入った。

ちょうど十一時であった。しかし教会の鐘は鳴らなかった。あれは陽光の眩しい昼間であった。ま向かいに黄色い教会。小さな広場には興奮した人々の右往左往。瘤持ちの小人はフィッシェルレと言った。石をも溶かすほどに号泣した。舗石が上下に跳ね動いた。テレジアヌムは警官に包囲されていた。隊長は作戦遂行。逮捕令状をポケットに入れていた。小人はしかとそれを見たのだ。階段のところまで敵は這い寄ってきた。上階には豚が勤務していた。書物が野獣どもの手に晒されるとは！　豚は百種の調理法を考案し、料理読本として編纂した。やつの腹は角ばっているとの噂があった。どうしてキーンが悪党呼ばわりされたのか？　哀れなものたちの中でも、なかんずく哀れな書物《もの》を助け出そうとしたからだ。警察は死体について聞きつけるより早く、逮捕命令を発した。キーンのための大動員。歩兵、騎兵も出動した。最新式の拳銃、カラビン銃、機関銃、有刺鉄線、装甲車——すべて無駄な骨折りであった。摑まるものか、摑まって堪まるものか！　足元をすり抜けてまっしぐら薔薇色の世界だ。キーンとその忠実な小人とは抜け出して、もはや安全、荒い息づかいと喘ぎが聞こえた。ブルドッグが咽喉めがけて跳びかかってくる。ああ、さらに大いなる悲惨があるのだ、テレジアヌムの六階、そこでは野獣どもがおやすみと声をかけ合い、数知れぬ書物が不法にも逮捕され、その意志に反し、罪もないのに拘禁されている。地上から高く隔てられ、とろとろと焼けつく屋根裏で飢えている、火刑の運命《さだめ》に定められて。

キーンは救けを求める叫びを聞いた。必死になって天窓につながる紐を引いた。はたして窓が開いた。キーンは耳を澄ました。叫号は脹れあがった。隣室に駆け入り、そこでも同じく紐を引いた。こちらの叫びはやや弱い。次の部屋では叫哭さながらに強く響き、最後の四番目の部屋ではほとんど聞こえなかった。キーンは部屋を抜け、駆け戻った。駆けながら耳を澄ました。叫喚は波状に高まり、また低まりもした。キーンは耳をふさぎ、手を離し、またふさぎ、再び離した。叫び声は手につれて変化した。ああ、耳が、耳が惑乱を始めた。梯子をレールからもぎとって書斎の中央に据え、最上段によじ登った。上半身が屋根を抜け、聳えた。天窓のガラスに身を支えた。叫号を聞きとった。書物が泣き叫ぶ。テレジアヌムの方向に燃え立つ赤を認めた。それは漆黒の大空に徐々に広がる。燈油の臭いが鼻をついた。火照《はて》りだ、叫びだ、悪臭だ。テレジアヌムが炎上した！

めまいしてキーンは眼を閉じ、灼《や》ける頭蓋を前にかしげた。頸に水滴がしたたった。雨だ、雨。ふり仰ぎ、雨に顔をさしつけた。これほど水が涼しいとは。雲でさえ慈悲を欠いていないのだ。おそらく火炎を消すだろう。瞼に烈しい一撃を喰らった。寒い。だれかが指を弾いた。キーンを全裸に剝《む》いた。ポケット全部を探索する。やがて下着を着せかけた。手鏡にキーンはみずからを見た。骨と皮だ。赤い果実が彼の周りに丸々と脹らんだ。その中に玄関番が混じっていた。死体が口をきこうとする。聞く耳を持たない。キーンは耳をふさいだ。死体は青い外套を叩いた。キーンは背を向けた。前には鼻欠けの制服男が坐っていた。「名前は？」「ペーター・キーン、博士《ドクトーア》です」「職業は？」「現代最高の中国学者」「馬鹿な、あり得ん！」「誓約します」「偽誓だろうが！」「いいえ！」「悪党め！」「わたしは冷静です。告白します。まったく正気です。殺しました。精神に異常はありません、弟にはこれが分らないのです。見逃してやってください！ 彼は有名です。わたしは彼を騙しました」「金はどこにある？」「金？」「盗んだろうが」「わたしは盗人ではありません！」「強盗殺人犯！」「人殺し！」「人殺し、人殺し！」「逮捕する！ 拘禁だ！」「しかし弟がくるのです。その間は放免してください。彼にさとらせてはなりません。誓約します！」玄関番が進み出た。彼はまだ友人《とも》である。口添えして数日間の放免をとりつけた。人殺しを自宅に伴い、監視の眼を光らせた、小部屋に閉じこめて出そうとしない。そんなときゲオルクが現れ、悲惨な兄を——しかし決して人殺しではない兄を——発見した。いまや車中のひととなり、遠くに去った。ゲオルクがいてくれたら！ 法廷に弁護を買て出てくれよう！ 人殺しはどのように振舞えばいいのか？ いやだ、ここにいたい。ここで燃え上がるテレジアヌムを見張っていたい。

キーンはゆっくりと眼瞼を開けた。雨は上がっていた。かなたの赤焼けはうせ、消防隊が現場にいた。やっとのことで到着したのだ。空はもはや悲泣をやめた。キーンは梯子を下った。部屋ごとの叫喚はやんでいた。もし再び始まる場合にも聞き逃さないように、天窓を広く開けておいた。書斎の中央に吊られ、梯子の用意は万端整っていた。危急の際の遁走用である。しかし、どこへ？ テレジアヌムへだ。豚は梁の下に炭と化して転がっている。群衆にまぎれこみ、多くのことをなさねばならない。忍び出よ！ 注意を忘れるな！ 装甲車がめまぐるしく通りを行きかう。総動員令が出ているのだ。指揮官は猛りたち、部下どもをこっぴどく殴りつけた。殺人者にうまうまと逃げられた。痕跡をどうやってくらましたのか？

キーンは書卓の前にひざまずく。絨毯を撫でた。死骸はここにあった。血の痕跡《あと》が見えるか？ 見えない。指を鼻孔に深々と突っこんでみた。埃っぽり臭いが少しするだけ。血ではない。もっとよく見なくては。明りは弱い。位置が高すぎるのだ。卓上燈《スタンド》の紐はここまではのびない。書卓の上にマッチがあった。一度に六本を擦った、六ヵ月分である。そして絨毯に腹這いになった。火を絨毯のまぢかに近寄せた、血の痕跡《あと》はどこか。赤い線が走っている、これは模様だ、これはいつも走っていた、こいつを剝ぎとらなくてはならぬ。警察は血の筋だと言いたてよう。焼き捨てること。キーンはマッチを絨毯に押しつけた。火は消えた。軸を投げ捨て、さらに六本、新たに擦った。赤い模様に火をすりつけ、そっと沈ませた。褐色の痕が残り、まもなく火は消えた。もう六本。やがて一箱を使いはたした。絨毯は冷えたまま。あちこちに褐色の斑点をいただき、忍びやかに燻《いぶ》っていた。これで証拠は失せた。どうして白状などしたのだろう？ 証人が十三名。死体はここにあった。夜には赤猫が見張っていた。妻と娘を殺《や》った強盗殺人犯。ノックが聞こえる。戸口には警察。ノックが聞こえる。

キーンはドアを開けない。耳をふさいでいた。書物に身を隠す。書卓にある一冊。読み続けたい。文字はひょこひょこと踊る。ほんの一語も読みとれない。じっとしておくれ！ 目の前がまっ赤に燃えたつ。つい長々と腹這いになりすぎていたせいだ。テレジアヌムの炎上に、驚愕しない者がいるだろうか。数知れぬ書物が炎につつまれる。キーンは立っていた。これでどうして本が読めよう？ 眼の下、こんなに遠くにあるというのに。腰かけろ！ キーンは坐る、腰を下ろす。そうとも、わが家だ、書卓と図書室。何もかも自分のもの。何一つ燃えたものとてない。好きなとき、読書できる。しかし本は開いていない。開くのを忘れていた。愚者は打つべし。書物を打ち開け、手を打ち添えた。十一時の時鐘が打つ。これでよし、読め！ いや、離せ！ いや、摑め！ 痛い！ 一行目から棒が突き出て、耳近くを打った。鉛だ、痛む、苦痛だ、打て！ 打て！ もう一つ、さらに一打ち。脚注が抜け出て踏みつけにくる。踏みつける。キーンはよろめいた。行が、頁が、すべてが落ちかかってくる。彼をゆさぶり、打ちのめし、掴みかかり、投げとばす。放してくれ！　下種っぽい徒輩《やから》めが！　助けてくれ！　ゲオルク！　助けてくれ！　助けてくれ！

しかしゲオルクはもはやいない。ペーターは跳ね上がった。渾身の力で書物を掴み、ばったり閉じた。文字を、みんなを、閉じこめた。無論、二度と出さぬ、決して出さぬ！　自分は自由だ、立っている、一人だ、ゲオルクは去った。策略にのせてやった。殺人のことはつゆ知らぬ、精神病医か、いいや、低能だ、心やさしい、しかし書物をちょろまかしたがる、ゲオルクに遺贈しよう、女にはやらぬ、待て暫しだ！　「上階《うえ》で何をしている！」「眺望がいい」「ちょろまかしがだろう！」この方がぴったりのことばだ。靴屋はきみの白痴どもの許にいればよし。ゲオルクは見舞いにくる、六ヵ月したらだ、幸運が待っているとき予期せずに。遺言書？　必要ないとも、唯一の相続人だ、好きなものをとればよい。特別列車でパリ帰還。キーン蔵書様御専用。所有者はだれ？　精神病医ジョルジュ・キーン博士！　きまってらあ、ほかにいるかね？　兄御の中国学者はどうした？　大ちがい、あれは兄ではない、同姓であるだけ、ほんの偶然。あれは殺人者だ、妻殺しだ、**殺人と放火**の大見出し、ありとあらゆる新聞に書きたてられ、終身刑に処せられた――終身――死ぬまで――死の舞踊――黄金の犢――遺産相続――だれだ、わめくのは――わめく――別れる――分つ――死神――死は――**焼死**――**火が立つ**――**火が熾《おこ》る**――**火だ火だ火だ**。

キーンは書卓の書物を掴み、さしつけてゲオルクを威嚇した。ちょろまかすつもりだ、遺言書を狙っている、だれもが近親の者の死を待っている。兄はやさしく死んでくれると。盗賊の世界だ、書物を奪い、喰らうのだ。虎視眈々、鵜の目鷹の目、舌なめずりだ。かつて死者の所有物は焼き捨てられた。遺言書などどこにもなく、残るものはただ骨が数本。文字が跳ね廻る。捕えられ、出られないからだ。先刻、猛々しく打ちかかってきた。キーンは火刑でもって脅しつける。復讐を思い知れ！　妻を殺した。豚は炭化して転がっている。ゲオルクには一冊の書物だに手に入らない。警察は妻殺しを掴まえられぬ。文字は呼吸《いき》絶え絶えに喘ぎ、外で警察が口に泡して喘いでいる。「ここを開けなさい！」「いやだ！」「法の名においてだ！」「おきやがれ！」「開けろ！」「呆《あき》れろ！」「たたんじまうぞ！」「射殺されたいのか！」「謝罪させたいのか！」「燻《いぶ》し出す！」「疣々《いぼいぼ》野郎！」外からドアを打ち破ろうとしていた。簡単にはいかない。頑丈だ、強壮だ。きしむ、めりめりときしむ。打ちつける音は高まり、キーンの耳に達した。鉄の棒の支えがある。だがあの錆だ、保《も》つだろうか？　いかなる金属も万能ではない。ドアがきしむ！　烈しくきしむ！　戸口には豚ども、角張った腹で包囲する。扉板はくじけたが、あれはすでに老いていた。敵は堡塁を奪《と》った。退くな！　押せ、押し返せ！　やれ――それ――えいっと！　呼鈴が鳴る。十一時を告げる鐘の音。テレジアヌム。瘤。長い鼻もろともに退いて行く。言った通りだ、もう一押しだ、――やれ――それ――えいっ！

　書棚から書物は崩れ、床に散乱した。キーンは長い腕を伸ばして拾い上げる。外の連中に気どられてはならぬ。ソっと足音を忍ばせて、玄関に運び、積み上げる。ぴったりドアに添えて山となす。喧騒に頭脳の痛みを覚えながらも、壮大な書物の堡塁を構築する。玄関は書物に充ちた。キーンは梯子をたぐり、まもなく屋根に出た。再び梯子をたぐって部屋に戻った。書棚はあくびをしていた。書斎の絨毯が燃えさかえる。キーンは台所の隣りの部屋に赴いて、古新聞をことごとく引きずり出した。とりあげ、揉んで、丸め、四方の隅に投げる。梯子を部屋の中央に立て、登り、六段目、そこで火を見張り、待った。遂に炎が身体にとりついたとき、その生涯についぞなかったほどの大声で笑いころげた。

＊　本文中に散見する新井白石、ブッダ、孔子の文言は、それぞれ、アードラー＝ルヴォン編『日本の文学』、ヘルマン・オルデンベルク訳註『ブッダの言葉』、ヴィルヘルム・グルーベ著『中国文学史』の使用によるものと思われる。カネッティ独自の改変は、本書四七二頁一行目、キーンの口を通した《青色病》――原本では《赤色病》――にとどまるが、訳出に当たっては、キーンの語り口との調和を考え、ことさら原典ないし邦訳本を借りることをしなかった。

――訳者

訳者後記

本書は Elias Canetti: *Die Blendung* の全訳である。テキストはカール・ハンザー版（Carl Hanser Verlag, 1963）を使用した。

小説『眩暈』はエリアス・カネッティ二十六歳の執筆に成る。この異常の物語を一読し、人はあるいは思いはしないか。これは奇怪な大輪《たいりん》の華であると。狂妄の焦土に咲いて、その香は端正な知性をも酔わせよう。

僕はこの作品への解説めいた言辞を保留しようと思う。いまさらにおのが語彙の貧弱と語学力の不足とを歎いてみてどうなろう。当書の文体と用語の特異さは、おのれの瑰麗な想念を盛るために、作者が特に選んだものであることに疑いの余地はなく、随所に頻出する、ことさら古めかしい用語や生硬な字句をあやしまないで欲しいのだ。可憐にも僕はこの書にのめりこみ訳出を試みた。ひたすら作者の変身を追い、個々の人物の偏執を求めた。かれらの言葉の、いわば生《なま》の音声を探り当て、その狂気を——あるいは正気を——抉りとること。仮に、まさしく仮にであるが、当作品の性格に対する僕の理解が常軌を逸していないとすれば、「キーン博士」以下の諸人物の表現に辛うじて与え得た一種の調子《トーン》こそ、僕の解釈のはずではないか。

とは言え、これはまたなんと因果な作業であったことか。カネッティの言語操作の独特さは、おそらくはその生得の資質に由来する。一九〇五年、ブルガリアに生まれた彼の母国語はブルガリア語ではなく、一九三八年の亡命以後、イギリスに定住し、著作の全てをドイツ語により発表しながら、ドイツ語は少年時に修得した異国語にすぎぬ。彼の母国語は——これをしも、なお《母国語》と称し得るならば——十五世紀の古スペイン語だ。スペイン系ユダヤ人であるその祖先が、一四九二年、スペインより追放されてのち、新たな故里、当時のトルコ帝国にまで持ちきたったそれ、現在《いま》になおブルガリア国内に言語的孤島として維持されているその言葉だ。この古風な、ほとんど人工語と化した言語こそ、カネッティが幼時の舌に習い憶えた言葉であったのであれば、彼にとっては操作すべき言葉とは、前もって人工の産物以外の何ものでもない。所詮、ここにつらなり、言葉の赴くおのずからな象徴的戯画への性向もしくは陶酔を読みこそすれ、現実を表現する具を認めない。表現の可能性の方策《すべ》としてあり、現実からはてしなく抽象化されたものにほかならない。かてて加えて、幼年期より彼が生育した世界は、第一次大戦を境に過去から切断された東方ドイツ語圏の文化空間に広がり、カカーニィエンの領域を越え、チェコスロヴァキアから遠くバルカンにまでのびるものであった。

一つ、カネッティみずからの証言を挿入する。

「ほぼ三年間、わたしはフランクフルトの実業学校に学んだ。それは一九二一年より二四年にわたる戦後ドイツの大インフレーションの時、騒乱の時代であった。街頭で飢えのあまり崩れ折れる老婆を見た。ラーテナウ暗殺事件の後、最初の大々的なデモンストレーションに遭遇した。以来、群衆のイメージがわたしの脳裏に焼きついた。群衆のあるところ、常にわたしはその背後《しりえ》に従《つ》いた。……一九二四年、わたしはウィーン大学に移った。夜、書くことに没頭した。ある日、街路で群衆に関する作品に思いを定めた。わたしは二十歳を越えたばかりであった。啓示と思えた。おのが生涯を群衆の究明に献げようと決意した。……小説『眩暈』は群衆に囚われたこの最初の熱狂時代の産物である。極端に孤立した人間、一人の中国学者の物語だ。その存在の、とどめようのない不安定が次第次第に露呈するであろう。群衆に係わる数多《あまた》の象徴がこの書の中に——けだし偶然にと言いたいほどに——記しとめられているであろう」

これは既に浩翰な『群衆と権力』全一巻を背後《せ》にし、独創的な文化哲学者としての風貌を知られた者の、やや整理されすぎた言葉とは言え、『眩暈』成立の事情をほぼ窺わせるであろう。青年期カネッティの素顔に貼りつく死の仮面に似たこの異様の作品は、執筆ののち数年を経て、一九三五年、ウィーンの小書肆ライヒナーより出版されたとき、見事に黙殺された。戦後一九四八年、ドイツのヴァイスマン書店より刊行されたときも、たかだか荒誕な一巻として、少数者の誤解ないし誹謗を受けたにすぎなかった。時代がおのれの額に打たれた摂理の刻印に気づくのは常に時期《とき》を失している。正当な評価の始まったのは、一九六三年のハンザー版上梓ののちであり、カネッティの名は以後にわかにかしましい。ローベルト・ムージルの長篇やヘルマン・ブロッホの諸作と並び位置づけられ、二十世紀ドイツ語文学の代表作と目《もく》されて——事実、これはいささかも誇張にすぎるものではない。

『眩暈』は元来、「狂人にまつわる人間喜劇」連作の一部として想定されたものであった。想定そのものがさながら蟻地獄に似てはいまいか。無論、カネッティの胸中に宿った構想は、おのずと同じ三十年代の製作に成る劇作数本に散乱したが、読者は好みのままにどの欠片をとってもよい。一歩足をのせたそのとき、おのれがコンプレックスと暴虐の、野蛮な、根源的な世界にさらされていることに気がつこう。四囲はこごしく、壮麗なまでの《狂気》に満たされ、親しい世界が幻想的に多様化されたのか、親しい世界の内に常に幻想的なものが存するのか、もはや定かでない。視点をあまりに対象に近づけるとき、なべて親しいものが突然の拡大により、がらり奇異なものと一変することわりだ。『眩暈』のグロテスクな細密描写は、細部に拘泥する無類の能力の所産であり、その提出形式は、個人をそれぞれ個々の、個人的な想像圏に硬直させつつ心理学を捨て、野放図な好奇心の赴くままに《狂気》の具体化に努めるところ、諷刺家カール・クラウスの批評様式を思わせよう。事実、カネッティは「何故にわたしはカール・クラウスの如くには書かないか」と題した一文の中で一九二四年以後の五年間にわたる圧倒的なクラウスの影響を——むしろ、その影響からの脱出の苦渋を——告白しているのであるが、ともあれ、若年期の恥部を指呼してどうなるものか。やがてカネッティは子供が蝶をピンでとめるように、わが身をむせ返る知識の山に鋲づけにした。ごくおだやかな光りの射しこむハムステッドのサースロウ小路三階の部屋で、多くの書籍に囲まれ、古代人や近代人を読み、男や女たちを読み、教会の鐘の音《ね》を聞きながら、驚くべき頑固な勇気で、彼はみずから書くべき必然性をしのばせた《群衆》論を書きついだ。ここに広がる知識の惨ましい楽園に、しかしなお、そのかみに咲いた面妖の華の花色は褪せることを知らない。

既に僕は書きすぎた。過ぎるまでにかかずらう悪癖のはてに訳を終えたと記しておこう。そしてその間、法政大学出版局の方々、特に稲義人、藤田信行両氏より与えられた御寛容に対し、心からの謝意を表したい。

一九七二年九月

池内　紀

眩　暈（めまい）

1972年11月25日　　初版第1刷発行
2014年10月15日　改装版第1刷発行
2025年 1月22日　　　　第2刷発行

エリアス・カネッティ
池内　紀 訳
発行所　一般財団法人　法政大学出版局
〒102-0071 東京都千代田区富士見 2-17-1
電話03(5214)5540／振替00160-6-95814
製版，印刷：三和印刷／製本：誠製本

ISBN978-4-588-12020-6

著　者

エリアス・カネッティ（Elias Canetti）

1905年，ブルガリアのスパニオル（15世紀にスペインを追われたユダヤ人の子孫）の家庭に生まれ，少年時代をヨーロッパ各地で過ごし，ヴィーン大学で化学を専攻，のちイギリスに亡命し，群衆・権力・死・変身をテーマにした著作をドイツ語で発表．代表作に，ライフワークであり，著者自ら「物語る哲学」と呼ぶ，哲学と文学の境界を取り払った独創的な研究『群衆と権力』（1960），カフカ，H. ブロッホ，ムージルと並んで今世紀ドイツ語文学を代表する長篇小説『眩暈』（35，63）がある．また，30年代に書かれ不条理演劇の先駆をなす2篇と戦後の逆ユートピア劇1篇を収めた『戯曲集』（64），モロッコ旅行記『マラケシュの声』（68），ドイツ散文の珠玉と評されるアフォリスム集『人間の地方』（73）・『時計の秘心』（87），戦後の文学的代表作となった自伝三部作『救われた舌』（77）・『耳の中の炬火』（80）・『眼の戯れ』（85）などがある．1994年8月14日チューリッヒで死去，89歳．1981年度ノーベル文学賞受賞．

訳　者

池内　紀（いけうち おさむ）

1940年兵庫県姫路市生まれ．ドイツ文学者，エッセイスト。主な著書に，『見知らぬオトカム——辻まことの肖像』，『海山のあいだ』（講談社エッセイ賞），『二列目の人生』，『恩地孝四郎』（読売文学賞）など．訳書に，J. アメリー『罪と罰の彼岸』，ゲーテ『ファウスト』（毎日出版文化賞）など．2019年死去．